Les grands romans Belfond

Colleen McCullough

Les oiseaux se cachent pour mourir
Tim
Un autre nom pour l'amour

Jacqueline Susann

Love Machine
Une fois ne suffit pas

Mark Rascovich

Les Maîtres de Falkenhorst

Frederic Stewart

Le temps d'apprendre à vivre

Jacqueline Briskin

Paloverde
Les sentiers de l'aube

Marcel Haedrich

Adélaïde de Kergoust

Philip Rock

Et que sonnent les cloches du temps

Barbara Taylor Bradford

L'espace d'une vie

Michael Legat

Les vignes de San Cristobal

Brenda Jagger

Les chemins de Maison Haute

LE SILEX ET LA ROSE

Du même auteur

Les chemins de Maison Haute

BRENDA JAGGER

Le silex et la rose

Traduit de l'anglais par Michel Ganstel

PIERRE BELFOND
216, boulevard Saint-Germain
75007 Paris

Ce livre a été publié sous le titre original

FLINT AND ROSES
par Macdonald Futura Publishers Ltd, Londres

Si vous souhaitez recevoir notre catalogue
et être tenu au courant de nos publications,
envoyez vos nom et adresse, en citant ce livre,
aux Editions Pierre Belfond
216, boulevard Saint-Germain
75007 Paris

ISBN 2.7144.1474.5

Car elle est à la fois le silex et la rose

John Davidson

1

Le jour de ses noces, dans l'insouciance de ses dix-sept ans, ma mère s'était donnée à un homme de trente-deux ans son aîné ; et si, dans leur contrat de mariage, rien n'exigeait qu'elle eût à sangloter quelque vingt ans plus tard sur la mort d'un époux sévère et tracassier, l'on s'accordait généralement à croire que, sans lui, elle se retrouverait désemparée.

Faute de l'avoir aimé — sentiment que leur différence d'âge et le caractère sombre et tyrannique de mon père rendaient fort improbable —, ma mère lui était cependant soumise en tout. Car il avait été pour elle bien plus qu'un mari : un mentor, dont elle suivait aveuglément les avis sur des sujets allant du salut de son âme au choix d'une ombrelle ; un tuteur, soucieux d'écarter de sa pupille les périls du monde jusqu'à l'entourer de femmes rassies, chargées de la chaperonner dans ses moindres sorties quand il ne pouvait lui-même l'accompagner en ville ; plus encore et par-dessus tout, un maître absolu aux décisions sans appel.

« Pauvre Elinor ! s'était-on exclamé à l'annonce de la maladie qui frappait Morgan Aycliffe. Elle est incapable d'affronter seule la vie. » « Je crains, madame, que ce ne soit la fin », lui avait dit le docteur en s'apprêtant à la soutenir, car il s'attendait à ce qu'elle tombât évanouie à ses pieds. « Mon dieu, mon dieu, quelle terrible nouvelle, avait-elle répondu. Mieux vaut, je crois, me laisser seule. » Alors, telle une colombe effarouchée, elle était descendue au grand salon assombri par le crépuscule, s'était plantée au beau milieu, un instant immobile ; puis, se croyant sans témoin, elle s'était lancée dans le tourbillon d'une danse triomphale où la docilité craintive de la femme-enfant s'effaçait devant l'exubérance retrouvée de la jeune fille, jadis assez pauvre pour rêver de liberté à travers la fortune d'un vieil homme revêche.

Née Elinor Barforth, de Low Cross, elle avait eu un père d'une légèreté coupable qui, alors même que le florissant négoce du drap assurait la fortune des autres, se laissait aller à la prodigalité, péché le menant au crime inexpiable de la ruine et de la misère. Loin d'engranger ses profits pour favoriser l'expansion de ses ateliers de tissage, mon grand-père Barforth préférait les dilapider en gilets éblouissants et en femmes légères de sorte que ma mère, à l'âge de chercher un parti, n'avait pour seuls atouts que l'élégance de sa taille bien prise, le charme de ses bouclettes blondes et de son teint de porcelaine, l'éclat de ses yeux bleu-vert — toutes qualités fort peu prisées chez une épouse par les natifs de notre laborieuse vallée de la Law. Aussi, dans notre bonne ville de Cullingford où la valeur d'un homme se mesure encore à la place qu'il occupe dans les travées de la Halle au Drap et au solde de son compte dans les livres de la Commercial Bank, ma mère avait dû éprouver une stupeur aussi vive que sa gratitude quand le richissime M. Morgan Aycliffe avait daigné faire d'elle sa seconde femme — sans dot.

Toute sa vie, à vrai dire, mon père avait été à son aise. Fils unique d'un entrepreneur de bâtiment, il avait hérité d'une affaire assez solide pour le dispenser de se salir les mains au contact du ciment et de la brique. Sans véritable génie, c'était pourtant un homme habile; sachant tirer parti des circonstances ; lorsque la machine à vapeur et les métiers à filer et à tisser provoquèrent, par leur apparition, la prodigieuse croissance économique du Nord et le vaste afflux de population qui lui était lié, mon père était donc à pied d'œuvre pour couvrir la lande désertique de fabriques, de cheminées et d'entrepôts, sans oublier les logements ouvriers dont la prolifération malodorante eut tôt fait de métamorphoser les plaisantes bourgades rurales de Bradford, Halifax, Cullingford et Huddersfield en lugubres agglomérations usinières.

Cullingford ne comptait encore que deux fabriques textiles quand mon père bâtit sa demeure dans la tranquillité quasi rustique de Blenheim Lane. Vingt-cinq ans plus tard, veuf de sa première femme richement dotée et fiancé à ma mère, il pouvait dénombrer plus de cinquante entreprises, pour la plupart érigées selon ses plans par les équipes de manœuvres importés d'Irlande à cet effet, tandis que Blenheim Lane subissait, dans les bas quartiers, la puanteur des cheminées d'usines et le vacarme des prolétaires ; le sommet, à flanc de coteau et à l'écart de la ville, restait seul digne de la résidence d'un *gentleman*. Cette distinction, mon père en rêvait : héritier d'une fortune, il en avait édifié une autre, plus considérable encore. Marié une première fois pour l'argent, il réitérait pour le plaisir. Il ne pouvait plus aspirer, pour meubler ses loisirs et asseoir sa renommée, qu'aux délices neufs et prestigieux du pouvoir politique.

L'année de ma naissance, il n'existait à Cullingford aucun politicien de profession ; la politique, en effet, était encore l'apanage exclusif des gentilshommes — ceux qui possédaient la terre, non ceux forcés de la gratter pour en tirer leur subsistance, ou ceux, plus méprisables encore, qui la défiguraient avec leurs nauséabondes entreprises vouées au commerce et à l'industrie. Depuis toujours, le gouvernement était l'affaire de la noblesse, et particulièrement des comtés agricoles du Sud où un puissant seigneur contrôlait parfois les suffrages d'une douzaine de circonscriptions. Mais la machine à vapeur et le métier mécanique mirent fin à cet état de choses et, dans la vigoureuse campagne alors entreprise pour une réforme parlementaire, mon père fut des premiers à exiger que nos villes ne soient plus soumises aux caprices des châtelains, et que le Parlement cesse d'être un club exclusivement réservé aux hobereaux bien nés.

« Cullingford doit avoir son député ! » proclamait sans relâche mon père aux oreilles complaisantes des filateurs, maîtres de forges et autres brasseurs qui, une fois le principe acquis de haute lutte, ne manquèrent pas de l'en remercier en l'expédiant à Westminster défendre leurs intérêts, ce qu'il exécuta le plus fidèlement du monde jusqu'à son dernier jour.

Volontiers éloquent en public, mon père observait le plus grand mutisme dans sa vie privée ; il s'adonnait au plaisir raffiné mais solitaire de collectionner les porcelaines rares de Sèvres et de Meissen, qu'il enfermait dans les vitrines de son salon en promettant d'indicibles châtiments à tout enfant assez perverti pour oser y porter la main. La tentation, à vrai dire, nous en était épargnée car mon père, sans tendresse excessive pour les enfants en général et les siens en particulier, se résignait rarement à nous laisser pénétrer dans son domaine et préférait, quand cela s'avérait indispensable, nous rencontrer sur notre propre terrain, à l'étage de la nursery dont nous ne sortions pour ainsi dire jamais.

Il avait eu un fils de son premier mariage, jeune homme de fort mauvais esprit, paraît-il, qui, mécontent de se voir imposer une belle-mère plus jeune que lui, avait été chassé du foyer, son nom effacé à jamais de la Bible familiale, du testament paternel et jusque de nos mémoires. J'ai peine à croire que mon père, à ce stade de sa vie, ait éprouvé de la joie à se trouver pourvu d'un surcroît de progéniture. Nous étions là, pourtant, sans même le bon goût d'être des garçons, susceptibles plus tard de le seconder dans ses affaires ou de lui succéder au Parlement ; des filles, tout juste bonnes à lui causer des ennuis et lui coûter cher. Aussi, sachant que le seul moyen pour se racheter est de procurer à son père un gendre avantageux, nous avons expressément été préparées, dès notre plus jeune âge, à remplir cette obligation, non par notre mère dont le seul devoir dans la vie était de divertir son mari et de lui faire honneur, mais par un bataillon de gouvernantes et préceptrices qualifiées.

Notre éducation reposait sur des principes simples et clairs. Avant tout, le respect de l'autorité : une fillette habituée à obéir à ses parents et professeurs fera tout naturellement preuve de la même docilité aveugle envers son mari. La ponctualité, ensuite, car les messieurs n'aiment pas qu'on les fasse attendre. C'est ainsi que, tous les matins de mon enfance, j'étais levée et habillée à six heures pour entamer une journée irrévocablement divisée en activités immuables rythmées par l'horloge de la nursery qui, plus précisément encore que la plus exigeante des gouvernantes, m'indiquait sans erreur quand je devais abandonner mon carnet de croquis pour me munir de ma broderie, quand il me fallait cesser de jouer mes gammes pour entreprendre la litanie quotidienne des verbes français et des prières en anglais.

L'on nous apprenait aussi l'art de sourire, de chanter, de parler agréablement pour ne rien dire ; assez d'arithmétique pour nous permettre d'évaluer le montant de nos dots ; assez de religion pour comprendre que Dieu nous avait créées faibles et entendait ainsi nous soumettre au bon plaisir des hommes, nos protecteurs naturels — vérité qu'il était péché de mettre en doute. Nous étions maintenues dans l'innocence par la méthode fort simple consistant à écarter de notre vue, de nos oreilles, voire de notre entendement, tout ce qui risquait d'éveiller notre curiosité. L'on nous enseignait à être industrieuses en privé — en raccommodant, par exemple, nos bas et nos jupons — mais à affecter l'oisiveté en public, car l'exhibition de quelque broderie arachnéenne ou autre ouvrage inutile constituait la preuve suffisante de la capacité de nos maris à payer les gages des domestiques. L'on nous inculquait, jusqu'au réflexe, la manière de toujours nous vêtir en fonction des circonstances, de nous pâmer pour un gant froissé ou une averse inopportune, d'être transportées d'extase devant une portée de chatons — sans cependant avoir l'audace de demander par quel mystère ils étaient si soudainement apparus dans leur panier.

En un mot, nous étions les filles parfaitement bien élevées du très honorable Morgan Aycliffe, aussi dépouillées de tout vestige de personnalité que l'était devenue notre mère et prêtes, le moment venu, à nous diriger vers le lit conjugal avec la même discrétion que pour nous rendre à nos leçons de piano. Nous étions des jeunes filles accomplies, obéissantes, ponctuelles, irréprochables — et accablées d'ennui.

De ma plus jeune sœur Celia, timide, souvent crispée mais impatiente d'être en puissance d'époux, l'on ne redoutait pour l'avenir nul souci. On n'en craignait guère davantage de Prudence, ma sœur aînée, dont l'intelligence pénétrante et rigoureuse faisait naître chez mon père le regret qu'elle ne fût pas un fils. Celia était menue et réservée, comme l'exigeaient les canons de la mode et de la bienséance ; à quinze ans, elle manifestait déjà plus d'intérêt pour le moment où elle vivrait enfin son heure de gloire nuptiale, la longueur de son voile et la composition de son bouquet que pour l'identité du promis. De son côté, Prudence avait la taille plus imposante, le caractère moins souple, le regard un peu trop attentif et les reparties un peu trop vives pour trouver vraiment grâce aux yeux d'un monde où rien n'encourageait le développement de la personnalité chez les femmes. Mais il se dégageait de sa personne une compétence qui, croyait mon père, pourrait retenir l'attention de bien des hommes.

Il était sous-entendu que Celia serait destinée à un industriel, l'un de ces nouveaux riches de la vallée de la Law, heureux d'accorder à son beau-père son soutien inconditionnel lors de ses réélections. Prudence, pour sa part, ferait plutôt un mariage politique avec, par exemple, une étoile montante du parti whig, un de ces jeunes loups capable de se hisser au poste ministériel que mon père avait toujours vainement poursuivi. Quant à moi, je ne paraissais trouver, dans son esprit et ses projets, aucune place bien définie et, pour des raisons qui m'échappaient, il était le plus souvent mal à l'aise avec moi.

Par certains côtés, j'étais de nous trois celle qui ressemblait le plus à notre mère, tandis que par d'autres j'en différais hélas ! radicalement. Si j'avais hérité de sa blondeur argentée, mes cheveux, contrairement à ses bouclettes soyeuses, étaient raides et lourds, impossibles à coiffer et décidément rebelles aux épingles et aux rubans, si bien que l'on voyait une boucle se défaire, une tresse s'échapper de mon chapeau ou une mèche folle voleter dans la brise au moment même où j'aurais dû présenter une apparence irréprochable. Mes yeux, je crois, étaient d'un assez joli bleu pour être favorablement remarqués ; mais ils étaient myopes et trop généralement voilés de cet ennui qui me rendait inattentive aux leçons de mes préceptrices, négligente envers mes études et me poussait à fuir l'asphyxiante réalité du monde paternel pour chercher refuge dans un univers de fantaisie d'autant plus merveilleux qu'il était le mien. Catastrophe plus désespérante peut-être, car sans remède, je m'étais mise à pousser à partir de l'âge de quatorze ans au point de dépasser Prudence elle-même, déjà trop grande, ce qui ne m'aidait pas à gagner la sympathie de mon père ; dans les derniers mois de sa vie, il était fort dépité de voir mes yeux au même niveau que les siens.

Il aurait néanmoins certainement réussi à me trouver un mari : de même que mes sœurs, j'avais en effet vingt mille livres de dot sans compter ma part de succession, dont la moitié restait cependant attribuée en usufruit à ma mère sa vie durant. Il n'en était pas moins évident que je lui causais de graves soucis, dont il s'entretenait longuement avec Miss Mayfield, notre gouvernante, et mes crimes — dont la liste s'allongeait à mesure qu'il s'affaiblissait et que je m'affermissais — lui paraissaient chaque jour plus inquiétants. Ainsi, accusée de désordre pour avoir laissé traîner mon carnet de croquis sur une console du vestibule, j'avais répondu avec impertinence : « Eh bien, Mademoiselle, en voilà une belle affaire ! » Ou bien, après avoir passé la matinée sur mon ouvrage sans le faire avancer d'un point tant j'étais plongée dans mes rêveries interdites — de quoi pouvais-je bien rêver, ou à qui ? —

j'avais insolemment répliqué, en haussant les épaules : « De grâce, Mademoiselle, il n'y a pas là de quoi nous faire tomber le ciel sur la tête ! » Enfin, apprenant que j'avais passé dix coupables minutes à me contempler dans un miroir pour être surprise, peu après, à vouloir me teindre les sourcils — que je jugeais trop clairs et insipides — à l'aide d'une mixture d'eau de rose et d'encre de Chine, mon père avait frémi d'horreur et, d'autant plus à bout de patience qu'il approchait de sa fin, était allé en informer ma mère en déclarant : « Il faut que je parle de cette fille à Joel, Elinor, vous serez incapable de la prendre en main. »

Le jour même, il envoyait chercher le frère de ma mère, M. Joel Barforth, de Tarn Edge, à qui il confiait par testament le soin de notre tutelle, pour lui confirmer que, s'il pouvait compter sur la docilité de Celia et la raison de Prudence, il devait s'attendre aux pires ennuis avec Julia.

La voix douce, les yeux modestement baissés, ma mère avait tenté de s'interposer, non pour remettre en cause la légitimité du jugement de son mari mais pour s'efforcer d'en adoucir les effets :

— Elle est encore jeune et étourdie...

— C'est une insolente et une souillon, avait-il répliqué. Pire encore, c'est une coquette.

Telles furent les dernières paroles que je l'ai entendu prononcer.

Ses funérailles, dans l'église paroissiale perchée au-dessus de la ville, déplacèrent une foule considérable car mon père n'avait pas seulement servi avec zèle, pendant plus de douze ans, les intérêts politiques des milieux industriels de Cullingford, il laissait le souvenir d'un homme d'affaires avisé aux méthodes rigoureuses méritant le respect, sinon la popularité.

Entrepreneur, Morgan Aycliffe avait à son actif la construction du splendide bâtiment de la salle des fêtes de Cullingford, de toutes les principales usines de la région et des villas de leurs propriétaires. Il avait tour à tour bâti des chapelles, carrées et fonctionnelles, pour les cultes dissidents et des églises aux clochers ajourés pour les tenants de la foi traditionnelle à l'honneur dans le royaume ; un collège à l'usage des catholiques et un autre pour les Quakers ; il avait même entrepris d'édifier une gare et un hôtel en prévision du jour, tout proche espérait-on, où Cullingford serait enfin reliée au chemin de fer de Leeds. Il n'avait pas non plus négligé les couches inférieures de la population et l'on nous citait, en exemple de son sens des affaires, la toile d'araignée des venelles étroites et sombres, où se pressaient les maisonnettes de deux pièces destinées au logement des ouvriers, qui s'étendait d'une grille d'usine à l'autre et, conçue sur ses tables à dessiner, avait été réalisée par ses maçons.

Député à la Chambre des Communes, Morgan Aycliffe avait fait campagne pour le libre-échange et dénoncé les lois protectionnistes qui, en empêchant l'importation du blé à bon marché pour imposer la consommation de grain britannique hors de prix, avantageaient les propriétaires terriens au détriment des industriels dont il représentait les intérêts. Il s'était opposé, sans succès, à la création des inspecteurs d'usines et à la législation limitant le nombre des heures pendant lesquelles nos usiniers — parents ou proches amis pour la plupart — pouvaient contraindre femmes et enfants à travailler dans leurs ateliers. Il avait remué ciel et terre pour prévenir le passage d'une loi interdisant l'emploi d'enfants de moins de neuf ans sous le prétexte, d'une part, que leurs petits corps étaient indispensables aux opérations de tissage car eux seuls pouvaient se glisser sous les machines pour renouer les fils de trame accidentellement brisés et, d'autre part, que les parents avaient un besoin impératif de leurs salaires pour subsister. Lors de sa dernière intervention à la Chambre, il s'était élevé avec indignation contre le projet de limiter la journée de travail à dix heures, mesure constituant, selon lui, une ingérence inadmissible dans les affaires personnelles de ses électeurs sans pour autant profiter aux classes laborieuses forcées, dans cette éventualité, de se contenter de dix heures de salaire quotidien.

Nous avancions en tête du convoi funèbre qui l'emmenait, en cette froide matinée de janvier, vers son repos éternel par les rues en pente aux pavés disjoints ; l'enclos paroissial était déjà encombré de voitures et l'église elle-même le théâtre d'une flatteuse bousculade de messieurs prospères en chapeaux de soie et de dames à voilettes venus rendre au disparu un dernier et reconnaissant hommage.

« Quelle perte cruelle ! entendions-nous dire de toutes parts. Infortunées orphelines ! Pauvre, malheureuse Elinor ! Elle ne lui survivra pas un mois ! C'est épouvantable ! » Alors que les fossoyeurs faisaient descendre le cercueil dans la terre durcie par le gel, les commentaires — plus ou moins étouffés — se poursuivaient de plus belle : « N'exagérons pas, mon cher, ce n'était plus un jeune homme. Il était plus âgé que moi, en tout cas... » Bientôt, tout fut terminé et je suis rentrée à la maison avec Prudence et Celia pour servir le porto à tous ces affligés qui, s'ils avaient des fils à marier, supputaient déjà la fortune du défunt et se demandaient combien il nous laissait à chacune, en plus de nos vingt mille livres de dot.

Mon père n'était plus, je le savais d'autant mieux qu'il était pour ainsi dire mort sous mes yeux. Pourtant, tout au long de ce sinistre après-midi, je ne pouvais me débarrasser de l'impression de sentir son regard posé sur moi et je m'attendais à le voir surgir, son visage crispé en une grimace réprobatrice, pour demander ce que faisaient ces gens qui encombraient son salon, posaient leurs verres sur ses guéridons cirés et menaçaient, de leurs gestes négligents ou de leurs jupes virevoltantes, l'équilibre de ses précieuses porcelaines ; sa présence me semblait réelle, presque tangible, et je me demandais si ma mère, figée dans son fauteuil et l'allure si frêle, ne la ressentait pas comme moi.

Finalement, les Hobhouse et les Oldroyd, les Mandelbaum et les Rawnsley, et tous les beaux messieurs de Bradford, de Leeds et de Halifax ayant fait leur devoir n'avaient plus guère envie de s'attarder ; un par un d'abord, puis en groupes pressés, ils vinrent s'incliner devant ma mère en bredouillant des condoléances hâtives avant de rentrer chez eux ou d'aller au Vieux Cygne, place du Marché, lamper un dernier punch et traiter une affaire pour que la journée ne soit pas complètement perdue. Il ne resta bientôt plus au salon que la famille de ma mère — ces Barforth jadis si pauvres et désormais si riches — car mon père n'avait d'autres proches que nous-mêmes et ce fils de son premier mariage, dont il ne prononçait jamais le nom.

Je n'avais, toute ma vie, connu que des personnes riches et puissantes — mon père n'aurait d'ailleurs pas permis que nous fréquentions quiconque ne le serait pas —, mais il était unanimement reconnu que le frère aîné de ma mère, M. Joel Barforth de Tarn Edge, de Lawcroft Fold et de Low Cross — les trois plus grosses usines textiles de la vallée de la Law —, les dépassait tous de si loin qu'on en arrivait à le croire d'une essence différente. Parti de rien avec, pour seul héritage, les dettes et le déshonneur de son père, il avait été le premier à Cullingford, voire dans tout le pays, à comprendre pleinement les avantages du machinisme et à oser en exploiter les possibilités.

Quand, accablés par la dépression économique survenue à la fin des guerres napoléoniennes, nos manufacturiers se bornaient à hocher tristement la tête et à serrer les cordons de leur bourse — tout en grommelant que le progrès représentait un danger pire que l'« Ogre corse » et que rien ne valait les « bonnes vieilles méthodes » — Joel Barforth, jeune homme alors affligé d'une exécrable réputation de tête brûlée, bourrait ses ateliers de machines toutes neuves, tournait le dos avec indifférence aux tisserands venus lui reprocher de leur ôter le pain de la bouche et haussait les épaules à leurs menaces de pulvériser ses diaboliques innovations à coups de marteau et de réduire ses usines en cendre. Il préférait engager à grands frais — folie sévèrement jugée par les Hobhouse et autres citoyens respectables — ces individus au métier mystérieux qui se paraient du titre d'ingénieur, et mettre leurs talents à profit pour faire du drap Barforth sinon le moins cher, en tout cas le plus efficacement produit et de la meilleure qualité qu'on pût trouver non seulement à Cullingford mais dans le monde entier. Aussi, parce qu'il n'éprouvait pas le besoin d'être modeste devant sa réussite, parce qu'il entrait à la Halle au Drap comme chez lui et parce qu'il se contentait de lever un sourcil ironique en apprenant que tel ou tel de ses concurrents — grâce à leur foi aveugle dans les vertus des « bonnes vieilles méthodes » — se débattait dans de graves difficultés, il avait longtemps été fort impopulaire et beaucoup souhaitaient, sans le cacher, voir son « aventurisme » le mener à la faillite.

Ce risque, mon oncle Joel en était définitivement débarrassé, même aujourd'hui où ne subsiste pratiquement plus un seul tisserand à main dans toute la vallée et que ses concurrents se sont, à son exemple, ralliés aux métiers mécaniques ; la seule usine de Tarn Edge, avais-je entendu dire, pouvait produire annuellement plus de huit millions de mètres d'étoffes de première qualité, ses carnets de commande étaient pleins en permanence et il exerçait sur Cullingford une autorité quasi absolue que plus personne ne songeait à lui disputer.

Pourtant, tandis que je l'observais ce jour-là, auprès de sa femme toujours aussi sereinement élégante, nonchalamment assis dans l'un des fragiles fauteuils de brocart qu'affectionnait mon père et qu'il paraissait écraser de sa carrure, je redoutais moins son influence sur mon avenir que celle de son autre sœur, notre tante Hannah.

Mon oncle Joel, pensais-je, était trop grand seigneur, trop détaché des mesquineries quotidiennes pour prêter attention aux faits et gestes de ses nièces ou, s'il voulait s'y intéresser, le ferait avec son grand style habituel et la même largeur de vues qu'il accordait à toutes ses entreprises. Tante Hannah, en revanche, avait continuellement fait peser son autorité sur notre vie ; c'était une femme que rien n'arrêtait et qui, trop souvent, arrivait à imposer ses vues à notre mère.

Elle avait tenu le ménage d'oncle Joel pendant ses années de lutte et sacrifié sa jeunesse à l'ambition de son frère ; puis, quand ni lui ni sa sœur n'eurent plus besoin d'elle, elle se mésallia sur le tard sans bénéficier en rien des millions de sa famille. Son mari, M. Ira Agbrigg — déjà veuf et père d'un adolescent au moment de leur mariage — était pourtant devenu directeur de Lawcroft Fold, la plus importante des usines Barforth, et jouissait d'une influence indiscutée dans la profession. Si tante Hannah, selon les dames bien pensantes telles que Mmes Hobhouse et Rawnsley, savait se contenter d'un salaire de directeur, elle n'aurait donc aucune raison de se plaindre de son sort.

Il n'était pourtant pas dans son caractère de s'effacer devant une Mme Morgan Aycliffe, sa sœur cadette, ou une Mme Joel Barforth, femme de son propre frère, toutes deux plus jeunes qu'elle et, à ses yeux, infiniment moins compétentes ; aussi, et bien qu'elle n'ait jamais hésité à nous emprunter nos chevaux d'attelage ou à s'approprier les surplus des cuisines familiales — par haine, prétendait-elle, du gaspillage — j'avais toujours reconnu en elle une puissance de première grandeur.

Oncle Joel allait vraisemblablement liquider les affaires de mon père ou continuer à les faire tourner, selon ce qu'il estimerait le plus rentable ; mais si ma mère, que je n'avais jamais vue prendre une décision de sa vie, ne se décidait pas à réagir, il était inéluctable que la direction de notre vie quotidienne — infiniment plus importante pour nous que la valeur de terrains à bâtir ou les actions de compagnies ferroviaires — tomberait sous la coupe de notre tante Hannah.

D'humeur apparemment taciturne, oncle Joel se leva, alla se planter devant la cheminée, qu'il dominait de toute sa taille, tira de sa poche un étui à cigares — malgré son audace, je ne le croyais quand même pas capable de commettre le sacrilège de fumer dans le salon de mon père — et laissa ses regards errer pensivement sur les vitrines, étagères et guéridons de marqueterie chargés des trésors de Sèvres, de Meissen et de Derby auxquels mon père avait toujours voué plus d'attachement qu'à ses filles.

Pendant ce temps, le mari de tante Hannah contemplait le bout de ses chaussures, visiblement tiraillé entre son sens des convenances, qui lui disait de prendre congé, et celui des réalités, qui lui rappelait qu'il ne pouvait le faire sans l'autorisation de son épouse. Je voyais la femme d'oncle Joel, ma chère et douce tante Virginie, regarder son mari avec un sourire plein d'indulgence ; je devinais son amusement de le sentir résister à l'envie d'allumer ce cigare interdit et s'abandonner à ses instincts d'homme d'affaires qui le poussaient, par la force de l'habitude, à évaluer les porcelaines de son défunt beau-frère.

Un long moment s'écoula, et l'on n'entendit que le crépitement des bûches et le tic-tac du cartel posé avec une précision immuable au milieu de la cheminée entre deux urnes de basalte. Mais tante Hannah, peu portée aux méditations prolongées, finit par rompre le silence et fixa ma mère d'un œil sévère :

— Alors, Elinor ? Tristes circonstances, n'est-ce pas ?

— Bien tristes en effet, ma chère Hannah.

— Il nous fera cruellement défaut. Dieu sait si nous trouverons jamais un député capable de nous servir avec le même dévouement. L'élection de son remplaçant doit avoir lieu très prochainement, sans doute ?

— Sans doute, Hannah, sans doute.

— Tu n'as certainement pas pensé à commémorer dignement notre cher disparu, poursuivit tante Hannah d'un ton accusateur.

— Mon dieu, Hannah, crois-tu vraiment que...

— C'est l'évidence même, Elinor, et tout le monde l'attend de toi. Un monument funéraire serait notoirement insuffisant. Pour un tel homme, il faut quelque chose qui sorte de l'ordinaire. Je me disais, d'ailleurs, que si l'on parvenait à convaincre les notables de contribuer à l'érection d'une salle de concerts, il ne serait que juste de lui donner le nom de ton pauvre mari.

— Cela me paraît tout à fait remarquable, Hannah.

— Bien. Avec ton accord, bien entendu, il ne reste donc qu'à constituer un comité. Compte tenu de tout ce que M. Aycliffe a fait pour cette ville, personne ne fera de difficultés, j'en suis sûre, et un tel monument me semble fort convenable pour perpétuer sa mémoire.

Ma mère n'avait pas perdu son sourire, visiblement indifférente aux monuments et autres salles de concerts tant qu'on ne lui demandait pas de sortir de son coin tranquille ; quant à mon oncle Joel, d'ordinaire si intimidant, je lui vis soudain prendre la mine d'un écolier malicieux :

— Fort convenable, en effet, dit-il d'un ton sarcastique. Et si la construction en est assurée par l'entreprise Aycliffe, ce n'est pas simplement *convenable,* ma chère Hannah, cela dénote un excellent sens des affaires !

Là-dessus, avec l'aisance qu'il aurait eue chez lui, et qu'il avait désormais chez nous, il choisit un cigare dans son étui, l'alluma et aspira une longue bouffée gourmande ; par ce simple geste, je comprenais enfin que mon père, qui n'avait jamais toléré l'odeur du tabac dans sa maison, était décidément bien mort et enterré.

Scandalisée, tante Hannah sursauta :

— Joel ! Grand dieu, mais tu n'y penses pas ! Fumer, ici ?

— Si cela déplaît à Elinor, elle est assez grande pour me le dire.

Tante Hannah poussa un cri d'horreur et sa subite nervosité fit que je me demandai si l'intérêt qu'elle portait à mon père était aussi sincère qu'elle le prétendait.

— Elinor ? s'écria-t-elle. Elinor n'a pas voix au chapitre ! Nous sommes ici chez Morgan Aycliffe, tu le sais fort bien, et Elinor n'a jamais eu le sens des convenances, encore moins le sens commun ! Oser faire cela, Joel, alors que le malheureux est à peine dans sa tombe !... Et les porcelaines, y as-tu pensé ? Tu sais quel soin il en prenait et combien il craignait que la fumée du tabac ne les jaunisse !

— Les porcelaines ! dit alors ma mère sans rien perdre de sa sérénité devant cette explosion. Les fameuses porcelaines... Ne devrions-nous justement pas en dire quelques mots, Joel ?

Elle se leva avec une vivacité que je ne lui connaissais pas, nous fit à toutes trois un sourire distrait et nous envoya nous coucher.

Nous avions maintenant chacune notre chambre, à l'étage au-dessous de celui de la nursery. Elles étaient toutes trois identiques, meublées des mêmes tables de toilette enjuponnées de mousseline, des mêmes lits étroits aux mêmes édredons blancs, sans rien qui les distinguât les unes des autres sauf que dans celles de Prudence et de Celia régnait un ordre rigoureux tandis que la mienne, hélas ! était le plus souvent dans un affreux désordre. Celia nous souhaita aussitôt bonne nuit pour aller rêver aux vingt mille livres de sa dot qui lui assuraient le grand mariage, le baptême cérémonieux et la confortable villa neuve que son cœur convoitait ; Prudence et moi, qui n'avions pas plus envie de dormir que de rester seules, nous nous sommes retrouvées au coin de sa cheminée pour bavarder un moment.

Nous n'avions pas aimé notre père — il ne nous le demandait d'ailleurs pas et nous n'en avions pas eu l'idée. Si son autorité donnait à Celia une impression de sécurité, elle nous oppressait, Prudence et moi. Pourtant, maintenant que nous n'y étions plus soumises, nous n'en ressentions aucun soulagement et nous ne formulions pas l'espoir d'élargir notre horizon et de libérer notre esprit du carcan de notre éducation.

Désormais privée du soutien de mon père, vers qui elle courait au moindre prétexte, Miss Mayfield, notre gouvernante, se montrerait sans doute moins intraitable. Grâce à quelque intrigue, nous obtiendrions peut-être le droit de recevoir et rendre des visites hors de son regard d'aigle, d'écrire des lettres sans les soumettre à sa censure et d'avoir des conversations loin de ses oreilles vigilantes. Nous pourrions même, je crois, avoir la permission — dans les limites du raisonnable — de choisir nos robes et décider entre un ruban ou une dentelle, une plume ou une rose pour orner un chapeau. Or, c'est justement là que nous mesurions l'échec des méthodes de mon père : seule de ses trois filles, Celia saurait se contenter de ce simulacre de liberté. Elle se préparait ainsi une vie facile et des succès assurés, car elle ne désirait rien qui ne soit conforme aux canons déterminés pour elle. Mais Prudence s'engageait dans une voie ardue : choisir par elle-même et rester maîtresse de son propre destin. Quant à moi, je ne savais pas encore vraiment ce que je souhaitais — sauf que mon avenir n'était sûrement pas lié aux quatre murs de Blenheim Lane.

— Que vont devenir les porcelaines, à ton avis ? ai-je demandé à Prudence. Crois-tu qu'elles devraient aller à notre frère ? Pour ma part, j'avoue que je ne m'en plaindrais pas.

J'avais ajouté cette dernière remarque en écho à la crainte perpétuelle que m'inspiraient ces trop fragiles bibelots — s'il devait y avoir une jupe malencontreuse pour en faire tomber un, ce ne pouvait en effet être que la mienne.

— Moi non plus.

Les yeux obstinément tournés vers le feu, les traits figés dans une intense concentration la faisant plus que jamais ressembler à notre père, Prudence reprit :

— De fait, ce ne serait que justice qu'il hérite de quelque chose, surtout qu'il aurait dû tout avoir s'il ne s'était pas querellé avec son père. Mais c'est un homme, il est donc censé être capable de survivre par ses propres moyens. J'aimerais pouvoir m'inquiéter de son sort, si je n'avais pas d'autres soucis en tête. Pour le moment, je me demande si ce sera finalement un Hobhouse ou un Rawnsley qu'ils vont décider de m'acheter avec mes vingt mille livres.

— Mère va peut-être t'offrir une saison à Londres, comme Père l'avait prévu... ai-je hasardé sans conviction.

Prudence n'avait jamais eu envie d'être offerte sur le marché matrimonial de la capitale. Les lèvres tordues par un sourire dur et sarcastique, elle secoua la tête :

— Certainement pas ! Mère, comme toujours, va faire exactement ce qu'on lui dit. Tu la connais, avec ses sempiternels : « Oui, mon ami, non, mon ami. » La seule différence, c'est qu'elle adressera désormais ses sourires et ses hochements de tête à oncle Joel. J'ai beau être sûre, vois-tu, qu'oncle Joel ne nous veut aucun mal et qu'il serait plus disposé à arrondir nos dots qu'à nous léser d'un sou — il ne manque pourtant pas d'oncles qui n'hésiteraient pas à dévaliser leurs nièces —, je ne le vois pas se donner le mal de nous envoyer à Londres. Il a la responsabilité de nous marier et il le fera, mais sans s'embarrasser d'autant de précautions que notre père. Il prendra le premier qui se présentera — pour peu qu'il soit respectable ou que tante Hannah le lui ait recommandé — rien que pour se débarrasser de la corvée, crois-moi. Quant à notre mère, elle dira comme d'habitude : « Bien sûr, mon cher Joel, quelle excellente idée. » Pauvre femme, peut-on être aussi sotte ? Crois-tu, Julia, qu'elle ait toujours été ainsi ? Ou bien serait-ce vingt ans de vie avec notre père qui en ont fait une marionnette ? J'ai parfois la hantise de finir comme elle...

Là-dessus, je me suis levée et lui ai donné un léger baiser sur la joue, tout en sachant que Prudence n'aimait pas qu'on la touche mais parce que j'étais incapable de lui offrir de véritable réconfort ; puis, tandis que je traversais le palier pour regagner ma chambre — l'esprit rempli de doutes sur la véritable nature de cette « marionnette sans cervelle » que j'avais surprise à valser avec jubilation le soir de la mort de son tyran —, je me suis retrouvée, une fois de plus, dans le rôle du témoin involontaire et invisible.

Au-dessous de moi, dans le grand vestibule à demi obscur, oncle Joel et tante Virginie s'apprêtaient à partir. Après que tante Virginie se fut penchée vers ma mère pour l'embrasser, oncle Joel s'attarda un instant, son cigare à la main, et cette odeur masculine inaccoutumée en ce lieu me choqua tout en m'attirant, si bien que je me suis penchée sur la rampe pour regarder et que, de crainte d'être surprise, j'ai dû ensuite rester où j'étais sans bouger. La voix d'oncle Joel montait clairement vers moi :

— Te voilà donc riche, Elinor, très riche. Cela valait la peine, n'est-ce pas, de vingt ans d'efforts, même pénibles ? Le monde est assez vaste pour t'y ébattre à ton aise, si tu sais prendre ton temps. Tout ce que je te demande, c'est de porter le deuil bien sagement avant de déployer tes ailes.

Elle lui fit un sourire qui n'avait rien de timide ni de docile mais où rayonnait au contraire une jubilation un peu perverse. Elle lui jeta les bras autour du cou et, sur la pointe des pieds, se serra contre lui :

— Rassure-toi, Joel, je le ferai d'autant plus volontiers que le noir me va à ravir ! Un an est vite passé. Mais personne ne me reprochera d'aller porter mes voiles dans des régions plus ensoleillées. Tu sais que ces hivers nordiques ne me conviennent pas du tout, et que je les passe toujours de rhumes en bronchites. Mon docteur exigera sûrement un changement d'air !

— C'est un homme qui connaît son métier ! répondit-il en riant.

— Je pensais à l'Italie ou au midi de la France... Quelques mois, Joel, je les ai bien gagnés, tu ne crois pas ? Hannah surveillera les petites — Virginie aussi, n'est-ce pas, Virginie ? — d'autant que tout le monde me sait incapable d'organiser un thé, encore moins d'élever des enfants ou de leur trouver un parti.

— C'est malheureusement exact... Jure-moi seulement que tu ne vas pas te dénicher un mari en Italie ou en France.

Je vis le visage de ma mère s'éclairer d'une joie de vivre que je ne lui connaissais pas et elle se jeta de nouveau dans les bras de mon oncle en éclatant de rire :

— Me marier, Joel ? Tu sais bien que tu n'as rien à craindre. Plus question de me marier, du moins jusqu'à ce que je sois bien vieille ! Et je ne le suis pas encore, crois-moi. Au contraire, je ne me suis jamais sentie aussi jeune !

Debout sur le pas de la porte, sans chaperon et sans châle malgré l'air froid de la nuit, elle resta longuement à agiter la main jusqu'à ce que la voiture se fût fondue dans l'obscurité, le corps tendu en une gracieuse attitude comme un oiseau impatient de prendre son vol.

2

Le lendemain même, ma mère s'alita car elle souffrait, disait-on, des suites de l'épuisement et du chagrin qui, aggravées par le froid glacial de ce mois de janvier — sans parler de l'inclémence de février et du mois de mars venteux et humide auxquels on s'attendait —, risquaient d'avoir les plus fâcheuses conséquences pour ses bronches délicates. Il incomba donc à mon oncle Joel de nous apprendre que mon père avait légué en totalité sa collection de porcelaines à Prudence. Cette nouvelle affligea profondément Celia — non qu'elle éprouvât d'affection particulière pour ces bibelots, mais parce qu'elle était la plus jeune, la plus petite et la seule ayant aveuglément suivi les enseignements de son père et que, par conséquent, elle aurait ardemment voulu en être récompensée.

Tante Hannah le prit tout différemment :

— Cela vaut des milliers de livres, une fortune ! déclara-t-elle d'un ton accusateur, comme si Prudence avait été une femme de chambre portée aux manigances. Et pour une fillette qui n'a pas encore dix-neuf ans... C'est insensé ! Il n'est évidemment pas question, ma petite, d'en soustraire la moindre pièce. Considère-t'en la dépositaire jusqu'à ton mariage, quand ton mari en prendra, comme il convient, la pleine responsabilité.

Une heure plus tard, cependant, tante Hannah avait dû réfléchir car je la vis manifester à Prudence des égards inhabituels ; ce legs la rendait, en effet, la plus « mariable » de nous trois et nous n'avions pas besoin qu'on nous rappelât que tante Hannah avait un beau-fils, Jonas Agbrigg, en grand besoin d'une épouse fortunée.

Je ne fus guère étonnée non plus, quelque trois semaines plus tard, d'accompagner ma mère à Leeds, première étape du voyage qui allait l'emmener à Londres puis à l'étranger à la poursuite de cet indispensable climat ensoleillé prescrit — sur les insistances pressantes de sa cliente — par notre médecin de famille, pour me retrouver ensuite avec Prudence chez tante Hannah où Celia, qui souffrait elle aussi du froid, nous attendait déjà.

Il avait été successivement question que Prudence escortât ma mère, projet vivement combattu par tante Hannah ; que nous restions toutes trois à la maison sous la surveillance conjointe de Mme Naylor, l'intendante, et de Miss Mayfield, notre gouvernante dont les fonctions, maintenant que notre éducation avait pris fin, devenaient aussi vagues que précaires. La maison avait pourtant été maintenue ouverte, Miss Mayfield, en larmes, avait reçu l'assurance d'y avoir toujours sa place quoi qu'il arrivât ; mais tante Hannah avait exigé de nous recevoir pour au moins une semaine. J'avais la sensation, tandis que je buvais son thé insipide et grignotais ses toasts microscopiques en ce premier après-midi sous son toit, que ses exigences ne se limiteraient pas là.

Maison Haute, où ma tante résidait à Lawcroft Fold, était une vieille bâtisse carrée et d'allure simple, noircie par la fumée, accrochée à flanc de coteau au-dessus de l'usine que possédait son frère et dirigeait son mari. De ses fenêtres, malgré son affectation de l'ignorer, l'on avait une vue imprenable sur les ateliers tapis dans la vallée, les hauts murs d'enceinte hérissés de piquants de fer et le troupeau des maisonnettes ouvrières qui se pressaient autour. Tous les matins, à cinq heures, on était réveillé par le lugubre hurlement de la sirène suivi, une demi-heure plus tard très exactement, du fracas métallique des lourdes grilles qui se refermaient.

La maison elle-même était agréablement proportionnée, avec une solide porte de chêne au milieu de la façade, deux vastes pièces carrées, hautes de plafond, de chaque côté du vestibule, des chambres à coucher en nombre suffisant ; le grand salon, strictement réservé aux invités de la maîtresse de maison, faisait preuve d'une certaine ostentation et comprenait des meubles massifs tapissés de velours prune, un tapis aux ornements compliqués dissimulant l'usure, une abondance de plantes vertes dans des pots tapageurs et une véritable avalanche de travaux d'aiguille — écrans brodés, housses de coussins, napperons, paysages au petit point encadrés d'acajou — fruits de la dextérité manuelle de tante Hannah. Elle s'efforçait ainsi de faire oublier l'absence choquante de précieuses porcelaines et d'argenterie patinée qui foisonnaient à Blenheim Lane.

D'une propreté rigoureuse et d'une nudité spartiate, son petit salon offrait un contraste saisissant avec cette écrasante opulence et, pendant l'interminable semaine que j'ai dû passer à Maison Haute, j'étais forcée de m'enfermer tous les matins dans ce morne local où je participais aux travaux de couture, auxquels je n'entendais goutte et qui me mettaient à la torture ; mes après-midi, en revanche, étaient consacrés au grand salon où, assise bien à l'écart de la cheminée, il me fallait écouter modestement, n'ouvrir la bouche que si l'on m'adressait la parole et regarder tante Hannah dispenser le thé et ses instructions aux dames enrôlées dans ses œuvres charitables. Epouses d'industriels fortunés, et non de simples directeurs d'usines, elles la détestaient en secret et parlaient de se rebeller dès qu'elle avait le dos tourné ; mais il ne fallait pas dix minutes à tante Hannah pour étouffer dans l'œuf ces velléités de révoltes et faire triompher son autorité.

Elle menait toujours de front une bonne douzaine de projets. Ses énergies, cet hiver-là, elle les consacrait au programme ambitieux d'obtenir du Parlement l'accession de Cullingford au statut de commune indépendante, assorti du droit d'élire son maire et son conseil municipal, moins, comme on le chuchotait, pour mettre fin aux carences de l'antique système d'administration paroissiale que pour réaliser son dessein longtemps caressé de faire de son mari, M. Ira Agbrigg, le premier magistrat de la commune et se voir elle-même mairesse.

M. Agbrigg ne lui offrirait jamais la fortune, elle s'y était résignée, mais il pouvait lui apporter les honneurs ; aussi, comme les candidats à cet office prestigieux ne manquaient pas, tante Hannah n'était pas fâchée, à l'occasion, de rappeler à ces dames imbues de leur grandeur — et intimement persuadées que leurs époux étaient infiniment mieux qualifiés — qu'elle avait pour nièces les propres filles de feu Morgan Aycliffe, honorable député de la circonscription, et pour frère nul autre que le très puissant et très redouté M. Joel Barforth.

« Mon frère, bien entendu, s'intéresse énormément à la question et souhaite le succès de nos démarches, lançait-elle d'un air faussement détaché en surveillant attentivement l'effet de son pavé dans la mare. Il est indispensable que nous puissions décider nous-mêmes de l'administration de notre ville et, comme Joel me le disait l'autre jour, il y a tant de réformes à entreprendre, tant de travail en perspective que le maire n'aura pas une tâche bien enviable, » concluait-elle avec un sourire adressé à Mme Hobhouse, dont le mari jouissait d'une réputation de fainéantise.

« Naturellement, la mairesse aura de son côté beaucoup de devoirs à remplir et de fonctions à assurer », ajoutait-elle avec un regard en coin vers Mme Mandelbaum, la femme du négociant en laine, dont nul n'ignorait la timidité, l'horreur des foules et l'incapacité à s'exprimer en anglais quand elle était énervée.

— Votre frère ne compte-t-il pas prendre lui-même la mairie ? lui avait une fois demandé Mme Rawnsley, de la Commercial Bank.

— Certainement pas, avait répondu tante Hannah, il a bien trop à faire. Mais il présentera son candidat et le soutiendra activement.

A quoi la digne dame, trop consciente du fait que la banque de son mari ne survivrait pas à un retrait des fonds du tout-puissant M. Barforth, avait dit en rougissant :

— Oui, certes... L'opinion de M. Barforth comptera beaucoup.

Alors, savourant son triomphe comme si elle avait déjà donné à son frère l'ordre de virer ses millions chez un concurrent — ou comme si elle s'imaginait vraiment qu'il lui obéirait — tante Hannah avait poursuivi, avec un sourire plein d'indulgence :

— Vous avez raison. J'ignore, bien entendu, quel sera son candidat, mais nous pouvons être assurées que Joel ne fera pas son choix à la légère car il a trop à cœur les intérêts de la collectivité. Et maintenant, mesdames, si vous le voulez bien, revenons au problème de la salle de concerts...

Ainsi, humble épouse d'un obscur directeur d'usine, elle leur avait rappelé la grandeur de ses alliances familiales, la solidité et la densité des liens qui les plaçaient, pour la plupart, sous la dépendance de son frère et l'attrait puissant qu'offraient les filles de sa sœur à toutes celles qui avaient des fils à marier. Puis, sans plus insister ni faire la moindre allusion au nom de son mari, elle passa négligemment à autre chose.

Nous ne nous attendions pas à être dorlotées pendant notre séjour chez tante Hannah, car si le salaire de M. Agbrigg était réputé considérable — mon oncle Joel s'était toujours montré généreux envers ceux qui le servaient bien —, les multiples activités sociales et charitables de son épouse, ainsi que son entêtement à vouloir mener le train de vie d'une Barforth plutôt que celui d'une Mme Agbrigg, mettaient les finances du ménage à rude épreuve. Il n'était pas question, pour la future mairesse de Cullingford, de se dérober à l'obligation de contribuer substantiellement à des œuvres fondées par ses soins ni, à plus forte raison, de donner moins que celles contraintes, par la force ou la persuasion, à délier les cordons de leur bourse. Il lui fallait aussi accepter les invitations à dîner de dames dont les maris étaient susceptibles de soutenir la candidature de M. Agbrigg et, les invitations une fois acceptées, elle était bien obligée de les rendre. Dans ces circonstances, sa table devait présenter un assortiment convenable de cristaux et d'argenterie et nul n'était autorisé à soupçonner que l'hôtesse avait confectionné elle-même les sauces et les desserts. Hors ces déploiements de luxe, tante Hannah exerçait sa vigilance sur les bûches et les chandelles et employait, aux moindres frais, des orphelines à demi ignares dont la plus présentable faisait office de femme de chambre pour venir au salon servir le thé aux visiteuses. « Ah ! Qu'avons-nous donc aujourd'hui pour goûter ? » disait-elle à l'apparition du plateau avant de servir dignement, avec un sourire amusé, le pain d'épice et le gâteau au chocolat, la tarte aux pommes et les *muffins* préparés de ses propres mains quelques heures auparavant.

Pourtant, alors que Celia et moi étions obligées de faire nos chambres et de participer au raccommodage — ce qui libérait les servantes pour l'astiquage des pièces de réception —, tante Hannah fit, dès le premier jour, preuve d'une telle indulgence envers Prudence que Celia, aisément froissée il est vrai, s'en plaignit bientôt avec amertume. Les traits durcis et contractés, comme chaque fois qu'il était question de mariage, elle déclara à sa sœur :

— Elle veut te faire épouser Jonas ! Voilà ce que c'est que d'être la chouchoute de notre père et d'avoir hérité de sa collection de porcelaines ! Enfin, c'est sans doute juste que tu te maries la première, puisque tu es la plus vieille... Il paraît que Jonas est très intelligent. Je te souhaite bien du plaisir.

Excédée, Prudence avait fini par déclarer que le mariage était le cadet de ses soucis, à quoi Celia — terrorisée à l'idée de rester vieille fille — répondit calmement :

— Ne dis pas de bêtises, Prudence. Bien sûr que tu penses à te marier ! Nous ne pensons qu'à cela, toutes tant que nous sommes. Tu ferais d'ailleurs bien de te dépêcher, pour que Julia et moi n'attendions pas trop longtemps notre tour.

J'avais connu Jonas Agbrigg toute ma vie, ou du moins aussi loin que remontaient mes souvenirs, sans réellement en savoir plus sur son compte que ses succès scolaires et universitaires tant vantés. Il avait manifesté très tôt, semble-t-il, des dons intellectuels et un appétit de connaissances peu communs pour son âge et sa modeste condition. A l'école primaire déjà, longtemps avant que le remariage de son père avec tante Hannah ne le hissât de quelques degrés dans la hiérarchie sociale, il distançait en se jouant les fils des riches industriels dont les libéralités assuraient l'existence de l'établissement et causait de l'embarras à ses maîtres, dont certains avaient du mal à se maintenir à son niveau. Il paraissait doué, en fait, de talents si universels que tante Hannah, fière de son protégé, ne savait plus vers quoi l'orienter pour mieux le faire briller. Elle avait d'avord envisagé l'Eglise, et le voyait déjà archevêque — avec elle pour seule maîtresse d'un palais épiscopal — jusqu'à ce que les aspérités de son caractère et une évidente absence de dévotion lui fissent considérer les vastes perspectives de la loi des hommes plutôt que de celle de Dieu. Jonas revenait donc de l'école de droit de l'Université de Cambridge tout couvert de diplômes, et venait d'acquérir — avec l'assistance d'oncle Joel — une participation dans le cabinet juridique de Me Corey-Manning, un de nos voisins de Blenheim Lane. Selon tante Hannah, cet homme de loi appréciait infiniment la chance unique de s'être attaché les services d'un si précieux collaborateur.

Tel que je le revoyais, Jonas était un jeune homme de vingt-quatre ans, le teint pâle et le visage inexpressif, la silhouette plus étoffée et l'allure mieux nourrie que celles de son père, dont il n'avait pas hérité le dos voûté et les grosses mains calleuses d'ouvrier. Les siennes, au contraire, étaient longues et fines et ses doigts, soigneusement manucurés — voire efféminés, selon les normes de Cullingford — toujours vierges de la moindre tache d'encre. Sobre dans sa mise, il était cependant impeccable en toutes circonstances mais trop infatué de son apparence.

Je conviens volontiers que nous n'avons pas été toujours aimables envers Jonas. Tout au long de notre enfance, quand les filles et les garçons de la famille jouaient encore ensemble, mes cousins Blaise et Nicolas Barforth, fils d'oncle Joel, se moquaient impitoyablement du soin qu'il prenait de ses vêtements, alors qu'ils considéraient eux-mêmes avec le plus grand mépris les dommages infligés aux leurs. Leur sœur, ma cousine Caroline — à qui la science innée des nuances sociales faisait accorder la même valeur au fils d'un directeur d'usine et à un palefrenier — le snobait souvent avec cruauté et nous encourageait à faire de même.

« Bah ! Ce n'est que le fils Agbrigg, déclarait Caroline en le voyant approcher. Il n'a sûrement pas envie de jouer. » Et Jonas, ses yeux bridés étincelants de colère, se retirait en nous faisant sentir, par une mimique méprisante, que nos jeux étaient puérils et nos personnes dépourvues de charme et d'intérêt.

Même maintenant, malgré sa politesse scrupuleuse, sa compagnie n'était guère plaisante et son retour à la maison tous les soirs provoquait un malaise dû en partie, je crois, à l'étonnante froideur de ses rapports avec son père — froideur que tante Hannah, curieusement, ne paraissait pas remarquer.

— Bonsoir, père, articulait Jonas.

— B'soir, mon garçon, recevait-il pour toute réponse.

Les oreilles rebattues des espérances grandioses fondées par tante Hannah sur l'avenir de son beau-fils, j'étais chaque fois plus stupéfaite de constater que son propre père n'ait rien de plus à lui dire. Et tous les soirs M. Agbrigg, son visage émacié presque livide sous la lampe et les vêtements imprégnés de l'odeur de la laine brute, avalait son dîner en silence sans que son regard, ordinairement vif, trahisse la moindre réaction pendant que tante Hannah faisait discourir Jonas sur les nouvelles de la journée. Puis, ayant éludé les invites à fournir ses propres commentaires, il repliait sa serviette et se levait en annonçant simplement : « Je retourne à l'usine pour l'arrivée de l'équipe de nuit. »

Les ambitions de ma tante pour Jonas étaient, naturellement, sans commune mesure avec les projets qu'elle nourrissait pour son mari. Autodidacte, M. Agbrigg souffrait de graves lacunes dans son éducation ; ses manières encore frustes, son élocution entachée d'un accent rocailleux imposaient des limites précises à son ascension. Mais le respect unanime dont il jouissait à la Halle au Drap et dans le reste de la profession, où l'expérience et l'autorité étaient plus prisées que la culture et les bonnes manières, ferait de lui un maire fort populaire auprès d'administrés pour la plupart illettrés. Jonas, en revanche, était auréolé du prestige de ses diplômes, servi par un maintien irréprochable et poussé par un féroce appétit de réussite, tous éléments qui, aux yeux de tante Hannah, feraient éclater sa gloire au-delà des limites étroites de Cullingford et le rendraient illustre dans tout le pays, sinon dans le monde entier.

Elle avait déjà prévu la trajectoire de son triomphe. Il fallait, d'abord, que Jonas reprenne le cabinet de Me Corey-Manning, proche de la retraite et sans héritiers. Ensuite, sa réputation d'habile juriste solidement établie auprès d'une vaste clientèle où il aurait su se faire des obligés, viendraient les premières passes d'armes : un ou deux ans au conseil municipal, un siège de commission ici, une présidence de comité ailleurs. La route de Westminster lui serait alors grande ouverte et le siège de mon père, dont il chasserait sans mal le remplaçant, le mènerait tout droit à son premier sous-secrétariat d'Etat. Qu'il restât, pour y parvenir, fidèle au parti whig ou s'affiliât aux torys importait peu à tante Hannah : une fois lancé, Jonas pourrait prétendre à tout. Elle lui voyait l'étoffe d'un Premier ministre.

Mais le génie de Jonas ne pourrait s'épanouir s'il ne disposait, le moment venu, du capital nécessaire au rachat des parts de Me Corey-Manning, ni des revenus indispensables au financement d'une campagne électorale et au maintien, une fois en place, d'un train de vie digne de lui. C'est pourquoi, tante Hannah ne pouvant elle-même lui fournir un sou ni compter éternellement sur la générosité de son frère Joel, il ne restait à Jonas qu'un seul recours : trouver une femme capable de le faire.

Cette épouse idéale, il laisserait bien entendu sa belle-mère la choisir, et celle-ci avait jeté son dévolu sur Prudence pour plusieurs raisons : d'abord, le montant de sa dot augmenté de la valeur des porcelaines ; ensuite, mais à un moindre degré, le caractère énergique de ma sœur, dont on pouvait penser qu'elle encouragerait un homme à aller de l'avant plutôt qu'elle ne le freinerait dans ses élans ; enfin, et surtout, parce que tante Hannah n'avait, en fait, guère le choix qu'entre nous trois. Jonas, elle le savait trop bien, n'aurait jamais le droit d'approcher une Mlle Mandelbaum ou une Mlle Rawnsley dont les pères, tout comme le nôtre, exigeraient d'un gendre des qualités autrement substantielles que l'ambition, même effrénée, la confiance en soi et des diplômes universitaires qui ne constituaient pas, à leurs yeux méfiants, de fondations assez solides pour bâtir une fortune. Or, mon père mort, tante Hannah avait désormais le champ libre ; ce n'était pas ma mère, sa petite sœur, qui lui donnerait du fil à retordre. Elle se mit donc aussitôt en campagne pour déblayer le terrain et, avec une vigueur et une absence de scrupules dignes de sa réputation, elle lança des allusions transparentes à celles qui, comme Mme Hobhouse, avaient des fils à marier pour leur faire comprendre que Prudence était promise et échappait à leur convoitise.

Mais Mme Hobhouse — forte d'un escadron de dix rejetons mâles et, par ailleurs, précisément renseignée sur les sommes qu'une vente aux enchères dégagerait des collections de mon père — avait des instincts maternels aussi développés que ceux de ma tante ; aussi, à notre première visite à Nethercoats, Prudence se trouva-t-elle l'objet des assiduités d'un nouveau prétendant,

Freddy Hobhouse, l'aîné des dix corpulents héritiers de cette imposante famille.

« Notre chère petite Prudence, quelle adorable jeune fille ! » s'exclamait la plantureuse Mme Hobhouse tout en surveillant d'un œil approbateur la manière dont son fils s'acquittait de ses devoirs en bourrant ma sœur de thé bien sucré et de *muffins* copieusement beurrés. Pendant ce temps, ma tante Hannah — parfaitement consciente de ce que Freddy, à cette heure-là, aurait dû être à l'usine et n'avait été mandé au salon que pour exercer sa séduction — se raidissait sur son siège et arborait un sourire pincé.

« Adorable, en effet, répondait-elle sèchement. Je ne vous cacherai pas qu'elle est ma préférée et que je fonde de grands espoirs sur son avenir. » Plus tard, sur le chemin du retour — après que Freddy, d'un naturel plus chaleureux que Jonas, eut consacré plus de temps qu'il n'était strictement nécessaire à arranger la couverture de Prudence dans son coin de la voiture — tante Hannah demanda aigrement à Prudence s'il était bienséant, en période de deuil, de passer son temps à flirter avec le premier venu. A quoi ma sœur, dans une rage froide égale à celle de son père et les narines palpitantes comme les siennes, répliqua qu'elle ne saisissait pas l'allusion de sa tante ou, du moins, qu'elle préférait ne pas comprendre de peur d'en être gravement offensée.

« Les Hobhouse, déclara tante Hannah ce soir-là au dîner en s'adressant à M. Agbrigg, sont décidément dans un bien triste état. Cela m'afflige, chaque fois que j'y vais, de voir leurs affaires péricliter à ce point. Quand je pense à Nethercoats du temps du vieux M. Hobhouse ! Même au moment où Bradley a pris la suite, l'affaire paraissait solide comme le roc — c'est du moins ce que devait penser Emma-Jane Rawnsley, sinon son père ne lui aurait jamais permis de l'épouser. Mais ce pauvre Bradley n'est pas un homme d'affaires. Il est trop indolent, trop enclin à se décharger de son travail sur les autres — combien de fois ai-je entendu mon frère le dire ! Emma-Jane est une brave fille, c'est vrai, mais elle n'a pas plus de caractère que son mari. Je me demande — et Emma-Jane ne le sait pas plus que moi — comment Nethercoats parviendra à les faire vivre dans ces conditions, à procurer du travail aux dix garçons et une dot aux quatre filles. Ils ont réussi à caser Freddy et Adolphe, mais les plus jeunes vont être obligés de chercher un emploi ailleurs. C'est lamentable, n'est-ce pas, mon ami ? Les pauvres gens, on ne peut que trembler devant ce que l'avenir leur réserve ! »

Impavide devant ces sombres perspectives, Freddy Hobhouse fit une sémillante apparition à l'église paroissiale le dimanche suivant — ce qui équivalait à déclarer publiquement sa flamme, car la ville entière savait les Hobhouse méthodistes bon teint. A l'issue du service, il avait offert son bras à Prudence pour traverser l'enclos au sol verglacé après avoir, d'un coup de coude résolu, écarté son rival Jonas.

« Vous n'allez quand même pas risquer de nous faire faire une mauvaise chute ! » avait-il commenté avec l'assurance tranquille de celui qui ne s'est jamais demandé d'où viendraient ses quatre repas par jour. Je leur avais alors emboîté le pas, non sans remarquer le frémissement de rage contenue qu'avait eu Jonas pour me tendre son bras faute de meilleure compagnie, et la moue de colère offusquée de Celia, abandonnée au milieu d'un tas de neige durcie sans le moindre cavalier auquel s'appuyer.

Dieu merci, notre tante Virginie se rendit bientôt compte de la situation et vola à notre secours, à la fin de la deuxième semaine, en déclarant fermement : « Il est temps, maintenant, qu'elles viennent chez moi. » Malgré son déplaisir, tante Hannah fut forcée de s'incliner car tante Virginie était Mme Joel Barforth, de Tarn Edge, et méritait des égards.

« A ton aise, Virginie, maugréa-t-elle. N'oublie pas, je te prie, qu'elles sont en grand deuil et qu'il ne peut être question de mondanités. De fait, elles ne devraient même pas sortir du tout, leur père avait là-dessus des principes bien arrêtés. »

Mais tante Virginie nous poussait déjà dans les capitons de soie de sa voiture arrêtée à la porte, nous enveloppait les jambes dans ses fourrures et moins d'une heure après nous étions chez elle, devant un grand feu qui flambait joyeusement et les pieds douillettement posés sur des tabourets de velours, tandis que notre jeune, belle et aimable tante n'exigeait de nous que d'être à notre aise sous son toit.

Une douzaine d'années auparavant, mon oncle Joel s'était fait bâtir sa maison de Tarn Edge à deux kilomètres à peine de sa principale usine ; de la plupart des fenêtres, on ne soupçonnait cependant ni la présence des cheminées ni la grisaille de la ville ; le regard se posait sur des perspectives verdoyantes et la masse des vieux arbres qui, en s'éclaircissant, montaient à l'assaut de la colline pour se fondre dans les ondulations infinies de la lande. La maison elle-même, monument de style gothique couronné de gâbles et de tourelles crénelées, avait toujours été bien plus qu'une simple habitation ; contrairement à ses concitoyens, prompts à enfouir leurs liquidités dans le secret d'un coffre ou à n'acquérir que des objets assez ostentatoires pour afficher leur prix, mon oncle n'avait nullement honte de se passer ses fantaisies. C'est ainsi qu'il s'était offert, en témoignage de sa propre réussite, ce véritable palais où déployer largement ses trésors non pas, comme le faisait mon père, sous la protection de vitrines soigneusement verrouillées, mais au hasard du plaisir de l'œil. Sa désinvolture était qualifiée par certains d'arrogante, par d'autres de suprêmement magnifique.

Si l'immense vestibule — éclairé par un gigantesque vitrail, dominant l'escalier, dont les rubis et les émeraudes chatoyaient sur le cerf de bronze grandeur nature ou la nymphe de marbre dans sa niche — donnait de prime abord une atmosphère médiévale, le reste de la maison démentait cette impression. Ce n'étaient, partout, que couleurs pastel, pièces lumineuses, velours pour étouffer les pas et soieries pour reposer le regard de l'éclat des lustres de cristal. Les douze fenêtres de la salle de bal — récemment ajoutée à l'intention de ma cousine Caroline — ouvraient sur une large terrasse pavée d'où l'on découvrait des hectares de gazons et de roses, des bosquets et les nymphéas de la pièce d'eau.

A Tarn Edge, seule se souciait du ravaudage une vieille femme dont c'était la seule occupation ; l'on croisait à toute heure du jour de jeunes soubrettes fraîchement empesées, portant à l'un ou à l'autre bouillottes d'eau chaude ou plateaux de collation. Nul, à ma connaissance, ne surveillait la consommation des bûches et des chandelles ni ne s'inquiétait de savoir combien de fois les chevaux avaient été attelés. Aussi aurais-je été parfaitement heureuse si la présence de mon oncle m'avait moins intimidée.

Il était incontestablement bel homme, imposant de stature, noir de cheveux et le regard impérieux ; mais pour moi, accoutumée à la silhouette étriquée et voûtée de mon père, tout dans mon oncle — sa virilité, les odeurs de tabac dont il était constamment environné, le luxe dans lequel il se complaisait, la liberté de ses propos — me déconcertait et, en un sens, m'effarouchait. L'autorité de mon père s'exprimait par des murmures, glacés et terrifiants, mais contenus. Chez mon oncle, elle se manifestait par des éclats de voix tonitruants qui remplissaient la maison quand, du pied de l'escalier, il appelait ses fils, coupables presque quotidiennement de retarder son départ pour l'usine. Car, dans sa cinquantième année, mon oncle Joel s'imposait encore d'être présent à la grille, la montre à la main, à 5 h 30 tous les matins, pour s'assurer par lui-même de la ponctualité de ses employés, de l'empressement de ses chefs d'atelier et de l'assiduité de ses fils. Mais à Tarn Edge, il faut bien le dire, la divergence d'opinion qui régnait entre mes cousins Blaise et Nicolas et leur père constituait la principale source de discorde.

« Allez-vous descendre, oui ou non, fainéants ? avais-je pris l'habitude de l'entendre crier. Je frémis en pensant à ce que vont devenir nos affaires entre vos mains ! Mais tant que je m'en occupe et que je paie votre entretien, vous ferez ce que je vous dis, avez-vous compris, propres à rien ? »

On voyait alors mon cousin Nicolas dévaler les marches, aussi grand, brun et coléreux que son père, le gilet de travers et la veste à demi enfilée, tandis que son frère Blaise apparaissait quelques instants plus tard, l'allure nonchalante, le plastron impeccable, le chapeau de taupé et les gants beurre frais tenus d'une main pleine d'aisance. De ma chambre, donnant sur la façade, j'entendais peu après le crissement du gravier sous les roues et les grommellements de mon oncle qui montait en voiture ; il m'arrivait parfois de me mettre à la fenêtre pour regarder mes cousins, chacun sur son pur-sang, galoper jusqu'à la grille du parc, Nicolas — le plus souvent sans chapeau et les habits froissés — en route pour Lawcroft Fold où M. Ira Agbrigg allait lui dévoiler les mystères des machines modernes, et Blaise — éblouissant comme s'il se rendait au bal, le chapeau posé selon un angle impertinent — se dirigeant sans hâte vers les somptueux bureaux édifiés à Tarn Edge, où on lui enseignait comment aspirer à la béatitude du Profit et redouter la damnation des Pertes.

Dans toute la province, mon oncle passait, à juste titre d'ailleurs, pour un homme comblé. Il n'avait jamais essuyé de revers dans ses entreprises ; mieux encore, à une époque et dans un pays où l'on ne se mariait que par convenance ou commodité, il avait épousé une femme non seulement belle, douce et pleine de qualités, mais également amoureuse et qui n'hésitait pas à manifester ouvertement son plaisir de vivre en sa compagnie. Pour moi, si profondément marquée par le silence hostile ou indifférent qui avait régné entre mes parents, cela me semblait un phénomène étrange, voire, commençais-je à me dire, digne d'envie. Il paraissait tout naturel qu'un couple aussi beau et amoureux ait eu de beaux enfants : Caroline et Nicolas, les deux plus jeunes, avaient le teint sombre et l'allure suprêmement séduisante de leur père ; Blaise, l'élégant et insouciant fils aîné, était plus fin, presque blond, et tenait davantage de sa mère, dont il était visiblement le préféré ; et l'on sentait, en le voyant, qu'il comptait fermement sur le pouvoir de son sourire pour traverser la vie sur un nuage et être à jamais protégé des embûches.

Tout au long de notre enfance, j'avais mille fois eu l'occasion de voir à l'œuvre ce fameux sourire qui faisait fondre les cœurs des adultes irrités, des jardiniers à tante Hannah elle-même ; sans se méprendre sur la vérité — Blaise était presque toujours l'instigateur de la grosse bêtise qu'il faisait exécuter par un autre —, ils se laissaient aveugler en toute connaissance de cause par le sortilège de cet irrésistible sourire et finissaient régulièrement par punir l'innocent mais intraitable Nicolas. Blaise était pourtant moins beau que son frère : ses yeux gris avaient l'air terne à côté du fulgurant regard noir de Nicolas. Ses cheveux châtains et raides ne pouvaient se comparer aux boucles d'ébène de ce dernier et les traits de son visage n'avaient, en réalité, rien de très remarquable tant qu'ils n'étaient pas illuminés par un sourire. Mais il possédait, semblait-il, une assurance innée et une conviction tellement inébranlable de son droit à toujours être distingué avant les autres et mieux aimé de tous qu'il l'était en effet.

Tout au long de notre enfance, j'avais presque quotidiennement entendu Blaise déclarer : « Mais oui, je ferai ce que vous voulez. » Alors, quand les grandes personnes avaient tourné le dos sans méfiance, il n'en faisait qu'à sa tête. Au même genre d'observation, Nicolas répliquait : « Non ! Je ne veux pas ! », s'entêtait de plus belle et subissait, avec des explosions de rage et des éclairs dans ses yeux noirs, la punition provoquée par sa conduite — sans compter, la plupart du temps, celle qu'aurait amplement méritée son frère.

Tout au long de notre enfance, Nicolas, par horreur de l'échec, avait travaillé à l'école avec acharnement pour, finalement, se faire la réputation d'un élève difficile, rebelle et trop prompt à user de ses poings. Blaise, en revanche, mollement abandonné à sa paresse, laissait le souvenir d'un gaillard plein d'esprit et de séduction, capable des succès les plus flatteurs s'il avait daigné s'en donner la peine. Toute ma vie, à vrai dire, j'avais été éblouie par Blaise, jamais démonté, jamais abattu et à qui la vie offrait toutes les promesses d'un ciel d'été sans nuages ; mais, parce que moi-même trop souvent en disgrâce, mes sympathies et ma compassion allaient à Nicolas.

Ainsi, mes deux cousins avaient traversé mes jeunes années auréolés du prestige de princes héritiers ; désormais, pourtant, je me trouvais séparée d'eux par le mur invisible qui se dresse autour des jeunes filles à marier et c'est leur sœur Caroline qui accaparait tout mon temps.

« Je sais que Julia est en deuil, disait-elle à sa mère déjà disposée à l'indulgence, mais personne ne peut la critiquer de sortir avec moi. » Sur cette déclaration péremptoire, je me suis très vite retrouvée la meilleure amie de Caroline, sinon sa propriété.

« Ce matin, nous allons en ville, m'annonçait-elle en s'engouffrant dans ma chambre longtemps avant le petit déjeuner. Quand j'aurai fait mes courses, il faudra aller rendre visite aux Mandelbaum et cela m'empoisonne parce que le fils Mandelbaum veut, paraît-il, m'épouser. Tu pourras quand même bavarder un peu avec lui, Julia, cela le fera peut-être changer d'avis. Ce soir, il y a encore des industriels à dîner avec leur femme — comme si papa ne voyait pas suffisamment ces gens-là pendant la journée ! — mais nous nous réfugierons le plus vite possible sur le canapé du palier et je compte sur toi pour me protéger du fils Battershaw, il aurait lui aussi des démangeaisons de mariage. Mais si, les Battershaw des bières, tu connais ! Ils gagnent des dizaines de milliers de livres, comme me le disait avec une vulgarité effarante la grosse Mme Battershaw elle-même. Que vais-je mettre pour sortir, à ton avis ? Voyons, Julia, fais un effort, ton goût est infaillible. Le manteau bleu avec la doublure d'hermine et la capeline à plume blanche ? Oui, j'y avais bien pensé, sauf que cette chère Arabella

Rawnsley croit s'être fait faire le même ensemble, et tu penses bien qu'il n'est pas question de descendre Millergate en ayant l'air d'une Rawnsley ! Dépêche-toi donc, Julia, il faut aussi passer au Vieux Cygne voir si nos paquets de Londres sont enfin arrivés par la diligence. C'est insensé qu'ils ne puissent jamais livrer à temps ! Ils devraient pourtant savoir, là-bas, qu'on ne trouve rien à se mettre dans un trou comme Cullingford ! »

Si j'avais pris mes cousins pour des princes, Caroline était une jeune reine à qui il fallait des dames d'honneur. J'avais toujours su, je crois, que si je devenais un jour vraiment riche, Caroline le serait toujours un peu plus que moi ; que j'aurais beau faire un mariage flatteur, celui de Caroline serait automatiquement un peu plus enviable. Mais je n'en éprouvais aucune envie et je me satisfaisais parfaitement de l'accompagner, au moins deux fois par jour, de Tarn Edge à Millergate et à la place du Marché flanquée, d'un côté, par l'auberge du Vieux Cygne où la diligence de Londres s'arrêtait tous les après-midi dans un claquement de sabots et les sonnailles des harnais et, de l'autre côté, par l'antique Halle au Drap, vestige d'une époque presque révolue où les tisserands, descendus de leurs chaumières, venaient tous les jeudis offrir leurs pièces de drap aux chalands. Le vieux marché couvert avait été rasé à l'initiative de mon père et les étals des poissonniers, des bouchers, des marchands de beurre, de fromage et de légumes étaient désormais dissimulés, comme il convenait à notre nouvelle prospérité, derrière une façade de pierre dont les ornements à l'italienne avaient valu à mon père bien des louanges. De la place du Marché, l'on apercevait aussi la salle des fêtes, son chef-d'œuvre, dont l'architecture classique et les colonnes doriques formaient un contraste frappant avec l'amas hétéroclite des entrepôts vétustes serrés le long du canal comme s'ils voulaient cacher la honte de leurs caves inondées et de leurs planchers pourris par plus d'un siècle d'intempéries.

Millergate, notre principale rue commerçante, n'offrait peut-être, selon les dires de Caroline, rien qui soit digne de nos achats ; mais cela ne nous empêchait pas de regarder et de palper et — douée, comme je l'étais, paraît-il, d'un goût infaillible pour la toilette — je me surprenais souvent à combiner deux coupons d'étoffe, un ruban et une aune de dentelle en prévision d'un « petit quelque chose » auquel je ne savais résister.

« Mademoiselle Aycliffe a un goût parfait », disait-on de moi dans les boutiques de Millergate, ce qui sous-entendait, j'en ai peur, qu'à défaut des magnifiques yeux noirs et des bouclettes de Mlle Barforth, il me fallait bien une compensation. Condamnée au noir jusqu'au mois de juin, je n'en appréciais pas moins les vives couleurs et le moelleux des tissus ; et l'instinct qui m'en faisait tirer le parti le plus original m'assurait ma seule vraie supériorité sur Caroline.

« Regarde, Julia, que dis-tu de cela ? » me disait-elle en drapant un velours pourpre sur son épaule. « Tu n'y penses pas ! répondais-je presque toujours. Pour porter une étoffe pareille, il faudrait attendre d'être au moins duchesse ! » Alors, tandis qu'elle fourrageait dans les rayons, grommelait et faisait la moue mais se conformait à tous mes jugements, je profitais des grands miroirs muraux pour me rendre compte combien il est aisé de transformer une austère robe de deuil à l'aide d'un col de dentelle, combien le noir flatte un teint pâle et des cheveux trop blonds et combien la lumière d'un chandelier, bien disposé, permet de donner à la chevelure des reflets argentés.

— Que fais-tu donc, Julia ?

— Rien, Caroline. Je pense un peu à moi, c'est tout... Quand on n'est pas jolie et qu'on est une grande blonde, alors que les petites brunes font fureur, cela donne à réfléchir.

De tous les Barforth, c'était Caroline qui ressemblait le plus à oncle Joel dont elle avait hérité les inépuisables ressources d'énergie et la détermination. Comme lui, Caroline fonçait tout droit sur l'objectif et préférait démolir plutôt que franchir ou contourner les obstacles. Son seul problème n'était pas de savoir ce qu'elle ferait de sa vie, elle était persuadée de pouvoir tout faire, mais de décider vers quoi tourner en priorité son esprit d'entreprise.

Naturellement, le mariage s'inscrivait dans son destin comme dans celui de toutes les femmes que les circonstances ne « privaient » pas de cette récompense ; mais les épousailles de Caroline, tout comme ses robes de Londres ou ses ombrelles de Paris, devraient évidemment être d'une qualité et d'une rareté introuvable à Cullingford. Une Caroline Barforth ne pouvait se contenter d'un quelconque « fils Mandelbaum » ou autre « fils Battershaw » ; fière de son père et le mieux du monde disposée à profiter des agréments de sa colossale fortune, elle préférait oublier les méthodes grâce auxquelles il l'avait acquise.

Pour les Barforth, au même titre que pour les Hobhouse ou les Oldroyd, l'argent restait la plus désirable des commodités, quelle qu'en soit la source ; mais Caroline pourvue dès sa naissance de tout ce dont elle pourrait jamais rêver, avait déjà des ambitions plus élevées car elle avait appris très tôt des quelques gentilshommes ayant croisé son chemin que la seule richesse digne d'être considérée était enracinée dans des terres ancestrales, des noms séculaires et des traditions immémoriales que les machines Barforth ne pourraient jamais acheter, même à coups de millions.

Son père, sans doute, détenait un pouvoir quasi absolu à Cullingford et son influence se faisait sentir dans les milieux d'affaires de Bradford et de Leeds, voire jusqu'à Londres ; mais aux yeux des hobereaux « nés » qui venaient dans les landes nordiques forcer le renard ou tirer le faisan, un M. Joel Barforth n'était toujours rien de plus qu'un boutiquier enrichi à qui l'on accordait, dans la rue, un signe de tête condescendant et qu'il était impensable d'introduire chez soi autrement que par l'entrée de service. Aussi, en vraie Barforth toujours prête à relever les défis et obtenir l'impossible, Caroline avait, je crois, pris la ferme résolution de pénétrer un jour par la grande porte dans ces maisons nobles et décrépites, d'y être bien reçue et, pour mériter le surnom que lui donnaient ses frères, de devenir véritablement Lady Caroline.

— Ta sœur Prudence va se décider, j'imagine, à accepter Freddy Hobhouse, me dit-elle un après-midi pluvieux alors que nous étions installées sur le canapé du palier. Nethercoats ne marche pas très bien mais Freddy peut remonter la pente et tout vaut mieux pour elle que le jeune Agbrigg. Elle aura une gentille petite maison, une bonne petite usine et son Freddy doit se laisser mener par le bout du nez. Celia et toi ferez sans doute de même. Tout est simple, pour vous autres, et je t'envie, Julia ! Oui, sincèrement, je t'envie parce que je ne me vois pas, moi, finir mes jours au milieu de tous ces bons fabricants de ceci ou de cela qui ne savent que discuter cadences de production et marges bénéficiaires. Grand dieu... j'en périrais d'ennui !

Son frisson d'horreur me fit sourire et je me demandais ce que son père aurait pensé de sa tirade quand Blaise surgit soudain et se laissa gracieusement tomber entre nous sur le canapé.

— Pas d'affolement, ma chère petite sœur, dit-il d'un ton moqueur. Si nos bons fabricants de ceci ou de cela te font peur à ce point, nous te trouverons un lord. On pourrait même pressentir ce bon Sir Giles Flood, on dit qu'il s'intéresse beaucoup aux petites filles depuis ses quatre-vingts ans.

Caroline se redressa et lui décocha un regard meurtrier :

— Blaise, cela suffit ! D'ailleurs, mon cher grand frère, n'es-tu pas censé être à l'usine, à cette heure-ci ?

— Bien sûr que si. Je ne suis qu'un vulgaire fabricant de tissus, moi. Où pourrais-je passer mon temps ailleurs que là ?

Piquée au vif, enragée par le sourire de Blaise, Caroline perdit la dignité outragée qu'elle savait pourtant sa meilleure défense :

— Un vulgaire usinier, en effet ! répliqua-t-elle avec hargne. Et même pas capable d'en être un bon, d'après ce que dit papa...

— Ah ! Si c'est *papa* qui le dit...

— Parfaitement ! l'interrompit Caroline. Un écervelé, a-t-il même souvent répété, et un incapable. Il n'y a pas de quoi prendre cet air content de toi !

— Il a cent fois raison, notre père bien-aimé, répondit Blaise de plus en plus amusé. Mais rassure-toi, Caroline, je compte ne pas toujours rester ainsi et me mettre au travail un de ces jours —

jamais autant que Nicolas, je te l'accorde, mais suffisamment pour que tu aies de quoi payer les hypothèques et les dettes de jeu de ton noble mari.

— Comment oses-tu... s'écria Caroline.

— Mais si, voyons, sinon tu t'en mordrais les doigts. Pourquoi un lord irait-il se mésallier avec la fille d'un boutiquier si ce n'est précisément pour redorer son blason ?

Caroline serra les dents et rougit sous l'effort qu'elle faisait pour ne pas exploser.

— Mon père n'est pas boutiquier ! Ose donc le lui répéter en face ! D'ailleurs, malgré tes grands airs d'indépendance, tu trembles de peur devant lui — tout comme Nicolas. Vous avez beau grogner derrière son dos, tous les deux, il n'empêche que vous filez doux quand il élève la voix. C'est d'ailleurs la moindre des choses, compte tenu de ce qu'il est et de tout ce qu'il a fait pour vous !

Le sourire de Blaise s'atténua imperceptiblement :

— En effet, dit-il à mi-voix, il a fait énormément pour moi, comme de me transformer en industriel — ce qui est en tout point admirable à condition que cela me convienne.

— Quoi ? Que cela te convienne ? ricana Caroline.

La duchesse s'évanouissait pour laisser reparaître l'enfant que j'avais toujours connue, impulsive, prête à brandir le poing pour faire valoir son opinion et plus que jamais persuadée que nul au monde ne comptait réellement que les Barforth.

— Tes préférences n'ont rien à y voir ! reprit-elle avec véhémence. Tu ferais même mieux d'y prendre goût pendant qu'il est temps, car si tu décevais notre père je ne te le pardonnerais jamais ! Il a passé sa vie à bâtir sa fortune, ses usines, à nous préparer un patrimoine et il a le droit, m'entends-tu, Blaise ? il a le droit à... de...

Caroline bafouillait dans son indignation. Blaise compléta sa phrase :

— A quoi a-t-il droit ? A ma gratitude éternelle ?

— Parfaitement, à ta reconnaissance ! Et à ton travail.

Je voyais apparaître une autre Caroline ou, plus simplement peut-être, la vraie, dépouillée de son vernis, de ses prétentions, une fille qui, née une ou deux générations plus tôt, se serait attelée à la tâche aux côtés de ses hommes, leur aurait fait cuire des brassées d'orties pour tout potage si les temps étaient durs. Ses aïeules Barforth auraient sûrement réagi, elles qui, ouvertement ou dans le secret de leur cœur, méprisaient les grands airs et les grâces affectées de cette classe dans laquelle, aujourd'hui, Caroline voulait s'intégrer.

— Je te jure, reprit-elle les dents serrées, je te jure que, s'il pouvait me confier les usines à moi, je saurais m'en occuper sans lui faire honte ! J'y serais tous les matins, comme lui, pour surveiller l'arrivée des ouvriers et m'assurer que les contremaîtres ne me volent pas ! Et je... je...

Elle s'interrompit soudain, consciente de s'être trahie.

— Caroline ! s'écria Blaise d'un air faussement scandalisé. Mais si tu faisais ce que tu dis, tu serais toi-même une fabricante de ceci ou de cela, une usinière ! En as-tu sincèrement envie ?

Caroline se leva d'un bond, rouge de colère et les poings serrés, lâcha un juron que je n'avais encore jamais entendu proférer par des lèvres féminines et s'éloigna avec toute la dignité dont elle était encore capable.

Je connaissais trop les colères Barforth pour m'en émouvoir.

— Ce n'est pas gentil de l'avoir piégée comme tu l'as fait, Blaise, lui dis-je calmement.

— Non, mais elle me le pardonnera, tu le sais bien. Après tout, je suis son frère préféré...

— Vraiment ?

— J'en suis convaincu. D'ailleurs, cela lui fait le plus grand bien d'avoir de temps à autre l'occasion de se rappeler qu'elle est fière de son père. Pauvre papa, il doit bien regretter que Caroline ne soit pas un garçon, apparemment je ne lui suis d'aucune utilité et il ne peut pas s'entendre avec Nicolas.

— Dis-moi, Blaise, n'as-tu vraiment pas envie de diriger les usines ?

— Ma parole ! dit-il en éclatant de rire, tu as l'air choquée comme si je t'avais avoué être catholique ou socialiste ! En fait, vois-tu, je ne sais pas vraiment si le métier me plaît ou non — bien que je sois sûr d'aimer l'argent qu'il rapporte. Nicolas en raffole, pour sa part — je parle du travail, bien entendu. Ce n'est pas lui qui viendrait se changer en plein milieu de la journée pour filer discrètement à Leeds, comme j'ai l'intention de le faire.

Pour une fois, Blaise se trompait car tandis qu'il s'attardait pour bavarder quelques instants — en me demandant si j'avais déjà jeté mon dévolu sur un prétendant et comment Prudence comptait s'arranger pour se débarrasser de Jonas sans s'attirer les foudres vindicatives de tante Hannah —, nous avons entendu des pas dans l'escalier et Nicolas est apparu, pressé et la cravate de travers. En nous voyant, il s'arrêta net et plissa les yeux, à la fois surpris et mécontent de trouver son frère en aimable tête à tête avec moi. Avant d'être flattée de sa réaction, je me suis cependant rappelé à temps que, toute leur vie, les deux frères avaient immédiatement désiré ce qui semblait intéresser ou attirer l'autre et s'étaient battus pour des vétilles. Etait-ce par esprit de compétition ou par désir de se prouver, l'un à l'autre et chacun à soi-même, qu'il était le meilleur et le premier ?

— Dois-je en croire mes yeux ? dit Blaise. Nicolas, mon frère, désertant ses chers ateliers au milieu de la journée ?

— Tu peux d'autant mieux le croire que j'y ai passé la nuit. Et même un rustre comme moi peut avoir envie de changer de chemise au bout de seize heures de travail.

Blaise se leva et s'éloigna d'un pas léger, affichant la mine de celui que la simple idée de passer seize heures d'affilée à l'usine accablait de fatigue ou d'ennui. Nicolas s'assit alors près de moi, à l'endroit précis qu'occupait son frère.

— Blaise n'était pas en train de te taquiner, au moins ?

— Non, pas moi mais Caroline. Il l'avait entendu dire n'éprouver que du mépris pour les industriels et il s'est alors arrangé pour lui faire avouer qu'elle serait devenue le meilleur chef d'entreprise de la vallée si elle avait été un garçon.

Il sourit à mon explication, non l'un de ces éclairs éblouissants dont Blaise avait le secret, mais une sorte de lente montée de gaieté contenue, involontaire en quelque sorte, qui disparut aussitôt comme si le sourire, de même que le temps et l'argent, était un bien trop précieux pour être gaspillé.

— Elle le deviendrait peut-être en effet. Mieux que Blaise, en tout cas.

— Est-il vraiment si critiquable ?

— Pire. S'il voulait faire un effort, il s'en tirerait très bien, il en sait largement assez. Mais il se moque de tout.

— Et toi, Nicolas ? Le métier te plaît ?

— Oh ! moi... répondit-il en s'adossant au velours rouge. Je n'ai pas l'imagination fertile de mon frère, je n'ai jamais rêvé d'être ce que je ne suis pas ni de faire autre chose que ce que je sais. Quand on a une pareille chance sous la main, il faudrait être fou pour s'en désintéresser et vouloir se lancer dans n'importe quoi pour le seul plaisir de changer. D'ailleurs, quand on va au fond des choses, Blaise ne pense pas différemment : cela ne le flatte peut-être pas d'être un « usinier », mais il n'a pas vraiment envie d'autre chose et, comme ce n'est pas un imbécile, il prendra sa part de l'affaire quand elle nous reviendra. A ce moment-là, je veillerai à ce qu'il assume aussi sa part du travail et des responsabilités.

Il me sourit de nouveau, non pour flirter ou se montrer aimable, mais comme pour me faire partager en égale la lucidité de son jugement sur son frère, sa confiance en son propre bon sens et en sa capacité de ramener, le moment venu, Blaise dans le droit chemin.

— Et toi, Julia, tu te plais ici, avec nous ?

— Mais oui, Nicolas, merci.

— Tant mieux, j'en suis content.

Et ce fut tout. Il se relevait déjà en ne me faisant don, cette fois, que d'un demi-sourire, l'esprit ailleurs, préoccupé du problème qui l'avait retenu seize heures dans les ateliers. Il me laissa seule sur le canapé. La maison était silencieuse et paisible, tante Virginie encore en ville sans doute, et je me sentais enveloppée d'une sorte de tranquillité lumineuse, sous le halo des lampes ; le hâtif crépuscule d'hiver se glissait entre les lourds rideaux de velours, des bûches flambaient dans des douzaines de cheminées autour de moi. Il ne s'était, littéralement, rien passé : Nicolas Barforth, un instant assis près de moi, avait prononcé quelques paroles assez banales, m'avait par deux fois gratifiée de son lent et beau sourire. J'avais contemplé le contraste de ses boucles très noires contre le velours rouge du dossier, j'entendais encore l'écho de sa voix résonner à mes oreilles. Non, il ne s'était rien passé de remarquable — rien du tout, en fait. Très confusément, j'avais cru percevoir l'amorce d'une métamorphose en lui, j'avais imaginé sans doute voir le bel adolescent maussade faire place à un homme dur, résolu et beau. Mais je l'avais probablement rêvé...

Et pourtant, je n'arrivais pas à me débarrasser de l'impression bizarre, de la quasi-certitude que, désormais libérée de mon père pour la désapprouver et de Miss Mayfield pour l'espionner, ma vie venait de franchir une étape décisive, qu'elle était enfin sur le point de commencer.

3

Rien ne me pressait de retourner dans notre grande maison froide de Blenheim Lane et d'y retrouver la surveillance, bien allégée il est vrai, de Miss Mayfield. Mais Celia, ulcérée des attentions dont m'entourait Caroline comme des soins accordés à Prudence par tante Hannah, s'était bientôt découvert quelque mystérieux malaise. Elle aurait certainement guéri par miracle si Caroline lui avait une ou deux fois offert de l'accompagner en ville, ou si Blaise avait daigné passer quelques instants en sa compagnie sur le canapé de velours rouge — de sorte que, mes cousins se refusant à cet effort minime, il nous fallut toutes réintégrer le bercail.

Prête à tout ce qui justifiait tant soit peu ses fonctions, Miss Mayfield s'empressa de fourrer Celia au lit, de la réconforter à l'aide d'infusions, de compresses aromatiques et de bonnes paroles. Elle lui parla, sans doute, du futur mari capable de la protéger de cousins oublieux et de sœurs malveillantes, sans parler des divers périls d'un monde perfide contre lesquels l'infortunée gouvernante, sous le poids de ses quarante-cinq automnes de célibat, devait elle-même se débattre seule.

Quant à moi, s'il m'arrivait encore de voir l'ombre de mon père, penchée sur une vitrine, corriger la position d'une fragile bergère de Meissen ou grimacer de mécontentement au spectacle d'une paire de vases de Minton à la symétrie imperceptiblement dérangée, je me rendais compte qu'il suffisait désormais de la regarder fixement ou de laisser le soleil pénétrer par les rideaux grands ouverts pour la faire disparaître. Je m'accordais ainsi le luxe prodigieux de n'avoir plus personne à satisfaire que moi-même.

Mme Naylor, notre intendante, était absorbée par son travail ; Miss Mayfield, naguère encore redoutable tyran, voyait s'évanouir ses derniers vestiges d'autorité maintenant que le tout-puissant soutien de mon père lui faisait défaut et, de peur de perdre sa place, ne tentait même plus de nous discipliner. Jusqu'au retour de ma mère, nous allions jouir d'une incroyable liberté. Celia pouvait écouter tinter dans son imagination les carillons de ses noces, sans que rien ne l'en distraie ; Prudence, affranchie de l'esclavage de son métier à broder, prenait graduellement mais fermement le commandement de la maisonnée. Dorénavant, elle ordonnait le thé à l'heure qui lui convenait, et non lorsque cela arrangeait Mme Naylor ; elle faisait atteler n'importe quand et par tous les temps, que cela plût ou non au cocher ; elle déclarait à Miss Mayfield, d'un ton sans réplique : « Dites à M. Jonas Agbrigg que je suis sortie ». chaque fois que celui-ci se présentait à la porte.

— Mon dieu, mademoiselle Prudence, cela fait deux fois que vous refusez de le recevoir cette semaine ! J'ai bien vu qu'il était très mécontent. Que va dire Mme Agbrigg ? Vous devez dîner demain soir à Maison Haute, vous ne pourrez pas éviter d'y rencontrer M. Jonas.

— Eh bien, ma chère demoiselle, répondit Prudence visiblement indifférente à ce genre de raisonnement, écrivez un mot à Maison Haute pour dire que je suis indisposée et ne puis y aller dîner.

— Pauvre Miss Mayfield, dis-je en la regardant s'éloigner en larmes. Elle vit dans la terreur que tante Hannah l'accuse d'incompétence au retour de maman. Je ne pense pas que notre mère aura la cruauté de la renvoyer mais avoue que c'est pitoyable, à son âge, d'être ainsi à la merci des gens ou forcée de se chercher un emploi.

Les traits fins et sévères de Prudence n'exprimèrent pourtant aucune commisération :

— Alors, elle aurait dû depuis longtemps faire en sorte de ne pas se trouver dans une telle situation.

— Tu sais bien qu'elle n'a pas un sou, Prudence. Elle est obligée de dépendre des autres.

— C'est en effet son cas et je suis heureuse de ne pas t'avoir entendu dire qu'elle gagnait sa vie, car elle nous est parfaitement inutile comme tu le sais.

— Notre père l'avait en estime...

— Bien sûr, elle correspondait à ce dont il avait besoin. Elle est née dans une excellente famille, meilleure que la nôtre sans doute, et a été élevée comme une plante décorative si bien que, ses parents ruinés et elle-même incapable de se trouver un mari, il lui a bien fallu se chercher une place de gouvernante pour communiquer à d'autres ses connaissances inutiles. Elle ne sait rien, Julia, ni moi non plus. Rien ! C'est sans doute pourquoi je suis si dure avec elle. Elle n'a su que me forcer à avaler des points de broderie jusqu'à la nausée, me faire faire des bouquets de fleurs au point que je n'en supporte ni la vue ni l'odeur. Elle a trouvé corrects des devoirs d'arithmétique où j'avais volontairement glissé des erreurs pour la prendre sur le fait. Quant à ses notions de grammaire, elles sont aussi fluctuantes que les phases de la lune. Elle est ignare, Julia, et elle a fait de nous des ignorantes, puisque c'est précisément dans ce but qu'elle a été engagée ! Moins nous en saurons, moins nous poserons des questions gênantes, plus tard, quand nous serons mariées... Cela ne t'inquiète pas, toi, d'avoir autant de lacunes ?

— J'essaie de ne pas trop les montrer.

— Elles se remarquent pourtant, ne te fais pas d'illusion. Quand

Jonas Agbrigg me regarde de haut et fait ostensiblement l'effort de réduire son vocabulaire aux quelques mots simples qu'il croit à ma portée, j'ai beau enrager, je ne peux guère lui en vouloir. Ou quand Freddy Hobhouse m'offre son bras et sa protection, j'ai autant envie d'en rire que d'en pleurer parce qu'il est peut-être un homme grand et fort mais, grand dieu, est-il assez bête ! L'idée de passer ma vie à « obéir et honorer » — selon les lois prétendument sacrées du mariage — un imbécile comme Freddy a finalement un côté plus comique que tragique.

— Tu comptes donc les refuser tous les deux ?

— Je ne sais pas et, à vrai dire, je ne suis pas pressée de prendre une décision. Je n'ai rien contre le mariage en soi — dans certains cas, c'est probablement une excellente chose. Mais me marier maintenant, quand je n'ai encore rien vu, que je ne sais rien — non, décidément non ! Au nom de quoi, Seigneur, devrais-je mettre ainsi fin à toutes mes chances de vivre et de m'instruire ? Celia a peut-être hâte d'aller s'enfermer chez le premier venu pour n'en plus sortir — je crois d'ailleurs sincèrement que c'est ce qui pourrait lui arriver de mieux — mais pas moi, non, pas moi ! Pas encore, du moins. Je me verrais très bien rester ici un an ou deux et je me crois capable de trouver un modus vivendi acceptable avec notre mère pour conserver ma liberté. D'ici là, j'aurais peut-être réussi à faire de moi autre chose qu'une poupée de porcelaine.

— Ainsi, tu ne crois pas... tu ne voudrais pas être amoureuse ?

— Pourquoi ? Tu y tiens, toi ?

Je ne doutais pas de ma réponse, cependant mes sentiments étaient encore trop fragiles, trop précieux pour être exposés à la brutale lumière du jour. Je me suis donc contentée de sourire, de hausser les épaules avec indifférence, de prétendre avoir entendu une voiture dans l'allée et je me suis esquivée.

Le printemps de cette année-là vit l'inauguration du chemin de fer de Leeds à Cullingford, événement accueilli avec autant de joie par les industriels et négociants, impatients d'avoir enfin le moyen de faire circuler rapidement leurs marchandises, que par les gens comme nous qui, pour le prix d'un billet, disposaient d'une voie d'accès facile à Liverpool et à Londres — et voyaient s'ouvrir les portes grisantes et tentatrices du vaste monde.

Certains, tels mon père ou oncle Joel, avaient depuis longtemps été partisans du chemin de fer et cru à son avenir, en dépit de l'opposition qui se manifestait. Ainsi, tous ceux ayant quelque intérêt dans l'exploitation des canaux ou des routes à péage clamaient bien haut que ce monstre d'acier était une invention véritablement diabolique. Horrifiés d'une telle profanation du paysage, les propriétaires terriens eurent tôt fait de se persuader, et de se convaincre les uns les autres, que les abominables émanations des locomotives auraient pour conséquence de rendre leurs troupeaux stériles, d'incendier leurs récoltes, voire de distraire les cultivateurs de leurs devoirs. Certains notables, parmi lesquels le duc de Wellington et notre propre seigneur féodal, Sir Giles Flood, avaient même lancé de solennels avertissements prédisant que le chemin de fer allait permettre aux masses laborieuses de se réunir çà et là pour manifester leur mécontentement, ou leur amener la visite d'agitateurs et autres radicaux prêts à leur apprendre quels étaient leurs sujets de se plaindre si elles n'en avaient pas encore eu elles-mêmes l'idée.

Inévitable pourtant comme l'avènement du machinisme, le chemin de fer serpenta bientôt dans tout le pays, relia les villes et les marchés, les producteurs et les consommateurs jusqu'au jour où les bourgeois de Cullingford, las de subir plus longtemps les cahots de la route et la puanteur du canal, se mirent d'accord pour présenter au Parlement une pétition. Ils faillirent déchanter : une fois autorisée, la construction de la ligne soulevait de tels problèmes, pour les ingénieurs comme pour les actionnaires, exigeait le percement de tant de tunnels, le terrassement de tant de tranchées dans les collines abruptes et rocheuses dont Cullingford était entourée, nécessitait l'emploi de si nombreux manœuvres irlandais qui, campés dans les terrains vagues avoisinant Simon Street, buvaient si allégrement leur paie et provoquaient tant de désordres que les plus sensés de nos concitoyens en arrivèrent à partager les vues du duc de Wellington. Les plus optimistes, ou les plus farouches partisans du progrès, désespéraient de voir l'entreprise s'achever.

Au mois d'avril qui suivit la mort de mon père — trop tard pour qu'il bénéficiât de ses investissements dans la gare et l'hôtel — la ligne fut malgré tout officiellement ouverte. Le tout premier convoi, chargé de cigares de La Havane, de champagne millésimé et de plus d'une centaine d'honorables voyageurs, partit à dix heures d'un matin brumeux et incertain pour ce voyage si longtemps espéré en direction de Leeds, dont les grandes lignes vers Londres et Liverpool étaient, pour Cullingford, synonymes de liberté.

J'avais écrit à ma mère, toujours à l'étranger, pour lui suggérer en termes soigneusement pesés qu'elle ne voudrait peut-être pas manquer un si grand événement — j'espérais, en fait, la persuader à son retour de mettre fin à notre deuil. Sans avoir exactement répondu oui ou non, elle ne parut cependant point et j'ai donc dû, une fois de plus, endosser ma sempiternelle robe noire et jeter des regards d'envie sur les rayures bleues et or que j'avais moi-même choisies pour Caroline, ou d'admiration sur les gracieux volants de dentelle crème qui ornaient la toilette de ma tante Virginie.

Ce matin-là, je me suis rendue à la gare dans le landau des Barforth, car notre propre voiture suivait avec mes sœurs et tante

Hannah, toujours soucieuse d'économiser les jambes de ses chevaux poussifs et de leur éviter les dangers d'une bousculade.

La fête prenait tout son éclat sur le quai, où l'on n'était admis que sur invitation : guirlandes et drapeaux flottaient joyeusement de chaque côté des voies, deux orphéons faisaient assaut de mélodies martiales et entraînantes ; quant à la locomotive, merveille flambante, drapée de rouge, de noir et d'or, elle frémissait déjà d'impétuosité, prête à déchaîner sa puissance de feu et d'acier, capable d'une vitesse et d'une endurance qu'aucun cheval de diligence ne pourrait jamais égaler. J'avais, à plusieurs reprises en l'austère compagnie de mon père, fait le voyage de Leeds et pris le train pour Londres ; mais je sentais que cette machine-là était en quelque sorte différente, puisque la nôtre, et je cédais à la même joyeuse excitation que les douzaines de gamins qui se glissaient sous les barrières pour approcher ce monstre fascinant et que les officiels écartaient avec bonhomie.

Nous n'avions pas encore un maire pour serrer la main du mécanicien, mais mon oncle Joel — dont les coupons allaient charger les convois de marchandise et qui, de toute façon, possédait la majorité des actions de la compagnie — était tout désigné pour assurer cette fonction ; il était prêt, si tout se déroulait comme prévu, à se rappeler le nom de l'homme de l'art et à lui accorder une généreuse gratification. La brume matinale se dissipait pour dévoiler l'habituel nuage de fumée dont s'enveloppait notre ville — fumée si familière que, loin d'en être incommodés, nous y étions attachés comme au symbole de notre prospérité. Les rayons d'un pâle soleil printanier apparurent soudain pour rejaillir, en éclats éblouissants, sur le cuivre des trompettes et des tambours, l'or des chaînes de montres et les plis écarlates des drapeaux, accrocher au passage le scintillement des diamants de tante Virginie, le lustre des perles Hobhouse et Mandelbaum, et la satisfaction de centaines de sourires comme si les éléments eux-mêmes voulaient s'associer à notre liesse.

Tout, à vrai dire, justifiait notre contentement béat ; car n'avions-nous pas, séparés d'une ou deux générations à peine de ces tisserands faméliques et de leur vie de labeur sans espoir, inventé, développé et mis en œuvre ces machines grâce auxquelles la société se trouvait à jamais transformée ?

Parmi les privilégiés entassés sur le quai, chacun avait naturellement souhaité faire partie du premier et solennel convoi, mais beaucoup avaient été déçus dans leurs espérances et, ces dernières semaines, personne ne parlait plus que de cela. Mon oncle Joel avait, bien évidemment, sa place déjà marquée, de même qu'il n'était pas question d'évincer des notabilités telles que MM. Hobhouse, Mandelbaum, Rawnsley ou Oldroyd. Sir Giles Flood, pressenti, avait dédaigneusement refusé mais son cousin Sir Charles

Winterton, pourvu de propriétés à Cullingford et de dettes dans à peu près toute la région, et dont le fils grossissait les rangs de la multitude de prétendants à la main de Caroline, avait fait preuve de moins de hauteur en acceptant avec empressement. Me Corey-Manning, l'avocat, avait volontiers acquiescé, malgré son âge avancé et les commentaires acerbes de tante Hannah, clamant à tous les échos qu'il ferait mieux de laisser sa place à son fidèle collaborateur Jonas ; elle avait pourtant obtenu, grâce à l'intervention décisive d'oncle Joel, une invitation pour M. Agbrigg, triomphe, pensait-elle, qui ne manquerait pas de peser de façon déterminante dans sa prochaine campagne électorale.

Le propriétaire du Vieux Cygne était lui aussi du voyage, maigre compensation pour la perte qu'allait lui occasionner la disparition des quatorze diligences quotidiennes relayant dans la cour de son établissement. Pour le restant des places, la concurrence avait été si féroce que, lorsque oncle Joel avait parlé d'emmener ses deux fils, M. Rawnsley ses cinq garçons et M. Hobhouse ses dix rejetons mâles, il fallut bien limiter ces messieurs à un seul, l'aîné, restriction à laquelle ils ne s'étaient pas pliés sans rechigner.

Freddy Hobhouse ferait donc partie des pionniers, de même que Jacob Mandelbaum, le jeune Jack Rawnsley et Benjamin Battershaw, l'héritier des bières , mon cousin Blaise représenterait la jeune génération des Barforth, décision ayant entraîné des paroles peu amènes entre oncle Joel et Nicolas, qui éprouvait un vif intérêt pour les machines en général et les trains en particulier ; puis, entre Nicolas et Blaise car ce dernier, tout en professant la plus profonde indifférence pour ce genre d'événement, semblait néanmoins fermement décidé à y participer dans le seul but d'être désagréable à son frère.

— Quelle histoire pour rien ! commentait Caroline en fronçant une narine méfiante à la première bouffée de fumée crachée par la locomotive. On a décidé que ce seraient les aînés, ce seront les aînés, un point c'est tout, et ce n'est quand même pas la faute de Blaise s'il est né avant Nicolas. Il n'est d'ailleurs pas question de savoir s'il veut y aller ou pas, puisque c'est un privilège auquel il a droit. Pour ma part, je n'aurais cédé ma place à personne ni pour rien au monde.

Debout près du tender, Nicolas paraissait supporter de bonne grâce sa déception et soutenait une conversation animée, sans doute fort technique, avec quelques employés de la compagnie ; sa vue me noua l'estomac de manière si imprévue et si brutale que, tout à coup, je n'ai plus distingué dans cette foule brillante qu'une série de silhouettes désincarnées — et Nicolas Barforth. L'on m'aurait menacée de mort que j'aurais été incapable de dire pourquoi.

Le moment du départ approchait ; les premiers des trop rares élus commençaient à monter en voiture, les orphéons soulignaient la solennité du moment par un redoublement d'éclats assourdissants, la locomotive par un grand jet de vapeur et un coup de sifflet. Un frémissement d'impatience parcourut l'assistance au point de couper la parole à tante Hannah, absorbée dans un aparté avec la femme de notre nouveau député dont elle sollicitait vraisemblablement les bons offices en faveur de son époux. On entendit battre des mains gantées, flotter un discret soupir de soulagement, car le temps était peu sûr, des nuages menaçaient d'obscurcir le soleil et nous étions debout depuis longtemps. Çà et là, des drapeaux s'agitèrent au-dessus des têtes. Mme Hobhouse déploya un mouchoir, prête à donner libre cours à ses émotions — et se tamponna les yeux sans plus attendre, à la surprise de ses voisins. Décidée à esquiver l'invitation prévisible de tante Hannah d'aller déjeuner avec elle — et avec Jonas — à Maison Haute, ma sœur Prudence se penchait déjà vers mon oreille pour me prier de lui céder ma place dans la voiture Barforth quand oncle Joel, au lieu de monter dans son wagon, se dirigea soudain vers nous à grands pas, le cigare à la main. Sa fureur était si évidente que la foule s'écarta d'elle-même pour lui frayer un large passage jusqu'à sa femme.

— Où est Blaise ? demanda-t-il en grondant.

Tante Virginie, la seule personne au monde, je crois, à savoir subir un si féroce assaut avec sérénité, lui fit un sourire enchanteur :

— Comment le saurais-je, mon ami ?

— Il m'avait pourtant dit qu'il viendrait avec vous.

— Sûrement pas, je devais prendre Julia et il n'y avait plus de place dans le landau.

— Il le savait donc, bien entendu ! Alors, où diable est-il ?

— Joel ! répondit-elle avec une douce fermeté. Est-ce vraiment très important ?

Il dut comprendre l'objurgation de ce discret appel car je vis ses mâchoires se serrer, son corps puissant se raidir sous l'effort de contenir sa colère, non par crainte d'un esclandre devant les curieux ou par souci de ne pas troubler la gaieté de ce grand jour, mais bien par considération pour sa femme.

— Croyez-moi, Virginie, dit-il d'une voix sourde, je fais des efforts, j'essaie de ne pas céder aux provocations de ces deux vauriens. Mais vous avouerez que, par moments, ils me poussent à bout !

— Je sais, mon chéri, ils font de leur mieux pour voir jusqu'où ils peuvent aller. Mais ce n'est pas le moment de vous en inquiéter.

— Eh bien, nous attendrons ! conclut-il sèchement.

Il repartit du même pas en direction du train, échangea quelques mots avec M. Hobhouse, dont le visage étonné se penchait à une portière, et se mit à arpenter le quai en consultant alternativement sa montre et l'horloge toute neuve qui égrenait imperturbablement les secondes sur la façade de la gare.

« Nous attendrons », répéta-t-il aux officiels effarés qui couraient après lui en regardant, eux aussi, leurs montres avec inquiétude. Ils s'arrêtaient pour présenter leurs excuses à toutes les portières, où s'encadraient maintenant les physionomies impatientes des personnalités ; pendant ce temps, si les orphéons continuaient à jouer, ils le faisaient avec un enthousiasme manifestement décroissant, les drapeaux s'abaissaient, les têtes tournaient et s'agitaient, des questions inquiètes fusaient de toutes parts. La locomotive était-elle en panne avant même d'avoir démarré — ce qui aurait bien fait les affaires de l'aubergiste du Vieux Cygne ? Y avait-il eu un éboulement sur la ligne, un tunnel s'était-il effondré — comme l'avait prédit une diseuse de bonne aventure de Simon Street ? Ou bien Mme Hobhouse avait-elle finalement décrété que, pour la paix de son âme, il fallait faire descendre son cher Freddy, paisiblement assis auprès de son père, et ne pas l'exposer à cette effrayante aventure ? Ou n'était-ce pas tout simplement M. Barforth qui, comme à son habitude, bouleversait la ville entière pour satisfaire ses propres caprices ?

— Quelle histoire, mon dieu, quelle histoire ! murmura tante Virginie avec un sourire de résignation ironique.

— Qu'est-ce qui le chiffonne, cette fois-ci ? demanda tante Hannah d'une voix forte — pour bien montrer que son frère, malgré sa puissance, ne lui inspirait aucune crainte.

D'un geste impérieux, Caroline avait convoqué Nicolas :

— C'est encore une de vos sottises à tous les deux, n'est-ce pas ? Si tu sais où est Blaise, tu ferais mieux de le dire tout de suite, sinon...

— Je n'en sais rien et je m'en moque, répliqua-t-il sèchement.

Devant son regard brillant de colère, je ressentis une brusque poussée de joie car, si Blaise restait introuvable, Nicolas ferait sûrement le voyage à sa place.

Mais l'attente ne pouvait s'éterniser et M. Joel Barforth luimême, en dépit de sa fureur, n'était pas assez aveugle pour ignorer la présence de la locomotive haletante comme un lévrier en laisse, de tous ces visages qui se renfrognaient à mesure que les secondes s'écoulaient ; il n'était plus question de faire lanterner les cent plus opulents citoyens de Cullingford ni de mépriser aussi ouvertement les centaines d'autres qui, sous un ciel maintenant gonflé d'une pluie imminente, attendaient sur le quai de la gare de Leeds l'arrivée du convoi historique. Aussi, sa montre serrée dans une main tremblante de rage et de frustration — signe qui attestait que lui, l'homme le plus redouté de toute la ville, était souvent incapable de se faire obéir de ses propres enfants — il retourna près de tante Virginie en décochant à Nicolas un regard meurtrier.

— Cela devient intolérable ! déclara-t-il.

— C'est vrai, Joel. Partez donc sans lui, il doit y avoir une bonne raison à son absence.

— La seule que j'admettrais est qu'il se soit cassé le cou en tombant de la nouvelle jument que je lui ai achetée ! Mais c'est malheureusement bien improbable.

— Seigneur, je l'espère bien !

— Cela m'étonnerait aussi qu'il soit encore à l'usine, si fort plongé dans son travail qu'il n'ait pas vu l'heure passer...

Il se tourna alors vers Nicolas et lui dit, avec la brusquerie d'un claquement de doigts :

— C'est bon, mon garçon, tu as ce que tu voulais. Viens à sa place.

Normalement, l'incident aurait dû s'en tenir là. Mais, alors que oncle Joel tournait déjà le dos en considérant le problème résolu, Nicolas dit sans élever la voix :

— Je regrette, père, mais je ne peux pas venir.

Oncle Joel s'arrêta net, se tourna à demi et répondit sans presque desserrer les lèvres :

— Quoi ? Tu ne *peux* pas venir ?

A ce nouveau coup de théâtre, les voisins les plus proches tendirent le cou et firent un pas en avant pour mieux observer ce spectacle de choix et ne pas en perdre un détail à colporter ensuite, car les batailles entre les mâles Barforth avaient depuis longtemps valeur de légende dans toute la vallée. D'un geste instinctif, tante Virginie posa une main sur le bras de son mari :

— Pas ici, Joel, je vous en prie...

Mais il ne voyait ni n'entendait déjà plus rien au-delà de son affrontement avec Nicolas, un homme semblable à lui, un rival aussi ferme et orgueilleux ; tante Virginie comprit aussitôt l'inanité de ses efforts.

Un long, très long moment — du moins le semblait-il tandis que les regards curieux, envieux et malveillants de Cullingford étaient braqués sur eux et que s'élevait un murmure de médisances — ils restèrent face à face, se mesurant du regard en un affrontement muet dont la tension faisait littéralement vibrer l'atmosphère.

— Tu vas monter dans ce train, Nicolas.

— Certainement pas, père.

— Nicolas, fais ce que je te dis...

— Il ne saurait en être question, père. Les aînés — vous l'aviez vous-même décidé. Pas d'exceptions, quelles que soient les circonstances — c'est ce que vous m'avez dit quand je vous avais demandé de m'emmener. De toute façon, on m'attend à l'usine.

Alors, conscient qu'il lui faudrait empoigner son fils par le cou s'il voulait le traîner jusqu'au train — et doutant probablement d'en être encore capable à cinquante ans —, oncle Joel grommela à voix très basse des paroles probablement très obscènes, esquissa un geste qui me glaça d'effroi, tourna le dos et s'en fut.

Les drapeaux reparurent et s'agitèrent au-dessus des têtes. les orphéons poussèrent de nouveaux accords bruyants, le train s'ébranla avec une lenteur majestueuse, les figures réjouies de MM. Hobhouse et Mandelbaum refirent leur apparition à leurs portières et, tout ce temps, personne ne dit mot à Nicolas. On ne lui parla pas davantage tandis qu'il nous frayait un chemin à travers la cour de la gare vers nos voitures, bien que nous fassions tous l'effort de converser, affectant une grande gaieté.

— Dieu merci, il n'a pas plu, fit observer tante Virginie.

— J'y comptais bien, déclara tante Hannah. J'étais sûre qu'il ferait beau.

— Tant mieux, hasardai-je pour contribuer au débat. La pluie aurait gâté les robes.

— Je suis en train d'attraper un rhume, geignit Celia.

— Tais-toi donc, rétorqua Prudence. Tu dirais n'importe quoi pour te rendre intéressante.

De son côté, Caroline ne soufflait mot et s'absorbait dans la tâche délicate d'enlever et de remettre ses gants, sans doute pour contraindre ses mains à ne pas se jeter à la gorge de son frère. Mais une fois installées en voiture, alors qu'il ne restait pas une place pour Nicolas, je n'ai pas pu me retenir, le voyant seul sur le trottoir et le chapeau levé pour nous saluer, de me pencher à la portière et de lui lancer en souriant : « Au revoir, Nicolas, à tout à l'heure », ce qui me valut un sourire attendri de tante Virginie et un coup d'œil de rage méprisante de la part de Caroline.

Ce soir-là — tels trois pauvres petits corbeaux tout noirs perdus dans la splendeur chatoyante des paons —, nous devions dîner à Tarn Edge ; à notre arrivée, nous avons trouvé tante Virginie toujours aussi sereine, Blaise et Nicolas sans rancune apparente et Caroline débordant de sourires pour tout le monde, à l'exception du fils Winterton placé à sa droite et du fils Mandelbaum tout aussi fermement englué à sa gauche.

Les dîners de Tarn Edge avaient toujours été cérémonieux. Celui-ci ne faisait pas exception et, à peine entrées dans le vestibule, nous fûmes entourées d'une nuée de serviteurs qui se chargèrent de nos manteaux avec la même révérence que s'ils étaient faits de la plus précieuse zibeline. Puis nous fûmes escortées jusqu'à la porte du grand salon par un majordome à l'onction tout épiscopale qui, nous connaissant pourtant pour nous avoir vues naître, nous annonçait toujours avec une pompe réservée aux princesses ou autres dignitaires : « Mademoiselle Aycliffe, mademoiselle Julia Aycliffe, mademoiselle Celia Aycliffe ! » Nous avancions alors, la taille redressée et douloureusement attentives à ne pas transgresser les règles de la bienséance, pour traverser ce qui m'avait souvent paru être un hectare de tapis bleu et or et présenter nos civilités à nos hôtes. Il s'ensuivait généralement une bonne demi-heure de quasi-silence et de chuchotements embarrassés, de discrets coups d'œil en direction des toilettes et des bijoux, pendant que tante Virginie faisait mélodieusement les présentations et que mon oncle Joel circulait majestueusement de groupe en groupe afin d'informer les messieurs du nom des dames à qui ils donneraient le bras pour passer à la salle à manger.

Ce soir-là, il ouvrit la marche avec Lady Winterton, seule représentante de la noblesse locale et, à ce titre, la plus distinguée de ces dames — la seule, devait-elle vraisemblablement se dire. Blaise offrit son bras à Mlle Rebecca Mandelbaum et Nicolas à Mlle Amy Battershaw — des bières —, ce qui me déplaisait souverainement, bien que Amy Battershaw, amie intime de Caroline, soit une maigrichonne au teint cireux et à l'intelligence atrophiée, et qu'il ne pût être question, par ailleurs, de gâcher un fils de la maison avec une simple cousine pour cavalière. Prudence hérita de Jonas et l'on m'attribua Freddy Hobhouse — dont la mère, désespérant sans doute de harponner Prudence, avait dû finir par se dire que mes vingt mille livres, même sans la prime des porcelaines, suffiraient en fin de compte à éponger le déficit familial. Quant à Celia, après s'être déclarée trop souffrante pour venir et avoir amèrement sangloté quand personne ne vint la supplier de changer d'avis, elle se retrouva affublée d'un cadet Hobhouse, compagnie d'autant moins attrayante que le jeune Adolphe ne pouvait songer au mariage avant que Freddy, son aîné, ne soit lui-même dûment casé ; elle exhala, tout au long du retour, ses plaintes déchirantes d'avoir, une fois de plus, été sacrifiée, brimée et traitée comme quantité négligeable. Caroline, bien entendu, était au bras du jeune Winterton et tante Virginie se faisait escorter par le noble Sir Charles, son père.

La salle à manger d'oncle Joel — est-il besoin de le dire ? — était aussi grandiose que tout ce qui l'entourait, avec ses hautes boiseries sculptées et ses lustres de cristal ; sur la nappe, un chef-d'œuvre de damas orné de dentelles mousseuses et de surtouts fleuris, les candélabres, les cristaux et l'argenterie scintillaient de mille éclats. C'est dans ce décor de rêve que, pendant les deux longues heures où Freddy Hobhouse négligeait ses devoirs envers moi pour s'empiffrer de tout ce qu'on lui présentait, toutes mes pensées se concentraient presque exclusivement sur Nicolas.

Assis à côté d'Amy Battershaw — comment ai-je été assez sotte pour la trouver plutôt sympathique ? —, il remplissait scrupuleusement ses obligations, ramassait ses gants tombés sous sa chaise, lui lisait le menu car il la savait myope et lui suggérait même, en connaisseur, les plats les plus savoureux. C'était peine perdue car Amy, comme nous, avait assimilé les enseignements de sa gouvernante selon lesquels une demoiselle comme-il-faut doit faire preuve d'un appétit d'hirondelle et s'était donc gavée avant de venir ; elle n'était capable, conformément aux convenances, que d'avaler une cuillerée de ceci, une bouchée de cela et tremper, de temps à autre, ses lèvres dans son champagne.

L'odieuse péronnelle ! me répétais-je en vidant ma flûte — qu'un valet attentionné s'empressait de remplir — et je laissais mes regards errer d'Amy Battershaw à Rebecca Mandelbaum au profit de qui Blaise jouait la même comédie ; j'étais si bien distraite que seul un regard de panique horrifiée de ma sœur Celia — qui n'avait, pour sa part, aucun mal à feindre le jeûne dont elle faisait son régime permanent — me retint d'accepter pour la troisième fois de la crème au chocolat.

Oui, vraiment, toutes ces filles n'étaient que d'horribles pimbêches, attifées comme des poupées — avec encore moins de goût et d'élégance — enrubannées à l'excès, frisottées jusqu'au ridicule, doucereuses jusqu'à l'écœurement et trop gentilles pour être honnêtes ! Surprise de ma propre méchanceté, alors qu'hier encore j'aurais accepté avec joie une promenade en voiture avec Amy Battershaw et applaudi sans arrière-pensée Rebecca Mandelbaum pour sa virtuosité au piano, je me suis rendu compte de la transformation radicale survenue dans ma vision du monde : pour moi, désormais, l'espèce masculine se divisait en deux groupes, Nicolas d'un côté, et tous les autres fondus dans une grisaille ténébreuse ; de même, la gent féminine ne comportait plus que deux sortes, les inoffensives pour qui je n'avais qu'indifférence et celles que je devais haïr car elles étaient susceptibles de m'arracher Nicolas.

Non que j'aie eu, jusqu'à présent, aucune raison de le considérer comme mien, ni même d'approfondir les curieuses sensations que provoquait en moi sa présence. Je n'avais, non plus, jamais pris la peine de me demander pourquoi je m'intéressais tant à Nicolas, visiblement aussi invivable qu'on le prétendait, plutôt qu'à Blaise, le charme personnifié, ou à n'importe qui d'autre. Je ne m'étais pas davantage inquiétée de savoir si mon étrange infatuation ne trouvait simplement ses racines dans mes sympathies d'enfant envers le plus jeune des deux frères, forcé de travailler plus dur et de jouer plus fort que son brillant aîné pour espérer obtenir des louanges comparables. De fait, je ne m'étais jamais posé la moindre question — mais combien sommes-nous, à dix-sept ans, à vraiment nous soucier des raisons, ou de la Raison ?

Le repas se termina enfin, ne laissant qu'une vague impression sur mon palais ; au signal discret de tante Virginie, nous nous sommes toutes levées pour aller au salon où le café était déjà servi, accompagné d'assiettes de gâteaux et petits fours pour celles d'entre nous qui, comme Amy Battershaw, avaient préféré ne pas perdre leur grâce en se nourrissant sous le regard des messieurs. Un instant plus tard, Caroline, vite accablée d'ennui parmi cette compagnie exclusivement féminine, me fit signe et m'entraîna à sa suite jusqu'au canapé du palier réservé à nos confidences.

— Ouf ! Cela va mieux, dit-elle en s'asseyant. Ces caquetages sont insupportables... As-tu remarqué comment Lady Winterton me réservait ostensiblement une place à côté d'elle ? Son Francis se fait de plus en plus collant et sa mère le pousse dans mes bras avec la même obstination que Mme Battershaw met à imposer son Benjamin. Pour Francis Winterton, je ne sais pas encore ce que je vais faire et je ne me déciderai sûrement pas tant que papa ne m'aura pas offert une saison complète à Londres et un voyage à Paris. D'ailleurs, il ne me le refusera pas, je suis sa préférée...

— Y a-t-il eu un drame, au retour de Leeds ?

— Ah ! Si tu avais entendu l'explosion !

— Ils ont été punis tous les deux ?

— Naturellement, sauf que Nicolas, comme d'habitude, a subi le choc le plus violent — il le méritait, à mon avis. Pourquoi cet air stupéfait, Julia ? C'est quand même lui qui a causé un scandale en public ! Il paraît que M. Hobhouse a passé son temps à donner des conseils à papa sur la manière d'élever ses enfants. Tu te doutes le plaisir que cela lui a fait ! Comment veux-tu qu'il le pardonne à Nicolas ? Le fin mot de l'affaire est que Blaise n'avait jamais eu envie d'y aller, il ne s'intéresse ni aux trains ni aux machines. Mais, s'il l'avait dit dès le début et offert sa place à Nicolas, papa aurait sûrement refusé en invoquant la règle des aînés. Alors, une fois de plus, Blaise a fait semblant de jouer le jeu. Il savait que Nicolas serait à la gare, que papa serait forcé de lui proposer de venir et c'était sa manière détournée de lui faire plaisir, Nicolas et papa le savaient aussi bien l'un que l'autre. Si Nicolas avait accepté de bonne grâce, on n'y aurait plus pensé, mais il fallait qu'il se rende odieux et prouve qu'il ne craignait personne, même pas son père ! Il a toujours été ainsi, tu le sais bien, Julia, et tu as toujours eu pitié de lui ; je me demande vraiment pourquoi car Nicolas est parfaitement capable de se défendre tout seul !

Un peu plus tard, nous sommes redescendues. Caroline me précédait car elle voulait entrer au salon la première. Au moment où elle y pénétrait, j'ai soudain senti un écroulement se produire sur ma tête, les épingles me trahissaient une fois de plus ; comme je n'avais pas le temps de gagner la chambre de Caroline à l'étage, j'ai choisi de chercher refuge en hâte dans un petit salon situé au bout d'un corridor, derrière l'escalier. J'étais au moins sûre d'y trouver un miroir, haut perché au-dessus de la cheminée, et la solitude indispensable à ma situation car nul ne viendrait vraisemblablement s'y égarer. Grimpée sur le rebord du garde-feu, mes jupons dangereusement proches du foyer où crépitait une flambée rendue nécessaire par la fraîcheur de cette soirée de printemps, je venais de libérer complètement ma chevelure que je m'efforçais de peigner avec mes doigts avant de lui redonner un semblant de discipline quand j'entendis tout à coup la porte s'ouvrir et se refermer. Nicolas était planté au milieu de la pièce et dans son regard furieux je pus lire le plus clairement du monde : « Il n'y a donc pas moyen d'avoir la paix, dans cette maison ? »

— Julia ! dit-il à haute voix. Que fabriques-tu ici ?

Dans mon désir d'être plaisante, je ne réussis qu'à me montrer froide et désagréable :

— Comme tu peux le voir, ma coiffure vient de se défaire, ce qui est parfaitement horripilant. Pour moi, du moins.

— Je m'en doute, en effet. Mais si tu ne descends pas de ce garde-feu, tu vas brûler ta robe et ce sera parfaitement horripilant pour tout le monde. Pour moi, en tout cas.

— Vraiment ?

— J'en réponds.

— Dans ce cas, au risque de t'horripiler, je vais quand même rester perchée où je suis, car j'ai besoin du miroir pour me recoiffer.

— C'est visible à l'œil nu.

Il m'avait parlé avec la sécheresse ironique qu'il manifestait volontiers devant une contrariété, ou pour régler leur compte aux petites sottes qui s'avisaient de le déranger quand il souhaitait un instant de solitude ou, pis encore, qui dédaignaient ses sages conseils. Dans ces conditions, plus rien n'aurait pu me résoudre à quitter mon perchoir, même s'il avait eu cent fois raison, même si j'avais cent fois moins peur des flammes. Aussi, mieux placé que quiconque pour deviner l'entêtement sous ses formes les plus stupides, il s'empressa d'ajouter :

— Voyons, Julia, sois raisonnable, descends de là. Il y a eu assez de catastrophes aujourd'hui, épargne-moi au moins celle-ci. Tu peux être sûre que, si tu brûlais vive, on s'arrangerait encore pour m'en rendre responsable.

— Ah ! bon ! Si c'est pour t'être agréable, je veux bien m'écarter du feu. Je n'ai jamais eu l'intention d'ajouter à tes problèmes, Nicolas, tu le sais bien.

— C'est très aimable à toi.

— En effet. D'ailleurs, j'ai fini, sans même avoir roussi un ourlet comme tu peux le constater. Bonsoir, Nicolas.

— Bonsoir, Julia.

Je suis descendue de mon garde-feu et me suis retournée vers lui sachant déjà, derrière le bouclier de ma froideur Aycliffe, que dans moins de dix minutes, de retour au salon, je serais à la fois folle de rage et de douleur d'avoir laissé passer cette chance unique d'être seule avec lui. L'intensité de mes sentiments inavoués dut pénétrer l'armure de sa mauvaise humeur car je vis son visage s'éclairer d'un de ses lents sourires mélancoliques.

— Pauvre Julia ! Tu ne réussiras donc jamais à te coiffer convenablement ? Quand nous étions petits, combien de fois t'ai-je vue semer tes épingles partout ? Sais-tu, je crois même me rappeler que Blaise et moi étions une fois assis derrière toi à l'église, c'était au mariage de je ne sais plus qui, et nous t'avons défait tous tes rubans ?

— Oui, je m'en souviens. Je ne suis pas prête d'oublier la punition que cela m'a valu.

— Toutes mes excuses tardives. Tu aurais pu nous accuser, tu sais. De notre part, on s'attendait toujours aux pires bêtises... Mais je croyais que seuls les garçons étaient censés ne pas rapporter, et que les filles pouvaient raconter tout ce qu'elles voulaient ? Caroline ne s'en est jamais privée, et elle continue encore.

— Elle a peut-être des tas de choses à dire, elle.

Un sourire de franche gaieté, presque aussi éclatant que ceux de Blaise, illumina son visage redevenu pensif.

— On ne saurait mieux la décrire ! dit-il en éclatant de rire.

Nous étions malheureusement en train de nous sourire quand la porte s'ouvrit brusquement et livra passage à oncle Joel, enveloppé de fumée de cigare et irradiant une humeur exécrable ; il semblait visiblement moins disposé à voir en nous deux cousins plongés dans l'évocation d'innocents souvenirs d'enfance qu'un jeune vaurien aggravant ses récents méfaits en délaissant les invités de sa mère pour s'isoler avec une jeune fille d'âge nubile et, selon les apparences, outrageusement portée au flirt et à la provocation.

Oncle Joel ferma la porte, se carra devant pour nous interdire la fuite et nous dévisagea en silence avec un mélange de fureur et de satisfaction telles qu'il paraissait évidemment enchanté de prendre encore une fois Nicolas en faute et qu'il se refusait d'avance à entendre raison.

Nicolas fit un pas en avant, les traits durcis en une expression de défi :

— Père... commença-t-il.

Mais, en parlant le premier, il trahissait son inquiétude et, dans ma propre panique, je savais qu'il subirait la part la plus lourde de la condamnation.

— Tu t'étais éclipsé depuis longtemps, dit son père, et je me demande bien pourquoi je m'étonne de te retrouver dans une situation comme celle-ci.

— Vous vous méprenez, père.

— Je ne le pense pas.

— Et moi, je vous assure que si.

— Tu te prendras donc toujours pour un innocent persécuté ?

— C'est à voir. Dans le cas présent, du moins, j'insiste pour que vous écoutiez mes explications.

— Je n'ai pas à...

Oncle Joel s'interrompit. Alors, à la vue de sa rage prête à tout dévaster si on voulait la priver de son exutoire, au son du grondement furieux que laissait échapper Nicolas dans son impatience à accepter le combat auquel son père le provoquait si visiblement, je fis un pas pour m'interposer tout en sachant fort bien que cet affrontement n'était qu'un épisode de celui entamé ce matin à la gare ; je ne jouais par conséquent qu'un rôle insignifiant, mais j'avais néanmoins le devoir d'intervenir.

— Ecoutez, oncle Joel, mes cheveux s'étaient défaits, ce qui leur arrive souvent, et j'étais venue me recoiffer devant le miroir.

— C'est pour cela que mon fils t'a suivie...

— Absolument pas ! Il n'était même pas content de me trouver ici.

Rien ne pourrait vaincre ses idées préconçues, mais je fus atterrée quand Nicolas, avec un haussement d'épaules dédaigneux, déclara :

— A quoi bon discuter ? Vous avez raison, père, comme toujours. J'ai épié Julia, je l'ai suivie jusqu'ici avec des intentions inavouables que, malheureusement pour moi, elle ne partageait pas. J'ai donc tous les torts, vous le voyez bien, et il ne vous reste qu'à laisser Julia — indemne, ajouterais-je — aller rejoindre ses sœurs au salon.

— Oh ! Nicolas !... me suis-je écriée.

Mais ils ne m'avaient même pas entendue ; je ne pouvais que les observer, avec un mélange de frayeur et de fascination, debout face à face, immobiles, les dents serrées, telles deux statues de la colère et de l'orgueil où se reconnaissaient les mêmes traits, le même refus de céder, la même volonté obstinée, le même oubli des conséquences.

« Pour une fois, Nicolas, recule, le suppliais-je en un appel muet. Cède comme le ferait Blaise. Il n'y a pas de honte à se montrer raisonnable et ton père ne pourra pas t'en mépriser. Il a lui-même envie de reculer, mais il ne le peut pas, lui. Rends-lui ce service, il est plus vieux que toi, c'est ton père et il t'en saura gré. Apaise au lieu d'envenimer... » Alors, le voyant inflexible dans son attitude, enfermé dans son orgueil — comme son père l'avait sans doute été à son âge — j'ai murmuré : « Oncle Joel... » d'un ton pressant où je m'efforçais de lui faire comprendre qu'il ne pouvait pas rosser son fils à portée de voix de ses invités.

— C'est exact, me dit-il.

Il avait déchiffré mes pensées et je le vis aussitôt se transformer, comme s'il avait abaissé un couvercle d'acier sur la marmite où bouillonnait sa colère.

— Bien, reprit-il. Pour le moment, mon garçon, je te conseille de retourner au salon et d'y faire bonne figure, car je n'admettrai pas que ta mère soit encore chagrinée par tes frasques. Quant à toi, ma petite, ton père m'avait dit quelques mots à ton sujet avant de mourir et je m'aperçois qu'il ne s'était pas trompé. Je compte en parler à ta mère — si elle se décide à revenir un jour chez elle.

Là-dessus, il tourna les talons et sortit, claquant la porte derrière lui.

J'étais paralysée et couverte d'une sueur brûlante : Nicolas aurait cent bonnes raisons de m'en vouloir et de ne plus m'adresser la parole, s'il voulait éviter de nouveaux incidents aussi déplaisants que celui-ci. Il ne me regardait d'ailleurs pas et fixait l'endroit du tapis où se tenait son père un instant auparavant.

— Ne t'inquiète pas, me dit-il doucement. Il ne dira pas un mot à ta mère ni à personne d'autre. Au bout du couloir, il comprendra l'absurdité de son attitude, et tu peux être sûre qu'il fera au contraire un effort pour se montrer encore plus agréable envers toi. Il te fera même sans doute un somptueux cadeau pour se faire pardonner — c'est comme cela que j'ai eu ma jument alezane et Blaise son cheval bai. Tu n'as rien à craindre, crois-moi.

— Oh ! grand dieu, Nicolas, la question n'est pas là !

— Pour moi, si. Je n'ai pas du tout envie de te causer des ennuis, Julia — lui non plus, d'ailleurs. Tu t'es malheureusement trouvée là à un moment où il lui fallait un prétexte pour se fâcher contre quelqu'un, contre moi de préférence, et tu connais son talent pour faire une montagne de rien.

— Je ne suis pas inquiète, Nicolas, simplement désolée de ce qui s'est passé... Dis-moi, tu avais envie de monter dans ce train, n'est-ce pas ?

— Le train ? dit-il avec un geste d'indifférence. Oui, bien sûr, comme tout le monde.

— Pas comme Blaise, apparemment.

— Blaise ne veut jamais être ou faire comme les autres. Si j'ai refusé de prendre sa place, c'est parce que je suis le cadet jaloux qui ne veut pas ramasser les restes de son frère aîné — et surtout parce que je voulais faire un scandale en public pour humilier mon père. N'est-ce pas ce que tout le monde raconte ?

— En effet. Mais je me demande s'il fallait vraiment que tu leur accordes ce plaisir, d'autant que tu avais envie d'y aller.

— Tu as raison, répondit-il en baissant la voix. A quoi bon, en effet, se priver de ce qu'on désire ? C'est ce que pensait Blaise, et je sais qu'il avait dès le début l'intention de me céder sa place. Il s'est donné beaucoup de mal à cause de moi, tu sais, au point de se préparer un alibi en prétendant qu'on avait besoin de lui à l'usine — ce serait bien la première fois ! Et comment ai-je réagi, en fin de compte ? Peut-être ai-je été vexé de recevoir l'aumône, ou de me laisser manœuvrer par mon frère. Peut-être ai-je simplement été têtu comme une mule, me suis-je buté pour ne pas dire oui à mon père. Le pire, c'est que je me conduirai probablement aussi mal et aussi bêtement à la prochaine occasion, et je ne serai pas le seul... Allons, il vaut mieux t'en aller, Julia, sinon c'est tante Hannah qui nous trouvera ici et tu la connais ! Elle s'empressera d'imaginer le pire, quand mon père ne faisait que semblant d'y croire.

— J'y vais, Nicolas. Et toi ? Ton père t'a dit de retourner au salon.

— Bien sûr, mais il ne faut surtout pas qu'on nous voie arriver ensemble. Si tu le rencontres, dis-lui que je viens tout de suite. Bonsoir, Julia. Va, dépêche-toi.

Tout le reste de la soirée, tandis que Prudence tentait de décourager Jonas par la froideur de ses réponses et que Celia se lamentait de ne pouvoir trouver quelqu'un à qui parler de sa prétendue migraine, je suis restée assise en silence à retourner dans ma tête les faits qui se précisaient peu à peu. Pour le meilleur ou pour le pire, quelque chose était apparu dans ma vie, quelque chose qui dépassait de très loin les rêveries les plus folles de mon enfance trop sage. Comme je l'avais tant espéré, la vie s'ouvrait devant moi, s'étendait, se déroulait comme un immense tapis tissé d'espérances et de vastes perspectives, où des fils aux brillantes couleurs dessinaient, avec une netteté croissante, l'image de Nicolas. Et j'étais prête à le fouler.

4

Cette année-là, l'été nous apporta deux événements dignes de passer à la postérité : le dix-huitième anniversaire de Caroline Barforth et la proclamation des lois sur le libre-échange.

Quelques jours avant le bal donné en l'honneur de Caroline, ma mère revint à la maison. Elle nous tomba dessus à l'improviste par un bel après-midi, se déclara ravie de notre surprise, enchantée de nous revoir mais ne put retenir une moue dégoûtée en pénétrant au salon, comme si l'atmosphère confinée de Blenheim Lane constituait une épreuve insurmontable après le soleil et les brises marines où elle s'était épanouie.

— Qu'il fait sombre ! dit-elle. Ne peut-on vraiment pas ouvrir davantage les rideaux ? Tout est si clair, là-bas — j'avais oublié la grisaille... Enfin, me voilà de retour, bien guérie de mes maux et impatiente de refaire connaissance avec mes filles — c'est vrai, mes chères petites, nous nous connaissons si mal ! Tenez, voyez tous les cadeaux que je vous ai apportés...

Alors, comme par magie, ses mains débordèrent soudain de choses scintillantes, de soies bleues et blanches, de bracelets et de bijoux de corail, de camées et de perles, d'éventails de plume et de dentelle, et d'invraisemblables métrages de brocarts d'allure exotique.

— J'ai bien pensé que vous voudriez avoir quelque chose à vous mettre — à votre âge, je ne rêvais qu'à cela — et quitter vos tristes vêtements de deuil. Six mois, c'est affreusement long ! Je suis encore vouée au noir pour un an avant de passer aux gris et aux mauves, mais vous n'êtes pas veuves, vous autres, et les jeunes filles ont le droit de se montrer coquettes. Mon dieu, Julia, ces petits rubans bleus et ces roses blanches ne peuvent plus convenir qu'à Celia, tu as tellement grandi ! A Venise, on ne te prendrait jamais pour ma fille. Une jeune sœur, peut-être, car tu as exactement mes yeux et mes cheveux — là-bas, ils se remarquent, tu sais ! Plus je te regarde, plus je crois que tu vas être comme moi à bien des égards...

— Mais non, maman ! Je vous dépasse presque d'une tête et j'ai le nez beaucoup trop gros.

— Détails insignifiants, ma chérie. Une femme habile doit savoir impressionner en tirant parti de ce qu'elle a.

Celia fit alors danser ses bouclettes d'un mouvement de tête et intervint pour attirer enfin l'attention sur elle :

— Papa disait que c'est moi qui vous ressemblais le plus !

— Mais oui, ma chère enfant, répondit ma mère sans même lui accorder un regard. Tu es absolument ravissante. Quant à Prudence — mon dieu ! Tu me rappelles de façon incroyable une personne que j'ai perdue de vue depuis des années, un parent de ton père...

— Mère veut dire que tu ressembles à notre frère ! déclara Celia aigrement.

Elle n'avait souligné le parallèle que parce que Charles, notre demi-frère, avait été ignominieusement chassé du sein de la famille et que, par conséquent, tout rapprochement ne pouvait qu'être désobligeant pour Prudence. Avec une intuition plus pénétrante qu'elle ne le laissait croire, ma mère perçut aussitôt cette amorce de discorde et fit la paix avec Celia en la couvrant de rubans et de dentelles, puis avec Prudence en lui faisant la faveur de ne plus s'occuper d'elle ; je suis donc restée seule avec elle pour nouer les liens, ténus mais agréables, de rapports fondés sur notre goût commun pour la mode et les fanfreluches.

— Il faut se créer son propre style, me dit-elle un peu plus tard, ne jamais copier mais s'efforcer d'être imitée. Tu es grande, tu ne peux donc pas rapetisser. Eh bien, accentue ta taille avec des toilettes aux lignes simples, classiques, choisis des couleurs vives, du blanc, sans ornements inutiles. Bientôt, tu pourras même surmonter tes chapeaux d'une plume démesurée, tu verras comme c'est amusant ! Quant à ton nez, ma chérie, il est vrai qu'il est un peu long et que tu as la bouche plutôt grande. C'est justement pourquoi tu dois prendre un air navré devant toutes ces malheureuses affligées de lèvres en boutons de roses, de nez minuscules et de fossettes au coin des joues ! Si tu donnes l'impression de raffoler des biens que la nature t'a attribués, les autres ne les aimeront peut-être toujours pas, ma chérie, mais ils se poseront des questions, tu peux y compter !

Pour le grand bal de Caroline, Celia se fit faire une robe en gaze rose pâle, à la jupe froncée couverte de petits nœuds argent et de fleurettes roses et blanches ; Prudence une toilette de soie bleu clair ornée de dentelle crème, qui mettait sa fine silhouette élégante discrètement en valeur. Pour ma part, j'avais une robe toute blanche — une robe de cygne, me disais-je rêveusement pendant que la couturière finissait d'épingler la jupe. « Bien trop simple ! » avait jugé Celia en considérant d'un œil réprobateur les lignes droites de ma toilette, ornée seulement d'une rose blanche à la taille et d'une autre à l'épaule. « D'ailleurs, le blanc ne va qu'aux brunes, tout le monde le sait ! » avait-elle ajouté avant de disparaître en froufroutant Ma mère avait coiffé mes cheveux en un lourd chignon reposant sur la nuque, conçu pour attirer l'attention sur la longueur et la minceur de mon cou et faire oublier les proportions excessives de mon nez et de ma bouche. Je portais des perles à mes oreilles, mon large collier de velours en était incrusté et, pour parachever l'ensemble, mes yeux bleus et myopes reflétaient l'inquiétude car, au moment de partir, j'étais loin d'éprouver la confiance que j'affichais en une tenue si peu orthodoxe : elle ferait peut-être fureur à Venise mais les bonnes gens de Cullingford, habitués à voir leurs filles vêtues de rose bonbon et enrubannées comme des agneaux, n'allaient pas se priver de commenter ma toilette avec un étonnement scandalisé.

Ma mère n'aurait, en principe, pas dû se montrer à un bal avant la fin de son deuil ; elle pouvait, à la rigueur, justifier sa présence par des raisons familiales et ses devoirs de chaperon mais adopter alors une mise particulièrement discrète. Elle apparut dans une robe noire de la plus stupéfiante extravagance, décolletée à la limite de la décence, les volants de sa jupe couverts de perles de jais et, pour couronner l'architecture de ses cheveux blonds, un savant échafaudage de résilles et de plumes noires dont la vue allait, sans aucun doute, faire pour de longs mois le bonheur des mauvaises langues de Cullingford.

Prudence lui jeta un regard amusé :

— Tante Hannah n'approuvera sûrement pas !

Ma mère ajusta d'un doigt la rose de soie noire stratégiquement placée à l'endroit le plus suggestif de son décolleté et dit en souriant :

— Bah ! Tante Hannah trouve tant de choses à critiquer que je la soupçonne d'y prendre plaisir. Si je lui déplais, tante Virginie m'appréciera, car c'est la plus élégante des femmes et elle connaît encore la valeur d'un bout de chiffon parfumé — mais oui, n'ayez pas l'air ébahi, toutes les trois ! Je n'oublierai jamais votre tante Virginie — c'était avant qu'elle ne se prenne de passion pour votre oncle Joel — dans une robe, mes enfants, une robe !... Auprès d'elle, celle que je porte ce soir aurait eu l'air guindé. Un brin de soie, rien de plus, les pieds nus dans des sandales dorées et un ruban doré dans les cheveux. Son arrivée a fait sensation — à juste titre, d'ailleurs, car une femme qui dénude ses épaules et se peint les orteils souhaite être remarquée. A ce fameux bal, j'étais sans doute la seule à comprendre ses raisons — sûrement pas son mari, en tout cas, et je vois encore les regards furieux qu'il lui jetait. Vous avez peut-être du mal à l'imaginer, mes chères petites, mais vos tantes et votre mère ont eu leur part d'audaces, de joies et de peines, dans leurs jeunes années... C'est bien loin, maintenant, et tous ces petits problèmes sont rentrés dans l'ordre. Quant à tante Hannah, elle se préoccupera sans doute davantage, ce soir, de l'apparence de Prudence que de la mienne... Mon dieu, aurais-je fait une gaffe ? Si je ne te savais pas aussi bien élevée, Prudence, je jurerais que tu as eu envie de me gifler !

— Certainement pas, maman, répondit Prudence d'un air sévère. Dois-je cependant en déduire que certaines rumeurs concernant Jonas et moi vous sont revenues aux oreilles ? Si c'est le cas, laissez-moi vous dire...

— Non, ma chérie, non, ne me dis rien ! J'ai la plus entière confiance en toi et, que tu l'épouses ou non, ta décision sera sage et tu auras raison, j'en suis certaine.

Mais Prudence avait trop affirmé son caractère ces derniers temps, avait trop pris conscience de ses droits et souhaitait trop sauvegarder sa liberté inespérée pour se contenter de cette dérobade. Elle secoua la tête et retint sa mère avec une autorité impensable du vivant de mon père.

— Non, maman, dit-elle avec résolution, vous ne vous en tirerez pas aussi facilement. Vous avez le devoir de me guider un peu mieux que cela et de vous intéresser davantage à mes affaires. Voulez-vous dire que vous approuveriez mon mariage avec Jonas Agbrigg ?

— Ma chère enfant, Jonas est le beau-fils de ma sœur et je ne puis mieux faire que partager l'opinion flatteuse qu'elle a de lui. Certes, il n'a pas de fortune, mais il a l'air décidé à réussir. Je me rappelle simplement que ton père l'en croyait capable, du moins dans la vie politique à laquelle il s'intéressait beaucoup. Le pouvoir exerce un grand attrait sur les hommes, sur bien des femmes aussi. Si tu le recherchais, Jonas constituerait peut-être un choix raisonnable. De son côté, Freddy Hobhouse n'en aura jamais aucun, ma chérie, et dépensera ton argent avec infiniment moins de sagesse que Jonas. Il a neuf frères à établir, quatre sœurs à marier et, dans ces conditions, ta dot ne durerait guère. Mais à quoi bon te le rappeler ? Tu le sais aussi bien que moi, c'est pourquoi je te répète que ta décision, quelle qu'elle soit, sera certainement excellente.

Là-dessus, elle nous enjoignit de ne pas nous mettre en retard, car la voiture attendait à la porte ; elle tapota la rose de son corsage et s'en fut d'un pas léger.

— Tu voulais ta liberté, Prudence... lui ai-je chuchoté.

Elle eut un sourire mi-amusé, mi-irrité :

— C'est vrai, mais elle aurait au moins pu m'aider un peu mieux que cela ! A mon avis, tante Hannah a déjà dû lui annoncer que Jonas s'apprête à demander ma main et elle y a probablement consenti pour s'en débarrasser. Eh bien, tant mieux, après tout ! Il n'en a sûrement pas plus envie que moi — sauf qu'il a besoin de la dot — et plus vite j'aurais refusé, plus vite il pourra s'attaquer à toi, Julia. A moins qu'il ne s'en prenne à Celia, pourquoi pas ?

Cette remarque ralluma en Celia les flammes, jamais éteintes, du mariage :

— Oui, pourquoi pas ? s'écria-t-elle. S'il le faisait, je ne le traiterais sûrement pas comme vous autres ! J'ai beau être la plus jeune et savoir que vous me considérez comme une idiote, la manière dont Prudence fait lanterner Jonas et Freddy Hobhouse est indigne ! Tu finiras par les dégoûter tous les deux et tu resteras vieille fille.

— Vraiment ?

— Oui, vraiment ! Et puis, tu ne l'as peut-être pas remarqué, mais ils se montrent très aimables envers moi, ces derniers temps. Tu es toujours soi-disant sortie et Julia va Dieu sait où, avec Caroline, de sorte que je suis bien obligée de les recevoir. Mais cela n'explique pas pourquoi ils s'attardent et me témoignent tant d'égards. Si je le voulais, Prudence, et s'ils ne se sentaient pas engagés envers toi, je pourrais être Mme Agbrigg ou Mme Hobhouse demain !

— Pas possible ?

— Parfaitement ! Il faut maintenant que tu te décides, personne n'osera nous regarder tant que tu n'es pas mariée. Je ne sais pas ce qu'en pense Julia, mais j'en ai assez, pour ma part, de voir des occasions me filer sous le nez parce que tu fais la difficile !

— N'aie pas peur, Celia, répondit Prudence, l'air mi-agacé mi-amusé de nouveau. Je prendrai le premier qui se présentera et je l'épouserai avant la fin du mois, rien que pour te faire plaisir. Je te signale quand même que c'est Caroline qui est mise aux enchères ce soir et que tu ferais mieux de te montrer patiente et de prendre ton tour, comme nous.

Tarn Edge illuminé étincelait au loin et répandait son éclat sur les pentes gazonnées, les massifs de roses et la double haie des grands marronniers ; au milieu du vestibule décoré d'une profusion de fleurs exotiques multicolores, dont la rareté était soulignée par les feuillages vernissés des arbustes et des plantes vertes, tante Virginie recevait ses invités. Caroline avait pris position à côté de ses parents ; une longue procession attendait respectueusement le privilège de serrer la main des hôtes et de présenter les félicitations d'usage à ma cousine dont je voyais les épaules fermes et lisses émerger d'un corsage de brocart orné de broderie ; un triple rang de perles s'épanouissait à son cou, des diamants scintillaient à ses oreilles et ses boucles d'ébène étaient soigneusement tenues par des rubans argentés et des épingles de nacre.

C'en était trop, bien sûr : les perles étaient trop pures et trop nombreuses, les diamants malvenus sur une jeune fille de dix-huit ans, le brocart de soie incrusté de fils d'argent trop ostentatoire. C'est, du moins, ce que devaient penser Lady Winterton, (ses perles avaient depuis longtemps été sacrifiées aux voraces hypothèques de ses terres et ses mains de cavalière n'étaient ornées que d'une seule bague ancienne) ou Lady Annabel Flood, l'invitée d'honneur dont la présence constituait un triomphe pour les Barforth. La dot et les bijoux de celle-ci avaient vite été la proie des appétits de son beau-père qui ne pouvait se refuser l'acquisition d'un pur-sang ou d'une femme séduisante.

Ces deux nobles dames étaient pourtant arrivées tôt et, dans un grand déploiement d'affabilité, s'offraient en victimes propitiatoires devant ces nouveaux riches vulgaires, car les intérêts supérieurs de leur classe et de leurs familles exigeaient de leurs fils une mésalliance salvatrice : Francis Winterton affectait l'indifférence soumise ; Julian Flood trahissait déjà, à vingt-deux ans, le libertinage et la morgue de son grand-père, qui feraient de lui plus tard un mari capricieux et dispendieux.

Derrière cette élite se pressaient les Mandelbaum et leur fils Jacob, les Battershaw, si fiers de leur Benjamin, Mme Hobhouse flanquée de son mari et de ses trois aînés, Freddy, Adolphe et James, dont les regards furent si bien éblouis par les diamants de Caroline que mes vingt mille livres de dot — sans les porcelaines — pâlirent considérablement. Caroline avait pour eux tous le même sourire, aussi chaleureux à l'adresse des Mandelbaum qu'à celle des Winterton, ni plus ni moins épanoui pour Lady Annabel Flood, dont les ancêtres étaient arrivés avec Guillaume le Conquérant, que pour Mme Hobhouse, aux aïeux tristement privés de renommée. Elle était trop soucieuse de sa propre apparence pour remarquer la mienne, trop flattée de la présence de Julian Flood pour ne pas afficher de l'indifférence. En tout, elle se comportait en hôtesse chevronnée — ce qu'elle espérait devenir le plus vite possible.

L'orchestre jouait déjà sur l'estrade de l'immense salle de bal aux lambris blancs et or où Caroline et moi, naguère encore, courions et faisions des glissades. Les premiers arrivés se pressaient au buffet, où rafraîchissements et pâtisseries variées seraient servis sans discontinuer jusqu'à l'heure du souper pour maintenir l'ardeur des danseurs et meubler l'ennui des chaperons. Lady Winterton et Lady Flood, qui avaient visiblement oublié de dîner, s'y gobergeaient avec une désinvolture tout aristocratique ; ma mère, préférant se délecter des regards scandalisés ou haineux que lui décochaient les dignes dames de Cullingford et, plus encore, des œillades dont l'assaillaient les messieurs — beaucoup faisaient un détour pour l'admirer de plus près —, ne voulut accepter qu'une flûte de champagne.

« Bonsoir ! » leur disait-elle à tous, déclarant par le pétillement de ses regards, la malice de son sourire, sa gorge artistement dévoilée et les ondoiements de sa coiffure emplumée : « Oui, c'est moi, la petite Elinor Aycliffe que vous imaginiez à jamais terrassée par la mort de son tyran de mari ! Me revoilà, telle que je voulais redevenir, telle que vous auriez voulu m'oublier, et folle de joie d'être de retour sur la scène ! » Et moi qui l'observais, je percevais chaque nuance de ses expressions, je saisissais chaque subtilité de ses gestes parce qu'elles correspondaient à ce qui, en moi, faisait partie d'elle-même ; et je fus, à ce moment-là, bien près de l'aimer vraiment.

Caroline ouvrit le bal avec mon oncle Joel ; tandis que le vaste parquet disparaissait peu à peu sous l'envol des jupes, je sentais mon cœur battre un peu plus vite — comme celui de nous toutes assises sur les chaises dorées alignées le long des murs. Cette soirée allait-elle nous apporter triomphe ou désastre ?

Ce n'était pourtant pas mon premier bal et je connaissais assez les lois tacites de ce genre d'occasions pour savoir que, même sans ma robe de cygne, je ne manquerais pas de cavaliers. Chacun des messieurs présents, jeunes ou vieux, devait bien entendu s'empresser d'abord auprès des hôtesses ; Blaise et Nicolas avaient été pourvus d'une longue liste de danseuses — dont leurs cousines ne faisaient pas partie. Une fois débarrassé des corvées essentielles, oncle Joel n'aurait, comme d'habitude, plus une minute pour quiconque que sa femme. Mais les cavaliers abondaient pour nous autres et, tandis que j'étais assise entre Celia, impatiente de danser avec n'importe qui, et Prudence, soucieuse de n'éviter que Jonas, j'étais bien forcée d'admettre que les profondeurs les plus secrètes de mes pensées, celles sur lesquelles je n'avais aucun réel pouvoir, n'étaient occupées que de Nicolas.

Après l'épisode du train, j'avais passé un ou deux jours à me repaître de son souvenir, à tracer et retracer dans ma mémoire les traits de son visage, à revoir les rares éclairs de gaieté qui l'illuminaient quand son sourire parvenait à chasser son humeur sombre et coléreuse. Je m'étais octroyé la faiblesse de revivre notre trop brève rencontre, de répéter mot à mot notre insignifiante conversation à laquelle j'ajoutais ou dont je retranchais peu à peu ce que j'aurais voulu dire ou taire. A la fin de ces exercices, j'avais pourtant été forcée de quitter brutalement les plaisants rivages de mon imagination pour considérer, avec une précision sans indulgence, la réalité de ma position et ce que je pouvais raisonnablement espérer.

Les efforts méritoires de mon père pour élever ses filles dans l'innocence n'avaient pas réussi à me dissimuler l'existence des diverses catégories féminines et les usages, tout aussi variés, qu'en faisaient les hommes. Il y avait d'abord celle des « dames », à laquelle j'appartenais, dont le devoir essentiel était la pureté du cœur et la faiblesse de constitution susceptibles d'éveiller chez les hommes leurs instincts protecteurs et possessifs ; entretenue dans une luxueuse oisiveté au prix d'une dévotion totale à son maître et du sacrifice de sa personne, la « dame » ne pouvait se risquer qu'à l'aventure périlleuse — et parfois annuelle — de la maternité.

Venaient ensuite les « servantes », d'une nature tellement plus forte et endurante que celle des « dames » qu'on était en droit de se demander si elles appartenaient à la même espèce. La vaste classe des « ouvrières » faisait, de son côté, preuve d'une résistance physique encore plus étonnante, au point que nul ne s'inquiétait de savoir si quatorze heures de travail dans la chaleur étouffante et le bruit assourdissant des ateliers prédisposaient ou non à cinq ou six heures de labeur domestique dans un logement le plus souvent dépourvu du confort le plus élémentaire. Enfin, de même qu'il fallait à ces messieurs cultiver ces deux dernières espèces de plantes rustiques et vivaces pour les usages pratiques que leurs fragiles épouses-orchidées ne pouvaient évidemment leur fournir, se trouvait tout au bout de l'échelle une variété exotique, d'un type proche des lianes et autres végétations de la jungle, celle des « maîtresses », à l'écorce et à la fibre assez grossières pour s'épanouir sous les traitements inavouables auxquels nulle orchidée ne saurait résister.

Or, je le savais, aucune de ces définitions ne s'appliquait à mon cas. Nul n'exigerait de moi que j'allume un fourneau ou plonge mes mains dans la lessive, ni ne m'exposerait à l'insalubrité d'un atelier. Tout me rangeait dans la catégorie des « dames », celle que l'on épouse — et non pas celle que l'on aime ; mais si, par quelque miracle, Nicolas en arrivait à nourrir à mon égard des pensées matrimoniales, sa famille — qui était aussi la mienne — se dresserait, unanime, pour le désapprouver.

Certes, je constituais un beau parti pour un Mandelbaum, excellent pour un Hobhouse, inespéré pour Jonas Agbrigg ; mais les Barforth, eux, exigeraient pour leurs trois enfants des alliances fabuleuses. Aussi aurais-je eu plus de dix-sept ans et un peu du bon sens de ma sœur Prudence, j'aurais gratifié Jacob Mandelbaum, à qui je plaisais, de sourires plus convaincants, accepté de meilleure grâce les amabilités de Freddy Hobhouse, toujours avenant avec tout le monde ; j'aurais résolument fermé mon imagination à toute image de Nicolas.

« Amusez-vous, mes enfants », nous ordonnait ma mère pendant que Jonas s'inclinait avec raideur devant Prudence ; le jeune Battershaw faisait de même pour Celia et Freddy Hobhouse m'empoignait d'un air jovial. Alors, moins prête que jamais à trouver du plaisir sans Nicolas, je me suis pourtant forcée à obéir.

C'était un bal, la plus exaltante des aventures permises aux jeunes filles, où les espérances font battre les cœurs, où les angoisses nouent les gorges, où mariages et réputations se font et se défont d'un mot, parfois d'un regard. Celui-ci n'était en rien différent de la douzaine auxquels j'avais déjà assisté, sauf qu'il était plus magnifique. Pendant la première heure, tout s'y déroula comme il convenait ; les trois gigantesques lustres déversaient leurs lumières scintillantes sur la foule élégante , des effluves d'air parfumé nous parvenaient des hautes fenêtres ouvertes sur la terrasse ; les violons jouaient polkas, quadrilles et valses, les jeunes filles dansaient, certaines très souvent, d'autres au moins une fois car tante Virginie, au cours de ses rondes inlassables, remarquait les délaissées et s'empressait de leur porter secours : « Mademoiselle Smith, j'aimerais vous présenter M. Brown, il danse la mazurka à ravir ! Chère mademoiselle White, vous n'êtes pas trop fatiguée, j'espère, car M. Jones, que voici, serait enchanté de faire votre connaissance... »

Assurés que leurs filles et leurs femmes étaient en bonnes mains, les messieurs d'âge mûr s'étaient retirés au buffet ou au fumoir pendant que les chaperons, bouleversées d'inquiétude ou accablées d'ennui, formaient de petits groupes où l'on bavardait volontiers à voix basse. Tante Hannah avait pris position à côté de M. Fielding, notre nouveau député — qui ne se doutait pas que son interlocutrice avait l'intention de le chasser de son siège parlementaire pour y installer Jonas — et l'assaillait de questions sur l'avancement du texte de loi accordant à Cullingford le statut de municipalité, clef de l'accession de son mari au fauteuil de maire. Elle ne cessait pour autant de darder çà et là ses regards infatigables pour surveiller les allées et venues de son beau-fils adoré ; elle notait les noms de celles qui acceptaient ou refusaient de danser avec lui, de ceux qui osaient piétiner ses plates-bandes en invitant Prudence ; et ses devoirs de chaperon lui tenaient, semblait-il, si fort à cœur qu'elle y englobait ma mère : ainsi, la voyant revenir pour la énième fois du buffet où l'attentionné M. Oldroyd, le veuf des filatures de Fieldhead, l'abreuvait de champagne, elle se pencha en avant pour lui jeter, du même ton dont elle s'était si souvent servie pour tancer Celia et moi : « Elinor ! Tiens-toi, je te prie ! »

L'on s'amusait, certes, mais pas mieux qu'ailleurs, pas assez en tout cas pour que je passe la journée du lendemain à évoquer mes souvenirs avec nostalgie. Naturellement, Nicolas et Blaise étaient trop occupés pour danser avec moi, mais Blaise m'avait quand même adressé quelques sourires par-dessus l'épaule de sa cavalière et m'avait fait comprendre, d'un clin d'œil expressif, combien il appréciait ma robe et ma coiffure. La soirée commençait à s'installer dans une routine sans surprise et je revenais du buffet où Jacob Mandelbaum m'offrait pour la seconde fois une citronnade assaisonnée de propos inintéressants, quand une légère bousculade me bloqua dans l'embrasure de la porte entre Nicolas et Caroline, dont le ton de fureur contenue faillit me faire reculer :

— Nicolas ! Tu n'as pas encore invité Amy Battershaw une seule fois et tu sais qu'elle en meurt d'envie !

— C'est bien possible, mais je viens de m'infliger toutes tes empoisonneuses d'amies. Tu peux m'accorder un instant de répit...

— Tu vas me rendre ce service ! dit-elle en tremblant d'énervement. Tu sais parfaitement que je dois aller à Paris avec Amy. Si elle se vexe et décide de ne pas faire le voyage, papa refusera que j'y aille seule ou m'imposera un chaperon...

— La belle affaire !

— Tu es odieux ! Me faire cela, ce soir, alors que ce voyage est simplement... une... une chance unique ! Fais au moins un effort, je t'en supplie ! Cette cruche est assise toute seule là-bas et vient de refuser une invitation, croyant que tu allais vers elle.

Tante Virginie n'était pas loin, Dieu merci. Elle s'interposa en hâte :

— Julia, ma chérie, ta robe est tout simplement ravissante, n'est-ce pas, Caroline ? Et toi, Nicolas, fais donc danser cette pauvre Amy Battershaw qui se consume dans son coin. Elle n'est ni très belle ni très drôle, je te l'accorde, mais tu n'en mourras pas.

Il se serait certainement exécuté sur-le-champ, et je voyais déjà les coins de sa bouche amorcer un sourire ironique, si oncle Joel n'était pas survenu, aussi agressif que de coutume.

— Que se passe-t-il encore ? gronda-t-il.

A l'arrivée de ce renfort inespéré, Caroline — la prunelle de ses yeux — se tourna aussitôt vers son père, le regard implorant :

— C'est Nicolas ! Il fait sa mauvaise tête et refuse de danser avec Amy Battershaw, déclara-t-elle sans vergogne.

Il n'en fallait pas davantage pour rallumer chez oncle Joel les braises jamais éteintes de sa colère :

— C'est ce que nous allons voir ! Tu vas l'inviter d'ici cinq minutes, tu entends, sinon...

Tante Virginie esquissa un geste d'apaisement et moi, peu soucieuse de m'exposer une nouvelle fois aux contrecoups des crises de fureur de mon oncle, j'opérais discrètement une prudente retraite quand Nicolas, incapable de s'incliner mais disposé, peut-être, à un compromis par égard pour sa mère, intervint :

— Je comptais bien danser avec Mlle Battershaw, il n'a jamais été question que je ne le fasse pas. Mais il va vous falloir prolonger votre délai de cinq minutes, père, car j'avais déjà promis cette valse à Julia.

Immédiatement, je sentis une rangée d'yeux noirs et brûlants me transpercer jusqu'à l'âme : ceux de mon oncle, durs et soupçonneux, disaient : « Et voilà, encore cette satanée gamine ! Elle finira aussi volage que sa mère. » Ceux de Caroline me faisaient comprendre qu'elle ne s'attendait pas à être trahie par une amie et exercerait les pires représailles. Seule, tante Virginie paraissait assez sensée pour ramener l'incident à de plus justes proportions et comprendre qu'un refus de ma part, à ce stade, ne ferait qu'aggraver les choses.

— Allez, mes enfants, dit-elle d'un ton léger. La petite Battershaw n'en fera sûrement pas une maladie.

Il ne me restait plus qu'à accepter la main que me tendait Nicolas pendant que l'orchestre attaquait les premières mesures.

Cet instant, je l'avais appelé de tous mes vœux mais — comme il arrive à ce que l'on désire trop ardemment — cette valse m'était devenue une épreuve, une gêne, une amère déception. Depuis longtemps — depuis toujours ? — je pensais à Nicolas, en proie à des émotions informulées, à des inquiétudes aussi ; je le défendais quand Celia ou Caroline l'accusaient d'être maussade ou méchant ; je m'élevais contre la sévérité de son père. En ce moment, avec une férocité dont j'étais à peine consciente, j'aurais voulu voir oncle Joel le rosser après chacune de leurs querelles et le briser, de corps et d'esprit.

— Tu es resplendissante ce soir, Julia.

— Merci, Nicolas.

Je n'avais pas tourné la tête et je continuais à regarder distraitement par-dessus son épaule, pour lui faire bien comprendre que je ne souhaitais pas en dire davantage. Il poursuivit cependant :

— Julia... Excuse-moi.

— De quoi donc ? As-tu quelque chose à te reprocher ?

— Cela risquerait de nous entraîner trop loin... Non, je voulais simplement te dire que je ne t'ai pas invitée dans le seul but d'échapper à la corvée d'Amy Battershaw.

— Grand dieu ! Où as-tu pris cette idée ?

J'avais si souvent rêvé de valser dans ses bras, depuis le jour où l'invitation de tante Virginie avait été remise à notre porte, que j'aurais dû être folle de joie — comme sans doute Celia l'imaginait en me regardant ; jamais, pourtant, je n'avais été si malheureuse et ce sentiment de détresse, inattendu, insoutenable, me faisait l'effet d'une pierre brûlante jetée dans la mare tranquille de ma vie dont elle faisait bouillonner les eaux. Et le calme que j'affectais, dont j'aurais dû être fière, exigeait de moi un effort de concentration tel qu'il me vidait de mes dernières réserves d'énergie et de lucidité.

— Tu as raison de m'en vouloir, Julia.

— Moi, t'en vouloir ? Pas du tout, voyons ! Je m'amuse énormément, le bal est une féerie — c'est ce que tout le monde dit, du moins.

Il soupira et cessa ses efforts infructueux pour soutenir la conversation. J'étais devenue si tendue, si froide qu'il dut ressentir autant de soulagement que moi quand la musique s'arrêta ; il me raccompagna près de ma mère avant d'aller s'incliner devant Amy Battershaw, dont les rubans frémirent de plaisir.

Très vite, les bavardages de ma mère, ses yeux étincelants de malice et de champagne me furent insupportables, je n'étais pas plus d'humeur à subir le récit des épreuves de Prudence et celui des succès de Celia. Aussi, en bredouillant une excuse, je me suis enfuie vers la chambre de Caroline où sa vieille nourrice, assise près du feu avec son fil, ses aiguilles et ses flacons de sels, attendait prête à dispenser le réconfort, raccommoder un ourlet ou un cœur brisé.

— Vous êtes toute pâle, ma pauvre petite, dit-elle en me voyant. Tenez, buvez cela.

J'ai distraitement avalé un liquide insipide qui me rappelait mon enfance et je me suis sentie tour à tour brûlante et glacée tandis que, dévastée par la violence de mes émotions toutes neuves, je voyais se dessiner devant moi la douloureuse vérité ; je mesurais la profondeur du gouffre où je m'étais si volontiers précipitée.

J'aimais un homme qui ne m'aimait pas ; en soi, c'était déjà assez condamnable, mais il y avait pire : ce que j'éprouvais pour lui avait si peu de rapport avec le mariage que, pour un instant, j'en fus aussi choquée qu'aurait pu l'être mon père. Mais peut-être mon père n'avait-il pas toujours été aussi sage — ou, plutôt, aussi desséché. Peut-être avait-il — au moment de son second et scandaleux mariage avec ma mère — été lui aussi poussé par des forces irrésistibles dont il avait, plus tard, préféré renier l'existence.

Je ne savais presque rien de l'acte sexuel. Pour une femme mariée — selon les allusions évasives de Miss Mayfield —, ce n'était qu'un devoir ; pour une autre, c'était tellement impensable qu'il ne pouvait s'agir que d'un viol. Une fois, j'avais été témoin d'une scène vaguement suggestive : mon père, une main hésitante au-dessus de l'épaule de ma mère, lui avait dit : « Il est temps d'aller nous coucher, Elinor. » J'avais aperçu la brève grimace de dégoût et l'éclair de révolte, vite éteint, dans les yeux de ma mère avant qu'elle ne se lève et réponde, toujours docile : « Oui, bien sûr, mon ami. » Mes sentiments pour Nicolas n'avaient rien à voir avec ce genre de choses, j'en étais certaine.

Pourtant, à mesure que je me concentrais en fixant distraitement la cheminée, d'autres souvenirs me revinrent : de jeunes couples aperçus çà et là les soirs d'été, serrés l'un contre l'autre, des « gens du peuple », nous disait-on, qui feraient cent fois mieux d'être chez eux à pareille heure et de se préparer au travail du lendemain. « Ne regardez pas, fillettes. » Je comprenais maintenant qu'on nous interdisait moins de contempler le spectacle de la dépravation que celui du plaisir, de la joie simple — qui nous était interdite — celle de deux jeunes corps accordés, de deux esprits aimants, d'un bonheur où n'entraient pour rien dots et contrats de mariage.

« Ne regardez pas, fillettes. » Mais personne n'avait pu m'interdire de surprendre l'expression attendrie de mon oncle Joel quand il posait les yeux sur sa femme, la manière dont leurs mains se cherchaient et se joignaient pour mieux établir entre eux une sorte de courant fait de radieux souvenirs. L'intensité de leurs regards était telle qu'elle provoquait de l'embarras chez mon père et tante Hannah, mais forçaient ma mère et M. Agbrigg à baisser les yeux, comme s'ils comprenaient trop bien ce que signifiait ce rayonnement.

Les mains crispées l'une contre l'autre, l'esprit tendu par l'effort de ne pas laisser mes pensées dévier de leur cours, je devinais enfin une chose essentielle : tout ce que je désirais dans la vie était contenu dans les regards qu'échangeaient mon oncle et ma tante. Je ne me souciais ni de réussite mondaine, comme Caroline, ni d'idéologies sociales, comme Prudence, encore moins des plaisirs domestiques comme Celia. Je souhaitais voir Nicolas me sourire sous la lampe de la même manière que son père — qui ne savait être aimable avec personne d'autre — souriait à tante Virginie ; le voir tendre vers moi sa main en un geste de confiance et de compréhension. Et si j'ignorais pratiquement tout du mot « sensualité » et de ses implications, je crois qu'en cet instant mon corps commençait à en avoir une notion vague, sans doute, mais pleine de joie.

J'entendis confusément la voix de la vieille nourrice me faire comprendre qu'elle désirait retourner à son tricot et je m'apprêtais à la quitter quand Prudence fit irruption dans la chambre et me dit en haletant :

— Julia, écoute !... C'est abominable, je n'ai jamais eu aussi honte de ma vie !...

— A cause de Jonas ?

— Naturellement, mais plus encore à cause de moi. Je n'en reviens pas de ce que j'ai fait, je ne me savais pas capable d'une telle... faiblesse de caractère, si je puis dire.

— Seigneur ! Ne me dis pas que tu as accepté parce que tu n'as pas osé lui dire non ?

— Il ne s'agit pas de cela, heureusement, mais c'est presque aussi lamentable. Je devais danser avec lui la valse qui commence en ce moment, mais lorsque je l'ai vu se diriger vers moi j'ai eu la conviction qu'il allait me proposer une promenade au clair de lune ou quelque idiotie de ce genre et me demander officiellement ma main. Alors, au lieu de faire face à la situation — ce n'est que Jonas, après tout, et Dieu sait que je n'ai pas peur de lui —, je me suis retrouvée je ne sais comment à grimper les escaliers quatre à quatre, tu entends, à fuir comme un lapin ! C'est exactement le genre de stupidité auquel je me serais attendue de la part de Celia ! Oh ! Julia ! Comment ai-je pu faire une chose pareille ? Que m'est-il arrivé ?

— Je ne sais pas... ai-je répondu.

J'étais sincère car j'avais toute ma vie admiré le courage de Prudence et souvent compté sur le calme et la discipline de sa raison là où la mienne faisait défaut.

— Je ne sais vraiment pas, ai-je repris. Peut-être trouvais-tu l'endroit et le moment mal choisis, ou craignais-tu que tante Hannah fasse une scène si tu refusais.

— Crois-tu ? Elle en fera une de toute façon, c'est évident. Mais il s'agit d'autre chose, je crois. Jonas a été bizarre toute la soirée — il l'est presque toujours, je sais, mais jamais comme ce soir... Oh ! et puis, je ne sais plus !... D'un coup, toute cette histoire m'a paru si déplaisante, si... sordide ! Mais ce n'est quand même pas une excuse. J'aurais dû avoir le courage de résister, de maintenir ma position. Que faire, maintenant ? Il doit être en train de m'attendre dans le vestibule et va exiger une explication... Mon dieu, j'en suis malade !

— Eh bien, laisse-moi y aller à ta place.

— Non, Julia, je ne peux pas t'imposer...

— Tu ne m'as rien demandé, Prudence, et je ne suis pas aussi scrupuleuse que toi. Je vais tout simplement lui dire que tu as eu un malaise et, qu'il le croie ou non, il pourra difficilement me traiter de menteuse. Quand tu redescendras, fais bien voir que tu n'as jamais été indisposée — ce qui n'est que la plus stricte vérité — et cela devrait suffire à lui faire comprendre de ne plus t'importuner ce soir. C'est ainsi qu'il faut s'y prendre, tu verras. Reste ici et laisse-moi faire.

Alors, ravie de pouvoir enfin accorder ma protection à celle qui m'avait toujours donné la sienne, je l'ai fait asseoir et je suis descendue.

5

Comme prévu, Jonas attendait dans le vestibule et s'était posté au pied de l'escalier, d'où rien ni personne ne pouvait lui échapper. Son regard n'était guère plus froid, le pli de ses lèvres minces pas moins dédaigneux que d'habitude — le « fils Agbrigg » de ma jeunesse arborait, ce soir, son habit et son plastron ruché un rien trop impeccables et jouait le *gentleman* avec trop de perfection, comme s'il ne parvenait pas à oublier que sa naissance lui interdisait de l'être vraiment. En bref, je retrouvais le Jonas de toujours qui, conscient du fait que nous n'avions cessé de le mépriser, ne pouvait éprouver de surprise à se trouver une nouvelle fois rejeté.

— Je viens vous présenter les excuses de Prudence, ai-je dit avec désinvolture. Elle est indisposée et m'a priée de vous dire qu'elle ne sera pas en état de danser.

— Vraiment ? répondit-il avec autant de scepticisme que d'indifférence. Rien de grave, j'espère ?

— Oh non ! Elle va redescendre d'un instant à l'autre, je crois.

L'affaire aurait dû en rester là. Jonas aurait dû s'incliner, sourire, m'offrir son bras pour me raccompagner près de ma mère. J'aurais dû l'accepter, traverser avec lui la salle de bal en faisant quelques remarques insignifiantes sur la splendeur de la réception, l'excellence de la musique et la qualité du champagne et nous nous serions séparés pour ne plus nous revoir qu'au hasard d'un quadrille. Mais au lieu de cela, et sans que son expression impassible se modifiât en rien, il murmura d'une voix si basse que je dus faire un pas pour prêter l'oreille :

— Croyez-vous que son rétablissement serait encore plus rapide si je prenais congé sur-le-champ ?

Je me suis forcée à rire comme s'il plaisantait, mais je savais fort bien qu'il était sérieux :

— Grand dieu, Jonas ! Je ne sais vraiment pas ce qui pourrait vous faire croire une chose pareille !

— En fait, Julia, vous ne savez *vraiment* pas grand-chose.

Il avait parlé avec tant de calme et de naturel qu'il me fallut une seconde pour prendre conscience de sa grossièreté — qui m'autorisa à lui répondre avec toute l'impolitesse dont j'avais envie :

— Je ne vous demanderai pas de vous excuser pour ce que vous venez de dire, Jonas, car vous n'en éprouvez probablement aucun regret. Sachez seulement que je ne suis pas une idiote et que si Prudence vous fuit, c'est qu'elle a ses raisons — et je n'y suis pour rien.

— Vous l'ai-je reproché ? Pour ma part, je ne vois aucune raison valable pour m'éviter comme elle le fait. Pourquoi penseriez-vous autrement ?

Il avait repris, d'instinct, le ton de l'avocat interrogeant un témoin indigne de foi, m'examinait du haut de son génie — mais je ne voyais que ses yeux bridés et inexpressifs au même niveau que les miens et ses épaules dont le tailleur s'était efforcé d'élargir la carrure, guère plus impressionnante que la mienne.

— Parce que je le pense, un point c'est tout.

— Vous attendiez-vous à ce que je lui demande sa main ?

J'ai réprimé un sursaut, plus que jamais décidée à défendre ma sœur à tout prix.

— C'est exact, et vous ne pouvez pas prétendre le contraire !

— Vraiment ? Et pourquoi donc ?

— Vous le savez fort bien ! Et cessez, je vous prie, de me parler comme un avocat.

— J'en suis pourtant un, Julia, et un excellent, oserai-je dire.

— Je suis ravie de l'apprendre. Vous devez donc savoir, dans ce cas, que seule une femme a le droit de mettre fin à une cour importune alors qu'un homme, une fois engagé, ne peut se dédire. Vous aviez donc l'intention de lui demander sa main ?

— En effet, dit-il avec un sourire sans humour. D'ailleurs, vous devez avoir raison — les dames ne se trompent jamais, c'est bien connu — et ce n'est un secret pour personne que ma mère souhaite me marier, et à Prudence de préférence. Mais ce que veut ma mère et ce que souhaite Prudence — sans parler de ce que je désire moi-même — ne concordent pas nécessairement. Le mieux, je crois, est de nous en tenir là. Vous pouvez en faire part à votre sœur si vous le jugez bon.

— Je n'y manquerai pas et je suis heureuse, en tout cas, de voir que vous n'en éprouvez apparemment pas de chagrin.

— L'êtes-vous vraiment ?

— Plaît-il ?

— Je veux dire ; êtes-vous vraiment heureuse de constater mon indifférence ?

Un court instant, ses yeux bridés s'ouvrirent tout grands, pâles, presque incolores, comme déshabitués de la lumière, mais chargés d'une expression où je lisais, sans me méprendre, l'étendue et la profondeur de ses blessures d'amour-propre et l'intensité d'une colère couvant peut-être depuis toujours ; le contraste avec son impassibilité coutumière me choqua, car j'y reconnaissais l'amertume maladive d'un homme qui, sachant ne pas pouvoir se permettre d'extérioriser ses sentiments, les dissimule, les réprime, en arrive à les détester et à se haïr lui-même, englobant dans son ressentiment les témoins occasionnels de ses rares pertes de contrôle.

Jonas, j'en étais sûre, n'était pourtant pas amoureux de Prudence à qui il s'était présenté d'une manière si pragmatique qu'elle l'avait, en dépit de son esprit méthodique, jugée trop froide, trop visiblement inspirée par les conseils impérieux de tante Hannah et par son propre sens des affaires. Aussi, j'étais si intriguée de voir pointer des émotions chez un homme que j'avais toujours cru dépourvu de toute passion que je n'eus pas la présence d'esprit de résister quand Jonas me prit par le bras et m'entraîna dans le passage derrière l'escalier.

Peu de monde s'aventurait dans cette partie de la maison, à peine un ou deux domestiques prenaient-ils ce raccourci pour vaquer à leurs occupations sans prêter grande attention au jeune couple qui, visiblement, souhaitait ne pas être importuné. Stupéfaite plus qu'inquiète de son étrange initiative — car ses besoins d'argent avaient beau être pressants, il était pour le moins précipité de venir me demander ma main au lieu de celle de ma sœur —, je me suis bornée à dire, avec toute la dignité dont j'étais capable :

— Raccompagnez-moi près de ma mère, je vous prie.

— Bien entendu...

Mais il frémissait encore de colère mal contenue et à mon étonnement se mêlait quelque alarme car, une fois redevenu maître de lui, il m'en voudrait certainement de s'être donné en spectacle.

— Dites-moi, reprit-il du ton sarcastique de l'avocat sûr de son dossier qui s'apprête à exécuter un témoin indigne de lui, il est évident que mes assiduités, quelles qu'elles aient été, n'ont pas eu le bonheur de plaire à votre sœur. Comme, par ailleurs, je suis d'accord avec ma mère sur le fait que je devrais me marier tôt ou tard — et tôt, de préférence — peut-être auriez-vous la bonté de m'apprendre pour ma gouverne en quoi je lui ai déplu. Je sais, par exemple, être coupable du crime de pauvreté...

— Cela n'a rien à voir !

— Vraiment ? Savez-vous, Julia, que venant de vous, je veux bien le croire ? Vous n'avez jamais eu besoin de penser à l'argent puisque vous n'en avez jamais manqué. Certains d'entre nous sont, malheureusement, moins béatement insouciants à ce sujet et, pour ma part, j'ai passé une bonne partie de mon temps à ne penser qu'à l'argent. J'y suis obligé, d'ailleurs, car l'ambition coûte cher et je suis extrêmement ambitieux, je l'avoue volontiers. Il peut vous paraître étrange qu'un homme capable et énergique ne puisse progresser en ce monde aussi loin et aussi vite qu'un imbécile pourvu de quelques milliers de livres de rente. Je me suis moi-même maintes fois interrogé sur cette bizarrerie, mais le fait n'en est pas moins là. J'ai dû apprendre à m'en accommoder, car j'ai la ferme intention de faire de ma vie bien mieux que ce que mes origines me donneraient le droit d'espérer.

— Je ne sais rien de vos origines, Jonas.

— Sottises ! répliqua-t-il sèchement. Vous savez fort bien que mon père a été ouvrier chez votre oncle et que sa première femme, ma mère, était fileuse — si tant est qu'ils se soient donné le mal de se marier régulièrement. Un ouvrier en sabots et casquette de drap est mal vu dans une église, où l'on attend une « modeste » obole pour prix de la cérémonie, si bien qu'ils sont rares, dans les classes laborieuses, à officialiser leur concubinage. Le mariage, après tout, est principalement l'union de ce que l'on possède. Pour ceux qui ne possèdent rien, qu'importe si les enfants sont ou non légitimes ? Dans Simon Street, où je suis né, on ne s'encombre pas de telles fadaises — qui doivent cependant compter pour une demoiselle Aycliffe.

Je l'avais écouté, choquée, fascinée, prête à m'apitoyer et à lui souhaiter de ne plus avoir à se faire du mal comme il paraissait s'y complaire.

— Vous ne devriez pas me parler ainsi, Jonas. Je ne suis pas censée comprendre ce genre de choses, mais j'en sais suffisamment pour vous dire qu'elles ne comptent pas à mes yeux. Vous ne devriez pas non plus en avoir honte...

— Honte ? me jeta-t-il au visage, tout le corps tendu, prêt à mordre. Vous ai-je dit que j'en avais honte ? De quoi donc aurais-je honte, je vous prie ? Je n'ai aucun souvenir de Simon Street. Je ne me rappelle pas le jour où ma mère, j'avais sept ans, m'a emmené à l'usine pour me mettre au travail. Je ne me souviens pas d'être rentré tous les soirs à la maison en puant comme un porc pour me coucher dans le même lit que Dieu sait combien de frères et de sœurs, qui puaient encore plus fort que moi parce qu'ils étaient plus grands et plus crottés. Je ne me rappelle même aucun de ces frères et sœurs, car ils sont morts, oui, tous morts, de n'avoir pas eu le courage de s'accrocher à la vie — ou de ne pas en voir l'utilité. Je ne me souviens de rien, voyez-vous : avant mes dix ans, mon père avait déjà les moyens de me sortir de l'atelier pour m'envoyer à l'école. Votre oncle l'avait nommé directeur de l'usine de Low Cross et nous avait donné la maison, un vrai palais ! Mais c'était encore trop de splendeur pour ma mère. Elle regrettait son taudis de Simon Street, elle n'arrivait pas à jouer son rôle de bourgeoise et cela l'a rendue folle. Ses anciennes compagnes de travail ne voulaient plus d'elle, elle s'inquiétait de faire obstacle aux ambitions de mon père, ce qui était le cas, d'entraver mes études. Car j'étais à l'école, à ce moment-là, avec tous les jeunes Barforth, les Hobhouse, tous ces « bons petits garçons » que je dépassais de cent coudées par mon intelligence. Aussi, croyez-vous que cela m'ait fait plaisir de la voir un beau jour devant la porte de l'école en châle et en sabots ? Bien entendu, je l'ai oublié, cela aussi. Je ne me rappelle même pas les ricanements des Hobhouse, la manière dont votre cousin Nicolas a détourné la tête ni celle dont votre cousin Blaise l'a saluée en disant : « Bien le bonjour, madame. » Rien de tout cela ne m'est resté dans la mémoire. J'avais treize ans quand elle est morte et mon père, ce jour-là, m'a dit des mots très durs — vous avez sans doute remarqué que nous ne nous entendons guère, même maintenant. Il me reprochait d'être soulagé de sa mort, heureux de ne plus avoir honte d'elle devant mes amis — je me demande encore de qui il voulait parler car je n'en avais pas alors et je n'en ai pas davantage aujourd'hui. Lui, mon père, était accablé d'être veuf, mais il ne s'en est pas trop mal remis : à peine son deuil terminé, il s'est remarié, et avec Mlle Hannah Barforth, pas moins ! Pour mon bien, disait-il, car il était si fier d'avoir un fils aussi intelligent qu'il était prêt à tous les sacrifices !... Alors, si mon père, avec son accent et ses mains calleuses, était assez bon pour une Barforth, voulez-vous, je vous prie, me dire pourquoi je serais indigne d'une demoiselle Aycliffe ?

Je comprenais trop bien qu'un tel aveu lui était pénible, que cette sorte d'impudeur provocante aurait de même douloureusement blessé mon père s'il s'y était laissé aller. Atterrée, je ne savais que répondre pour l'apaiser et ne parvins qu'à balbutier :

— Voyons, Jonas... il ne faut pas...

— Je vous présente mes excuses.

D'un seul coup, il s'était ressaisi ; il s'était même retenu de respirer un instant, comme si rien ne devait amoindrir son formidable pouvoir de concentration tout entier occupé à faire rentrer en cage le fauve si malencontreusement échappé.

En un clin d'œil, il était redevenu lui-même, inexpressif, impénétrable. Nous n'avions sûrement plus rien à nous dire, après une telle sortie. Il ne pouvait, logiquement, que me raccompagner au bal et faire ensuite de son mieux pour m'éviter. Au bout d'un long moment de silence et d'immobilité totale, il se tourna pourtant vers moi, s'avança, se tint si près que je dus reculer et me suis retrouvée le dos au mur. Il avait de nouveau les paupières à demi baissées, mais je percevais sous l'impassibilité de surface une attention, une tension telles que j'en retins malgré moi ma respiration.

— Si je n'ai pas demandé la main de Prudence ce soir, dit-il d'une voix sourde, c'est en grande partie pour ne pas m'exposer à un refus, car je ne doute pas qu'elle eût été une épouse parfaite. L'on dit que chaque homme rencontre au moins trois femmes dans sa vie, celle qu'il sait lui convenir, celle qu'il aimerait avoir et celle qu'il peut obtenir. Prudence aurait certainement fait partie de la première catégorie et ma mère avait eu raison de me la recommander.

— Je lui dirai...

— C'est inutile. Nous ne nous étions nullement engagés l'un envers l'autre — de fait, nous avons tous deux pris les plus grandes précautions à ce sujet. L'affaire est donc définitivement classée. Ne lui dites rien de plus que le strict nécessaire pour la rassurer. Saurez-vous le faire, Julia ? Ma mère vous considère comme une incurable étourdie.

— Ma foi... elle n'a pas tort. Je le suis, en effet.

— Je sais.

Plaquée au mur dans cet étroit passage mal éclairé, où l'atmosphère devenait si lourde que je respirais avec peine, j'eus alors l'intuition que cet homme au sang-froid, à la sensibilité de reptile m'avait attirée ici moins pour exhaler ses griefs contre ma sœur que pour être seul avec moi, en dépit des protestations de sa raison, parce qu'il ne pouvait résister à l'envie impérieuse de m'embrasser, que je percevais maintenant derrière ses paupières baissées et ses dents serrées en un dernier effort pour se contenir. Soudain, il me faisait pitié, sentiment que je savais lui être intolérable ; je redoutais aussi d'infliger de nouvelles blessures à son amour-propre déjà profondément meurtri. A la fois stupéfaite et piquée de curiosité, car je ne m'étais jamais doutée qu'il pût éprouver de l'attrait pour moi, il me fallait pourtant l'en empêcher à tout prix : un baiser, en effet, est infiniment plus important, plus personnel surtout, qu'une demande en mariage — quand bien même elle devrait le suivre de près. Le refus d'une proposition matrimoniale peut être interprété comme le rejet d'une situation, d'une carrière et non d'un homme ; c'est la conclusion négative d'un projet, d'une association examinés sous leur aspect financier qui, pour cent raisons parfaitement légitimes et admissibles, n'agréerait pas à l'une des parties en cause. Mais me détourner devant ses lèvres constituerait un affront terrible, qu'il ne me pardonnerait sans doute pas ; accepter son baiser serait en revanche une dangereuse folie, voire une forme de méchanceté. Je ne souhaitais certes pas l'encourager, je ne voulais pas davantage lui faire inutilement du mal. Je souhaitais encore moins en souffrir moi-même, car personne ne m'avait encore embrassée et, toute disposée que je puisse être à goûter cette expérience nouvelle, il n'était certes pas question que ce premier baiser, sensation unique et que je voulais inoubliable, me vînt de Jonas.

— Je suis très sincèrement navré de tout ce que je vous ai dit, Julia. Si curieux que cela vous semble, je ne me sens cependant pas gêné que vous le sachiez.

— Pourquoi le seriez-vous, Jonas ? Je ne le répéterai à personne, soyez-en assuré. Ne sommes-nous pas cousins, après tout ?

— Vous savez bien que non, Julia, nous n'avons aucun lien de sang. Dites-moi, êtes-vous vraiment aussi étourdie qu'on le dit, aussi extravagante que votre mère ?

— Absolument, je suis le portrait de ma mère. D'ailleurs, tante Hannah me tient en piètre estime, c'est tout dire.

— En effet. Mais les tantes, comme les mères, ont tendance à ne considérer favorablement que les jeunes filles prétendument « accomplies ». Il existe pourtant d'autres qualités...

Et c'est alors que Jonas, après avoir franchi le seuil de la folie, céda à un égarement qu'il savait pourtant ne pas pouvoir se permettre et pencha vers moi son visage étroit ; ses lèvres minces esquissaient un sourire attristé, adressé, semblait-il plus à lui qu'à moi — je ne voyais pourtant rien d'amusant dans notre situation — tandis que je luttais désespérément contre la certitude de réagir à son baiser soit en le repoussant, soit, pis encore, en éclatant d'un rire hystérique dont nous souffririons autant l'un que l'autre. Je me suis forcée à fermer les yeux pour mieux subir l'inévitable, j'ai formulé une ardente prière pour trouver la présence d'esprit de traiter cette épreuve avec une désinvolture blasée, de réussir à exprimer sans trop de maladresse que, sans la prendre au sérieux, elle ne m'avait pas paru trop répugnante. Mais je n'étais pas capable, à l'époque, de ce genre d'artifices et quand, au bout d'un moment, je constatai qu'il ne m'avait toujours pas touchée, j'ai rouvert les yeux ; il me dévisageait et, si j'ai lu dans son regard qu'il comprenait trop clairement mon dilemme, je n'y ai plus trouvé trace de la douceur et de l'ironie mélancolique présentes un instant auparavant.

— Vous souhaitiez, je crois, être raccompagnée auprès de madame votre mère, me dit-il avec froideur.

— Oui.

Il m'escorta en silence jusqu'à la porte de la salle de bal où il m'abandonna fort brusquement, avant que j'aie pu deviner dans son expression impénétrable si je m'étais fait de lui un amoureux ou un ennemi.

J'aurai dû immédiatement retourner chercher Prudence et je faisais déjà demi-tour quand Celia, haletante et les joues rouges, surgit en se frayant un passage dans la foule :

— Bonté divine, à quoi penses-tu, Julia ? Prudence et toi disparaissez des heures en me laissant me débrouiller toute seule ! Il faut que tu viennes tout de suite, maman s'est mis en tête de danser, oui, de danser avec M. Oldroyd ! Il a perdu la tête ou il est ivre, car il ne fait que rire et l'encourager. Il faut absolument les en empêcher, Julia, je ne survivrais pas. Elle n'est veuve que depuis six mois à peine, te rends-tu compte ? Si elle se couvre de honte, il en rejaillira sur nous ! Tu sais ce que tout le monde va dire : « Telle mère, telles filles », et c'est malheureusement trop vrai. Fais quelque chose, Julia, je t'en supplie. Je m'amusais, elle n'a pas le droit de me gâcher ma soirée ! C'est trop injuste, à la fin... Tu m'entends, Julia ?

Une minute plus tard, j'ai découvert ma mère à demi étendue dans son fauteuil et secouée d'un rire plein de malice, tandis que tante Hannah, raide et les lèvres serrées, lui assenait un sévère avertissement :

— Tu n'es plus à Venise, Elinor !

— Oh ! je ne le sais que trop, ma chérie ! Mais pourquoi en faire toute une histoire ? Matthew Oldroyd m'a invitée à danser, ce que je trouve très aimable de sa part. C'est un vieil ami, il serait très impoli de lui refuser...

— Tu sais fort bien, Elinor, qu'il ne s'attendait pas à ce que tu le prennes au sérieux ! gronda tante Hannah. Il essayait simplement, à sa manière balourde, de se montrer galant et je n'ai jamais vu personne plus ahurie que lui quand tu as accepté. Et où est-il maintenant, je te prie ? Le vois-tu ? S'il lui reste deux sous de bon sens, j'espère qu'il a filé prendre son chapeau et commander sa voiture ! Vraiment, Elinor, j'en reste sans voix ! Tu pourrais au moins penser à tes responsabilités. A ton âge...

— Ah ! Parlons-en, veux-tu... commença ma mère.

Elle reprenait haleine et je m'attendais déjà à l'entendre développer quelque surprenante théorie sur la nature et l'étendue de ses responsabilités quand, Dieu merci, un soudain brouhaha coupa court à toute discussion. Un silence s'abattit peu à peu, les violons se turent au beau milieu d'une polka, tout le monde autour de nous tendit le cou et se dressa sur la pointe des pieds et, sans nul doute, un événement mémorable était sur le point de se produire. C'est alors que la porte du grand salon s'ouvrit à deux battants et que tante Virginie apparut, saluée d'un soupir de stupeur car, à son bras, le beau grand vieillard qui s'avançait d'une démarche toute martiale n'était autre que Sir Giles Flood, notre haut et puissant seigneur féodal.

S'il n'avait pas encore les quatre-vingts ans que Blaise lui avait trop généreusement attribués, il n'en était cependant pas loin. Mais il n'avait rien perdu de son comportement autocratique et dominateur, nourri par l'exercice de l'autorité depuis des générations ; il parvenait à conserver, sous l'austère habit noir à la mode, quelque chose de l'élégance des satins et des soieries multicolores de sa jeunesse dissolue à la cour du Prince Régent.

— Quel triomphe pour Virginie ! murmura ma mère, dont les polissonneries étaient oubliées. Oui, un triomphe...

Car le haut et puissant Sir Giles, dont la famille régnait sur Cullingford depuis plus de trois siècles avait hérité son titre à une époque où, dans la vallée de la Law, on retirait automatiquement son couvre-chef sur son passage ; il ne s'était jamais privé de proclamer hautement et publiquement que rien au monde ne lui ferait mettre les pieds chez un de ces méprisables parvenus dont ses terres ancestrales étaient désormais infestées. L'on pouvait, certes, se montrer civil si d'aventure on en croisait un dans la rue — un gentilhomme avait d'ailleurs le devoir d'être poli envers son valet ou son épicier — sans pour autant encourager la familiarité de ces gens-là. Sir Giles avait adressé de sévères avertissements à certains de ses pairs, tel Sir Charles Winterton, pour qu'ils sachent garder leurs distances vis-à-vis de ces arrivistes qui, avec leurs répugnantes machines et leur argent impur, avaient désormais l'incroyable impudence de se croire aussi bons que n'importe qui.

Il était pourtant là, sous nos yeux, la main posée sans dégoût apparent sur le bras de tante Virginie qu'il menait vers le centre de la salle, où s'était formé un vaste cercle respectueux, pour l'entraîner avec vigueur dans une valse. Alors, à ce spectacle hautement symbolique, la foule entière se mit spontanément à applaudir comme s'il s'était agi du duc de Wellington ou du Prince Albert.

— Ainsi donc, ce sera Julian Flood — pour Caroline, veux-je dire, murmura tante Hannah à l'oreille de ma mère.

Et celle-ci, les yeux fixés sur l'aristocratique silhouette de notre châtelain, répondit du même ton :

— Ma parole, Joel doit être encore plus riche que nous ne le pensions, ou les Flood plus ruinés. Te rends-tu compte, Hannah ? Caroline, notre nièce, châtelaine de Cullingford !... Regarde donc là-bas, je crois que Lady Winterton fait une crise de nerfs.

Pendant ce temps, Caroline valsait à son tour avec Julian Flood, Celia disparaissait entre les bras puissants de Freddy Hobhouse, Jonas invitait une jeune fille qui, à son allure, devait valoir quelques milliers de livres de rente ; et moi, alors que je m'éclipsais de nouveau pour aller secourir Prudence encore réfugiée en haut, je me suis trouvée nez à nez avec Nicolas dont l'invitation me fit aussitôt oublier ma sœur et tout le reste.

Il me prit fermement par la main, m'enlaça la taille et me déclara, d'un ton non moins résolu :

— Cette fois, Julia, tu vas écouter mes excuses. Tu étais butée, tout à l'heure, et j'attendais de te voir de meilleure humeur pour te parler.

Je me suis alors sentie si transportée de joie que j'aurais voulu le voir faire quelque chose de véritablement répréhensible pour avoir le plaisir de lui pardonner davantage.

— Tu n'as pas à t'excuser, Nicolas.

— Bien sûr que si. D'ailleurs, tu avais l'air soucieuse...

— Cela n'avait rien à voir. Ma mère et tante Hannah se sont disputées et puis... Si tu veux savoir la vérité, je crois que Jonas Agbrigg m'a demandée en mariage.

— Quoi ? s'écria-t-il d'un air horrifié. Que veux-tu dire ? Il te l'a demandé ou pas ? Es-tu au moins sûre d'avoir refusé ?

— Oui, je n'ai aucun doute là-dessus. Mais je crois l'avoir fait d'une manière si maladroite que je l'ai vexé.

— Jonas, vexé ? Allons donc ! Il n'a pas plus de sentiments qu'un poisson, ne t'inquiète pas pour lui. C'est à son portefeuille qu'il s'intéresse, pas à ses émotions. Tout le monde sait d'ailleurs qu'il a hâte de trouver de l'argent, car le vieux Corey-Manning a maintenant décidé de prendre sa retraite. Il s'est acheté une maison à Bridlington et n'a qu'une envie, c'est de s'y installer. Tu ne savais pas ? Si Jonas ne déniche pas très vite ce qu'il faut pour racheter les parts, il risque de se trouver avec un associé majoritaire qui ne soit pas de son goût ou le jette dehors plus ou moins discrètement.

— Ton père ne va-t-il pas l'aider ?

— C'est possible, mais il exigera au moins de Jonas qu'il y mette du sien. En rachetant le vieux Corey-Manning, Jonas ne fait pas que reprendre des parts de la firme, il lui faut aussi soutenir un train de vie correspondant à sa position sociale. Il ne pourra pas compter sur tante Hannah, elle va déjà être obligée de racler les fonds de tiroir pour tenir son rang de mairesse, et ils ne vont quand même pas tous s'imposer à mon père. S'il est toujours prêt à étudier une proposition d'affaire, il n'aime pas qu'on le prenne pour un bureau de bienfaisance. S'il aide Jonas, il faut que Jonas se débrouille également de son côté.

Notre paix était faite et nous avons continué à bavarder ainsi de choses et d'autres ; tout à coup, la musique s'arrêta en hommage à Sir Giles et tante Virginie qui faisaient leur sortie — ce qui indiquait aussi que le souper était servi.

— Pas trop tôt ! s'écria Nicolas. Je croyais que le vieux ne viendrait jamais — il n'en avait d'ailleurs aucune envie, à vrai dire. Mais comme il n'était pas question de servir sans lui... Bref, je meurs de faim. Viens, Julia, tu vas souper avec moi.

— Oh oui ! ai-je d'abord dit dans un élan de joie.

Puis, me rappelant ma place et pensant que mon oncle Joel comptait sans doute sur ses deux fils pour faire leur devoir, j'ai ajouté tristement :

— Non, Nicolas, ton père va probablement te demander de tenir compagnie à Amy Battershaw ou à quelque autre délaissée...

— Pas question ! Il est si content d'avoir mis la main sur Sir Giles que les Battershaw peuvent aller se faire pendre au diable. Allons, viens vite avant que les Hobhouse et les Winterton ne raflent tout.

Mais à la vue de la bousculade qui régnait dans la grande salle à manger, Nicolas fit une moue dégoûtée :

— Je n'ai vraiment pas envie de manger au milieu de tous ces gens-là. Tiens, allons plutôt nous installer dans l'escalier de service...

Il murmura ses instructions à une femme de chambre pour nous préparer un plateau, me prit la main et nous ouvrit un passage à coups d'épaule en direction de l'étroit corridor où, moins d'une heure auparavant, je m'étais trouvée prise au piège avec Jonas.

Ces marches d'escalier, je m'y étais souvent assise avec mes cousins et mes sœurs, serrés l'un contre l'autre et vaguement inquiets comme le sont les enfants qui devraient être depuis longtemps couchés, à regarder le défilé des plats, à humer les appétissantes odeurs qui filtraient de la cuisine, à nous battre comme de jeunes chiots pour les restes de crème au chocolat ou de bombe glacée que nous donnaient parfois les femmes de chambre. Prudence et moi avons écarquillé les yeux d'admiration le soir où Blaise et Nicolas liquidèrent le contenu d'un carafon de bordeaux oublié.

Cette fois, pourtant, ce n'était plus pareil : j'avais déployé sur les marches la soie de ma belle robe de cygne, Nicolas prenait ses aises juste au-dessous de moi et nous dégustions, dans la pénombre, le plateau chargé de choses exquises et de champagne qu'on venait de nous apporter. Je reconnaissais cependant, mais en plus aigu, le goût de fruit défendu associé à mes souvenirs — car nous savions autant l'un que l'autre que notre présence n'avait plus l'innocence de l'enfance et que les conventions régissant notre vie nous interdisaient d'être seuls ensemble désormais. Etre découverts ainsi n'entraînerait peut-être qu'une indulgente réprimande ; cela pouvait aussi nous faire accuser d'inconduite, compromettre gravement ma réputation, mais Nicolas ne m'aurait sans doute pas amenée ici sans être prêt à me défendre, ou s'il n'éprouvait pas un réel plaisir à se trouver en ma compagnie.

« Tu es si changée, Julia », l'avais-je souvent entendu dire dans mes rêves. Dans la réalité, il se contenta d'affirmer :

— Alors, nous voilà redevenus amis ?

— Oui, Nicolas — bien que tu m'aies deux fois déjà exposée aux colères de ton père qui me terrorise. Il ne te fait pas peur ?

— Pas le moins du monde. Il le voudrait bien, je crois, à moins qu'il ne se sente plus ou moins obligé de se faire craindre. Mais je n'en ai pas peur du tout.

— Tu es vraiment très brave...

— Un lion, te dis-je ! Je me demande ce que cela donnera avec Julian Flood. Mon père aime que ses investissements soient rentables et le jeune Julian ferait bien de prendre ses précautions pour ne pas encourir ses foudres.

— Tu n'as pas l'air enchanté que Caroline veuille l'épouser.

— Je n'ai rien de particulier contre lui. Pour un noble, il n'est pas trop antipathique — il vaut mieux, en tout cas, que cette mauviette de Winterton. Mais il est noble, Caroline est roturière, et j'ai des doutes sur leur compatibilité.

— Elle tiendrait pourtant sa place à merveille.

— Je ne dis pas le contraire. Elle meurt d'envie d'un château, d'un titre et de tout ce qui s'ensuit, sans vraiment se rendre compte de ce que cela implique. Blaise pourrait épouser une duchesse et être toujours à la hauteur de la situation — mais Blaise ne nous ressemble pas beaucoup. Caroline, pour sa part, a beau avoir l'allure d'une duchesse, elle est et restera une Barforth. Elle aime l'argent, elle sait comment il se gagne et comprend la mentalité de ceux qui en amassent, alors qu'elle ne comprendra jamais, je crois, celle des Flood.

— Ils aiment pourtant l'argent, eux aussi.

— Naturellement, sinon ils ne seraient pas ici ce soir. Mais leurs motivations ne sont pas du tout les mêmes. Ainsi, mon père a passé sa vie à bâtir et à développer ses usines, mais il vendrait tout demain et se lancerait dans une activité totalement différente s'il y trouvait son avantage — et je ferais exactement de même. Les Flood et leurs semblables, de leur côté, ne se résignent pas à se séparer d'un lopin de terre sous prétexte qu'il a appartenu à leur famille depuis je ne sais combien de générations. Je ne dis pas qu'ils ont tort ou raison, il s'agit simplement d'autre chose, d'une mentalité qui nous est parfaitement étrangère et avec laquelle Caroline n'a rien de commun. Elle va vouloir diriger leurs propriétés comme mon père fait tourner ses usines, et je parierais que si elle réussissait à faire des bénéfices, les Flood n'approuveraient quand même pas ses méthodes.

— Ils empocheraient l'argent.

— Pour cela, tu peux leur faire confiance !

Nous avons ri de bon cœur, car nous nous comprenions à demi-mot ; lui, vrai natif de la vallée de la Law, la tête carrée, les pieds sur terre, direct et retors à la fois, imperméable au romanesque et au rêve et parfaitement capable de mener, presque à son insu, la vie dure à sa femme ; moi, vraie fille du même terroir, plus solide que je n'en avais l'air, sachant comprendre les exigences et les risques de son métier, ne désirant vraiment que ce qu'il souhaitait lui-même et prête à apprécier l'habileté qu'il déployait pour l'obtenir.

Nous étions si semblables, si bien pétris de la même pâte que nous paraissions véritablement faits l'un pour l'autre. Alors, tandis que je me relevais lentement en défroissant ma jupe et en rajustant ma coiffure pour dissimuler le tremblement de mes mains, je reconnus dans son visage tourné vers moi la même expression tendue, surprise tout à l'heure chez Jonas, la même étincelle de désir vite réprimé que ressent, je crois, tout homme pour une femme point trop repoussante, seule avec lui dans un lieu isolé ; mais loin d'en éprouver la répulsion que j'avais eue pour Jonas, je me sentis au contraire basculer tout entière vers lui, comme si l'air qui nous séparait s'était dissous et qu'une force surnaturelle me poussait dans ses bras. Et ce n'est, finalement, que la crainte inculquée à toutes les femmes de perdre leur virginité — leur valeur marchande — qui me retint à la dernière seconde et me fit prétendre avoir trébuché.

— Il faut que je retourne là-bas, Nicolas.

— Oui, c'est vrai...

Il ne se souciait guère de sa propre vertu, depuis longtemps évanouie grâce aux bons offices de ces dames du Théâtre Royal — comme l'exigeait la tradition de la vallée de la Law — mais il était parfaitement conscient qu'il lui faudrait observer la plus grande prudence et être sûr de ses propres intentions avant d'esquisser la plus bénigne attaque contre ma vertu.

— Je vais te raccompagner, reprit-il. Dans toute la bousculade du souper et l'excitation provoquée par Sir Giles, personne ne se sera aperçu de ta disparition.

Nous nous étions néanmoins déjà trop attardés car un bruissement de robe se fit soudain entendre au bout du passage ; peut-être n'était-ce qu'une servante venue reprendre notre plateau, peut-être une invitée égarée qui, nous voyant, feindrait n'avoir rien remarqué et s'éclipserait discrètement... J'aurais voulu m'enfoncer dans le mur, atterrée d'être surprise dans une situation compromettante et enragée de n'y avoir pas pensé plus tôt, comme cela m'arrivait trop souvent.

— Ne t'inquiète pas, me souffla Nicolas.

— Que se passe-t-il donc ici ?

Nous avons tous deux poussé un discret soupir de soulagement, car la voix qui venait de retentir n'était que celle de Caroline, dont l'ample jupe blanche et argent bloquait le passage. Son expression — quand j'eus suffisamment repris mes esprits pour l'observer — reflétait bien moins le contentement triomphant du début de la soirée qu'une mauvaise humeur qui la poussa, je crois, à décharger sa bile sur le premier venu — nous deux, en l'occurrence.

— Ah bon ! Ce n'est que toi, s'écria Nicolas.

Il avait dû se passer quelque chose de sérieux car, au lieu d'éclater de rire à son tour et de nous rejoindre dans l'intimité complice de l'escalier de notre enfance, Caroline se redressa en nous fusillant du regard, comme son père le faisait si volontiers et, comme lui trop heureuse de trouver un sujet de mécontentement.

Avant que Nicolas ne réponde à ma place — une fois la bataille engagée entre eux, je ne pourrais plus me faire entendre —, j'ai immédiatement répliqué :

— Pense ce qui te plaît, Caroline ! Si tu es incapable d'en tirer mieux que ces ridicules conclusions, c'est que tu es encore plus sotte que ma petite sœur Celia.

— Comment oses-tu me parler sur ce ton ?

Caroline suffoquait d'indignation, sans pour autant dissimuler sa curiosité. Et comme, par ailleurs, je tenais à ce que Nicolas se rende compte que je n'étais pas une mijaurée ravie d'être compromise pour mieux me l'attacher, mais parfaitement capable de me défendre seule, j'ai poursuivi mon énergique contre-attaque :

— Je n'ai pas à oser, Caroline. Tu te conduis comme une parfaite imbécile et je ne vois pas pourquoi je m'abstiendrais de te dire ce que je pense.

— Eh bien, je vais te dire pourquoi, moi ! Tu es ici chez mon père, où l'on doit se comporter convenablement. Or, ta conduite est particulièrement inconvenante.

— Je n'ai jamais rien fait d'inconvenant et tu le sais fort bien, Caroline ! Si quelqu'un a quelque chose à se reprocher, ce doit plutôt être Julian Flood, si j'en juge par ton comportement, sinon tu ne serais pas en train de te précipiter dans l'escalier de service qui, entre parenthèses, représente le plus court chemin vers ta chambre. Je n'ai pas du tout l'intention de te servir de bouc émissaire pour tes mésaventures, Caroline, et tu ferais mieux d'aller retrouver ta nourrice pour pleurer à ton aise dans ses jupes.

Je me suis brièvement demandé si Caroline n'allait pas me gifler, si Nicolas n'allait pas s'en mêler à coups de poing, si la nourrice attirée par le bruit ne viendrait pas constater l'incident pour quérir aussitôt oncle Joel qui s'empresserait alors de rosser Nicolas, réaction en chaîne dont j'avais si souvent été témoin au cours de notre enfance. Mais Caroline, qui avait de l'affection pour moi comme j'en avais pour elle, sut comprendre à temps que les conséquences de sa mauvaise humeur ne seraient pas aussi bénignes en de telles circonstances ; aussi se borna-t-elle, pour satisfaire ses derniers sursauts de colère, à serrer les poings et à me lancer d'un ton outragé :

— Je n'aurais jamais cru cela de toi, Julia ! Voilà que tu te tournes contre moi ! C'est de la jalousie, bien entendu, que dis-je ? De l'envie ! Il faudra bien m'y habituer...

Là-dessus, elle nous bouscula d'une main ferme et s'engagea dignement dans l'escalier — pas assez vite, cependant, pour me dissimuler les larmes qui lui montaient aux yeux.

— Ma parole ! s'écria Nicolas quand elle eut disparu. Je me croyais un lion, mais tu me donnes des leçons !

— Peut-être... Mais je ferais mieux de lui courir après pour lui demander pardon, car elle n'avait pas du tout l'air dans son assiette, la pauvre. Qu'a donc bien pu lui faire Julian Flood pour la mettre dans un pareil état ?

— Bah ! Rien de bien méchant, sans doute. Il a probablement voulu lui donner un baiser. Si cela ne lui plaît pas, autant qu'elle cesse de rêver au château car j'ai bien l'impression que l'un ne va pas sans l'autre... Laisse-la digérer sa mésaventure. Demain matin, c'est elle qui viendra te présenter ses excuses et te raconter toute l'affaire, tu verras. Maintenant, Julia, viens vite ! Nous ne nous sommes pas montrés depuis trop longtemps.

Il me prit par la main, me tira vers l'extrémité du passage et ouvrit une petite porte dont j'avais oublié l'existence et qui donnait dans le jardin. Alors, à ma surprise, nous nous sommes retrouvés non dans l'obscurité profonde de la nuit mais sous un ciel déjà clair et rosi par l'aurore.

— Nicolas ! Regarde, il fait presque jour ! Je n'avais encore jamais passé une nuit blanche.

— Il faut un début à tout. Ecoute, nous ne pouvons pas rentrer en même temps. Fais le tour de la maison et passe par la porte-fenêtre du petit salon d'où tu regagneras le vestibule. Tu connais le chemin ?

— Oui, mais quel dommage de rentrer !

— Voyons, Julia, tu ne te doutes donc pas de ce que tu risques ?

Il avait répondu en riant, mi-inquiet, mi-amusé, en vrai Barforth soucieux de ne pas me compromettre pour ne pas lui-même subir des obligations importunes. Soumis à un goût du risque et à des appétits héréditaires, il se résignait pourtant mal à ne pas profiter d'une occasion ; aussi se pencha-t-il vers moi d'un geste naturel pour effleurer mes lèvres des siennes en un baiser à peine esquissé, presque fraternel, qui aurait semblé parfaitement acceptable entre cousins sous le gui du Nouvel An. Pour lui, en cet instant, ce n'était peut-être rien de plus ; mais pour moi c'était l'événement le plus important, le plus exaltant de toute ma vie.

— Va, maintenant, cours vite !

Et je suis partie en courant, rayonnante, étourdie de bonheur, sans me soucier de tomber sur tante Hannah puisque Nicolas m'avait embrassée. De fait, la pièce était vide et dans le vestibule, où les serviteurs affairés allaient et venaient, la foule s'amenuisait, les manteaux et les chapeaux plus nombreux annonçaient l'imminence des départs dans une ambiance de fin de bataille dont rien de pourrait plus changer l'issue. Avait-on remarqué mon absence ? Allais-je me trouver assaillie de soupçons, de récriminations, devrais-je faire face à la laideur d'un interrogatoire dans l'enchantement limpide où je baignais et que je croyais devoir durer toujours ? Quand je parvins au seuil de la salle de bal, je me rendis compte que mes alarmes étaient, une fois de plus, injustifiées. Ma mère se prélassait toujours dans son fauteuil et murmurait des répliques sans doute peu convenables à M. Oldroyd, assis derrière elle, qui chuchotait à son oreille. Honteusement délaissée et oubliée, ma sœur Prudence, résignée, avait pris place à côté de tante Hannah, tandis qu'à deux chaises de là j'eus la surprise de voir Jonas — si récemment encore en proie aux affres du désespoir et de l'orgueil blessé — plongé dans une grande conversation avec Celia.

6

Tante Hannah n'était apparemment pas dans le secret de son beau-fils autant qu'elle se plaisait à le croire car, la semaine suivante, lorsque au cours d'un bal de bienfaisance donné à la salle des fêtes, il fit sa demande officielle à Celia, ma tante manifesta d'abord une vive surprise et un certain mécontentement.

— Qu'est-ce à dire, Jonas ? lui dit-elle en le voyant s'approcher avec Celia qu'il tenait tendrement par la main.

Ne pouvant se résoudre à soupçonner son chéri d'inconduite, elle tourna son redoutable regard vers sa nièce — dont les honteuses manigances n'étaient que trop évidentes — et lui intima l'ordre de retourner près de sa mère à qui elle avait l'intention de parler fermement.

Ce soir-là, nous avons ramené à la maison une Celia effondrée ; elle sanglotait sans retenue dans un coin de la voiture, accusait le monde entier d'être contre elle, jurait ses grands dieux que jamais ni Prudence ni Julia n'auraient été traitées avec une telle indignité et que, en tout état de cause, elle n'avait rien à se reprocher.

Le lendemain matin, une fois que Jonas eut sans doute démontré à sa mère adoptive que Prudence ne voulait décidément pas de lui et souligné ce que la retraite imminente de Me Corey-Manning entraînerait pour lui comme pour elle, ma tante se présenta de bonne heure à Blenheim Lane, se déclara bouleversée par la « touchante idylle » et s'employa à rasséréner Celia.

Elle voulut bien reconnaître, dans l'intimité du cercle de famille mais à l'écart des oreilles de Celia, que la volte-face de Jonas, poursuivant l'aînée de ses assiduités pour proposer le mariage à la cadette, pourrait apparaître cavalière à certains ; mais les jeunes gens, comme chacun sait, sont volontiers impulsifs, prompts à céder à leurs tendres penchants et d'ailleurs, aux yeux du monde, jamais Jonas — le rusé, l'habile Jonas — ne s'était ouvertement déclaré à Prudence ; on ne pouvait donc pas davantage la considérer victime d'une rupture abusive que Celia de n'être qu'un pis-aller.

Jonas avait, certes, agi bien hardiment en présentant sa proposition directement à Celia sans solliciter auparavant l'approbation de sa famille, mais l'on ne pouvait qu'invoquer, une fois encore, l'ardeur de la jeunesse ; aussi tante Hannah s'était-elle empressée de passer par Tarn Edge avant de venir nous voir et avait conféré avec oncle Joel — dont le consentement était indispensable, selon les clauses du testament de mon père — pour excuser ce manquement aux formes. Sa nièce, avait-il déclaré, aurait loisir de se marier à son gré et l'on ne pouvait douter que, en tuteur soucieux de savoir sa pupille convenablement établie, il prêterait volontiers son concours à Jonas pour régler une certaine affaire à la satisfaction générale.

Celle de tante Hannah était assez visible car désormais, nanti du confortable capital que représentait la dot de Celia, Jonas posait un pied assuré sur le premier barreau de cette échelle dorée conçue pour lui par sa mère adoptive. La clientèle de Me Corey-Manning allait être à lui, et à lui seul. Jonas serait dorénavant un propriétaire, un notable, un homme de poids investi du prestige et de l'autorité de sa position sociale tout en libérant sa bienfaitrice du fardeau de son entretien afin qu'elle se consacre entièrement aux soins de ses campagnes municipales. Pour les mêmes raisons, l'on était autorisé à croire Jonas heureux de son côté. Quant à Celia, qui venait à quinze ans de recevoir sa première, et vraisemblablement sa dernière, demande en mariage — avant même ses deux sœurs aînées aux mérites pourtant éclatants —, elle ne se tenait pas de joie. Et cependant, une fois tante Hannah partie répandre ailleurs la grande nouvelle et Celia, épuisée de ravissement, montée rejoindre Miss Mayfield pour parler de son trousseau, Prudence, qui avait observé toute la matinée un silence lourd de menaçants présages, alla se planter devant ma mère et lui déclara :

— Maman, vous ne pouvez pas laisser faire ce mariage !

— Quelle étrange idée, ma chère enfant ! Au nom de quoi irais-je mettre des bâtons dans les roues ?

— Vous savez très bien pourquoi, maman. Ils sont absolument incompatibles ! Celia n'a pas seize ans, elle est sotte et la malheureuse ignore tout des conséquences...

Ma mère l'interrompit d'un sourire :

— Beaucoup moins sotte que tu ne le crois, ma chérie. Elle sait très exactement ce qu'elle veut et ce qu'elle attend de la vie, ce qui n'est pas ton cas si je ne me trompe. Quant aux conséquences... Si l'on devait toujours penser aux conséquences, je crois que l'on ne ferait jamais rien.

Je vis alors Prudence étirer les doigts comme un chat sort ses griffes, et exprimer par ce simple tic sa répugnance pour les sophismes, les idées reçues et tous ceux, ma mère y compris, qui s'en contentent ou s'en font une ligne de conduite.

— Je n'en disconviens pas, maman. Il n'en est pas moins vrai que Celia s'est laissé manipuler en fonction d'intérêts qui ne sont pas les siens, loin de là ! Si vous préférez ne pas comprendre, maman, je n'ai pas le choix : je vais en parler à oncle Joel.

Le visage de ma mère s'éclaira d'un sourire malicieux :

— Quelle bravoure, mon enfant ! Quoi, tu irais vraiment voir mon frère et exiger qu'il t'écoute ? Oui, après tout, je t'en crois capable car tu ressembles de plus en plus à ton demi-frère, celui dont nous n'avions pas même le droit de parler. Pauvre Charles, avec son caractère impossible et ses grandes idées généreuses, tout juste comme toi, ma chère petite... Je ne suis sans doute pas la seule femme de Cullingford à me demander parfois ce qu'il est devenu. Mais qu'importe... Tu parlerais donc à ton oncle, Prudence ? Et que lui dirais-tu ? Que Jonas Agbrigg veut épouser ta sœur pour sa dot ? Mon frère le sait déjà, ma chérie. L'argent constitue un mobile parfaitement acceptable dans ce genre de transactions. En fait, sache que Jonas a déjà sollicité ton oncle il y a quelques semaines au sujet du rachat de Me Corey-Manning, et que ton oncle lui a répondu que la meilleure solution, et la plus rapide, serait de trouver une jeune fille fortunée. Mon frère est généreux, mais c'est un réaliste, pas un philanthrope, et il a beau avoir confiance dans les qualités de Jonas, il ne souhaite pas lui permettre d'accéder à une position sociale qu'il serait ensuite incapable de maintenir. Son mariage avec Celia lui en donnera les moyens tout en procurant à ta sœur cette alliance au doigt dont tu sais qu'elle rêve plus qu'à tout. Je ne la traîne pas de force à l'autel, ma chérie. Tu peux me croire sans cœur, je ne ferais pourtant jamais une chose pareille. Ne te méprends pas, elle veut épouser Jonas. Tu souhaites que je m'y oppose ? Soit, mais en supposant que tu parviennes à m'en convaincre, à décider ta tante Hannah, ton oncle Joel et Jonas lui-même à mettre leur veto, tu verrais alors Celia se jeter sur toi comme une furie ! Reprends ton calme et parle-lui : tu constateras, j'en suis sûre, qu'elle est réellement amoureuse de ce garçon — et pourquoi ne le serait-elle pas ? Dans quelques mois, quelques semaines, elle sera maîtresse chez elle, entourée de serviteurs pour exécuter ses ordres, de chevaux pour la voiturer où et lorsqu'il lui plaît, alors que Julia et toi serez toujours enfermées ici avec moi et sous ma dépendance. Comment ne tomberait-elle pas amoureuse de celui grâce auquel ce miracle lui échoit ?

Prudence releva le menton en un geste de défi :

— Eh bien, je lui parlerai à *elle* ! Je lui ferai comprendre que c'est pure folie de se lancer ainsi à l'aveuglette, que leurs caractères sont incompatibles, qu'elle s'expose à des conséquences dont elle ne soupçonne même pas la portée ! L'une d'entre nous aura au moins tenté de faire son devoir vis-à-vis d'elle.

— A ton aise, mon enfant, répondit ma mère avec douceur. Mais je ne te le conseille pas. Si tu lui parles ainsi, elle te croira jalouse et décidée à lui reprendre Jonas. Il ne t'a rien proposé officiellement, rappelle-toi, et tu n'as par conséquent pas eu l'occasion de refuser. Celia n'est que trop disposée à interpréter tout cela selon son humeur.

Quand Prudence et moi sommes montées, nous avons hésité à la porte de Celia. Prudence s'est redressée — au physique comme au moral.

— Tout est de ma faute, dit-elle. Si j'avais fait mon devoir et laissé Jonas me demander en mariage, au lieu de fuir, il n'aurait décemment pas pu se rabattre sur elle moins de huit jours plus tard et cela aurait laissé à Celia le temps de réfléchir. Jamais encore je ne m'étais dérobée à mes obligations et je ne recommencerai sous aucun prétexte, je te le promets.

— Tu n'es pas du genre à te cacher, c'est vrai.

— Non, et je ne l'aurais certainement pas fait si j'avais eu la certitude de pouvoir lui parler franchement, si j'avais cru Jonas capable de me dire tout crûment : « Prudence, j'ai besoin de votre argent. En échange, je vous rendrai indépendante de votre mère, qui vous exaspère, et de la mienne, dont les ingérences vous sont intolérables. Epousez-moi, je ferai fortune et vous serez libre de mener chez vous la vie d'une adulte et non plus celle d'un enfant encore dans les jupes de sa mère. » S'il avait eu le courage de me le dire, j'aurais quand même refusé — il y a trop de choses en lui que je ne peux pas aimer — mais je l'aurais au moins respecté. A une question honnête, j'aurais répondu avec franchise. Mais non... Je savais d'avance qu'il insulterait à mon intelligence en se croyant obligé de feindre l'inclination, la tendresse — c'est ce qu'il a fait avec Celia — et il m'aurait fallu jouer mon rôle dans cette répugnante comédie en prétendant être honorée de ses attentions, puis invoquer Dieu sait quel mauvais prétexte pour le repousser. C'était au-dessus de mes forces, Julia ! Pour une fois, vois-tu, notre mère a raison. J'aurais beau m'évertuer à parler à Celia, à lui ouvrir les yeux, elle interprétera tout de travers et croira à de la jalousie de ma part.

— Maman a souvent raison, Prudence, si on se donne la peine de l'écouter attentivement. Ne dis rien à Celia. Depuis toujours, nous la savions décidée à prendre le premier qui se présenterait, et Jonas, après tout, n'est pas pire que bien d'autres...

— Non, je reconnais même qu'il n'a rien de particulièrement répréhensible. Si tante Hannah ne l'avait pas pris si jeune en main pour lui bourrer l'esprit de son ridicule arrivisme, il serait aujourd'hui cent fois meilleur qu'il n'est. Il est intelligent, même s'il est plutôt froid de nature, mais c'est tante Hannah, et elle seule, qui l'a rendu aussi intolérant et envieux. Quant à Celia... La pauvre, elle est si sotte.

En réalité, l'esprit de ma petite sœur ne comportait aucune faiblesse qu'un peu d'expérience ne puisse corriger. Elle souffrait simplement d'être encore trop jeune, trop prompte à se prendre pour une victime, trop disposée à se rendre intéressante en succombant à des malaises imaginaires — réaction naturelle, j'imagine, chez une cadette trop souvent tenue à l'écart des jeux et des secrets de ses aînées. Aussi l'ai-je trouvée, ce matin-là, exactement telle que ma mère l'avait prévu : une fois franchi le premier stade de satisfaction béate à l'idée d'être la première de sa génération à avoir décroché un mari, elle baignait dans une sorte d'extase amoureuse artificiellement entretenue et dont, visiblement, elle se délectait.

Elle entreprit alors de me relater avec une évidente sincérité — ou une déplorable crédulité — comment Jonas s'était peu à peu irrésistiblement senti attiré vers elle tout en courtisant Prudence contre les élans de son cœur et par « devoir filial ». Puis, sa jeune âme comblée ne souhaitant infliger aucune peine, elle conclut :

— D'ailleurs, Prudence n'aura que l'embarras du choix, tu le sais bien. Freddy Hobhouse est visiblement fou d'elle — et j'ai remarqué que Jacob Mandelbaum te dévorait des yeux.

L'habile Jonas ! me suis-je dit. Le froid, le rusé Jonas !... Chaque homme, m'avait-il dit, rencontre trois femmes dans sa vie. Alors, face à des besoins d'argent trop pressants pour prendre le risque d'être refusé par la première et résigné à écarter la seconde, hors de sa portée, il avait de sang-froid fait le siège de la troisième car il savait Celia résolue à accepter le premier venu. Avais-je pourtant été celle qu'il aurait aimée ? Dans ce cas, si j'avais réussi à captiver le cœur d'un homme qui ne désirait sûrement pas se laisser séduire et ne trouvait son plaisir, je crois, que dans la manipulation de dossiers juridiques et l'acquisition de l'argent — par n'importe quel moyen —, pourquoi n'en serait-il pas de même avec Nicolas ? J'examinai ce problème dans la brillante lumière matinale où baignaient les fiançailles de Celia pour conclure que seule, sans doute, une brève attirance physique — de celles que tous les hommes éprouvent de temps à autre pour quelque soubrette délurée — avait poussé Jonas vers moi, impulsion fugitive aussitôt réprimée.

— Je te souhaite d'être très heureuse, lui ai-je dit.

— Oh ! je le serai assurément !

Jusqu'à la fin de cet été-là, nous n'avons rien eu à faire d'autre que de nous absorber dans le trousseau de Celia, le linge de Celia, la vaisselle de Celia, les tapis et les rideaux de Celia et ses listes d'invitations, occupation souvent ennuyeuse mais parfois bienvenue, lorsque je voulais cesser de réfléchir aux raisons pour lesquelles, ces derniers temps, Nicolas se faisait si rare. Comme pour mieux me distraire, Celia babillait sans désemparer et nous assourdissait en s'étendant sur le choix de ses demoiselles d'honneur, de ses coussins, de ses napperons et de l'immense honneur de devenir une dame pendant que nous, pauvres ignorantes, allions rester écartées des mystères de la vie et des joies du foyer domestique.

— C'est insupportable ! me dit Prudence à plusieurs reprises. Qu'elle s'avise encore une fois de me parler sur ce ton supérieur et je te jure que je la giflerai ! Elle vit dans un rêve. Ne peux-tu rien faire pour la ramener à la réalité ?

Nous n'y pouvions rien, naturellement. En dépit de toutes nos mises en garde, Celia flottait tout au long de ses fiançailles sur un nuage de béatitude principalement composé, semblait-il, d'échantillons de tapis et de papiers peints, de buffets en acajou et de fauteuils de velours rouge, cependant que Jonas, fort absorbé par ses pourparlers avec Me Corey-Manning, paraissait satisfait de laisser sa promise veiller à tous ces détails.

— Après tout, c'est elle qui paie ! me dit Prudence en ricanant, un jour où nous étions penchées sur nos éternels travaux de couture.

— Peut-être, mais cela l'amuse tellement, tu le vois bien. Ils ne s'entendront pas si mal, en fin de compte. Jonas aura ses affaires et Celia ses meubles. Cela devrait leur suffire.

— Que Jonas ait ses affaires, c'est certain. Mais elles ne lui suffiront pas, s'il trouve le moyen de s'approprier les nôtres.

— Que veux-tu dire, Prudence ?

Elle plongea férocement son aiguille dans un délicat plumetis :

— Simplement ceci : c'est un homme et nous sommes quatre femmes seules. Jusqu'à présent, il n'est rien de plus que le beau-fils de notre tante, et ses opinions n'ont guère d'importance. Mais quand il aura épousé Celia, il sera notre beau-frère. Si tu n'y as pas encore pensé, Julia, sois certaine qu'il n'a pas manqué de le faire, lui — et tante Hannah aussi. Pour le moment, nous sommes toujours sous la tutelle d'oncle Joel, c'est vrai. Il ne rajeunit pas, tu sais, et ne vivra pas toujours. Alors, suppose que je ne me marie pas, ni toi, ou que nous soyons veuves : qu'arrive-t-il aux veuves et aux vieilles filles ? Elles restent chez elles ou elles y retournent, pour se placer sous la protection de leur plus proche parent masculin à qui, en signe de reconnaissance — ou parce que le « protecteur » en question a su trouver le moyen légal de les y contraindre — elles consacrent leur vie et leurs revenus. Une femme seule a, paraît-il, absolument besoin d'un homme pour s'exprimer en son nom, tant qu'il s'agit d'affaires plus sérieuses que l'organisation d'un thé ou d'une réception. Aussi j'imagine mal Jonas me laissant la libre disposition de ma fortune et la faculté de vivre seule à ma guise — du moins ne le fera-t-il pas sans combat — si je ne me marie pas. C'est un homme de loi, ne l'oublie pas, il saura mieux que personne comment exercer et maintenir son emprise sur nous. Pourquoi se contenterait-il d'une seule dot quand il peut en avoir deux ou trois à sa disposition ? La seule manière de lui échapper serait de se marier.

A de tels arguments, je ne savais que répondre.

Entre-temps, Caroline poursuivait ses visites régulières à Blenheim Lane. Les négociations avec Julian Flood semblaient loin d'aboutir car le faire-part officiel se faisait toujours attendre.

— Quelle activité de ruche ! dit-elle un jour à Celia. Ma parole, je ne savais pas qu'il fallait tant de taffetas et de mousseline pour se marier. A propos, ma chérie, si c'est bien pour octobre, il faudra que tu te passes de moi car je serai déjà à Paris — j'en suis sincèrement navrée, crois-le bien. Mais tu n'en es sûrement pas à une demoiselle d'honneur près, tu en as déjà plus qu'il ne t'en faut. Je pars avec les Battershaw et je crois que les Flood comptent s'y rendre également — ce qui sera très amusant, peut-être, mais dommage en un sens car on va à l'étranger pour rencontrer de nouvelles têtes, n'est-ce pas ? Enfin, je te souhaite beaucoup de bonheur, ma petite Celia. Quand je pense !... A mon retour, tu seras déjà Mme Jonas Agbrigg ! Où comptez-vous vous installer ? Albert Place ? Que tout cela est donc intimidant !

De son côté, le taciturne M. Ira Agbrigg — qui avait lui-même fait un mariage de convenance et ne paraissait pas enchanté de voir son fils marcher sur ses traces — tenta de profiter du prétexte :

— Nous pourrions repousser la date jusqu'à ce que Mademoiselle Caroline revienne de voyage. La petite est encore bien jeune et mon garçon a tout le temps devant lui. Puisqu'ils s'aiment, ils se marieront tôt ou tard.

Mais le digne Me Corey-Manning, dans sa hâte de conclure la cession de son cabinet et de se retirer à Bridlington, insinua aussitôt qu'il avait reçu quantité d'offres des plus alléchantes. La tête déjà pleine de mirifiques projets, tante Hannah ne voyait aucune raison valable de retarder la cérémonie. Et quand, pour finir, ma mère déclara préférer elle aussi le « tôt » au « tard », il ne fut plus question que du mois d'octobre.

— La maison est en parfait état, assurait ma mère. Ils n'ont qu'à choisir leurs meubles et à les y installer. Quant au linge de maison et au trousseau, nous ne sommes pas obligées de tout faire à la maison, comme jadis. Il est parfaitement admissible, de nos jours, d'acheter ce genre d'articles — c'est d'ailleurs la dernière mode — et puis, n'avons-nous pas ces merveilleux trains pour nous apporter ce que nous ne trouverions pas sur place ?

Aussi peu sensible que Prudence aux rites prénuptiaux, ma mère ne perdit pas un instant pour s'attacher les services de tapissiers, d'ébénistes et de plâtriers et se rendit en personne à Leeds, à Bradford et jusqu'à Manchester. Elle dépêcha une escouade de femmes de ménage chargées d'astiquer de fond en comble la nouvelle maison d'Albert Place, elle engagea une cuisinière, une femme de chambre, une paire d'orphelines de chez tante Hannah pour les « gros travaux » et un factotum chargé sur l'heure de courir à l'arrivée de chaque train y quérir les innombrables colis de Celia.

Je connaissais assez ma mère pour savoir que rien de tout cela n'était fait pour rendre service à Celia, à Jonas, encore moins à tante Hannah, mais à elle seule.

— Tu ne me savais pas aussi pleine d'énergie, n'est-ce pas ? me dit-elle en venant dans ma chambre une quinzaine de jours avant le mariage. Que veux-tu, Celia a tant envie de se marier que je serais malvenue de ne pas l'y encourager un petit peu... Je t'avoue d'ailleurs, ma chérie, qu'en revenant ici pour le bal de Caroline je n'avais nullement l'intention de rester si longtemps. Je ne voulais que régler mes affaires avec ton oncle Joel — tu sais, toutes ces questions d'argent auxquelles je n'entends rien et que je laisse d'autant plus volontiers aux soins de mon frère qu'il y excelle et que je sais pouvoir lui faire une confiance aveugle. Enfin, maintenant que ces noces sont chose presque faite, j'ai moins que jamais envie de subir encore un hiver à Cullingford.

— Vous allez donc repartir pour l'étranger, maman ?

— Oui, ma chérie. Je ne te cache pourtant pas combien cela me soulage de ne pas avoir à m'inquiéter sur son compte pendant mon absence. Prudence sera ravie de rester ici avec Miss Mayfield. Avec une sœur mariée et un beau-frère si efficace, à qui faire appel en cas de besoin, il n'y aura aucune inconvenance à la laisser seule. Quant à toi, ma petite Julia, tu viens avec moi. Eh bien, qu'en dis-tu ?

Je me suis lentement assise sur le bord de mon lit, incapable de penser à rien d'autre que Nicolas. Comment expliquer à ma mère que la seule idée d'être loin de lui m'était intolérable, que j'étais désespérée d'aller dans des endroits où je n'aurais pas la moindre chance de l'apercevoir ? Je ne l'avais pourtant guère vu, ces derniers temps.

— Cela me ferait... grand plaisir, maman, ai-je réussi à balbutier. Mais... peut-être vaudrait-il mieux que je reste... avec Prudence.

De l'autre bout de la pièce, elle me décocha un sourire pétillant de malice :

— Où prends-tu cette idée, ma chérie ? Prudence, j'en suis convaincue, n'a nul besoin de ta compagnie. Tandis que moi, Julia, j'avoue avoir rencontré certains inconvénients à voyager seule. J'ai pris mes dispositions pour que nous partions tout de suite après le mariage car si je restais jusqu'à leur retour de voyage de noces, je serais sans doute forcée de retarder mon départ jusqu'à la naissance de mon premier petit-enfant. En tout cas, Julia, outre que les voyages développent l'esprit — et Dieu sait si un esprit formé à Cullingford en a besoin ! —, ce ne serait pas mauvais que tu t'éloignes un peu de Nicolas Barforth.

J'ai senti le sang affluer à mes joues et se retirer aussitôt, me laissant glacée ; comme un étouffement, une sensation de révolte vite suivie d'une terreur de le perdre m'envahirent. Succession d'émotions si brutales que je parvins à peine à bredouiller :

— Maman... si vous vous imaginez...

— Oh ! mais je n'imagine rien ! dit-elle sans cesser de sourire. Je ne suis peut-être pas intelligente comme Prudence, ou comme l'était ton père, je ne suis pas non plus une fée du logis comme veut l'être Celia. Mais il y a un domaine où je ne me trompe jamais, vois-tu, c'est celui des rapports entre hommes et femmes, que je devine très précisément. C'est un don, le seul que je possède. Ecoute, ma chérie, je ne veux pas être méchante mais simplement raisonnable. Je serais enchantée de te voir épouser Nicolas Barforth, vous feriez sans doute un couple idéal — mais trop d'obstacles s'y opposent, à commencer par le fait que tu es prête pour le mariage et pas lui. Il n'y a que les pauvres et les vieillards à avoir besoin d'une femme. Un homme jeune, surtout s'il est riche, peut se permettre de se marier tard, de se mésallier, de rester célibataire, n'importe — il attendra d'avoir profité de sa liberté jusqu'à ce que la maturité le pousse vers la sagesse. Vers quarante ou cinquante ans, un homme se rend compte qu'il lui faut des fils pour le seconder dans ses affaires et hériter de sa fortune — et une femme jeune pour lui faire de précieux enfants. Quand Nicolas se sera lassé de ses frasques — ce n'est pas pour demain, crois-moi, car il est le fils de mon frère et ton oncle Joel n'a pas toujours été aussi sérieux que tu le vois —, ce sera trop tard pour toi. Je n'éprouve aucun plaisir à te le dire aussi brutalement, ma pauvre chérie, mais ainsi va le monde et nous n'y pouvons rien. Blaise est exactement pareil et Jonas lui-même le serait s'il en avait les moyens. Pourquoi un homme s'empresserait-il de s'imposer les restrictions de la vie conjugale quand tous les plaisirs s'offrent à lui sans charges et sans responsabilités ? Une vieille fille offre un triste spectacle — mais un célibataire encore jeune, séduisant et assez riche pour dépenser sans compter, c'est une tout autre histoire. Il faudra te marier, Julia. C'est la seule carrière qui te soit ouverte et si tu y échoues, ta vie entière apparaîtra comme un échec. Si un garçon comme Nicolas finit vieux garçon, en revanche, on pourra toujours parler de lui comme d'un joyeux luron. Quoi qu'il en soit, il n'est pas prêt — j'ai de bonnes raisons de le croire — et il le sait. Le monde lui ouvre tout grands ses bras, tu n'as devant toi qu'un étroit passage pour y pénétrer. Ce soir, quand tu pleureras, console-toi en sachant qu'il n'aurait pas volontairement gardé ses distances depuis quelque temps s'il ne s'était pas senti quelque attirance pour toi. N'aurait-il vu en toi qu'une fille comme les autres, un peu plus aimable, un peu plus amicale et mieux disposée à lui céder, eh bien... il aurait continué à te fréquenter, à te faire danser, à t'emmener souper — et ni ta tante Virginie ni moi n'aurions pris la peine d'y faire attention. Or, ma chérie, nous l'avons remarqué. Quant à lui, pour la première fois de sa vie je crois, il a su écouter la voix de la raison. Tu ne peux pas faire moins de ton côté.

— Oui, maman.

— Voilà qui est bien. Et maintenant, ne prends pas cette mine désolée, tu trouveras en France et en Italie largement de quoi te distraire, tu verras. Nous nous connaissons mal, Julia, car ton père, je l'avoue, avait de moi une bien piètre opinion et m'obligeait à garder mes distances avec mes enfants — il craignait, sans doute, que mes sottises ne vous brouillent l'esprit. Je ne suis pourtant pas antipathique, tu sais, et je ferai de mon mieux pour t'offrir une agréable compagnie. La question est donc réglée, n'est-ce pas ? J'en étais sûre. Bonté divine ! Quand donc ce satané mariage va-t-il enfin avoir lieu ? Je bous d'impatience !

Les cadeaux s'accumulaient, rivalisaient de magnificence ; Celia poursuivait fiévreusement ses préparatifs et quand elle s'avança finalement au bras d'oncle Joel dans la nef de l'église paroissiale, un beau matin d'octobre frais et clair, je ne me serais jamais attendue à la trouver si jolie.

Je la voyais flotter le long de l'allée centrale vers son Jonas pâle et flegmatique, elle paraissait irradier une joie si pure que je compris alors pourquoi l'on pleure aussi volontiers aux mariages. Pour sa part, Jonas avait l'air assez satisfait. Avec beaucoup de grâce, ma mère versa quelques larmes aux moments opportuns puis, au cours de la réception, arbora un regard si embrumé qu'il fallut plus d'un bras masculin pour la consoler. Tout le monde admira fort poliment les demoiselles d'honneur bien que, drapée dans l'organdi bleu choisi par Celia, j'eusse été loin de me sentir au mieux de ma beauté. Je regrettais moins l'absence de Nicolas, dépêché à Londres pour affaires.

On sabla le champagne, on savoura des friandises avec beaucoup de cordialité ; il y eut des chevaux blancs pour conduire les jeunes époux à la gare et Celia, dans sa toilette de voyage bleu pastel, était toujours radieuse et belle.

— Que Dieu te bénisse ! lui dit Prudence, plus émue qu'elle ne l'aurait voulu.

— Embrassez votre frère, mes petites filles ! nous ordonna tante Hannah.

Puis, quand tout fut dit, quand nous eûmes fini d'agiter la main pour saluer le départ des tourtereaux, ma mère m'entraîna en toute hâte à Blenheim Lane pour faire ses bagages et les miens, la mine aussi excitée, les yeux aussi brillants, que ceux de Celia.

— Tu vas voir comme tu vas t'amuser, Julia chérie ! me dit-elle.

J'ai répondu docilement :

— Oui, maman.

C'est ainsi que, le lendemain matin, nous nous séparions pour la première fois, nous les sœurs Aycliffe dont les vies s'étaient écoulées, identiques et ternes.

— Tu m'écriras, Prudence ?

— Oui, une fois par semaine — ce serait malhonnête de t'en promettre davantage. N'oublie pas de me répondre, au moins !

— Je ne voulais pas m'en aller, tu sais...

— Je sais, mais tu ne voudras pas plus revenir.

J'aurais voulu me complaire dans mon malheur ; mais je n'avais que dix-sept ans et le trajet jusqu'à Londres, dont j'avais décrété qu'il serait inconfortable et mortellement ennuyeux, me parut très supportable et même plaisant au bout de quelques kilomètres. Puis il y eut toutes ces nouveautés, la chambre d'hôtel, le restaurant, l'aimable bavardage de ma mère — non plus de mère à fille mais de femme à femme, d'égale à égale — divertissant d'abord et très vite stimulant.

— A Paris, me dit-elle, il nous faudra des robes.

Aussi, à peine débarquées, sommes-nous allées faire nos emplettes chez un petit personnage irritable, à la mine de caniche enrubanné, un monsieur plein de hauteur, accordant à la création des toilettes féminines l'importance et le sérieux mis par d'autres à ériger des ponts ou bâtir des usines.

— Il refusera de t'habiller si tu lui déplais, me chuchota ma mère avec une étonnante nervosité. Ne lui dis surtout pas ce que tu veux, c'est lui qui décidera ce qu'il te faut. Fais très attention, ma chérie : la dernière fois que je suis venue, je l'ai vu congédier une ambassadrice, comtesse par-dessus le marché.

Nous étions bien loin, en effet, des couturières de Cullingford qui venaient avec empressement nous servir à domicile et exécuter, pour quiconque les payait, tout ce qui passait par la tête de leur clientèle. Dieu merci, après que M. Albertini eut longuement tournoyé autour de moi dans un silence tendu où chacun — y compris ses assistantes qui affectaient, elles aussi, les grands airs de dames de la Cour — attendait respectueusement son verdict, il arrêta soudain son manège, tapa dans ses mains et déclara que mon crêpe de Chine vert était une abomination.

— De Londres ? Naturellement, on pouvait s'y attendre...

Il daigna ensuite me dire de revenir dans un ou deux jours : si l'inspiration le touchait, il créerait pour moi une toilette à me faire verser des larmes de gratitude.

Je ne fus cependant pas longue à me rendre compte que ce danseur à l'allure frivole était, en fait, un homme d'affaires aussi redoutable et plein d'astuce que les plus retors de ma ville natale ; son goût infaillible — et sa tyrannie — lui faisaient recommander ce qu'il y avait de plus rare, de plus introuvable qu'il s'offrait cependant à obtenir — moyennant finances — pour « faire plaisir à Madame ». Jusqu'à ce qu'il me l'expliquât, je n'avais encore jamais soupçonné l'étendue et la diversité de mes « besoins » vestimentaires.

Il me fallait un peignoir, création délicate et vaporeuse conçue pour savourer le premier thé du matin, décacheter élégamment lettres et invitations et passer, dans le luxe et la langueur, les heures où l'on s'apprête à affronter le monde. Je ne pouvais non plus me priver d'une pelisse — sans aucune commune mesure avec celles dont j'étais déjà pourvue et qu'il me conseilla de jeter au feu — pour recevoir dignement mes premiers visiteurs. Puis vint la redingote à la coupe admirable, indispensable pour mes promenades de l'après-midi, et la robe d'intérieur « toute simple » si ma fantaisie me commandait de ne pas sortir. Enfin, et surtout, l'indispensable robe du soir, dont le corsage au décolleté hardi était littéralement moulé sur ma poitrine et ma taille, dans un satin de la nuance exacte, m'assura-t-il, convenant à la blondeur de mes cheveux. Il ne restait plus qu'à m'orner d'une multitude de « petits riens », châles de cachemire flottant souplement des épaules aux chevilles, éventails, réticules, gants par douzaines, coiffures de plumes et de dentelles, peignes d'ivoire pour tenir ma chevelure le soir, d'écaille incrustée de nacre pour le jour.

D'un œil exercé, ma mère évalua l'impressionnante accumulation de nos achats — les siens beaucoup plus volumineux — et me dit du ton léger auquel je m'accoutumais :

— Tu me juges extravagante et frivole ? Tu as raison, je le suis. Mais je mène enfin ma vie, comprends-tu ? Pour la première fois, j'ai le droit de faire ce qui me plaît, de penser à ma guise et non selon ce que les autres attendent de moi — et cela ne durera pas éternellement. Tôt ou tard, il me faudra réintégrer Blenheim Lane — si Jonas, par exemple, s'avise de m'accuser de dilapider ma fortune et de déshériter Celia, ou si mon frère Joel décide de me ramener sur terre en me coupant les vivres. Il surviendra quelque chose, je ne sais quoi, pour me rogner les ailes et me forcer à redevenir « respectable » — ou bien, plus simplement, je vieillirai. Alors, ma chérie, montre-toi bonne fille et ne boude pas mon plaisir.

Nous sommes restées en France jusqu'à la mi-décembre puis, pour échapper aux rigueurs de l'hiver, sommes descendues vers le midi, dans une villa des environs de Rome, où un monsieur venu « renouer connaissance » avec ma mère posa ses lèvres au creux de ma main et sur mon poignet avant de disparaître définitivement de mon champ de vision. A Naples nous sommes allées accueillir le printemps, puis à Monaco avant de revenir à Rome où nous attendait un autre monsieur sachant, je crois, mieux apprécier que le précédent la maturité de ma mère.

— Je te choque sans doute, me dit-elle. Je crois m'être choquée moi-même les premiers temps, mais l'on s'y habitue très vite, tu sais. Je ne crois pourtant pas être tout à fait volage. Il se trouve simplement que je suis incapable de me nourrir d'ambition, comme ta tante Hannah, et je n'ai pas non plus bénéficié de l'extrême fortune de tomber éperdument amoureuse de mon mari une douzaine d'années après l'avoir épousé, comme ta tante Virginie. C'est pourquoi, ma chérie, je fais de mon mieux pour profiter de la vie le plus longtemps possible. N'ai-je pas raison ?

Nous connûmes des départs précipités dans des diligences peu sûres, d'inquiétantes auberges au bord de la route, d'étranges errances dictées par le caprice du moment, de somptueuses maisons mises à notre disposition par les galantes relations nouées l'année précédente. Nous avons parcouru à dos d'âne des collines embaumées de fleurs, fait halte devant une mer inondée de soleil pour y savourer des fromages au goût d'ail arrosés de vins rouges puissants. Nous revenions ensuite dans des salons illuminés et parfumés, tout un monde jonché de pétales de roses où des hommes au teint sombre et aux traits expressifs — me rappelant Blaise plus que Nicolas — se penchaient à l'oreille de ma mère — et de plus en plus souvent à la mienne — pour y chuchoter de distrayants badinages.

— Quel trou, mon dieu, que Cullingford ! me disait-elle parfois.

Je ne sais pas exactement comment ni quand j'ai compris que le Signor Marchetti, toujours suave et perpétuellement de bonne humeur, généreux au point de mettre à notre disposition sa villa de Rome, était depuis le début son amant. Je le savais pourtant sans jamais avoir surpris entre eux de signes d'intimité physique, et la certitude m'en était venue de manière si graduelle, si naturelle pourrais-je dire, que je n'en fus même pas étonnée.

— Il est temps de revoir Paris ! m'annonça-t-elle un matin.

Alors, nous avons trouvé là un appartement dont les pieds semblaient baigner dans la Seine, dont les fenêtres encadraient la majestueuse façade de Notre-Dame ; nous avons repris nos promenades matinales, à l'ombre cette fois d'ombrelles à volants et de marronniers en fleurs, et j'ai découvert l'existence d'un certain M. Fauret qui nous escortait le plus galamment du monde à l'Opéra, au ballet, à Versailles, nous offrait son équipage pour nos sorties au Bois de Boulogne, nous attendait avec une infinie patience pendant que nous faisions nos emplettes chez le redoutable M. Albertini, ou chez le parfumeur préféré de ma mère, dans la rue Saint-Honoré. C'était un homme d'âge moyen, d'allure fine et élégante, d'une courtoisie et d'une correction parfaites en ma présence et à qui je n'ai jamais vu offrir à ma mère rien de plus compromettant qu'un impeccable baise-main.

— Me ferez-vous l'honneur d'accepter de dîner avec moi, chère madame — et vous aussi, mademoiselle ? nous disait-il.

Pourtant, à de nombreuses occasions, ma mère, toujours drapée dans ses extravagantes mousselines noires et ses perles de jais, se rendait seule à ces invitations d'où elle revenait très tard, étrangement alanguie et prodiguant soupirs et sourires aux gerbes de fleurs qui arrivaient le lendemain. A aucun moment, elle ne parla d'amour, de passion ni de quelque autre nom dont elle eût pu baptiser ses escapades ; mais je comprenais ce dont il s'agissait et, sans plus me référer aux notions rigides de péché et de châtiment que l'on m'avait inculquées, je trouvais extraordinaire que de tels rapports entre un homme et une femme puissent leur peser si peu et les satisfaire autant.

Naturellement, les règles qu'elle avait adoptées pendant le temps — limité — où elle avait la possibilité de « vivre sa vie » ne s'appliquaient à moi sous aucun prétexte : ma vertu devait non seulement rester intacte mais inattaquable. Cependant, la manière rapide dont je découvrais les réalités de la vie m'amena à réexaminer les tabous de ma jeunesse, à trier de mon mieux ce qu'ils contenaient d'absurde et de vraisemblable, de nécessaire et de purement répressif, de sorte que j'acquis à dix-sept ans une grande maturité. J'y ai gagné de l'assurance, je me suis attachée à cultiver l'art de la conversation, l'art de savoir écouter et, plus encore, celui de tirer le meilleur parti de ce que m'avait alloué la nature. Je me suis enfin appliquée à une autre forme d'art, celle d'oublier Nicolas Barforth, de le réduire à ses véritables proportions d'aimable jeune homme de province ayant su m'éblouir lorsque je n'étais moi-même qu'une petite provinciale sans expérience — et je me suis donné l'illusion d'y être parvenue.

Je recevais irrégulièrement des nouvelles de Caroline, que son séjour à Paris avec les Battershaw avait quelque peu déçue. Si elle me parlait assez fréquemment des Flood, il semblait que Julian ne se décidât toujours pas à faire sa demande — à moins qu'elle ne s'arrangeât pour le tenir en respect, ce que je m'expliquais mal. Elle m'apprit avoir passé la Noël au château, signe avant-coureur du dénouement ; puis, sa correspondance prit un cours tout différent. Elle me raconta notamment comment Blaise, moins disposé que jamais à se claquemurer dans les ateliers, s'efforçait de décider son père à mieux utiliser ses inégalables talents en l'envoyant vendre les draps Barforth à l'étranger.

« Il espère ainsi faire le tour du monde des grands hôtels et des bons restaurants, m'écrivait Caroline à ce propos, au lieu de traiter ses affaires comme tout le monde à la Halle au Drap ou à la Bourse de la laine à Londres — ce qui ne serait évidemment pas fait pour lui déplaire à *lui*. Je crois pourtant que notre père ne dira pas non, car il faut en effet connaître avec précision les besoins des différents marchés mondiaux pour être en mesure de les satisfaire. Quand il s'en donne la peine, Blaise peut être tout à fait charmant et il fera une excellente impression sur les clients, ce qui compte de plus en plus maintenant que la profession est encombrée d'une foule de nouveaux venus et que la concurrence se fait plus rude... »

Voilà, me suis-je dit, d'étranges préoccupations pour une future baronne ! Elle me relatait également comment Nicolas se disait prêt à relever le défi de son frère et à exécuter toutes les commandes que celui-ci lui ferait parvenir ; elle omettait toutefois de m'apprendre l'essentiel : avait-il dansé avec Amy Battershaw ou Rebecca Mandelbaum aux derniers bals de la salle des fêtes, ou bien — affreuse éventualité que je m'infligeais parfois pour me punir — avait-il fait la connaissance de quelque mystérieuse nouvelle venue dont l'irrésistible séduction le détournerait de son cher célibat ?

De ma sœur Celia, je recevais un catalogue bimensuel de futilités domestiques, où il était question des ravages du soleil sur ses rideaux de la salle à manger, ou encore de l'incompétence du vieux Me Corey-Manning, dont Jonas avait trouvé les affaires dans un si grand désordre qu'il devait y consacrer le plus clair de son temps.

Prudence m'écrivait scrupuleusement toutes les semaines, comme promis, et m'exposait ses intérêts pour la littérature, les mathématiques, sa propre liberté — sa résolution à acquérir de véritables connaissances ; elle manifestait aussi une préoccupation croissante, que ma mère trouvait aussi surprenante qu'amusante, pour l'état repoussant des rues de Cullingford et les scandaleuses insuffisances de son réseau d'adduction d'eau. Elle s'était fait de nouvelles relations, me disait-elle sans cependant les décrire, dont je tirai l'impression qu'il s'agissait de personnes graves, sans doute âgées, qui organisaient des conférences à l'Institut de mécanique sur des sujets propres à nourrir l'esprit et améliorer la condition des travailleurs ambitieux, et qui collectaient des fonds pour la modernisation de l'hôpital. Elle m'annonça également que Ira Agbrigg venait d'être nommé maire de Cullingford.

Elle imitait pourtant Caroline sur un point en oubliant de me faire savoir — à moins qu'elle ait jugé ce détail de trop peu d'importance pour me le mentionner — que Freddy Hobhouse l'avait demandée en mariage, prêt, disait-il, à attendre sa réponse indéfiniment.

— Chère Hannah, quel grand jour pour elle ! dit ma mère à ces nouvelles. Nous allons avoir notre salle de concerts et le nom de ton père inscrit sur le fronton, tu peux y compter. Il faut que je lui écrive et lui fasse envoyer quelque chose — un cadeau superbe, pour mieux exprimer nos félicitations — car elle aura plus que jamais besoin de notre soutien, ta pauvre tante. Je doute qu'elle réussisse à tirer un sou de plus de Joel, quand il va lui falloir dépenser tout ce que son mari possède pour marquer son règne de manière inoubliable et pour préparer Jonas à lui succéder. Bonté divine ! Si elle se doutait de ce que ce taffetas m'a coûté...

Nous allions éprouver une certaine surprise en apprenant que la première décision de M. Ira Agbrigg fut non pas de lancer une souscription pour la salle de concerts, mais d'entamer des pourparlers pour l'acquisition par les deniers publics de la Compagnie des Eaux.

— Qui l'eût cru ! s'écria ma mère en fronçant le nez. Je ne vois pas Hannah acceptant sans broncher un réseau de canalisations en guise de monument commémoratif. M. Agbrigg serait-il moins apprivoisé que nous ne le pensions ? Quoi qu'il en soit, nous serons en Suisse la semaine prochaine, et l'on y trouve de l'eau en abondance... N'oublie pas, Julia, de dire à cette chère Prudence dans ta prochaine lettre que je désapprouve résolument ses incursions dans Simon Street, car je ne comprends absolument pas ce qu'elle trouve à y faire. J'en suis d'autant plus choquée que je ne suis pas encore remise d'avoir appris hier que je serai bientôt grand-mère. Oui, c'est vrai, tu ne le savais pas. Celia m'a écrit dans le plus grand secret, elle considère une telle nouvelle inconvenante pour des jeunes filles comme Prudence et toi. Elle ne me révèle, à vrai dire, que le fait d'être dans une « condition intéressante », mais je crois pouvoir en déduire sans risque de me tromper qu'elle attend un enfant. Voilà, ma chérie, qui va nous forcer à rentrer — oh ! dans six mois, peut-être, pas avant — car Celia et notre digne mairesse vont évidemment exiger ma présence à un événement aussi considérable. Mais comme ce bon M. Fauret devra se rendre à la Martinique à ce moment-là... Nous partons donc pour la Suisse, puis ce sera encore une fois Paris. Et je crois, ma chérie, que nous ferions bien de commencer dès maintenant à nous dire et à nous répéter combien nous serons ravies de revoir Cullingford.

7

Nous étions parties depuis plus d'un an quand nous avons repris la route du nord par une journée froide de novembre ; le quai de la gare de Leeds, où nous changions de train pour Cullingford, était enveloppé d'un suaire de brouillard jaunâtre si dense que ma mère étouffa un cri de détresse et ne sut, dès cet instant, que répéter : « Qu'il fait sombre ! On oublie chaque fois cette tristesse, cette obscurité... » Elle ne rentrait à la maison que pour y attendre la naissance de l'enfant de Celia et voir avec oncle Joel où en étaient ses finances ; il valait mieux pour elle ignorer que des événements étaient sur le point de bouleverser l'Europe où elle ne pourrait retourner de sitôt.

Nous étions, en effet, au seuil d'une année de révolutions ; le peuple français, en se soulevant encore une fois pour déposer le roi Louis-Philippe et proclamer la République, allait mettre l'étincelle à un incendie qui dévorerait avec une rapidité stupéfiante les régimes autocratiques d'Italie, d'Allemagne, de Hongrie. Le continent entier allait être secoué d'un gigantesque séisme et se révolterait contre la misère et l'oppression, contre le joug des Habsbourg, la toute-puissance des nantis, la tyrannie ancienne de l'aristocratie et celle, plus récente mais non moins pesante, des industriels. Par centaines, par milliers, les déshérités allaient sacrifier leur vie dans des combats de rues à Milan, à Berlin, à Vienne.

Mais nous n'en savions encore rien tandis que nous frissonnions de froid et de fatigue dans le brouillard de Leeds.

— Qu'il fait sombre ! répéta-t-elle pour la centième fois en voyant se profiler les toits de Cullingford. Minuit à quatre heures de l'après-midi... Ai-je vraiment passé ma vie dans cet endroit ?

Ce retour me promettait plus de joies que de peines et mes souvenirs de vacances ensoleillées s'estompaient déjà. J'avoue pourtant avoir moi-même ressenti une brève bouffée de mélancolie à la vue des collines ravinées par la pluie et le vent, des cheminées d'usines crachant leur malodorante fumée noire et de la masse confuse et grisâtre de la ville que nous apercevions en sortant de la gare.

— Regarde les gens, murmura ma mère. Comme ils ont l'air triste.

Autour de nous, ce n'étaient que têtes courbées sous les châles délavés, silhouettes penchées contre les rafales glacées, courant et toussant dans les rues étroites et mal pavées où rien n'incitait à la flânerie ou au plaisir.

— J'avais oublié combien ils toussent, dit ma mère en frissonnant. La fumée, sans doute, et ces logements insalubres dont parle ta sœur...

Elle se masqua le visage d'un mouchoir et traversa en courant la cour de la gare où notre voiture nous attendait.

— Bonjour, Thompson, dit-elle au cocher avec une gaieté forcée. Nous voici de retour.

— Bonjour, madame, répondit l'homme avec froideur. Ce damné train avait encore du retard, aujourd'hui.

Et nous nous sommes ébranlées en direction de Blenheim Lane.

Prudence nous accueillit dans le vestibule, nette et précise dans une robe mettant en valeur son élégante simplicité ; ses cheveux sombres, partagés par une raie et ramenés en chignon sur la nuque, donnaient à son visage mince une merveilleuse maturité. Je l'aimais sincèrement, j'étais heureuse de la revoir mais nos retrouvailles furent marquées d'une sorte de retenue, de timidité, car je me rendis compte que nous avions supporté sans chagrin notre séparation.

— Que tu es élégante ! me dit-elle en m'aidant à défaire mes nombreux bagages.

Je compris cependant très vite que mes histoires de M. Albertini, le couturier, mes descriptions des jardins romains ou de mes promenades langoureuses sous les marronniers fleuris des avenues de Paris ne l'intéressaient guère ; ses références enthousiastes aux projets du maire Agbrigg pour la construction des égouts me plongèrent, en revanche, dans la stupeur.

— Mais alors que devient la salle de concerts de tante Hannah ?

— Oh ! elle finira par l'obtenir un jour ou l'autre. Mais ce n'est pas cela qui perpétuera la mémoire de M. Agbrigg. Il est assez sensé pour laisser tante Hannah s'occuper de sa fameuse salle de concerts, de sorte qu'elle ne se mêle pas des projets qui lui tiennent à cœur. Ils sont vraiment remarquables, Julia, crois-moi ! Il aura du mal à racheter la Compagnie des Eaux, dont les actionnaires ne veulent pas vendre leurs parts, mais il réussira, je le sais. A quoi bon, en effet, prêcher la propreté à des gens qui n'ont pas assez d'eau pour boire ou cuisiner ?

— Quel enthousiasme, Prudence ! J'espère sincèrement qu'il réussira. Et que deviennent Celia et notre cher beau-frère Jonas ?

Elle ne put retenir un léger haussement d'épaules exprimant une impatience mêlée de pitié :

— Je ne les vois pas souvent. Jonas travaille. Celia astique sa théière en argent. De toute façon, j'ai trop à faire pour leur consacrer beaucoup de temps.

— Que fais-tu donc qui t'accapare ainsi ?

— Eh bien, j'ai quelques nouveaux amis, comme je te l'ai écrit. Et puis, je ne me suis pas ennuyée, tu sais, j'ai même eu l'audace d'échanger de la correspondance avec Charles Aycliffe, notre frère.

— Quoi ? Tu lui as écrit ? Oh ! raconte ! C'est passionnant.

Vivement impressionnée par cette révélation — car le nom même de notre frère nous était interdit —, je me suis assise sur mon lit pour mieux écouter. Je sentis fondre les derniers restes de froideur qui nous séparaient encore.

— J'ai appris par hasard qu'une de mes nouvelles relations le connaissait — étrange coïncidence, tu en conviendras — et j'ai pu ainsi obtenir son adresse. Je lui ai donc d'abord écrit pour lui apprendre la mort de notre père et les dispositions essentielles de son testament dont personne, bien entendu, ne l'avait informé.

— Lui aurais-tu offert une partie de tes porcelaines ?

Prudence rougit légèrement :

— Eh bien... à vrai dire, oui. Et j'étais résolue à les lui faire parvenir quoi qu'en disent les Barforth et les Agbrigg — ces malheureuses porcelaines sont toujours enfermées dans leurs vitrines et ne servent rigoureusement à rien ni à personne alors qu'il aurait pu en avoir besoin, lui. Mais il m'a répondu fort courtoisement pour me remercier tout en déclinant mon offre et, depuis, nous avons échangé une demi-douzaine de lettres. Après son départ, il a longtemps vécu à l'étranger. Il est revenu maintenant à Londres où il est installé, marié, très respectable sans doute — sauf qu'il est chartiste militant.

— Lui, chartiste ? me suis-je écriée, mi-fascinée, mi-horrifiée. C'est impossible, voyons ! Ce sont des révolutionnaires, des criminels — du moins, c'est ce que tout le monde en dit.

— Tout le monde se trompe, alors. Ils n'exigent que le suffrage universel, ce qui peut paraître criminel à ceux qui ont déjà le droit de vote, mais sûrement pas à ceux qui l'attendent encore.

— C'est possible, je n'y ai jamais beaucoup réfléchi, tu sais. Mais qui est ce nouvel ami par qui tu l'as retrouvé ? Est-il chartiste, lui aussi ?

— Je n'en suis pas sûre. Le Dr Ashburn est originaire du Cheshire mais il a beaucoup voyagé et n'est à Cullingford que depuis peu. L'hiver dernier, il nous a fait une mémorable série de conférences auxquelles M. Agbrigg m'a accompagnée. Il abordait principalement les problèmes sociaux — malnutrition, alcoolisme, mortalité infantile, sujets dont il a une d'autant plus grande expérience que sa clientèle vient en grande partie de Simon Street.

— Je croyais pourtant que personne, à Simon Street, n'avait les moyens de payer un docteur.

— Ils ne le peuvent pas, en effet — du moins, dans leur très grande majorité ; aussi est-il heureux pour Giles qu'il dispose de ressources personnelles.

— Ah ! parce qu'il s'appelle Giles ? Je vois..

— Tu ne vois rien du tout !

— Vraiment ? Dans ce cas, dis-moi comment il est, ce Giles. Est-il septuagénaire, chauve, gras ou maigre comme un échalas ?

Prudence eut un sourire, d'abord hésitant puis franchement amusé :

— Ni l'un ni l'autre, répondit-elle avec un éclair de malice dans les yeux. Il doit avoir trente ans, guère davantage, et il est plutôt mince. Et puisque tu te poses manifestement des questions, Julia, j'admets bien volontiers que je le vois assez souvent. Mais je rencontre Freddy Hobhouse encore plus fréquemment et je dois dire que je l'aime bien mieux depuis qu'il n'essaie plus de m'épouser à tout prix. Je fréquente aussi bon nombre d'autres messieurs de manière régulière — parmi lesquels aucun septuagénaire chauve — jusques et y compris notre cousin Blaise Barforth, ce qui te plonge sans doute dans l'étonnement.

Dans mon soulagement d'apprendre qu'elle ne voyait pas Nicolas, je n'ai pu me retenir de lui répondre, sans pourtant vouloir être méchante :

— En effet. Blaise n'est pas du genre à se distraire avec des problèmes de santé publique.

Heureusement, ma sœur ne se formalisa pas et reprit sans se départir de son calme :

— Tu as raison, Blaise s'en soucie comme d'une guigne. Mais il s'amuse, je crois, de voir une jeune fille s'y intéresser — nous formons une espèce rarissime, ne l'oublie pas. Et puis, quand il le veut, Blaise se rend très utile et peut faire des miracles si cela ne le dérange pas trop — comme il l'a prouvé avec le nouvel équipement médical dont Giles avait besoin pour le dispensaire. En revanche, il disparaît dès l'instant où quelque chose de plus distrayant s'offre à lui. Enfin, il faut bien le prendre comme il est et en tirer le meilleur parti tant qu'on l'a sous la main. Giles Ashburn et lui sont d'ailleurs devenus les meilleurs amis du monde, et cela aussi doit t'étonner, n'est-ce pas ?

Le lendemain matin, nous sommes allées voir Celia, très fatiguée par sa « condition intéressante », qui nous reçut comme si nous ne nous étions jamais absentées ou, du moins, comme si elle n'avait pas daigné s'en apercevoir. Elle attira aussitôt ma mère dans un coin pour la consulter sur l'événement tant attendu — dont Prudence et moi étions censées tout ignorer — et je compris qu'elle ne s'intéressait pas, elle non plus, au récit de nos voyages.

Dans cette grosse maison carrée, tout était immaculé et disposé très exactement comme il fallait ; les rideaux du salon étaient, à la nuance près, assortis au velours des fauteuils ; les tabourets à glands de passementerie placés, au millimètre près, à portée du pied, les coussins brodés du canapé posés pour être vus, les franges du napperon dépassant juste assez de la cheminée.

Pourtant entourée de ce confort ordonné, de cette sécurité dont sa nature avait tant besoin, Celia trouvait encore le moyen de se plaindre.

— Comme je vous l'ai dit dans une de mes lettres, il a fallu que je me défasse de ma cuisinière ! Depuis, j'en ai vu défiler cinq, et pas une dont je sois satisfaite. Jonas me laisse me débattre seule au milieu de tout cela, il n'a pas une minute à lui, le pauvre. Il passe son temps au bureau à essayer de débrouiller les erreurs de Me Corey-Manning. Un véritable esclavage !... Tu es bien élégante, Julia, mais tu ne pourras pas porter une robe aussi claire plus de deux fois à Cullingford, je te préviens, la saleté se verra tout de suite.

Nous nous sommes ensuite rendues à Maison Haute présenter nos respects à madame la mairesse et l'avons trouvée très préoccupée de ses affaires personnelles et municipales — celles-ci nous paraissant d'ailleurs intimement mêlées à celles-là.

Au contraire de Me Corey-Manning qui s'était spécialisé dans la défense des délinquants de droit commun, Jonas s'était engagé dans la voie ardue, mais combien plus exaltante, du droit civil et commercial — ce qui ne manquait pas de lui attirer l'attention bienveillante d'une clientèle assez fortunée pour lui payer sans discuter de confortables honoraires.

— Le cher garçon... commenta ma mère sans préciser ce qu'elle entendait par là.

— Et toi, Elinor ? attaqua tante Hannah. Comptes-tu enfin t'assagir, maintenant que tu vas être grand-mère ?

— Oh ! moi...

Dieu merci, la réponse ainsi amorcée fut interrompue par l'arrivée de Monsieur le Maire en personne que ses nouvelles dignités n'avaient rendu ni moins blême ni plus corpulent ; il était accompagné d'un personnage qui, visiblement, ne jouissait pas des faveurs de ma tante. Comme cela se produit dans ce genre de rencontres inopinées, les salutations reflétèrent les nuances des rapports entre les protagonistes.

— Enchanté de vous voir de retour, déclara M. Agbrigg à ma mère.

— Voilà donc notre belle jeune fille, me dit-il en m'accordant l'attention distraite due à toute visiteuse du sexe féminin.

— Ah ! ma chère enfant, comment vous portez-vous aujourd'hui ? demanda-t-il à Prudence avec une chaleur et une sincérité si évidentes dans les moindres replis de son visage buriné qu'on était convaincu, à le voir, qu'il n'hésiterait pas à prendre les mesures nécessaires si la reponse ne le rassurait pas pleinement

— Très bien. Mais vous, monsieur le maire ? s'enquit Prudence avec une réelle inquiétude. Vous aviez l'air si fatigué, mercredi soir à l'Institut.

— Bah ! C'était la faute du vieux Dr Blackstone et de ses interminables bavardages. Si votre tante Hannah ne m'avait pas poussé du coude, je me serais sans doute déshonoré en m'endormant devant tout le monde.

— Hmm ! fit tante Hannah d'un ton réprobateur. Nous ne sommes évidemment pas tous aussi doués pour la parole que le Dr Ashburn.

Elle fit un geste vague en direction de l'inconnu accompagnant son mari et poursuivit avec une froideur marquée :

— Elinor, je te présente le Dr Ashburn. Docteur Ashburn, Mme Aycliffe, ma sœur, et sa seconde fille Julia. Vous connaissez déjà Prudence.

Il était manifeste que, si cela ne tenait qu'à elle, il n'aurait fait la connaissance d'aucune d'entre nous.

J'étais déjà en train d'observer avec curiosité cet étranger de taille moyenne, d'aspect effacé mais plaisant, aux cheveux châtains et aux yeux sombres — dont je ne pus ensuite me rappeler la nuance exacte — qui n'avait nullement l'allure d'un sinistre révolutionnaire ; en le détaillant davantage, je le trouvai d'une minceur élégante et racée et son visage était celui d'un homme — et d'un homme de qualité, sans aucun doute — plus enclin à considérer la vie en spectateur qu'en acteur.

— Je suis enchanté de faire enfin votre connaissance, me dit-il en s'inclinant.

Il parlait sans accent susceptible de trahir ses origines et d'une voix assez basse pour forcer l'attention, mais avec une aisance conforme à la première impression que j'en avais eue.

Tante Hannah intervint alors d'une voix sèche qui, après celle du jeune médecin, paraissait perçante :

— Le Dr Ashburn se rend célèbre dans ces parages. Il s'est donné pour tâche de nous démontrer nos erreurs. Il est persuadé que nous maltraitons notre population ouvrière et que ton mari, Elinor, a obligé ces pauvres gens à vivre dans des logements insalubres et même dangereusement construits. Il nous rend vraiment honteux d'être ce que nous sommes.

— Allons, allons... dit M. Agbrigg avec l'indifférence de l'habitude.

— Il est dans le vrai, ajouta Prudence. Nous n'avons aucune raison d'être fiers...

— Crois-tu ? lui dit ma mère. Je n'ai jamais examiné très en détail les maisonnettes de mon mari, mais je n'aurais pas grande envie d'habiter l'une d'elles, je l'avoue... Et vous, docteur Ashburn, vivez-vous dans une maison Aycliffe ?

— Non, madame, répondit-il en souriant et sans être troublé par l'hostilité de ma tante. J'habite Millergate.

— Nous sommes presque voisins, alors ! Tant mieux. Venez donc nous rendre visite — mais non, venez plutôt dîner, vous êtes déjà un familier de la maison, je crois ? Mardi prochain vous conviendrait-il ?

Tandis qu'il acceptait cette invitation, j'ai lancé un regard vers Prudence que je fus étonnée de trouver si calme — infiniment plus, en tout cas, que je ne l'aurais été en présence de Nicolas.

— Etes-vous venu aujourd'hui pour racommoder nos émeutiers, docteur ? dit alors tante Hannah avec une lourde ironie et un coup d'œil en direction de ma mère.

— Des émeutiers ? De quoi parles-tu, Hannah ?

— Simplement que tu as choisi un mauvais moment pour ta visite, Elinor, car nos chartistes doivent venir aujourd'hui — s'ils ne sont pas déjà arrivés — faire signer leur pétition par nos ouvriers dans la cour de l'usine. Regarde, tu les vois par la fenêtre ? Ils ont retourné un tonneau en guise de table, mais je doute qu'ils récoltent beaucoup de signatures, ceux qui savent écrire sont plutôt rares ! Le mois dernier, ils sont allés à Nethercoats et quand Bradley Hobhouse a licencié tous les signataires, il y a eu du grabuge et quelques têtes fêlées. C'est pourquoi mon mari, toujours prévoyant, a pris la précaution d'inviter son docteur préféré.

— J'espère fermement ne pas avoir à intervenir, madame.

— Voilà qui vous honore. Ce ne serait pourtant pas la première fois que de tels événements se produiraient ici. Il vous intéressera peut-être d'apprendre — vous et ma nièce Prudence qui se passionne pour ce genre de choses — que la femme de mon frère — oui, ta tante Virginie, Prudence — a vu son père assassiné sous ses yeux dans cette même cour d'usine quand elle n'avait que seize ans. Le lendemain soir, elle était aux côtés de son frère Edwin atrocement massacré à son tour par des criminels qui, à l'époque, s'appelaient des luddistes et se baptisent aujourd'hui chartistes. Je ne l'ai pas oublié, même si certains trouvent commode de n'y plus penser.

— Ma pauvre Hannah... murmura ma mère.

Elle tendit la main en un geste spontané de réconfort et d'affection vers sa sœur, l'invincible, l'inébranlable tante Hannah que je voyais avec stupeur prête à fondre en larmes. Mais leurs souvenirs semblaient constituer un fardeau importun pour M. Agbrigg qui, les traits plus tirés que jamais, cligna les yeux à plusieurs reprises comme pour faire disparaître certaines visions.

— Il n'y aura pas d'effusion de sang aujourd'hui, dit-il d'un ton bourru. J'y veillerai personnellement.

— Je vais vous accompagner, lui dit tante Hannah.

— C'est inutile.

— Je n'ai pas dit que c'était utile, j'ai dit que je vous accompagnerai, au moins jusqu'à la grille du jardin. Le Dr Ashburn restera ici. La présence d'un médecin pourrait indiquer que nous nous attendons à la violence et la provoquer. On l'enverra chercher en cas de besoin.

Là-dessus, elle se leva, s'enveloppa résolument de son châle et quitta la pièce sans ajouter un mot, le visage dur et impénétrable. Après son départ, nous nous sommes instinctivement massés à la fenêtre d'où, par-dessus le mur d'enceinte, on voyait la cour de l'usine. Elle avait son aspect habituel : les chariots s'alignaient tels que je les avais toujours vus, chargés de balles de laine ou de lourds rouleaux d'étoffe ; des femmes allaient et venaient, la tête basse, aussi soumises et lentes que des bêtes de somme transférées d'un travail à l'autre par la volonté de leurs maîtres. Rien ne troublait ce spectacle si ce n'est un petit groupe d'hommes dans un coin éloigné.

Du haut du coteau, je vis tante Hannah s'arrêter à la grille et lever la main pour abriter ses yeux du pâle soleil d'hiver, pendant que son mari avançait seul entre les files d'ouvrières qui, sans lever leurs regards vers lui, s'écartaient à son approche ; il rejoignit enfin le petit groupe pressé autour du tonneau renversé, haussa ses maigres épaules comme pour dire : « Allons, faites ce que vous avez à faire » et resta là à observer avec fatalisme ceux dont seuls son costume et l'éclat de sa chaîne de montre le différenciaient.

— Pauvre Hannah, dit ma mère. Elle aurait mieux vu en restant ici, mais c'est pour elle une sorte de pèlerinage. Elle devait se marier avec Edwin Barforth, mon cousin, le frère de votre tante Virginie — celui qui a été assassiné. Il y a si longtemps de cela... Pauvre garçon, c'est triste mais je m'en souviens à peine. C'est lui qui aurait hérité l'usine s'il avait vécu et Hannah serait riche aujourd'hui. M. Agbrigg y était aussi, ce jour-là, et il a joué un rôle dans ces événements, je ne sais plus trop lequel. Virginie a donc hérité et son grand-père lui a fait épouser mon frère Joel, qui a eu la fortune à la place de Hannah. Elle n'a rien oublié, voyez-vous, et elle n'est allée jusqu'à la grille que pour nous cacher ses larmes — ce doit être bien inconfortable pour son mari. Que la vie est étrange, effrayante même, car si ce jeune luddiste n'avait pas poignardé Edwin, mes enfants, ni vous ni vos cousins ne seraient ici. Edwin vivant, le vieux M. Barforth n'aurait pas eu besoin de Joel pour diriger ses affaires, et Virginie par conséquent n'aurait pas été forcée de l'épouser. Elle se serait mariée, mais oui, avec Charles Aycliffe, votre demi-frère — il ne l'aurait pas été, bien entendu, puisque dans ce cas votre père ne m'aurait sûrement pas épousée. Une jeune femme à Blenheim Lane, c'était amplement assez pour lui et il ne se serait pas encombré d'une épouse en plus de sa bru ! Pour moi, on aurait sans doute trouvé un pasteur ou un maître d'école, j'aurais dignement vécu dans la pauvreté, j'aurais emprunté les équipages de ma sœur Hannah et je l'aurais suppliée de me donner ses vieux chapeaux — quand c'est moi qui lui donne les miens... Et Virginie ? Oui, Virginie aurait quand même eu sa dot mirobolante, elle aurait quand même pu vivre son moment de grande passion romanesque, mais je ne crois pas que votre frère Charles aurait, en fin de compte, été pour elle un bon mari. Et tout cela, voyez-vous, parce qu'un pauvre gamin affamé est venu rôder un soir dans cette cour armé d'un couteau de cuisine... Empêche-moi de divaguer de la sorte, Prudence, je vais finir par me donner des cauchemars !

— Je ne comprends pas, ai-je dit. Je le devrais, je crois, mais je ne vois pas ce que...

— Chut ! fit Prudence. Tais-toi, ce qui se passe est important.

Le Dr Ashburn, après avoir sans doute été témoin de ce genre de scènes assez souvent pour en prévoir l'issue, se tourna aussitôt vers moi et m'expliqua courtoisement :

— Ce qu'ils espèrent, c'est de soumettre leur Charte — ils l'appellent la Charte du Peuple — à la séance de printemps du Parlement. L'une des réformes qu'ils exigent est le suffrage universel, aussi font-ils de leur mieux pour faire signer leur pétition à l'appui de la Charte par le plus grand nombre possible de ces travailleurs qui, précisément, ne jouissent pas encore du droit de vote.

— Je comprends bien. Mais pourquoi venir dans les usines et perturber le travail ? Ne pourraient-ils collecter les signatures plus tard, ailleurs, sans crainte d'être reconnus ?

— Voilà ce qui s'appelle parler en vraie Barforth ! s'écria Prudence aussi sarcastique que tante Hannah. Si Nicolas était présent, il mettrait sans doute à la porte tous ceux coupables du crime de perdre quelques précieuses minutes, comme l'a fait M. Hobhouse.

Mi-furieuse, mi-amusée, je m'apprêtais à me défendre quand le Dr Ashburn vint encore à ma rescousse avec bonne humeur :

— Soyez sûre que certains sont déçus de ne pas rencontrer votre cousin comme ils l'espéraient !...

Peu après, nous vîmes le groupe se disperser et M. Agbrigg revenir vers la maison après avoir évité les troubles grâce à son habileté. Lorsque tante Hannah reparut dans la pièce, les traits toujours aussi fermés et les yeux secs, je m'aperçus avec embarras que le Dr Ashburn me contemplait avec une attention que rien ne paraissait justifier.

— Tu as fait une conquête, dit calmement Prudence quand nous fûmes remontées en voiture.

— Pas du tout ! Il était aimable avec moi parce que je suis ta sœur, un point c'est tout.

— Tu te trompes. Je le connais assez pour savoir qu'il n'a pas de temps à perdre avec n'importe qui. En tout cas, si cela l'amuse de rester béat d'admiration devant toi, je n'y vois aucun inconvénient. Je tenais cependant à te le signaler pour que tu ne t'en inquiètes pas.

— Tu te fais des idées absurdes, Prudence !

— Bien au contraire — et ne prends pas cette mine coupable. Giles et moi sommes bons amis, rien de plus. Cela t'étonne qu'il puisse y avoir de l'amitié entre un jeune homme mariable et une jeune fille considérée comme un « beau parti » ? Sache pourtant que c'est la stricte vérité dans notre cas. Je serais la première stupéfaite et embarrassée s'il me couvait des yeux comme il vient de le faire avec toi. Ai-je tort, maman ?

— Non, ma chérie. Je m'étonne, Julia, que tu n'aies rien remarqué. S'il existe encore quelque chose pour t'obscurcir la vue, regarde autour de toi. Tu verras que Cullingford a changé en ton absence.

J'étais assez lucide pour ne pas présager de mes réactions en revoyant Nicolas. Je ne m'étais pas consumée d'amour pour lui au long de ces douze mois, j'avais même rencontré plusieurs jeunes gens qui, chacun à son tour et chassés l'un par l'autre de ma mémoire, avaient brièvement su me charmer. En m'habillant pour aller dîner à Tarn Edge, ce soir-là, j'avais cependant beau me répéter que mon seul objectif était de l'impressionner, ainsi que Blaise, par mon élégance et mes manières apprises sur le Continent, je me sentais de plus en plus timide, gauche et irritable, mes cheveux refusaient inexplicablement de retrouver leurs plis, ma belle robe de satin — sur laquelle je fondais tant d'espérances — me paraissait à la fois trop recherchée et trop fade et mon nez décidément trop long.

Pendant ce temps, je voyais Prudence enfiler sans aide sa toilette de soie vert pâle et se coiffer avec une aisance décourageante. Elle me jeta un coup d'œil pénétrant :

— Voyons, Julia, nous n'allons qu'à Tarn Edge, pas au bal du siècle ! Pourquoi toute cette nervosité ? Si tu ne veux que faire verdir Caroline de jalousie et éblouir Blaise, parce qu'il prétend s'y connaître dans la mode, c'est enfantin ! Quant à Nicolas, il ne te remarquera même pas. Il voudra savoir pourquoi M. Agbrigg l'a envoyé à Leeds cet après-midi et sera probablement d'une humeur massacrante.

Du sang-froid ! me suis-je promis en traversant le grand vestibule de Tarn Edge. J'ai regardé avec émotion le cerf de bronze au pied de l'escalier, le vitrail du palier et le canapé où j'avais passé tant d'heureux moments avec Nicolas. J'allais jouer le rôle de la voyageuse blasée par les pays exotiques, sachant laisser deviner en elle la présence de trésors d'expérience et de sagesse et ne rien dévoiler — comme savaient si bien le faire les Parisiennes et les Romaines.

Mais toutes ces bonnes résolutions s'évanouirent pour me laisser bouleversée comme une adolescente, le cœur battant, la bouche sèche et le souffle court quand je m'aperçus que Nicolas n'était pas encore rentré.

— Julia, ma chérie, quelle joie de te revoir ! s'écria tante Virginie.

— Ce n'est pas moi qui dirai le contraire, renchérit oncle Joel.

J'ai embrassé ma tante, mon oncle se pencha pour déposer un baiser sur ma joue, tout en répandant les effluves familiers de vieux cognac et de tabac ; son visage ressemblait si fort à celui de Nicolas que je ne pus empêcher mes oreilles de se tendre désespérément pour déceler le bruit de son arrivée. Lorsque j'entendis enfin s'ouvrir la porte du salon pour livrer passage à Blaise, mes yeux furent un instant incapables d'en enregistrer clairement la vision et je me suis tournée vers lui avec toute la désinvolture si soigneusement et péniblement mise au point pour l'arrivée de Nicolas.

— C'est toi, Julia ? dit-il, incrédule.

— Mais oui, Blaise. Comment vas-tu ?

— Très bien, et même de mieux en mieux.

Cependant, mes grands airs mystérieux et troublants — qui avaient apparemment fait leur effet sur le Dr Ashburn puis, dans une certaine mesure, sur Blaise et n'étaient pas passés complètement inaperçus de mon oncle — ne firent aucune impression sur Caroline qui venait d'entrer sur les talons de son frère ; elle déclara que nous avions largement le temps, avant le dîner, de monter bavarder dans sa chambre.

— Tu as été plus loin et dans plus d'endroits que moi, me dit-elle, et cela te réussit. Pour ma part, je suis guérie des voyages. Mme Battershaw a été presque tout le temps malade et Amy est invivable. Heureusement que tu es de retour, Julia, parce qu'ici il n'y a vraiment personne à qui parler ! Je suis brouillée avec Amy Battershaw et Prudence n'a plus à la bouche que les mots d'égouts et de pansements. C'est sans doute passionnant pour la femme d'un médecin — mais si, elle épousera son Dr Ashburn, j'en suis persuadée, malgré toutes ses dénégations ! Prenons notre temps, il va falloir attendre Nicolas qui s'est précipité à l'usine en revenant de Leeds. Depuis qu'il est maire, M. Agbrigg se consacre à ses fonctions et Nicolas s'occupe de plus en plus de Lawcroft.

— Blaise est pourtant sorti à l'heure.

— Blaise s'arrange toujours pour arrêter de travailler à l'heure, s'il y a mis les pieds ! Aujourd'hui, il aura encore trouvé quelque bonne excuse pour aller boire le whisky de quelqu'un d'autre, j'en suis sûre. C'est une curieuse manière de vendre des étoffes, et pourtant il en vend ! Nicolas, lui, ne sait que passer sa vie dans les ateliers. Tu as vu tante Hannah ? Depuis l'élection, elle fait la roue sans se préoccuper des désagréments que cela nous cause, car tu sais que papa comptait sur M. Agbrigg pour surveiller Nicolas et l'empêcher de fourrer son nez partout. Alors, maintenant que Monsieur le Maire est plongé dans ses canalisations, Nicolas a peut-être un surcroît de travail mais tu peux être sûre qu'il n'en fait plus qu'à sa tête.

— Et toi, Caroline, que deviens-tu ? Nous attendions ton faire-part depuis des mois.

— Oui, bien sûr... Mais rien ne presse. Je me marierai quand je serai vraiment décidée.

— Tu ne l'es pas encore ?

— Si. Mais tout le monde a tellement l'air d'y compter que j'aimerais prendre un peu de recul.

— Julian Flood ne t'attendra pas éternellement, tu sais.

— Cela, dit-elle en retrouvant son allure d'impératrice, cela le regarde.

— Ah oui ? ai-je répondu sans me démonter. Je te comprends. Il est sans doute flatteur d'épouser un Flood, mais c'est encore mieux de l'éconduire.

— Tu exagères ! dit-elle, irritée de m'entendre dire tout haut ce qu'elle pensait tout bas. Mais nous ferions mieux de descendre. Maman ne va quand même pas retarder indéfiniment le dîner à cause de Nicolas.

Puis, déjà à demi levée, elle ajouta comme à regret :

— Au fait, tu ne connais pas Matthew Chard, par hasard ? Non, c'est vrai, il n'est installé ici que depuis peu de temps. Je devrais dire Sir Matthew Chard, car il vient de succéder à son grand-oncle à Listonby Park. L'héritier direct est mort l'année dernière dans un accident de chasse et le vieux Sir Richard a dû laisser la succession à Matthew, qui habitait le Leicestershire et n'était encore jamais venu dans le Yorkshire. La maison est une merveille, la plus belle que j'aie jamais vue ! J'y suis allée en septembre, avec les Flood — Julian et Matthew chassent ensemble.

— Et il te plaît, ce Sir Matthew Chard ?

— Pourquoi me déplairait-il ? En fait, il est tout à fait charmant... N'est-ce pas le gong du dîner, Julia ? Ils ont dû se décider à ne pas attendre Nicolas. Dépêchons-nous, papa doit mourir de faim.

J'étais en haut de l'escalier quand Nicolas pénétra dans le vestibule, ce qui m'offrait une chance unique de déployer mes séductions — le satin de ma robe bruissant sur les marches, la blondeur de mes cheveux rehaussée par l'éclat des lampes — de sorte que si tout se déroulait comme prévu, Nicolas n'avait qu'à lever la tête pour découvrir une captivante étrangère s'avancer vers lui et s'apercevoir alors que c'était une jeune fille dont il lui fallait absolument — à condition que la Fortune me favorise — refaire la découverte. Mais la Fortune refusa de se manifester. Je descendis les marches sans qu'il me remarquât, trop occupé à jeter rageusement ses gants et son chapeau sur une console et à se tourner vers son père dont la voix retentissait avec une ironie appuyée :

— Tiens, te voilà ? Virginie, votre fils daigne nous honorer enfin de sa présence. Nous pourrons peut-être passer à table.

— Pas comme je suis, répondit sèchement Nicolas, je sors de l'usine. Allez-y, je vous rejoindrai quand je me serai changé.

La gorge nouée, je me suis avancée et lui ai dit avec une froideur tout à fait involontaire :

— Bonsoir, Nicolas.

— Ah ! c'est toi, Julia ? Bonsoir.

— Tu vas bien ?

— Cela pourrait aller mieux. Et toi ?

— Très bien, merci.

Je savais que mon ton sec avait eu l'air de lui dire : « Tu es toujours le même et il faut encore que tu te rendes odieux en nous faisant attendre. » Je comprenais aussi que son regard signifiait : « Espèce d'idiote ! Tu me fais perdre mon temps quand tu me vois déjà en retard. » Aussi ai-je suivi les autres à la salle à manger et je me suis assise à ma place, la tête vidée de tous mes savants calculs, les nerfs prêts à se rompre. Et je dus faire un effort surhumain pour retenir l'imploration qui me montait aux lèvres : « Regarde-moi, Nicolas ! Regarde-moi. »

8

Quelques jours plus tard, Julian Flood fit sa seconde demande officielle à Caroline et essuya un refus présenté en termes tels qu'ils excluaient toute possibilité d'une troisième tentative. La famille s'en considéra assez gravement offensée pour faire savoir, non sans raison, que Caroline s'était moquée de Julian.

Un soir, au Vieux Cygne où il avait déjà absorbé quelques cognacs, le soupirant éconduit n'hésita pas à la qualifier hautement de « petite garce », sans avoir remarqué la présence de Nicolas dans un coin sombre. A ces mots, mon cousin s'était approché sans bruit pour empoigner le jeune lord au collet et le faire asseoir d'un coup de poing bien appliqué, réaction qui lui valut, cette fois, les foudres de Caroline car, à cause de Matthew Chard sans doute, elle n'avait aucune envie d'être la cause d'une rixe de taverne.

« Il est inutile de faire jaser toutes les mauvaises langues », me dit-elle peu après. Elle était dans un état d'énervement pire que tous ceux que j'avais vus : elle avait repoussé une proposition — fort brillante à bien des égards — dans le vague espoir d'en recevoir une autre, pari extrêmement hasardeux que nombre de ses relations l'auraient vue perdre sans aucun déplaisir.

— Elle essaie de ferrer Matthew Chard, me précisa inutilement ma mère, et il ne se laissera pas prendre facilement.

Le jeune Sir Matthew, en effet, n'était peut-être pas fortuné selon les normes de Tarn Edge mais n'avait pas désespérément besoin d'argent ; il joignait à peu près les deux bouts grâce à ses revenus personnels et à ce que son grand-père lui avait laissé pour entretenir et exploiter correctement ses quelque mille hectares de lande, de bois et de pâtures. Jeune homme apparemment raisonnable et peu porté aux extravagances, il ne possédait pas d'écurie de course, comme ses amis Flood, mais quelques bons chevaux de selle pour la promenade et la chasse à courre ; ses chenils n'hébergeaient qu'une douzaine de chiens d'arrêt et de terriers et non la ruineuse meute de chiens courants jugée indispensable par les mêmes Flood. Bref, avons-nous conclu, Caroline devra se donner du mal.

— Je n'arrive pas à comprendre ce qui lui est passé par la tête, me déclara Celia un jour où j'étais allée prendre le thé chez elle. Les deux familles sont d'aussi bonne noblesse l'une que l'autre. Le château de Cullingford n'est ni moins grand ni moins beau que

Listonby Park et ce sont autant l'un que l'autre de véritables nids à poussière, où le ménage doit être impossible à faire. Et puis, franchement, je ne vois aucune différence entre tous ces jeunes aristocrates, avec leurs airs prétentieux, leurs longs nez et leurs voix assourdissantes. Je ne te le cache pas, Caroline me surprend.

En réalité, Caroline était tout bonnement amoureuse ; sans plus se soucier de terres ni de titres, elle avait désormais la tête remplie de considérations aussi folles que la couleur des cheveux de Matthew Chard, les reflets noisette — fort quelconques mais, pour elle, miraculeux — de ses yeux, et ce je-ne-sais-quoi dans son maintien — illusoire ou réel, peu importe — qui le différenciait de tous les autres jeunes gens de sa connaissance. Plus grand et un rien plus animé que Francis Winterton, par exemple, il était infiniment moins amusant et moins beau qu'un Julian Flood. Il lui manquait le charme et l'aisance de Blaise, l'intelligence pénétrante de Jacob Mandelbaum ou même la froide dignité de Jonas Agbrigg. Ce n'était, somme toute, qu'un jeune hobereau tout à fait ordinaire, aimant le grand air, pourvu d'appétits simples et sains, n'exigeant de la vie rien de plus compliqué que le plaisir de tirer le gibier à plume ou le gibier à poil selon la saison, ou de chevaucher quatre ou cinq jours par semaine derrière une meute. Peut-être faisait-il preuve d'un peu d'arrogance, mais personne n'avait encore remis en cause son droit à jouir de ses privilèges ; peut-être manifestait-il un certain égoïsme, mais il était né dans une position si étroitement accordée à sa nature qu'il lui était inconcevable de désirer quelque chose sans que, autour de lui, chacun ait la même envie. Et pourtant, Caroline en était amoureuse — sentiment que j'éprouvais moi-même et qui me rendait particulièrement compréhensive et indulgente envers elle.

— C'est absurde ! jugea ma mère. Elle n'a aucun moyen de le rencontrer. C'est par les Flood qu'elle a fait sa connaissance et tu te doutes que, dans les circonstances présentes, ils ne vont pas la ramener à Listonby Park !

Caroline aurait sans doute forcé la porte de Listonby si tante Virginie n'était intervenue avec son efficacité coutumière en invitant si régulièrement le jeune baron à Tarn Edge que sa présence constante finit par constituer une sorte d'engagement tacite autorisant oncle Joel, faute de demande circonstanciée d'ici la Noël, à exiger des explications.

— Les choses n'en arriveront pas là, fit observer ma mère, Virginie y veillera. Quand Caroline est contrariée, Joel est bouleversé et sa femme ne supportera pas qu'il le soit. Le mariage aura lieu, tu peux en être sûre, du moment que Virginie s'en occupe sérieusement.

Je formais certes des vœux sincères pour le bonheur de Caroline et je ne doutais pas de son succès, mais j'avais la conviction que cette année-là et la suivante allaient me réserver, plus qu'à elle, des surprises exceptionnelles.

Peu après notre retour, Nicolas vint à Blenheim Lane porteur d'un message de sa mère à la mienne et, en dépit de nos retrouvailles désastreuses, s'attarda plus d'une heure au salon, m'interrogea sur mes voyages — le premier de tous nos parents et amis à s'y intéresser — et j'en fus d'autant plus enchantée que je le savais peu curieux des pays étrangers.

Une semaine plus tard, il s'assit derrière moi pendant une conférence où il écouta fort impatiemment nos deux médecins les plus réputés — et les plus coûteux —, le Dr Blackstone et le Dr Overdale, nous expliquer pourquoi nous devions être fiers de notre bonne ville. Ensuite, après nous avoir raccompagnées, il resta au salon si tard que Prudence dut monter se coucher et que ma mère, plus qu'à demi assoupie, fut finalement obligée de lui dire :

— Ta conversation m'enchante, mon cher Nicolas, mais je ne voudrais pas être accusée par ta mère de te retenir jusqu'à des heures indues.

Il se leva aussitôt en feignant la confusion :

— Grand dieu, est-il déjà si tard ? Vous avez tant de charme, tante Elinor, que vous feriez perdre toute notion du temps à un saint.

— Tu peux avoir encore bien plus de charme quand tu t'en donnes la peine, mon cher enfant, lui répondit-elle en souriant.

Tandis qu'elle lui tendait la main, elle se rendait parfaitement compte que c'était à moi qu'il souriait par-dessus sa tête et à moi qu'il adressait en réalité sa question :

— Vous serez au bal de la salle des fêtes mercredi prochain, j'espère ?

— Julia chérie, me dit-elle après son départ, je ne voudrais pas que cela t'encourage à te faire des idées fausses. Nicolas est loin d'être aussi épris que le Dr Ashburn — as-tu remarqué comme ta présence le troublait pendant la conférence ? Oui, je sais, Nicolas a fait l'effort d'y assister et il s'est ensuite éternisé ici — il y a quelque chose là-dessous, j'en conviens. Mais il a des idées bien arrêtées, ce cher Nicolas, et il se rappellera très vite sa répugnance instinctive envers le mariage.

Ses prédictions se vérifièrent au bal du mercredi suivant, épreuve insupportable où je ne fis qu'attendre Nicolas qui arriva très tard — et manifestement en droite ligne du Vieux Cygne —, passa une demi-heure au buffet et me dit à peine deux mots avant de repartir. Le lendemain après-midi, pourtant, à Maison Haute où nous étions allées rendre visite à tante Hannah, il revint de l'usine de Lawcroft et la froideur que nous avions tous deux, je crois, l'intention de nous manifester fondit en un instant tellement nous avions plaisir à nous retrouver tout simplement ensemble.

Bien sûr, je ne l'avais pas ébloui. Mes robes de Paris et mes coiffures élaborées avaient pu faire impression sur les autres mais il avait reconnu, dessous, un personnage trop familier. Sa prise de conscience, je le savais, devait être plus lente, plus progressive. Mais, je le savais aussi, il était toujours heureux de me voir dans la pièce où il entrait, me cherchait si je n'y étais pas et, depuis quelque temps, prenait l'habitude de plus en plus fréquente de conclure une conversation par ces mots : « Enfin, Julia sait ce que je veux dire... » Et je le savais, en effet.

Il venait désormais souvent à la maison — tout comme Blaise, d'ailleurs, ou le Dr Ashburn et quelques autres — en dévalant Blenheim Lane à un train d'enfer dans un phaéton que son père — en souvenir de sa propre jeunesse où, paraît-il, il semait la terreur dans un équipage similaire — considérait comme un caprice de jeune homme mais qui provoquait de sérieuses alarmes chez les plus paisibles de nos voisins.

— La vieille Mlle Corey-Manning a bien cru que j'allais l'écraser !

— J'ai tout vu par la fenêtre. C'était un service à lui rendre, elle aura maintenant de quoi parler pour au moins six mois.

— Cela la changera de ses médisances... Au fait, il semblerait que Blaise parte pour l'Amérique, cet été.

— Ah ! oui ? Et cela t'ennuie ?

— Si tu veux dire que je souhaiterais y aller avec lui ou à sa place, pas le moins du monde. Je me trouve très bien là où je suis — et s'il lui prenait la fantaisie d'y emmener notre père, je n'en serais pas fâché non plus. Je m'entends à merveille avec le vieil Agbrigg, mais avec papa... Il faudrait quand même qu'il sache une bonne fois ce qu'il veut : ou bien il me laisse diriger les usines, ou bien il continue à s'en occuper lui-même. Il passe son temps à me dire de faire pour le mieux, de le relayer parce qu'il en a assez fait dans sa vie et qu'il a mérité de se reposer et puis, quand je le prends au mot, il me tombe dessus et m'accuse de manigancer je ne sais quoi derrière son dos ! Il devrait être content d'avoir quelqu'un de qualifié pour le remplacer, tu ne crois pas ?

— Il l'est, Nicolas. Mais tu devrais comprendre qu'il a été trop longtemps à la tête de ses affaires pour passer la main du jour au lendemain. Peut-être n'aime-t-il pas non plus reconnaître combien il compte sur toi. A sa place, tu réagirais exactement comme lui.

Il m'adressa soudain un de ses rares sourires épanouis, comme un éclair de joie à l'idée de pouvoir partager avec moi le fond de sa pensée :

— Il y a du vrai dans ce que tu dis. Ce n'est pas un mauvais bougre, tu sais — en fait, il peut être sensationnel par moments. Si seulement il voulait entendre raison pour les métiers à peigner ! Les gens de Bradford sont en train de faire fortune avec ces machines-là. C'est le dernier secteur de notre industrie à se mécaniser et je ne comprends vraiment pas ce qu'il attend, on le prévoyait depuis des années. Il était impossible que les peigneurs suivent nos cadences. Mon père a pourtant adopté le métier à tisser quand tout le monde le traitait de fou, il y a gagné des millions ; maintenant que je lui parle du peignage, il me donne les mêmes arguments que son beau-père il y a plus de vingt ans ! Patience, me dit-il, laissons les autres essuyer les plâtres... Les peigneurs à main vont se retrouver sans travail, je le sais, mais cela ne le gênait pas quand il s'agissait des fileurs et des tisserands ! Je te jure, si j'avais le capital, je monterais une affaire de peignage demain matin. Le marché regorge de bâtiments industriels à vendre pour une bouchée de pain et cela ne m'empêcherait pas de continuer à diriger Lawcroft et même Tarn Edge, s'il me laissait faire. Et pourquoi ne s'en occuperait-il pas, lui aussi ? Je serais même très content, au début, de profiter de son expérience — et de ses capitaux ! Je le rembourserais, avec intérêts, et l'affaire serait alors à moi, Julia, à moi seul ! Tu me comprends, n'est-ce pas ?

— Bien sûr, Nicolas, et lui aussi sans doute. Avec l'âge, je crois seulement qu'il devient prudent. Il a obtenu de la vie tout ce qu'il voulait, mais cela ne l'empêche pas de comprendre ce que tu ressens. Si tu persistais, si tu lui montrais que tu y crois, tu finirais par le convaincre.

Il se pencha vers moi, comme pour me prendre la main :

— Peut-être. Mais il suffit pas de recueillir l'héritage d'un autre, vois-tu. Je le ferai, naturellement, et j'en doublerai même la valeur si je peux. Il me faut pourtant quelque chose à moi, que j'aurais bâti de mes mains. Je veux que mon père sache — et tout le monde à la Halle au Drap avec lui — que je suis capable de réussir par mes propres moyens.

— Tu l'es, Nicolas.

— Ah ! Julia ! Pourquoi faut-il toujours que je me sente mieux quand je te parle ?

Il ne m'avait jamais dit qu'il m'aimait, ne s'était engagé en rien, mais il y avait un lien, un courant entre nous. Et si je laissais ce lien se renforcer, ce courant se développer, si je faisais preuve de patience et de prudence sans jamais oublier sa fragilité initiale, alors pourquoi ne pas espérer qu'il s'épanouisse enfin en ce que je désirais plus que tout au monde ? Si Nicolas voulait vraiment de moi, rien ni personne ne pourrait s'y opposer. Certes, ma position n'avait pas changé, je ne représentais évidemment pas le parti mirifique auquel il pouvait prétendre ; mais j'étais sûrement assez bonne pour lui — comme on avait estimé Jonas assez bon pour Celia — et si son père y objectait au point de menacer de le déshériter, éventualité bien improbable, ma dot et son propre génie des affaires suffiraient amplement pour assurer sa réussite.

Je ne rêvais pas de fugue, de mariage secret, d'une chaumière et d'un cœur : Nicolas ne s'y serait jamais prêté. Je ne m'attachais qu'à la réalité, celle d'un homme habile et ambitieux, résolu à ne jamais se dessaisir de sa part dans le patrimoine Barforth tout en fondant sa propre affaire — de peignage aujourd'hui, d'autre chose demain — pour bâtir son propre empire : d'un homme sachant apprécier son confort, et qui pourrait — qui devrait — vivre avec moi sans honte de mon désir physique pour lui. Nos esprits s'accordaient, nos sens vibraient en harmonie, je me savais capable de le rendre heureux. Aussi allais-je attendre, il saurait me retrouver.

Le Dr Ashburn nous rendait, lui aussi, de fréquentes visites ; il se montrait si effacé, si discret que son charme n'apparaissait pas d'emblée. Je savais avoir fait sur lui une certaine impression, mais il se comportait avec tant de courtoisie envers nous toutes que, mon obsession de Nicolas aidant, je suis parvenue à me persuader, sinon ma mère, que son inclination pour moi restait superficielle. Il n'en allait pas de même pour tante Hannah dont l'instinct possessif voyait clairement dans le Dr Ashburn une menace contre la position de Jonas à la tête de notre famille ; et comme il encourageait M. Agbrigg dans ses efforts en faveur des canalisations et des égouts, il ne pouvait trouver grâce aux yeux de ma tante.

Dans ses soins gratuits aux malades de Simon Street, elle ne voyait pas un geste de charité — bien qu'elle fût elle-même sincèrement charitable — mais un scandaleux encouragement à la paresse. Elle n'approuvait pas davantage son travail au dispensaire, après avoir elle-même organisé des collectes pour la remise en état du vieil hôpital de Sheepgate, et le soupçonnait des pires turpitudes avec ces femmes perdues qu'étaient les infirmières. Mais le Dr Ashburn était un praticien hautement qualifié et unanimement apprécié par sa clientèle fortunée, prompte à critiquer si elle estimait ne pas en avoir pour son argent ; aussi tante Hannah devait-elle ravaler ses critiques et se contenter, pour donner un exutoire à son antipathie, de le traiter de tartufe. « Mon mari aura beau dire, bougonnait-elle, il y a chez cet homme quelque chose de louche. »

Il venait pourtant d'une famille irréprochable, son père était pasteur d'une élégante paroisse de Londres, sa mère de bonne noblesse terrienne dans le Cheshire où il avait été élevé après la mort prématurée de ses parents. En fait, il nous était de très loin supérieur, socialement, par l'éducation, par l'expérience surtout, car il avait exercé dans la plupart de nos grandes villes et fréquemment séjourné à l'étranger. Sa nature paisible n'était pas sans attrait et sa curiosité intellectuelle, épicée des opinions radicales tant prisées de Prudence, faisait vite oublier son allure effacée. Je l'observais attentivement quand, venu passer en notre compagnie un temps qui ne lui appartenait sans doute pas, il se tournait vers ma sœur sans empressement excessif mais avec une chaleur sincère lorsqu'elle lui montrait quelque article médical ou quelque statistique recopiée de sa main :

— Cela devrait vous intéresser, Giles.

— En effet. Voyons...

Il en parcourait alors chaque ligne sans jamais laisser voir, comme j'en avais pourtant l'intuition, qu'il avait déjà eu probablement des douzaines de documents pareils entre les mains.

« Ils iraient si bien ensemble ! » disais-je à ma mère. Alors, parce que j'y croyais ou, plutôt, me forçais à y croire, tout parut s'organiser comme en rêve sur un échiquier aux couleurs vives et gaies où chacun trouvait sa place idéale. Caroline allait être Lady Chard, de Listonby Park. Giles et Prudence ne manqueraient pas de comprendre bientôt combien ils étaient faits l'un pour l'autre. Celia possédait déjà son papier floqué et ses fauteuils de reps, Jonas son cabinet près du palais de justice et une réputation assise. Blaise jouissait de sa liberté et avait trouvé le moyen d'être industriel sans en subir les contraintes. Et moi, j'allais avoir Nicolas — peut-être ? Non, sûrement ! — si je savais retenir ma respiration et continuer à traiter les sentiments en train de naître entre nous avec le soin qu'avait mon père pour ses porcelaines. Je débordais de tant d'émotions heureuses que j'en paraissais auréolée, que j'irradiais le bonheur et que je répandais ce surplus de bonne volonté sur tout mon entourage : « Oh ! Prudence ! Il n'y a que toi pour faire les choses aussi bien. Ta maison est une merveille, Celia, on ne pourrait rêver mieux ! Que vous êtes belle, maman, on ne vous donnerait pas un jour de plus que dix-neuf ans ! Voyons, Caroline, bien sûr qu'il t'aime ! Comment ne pas t'aimer ? »

Matthew Chard déclina néanmoins l'invitation qui lui avait été faite de déjeuner à Tarn Edge le jour de Noël, ses devoirs de châtelain, disait-il, lui imposant de rester à Listonby ce jour-là pour y recevoir les vœux de ses métayers. Il ne pouvait non plus s'engager pour le lendemain, car les Chard, les Flood et les Winterton participaient traditionnellement à une chasse à courre ce jour-là et il ne serait donc pas correct de sa part de faire une promesse qu'il ne serait pas en mesure de tenir. Cependant, si les hasards de la chasse ou l'absence de renards l'amenaient à proximité de Tarn Edge ou le libéraient pour l'après-midi, il se ferait un plaisir de passer prendre un verre, et se permettrait peut-être la liberté d'amener avec lui quelques amis.

— C'est vraiment trop de bonté ! commenta oncle Joel avec une fureur mal contenue. Et s'il ne juge pas opportun de préciser une fois pour toutes ses intentions, il s'en ira sans plus avoir aucun doute quant aux miennes !

Caroline passa donc le jour de Noël dans une morosité qu'une montagne de cadeaux ne parvint pas à dissiper — elle aurait préféré être aux côtés de Sir Matthew pour accepter dignement les hommages de ses fermiers — et son état empira si bien le lendemain matin que sa compagnie en devint franchement pénible.

Naturellement, les usines d'oncle Joel avaient déjà repris le travail, après s'être arrêtées la veille de Noël à dix heures du soir, ne retrouvant leur rythme que le 26 décembre à cinq heures du matin. Tante Virginie était cependant intervenue pour libérer Nicolas et Blaise de bonne heure, sans doute afin de n'être pas trop longtemps seule à subir les humeurs de Caroline. Blaise était donc déjà au salon au moment de notre arrivée, l'allure aussi fraîche que s'il n'avait jamais vu l'intérieur d'une usine ; Nicolas fit son apparition quelques instants plus tard au grand galop, sans chapeau et la cravate de travers, s'engouffra dans le vestibule et jeta au passage : « J'en ai pour une minute ! », mots qui, je le savais, m'étaient destinés.

— Tu ne peux pas faire moins de vacarme ? lui cria Caroline. Et il te faudra bien plus d'une minute pour te rendre présentable. Ne remets surtout pas cette jaquette verte, Nicolas, tu entends ?... Blaise, parle-lui, elle est innommable, il va me faire honte ! Mon dieu, quelqu'un à la porte...

Ce n'était que tante Hannah, mise en retard par son mari — tout maire qu'il était, M. Agbrigg avait lui aussi dû passer le plus clair de sa journée à l'usine — mais quand même fort contente d'elle, car elle avait enfin réussi à organiser une réunion publique pour le lancement des souscriptions destinées à la future salle de concerts.

— J'ai déjà vu l'architecte, annonça-t-elle à oncle Joel, et nous nous sommes mis d'accord sur un devis d'environ quinze mille livres. Il m'a promis une étude préliminaire pour mercredi prochain.

— Faisons les choses convenablement, Hannah. Prévoyons vingt mille.

Et tandis qu'elle s'installait à côté de lui pour discuter architecture, décoration et liste d'invitations à la cérémonie de pose de la première pierre ; que son mari, après avoir donné à ma mère des nouvelles de Celia qui n'avait pas osé mettre le nez dehors à cause du froid, engageait une conversation animée avec Prudence, j'ai discrètement quitté la pièce avec Caroline pour aller attendre avec elle, sur le grand canapé du palier, le bon plaisir de Matthew Chard et subir les caprices de son système nerveux.

Il ne viendrait pas, Caroline en était sûre et s'ingéniait déjà à lui trouver cent bonnes excuses. La chasse allait se dérouler dans une direction opposée et l'entraîner trop loin. Il était trop échevelé, trop fatigué pour oser se présenter devant des dames, quand bien même l'une d'elles était toute disposée à le faire raccompagner chez lui dans une voiture confortable et prendre soin de son cheval fourbu dans les écuries de son père pour aussi longtemps qu'il plairait à son maître.

— Sans compter qu'il s'est peut-être cassé le cou, ajouta Blaise en venant s'asseoir à côté de nous. Y as-tu pensé ? En ce moment même, le malheureux est peut-être couché à demi mort au fond de quelque fossé glacé, en train de donner dans un râle ses dernières instructions à son fidèle valet : « Allez présenter mes excuses à la dame de mes pensées et lui dire que, à mon grand regret, je ne pourrai pas dîner avec elle ce soir. » Avoue, ma chère petite sœur, qu'il y aurait de la classe, du style là-dedans...

Mais Caroline était trop préoccupée, ses oreilles trop tendues vers le moindre son évoquant le galop d'un cheval ou la cloche de l'entrée pour se mettre vraiment en colère.

— C'est idiot, ce que tu dis. Il est trop bon cavalier pour faire une chute. Il a passé sa vie à cheval.

— Comme nous tous.

— Cela n'a rien à voir, répondit-elle avec un superbe dédain. Nicolas et toi ne faites qu'aller d'ici à l'usine ou à la gare sur vos haridelles trop nourries. Je te parle de galoper dans la campagne par tous les temps, savoir sauter les haies. Pas plus l'un que l'autre, vous n'êtes jamais allés à une chasse à courre.

Blaise exagéra un frisson d'horreur :

— Jamais ! Beaucoup trop fatigant, ce genre de sport...

— Dis plutôt que tu n'en aurais pas le courage !

C'est alors que Nicolas apparut à son tour, vêtu de la jaquette verte jugée innommable par Caroline — qui n'aurait pourtant rien pu redire à son gilet de brocart gris perle, à son impeccable plastron ruché ni aux plis savants de sa cravate.

— Je ne le crois pas en effet, ni moi non plus d'ailleurs. A quoi bon risquer de se casser bras et jambes pour rattraper un malheureux renard ? Cela ne rapporte rien, les renards. Blaise et moi avons mieux à faire pour gagner notre vie.

Il s'assit près de moi, assez près pour que je sente la chaleur de son corps m'envelopper et me donner un merveilleux sentiment de bien-être, si naturel, si bienvenu que je ne pouvais concevoir d'être assise auprès d'un autre que lui. J'entendis à peine Blaise renchérir sur les propos de son frère. Caroline l'interrompit, enragée cette fois :

— Si tu ne trouves rien de plus intelligent à dire, tiens ta langue quand Matthew arrivera...

— *S'il* arrive !

— Oh ! rassure-toi ! intervint Nicolas. Il viendra. Il sera trop content de te raconter ses exploits pour ne pas manquer une bonne occasion de briller en société. Comme il ne sait rien dire d'autre...

Furieuse, Caroline se leva et le fit taire d'une tape :

— Tais-toi ! Pourquoi faut-il toujours que vous me provoquiez, tous les deux ! J'en ai assez, à la fin...

Là-dessus, elle rassembla ses jupes d'une main tremblante et dévala l'escalier pour aller chercher des consolations auprès de son père, dont elle savait pourtant qu'il n'était pas, lui non plus, homme à risquer ses coûteuses montures, encore moins sa précieuse vie, pour le plaisir.

— Je ne la crois pas aussi passionnée de chasse à courre et de grand air qu'elle le prétend, dit Blaise en souriant.

— Alors, elle ferait bien de s'y habituer dès maintenant, répondit Nicolas, car elle ne trouvera rien d'autre dans un Matthew Chard. Quand il ne massacre pas des faisans ou des renards, il joue au whist ou au pharaon, ce qui n'intéresse pas davantage Caroline.

— Allons, Nicolas, ce n'est pas un mauvais bougre...

— Je n'ai jamais dit qu'il l'était. Il n'est pas de notre monde, c'est tout. Mets-lui Lawcroft ou Tarn Edge dans les mains, nous serons réduits à la mendicité au bout du mois tandis que Caroline, avec ses airs de duchesse, saura faire tourner les métiers, tu le sais aussi bien que moi.

— Oh ! oui, je le sais ! approuva Blaise avec un sourire affectueux. Chère Caroline... Mais ne t'y trompe pas, Nicolas. Une fois Lady Chard, elle en saura plus sur les chevaux et la vénerie que tous les équipages du comté. Et tu peux être sûr que les « coups de l'étrier » de Listonby seront réputés dans tout le royaume.

Nous sommes redescendus tous trois, le visage éclairé de sourires amicaux, et nous sommes arrêtés devant l'immense sapin qui dominait le vestibule, les branches chargées d'ornements et de bougies selon la dernière mode venue de Londres.

Je reconnus l'arbre, majestueusement dressé dans le jardin la semaine précédente :

— Comment supporte-t-il d'être ici ? ai-je demandé.

— Il a toujours ses racines, répondit Nicolas. On le replantera. Mais Blaise me prenait par le bras :

— Viens, Julia, allons le lui demander. Encore un peu plus près, là... Sous le gui.

Il me prit alors le menton de ses doigts frais et ses lèvres, souriantes et fraîches elles aussi, se posèrent sur les miennes. Je me sentis baignée de son parfum discret où je retrouvais toute l'aisance légère, toute la sûreté de soi émanant de sa personne.

— Joyeux Noël, dit-il en s'attardant plus que ne l'autorisait la tradition. Ou devrais-je plutôt te souhaiter déjà la bonne année ? Mais ne bouge pas, nous n'en avons pas encore fini avec toi.

Il détourna la tête, jeta à Nicolas un regard complice :

— A ton tour, mon frère ! C'est la seule occasion où nous puissions le faire sans provoquer un scandale — à condition qu'on veuille l'éviter, bien entendu !

La voix de Caroline retentit alors à la porte du salon :

— Blaise ! Le thé est servi.

— J'arrive ! répondit-il.

Leurs appels me semblaient pourtant lointains, étouffés comme s'ils parvenaient à travers une épaisse forêt ou par-dessus un lac, car Nicolas posait une main sur moi et l'effet était bien différent du contact de celle de Blaise.

Ce traditionnel baiser sous le gui n'était, bien entendu, qu'une entorse sans conséquence aux lois des convenances, temporairement relâchées en cette période de fêtes.

J'eus un sourire de béatitude quand Nicolas se pencha vers moi et me donna un baiser, d'abord poli et discret comme celui de Blaise, puis se fit plus pressant.

— Bonne année, Julia, murmura-t-il.

Il me prit alors aux épaules, pour prévenir mon mouvement de surprise et de recul lorsque sa langue s'insinua entre mes lèvres ; trop absorbé je crois par son souci de ne pas me choquer, il n'eut pas clairement conscience de mon tressaillement de plaisir, de l'élan de mes sens comblés qui me poussait vers lui de tout mon être.

— Nicolas ! Viens-tu, oui ou non ?

Caroline était revenue à la porte du salon, trop occupée des battements de son cœur pour se soucier des nôtres ; elle ne voyait d'ailleurs son frère que de dos, à demi masqué par les branches, et peut-être un pan de ma robe.

— Nous devons prendre le thé tout de suite ! insista-t-elle. Tante Hannah a hâte de s'en aller, Celia n'est pas bien et Jonas est seul avec elle. Nick ! M'entends-tu ? Qu'est-ce que tu fabriques sous cet arbre ?

— Il embrasse Julia, voyons, fit alors la voix de Blaise venu rejoindre sa sœur. Que veux-tu qu'un garçon sensé fasse d'autre dans un endroit pareil ?

Et nous sommes tous les quatre rentrés au salon.

L'après-midi touchait à sa fin, le crépuscule d'hiver assombrissait déjà les vitres en se teintant d'un brouillard laiteux et le crépitement d'une pluie mêlée de neige nous confirmait, s'il en était besoin, qu'aucun cavalier, même des plus hardis, ne s'aventurerait ce soir jusqu'à Tarn Edge.

Tante Hannah se leva peu après, inquiète de risquer ses chevaux sur les pavés glissants.

— Allons-y, mon ami, dit-elle impérieusement à M. Agbrigg. Je n'aime pas dévaler trop vite cette côte, elle m'a toujours paru dangereuse. Elinor, je te vois demain à Maison Haute, n'est-ce pas, avec tes filles ? Amène au moins Julia, puisque Prudence semble tellement occupée à je ne sais quoi, ces derniers temps. Jonas fera une apparition, naturellement, mais je ne sais pas si Celia sera en état de venir. Je lui ai pourtant cent fois répété qu'elle commet une grossière erreur à se cloîtrer de la sorte et que ce dont elle souffre n'a rien d'une maladie. Enfin... Cela devient morbide, chez elle, et tu ferais bien de lui en parler, Elinor. Quant à toi, Virginie, tu serais la bienvenue si tu daignais te joindre à nous. Oui, je sais, tu as des obligations, un train de maison que je n'ai pas. Mais tu pourrais avoir envie de te changer les idées, l'orage me paraît menaçant. Bref, je te laisse décider, tu en as toujours fait à ta tête... A demain donc, pour le thé.

Sa voiture s'ébranlait lentement, ma mère jetait un regard vaguement écœuré sur les reliefs des pâtisseries — l'estomac sans doute encore barbouillé du champagne ingéré la veille — et s'apprêtait à prendre congé quand retentit soudain une galopade, un vacarme d'enfer qui enfla de manière si alarmante que Caroline se dressa d'un bond et resta paralysée d'effroi.

— Tiens, les voilà, observa Blaise avec nonchalance. L'hallali, sans doute.

Alors, d'un seul coup, le vestibule se remplit de chasseurs bruyants, encombrants, autoritaires au point de réduire le majestueux sapin aux dimensions d'un arbuste, l'imposant cerf de bronze en un timide chevreuil, une véritable armée de redingotes rouges, de bottes boueuses, d'éperons et de cravaches qui nous envahissaient de manière aussi effrayante que s'ils avaient chevauché leurs montures écumantes jusque dans l'escalier.

— Les bottes !... gronda oncle Joel, les yeux sur son tapis.

Mais de tels gentilshommes, accoutumés aux dallages de leurs châteaux ancestraux où les tapis, s'il y en avait, portaient le nom de tapisseries et moisissaient aux murs, ne pouvaient imaginer, comme mon oncle, le coût au mètre carré — et encore, à prix d'usine ! — de ces accessoires du confort bourgeois. Aussi est-ce par pure affection pour Caroline qu'il s'abstint d'en faire la remarque et laissa tante Virginie s'avancer vers les intrus, leur adresser un sourire plein d'amabilité, des propos accueillants et réussir, comme par magie, à dissocier leur masse en individus dont nous fûmes surpris de constater qu'ils n'étaient que quatre, Matthew Chard, Francis Winterton, un inconnu et une jeune fille.

A première vue, elle ne pouvait justifier la jalousie de Caroline : une silhouette anguleuse, une démarche fanfaronne, un rire bruyant et arrogant et des vêtements aussi crottés que ceux de ses compagnons. Elle pouvait avoir dix-neuf ou vingt ans et je vis d'abord une mèche auburn aux reflets roux échappée de son chapeau haut de forme, un nez constellé de taches de rousseur, un visage pointu aux pommettes saillantes terminé par un menton de chat, une bouche trop fendue d'où coulaient des phrases incomplètes terminées par un éclat de rire. Elle portait une tenue d'amazone qui avait vu des jours meilleurs, et j'ai aussitôt remarqué une large tache de boue sur sa jupe, une autre couleur de rouille sur sa joue, du sang de renard sans doute.

— Quelle merveilleuse journée ! dit-elle à tante Virginie de cette voix de buccin, traînante sur les voyelles, qui dénotait la qualité de sa naissance. Qu'est-ce là, un arbre de Noël ? Je n'en avais encore jamais vu. Cela fait paraît-il fureur à Londres, mais j'ai horreur d'aller en ville et mon grand-père est trop vieux jeu, le pauvre, pour ce genre de nouveautés. Vous le connaissez, n'est-ce pas ? Non ? Matthew, viens donc m'expliquer chez qui nous sommes !

Puis, sans attendre l'intervention de son ami, elle tendit la main d'un geste brusque en direction de tante Virginie et lui décocha un sourire désarmant :

— Mais je ne me suis pas présentée, suis-je bête ! Georgiana Clevedon, ravie de faire votre connaissance. Matthew et moi sommes un peu cousins et mon grand-père est M. Gervais Clevedon, du Prieuré — le Prieuré de Galton, je n'arrive jamais à lui donner son nom complet car je n'imagine pas qu'il puisse y en avoir un autre... Et vous, vous êtes sûrement Caroline, n'est-ce pas ?

Caroline fit une grimace mécontente devant cette utilisation intempestive de son prénom, familiarité généralement réservée aux femmes de chambre.

— En effet, répondit-elle sèchement. Ravie de faire votre connaissance, *mademoiselle*... euh, Clevedon.

Il en fallait davantage pour démonter la cavalière accomplie que semblait être Georgiana Clevedon ; avec un nouveau sourire, elle tendit derechef sa petite main crasseuse :

— Grand dieu, où ai-je la tête ! Veuillez excuser mes manières, j'en suis totalement dépourvue, surtout après avoir passé la journée en selle. Matthew, viens donc à mon secours, je t'en supplie, je n'arrête pas de faire des gaffes ! Et toi, Perry, viens donc aussi que je te présente Mlle Barforth. Mademoiselle, mon frère Perry, il n'est pas mieux élevé que moi, hélas ! Mais nous lui pardonnons volontiers puisque c'est lui, un jour, qui héritera du Prieuré.

J'étais toujours à la porte du salon, assez proche pour observer, assez éloignée pour ne pas me faire remarquer, à demi cachée par Blaise et Nicolas, devant moi et très près l'un de l'autre. Et j'étais bien trop excitée par l'arrivée de ces jeunes gens exubérants et effrontés, contente aussi de ce bouleversement dans notre routine pour penser qu'ils pourraient jamais jouer un rôle quelconque dans ma vie.

Les yeux plissés, Blaise jaugeait avec soin la nouvelle venue :

— Cela, mon frère, dit-il à mi-voix, c'est un oiseau rare, venu tout droit de la forêt vierge — un oiseau très rare, ajouterai-je.

— Oui, et difficile... répondit-il du même ton, le regard tout aussi attentif.

La pointe de vulgarité que trahissaient leurs manières de maquignons me rassurait, je crois, car c'était ainsi que j'imaginais les hommes en train d'évaluer les aventurières, les actrices, les femmes réputées légères que l'on n'épouse pas et qui ne constituent, par conséquent; aucune menace directe pour Caroline — ou pour moi.

— Difficile, reprit Nicolas, pour ne pas dire impossible à apprivoiser.

Ils avaient oublié ma présence, car Blaise répondit :

— Tu as raison, et je ne voudrais même pas m'y frotter. Je te le dis, elle sort tout droit d'une forêt vierge et ce serait même dommage, dans un sens, de lui apprendre à venir te manger dans la main, elle y perdrait son charme de sauvageonne. Remarque, je ne dirais pas non à une tentative, même au prix d'une ou deux égratignures...

Un imperceptible bruissement de ma robe les rappela tous deux à la réalité et, tandis que Nicolas faisait taire son frère d'un geste impérieux, Blaise éclata de rire sans le moindre repentir :

— Excuse-nous, Julia ! Pour une fois, j'espère que tu n'as pas compris tout ce que nous disions.

Mais Caroline se dirigeait déjà vers nous avec raideur en laissant son Matthew tant désiré seul dans le vestibule. Je la sentais aussi choquée que son père par les bottes boueuses des visiteurs, profondément mécontente du comportement de Mlle Clevedon et de l'état de son costume d'amazone et, plus encore — sans qu'elle consente à l'admettre ouvertement —, par la présence d'une tache de sang sur sa joue.

— Voici ma cousine Julia Aycliffe, dit-elle à peine poliment — et sans se retourner pour s'assurer qu'il y eût quelqu'un pour bénéficier des présentations. Mon frère Nicolas...

Je sentis, je ne sais pourquoi, un profond soulagement en le voyant s'incliner sèchement devant la nouvelle venue et jeter un regard sarcastique frisant la grossièreté sur sa jupe tachée et le symbole de sauvagerie qu'elle arborait sur la joue.

— Et mon frère aîné Blaise, conclut Caroline. Blaise, Mlle Clevedon.

Le visage de Blaise s'éclaira de l'excitation qu'éprouve le collectionneur devant une pièce rare sauf que, chez Blaise, cet éclair d'intérêt fut à la fois plus chaleureux et plus fugitif.

— Mademoiselle, dit-elle en lui gardant la main plus longtemps qu'il n'était strictement nécessaire, vous êtres trempée ! Vous n'allez pas attraper froid, au moins ?

— Sûrement pas ! répondit-elle comme s'il contestait une évidence.

Elle ne pouvait — ou ne voulait — cependant pas dissimuler une expression de surprise devant la découverte inattendue d'un tel charme chez un représentant de la bourgeoisie manufacturière.

— Certes, je sais que vous ne vous en souciez pas. Venez quand même auprès du feu, nous serons tous plus rassurés.

Outrée, Caroline tenta de s'interposer, de lui faire comprendre d'un regard étincelant de fureur : « Les bottes, la boue, les tapis ! » Mais Blaise dédaigna l'avertissement, prit délicatement la manche élimée que lui tendait Mlle Clevedon et la fit pénétrer dans le grand salon en jetant au passage un coup d'œil à Nicolas pour lui dire, le plus clairement du monde : « Tu vois, l'oiseau rare, hein ? Eh bien, voyons un peu ce qu'on peut en faire. »

— L'étrange créature, grommela Caroline.

Nicolas n'écoutait pas. Les yeux fixés sur Blaise et sa compagne, il observait avec une attention très soutenue qui n'excusait ni n'approuvait ; mais son silence était infiniment significatif, de sorte que, les nerfs mis à aussi rude épreuve que ceux de Caroline, je ne pus m'empêcher de le tirer de sa rêverie en lui demandant :

— Qu'en penses-tu, Nicolas ?

— De quoi ? De qui ?

— De cette Mlle Clevedon ?

— Oh ! pas grand-chose...

Et bien qu'il m'ait ensuite souri, qu'il soit fidèlement resté à côté de moi, m'ait raccompagnée jusqu'à la voiture et attendu qu'elle s'éloigne tête nue sous la pluie, je savais déjà, ou du moins l'ai-je compris peu après, que cette période faste dont j'avais assurément vu le début à mon retour de voyage, en novembre, était d'ores et déjà terminée.

9

Les Barforth furent invités à Listonby Park pour le Nouvel An. Le déjeuner, raconta ensuite tante Virginie à ma mère, était plutôt maigre et consistait essentiellement en viandes rôties, négligemment servies sous la surveillance distraite d'une intendante visiblement offusquée de n'avoir pas fait passer les visiteurs par l'entrée des fournisseurs. La maison était superbe, constituée d'un corps de logis médiéval où se trouvait l'immense vestibule dallé surmonté d'une vaste galerie — sans beaucoup d'autres meubles, à vrai dire, qu'un impressionnant alignement de portraits d'ancêtres — et d'une aile datant du début du XVIIIe siècle.

Le déjeuner fini, oncle Joel et Sir Matthew allèrent fumer leur cigare dans l'allée d'ormes jadis plantée par un aïeul, admirèrent au passage les sycomores et les chênes noueux dus à la prévoyance d'un Chard encore plus ancien et oncle Joel profita de cette conversation intime pour vérifier que, si le jeune Sir Matthew avait assez d'argent pour faire face à l'essentiel, s'il ne possédait pas les goûts ruineux de son ami Julian Flood, il s'adonnait cependant à des distractions coûteuses pour la poursuite desquelles une épouse fortunée et douée d'un solide esprit pratique serait, à n'en pas douter, la bienvenue.

Matthew fit sa demande officielle le lendemain matin et se présenta cette fois à Tarn Edge dans une tenue irréprochable, témoignant une ardeur assez manifeste pour lever les dernières hésitations. Presque aussitôt après, Caroline — qui l'avait convoité avec une dévotion touchant au fanatisme — fut saisie de doutes et se précipita à Blenheim Lane pour me faire part tout à la fois de son triomphe et de ses incertitudes.

— Je vais donc devenir Lady Chard...

— J'en étais sûre, ma chérie.

Elle ne pardonnait pas encore tout à fait l'irruption du lendemain de Noël, l'arrogance manifestée en piétinant les luxueux tapis de son père ni les histoires de chasses trop souvent ressassées qui l'ennuyaient à mourir, bref tout ce qui lui semblait accentuer le fossé qui les séparait. Mais la seule présence du beau Matthew lui faisait toujours battre le cœur plus vite et, sans que Caroline osât l'admettre, son profil patricien et son élégance avaient éveillé en elle une sensualité dont il lui devenait difficile de faire taire les exigences — sans parler, bien entendu, du fait qu'elle avait éconduit par deux fois Julian Flood et ne pouvait, par conséquent, récidiver sans gravement compromettre sa réputation. Puis, une fois tout bien pesé, il fallut conclure que, si Matthew n'était pas riche, il n'avait pas de dettes de jeu ni de créanciers avides massés devant l'église, le jour de ses noces, pour se faire payer, et qu'il n'existait finalement aucune raison pour que Caroline, belle et énergique comme elle l'était, ne puisse se faire aimer pour elle-même.

— Il s'est montré absolument charmant, je devrais dire charmeur, et plus amoureux que je ne l'aurais rêvé, me raconta-t-elle. Il m'a même déclaré qu'après m'avoir vue à Listonby il avait compris que j'étais faite pour y vivre. Et de fait, Julia, la maison est absolument merveilleuse. Je vais en faire quelque chose de tout simplement extraordinaire, écoute...

Caroline se lança alors dans une description détaillée des pièces de réception, des chambres et même des cuisines, en énumérant les modifications et les améliorations qu'elle comptait y apporter pour rendre Listonby digne d'elle.

— Et le mieux dans tout cela, conclut-elle, c'est qu'il n'y a pas de baronne douairière pour faire triste figure et me mettre des bâtons dans les roues !

— Et Matthew ?

— Il s'en moque éperdument. Il n'a pas été élevé à Listonby, tu sais, mais dans la propriété de famille du Leicestershire. Il n'est donc pas attaché au château au point de s'opposer au moindre changement — au contraire des Flood ou de ces abominables Clevedon.

Caroline débordait d'un tel enthousiasme pour ses projets de rénovation qu'il me fallut du temps pour amener la conversation sur Georgiana Clevedon, dont j'avais été incapable d'oublier le petit visage pointu et le sourire étincelant.

— Ah oui ! me répondit-elle négligemment. Ils sont plus ou moins alliés aux Chard, un vague cousinage, et je n'arrive vraiment pas à comprendre pourquoi ils se donnent de tels airs de grandeur, car leur fameux Prieuré est un des endroits les plus sinistres que j'aie jamais vus ! A peine un quart de la taille de Listonby et dans un état !... Irréparable, à mon avis. Il paraît que c'était réellement une abbaye, avant qu'un roi la fasse raser — je ne sais plus lequel, Prudence doit être au courant, attends, Henry VIII je crois, ou un autre ? Bref, il en a fait cadeau aux Clevedon il y a bien mille ans de cela, si l'on en juge d'après l'aspect de la masure, et c'est eux qui ont construit la maison en se servant des pierres de l'abbaye. Il reste même un cloître — qu'ils trouvent prodigieux mais je n'y ai vu qu'une espèce de galerie aussi accueillante qu'un tombeau, si tu veux mon avis. Naturellement, ils n'ont pas un sou ni même l'espoir d'en avoir, car Perry Clevedon est un parfait incapable qu'aucune femme convenable ne voudra jamais épouser. Quant à Georgiana, si elle s'imagine capable de séduire Blaise, elle se fait des illusions ! Blaise mettra longtemps, très longtemps avant de penser au mariage, et à ce moment-là il lui faudra un parti brillant, exceptionnel même. Non, vois-tu, ces gens-là feraient mieux de vendre leurs terres et leur Prieuré tant qu'il vaut encore quelque chose, car cela ne m'étonnerait pas d'apprendre un jour ou l'autre que la bâtisse s'est écroulée.

Nous autres, les Aycliffe, sommes allées fêter la nouvelle année à Albert Place chez ma sœur Celia qui, refusant vigoureusement de mettre le nez dehors, passa toute sa soirée étendue sur un canapé, si honteuse de sa silhouette déformée que la seule présence de son brave beau-père l'incommodait.

— Etes-vous bien installée, ma chère petite ? lui demandait-il fréquemment, poussé par un sentiment de réelle affection.

Celia ne savait que répondre « Très bien, merci », d'un ton dont la sécheresse signifiait : « Laissez-moi donc tranquille ! Cessez d'attirer l'attention sur mon état lamentable ! Arrêtez de me regarder comme une bête curieuse ! ».

Nous avons sablé le champagne à minuit et M. Agbrigg, l'allure plus émaciée que jamais dans la lueur vacillante des bougies, leva d'abord sa flûte en direction de sa femme :

— Buvons à votre salle de concerts, Hannah. Qu'elle soit la plus magnifique de tout le Yorkshire.

Il se tourna ensuite sans rien dire vers Prudence, mais son sourire éloquent signifiait clairement : « Et pendant que nous y sommes, nous paverons les rues et creuserons les égouts. »

Après quoi, Jonas — dont le visage étroit n'exprimait pas plus d'inquiétude pour l'état de Celia que d'irritation à la voir si mal s'en accommoder — nous gratifia, Prudence et moi, du traditionnel baiser du Nouvel An, aussi correct, distant et insensible dans son rôle de beau-frère que dans celui de mari.

— Bonne année, père, dit-il froidement à M. Agbrigg.

Nous sommes rentrées chez nous peu après et M. Agbrigg nous raccompagna jusqu'à notre porte, pendant que tante Hannah l'attendait dans la voiture ; il déposa à l'intérieur le morceau de charbon destiné à notre foyer et la pincée de sel à notre table, symboles de bonheur et de prospérité pour l'année à venir.

— Bonne et heureuse année, me dit Prudence quand nous nous sommes séparées devant la porte de sa chambre.

— Pour toi aussi, ma chérie.

Mais le rayonnement de joie qui m'avait remplie jusqu'alors s'était éteint et, sans savoir exactement pourquoi, je me sentais seule.

Quelques jours plus tard, nous avons assisté à la réunion publique ouvrant solennellement la campagne de souscriptions pour la construction de la salle de concerts ; à compter de ce moment-là, ma vie se trouva presque entièrement dominée par ce projet grandiose et un événement promettant de ne pas l'être moins, le mariage de Caroline.

Il devait avoir lieu en juin, non à Listonby comme on aurait pu le penser mais dans notre église paroissiale car Caroline préférait impressionner Cullingford plutôt que les métayers des Chard. C'est ainsi que, tout au long du mois de janvier, le plus lugubre dont je me souvienne, j'ai passé mes journées avec elle dans le petit salon de Tarn Edge, où nous nous rôtissions près du feu et évoquions interminablement la cérémonie la plus fastueuse dont notre bonne ville aurait jamais été témoin.

— Tu as un don pour la toilette, Julia, je l'ai souvent remarqué, me disait-elle.

Aussi, une fois les listes d'invitations mises au point, les catalogues de mode et les échantillons faisaient-ils leur apparition et je devais sortir mes crayons et mon carnet de croquis pour faire travailler mon imagination et mon bon goût.

— Je ferai mes achats à Londres, tu pourrais m'y accompagner. En fait, pourquoi n'irions-nous pas à Paris, voir ce couturier dont tu me parlais ? Papa se chargera d'organiser notre voyage.

Mais nous entendions déjà des rumeurs de troubles imminents en France et apprenions que nos chartistes relevaient eux aussi la tête, menaçaient de présenter leurs revendications à Westminster et par la force, si besoin était.

— Ils n'arriveront à rien, commenta un soir oncle Joel en allumant un cigare. Ils n'ont pas d'argent, pas de soutien, pas de meneurs dignes de ce nom. Pourquoi avons-nous réussi, nous autres, à obtenir le droit de vote en 32 ? Parce qu'il y avait des gens comme moi, comme Hobhouse ou Oldroyd pour menacer de retirer nos fonds de la Banque d'Angleterre si nous n'obtenions pas satisfaction. Qu'ont-ils, ces chartistes, pour donner du poids à leurs menaces, pour négocier ? Quelques miséreux, un programme. La belle affaire ! Quand ils auront vu deux douzaines des leurs expédiés en Australie, ils rentreront se terrer chez eux. Le suffrage universel à bulletin secret, d'accord, je ne dis pas non : à leur place, j'en voudrais probablement autant. Mais je ne suis pas à leur place et je n'ai nullement l'intention de laisser mes ouvriers choisir le gouvernement qui leur convient à eux.

L'on faisait déjà mention d'agitation dans les rues de Londres et nous savions qu'à Cullingford même les affamés et les sans-emploi se rassemblaient en nombre croissant pour exécuter des manœuvres militaires sur la lande, un exemplaire de la Charte dans toutes les poches, une arme quelconque dans toutes les mains ; leur troupe était grossie d'autres affamés venus de Bradford, chômeurs par la faute des métiers à peigner, pour leur expliquer que cette condition allait être la leur. Aussi fut-il décidé, à mon vif soulagement, que Caroline devrait se contenter des ressources offertes par le commerce local.

Pendant toute cette période, je ne pouvais dire que Nicolas m'ait négligée. Nous nous rencontrions aussi souvent, nous nous parlions aussi longtemps, nous faisions autant de sourires et nos rapports restaient en apparence inchangés. Mais peut-être était-ce cette permanence même qui me troublait, car, si notre intimité ne diminuait pas, elle ne se resserrait pas davantage et je sentais, par ailleurs, qu'il lui arrivait d'être réticent à mon égard. « Julia comprend ce que je veux dire », bougonnait-il encore de temps à autre pour clore une discussion, alors que je le comprenais en fait de moins en moins. En revanche, je le sentais troublé et je savais, avec une acuité due à ma panique, qu'une barrière s'élevait lentement entre nous — barrière à laquelle je n'avais pas toujours le courage de donner le nom de Georgiana Clevedon.

Je le connaissais en effet trop bien — ou, du moins, le croyais-je — pour en être assurée car, au contraire de Blaise, il n'avait jamais été attiré par le côté exotique des femmes et parlait volontiers — trop volontiers, peut-être ? — de son besoin de se trouver une partenaire de son milieu et de son niveau. Il lui était certes arrivé de prendre plaisir à une aventure passagère avec l'une de ces femmes voyantes qu'offraient nos cabarets ou nos théâtres. Mais comme moi, une Georgiana Clevedon ne se donnerait à lui que la bague au doigt, et il ne pouvait voir une épouse dans ce genre de personnage. Nicolas avait assez de sens pratique, de perspicacité et de réalisme pour choisir une femme parfaitement accordée à sa nature. Or, Georgiana Clevedon, cet « oiseau rare de la forêt vierge », correspondait si peu à ses désirs profonds que je parvenais, la plupart du temps, à me persuader de mon erreur : elle ne pouvait être une rivale.

La désirait-il ? J'étais probablement la seule à y croire. Caroline était trop exaspérée par la manière dont Georgiana Clevedon provoquait Blaise, tante Virginie — qui connaissait par cœur son fils aîné — s'en amusait trop pour qu'elles songent, l'une et l'autre, à faire le moindre rapprochement avec Nicolas. Avait-il, en réalité, donné la moindre indication qu'il s'intéressât à elle ? Aucune. Mais j'aurais préféré, je crois, le voir se pencher sans vergogne pour lorgner sa jambe lorsqu'elle avait accroché sa jupe en descendant de voiture à sa seconde visite à Tarn Edge — réaction qu'il aurait automatiquement eue avec n'importe quelle autre femme — plutôt que de garder les yeux fixés sur les chevaux. J'aurais mieux supporté qu'il se mît à son diapason de frivolité familière en flirtant avec elle, en la traitant comme une fille légère, en faisant n'importe quoi. Et j'aurais été bien en peine d'expliquer, à ma mère elle-même, combien l'indifférence qu'il affectait vis-à-vis d'elle me poignardait le cœur.

Elle ne semblait d'ailleurs pas davantage remarquer Nicolas. Elle avait porté son choix sur Blaise, on n'en pouvait douter, et une visite que nous fîmes au Prieuré de Galton vers la fin janvier me confirma, comme Caroline me l'avait laissé entendre, que la famille devait prendre une décision rapide car la propriété se trouvait, en effet, lourdement grevée d'hypothèques, la maison en fort mauvais état, le frère visiblement sans le moindre sens des réalités et Mlle Clevedon, par voie de conséquence, condamnée à se débrouiller dans la vie par ses propres moyens.

Bien entendu, nous étions auparavant passés par Listonby Park et ma mère, déjà accablée d'ennui et piaffant d'impatience pour fuir Cullingford, ne put cependant retenir le cri admiratif qui nous échappa aussi à la vue du château dont la forme gracieuse émergeait de la brume.

— Mais, Caroline... c'est absolument ravissant !

C'était, en effet, tel que Caroline me l'avait décrit : l'immense vestibule, austère et démeublé mais de nobles proportions avec son majestueux escalier de chêne sculpté, le salon et la salle à manger dans l'aile XVIIIe dont les stucs et les peintures avaient pris des tons si doux que j'en ai éprouvé, moi aussi, la sensation d'avoir sous les yeux des fleurs délicates à la fin de leur saison et me suis demandée comment une beauté si fragile pourrait durer. Nous avons pris le thé près d'une cheminée crépitante et fumante, arpenté la grande galerie pour y admirer les portraits, encadrés d'or terni, d'aïeux qui, j'imagine, devaient être en train de se retourner dans leurs tombes enfouies sous les mauvaises herbes au spectacle de leur descendant prêt à se mésallier avec la fille d'un boutiquier enrichi.

Après notre visite émerveillée, nous sommes remontées en voiture pour nous rendre à Galton, demeure d'un caractère bien différent.

Le Prieuré se dressait dans une courbe de la Law dont les eaux, à cet endroit, échappaient par miracle à la pollution de nos usines et couraient, libres et scintillantes, sous un vieux pont branlant en tourbillonnant autour d'une rangée de pierres. Au pied d'un mamelon verdoyant, des arbres très anciens s'inclinaient sur la rivière et la maison elle-même était disposée dans un repli de terrain. Et même si j'étais prête, comme Caroline, à la trouver glaciale et inhospitalière, j'eus le plus grand mal à ne pas céder à son enchantement.

Le vestibule, à vrai dire, était petit et sombre, tout en pierre ; un escalier, de pierre lui aussi, menait à une galerie ouverte en surplomb ; mais il était si profondément imprégné de souvenirs et d'histoire, il y régnait une atmosphère si étrange et obsédante à la fois — si proche, en un mot, de l'impression causée par Georgiana Clevedon elle-même — que je me sentis soudain soulagée que ce soit Blaise, et non Nicolas, qui ait trouvé le temps de nous accompagner.

Georgiana était seule pour nous recevoir, car son grand-père et son frère n'étaient pas revenus de la chasse ; elle marchait avec sa brusquerie habituelle, vêtue de sa sempiternelle tenue de cheval vert bouteille, deux vieux chiens aux pattes raides sur les talons, tandis qu'un lévrier languissant et un nombre indéterminé de terriers turbulents la suivaient de loin.

— Vous avez un cloître, paraît-il, lui dit ma mère une fois les politesses d'usage échangées. Aurions-nous la chance d'y rencontrer un fantôme, par hasard ?

Aussitôt et sans plus de cérémonie, elle nous entraîna visiter le cloître qui ne me parut, avec ses arches murées, rien d'autre qu'une sorte de tunnel vide et sombre ne conduisant qu'aux ombres du passé.

— Mes arrière-arrière-je-ne-sais-combien-grands-pères ont démoli l'église abbatiale, mais ils ont conservé le cloître. J'y ai passé une nuit toute seule, quand j'étais enfant, roulée dans une couverture. Cet endroit est absolument fascinant, n'est-ce pas ?

— Absolument ! répondit Blaise.

Son regard dédaignait pourtant les savants entrecroisements de la voûte gothique pour rester résolument posé sur le visage passionné de notre hôtesse, qui dissipa le caractère sacré du lieu en pouffant d'un rire espiègle :

— N'espérez pas me tromper, j'ai bien vu que vous ne regardiez pas !

— Moi ? dit Blaise la main sur le cœur et son sourire le plus charmeur aux lèvres. Je suis le plus sincère...

— Mon frère n'a pas son pareil au monde pour débiter des fadaises, interrompit sèchement Caroline. Mais il ne fait pas chaud du tout, ici, et cela sent le renfermé. Matthew, si nous sortions ?

— Volontiers, d'autant que j'aimerais jeter un coup d'œil à l'écurie.

Caroline se déclara peu attirée par les chevaux, Blaise indifférent à leurs attraits et Georgiana Clevedon fort réceptive à sa suggestion d'aller se promener tandis que nos mères rentreraient s'abriter à l'intérieur.

— Faites-nous visiter vos terres, lui dit Blaise.

Elle prit tout naturellement la tête de notre petite troupe qui avançait dans l'air frais et sec ; Caroline et moi posions les pieds avec précaution sur le sentier caillouteux, mais Georgiana marchait d'une allure décidée, les hanches aussi étroites que celles d'un jeune garçon. Son teint clair était comme transparent, éclairé d'une vitalité plus éclatante que le pâle soleil hivernal dont les rayons incertains donnaient parfois à sa chevelure les reflets du cuivre rouge.

Toute sa vie s'était écoulée ici, au Prieuré, nous dit-elle, à quelques kilomètres de Tarn Edge. Aller en ville, pour elle, voulait dire aller à Londres — ce qu'elle évitait le plus possible — les autres agglomérations n'étant à ses yeux qu'un ramassis de maisons où l'on menait une vie bizarre, étriquée et avec laquelle elle n'avait nulle envie de se familiariser. Ici, elle avait toujours été heureuse, tous les jours de sa vie, totalement satisfaite de la compagnie de son grand-père, de son frère et de leurs amis.

Le Prieuré, enfin, représentait pour elle le monument suprême auprès duquel les plus riches palais du monde faisaient figure de masures insignifiantes. Elle était elle-même une cavalière passionnée et avait chassé à courre six jours par semaine chaque saison depuis l'âge de cinq ans ; elle ne se considérait pas non plus comme un mauvais fusil, sans cependant jamais avoir égalé le record détenu par son frère qui, par une belle journée d'automne, avait mis à son tableau 96 faisans en 96 coups, 80 grouses en autant de cartouches et 34 perdrix sans faire feu plus de 34 fois.

— Vous plaignez sans doute ceux d'entre nous qui n'ont pas mené la même vie que vous, observa aigrement Caroline.

A cette remarque inattendue, Mlle Clevedon fit retentir son rire aussi soudain qu'un coup de carabine, secoua la tête avec la fougue d'un poney et répondit que, en effet, c'était son sentiment.

— Vous ne pouvez quand même pas espérer vivre éternellement ici, insista Caroline avec méchanceté. Votre cher grand-père n'est pas immortel et votre frère se mariera peut-être un jour.

— Peu importe ! répondit-elle sans se démonter. Ce qui compte, c'est le Prieuré, voyez-vous, et la propriété. A la mort de mon grand-père, Perry héritera, puis ce seront ses enfants, et les enfants de ses enfants. Et nous, notre famille, nous serons toujours ici pour transmettre aux générations futures ce que nous ont laissé les générations passées. C'est cela qui est merveilleux. C'est cela l'immortalité, comprenez-vous ?

— C'est très réconfortant, en effet, répondit Caroline.

Puis elle reprit sa marche d'un pas vif et s'arrêta au bord de la rivière pour jeter un regard critique sur le pont et évaluer son aspect fragile.

— Est-ce assez solide ? demanda-t-elle.

— Non, je ne crois pas, c'est pourquoi je ne m'en sers jamais ! répondit Georgiana avec bonne humeur.

Alors, relevant d'une main sa longue jupe d'amazone, elle sauta légèrement sur la première pierre du gué, puis sur la seconde, de l'eau jusqu'aux talons de ses bottes, et marqua un temps d'arrêt en se balançant sur la pointe des pieds comme pour mieux lancer son défi :

— Qui veut faire la course jusqu'à l'autre rive ?

— Il n'en est pas question, gronda Caroline.

Je voyais sa fureur grossir à vue d'œil à la pensée que, sans elle pour l'en empêcher, Matthew Chard se serait très vraisemblablement lancé à la poursuite de cette sauvageonne et n'aurait pas hésité à plonger dans l'eau glaciale, peu soucieux de sa jaquette et de sa chemise de batiste.

— Je veux bien m'aventurer sur le pont, proposa Blaise, et vous repêcher de l'autre côté.

— Ce sera bien inutile, croyez-moi !

Ils prirent aussitôt le départ, elle en sautant de pierre en pierre au milieu des éclaboussures, ses cheveux défaits comme une poignée de copeaux d'or vierge, Blaise sur le pont à la même vitesse qu'elle jusqu'à ce qu'il la rejoignît sur la rive ; il lui tendit la main en la laissant, un bref instant, l'attirer vers elle comme pour le faire trébucher dans l'eau.

— Vous devriez prendre un bon bain, cher monsieur !

— Certainement pas !

Et son rire retentit une nouvelle fois tandis que Blaise, d'une brusque poussée, la faisait tomber sur l'herbe — et dans ses bras.

— Matthew, allez les rejoindre ! ordonna Caroline. Il ne faut pas les laisser seuls là-bas.

Pour Matthew Chard, accoutumé à la société aimable et libre du Leicestershire, à l'élégant libertinage d'Oxford et de Londres, c'étaient là des idées de méthodiste, de bourgeoise — une moralité de boutiquiers, en un mot. Aussi, nonchalamment accoudé au parapet du pont, il répondit avec une irritation mal contenue :

— Voyons, Caroline, quel mal croyez-vous donc qu'ils font ?

— Aucun, s'ils reviennent sur-le-champ. Mais s'ils s'avisent de disparaître, cette jeune fille va se retrouver sérieusement compromise.

— Grand dieu ! murmura-t-il, mi-amusé, mi-exaspéré et regrettant sans doute de n'être pas allé à la chasse comme il en avait eu envie. J'ai disparu moi-même plus de cent fois dans ce petit bois sur la colline sans jamais penser à mal ! Ce genre de choses ne signifie rien, voyons, du moins en bonne... je veux dire, à la campagne.

Mais avant que Caroline ait pu lui exprimer son opinion sur la « campagne », dont elle avait fort bien compris qu'il avait voulu dire en « bonne compagnie », ils revenaient déjà vers nous sur le pont, elle hors d'haleine, presque belle, Blaise lui tenant toujours la main. Alors, je me suis surprise à lui sourire, malgré toute l'affection que j'avais pour lui, sans réprimer mes pensées traîtresses qui tentaient de lui faire comprendre : « Tombe amoureux d'elle, Blaise, ou fais en sorte qu'elle tombe amoureuse de toi — tu en es parfaitement capable si tu en fais l'effort ! »

Nous sommes peu après revenus vers la maison. Matthew Chard devait y attendre le retour de son ami Perry ; nous l'avions à peine perdu de vue que Caroline, toujours aussi froide, se tourna vers sa mère :

— Je me sens forcée de vous faire savoir que Blaise s'est conduit de manière parfaitement inadmissible.

— Vraiment ? dit tante Virginie. Est-ce vrai, Blaise ?

— Oui et non, répondit-il. Mal, peut-être. Inadmissible, je ne crois pas.

— Tu as flirté avec Mlle Clevedon, si je comprends bien.

— Bien sûr.

— Et tu as trouvé cela agréable ?

— Parfaitement !

— Elle aussi, sans doute. Etait-ce bien raisonnable ?

— Evidemment que non ! intervint Caroline. Cette fille est manifestement en train de jouer le tout pour le tout pour accrocher un mari, et il est trop aveugle ou trop bête pour voir pourquoi !

— Ma chère Caroline, répondit Blaise en imitant son ton pompeux, je suis parfaitement conscient des raisons qui l'animent, crois-moi. Leur manoir est en ruine, le frère trop bon à rien pour se marier et c'est pourquoi Mlle Clevedon s'offre pour le sacrifice suprême. L'idée d'épouser un bourgeois lui fait horreur, c'est assez évident, mais cela dénote son dévouement pour sa famille. En fait, je m'en trouve même flatté, car je suis apparemment moins repoussant qu'elle ne s'y attendait.

— Tu admets donc que c'est une créature odieuse et un cœur sec ?

— Bien au contraire, répondit-il en s'animant, car elle est véritablement aussi charmante que je le lui ai affirmé depuis quelques semaines. Et elle est très loin d'avoir le cœur sec — très loin. J'irai même jusqu'à te dire, Caroline, qu'elle représente très exactement le genre de fille dont un homme puisse tomber amoureux, éperdument amoureux sans même y prendre garde — et tu peux me croire sur ce chapitre. Elle pourrait parfaitement lui entrer dans la tête, dans le cœur et dans la peau sans qu'il trouve le moyen de s'en défaire malgré tous ses efforts. Mais cela, bien entendu, suppose qu'il s'agisse d'un homme qui ait du cœur, ce qui, tu en conviendras sans difficulté, m'élimine de la course.

— Tu en as donc terminé avec elle ?

— Crois-tu ? Peut-être, après tout. En tout cas, je dois partir pour Londres à la fin de la semaine et, si cela peut te rassurer, ma chère sœur — je sais que maman et tante Elinor n'en seront pas choquées et Julia peut toujours se boucher les oreilles —, j'ai une bonne amie là-bas que je trouve presque aussi captivante que

Mlle Clevedon mais d'un accès, si je puis dire, infiniment plus commode. Tu n'as donc probablement plus d'inquiétude à te faire sur son compte ni, de ce fait, sur le mien.

— J'en suis ravie, mais ce n'était pas la peine d'être aussi désagréable avec moi !

C'est alors que ma mère, qui m'observait depuis un instant, me demanda à mi-voix :

— Qu'as-tu, Julia ? Tu ne te sens pas bien, ma chérie ?

Alors, je me suis forcée à sourire malgré la soudaine fatigue qui me paralysait, et j'ai réussi à répondre d'une voix normale :

— Non, ce n'est rien, maman. Le froid, je crois. Rien que le froid.

10

Ma sœur Celia eut son enfant au début de février, un garçon né quelques semaines avant terme et qui ne vécut que quelques instants. Par hasard, je me trouvais seule avec elle au moment où ses douleurs commencèrent ; Jonas était à Leeds pour affaires, ma mère faisait une excursion à Harrogate avec Prudence et Celia refusa avec tant d'énergie l'assistance de tante Hannah que je fis immédiatement appel au Dr Ashburn, sans oser imaginer ce qui risquait de se produire si on ne parvenait pas à le trouver.

— Ce n'est rien ! protestait-elle en gémissant. Il ne s'agit pas du tout de ce que tu crois...

Mais le spectacle des gouttes de sueur qui ruisselaient sur ce pauvre petit visage de dix-sept ans, de la terreur qui lui voilait le regard, des efforts désespérés de ma petite sœur pour jouer son rôle de mère de famille avisée me bouleversait tant que je lui répondis :

— Ne dis pas de bêtises, Celia ! J'ai beau ne pas être mariée, je sais comment les bébés naissent.

— Alors, dit-elle en haletant et en se mordant les lèvres, tu en sais plus long que moi l'année dernière...

Elle me permit enfin de la porter dans sa chambre et de lui tenir la main.

— Allons, ma chérie, lui répétais-je, allons, Celia, tout ira bien, tu verras.

— Bien ? Ce qui m'arrive est tout simplement... ignoble ! s'écria-t-elle en plantant ses dents dans sa lèvre. Tout cela est abominable, répugnant...

— Mais non, ma chérie, c'est naturel, au contraire.

— Qu'en sais-tu ? Tu ne peux pas comprendre ce que je veux dire. C'est horrible, te dis-je, dégoûtant...

— Mais non, Celia. Calme-toi, je t'en prie.

— Pourquoi ? A quoi bon se calmer ?

— Parce qu'il le faut, pour ton bien. Le docteur ne va pas tarder.

— Le docteur ! cria-t-elle avec horreur. Encore un homme, un homme qui va venir me... tripoter, me faire souffrir ! Oh ! mon dieu, mon dieu ! Ne me laisse pas, Julia, je t'en supplie ! Ne me laisse surtout pas seule avec lui.

Dieu merci, Giles Ashburn parut enfin, calme, presque silencieux, et ne me permit pas de rester. Il lui fallut arracher la main de Celia cramponnée à la mienne.

— Je suis venu vous aider, madame, dit-il à Celia, mais vous devez m'aider aussi. Quant à vous, mademoiselle, veuillez attendre en bas...

— Non ! cria Celia dans une nouvelle convulsion.

— Si ! répliqua-t-il avec autorité.

Il ouvrit la porte et j'obéis.

Jonas ne pouvait plus guère tarder, me suis-je dit en me remémorant les horaires des trains, et ma mère allait accourir après avoir lu le mot que j'avais fait porter à Blenheim Lane. Mais l'après-midi n'était pas encore près de sa fin et j'avais passé, je crois, une heure ou deux à contempler la cheminée en m'efforçant de ne pas écouter les bruits étouffés provenant de l'étage, de ne pas trop m'attarder sur la vulnérabilité de ma petite sœur et ma propre impuissance à lui porter secours quand Giles Ashburn vint me rejoindre et me dit, avec le même calme rassurant, que si Celia se portait aussi bien que possible compte tenu des circonstances, son fils, né trop tôt et dans des conditions difficiles, n'avait pas survécu :

— Il était impossible de mieux faire...

Ne sachant trop jusqu'à quel point j'étais renseignée, ou ignorante, des mystères de la reproduction, il n'osait préciser davantage. Consciente de son effort pour ne pas me choquer ou m'offenser, j'ai aussitôt hoché la tête pour ne pas aggraver son embarras.

— Puis-je monter la voir ? ai-je demandé.

— Il vaudrait mieux la laisser dormir. Mon infirmière veille sur elle.

— Vous avez raison. Est-elle très... abattue ?

— Pas encore. Plus tard, sans doute, quand elle se rendra pleinement compte.

Je me suis écriée presque malgré moi :

— Quel... gâchis !

— C'est vrai, répondit-il avec un calme où se glissait de la tristesse. Vous n'avez plus de raison de rester. Je m'en vais bientôt moi-même, mon infirmière restera s'occuper de tout. Puis-je vous raccompagner ?

— Non. Elle peut se réveiller d'un moment à l'autre, et puis Jonas va revenir. Il faut que quelqu'un soit là, pour l'avertir. Il ne peut pas apprendre cette nouvelle de la bouche d'une femme de chambre.

— Merci de vous dévouer...

— C'est tout à fait normal. Mais asseyez-vous un instant, docteur, vous avez l'air épuisé. Voudriez-vous boire quelque chose, du thé, du cognac ?

— Un peu d'alcool me ferait le plus grand bien, merci.

Je suis allée le chercher moi-même et, à mon retour dans la pièce, je l'ai vu affalé dans le canapé, la mine défaite, à la fois plus jeune et plus vulnérable que je ne l'imaginais.

— Je vous demande pardon, dit-il en se redressant.

Il saisit avidement le verre que je lui tendais et le vida presque d'un trait, comme je le lui avais déjà vu faire une ou deux fois.

— Etes-vous souffrant, docteur ?

— Non, je vais très bien, merci. J'ai simplement été debout toute la nuit et puis, je l'avoue, le spectacle de la mort me bouleverse toujours. Cela peut vous paraître étrange chez un médecin, qui y est si souvent exposé. J'espérais m'y accoutumer. Apparemment, il n'en est rien.

— J'en suis heureuse.

— Pourquoi me dites-vous cela ?

— Parce que s'habituer à la mort, c'est, je crois, s'endurcir.

Il se pencha en avant, prit une profonde aspiration — pour se donner du courage, sans doute — et me dit très vite, comme s'il savait le moment mal choisi mais ne pouvait se retenir :

— Vous m'avez parfois été d'un grand secours.

— Moi ? En quoi ? Qu'ai-je donc fait ?

— Vous étiez présente, à Blenheim Lane, quand je savais pouvoir vous y trouver. Et puis... l'on dit que la vue de la beauté — de ce que l'on trouve beau — a le pouvoir de régénérer l'âme. C'est une théorie dont, grâce à vous, j'ai pu apprécier le bien-fondé.

Ainsi, me suis-je dit, c'est vrai. Je ne suis pas belle, je le sais, mais il me trouve belle, donc il m'aime. Comment, pourquoi ? Voilà un homme intelligent, sensible, sérieux, pourvu de bien des distinctions, alors que je n'ai rien d'autre en tête que des futilités — et Nicolas Barforth. Pourquoi serait-il amoureux de moi ? Le brillant échiquier de nos vies, si laborieusement conçu dans mes rêves, se défaisait sous mes yeux. Giles Ashburn aurait pu trouver le vrai bonheur avec Prudence et elle avec lui. Or, lui m'aimait. Pas Nicolas.

Désireuse de ne pas le blesser, j'ai murmuré les banalités que l'on m'avait appris à dire en pareil cas, il me présenta ses excuses de s'être montré trop familier et nous avons tous deux continué de parler en même temps pour ne rien dire jusqu'à ce que retentisse le pas d'un cheval à la porte et que Jonas fasse son entrée.

Comme d'habitude, il était irréprochable dans son costume sombre d'homme d'affaires, sans un faux pli après un voyage de plusieurs heures, et son expression, à notre vue, ne trahit ni surprise ni alarme.

— Docteur Ashburn ? dit-il en s'inclinant.

— Lui-même. Votre fils, monsieur, est né il y a une heure. Votre femme est rétablie, mais il n'en est malheureusement pas de même pour l'enfant. Je le regrette bien sincèrement.

— Ah... fit Jonas en baissant brièvement les paupières. Je vois, reprit-il. Vous avez certainement fait de votre mieux.

— Je le crois, en effet.

— Puis-je monter la voir ?

— Oui. Elle aura sans doute besoin de votre présence.

J'ai accompagné Giles dans le vestibule et lui ai tendu son chapeau et son pardessus ; je l'ai rassuré sur l'arrivée imminente de ma mère et suis restée sur le pas de la porte pour le voir s'éloigner dans son cabriolet. Puis, de retour au salon, j'y ai retrouvé Jonas debout devant la cheminée, le regard fixé pensivement sur le feu.

— Déjà redescendu, Jonas ? Elle dort ?

— Non, elle ne dort pas.

— Alors ?

— Elle est éveillée.

— Ecoutez, Jonas... Si vous voulez me dire par là de me mêler de mes affaires, je dois vous dire à mon tour que Celia est ma sœur et que...

— C'est exact.

Il prit les pincettes, choisit une bûche à demi consumée et entreprit de la briser méthodiquement en menus morceaux qu'il disposa avec soin en pyramide.

— Je vous préciserai donc ceci, reprit-il. Celia est éveillée. Elle a envoyé l'infirmière lui préparer du thé. Je suis monté la voir car on m'a dit qu'elle pourrait avoir besoin de moi. Ce n'est pas le cas. Si elle change d'avis plus tard, je me rendrai de nouveau près d'elle. C'est tout.

— Jonas... Faites preuve de patience à son égard, je vous en prie. Moi aussi, bien souvent, elle m'a exaspérée, mais elle n'a que dix-sept ans ! Elle vient de subir un choc sévère. Comprenez-la.

— Moi, impatient, moi incompréhensif ? dit-il sans interrompre son tisonnement. Bien au contraire. Je viens d'aller à la cuisine pour m'assurer que son plateau, quand on le lui montera, sera disposé précisément selon son goût. J'ai rappelé à la servante de mettre une serviette blanche et j'ai même regardé la tasse à la lumière pour être sûr qu'elle est immaculée, ni fissurée ni ébréchée. Que puis-je faire de plus pour elle en ce moment ?

L'enfant de Celia fut enterré quelques jours plus tard. Jonas se tenait au bord de la tombe, grelottant mais inabordable ; ma mère et son père essuyaient furtivement quelques larmes ; tante Hannah avait l'air plus sévère que jamais tant l'échec, sous toutes ses formes, lui était insupportable. Elle avait beau, je crois, éprouver une peine sincère pour Celia, ses qualifications d'épouse digne d'un futur Premier ministre lui apparaissaient de plus en plus douteuses et son incapacité, par conséquent, condamnable.

A notre retour du cimetière, Celia nous accueillit avec un visage de pierre et tout le corps raidi par cette étrange colère qui ne la quittait plus.

— Le thé est prêt, nous apprit-elle. Vous en serez contents, j'espère, car le temps s'est considérablement rafraîchi.

Jonas la remercia avec une scrupuleuse politesse en prenant la tasse qu'elle lui tendait ; après l'avoir bue, il s'excusa avec une parfaite correction et s'enferma dans son cabinet de travail pour y étudier des documents qui ne pouvaient attendre.

— Je crois qu'il va neiger d'ici demain matin, dit tante Hannah pour meubler le silence.

— Oui, très probablement, avons-nous répondu en chœur.

Le silence retomba, rompu quelques instants plus tard par l'arrivée de Giles Ashburn.

— Vous n'avez pas l'air dans votre assiette, me murmura-t-il après les politesses d'usage.

— Mais si, je vais très bien, merci.

En fait, je n'arrivais pas à me débarrasser d'un frisson contracté dans le cimetière ; mes os étaient douloureux, ma poitrine dans un étau sous l'effet d'une grippe qui se déclara le lendemain et me cloua au lit plus longtemps qu'il n'aurait été nécessaire si j'avais eu envie de me lever, ce qui vexa profondément Caroline impatiente de me consulter sur la longueur de son voile de mariée. Avant même que je ne quitte la chambre, tout le monde savait que Georgiana Clevedon, ayant jaugé avec plus d'exactitude la vraie nature de Blaise, lançait déjà le charme de ses yeux verts et de son rire irrésistible à l'assaut de Nicolas.

Il l'avait, paraît-il, fait danser autant que permis par les usages — c'est-à-dire trois fois — à un bal de la salle des fêtes où Mlle Clevedon, dans une robe du soir dont Caroline disait qu'elle avait, on ne sait comment, l'allure d'une tenue de cheval, s'était distinguée par son éclatant mépris de toutes les règles de l'étiquette.

— Voici donc cette fameuse salle des fêtes ! proclama-t-elle à Julian Flood de cette voix de buccin dont les accents distingués portaient loin. Grand dieu ! Je n'avais encore jamais vu l'intérieur d'une banque, mais c'est ainsi que je l'imaginais.

Quant à la plantureuse Mme Hobhouse, élevée comme nous tous dans le dogme que la pauvreté, comme l'adultère et les autres vices, doit à tout prix rester dissimulée, elle avait été profondément scandalisée d'entendre Mlle Clevedon se déclarer sans vergogne pauvre comme Job sur son fumier.

— Je n'ai qu'une seule robe, celle-ci, lui avait-elle dit en réponse à un compliment qui se voulait charitable. Je n'ai donc pas de problème à décider ce que je porterai. Et si elle n'est vraiment pas mettable, eh bien, je ne sors pas, voilà tout !

— Elle a passé le plus clair de son temps au buffet, avec les hommes ! nous apprit tante Hannah d'un air outragé. En fait, elle se conduisait comme un garçon, ce qui est d'une inconvenance inqualifiable. Je ne puis envisager qu'un membre de ma propre famille soit capable de penser autrement.

Sa vertueuse indignation sembla effectivement partagée par ledit membre de ladite famille quelques jours plus tard car, à l'occasion d'une réunion publique convoquée par M. le maire Agbrigg pour l'examen de l'état déplorable des égouts de Cullingford, Nicolas fut stupéfait, comme le reste de l'assistance, d'y voir arriver Mlle Clevedon à qui il n'accorda rien de plus qu'un signe de tête fort sec, un mot très froid avant de quitter la salle sans que les orateurs aient terminé leurs discours. Mlle Clevedon resta pourtant à sa place jusqu'à la fin et fit l'effort méritoire — hors de portée, à vrai dire, d'auditeurs au caractère moins trempé — de ne pas bâiller. Pendant ce temps, M. Agbrigg faisait de son mieux pour susciter l'horreur du public au récit détaillé des monceaux d'ordures grouillants de rats dans les venelles de Simon Street, et le Dr Ashburn exposait ses idées, fort décriées, pour démontrer que certaines maladies, dont le choléra n'était pas des moindres, ne se communiquaient pas seulement par le contact ou l'haleine du malade ni même par la proximité d'ordures pourrissantes — ce qui pouvait facilement être évité — mais plus vraisemblablement par l'absorption d'eau contaminée — dont, précisément, on ne pouvait se passer. Le choléra, avait déclaré le Dr Ashburn — avec une conviction et une fermeté dont Prudence me rendit compte — avait fait plus de 60 000 victimes parmi les sujets de la Couronne quelque seize ans auparavant, principalement dans des quartiers où les conditions sanitaires étaient pour le moins douteuses et l'hygiène publique critiquable, voire inexistante. Aussi, tant que rien ne serait fait pour mettre fin aux pratiques en vigueur dans Simon Street, où les ruisseaux des rues servaient d'égouts à ciel ouvert et où l'on avait pris l'habitude de puiser de l'eau dans les flaques et mares stagnantes en dehors des heures de fonctionnement du robinet public, il fallait s'attendre avant longtemps à une nouvelle flambée de l'épidémie.

— Il a été très net dans son avertissement, me dit Prudence. C'était d'autant plus courageux de sa part qu'il n'aime pas prendre la parole en public.

Mais Prudence ne voulut rien savoir, malgré mes supplications, pour s'abaisser à me rapporter les vulgaires potins. Aussi ai-je dû attendre de voir Caroline pour apprendre que Mlle Clevedon avait patiemment tout écouté jusqu'à la fin pour s'enquérir, de cette voix forte aux voyelles traînantes que je connaissais trop bien désormais : « Où donc se trouve Simon Street ? Ce qu'on en a dit me paraît aussi invraisemblable qu'intéressant et nous avons bien entendu le devoir d'aider les pauvres. Peut-on visiter cet endroit ? »

Pour toute réponse, Caroline lui avait proposé une tasse de thé, par sens du devoir puisque l'énergumène était malgré tout une cousine éloignée de Matthew Chard, son fiancé, mais en comptant fermement sur la froideur de son ton pour la dissuader d'accepter. Las ! Avec son fameux sourire et son mouvement de crinière, Mlle Clevedon s'était empressée d'accepter l'invitation, avait grimpé dans la superbe voiture des Barforth et passé le restant de la journée à Tarn Edge.

— C'est insensé de voir la manière dont Virginie et Caroline paraissent la soutenir ! me déclara tante Hannah.

Elle était venue le lendemain me tenir compagnie, tant par inquiétude sincère devant la lenteur de ma guérison que pour exhaler son indignation à mes oreilles complaisantes. Pourtant, malgré son dénuement, Georgiana Clevedon était fille et petite-fille de gentilshommes pour qui il n'existait pas plus de raisons qu'elle ne puisse s'introduire chez un riche industriel avec autant de liberté que dans une métairie de Galton, ou le même sans-gêne que mettait tante Hannah pour inspecter les logements ouvriers de Lawcroft. Elle allait et venait à sa guise, à Cullingford aussi bien que dans ma tête, de sorte que je ne parvenais pas à m'en débarrasser tout à fait, à effacer de ma mémoire les traits de son petit visage pointu ni, surtout, le ton qu'avait eu Blaise pour nous dire combien il était facile de tomber amoureux d'elle.

— Si seulement on n'en faisait pas tout un plat, me dit Prudence après le départ de tante Hannah, on n'en parlerait plus au bout de dix jours. Les hommes ont tous, à un moment donné, ce genre de fantaisies et le mieux est de les laisser s'en dégoûter d'eux-mêmes. Blaise est d'ailleurs de cet avis et comme il se passe ses fantaisies mieux que des douzaines d'autres, on peut sans doute le croire sur parole.

Pendant ce temps, Cullingford manifestait un vif intérêt pour le spectacle incongru d'une jeune aristocrate entichée d'un bourgeois. On prêtait à la jeune fille une condescendance, un sens de sa propre supériorité la plaçant au-dessus des convenances régissant le commun des mortels et, de ce fait, on lui en voulait. Le jour où, pour la première fois je descendis l'escalier, amaigrie, pâlie, les joues creuses et les jambes flageolantes, je trouvai le salon plein de dames, pour moitié ravies de pouvoir compatir aux ennuis de l'infortunée Virginie Barforth, et toutes impatientes de soutirer de ma mère les renseignements dont tante Virginie se montrait si regrettablement avare.

« Pauvre Julia ! s'écrièrent-elles en chœur. Que vous avez mauvaise mine ! » « Je vais très bien, merci », ai-je interminablement répété, les lèvres crispées en un sourire douloureux : je savais que mon véritable mal s'appelait désespoir.

Naguère encore, la vie m'avait été douce. Elle m'avait fait naître dans une maison confortable, dans une situation loin au-dessus de tous ceux contraints à vivre de leur travail. Mais maintenant, privée de celui que j'avais besoin d'aimer et dont l'amour me faisait défaut, je ne savais plus ce que je faisais dans ce monde.

« Soignez-vous bien, ma chère petite », me dirent-elles l'une après l'autre en prenant congé. « Oui, bien sûr, merci, madame », ai-je répondu tour à tour à Mme Hobhouse, à Mme Mandelbaum et à la ribambelle des autres dont je ne distinguais déjà plus les visages. Je me sentais pourtant plus faible que jamais, mes jambes ne me soutenaient plus, mon esprit même s'embrumait et j'ai finalement murmuré à ma mère :

— Je ne suis pas encore assez bien, je crois, pour sortir...

Je l'ai vue me sourire, hocher la tête ; elle fut soudain tout près puis trop loin et sa voix me parvint à travers un nuage cotonneux :

— Non, ma chérie, il n'en est pas question. Va vite te recoucher, Miss Mayfield va monter te tenir compagnie.

— Il ne lui a même pas envoyé un mot ni une seule fleur ! ai-je eu le temps d'entendre Prudence murmurer avec colère.

J'ai eu envie de prendre sa défense, mais je n'avais vraiment pas la force de leur dire que je n'avais rien attendu de lui, que je ne voulais d'ailleurs rien : qu'aurait-il pu m'écrire ?

Blaise m'avait envoyé des fleurs à profusion. Giles Ashburn était venu tous les jours aux nouvelles. Jonas était même passé une ou deux fois m'apprendre que Celia se rétablissait, qu'elle avait fait quelques pas. Freddy Hobhouse lui-même, prompt à saisir le moindre prétexte pour venir voir Prudence, m'avait apporté un pot de la célèbre confiture de gingembre confectionnée par sa mère afin, disait-il, de me redonner l'appétit. Mais si j'avais reçu de Nicolas une seule ligne, même indifférente, disant : « Désolé de te savoir malade », j'en aurais été cent fois plus inquiète que rassurée, car cela m'aurait confirmé le peu d'intérêt qu'il me portait. Son silence, au contraire, attestait qu'il se sentait troublé sur son propre compte, coupable vis-à-vis de moi ; et pourtant, dans l'état de faiblesse où me plongeait la convalescence, il m'était insupportable de lui peser sur la conscience. Quoi qu'il arrive, je ne voulais laisser que des souvenirs heureux — à lui et à n'importe qui.

Tout espoir n'était peut-être pas perdu. Ainsi ai-je appris que Nicolas avait refusé une invitation à dîner au Prieuré, qu'il s'était excusé de ne pouvoir guider Mlle Clevedon pour une visite des usines et s'était déchargé sur Blaise du soin de lui montrer les ateliers dont elle était sortie, avoua-t-elle ensuite avec franchise, horrifiée, déprimée, la tête pleine d'idées de révolution à la vue de l'épouvantable promiscuité, les oreilles blessées par le vacarme et l'estomac retourné par la puanteur de la laine brute et de la graisse chaude. Le comportement de Nicolas indiquait, en fait, qu'il était soumis à une rude tentation — ses regards enflammés, complaisamment décrits par Amy Battershaw et Rebecca Mandelbaum, en faisaient foi — mais qu'il luttait pour garder la tête froide. Aussi, le sachant raisonnable, je me forçais à ranimer mon espoir jusqu'au jour où Caroline fit irruption dans ma chambre pour m'apprendre que son père avait interdit à Nicolas de revoir Mlle Clevedon. J'ai alors compris que tout était fini pour moi et qu'il n'y avait plus rien à espérer.

— Rends-toi compte ! me dit Caroline. Il s'esquivait avant la fermeture, filait à cheval et la retrouvait à mi-chemin de Galton, en plein champ, comme une femme de chambre ! Bref, papa lui a donné l'ordre de mettre fin à ce scandale et lui, naturellement, a répondu qu'il n'en ferait rien, tu le connais. Maman elle-même, qui n'a pourtant jamais eu un mot contre lui, n'a pas pu garder son calme. Nous lui avons tous parlé, tous dit ce que nous pensions de sa conduite — sauf Blaise, encore une fois, qui a eu l'impertinence de nous déclarer qu'il fallait le laisser faire pour qu'il se débarrasse à sa manière d'un simple caprice. C'est un point de vue applicable, à la rigueur, à une aventure avec une femme de chambre mais dans ce cas, à mon avis, ce serait une pure folie. Tu comprends sûrement ce que je veux dire, Julia, parce que nous avons beau ne pas l'aimer, c'est quand même une Clevedon de Galton, une parente des Chard, des Flood, qui a les meilleures relations avec la haute société de Londres, même si elle n'en a pas l'allure. Alors, si Nicolas s'amuse à la compromettre et refuse de l'épouser, nous en subirions tous les conséquences, crois-moi. Blaise peut bien répéter le contraire et nous dire que ce genre de comportement n'a rien de choquant, tous ces aristocrates se serreront les coudes en cas de besoin — y compris Matthew — pour aller clamer partout qu'on ne peut rien attendre de bon de la part d'un bourgeois. Franchement, je n'aime pas cette fille mais je ne pourrais pas leur reprocher de réagir ainsi. S'il s'agissait d'une Hobhouse, nous aurions déjà vu son père à notre porte exiger réparation. Je ne me suis d'ailleurs pas gênée pour le dire à Nicolas et il m'aurait giflée si papa n'était pas intervenu. « Tu es incapable de la juger d'après ta morale étriquée », a-t-il osé me dire. J'ai cru que papa allait avoir une attaque ; si maman ne les avait pas séparés, Nicolas aurait reçu une bonne raclée. Jamais, tu m'entends, jamais je n'avais entendu des mots comme ceux qu'ils se sont jetés à la tête ! Tu imagines l'ambiance qui règne à la maison en ce moment. Papa et Nicolas ne s'adressent plus la parole et maman a si peur qu'il ne s'en aille un beau matin pour ne plus revenir qu'elle se tue, littéralement, à aller de l'un à l'autre pour les obliger à conclure la paix. Mais tu sais, Julia — qu'as-tu ? Tu as l'air vraiment malade ! Rétablis-toi au moins pour mon mariage. Ce qu'il te faudrait, en ce moment, c'est un séjour dans un climat plus chaud — à ta mère aussi, d'ailleurs.

Cette évasion, dont j'aurais eu tant besoin, allait cependant m'être refusée car, ce même mois, nous avons appris que Louis-Philippe avait été chassé de son trône et que les capitales d'Europe s'enflammaient l'une après l'autre. Londres elle-même commençait à bouillonner et chez nous, à Cullingford, M. Hobhouse se fit bousculer devant la Halle au Drap et M. Oldroyd conspuer à un coin de rue. Il m'était donc impossible d'échapper à mon épreuve et j'ai dû m'en accommoder en m'entraînant tous les jours, comme un athlète ou un soldat, à m'endurcir, à renforcer mon apparente impassibilité et à supporter la douleur d'une blessure dont je savais qu'elle ne pouvait qu'aller en s'aggravant.

Au début de mars, tante Hannah — ou plutôt sa voiture — fut lapidée dans la rue ; l'intention était claire et l'attentat perpétré non pas par quelque bande de jeunes voyous mais bien par des adultes au visage dur et à la main robuste. Elle en fut d'autant plus indignée que, en guise de commentaire, son mari ne sut que dire : « Ils ont faim. » Nous venions en effet de subir un hiver particulièrement rude qui succédait à une récolte médiocre, le prix du pain était toujours élevé en dépit des lois sur la libre importation du blé et les salaires toujours aussi maigres.

Ils avaient faim, en effet. Et maintenant que les chemins de fer et le nouveau timbre postal à un *penny* facilitaient les communications, nous n'entendions plus parler que de soulèvements armés ici et là, à l'exemple des révolutionnaires français ; les chartistes élevaient de nouveau la voix pour présenter des revendications que, seul parmi toutes nos relations, Giles Ashburn refusait de juger excessives.

— Leurs exigences sont parfaitement logiques, disait-il à Prudence d'un ton mesuré. M. Barforth, votre oncle, s'est battu en 32 pour obtenir le droit de vote. Or, une fois ce droit accordé à une partie de la population, il fallait s'attendre à ce que d'autres l'exigent tôt ou tard. Ne vaudrait-il pas mieux s'y prendre dès maintenant pour préparer le peuple au suffrage universel, en instruisant ceux qui en ont besoin, de sorte qu'ils soient capables de faire bon usage de leur vote ?

— C'est exactement mon avis ! dit Prudence. Notre système d'éducation est déplorable. Les garçons n'apprennent pratiquement que les langues mortes et les filles rien du tout. Savez-vous, Giles, que je brûle d'envie de fonder une école ? Si je pouvais disposer de mon argent, j'ouvrirais un établissement pour les filles, doté d'un programme d'enseignement sans doute unique au monde ! Pas de broderie ni d'aquarelle, non, mais des connaissances vraiment utiles, qui permettent d'affronter la vie. Quelle révolution ce serait ! Je finirais probablement sur le bûcher...

— Eh bien, fais-le, Prudence ! lui ai-je dit. Qu'est-ce qui t'en empêche ? Parlons-en à maman, nous nous y attellerions toutes les deux, ailleurs qu'à Cullingford. Nous trouverons sûrement un endroit qui nous convienne.

— Non, Julia, me dit-elle presque durement, pas toi. Toi, tu te marieras un jour ou l'autre, tu le sais bien. Tu m'enverras plutôt tes filles.

Le subit tressaillement de Giles Ashburn, la manière dont il rougit en détournant les yeux ne nous échappa pas.

J'ai fait ma première sortie à la fin de cette semaine-là et j'ai bravé les vents traîtres de mars pour aller voir Celia qui, après avoir coupé court à mes attendrissements embarrassés, entreprit de me parler interminablement d'une table à jeu en bois de rose commandée depuis deux mois et qui, une fois livrée, ne correspondait en rien à ses désirs. Puis, en rentrant à la maison encore étourdie par ce léger effort, l'on m'apprit que M. Barforth m'attendait au salon. Je comptais sur la visite de Blaise ; aussi ai-je vacillé lorsque j'y découvris Nicolas.

Debout près de la fenêtre, il se profilait dans la demi-obscurité où la pièce se trouvait le plus souvent plongée ; je n'avais pas besoin de voir l'expression de son visage pour la deviner. Alors, comprenant que le moment auquel je m'étais préparée était venu, celui de mon premier tête-à-tête avec la souffrance, j'ai enlevé posément mes gants et mon chapeau, je me suis croisé les mains, je me suis en quelque sorte repliée sur moi-même pour offrir moins de prise aux coups prêts à pleuvoir, et j'ai enfin dit avec calme :

— Bonjour, Nicolas.

— Bonjour, Julia, répondit-il sans quitter sa place. J'ai quelque chose à te dire et je le dirai vite.

— Et bien, dis-le.

— J'arrive de Galton où j'ai demandé la main de Georgiana Clevedon.

— Je le savais.

Tandis que ces mots échappaient à mes lèvres, mon esprit s'évada à son tour de la réalité pour me donner l'étrange sentiment d'avoir déjà vécu cette scène. Ce rêve, ce cauchemar plutôt, n'avait-il pas déjà traversé à maintes reprises cette partie de mon cerveau où naissent la terreur et l'angoisse ? N'avais-je pas déjà eu l'impression d'être liée à une roue dont chaque lente révolution m'approchait de lui pour m'en éloigner aussitôt, de sorte que je m'y étais accoutumée et que je ne pouvais plus en souffrir ?

— Julia...

— Oui !

— Je devais t'apprendre cette nouvelle moi-même. Tu comprends pourquoi, n'est-ce pas ?

— Bien sûr. Je te souhaite d'être très heureux, Nicolas.

Il fit quelques pas vers moi, le visage tendu, très pâle.

— Oui, je l'espère aussi... Beaucoup de gens vont penser le contraire, je le sais. Mais elle est exceptionnelle, Julia. Je ne connais personne qui lui ressemble et je ne puis que prier pour qu'elle soit heureuse avec moi.

— Bien sûr, Nicolas.

— On va dire, reprit-il comme s'il avait du mal à articuler entre ses dents serrées, on va dire qu'elle m'épouse pour mon argent, et moi par entêtement. Il y a pourtant bien autre chose, et cela aussi il fallait que je te le dise.

— C'était inutile, Nicolas, je le savais.

— Oui, dit-il avec un soupir de lassitude, tu sais toujours tout... Tu t'en doutais depuis longtemps, n'est-ce pas ? Tu avais compris ce qui m'arrivait, pourquoi je ne pouvais me résoudre à venir te voir pendant que tu étais malade ? Sache pourtant que je suis venu plus d'une douzaine de fois, jusqu'au bout de la rue, et que je repartais — parce que j'étais incapable de te regarder en face. Je n'étais même pas sûr de pouvoir venir maintenant — il suffisait que tu l'apprennes par quelqu'un d'autre et je n'aurais pas eu besoin de te parler. Tu ne me demandes rien, n'est-ce pas ? Pas même une question ? Tu me rends tout facile, trop facile... Bon dieu, il vaut mieux que je m'en aille.

Il ne fit pourtant pas un geste et c'est moi qui ai traversé la pièce en le frôlant pour aller me mettre devant la fenêtre, le dos tourné. Lorsque j'entendis claquer la porte du salon puis celle de la rue, d'un coup, ma volonté me lâcha ; je me suis retrouvée pliée en deux, haletante, comme l'avait été Celia au moment des douleurs de l'enfantement.

— Julia !

Je vis Prudence sur le pas de la porte, ma mère derrière elle. Je me suis redressée, j'ai été m'asseoir et j'ai entendu ma propre voix retentir avec tant de calme que j'eus presque envie d'en rire :

— Il va se marier avec Georgiana Clevedon. Je ne crois pas qu'ils puissent être heureux ensemble et je voudrais pouvoir en mourir, ce serait bien plus facile. Malheureusement, personne n'est encore mort de ce genre de choses...

Prudence fixait la fenêtre comme pour voler au travers, le poursuivre dans la rue, le poignarder avec un éclat de verre.

— Comment a-t-il eu l'audace de venir ici ? s'écria-t-elle. C'est un aveu qu'il y a eu quelque chose entre vous et qu'il s'est mal conduit envers toi ! Il aurait au moins pu avoir la décence de rester à l'écart. Je ne me gênerai pas pour le lui dire quand je le verrai.

— Non, ma chérie, dit ma mère le visage couvert de larmes, il ne faut surtout pas ! Le pauvre garçon va avoir bien assez d'ennuis comme cela, quand il devra affronter son père. Et puis — oh ! ma pauvre chérie ! Je ne devrais peut-être pas te le dire, mais cela te soulagera sans doute un peu d'apprendre comment elle s'y est prise pour l'attirer dans son piège... Virginie s'en doutait déjà, je l'ai vue hier soir, elle en était bouleversée... Eh bien, Nicolas est parti pour le Prieuré lundi et n'en est pas revenu avant mardi soir. Virginie ne s'en était pas autrement inquiétée jusqu'à ce qu'on lui dise que le grand-père et le frère étaient à Londres. Voilà, ils ont été seuls ensemble toute la nuit dans cette maison isolée — non, les domestiques ne comptent pas, dans ce cas-là —, si bien qu'il ne pouvait plus rien faire d'autre que lui proposer le mariage.

— Hmm ! fit Prudence. Cela ne m'étonne pas, ni d'elle ni de lui.

Je me suis levée pour retourner à la fenêtre en me remémorant les dernières paroles qu'il m'avait jetées avec dureté, presque avec rage, et les autres voix derrière mon dos, celles qui s'efforçaient de me consoler avec douceur, me firent l'effet d'un importun bourdonnement de mouches venues me distraire, me séparer des faits réellement importants auxquels il fallait croire — ou me raccrocher.

— Non, Prudence, ai-je dit enfin. Il l'aime.

— Sûrement pas, voyons !... intervint ma mère.

Alors, me tournant vers elle avec une telle expression de colère qu'elle recula d'un pas, j'ai répété les propres paroles de Nicolas :

— On va dire qu'elle l'épouse pour son argent et lui par entêtement. Mais il y a bien autre chose. Il l'aime, maman. Il y croit, j'y crois moi aussi. A votre tour, vous devez y croire.

J'avais au moins réussi à sauver quelque chose dans ce naufrage : ma foi, ma confiance en lui.

11

Je suis alors entrée dans une période de torpeur atroce et miséricordieuse à la fois, un engourdissement de mes facultés dont, pour anormaux qu'ils fussent, je ne parvenais pas à m'alarmer. Je me sentais en quelque sorte dédoublée, au-dessus et hors de moi, en train d'observer avec un détachement ironique mes efforts vers une impassibilité dont je savais qu'elle ne pourrait durer ; j'espérais qu'elle se maintiendrait jusqu'à ce que je revoie Nicolas, que j'assiste à son mariage et lui présente mes vœux de bonheur. Alors, et alors seulement — puisqu'il m'était impossible d'en mourir et interdir de fuir —, je serais peut-être enfin capable de me regarder en face et d'affronter les autres.

Comme on pouvait s'y attendre, la nouvelle avait provoqué une explosion à Tarn Edge. Tante Virginie avait multiplié les supplications et les larmes pour amener son fils à reconsidérer sa décision, tandis qu'oncle Joel était si profondément bouleversé par la détresse de sa femme que Caroline elle-même tremblait devant la violence de sa colère. Mais quand tout fut dit et fait, quand furent lancées les menaces de le chasser des affaires familiales et de l'exclure du sein de la famille, auxquelles Nicolas rétorquait avec assurance qu'il verrait sans déplaisir lui échoir cette chance d'être indépendant, ils se rendirent finalement tous compte qu'ils ne souhaitaient pas en réalité vivre les uns sans les autres ; aussi prirent-ils le parti de la sagesse, celui de s'asseoir et de discuter calmement de ce qu'il convenait de faire.

Tante Virginie ne niait pas, semblait-il, l'existence d'un charme certain dans la personnalité de Mlle Clevedon, mais elle le jugeait simplement insuffisant pour faire d'elle l'épouse idéale de Nicolas. Oncle Joel n'était pas encore assez éloigné de sa jeunesse tumultueuse pour n'avoir pas reconnu en elle un « oiseau rare » capable de le distraire, voire de le captiver, s'il l'avait rencontrée fiancée à un Flood, à un Winterton ou à n'importe qui d'autre que son propre fils. Après en avoir longuement délibéré, sa principale objection se résuma à ce que ce mariage ne rapporterait rien. Avec Caroline, c'était tout différent : sa fille — dont l'arrière-grand-mère maniait encore la navette — y gagnerait un titre nobiliaire, le nom de Lady Chard de Listonby, et ses enfants seraient possesseurs de terres et de privilèges héréditaires que la fortune seule était impuissante à acquérir. Mais comme ce devait être Perry Clevedon, et non Georgiana, à qui reviendrait l'antique domaine du Prieuré de Galton, mon oncle ne pouvait pas comprendre, dans ces conditions, à quoi servirait son argent.

— Patiente un peu, mon garçon, dit-il à Nicolas en faisant lui-même preuve d'une patience sans exemple. Je sais comment ces choses-là échauffent le sang, quand on est jeune. Or, tu es jeune, Nick, bien trop jeune. Donne-toi au moins une chance de profiter de la vie, mon petit.

Mais Nicolas n'était justement plus son « petit ». C'était un homme, pourvu du courage d'affronter la vie et de l'intelligence pour y réussir — sa manière à lui d'en « profiter ». Aussi, bien que mon oncle se fût volontiers laissé aller à mettre ses menaces à exécution — tout en prenant la précaution de maintenir une porte entrouverte si Nicolas souhaitait un jour réintégrer le giron familial — il connaissait trop bien la profondeur des sentiments portés par tante Virginie à son second fils et ne voulait rien faire pour briser le cœur de sa femme. Il fut donc, comme les autres Barforth, très choqué d'apprendre que le grand-père de Mlle Clevedon manifestait une opposition tout aussi virulente que la sienne à ce projet de mariage.

M. Gervais Clevedon, sire de Galton, descendait des meilleures maisons d'Angleterre par les branches cadettes. Sans titre et sans fortune, il était pourtant de meilleure noblesse qu'un Matthew Chard. Dépositaire de la tradition familiale de servir la Couronne et le pays, il consacrait son temps à l'administration de la justice sans autre rémunération que la satisfaction du devoir accompli. Sa parole n'avait jamais été mise en doute parce qu'il avait toujours tenu ses promesses ; ses décisions, de magistrat comme de propriétaire, se conformaient invariablement aux règles de l'équité intransigeante dont il faisait lui-même sa loi.

Depuis les origines de leur lignage, les Clevedon avaient toujours servi. Ils ne s'étaient jamais vendus, n'avaient jamais travaillé pour un salaire. On les avait récompensés par des honneurs, jamais insultés par l'offre de sommes d'argent et, jusqu'à ce jour, aucun Clevedon ne s'abaissait, comme un épicier, à détenir sur sa personne la moindre pièce de monnaie. Ils servaient, librement, fidèlement, n'exigeaient qu'une loyauté comparable de la part de leurs propres serviteurs dont ils assumaient pleinement la charge dans la maladie et la vieillesse car, à leurs yeux, laquais ou gardes-chasse, bergers ou métayers faisaient partie de la famille.

— Je travaille pour gagner de l'argent, disait oncle Joel, et j'attends des autres qu'ils en fassent autant. Je leur paie donc de bons salaires.

— Je fais mon devoir, aurait pu lui répondre M. Clevedon. Je suis responsable de ceux qui naissent et vivent sur mes terres, que je tiens de mes prédécesseurs et que je transmettrai à mes descendants. Je tiens ma parole, j'offre ma loyauté, j'en attends de même de ceux qui m'entourent — et cela n'a pas de prix.

Voilà pourquoi ces deux hommes, honnêtes et intelligents, ne pouvaient qu'être déconcertés et offensés l'un par l'autre, mon oncle parce qu'il était convaincu que les trois Clevedon complotaient pour mettre la main sur son argent, M. Clevedon tout aussi persuadé que les Barforth étaient prêts à ramper pour s'allier à une aussi noble famille que la sienne. Voilà aussi pourquoi tous deux restaient sur leurs positions sans vouloir en démordre, en application du principe : « Qui se ressemble s'assemble. » Nicolas Barforth et Georgiana Clevedon ne se ressemblant pas ne pouvaient, ne devaient pas s'assembler.

— Il ne faut pas désespérer, fit observer Blaise un jour qu'il était venu voir ma sœur. Ils mettront si longtemps à s'accorder sur les termes du contrat que les tourtereaux se lasseront et qu'il n'y aura pas de mariage du tout.

Mais Nicolas, une fois décidé, n'était pas homme à tolérer les délais inutiles. Il menaça de tout simplifier en emmenant Mlle Clevedon à Gretna Green, en Ecosse, où le pasteur les marierait devant l'enclume du forgeron en guise d'autel, de sorte que les voix de l'opposition durent se taire.

— Je vais pouvoir au moins penser à mon propre mariage, commenta Caroline. Dis-moi, Julia, pour le voile : j'avais pensé à de la dentelle de Honiton — la Reine en avait mis, paraît-il.

Dans la torpeur insensible où je me trouvais toujours, je lui ai répondu que cela, en effet, lui irait fort bien.

Mais tandis que le mois tirait à sa fin dans les bourrasques et la pluie froide, je sentais parfois mon superbe détachement me glisser des épaules comme un manteau mal attaché pour me laisser exposée sans protection aux intempéries. Menacée de périr du froid qui m'insensibilisait l'âme, je me suis alors réveillée brutalement, éprouvant l'effrayante sensation d'être incapable de faire face. Comment allais-je pouvoir me rendre à Galton pour voir Nicolas en épouser une autre dans la chapelle du Prieuré ? La réponse était simple : je ne le pouvais pas. L'effroi de cette éventualité m'assommait par moments à tel point que je devais courir chercher refuge derrière ma porte close pour reprendre un minimum de contrôle sur moi-même. Mais si ce coup de massue devait s'abattre sur moi le jour même du mariage, que ferais-je, où irais-je me cacher quand Amy Battershaw, Rebecca Mandelbaum ou mon beau-frère Jonas m'observeraient sans indulgence ?

J'assisterais pourtant à cette cérémonie, je me tiendrais dans cette chapelle sans trembler, souriante. Ensuite, comme tout le monde, j'irais présenter à Mlle Clevedon — Mme Nicolas Barforth, désormais — les vœux qu'il est d'usage d'offrir aux jeunes mariées.. Oui, je le ferais, et je le ferais bien — pas seulement par amour-propre mais parce qu'il importait à Nicolas que je n'aggrave pas inutilement les problèmes auxquels il avait déjà fait face et qui se dressaient toujours sur son chemin.

Qu'avais-je à lui reprocher ? Rien. Ce n'est pas lui qui m'avait demandé de tomber amoureuse de lui. Il ne m'avait fait aucune promesse, ne m'avait en rien compromise, pas davantage encouragée dans ma folie ni poussée à en refuser un autre de manière à me garder pour lui. Il ne m'avait ni trompée ni abusée, et j'étais plus que jamais résolue à ce que nul n'ait de raison d'en douter. Aussi ne fus-je qu'à demi surprise de constater, peu après, que seuls Blaise et moi paraissions disposés à dire du bien de Georgiana Clevedon.

— Tu comptes bien entendu lui demander d'être demoiselle d'honneur à ton mariage, ai-je dit à Caroline qui n'en avait nullement l'intention.

— Son grand-père maternel était comte, je crois, ai-je appris aux dames venues prendre le thé chez ma mère.

Blaise renchérissait alors en précisant qu'un Clevedon s'était distingué à la cour de la Reine Anne, qu'une autre avait été amie intime de la Duchesse de Kent, mère de notre bien-aimée Reine Victoria, si bien que les dames de Cullingford — prêtes à tendre l'oreille aux histoires pendables qui circulaient sur le compte des Clevedon mais toujours impressionnées par tout ce qui touchait de près ou de loin à la noblesse et à la royauté — en oubliaient leurs préjugés et s'apprêtaient à admirer de bonne foi.

— Nous ne réussissons pas trop mal, me dit Blaise. Elles vont se bousculer pour l'inviter à leur table, tu verras.

— C'est vraisemblable.

— Elles la trouveront exécrable, naturellement. Pourtant, elle ne l'est pas tant que cela, tu sais. Elle est simplement... différente.

Il me regardait de ses yeux qui voyaient tout, comprenaient tout et où je lisais un mélange de curiosité et d'affection. Je n'avais pourtant pas l'intention de révéler mes tourments à Blaise, dont le cœur était trop sec, les émotions trop superficielles, je crois, pour qu'il pût me comprendre et me réconforter. Si je n'étais pas arrivée à le leurrer, je m'en consolais toutefois en m'assurant que personne d'autre ne se doutait de rien. Ma mère et Prudence faisaient assaut de bonté pour me protéger à leur manière des commérages, combler mes silences quand ma gorge serrée refusait de laisser passer un son. Quant à Jonas, qui avait lui-même souffert non dans ses sentiments mais dans son orgueil, il m'observait en se rappelant, peut-être, le bal de Caroline où il s'était dévoilé à moi sans son masque de froideur et d'impassibilité.

— Vous serez la prochaine à vous marier, Julia.

— Croyez-vous, Jonas ?

— Certainement. Vous en comprenez mieux que moi, d'ailleurs, la nécessité.

— Que dites-vous là, Jonas ? Je n'ai que dix-neuf ans, ce n'est pas encore l'âge des vieilles filles...

— Je ne dis pas cela. Mais ce serait le meilleur moyen de guérir une déception comme celle que vous venez de subir.

— Quelle déception ?

— Ma mère aurait donc fait erreur. Je suis enchanté de l'apprendre.

— Mais enfin, de quoi parlez-vous, Jonas ?

— Rien de particulier, Julia. J'ai cru comprendre que ma mère s'était mis en tête que vous aviez de l'attachement pour quelqu'un.

— C'est une idée parfaitement fausse. Je n'ai d'attachement pour personne.

— Allons, tant mieux. Je pourrai donc lui dire de faire taire ses inquiétudes. Mais si, par hasard, vous aviez véritablement éprouvé un sentiment pour une personne qui se marie avec une autre, le mieux, je crois, serait de vous marier vous-même. Ainsi, personne ne pourrait plus dire — et on l'a murmuré, il me semble — que vous vous languiriez sans espoir pour la susdite personne.

— Je vous en prie, Jonas, épargnez-moi votre langage d'homme de loi !

Ce soir-là, pourtant, j'ai longtemps pleuré. J'avais mal, il avait sciemment rouvert ma blessure, je ne lui avais pas fait illusion et ce m'était une bien maigre consolation de savoir que je n'étais pas la seule à souffrir.

Pour ceux de Simon Street, l'hiver avait été rude avec, en guise de cadeau de Noël, une famine qui, le printemps venu, suscitait le désespoir et la fureur. Une fois encore, les rues de la ville devenaient dangereuses pour ceux qui, comme nous, ne s'y aventuraient que tirés par des chevaux au poil luisant de santé et nourrissaient leurs chiens plus régulièrement et plus abondamment que ne l'était la moitié des enfants de Cullingford. On revoyait se former des rassemblements menaçants et, un matin à l'heure de l'embauche, une foule hurlante envahit la cour de Nethercoats, brisa les vitres et reflua vers la place du Marché — c'était le jour où les messieurs prospères et bien vêtus se retrouvaient à la Halle au Drap. Les matraques de la milice locale et les sabres des dragons, appelés à la rescousse, rétablirent l'ordre en laissant sur le pavé une douzaine de corps sans vie ou ne valant guère mieux.

En dépit des ordres formels ou des conseils bien intentionnés qu'on lui prodiguait de toutes parts, Prudence passa cette journée au dispensaire pour aider Giles Ashburn à panser les blessés avant qu'on ne les emmenât à York pour y être pendus ou condamnés aux galères. Au début d'avril, l'agitation fomentée par les chartistes était à son comble. La famille royale, craignant de voir les troubles dégénérer en une révolution sanglante, quitta Londres pour des cieux plus cléments ; le quartier de Whitehall fut occupé par la troupe et mis en état de soutenir un siège et, dans tout le pays, deux cent mille hommes des milices urbaines et rurales prêtèrent serment au duc de Wellington.

— Tout cela est bouleversant ! dit ma mère, que ces événements sortaient de l'ennui.

— Ils ont faim, déclara de nouveau M. Agbrigg.

— Ils sont insatiables ! répliqua tante Hannah.

— Ils sont inefficaces, commenta oncle Joel en riant.

Il nous démontra de manière fort convaincante que les chartistes n'avaient aucune chance de réussir. Leur leader, Fergus O'Connor, menaçait de marcher sur la Chambre avec un demi-million d'hommes : oncle Joel lui en prédit quelques milliers. La suite lui donna raison. La manifestation géante parvint à rassembler 23 000 hommes — parmi lesquels, apprîmes-nous par Giles Ashburn, notre demi-frère Charles Aycliffe — qui ne parvinrent même pas à franchir le pont de Westminster. Quant à leur leader Fergus O'Connor, en politicien avisé, il n'alla pas faire avaler les feuillets de sa pétition aux députés mais se contenta de se rendre à la Chambre dans un fiacre. On ne parla bientôt plus ni de la pétition, ni des foules enthousiastes prêtes à mourir pour le suffrage universel.

— J'aurais pu le lui dire à cet O'Connor, dit oncle Joel. Il aurait économisé le prix de la course.

— Je m'en doutais moi aussi, opina M. le maire Agbrigg — sans que son approbation, je crois, ait eu la même signification.

— Je regrette que tout se termine ainsi, ai-je dit à Giles Ashburn en pensant à ses propres espoirs, à ceux de ces hommes partis pour Londres la tête haute et que je voyais revenir les pieds en sang.

— C'est et ce sera toujours la même chose, répondit-il. On ne peut pas changer la nature humaine.

Alors, il me prit les mains et se pencha pour y poser non les lèvres mais le front, en un geste si plein de tendresse et de lassitude, un geste où s'exprimait un tel besoin de rompre sa solitude que j'en ressentis de la crainte et de la fascination, mais je n'eus pas le cœur de me détourner.

Ainsi, la lutte était finie, le mouvement chartiste en débandade, sa pétition classée au fin fond des archives et, sans nul doute, condamnée à y rester longtemps. Notre Reine et sa famille revinrent au palais de St James, les miliciens regagnèrent leurs foyers et l'Angleterre retrouva le calme. Rien ne pouvait donc plus assombrir le mariage de Caroline, en ce beau jour de juin, sauf une brève averse à la sortie de l'église et l'absence de ma sœur Celia, de nouveau enceinte, donc trop indisposée pour apparaître en public.

Ce fut, comme prévu, la plus somptueuse cérémonie que Cullingford eût jamais eu le privilège de voir se dérouler. Caroline, véritablement impériale, rayonnait, moulée dans le satin et auréolée de dentelle, suivie de ses demoiselles d'honneur — où figuraient Georgiana Clevedon et moi-même — vêtues d'adaptations plus simples de sa propre toilette pour, selon ma suggestion, mieux faire ressortir sa magnificence. Mais je pris si cruellement conscience de la présence de Georgiana Clevedon derrière moi dans le cortège nuptial, et de celle de Nicolas à quelques pas de là que le poignard de ma vieille panique vint se planter dans mon cœur et que je vis avec horreur mon bouquet trembler dans ma main.

Il ne fallait pas penser à *elle,* ni maintenant ni à aucun moment. Je ne pouvais évoquer rien d'autre, cependant, ni surtout le souvenir de l'intolérable angoisse dont j'avais été saisie à la vue de son faire-part, reçu quelques jours auparavant. C'était un simple carton aux tranches dorées, où mon nom ne signifiait rien de plus pour Mlle Clevedon que celui des douzaines d'autres dont tante Virginie lui avait communiqué la liste. Ma douleur ne pouvait la toucher, puisque j'épuisais mes forces jusqu'à leur limite pour la dissimuler à tous. Et malgré tout, lorsque ma mère me tendit l'enveloppe avec un geste de compassion, je perdis le contrôle de mes nerfs et me suis écriée :

— Non, je ne peux pas y aller !

— Si, tu peux, dit Prudence sans presque lever les yeux de son courrier.

— Il le faut, ma chérie, dit ma mère en se détournant.

J'ai donc répondu de ma main, donné à notre cocher les instructions pour aller porter ma missive. Puis, le jour des noces de Caroline, je me suis appliquée à sourire de manière aussi indifférente mais aussi éclatante que toute hôtesse qui ignore le nom de ses invités, s'en soucie comme d'une guigne mais souhaite leur faire bonne impression.

L'autel disparaissait sous les roses et l'on avait rempli des paniers de pétales, prêts à être jetés sous les escarpins de satin de Caroline quand, devenue Lady Chard de Listonby, elle quitterait l'église. Je n'entendis rien de la cérémonie et n'en ai gardé qu'un souvenir confus, sauf l'image d'oncle Joel : il serra la main de sa fille avec une tendresse inaccoutumée, avant de la donner à Matthew Chard puis, ayant reculé d'un pas, il prit celle de tante Virginie — pour se réconforter, sans doute, car chez cet homme endurci les émotions étaient aussi rares et contenues que chez Nicolas.

« Avons-nous bien fait ? semblait exprimer son visage soudain assombri. Je lui ai acheté ce nom, ce titre, ce rang. Mais fallait-il le faire ? »

« Elle le voulait, mon ami. Elle l'a eu » aurait pu lui répondre tante Virginie.

Et il est vrai qu'en voyant Caroline descendre la nef nul ne pouvait douter qu'elle ne remplît désormais à la perfection le rôle qu'elle avait choisi.

Le jour de ses noces, Celia avait été jolie ; Caroline était véritablement sublime. Et tandis que les Winterton et les Flood ravalaient leur humiliation et venaient la féliciter, je me suis trouvée prise un instant dans la bousculade du porche et serrée contre Nicolas. Je compris alors combien mes efforts avaient été vains : je ne pouvais supporter de le perdre, j'en étais totalement incapable et je ne réussissais plus à m'illusionner sur ce point. Il fut heureux, alors, que tout le monde autour de moi — ma mère et Mme Hobhouse, Amy Battershaw et Rebecca Mandelbaum ainsi que toutes les demoiselles d'honneur à l'exception de Prudence — cédât à l'émotion de circonstance et eût les yeux humides.

Les cloches sonnèrent à toute volée, Caroline sortit au bras de son mari, fort aristocratique dans son maintien mais dont la présence ne semblait pas absolument indispensable ; ils montèrent dans une calèche tapissée de satin blanc, tirée par des chevaux blancs, et nous les avons suivis vers un lunch au faste soigneusement calculé pour produire une impression ineffaçable sur les invités, tant nobles que bourgeois. Une vaste tente avant été dressée sur la pelouse de Tarn Edge, des serveurs circulaient portant des plateaux d'argent chargés de flûtes de champagne ; il y avait un gâteau pesant — comme tante Virginie l'avait dit à ma mère — un peu plus de cent kilos, décoré de guirlandes de roses en sucre et de rubans de satin et dominé par deux personnages représentant Caroline, drapée de satin blanc, et Matthew en redingote rouge, entourés d'un groupe de Cupidons s'ébattant à leurs pieds.

Tout le monde était là, Mme Hobhouse qui assurait chaque demoiselle d'honneur que son tour viendrait bientôt, ma mère en soie jaune printanière et le verre constamment tendu, Prudence plongée dans un aparté avec M. Agbrigg, Jonas qui m'observait avec un rictus ironique. L'on vit assez vite la foule se séparer en deux clans, les gentilshommes d'un côté de la tente, la bourgeoisie regroupée de l'autre ; Giles Ashburn formait quant à lui le noyau d'un petit rassemblement des professions libérales, l'architecte, le pasteur, le principal de l'école... Et puis, il y avait Blaise qui circulait librement d'un groupe à l'autre, sûr d'être partout bien accueilli, tandis que Nicolas s'isolait avec Georgiana Clevedon.

Enfin, et surtout, il y avait Caroline — Lady Chard —, un doigt orné de l'alliance d'or glissée par son mari, l'autre des diamants offerts par son père. Elle allait, venait, faisait le tour des invités avec une dignité quasi royale ; puis elle s'éclipsa dans sa chambre et reparut dans une tenue à peine moins éblouissante, celle avec laquelle elle devait se rendre à Londres, première étape de son voyage de noces.

Au bout d'un moment, sous peine d'étouffer, j'ai éprouvé le besoin de desserrer l'étreinte rigide du contrôle que je m'imposais et je me suis éloignée dans le jardin comme d'autres commençaient à le faire. Ce n'était cependant pas, pour moi, une plaisante promenade parmi les massifs de fleurs mais une fuite qui m'entraîna au-delà de la roseraie, de la pièce d'eau et des terrasses fleuries jusqu'au kiosque, abrité des regards par un rideau de marronniers et de saules. Une jeune fille qui s'égare aussi loin dans l'atmosphère romanesque d'une noce estivale ne peut, croit-on, n'être en quête que de solitude et de paix ; aussi n'ai-je guère été surprise de voir, en me retournant, que Giles Ashburn m'avait suivie.

Il resta un moment immobile sur le seuil à contempler, je crois, l'image qu'il s'était faite de moi, plutôt que ma réalité ; mes yeux mal adaptés à l'ombre le voyaient à contre-jour, et je n'ai à mon tour distingué de lui rien de plus précis que la silhouette d'un homme respectable et courtois, moyen de taille et d'aspect, moyen de traits dont je ne me rappelais jamais que l'expression agréable mais neutre, un visage surmonté d'une chevelure moyenne où le soleil mettait des reflets dorés, des yeux moyennement bruns parsemés, je crois mais sans en être certaine, de paillettes vertes. Je voyais un homme qui croyait être amoureux de moi ; j'étais blessée, solitaire et si pleine d'un intense besoin d'être aimée que son émotion, bien visible, me fit tout à coup l'effet d'un miracle, que je savais immérité.

— Vous étiez baignée de lumière dans l'église, Julia.

— Je ne vous comprends pas, Giles.

Il fit quelques pas vers moi et, au lieu de me demander aussitôt de l'épouser — comme il en avait sans doute l'intention — il me prit les mains et me dit simplement :

— Si vous saviez comme je vous aime...

Ce n'était pas la première fois que j'entendais ces mots. L'an dernier, un Français jeune, un moins jeune, un noble Romain, déçus dans leurs visées sur ma mère, m'avaient fait des déclarations à peu près identiques. A chacun, j'avais donné une réponse aimable, calquée sur celles de ma mère, mais j'étais protégée de la folie de les croire par mon rêve de Nicolas. Aujourd'hui, ce rêve était fini. J'avais devant moi un homme sincère, même si je le jugeais dans l'erreur. Et c'est pourquoi le besoin simple, élémentaire d'un peu de chaleur, d'un peu de cette adoration qu'il m'offrait me poussa vers lui ; en se refermant sur moi, ses bras firent fondre la paralysie de mon âme et, serrée contre sa poitrine, je me sentis redevenir confiante comme une enfant et mon corps épuisé se détendit enfin dans un repos bienfaisant.

— Mon amour, murmura-t-il, je ne sais... je ne peux dire...

Son visage si proche m'était encore trop étranger, aussi ai-je fermé les yeux pour lui tendre mes lèvres. Il y posa les siennes, légèrement d'abord puis, ne rencontrant pas de résistance, de manière plus pressante et avec plus d'abandon. Je sentais monter en lui un désir qui le faisait frémir et, peu à peu, dissipait l'anesthésie de mes sens pour m'amener non à la passion, mais à une sorte de gratitude.

S'il avait alors pris la parole pour me demander ma main, énumérer les chiffres de ses revenus et de ses espérances, exposer ses sentiments et leur évolution, il me serait sans doute venu à l'esprit cent bonnes raisons de refuser ; j'aurais pensé à ma sœur, je me serais surtout estimée — avec l'image de Nicolas gravée dans mon cœur — indigne des sentiments que je lui inspirais, voire incapable de les égaler jamais. Mais il n'avait, d'instinct, dit qu'une seule chose : qu'il m'aimait ; et moi, je lui avais répondu en lui offrant mes lèvres, signe d'assentiment auquel notre morale étroite ne prêtait aucune équivoque. Et puis, tandis que je continuais d'accepter ses baisers et de me blottir passivement entre ses bras, je commençais à percevoir sous l'armure de sa dignité calme et de son contrôle de soi une sorte de touchante fragilité dont mon esprit d'abord, mon corps ensuite, s'émurent.

— Je veux tant vous rendre heureuse, me dit-il. Je ne désire rien d'autre, Julia — vous et notre bonheur ensemble.

Je savais déjà que, même si j'avais voulu le repousser — et ce n'était pas le cas —, je m'étais trop engagée envers lui pour reculer et je n'aurais pas trouvé en moi le courage, ou la cruauté, de le faire.

12

Le mariage de Georgiana Clevedon eut lieu trois semaines plus tard ; seule ma détermination, qui primait tout désormais, de ne jamais rien faire pour blesser les sentiments de Giles Ashburn me permit de supporter cette épreuve. Quelles qu'aient été mes raisons, j'avais promis de l'épouser et je comptais tenir ma promesse. Mieux encore : je ne lui ferais pas seulement don de ma main, de ma dot et de mon corps impatient de lui obéir, je deviendrais la femme qu'il voulait avoir et qu'il méritait.

Sans vraiment comprendre pourquoi il m'aimait, j'étais au moins certaine d'avoir besoin de son amour. Je ressentais pour lui du respect, de la confiance, de l'admiration, et je reconnaissais sans réticence sa supériorité intellectuelle et morale — en fait, j'étais fière de l'honneur qu'il me faisait. Aussi ai-je chassé de mon esprit les pensées éveillées par le spectacle de Nicolas et Georgiana en train de prononcer leurs vœux pour en formuler un moi-même, solennel et irrévocable : à compter de cet instant, je ne me conduirais plus *comme si* j'aimais Giles Ashburn, j'allais l'aimer d'amour, aussi passionnément, aussi tendrement qu'il le souhaitait et de toutes les manières qu'il lui plairait de souhaiter. Pour y parvenir, il ne me suffirait plus de dissimuler, de refouler mes sentiments pour Nicolas : il devenait essentiel de les annihiler.

Nous n'en étions plus au stade de l'amour-propre, ni de vouloir épargner à Nicolas l'embarras de se croire en faute à mon égard. Ce qui importait dorénavant, c'est que nul ne pût jamais dire que je m'étais tournée vers Giles Ashburn par dépit. Il fallait donner l'image de l'amour radieux, total, et pas seulement au bénéfice de Giles, que j'enchantais déjà tous les soirs par la manière dont je réagissais à ses baisers ; j'exprimais mon besoin croissant de me blottir dans la chaleur et la sécurité de ses bras afin que mon bonheur éclatât aux yeux de tous.

Pour Nicolas, nous allions redevenir cousins, rien de plus, mais rien de moins non plus car ma froideur paraîtrait suspecte à certains, à Jonas en particulier. A sa sortie de l'église au bras de sa femme, je me suis donc forcée à le regarder dans les yeux. Je lui ai serré la main, je l'ai embrassé sur les deux joues, en bonne cousine que j'étais, avant d'en faire autant à Georgiana à qui j'ai rappelé notre parenté toute neuve :

— Maintenant que vous allez habiter Cullingford, Georgiana, j'espère que nous aurons l'occasion de mieux nous connaître et de devenir amies.

Blaise se tenait entre nous, m'observait de ses yeux gris trop pénétrants mais voilés de tendresse ; il se tourna vers sa belle-sœur et ajouta :

— Croyez-moi, Georgiana, acceptez. A Cullingford, vous aurez besoin d'amis...

La cérémonie, dans la chapelle du Prieuré, fut simple et se déroula en famille, sans déploiement du faste qu'avait voulu Caroline. Un lunch frugal de rôtis froids fut servi sans apparat sur une table de réfectoire, dans une grande salle de pierre nue qu'un maigre feu de cheminée ne parvenait pas à réchauffer. Le vieux M. Gervais Clevedon avait donné sa petite-fille aux Barforth avec la même répugnance que ceux-ci l'acceptaient. Puis, une fois encore, je vis s'opérer le phénomène de séparation des classes sociales bien que nous fussions en petit nombre. L'ambiance glaciale n'était pas seulement due à la température exceptionnellement basse de cette journée de juillet.

Nicolas avait visiblement hâte d'en finir et discutait avec Blaise de problèmes à régler pendant son absence. Georgiana ne s'occupait que de son frère, le seul sans doute dans l'assistance à apprécier ce mariage à sa juste valeur. Plongé dans le plus extrême besoin, son grand-père n'accepterait jamais l'aide des Barforth — il venait d'ailleurs de s'endetter un peu plus pour donner à Georgiana un semblant de dot. Perry n'aurait manifestement pas les mêmes scrupules et, une fois maître de Galton, trouverait commode de puiser sans vergogne dans la poche de son riche beau-frère.

Mais je ne voulais plus m'intéresser aux affaires de Nicolas. Quand ces lugubres festivités prirent fin, nous sommes sortis faire nos adieux aux jeunes mariés et c'est alors que je me sentis chanceler. L'expression sévère de Nicolas s'adoucit au moment où il tendit la main à Georgiana pour l'aider à monter en voiture et je surpris le regard de tendresse qu'il posa sur elle — si proche de ceux que son père accordait à sa mère et qui représentaient tout ce que j'avais le plus ardemment désiré dans la vie. J'ai vu ses lèvres sourire, j'ai entendu son rire éclater après qu'elle lui eut murmuré quelques mots à l'oreille ; j'ai reconnu son soulagement à la pensée de se débarrasser enfin de son père, de ses soucis, de nous tous, son plaisir d'avoir obtenu ce qu'il voulait, son impatience heureuse à la perspective de la nuit toute proche.

— Bonne chance ! lui cria Blaise.

— Dieu te bénisse, mon enfant, murmura tante Virginie.

— Voilà qui est fait, dit oncle Joel sombrement. Toi, Blaise, je veux te voir demain à Lawcroft à l'heure de l'ouverture, compris ? Et tu y seras tous les matins jusqu'au retour de ton frère. Ton oncle Agbrigg a assez à faire comme cela.

Ainsi donc, ils étaient mariés, l'« oiseau rare » encagé — sinon apprivoisé — et apparemment disposé à manger dans la main de son nouveau maître sans que rien de tout cela ne me concernât plus — ni ne m'ait jamais réellement concernée.

J'avais décidé du cours que ma vie allait suivre. Je n'étais pas faite pour me dévouer à une cause, comme Prudence, ni au ménage comme Celia, mais je pouvais, je voulais désormais me consacrer tout entière à l'homme qui m'aimait. Et il n'y avait aucune raison pour retarder davantage l'exécution de cette décision.

— En es-tu bien sûre, ma chérie ? me demanda ma mère quand je le lui appris. Oh ! certes, je me doutais de ses intentions et je ne trouve rien à lui reprocher, au contraire — il est d'excellente famille, il a une fortune personnelle, bref rien que de fort recommandable. Je m'étonne simplement de te trouver tout à coup si impatiente de conclure.

— Tu vas être affligée d'un gendre bien difficile, Elinor, déclara aigrement tante Hannah.

Elle convenait que Giles possédait des revenus estimables, mais elle lui reprochait avant tout de n'avoir pas de vastes propriétés que Jonas pût gérer, d'affaires complexes que Jonas sût débrouiller, de relations politiques dont Jonas pût se prévaloir le moment venu. Mais son égoïsme ne me touchait pas. Giles était en mesure de m'assurer une vie confortable. Il possédait une maison prête à m'accueillir en haut de Millergate — la partie « convenable » de la rue, là où elle rejoint Blenheim Lane. Il m'aimait. Combien de temps fallait-il alors pour repeindre le salon, me constituer un trousseau et engager une femme de chambre, sachant qu'il avait déjà à son service une cuisinière et un valet-jardinier ? Pas très longtemps, et je n'entendais pas rester une minute de plus dans le salon aseptisé de mon père.

J'avais également décidé de ne pas avoir de demoiselles d'honneur : ma sœur Celia venait de faire sa seconde fausse couche, elle s'estimait trop délicate de corps et d'esprit pour une épreuve par ailleurs au-dessous de sa dignité de femme mariée ; j'étais incertaine des réactions de Prudence ; Caroline était toujours en voyage de noces dans les provinces méridionales ; quant à Georgiana, c'était hors de question. Ce fut ma mère qui, à ma vive reconnaissance, trouva la solution sous forme de cousines éloignées du côté Aycliffe, fillettes de six à douze ans qui me feraient escorte dans des robes de tulle bleu pâle ceinturées de velours bleu roi. Anxieuse comme je l'étais d'offrir à Gilles tout ce dont je croyais qu'il rêvait, je me mis à dessiner une douzaine de robes de mariée dont j'abandonnais tous les croquis pour choisir en fin de compte un modèle de tulle et de dentelle avec quinze volants de la taille à l'ourlet, de longues manches flottantes, un diadème de roses pour retenir mon voile, le tout me dissimulant sous le gracieux anonymat de la « jeune mariée ».

J'étais sûre de moi, sûre de ma force d'âme — la plupart du temps. Car je fus incapable de demander à mon oncle Joel de m'accompagner à l'autel, tant sa ressemblance avec Nicolas m'était douloureuse, et je me suis tournée vers mon autre oncle Agbrigg, décision que Celia fut la seule à critiquer.

— A ton aise, me dit-elle, mais j'hésiterais pour ma part à vexer oncle Joel. Il n'a pas l'habitude d'être négligé de la sorte et les gens vont se demander pourquoi.

— Tu es idiote, ma pauvre Celia ! lui répondit Prudence. Il n'y a pas de quoi se poser de questions. Tout le monde sait que M. Agbrigg et le Dr Ashburn sont bons amis. Et les Barforth ne feront pas de moins beaux cadeaux à Julia, si c'est cela qui t'inquiète.

Après le départ de Celia, qui avait trop peu confiance dans sa nouvelle femme de chambre pour s'absenter longtemps de chez elle, Prudence me déclara avec son sang-froid habituel :

— Je tiens à te tranquilliser, Julia. Je n'ai jamais eu d'amour pour Giles, du moins tel que tu l'entends.

— Merci, Prudence. Je n'en étais pas certaine et je ne pouvais pas te le demander.

— Eh bien, te voilà rassurée. J'y ai longuement réfléchi, tu sais, et franchement je ne crois pas qu'il soit dans ma nature d'éprouver un sentiment de dévouement exclusif pour une seule personne. En ceci, je ressemble à notre cousin Blaise, je crois — qualité généralement considérée comme irrésistible chez un homme et insupportable chez une femme. Blaise ne se fixera jamais, à mon avis, parce que la femme qu'il imagine dans la pièce d'à côté ou au prochain coin de rue lui paraîtra toujours plus séduisante que celle qui sera avec lui. Quant à moi, eh bien... Je ne suis pas volage à la manière de Blaise, mais je ne me sens pas disposée à subir des contraintes. Oui, j'avoue avoir sérieusement pensé à Giles, surtout au moment du retour de notre mère, quand je me voyais condamnée à jouer la fille modèle. J'ai pensé qu'il me délivrerait de cet esclavage. Maintenant, j'ai toujours de l'affection pour lui et beaucoup d'estime — en fait, ma chérie, il en vaut deux comme toi et sans doute trois comme moi. Mais quand il a fait ta découverte et que je l'ai vu paralysé d'admiration devant toi, je me suis aperçue que je n'en souffrais pas. Au contraire, je m'inquiétais pour lui et j'espérais que tu ne le décevrais pas. Entre-temps, ajouterai-je, j'avais aussi appris à faire ce que je voulais de maman.

— Je ne le décevrai pas, Prudence.

— Grand dieu, je l'espère bien ! Si tu attends de la vie un adorateur, je ne connais personne pour rivaliser avec Giles et tu y prendras si bien goût que tu l'adoreras à ton tour, en ayant même oublié ton indifférence première. Permets-moi de te suggérer de m'inviter chez toi, quand tu seras installée, pour échapper aux assiduités de Freddy Hobhouse, si l'envie l'en reprend, ou pour que maman ne se mette pas en tête de m'emmener en France à ta place. Je compte sur toi pour me « chaperonner », n'est-ce pas ?

Nous nous sommes mariés par un matin d'octobre gris et or, soleil bas dans un ciel de brume, et j'étais trop préoccupée par les détails de la cérémonie pour m'inquiéter de n'avoir pas échappé à l'envahissante présence des Barforth, car Blaise était à nos côtés dans le rôle du témoin. J'étais si profondément reconnaissante envers Giles de son affection, de sa bonté, de la manière dont il semblait écarter de ma route les moindres occasions d'avoir de la peine que mes vœux conjugaux me semblèrent insuffisants ; s'il me l'avait demandé, j'aurais fait joyeusement le sacrifice de ma chevelure sur l'autel nuptial.

Plus tard seulement, lorsque je me suis retrouvée seule avec lui dans le train qui nous emmenait vers le Cheshire de son enfance, j'eus de brefs moments d'incertitude. Pourquoi lui avoir irrévocablement confié ma vie entière, avoir perdu mon identité pour me fondre dans la sienne ? Comment vivre avec lui, quand ma sœur le connaissait mieux que moi ? Mais il ne me lâcha pas la main de tout le voyage, m'aida à descendre du train avec les précautions que mon père avait pour ses précieuses porcelaines, m'abrita des quelques gouttes d'eau qui se mirent à tomber. Et chacun de ses gestes m'était un tel réconfort que je fus incapable de rester insensible à un tel traitement.

Nous avons séjourné à Knutsford, jolie petite ville, où une chambre et un petit salon nous étaient réservés dans une auberge où Giles avait ses habitudes. Le soir de notre arrivée, un bon feu crépitait dans la cheminée ; l'hôtesse nous servit avec des soins maternels un dîner simple et savoureux, un bol de chocolat à l'heure du coucher et se retira en nous donnant ses bénédictions. Etendue dans le grand lit aux draps fleurant bon les fleurs sauvages, j'ai attendu mon mari, qui avait eu le tact de me laisser seule pour me dévêtir. Mais le matelas moelleux, les oreillers de plume, la lueur vacillante des bougies et, plus encore, la fatigue et la tension nerveuse accumulées pendant la cérémonie et le long trajet firent que je m'assoupis. Au bruit de la porte, je me suis réveillée et redressée d'un bond, mes cheveux répandus comme un rideau sur mes épaules.

— Je ne vous avais encore jamais vue, les cheveux défaits, me dit-il en s'asseyant au bord du lit, osant une timide caresse.

— Je dormais presque...

— Pauvre chérie, vous êtes épuisée.

Il me prit le visage entre les mains et posa délicatement un baiser aux deux coins de ma bouche.

— Dormez, Julia.

— Vraiment ?

— Oui, vous en avez besoin.

Avec de grandes précautions, il se mit au lit à côté de moi, glissa un bras sous mes épaules et m'attira vers lui, sans l'impatience passionnée à laquelle je m'attendais mais comme si j'étais une enfant vulnérable, trop confiante, dont il devait protéger l'innocence, qu'il fallait bercer, tendrement, chastement, jusqu'à la venue du sommeil.

— Il n'y a pas de raison de nous presser, chuchota-t-il. Nous avons toute la vie devant nous, tous les jours de notre vie. Vous êtes lasse, désorientée, apeurée, ce n'est pas le moment d'exiger de vous ce que le monde appelle votre devoir. Dormez, ma chérie. Votre tête sur mon épaule suffira à mon bonheur.

Plus tard dans la nuit, j'ai ouvert les yeux et j'ai tout de suite senti, dans la semi-conscience du réveil, qu'un changement était survenu. Je n'étais plus enveloppée de la chaleur apaisante dans laquelle j'avais accueilli le sommeil, du réconfort de ses bras autour de moi. Giles me tournait le dos avec ce que je pris d'abord pour du ressentiment.

— Giles ! Qu'y a-t-il ? Giles ! ai-je insisté. Je suis réveillée, je n'ai plus envie de dormir.

Je n'espérais pas de plaisir de cette première expérience. En fait, je savais que cet acte, que les hommes considèrent si important, n'était pas censé plaire aux femmes et n'avait pour but que de les rendre mères et soumises. Il se tourna pourtant vers moi avec un soupir, presque un gémissement ; ses mains restèrent légères, comme hésitantes, et l'étreinte de ses bras trahissait la réticence, le remords de ne pouvoir dominer l'élan qui le portait à déflorer mon corps innocent. Peut-être n'étais-je pas si innocente d'esprit, peut-être aussi avais-je supporté trop longtemps ma virginité, de sorte que ses doigts caressants et inquisiteurs — prêts à se retirer au moindre geste de protestation — firent naître en moi une étrange langueur féline, une envie de m'étirer, de ronronner, bien éloignée de la répulsion convenant à une jeune fille comme-il-faut et qui s'attisait davantage à la découverte de son propre désir trop soigneusement tenu en laisse.

Et puis, tout fut terminé. Sans douleur, avec un simple, un bref éclair d'inconfort et de surprise, un raidissement à peine perceptible de mon corps. Je l'avais senti prêt à se retirer, il le voulait sans doute ; mais il ne put et prit possession de moi avec un long halètement qui me parut ressembler plus à un gémissement de douleur qu'à un cri de triomphe. Je n'avais pas souffert. J'étais un peu déçue, plutôt, non dans mon cœur mais dans mon corps étonné, insatisfait, si bien éveillé par ses caresses et avide d'un autre épanouissement que cette conclusion hâtive et inattendue. « Grand dieu, n'est-ce que cela ? » me suis-je surprise à penser. Mais justement, ne m'avait-on pas appris que cela concernait avant tout les hommes ? Je ne comprenais toujours pas, en effet, en quoi cette étrange activité pouvait me donner à moi un quelconque plaisir. Malgré tout, je n'avais ni gémi ni protesté, comme Celia avait dû le faire au cours de sa nuit de noces ; je ne m'étais pas indignée, comme j'imaginais Caroline exigeant de Matthew qu'il s'excusât de lui avoir infligé un traitement aussi ridicule. A tort ou à raison, je jugeais au contraire m'être fort bien comportée et je lui ai souri dans le noir, sans me demander s'il avait été ou non à la hauteur de sa tâche et s'il en avait tiré une quelconque satisfaction.

Il se leva tout à coup et traversa la chambre, me donnant ainsi l'occasion de le voir nu pour la première fois, de contempler avec tendresse son corps fin dont la fragilité apparente était soulignée par les omoplates saillantes, la finesse des attaches, sans rien toutefois de déplaisant ni d'anguleux ; il se couvrit d'une robe de chambre et revint vers moi.

— Il faut m'excuser, dit-il brusquement.

— De quoi, Giles ? Qu'est-ce qui ne va pas ?

— Rien, rien... sauf que vous n'avez que dix-neuf ans et ne connaissez rien de la vie. J'en ai plus de trente et assez d'expérience pour faire mieux que cela. J'aurais au moins dû vous accorder un jour ou deux pour vous habituer à moi, avant de vous soumettre brutalement à un désir que vous n'êtes pas en état de partager.

— Voyons, Giles, mon chéri...

Je me suis arrêtée car je sentais monter en moi un sourire, une indulgence venue de la féminité héritée de ma mère et qui me faisait comprendre les raisons de sa mine sombre, de son anxiété. Or, je ne pouvais pas le lui montrer : il me croyait délicate, innocente, il me souhaitait peut-être ainsi. Mais je restais encore plus perplexe devant son incompréhensible besoin de se blâmer que, tout à l'heure, face à la conclusion presque douloureuse de ses transports sensuels.

— Enfin, reprit-il, ce qui est fait est fait. Ce ne sera pas toujours aussi... difficile, croyez-moi. Vous allez peut-être saigner un peu, c'est un phénomène parfaitement naturel. Ne vous inquiétez pas.

— Bien, docteur.

— Julia, je vous en prie...

Mon irrévérence l'avait peiné et je me suis penchée vers lui, soudain pleinement consciente de ma force, de ma capacité à savoir le rassurer, lui — sans cependant m'expliquer pourquoi et en quoi il avait tant besoin de réconfort.

— Ecoutez, Giles, je n'ai pas toujours vécu dans une tour d'ivoire. J'ai voyagé en France, en Italie où les gens parlent plus librement qu'ici — et ma mère a son franc-parler, ce qui est rare à Cullingford. Je suis plus forte qu'on ne le croit, Giles, au moral comme au physique, et vous ne m'avez fait aucun mal. Vous ne m'avez pas choquée le moins du monde.

— Peut-être, mais je ne vous ai pas donné de plaisir.

— Qu'en savez-vous ?

— Je le sais, ma chérie, je suis particulièrement bien placé pour le savoir. Vous avez tout supporté stoïquement, avec beaucoup de gentillesse, mais vous n'y avez pris aucun plaisir — vous n'en attendiez d'ailleurs probablement aucun. On vous a sans doute dit que les femmes ne peuvent et ne doivent pas se complaire à ce genre de chose, et c'est exact dans bien des cas. Il est commode, pour un homme, de ne penser qu'à lui sous prétexte que les femmes ignorent ce qu'est la sensualité. Je comprends également fort bien qu'une femme perpétuellement enceinte n'éprouve que de l'horreur devant les exigences de son mari. J'en ai souvent été témoin, dans l'exercice de ma profession, j'ai rencontré des femmes prêtes à faire n'importe quoi pour échapper à cette servitude nocturne, à tomber réellement malades pour éviter de s'y soumettre. Voilà pourquoi je suis triplement inexcusable. Il fallait me montrer patient, vous y accoutumer peu à peu. Et je n'en ai même pas été capable... Je me suis conduit d'une manière aussi égoïste, aussi bestiale que ces individus que je méprise. Aussi ne pourrais-je vous faire aucun reproche si vous vous détourniez de moi avec dégoût.

Grand dieu, me suis-je dit, que d'histoires pour si peu ! Plus sûre de moi, plus confiante que jamais, je me suis assise avec un mouvement de tête pour rejeter mes cheveux en arrière et, d'une main ferme, j'ai repoussé les couvertures et offert mon corps à sa vue, sans gêne mais sans provocation, sans le désirer encore mais afin qu'il me désire, puisqu'il le voulait et que j'avais un réel besoin de satisfaire ses envies.

Il prononça mon nom d'une voix étranglée et je vis son visage refléter un tel émoi que je dus résister à l'instinct de me détourner, de crainte de n'être pas à la hauteur de ses exigences. Mais cela me passa aussitôt et j'accueillis le poids léger de son corps sans plus de réticence car je me savais capable, dans ce domaine au moins, de ne pas le décevoir. Alors, je l'ai serré contre moi, j'ai appris à lui rendre ses caresses, à en prendre l'initiative sans faire montre de trop de hardiesse — puisqu'il ne me souhaitait pas provocante — jusqu'à ce que sa tension, son anxiété honnête et généreuse se soit évanouie.

— Je t'aime, Julia.

— Oui, Giles. Aime-moi, je t'en prie.

Peu importait, désormais, que j'ignore pourquoi. S'il m'avait choisie, ce n'était certainement pas pour l'originalité ou la profondeur de ma conversation, pour nos opinions communes ou notre égale intelligence, moins encore pour la vivacité de mes reparties ou mes aptitudes à le seconder dans ses travaux. Au début, peut-être, n'y avait-il rien eu de plus pour le séduire que la couleur de mes cheveux, un jeu d'ombre et de lumière donnant à mes traits la ressemblance d'un rêve de jeunesse à demi oublié et qu'il avait cru voir renaître en moi. Rien de tout cela ne comptait plus. J'avais librement choisi de lui consacrer ma vie entière et, tandis que je le voyais dans les premières lueurs de l'aube reposer avec abandon dans mes bras, visiblement comblé, je savais ne pas m'être trompée dans mon choix. Chaque minute écoulée me le confirmait, je *pouvais* le rendre heureux. Je *pouvais* devenir la femme dont il rêvait, quoi qu'elle eût été, quelle que fût la manière dont il m'imaginait, quand bien même elle n'aurait rien à voir avec ma propre réalité. Si j'avais cru perdre le seul but de ma vie, j'en retrouvais un autre. Aussi, quoi que je fasse ou ne fasse pas désormais, je serai toujours digne de l'amour de Giles Ashburn.

13

Mon cousin Blaise nous invita au théâtre le soir de notre retour, quelque trois semaines plus tard. Cette soirée marqua, à mes yeux, mon accession officielle au statut de « femme mariée », car si j'avais assisté à des représentations de Shakespeare à Londres et maintes fois accompagné ma mère à l'Opéra de Paris, le Théâtre Royal de Cullingford passait pour un endroit trop vulgaire, voire trop dissolu, pour une jeune fille comme-il-faut. Aussi, voulant prouver — au moins à Blaise — mon habitude de ce genre de circonstances, je me suis installée aux premières loges sans manifester ma curiosité et j'ai affecté une certaine désinvolture pour bavarder avec les occupants de la loge voisine, un architecte et sa femme et le jeune M. Rawnsley, de la Commercial Bank, accompagné d'une autre femme qui n'était manifestement pas la sienne.

Après le spectacle, j'ai pris le plus vif plaisir à profiter de ma liberté toute neuve en allant déguster du punch glacé dans l'un des cabinets particuliers du Vieux Cygne, assise entre mon mari et mon séduisant cousin qui ne faisait plus mystère de ses tendres relations avec une comédienne aux troublants yeux noirs, et de l'intérêt qu'il portait — intérêt bientôt partagé, espérait-il — aux charmes d'une autre. Je me suis aussi beaucoup amusée d'apprendre de sa bouche médisante les peccadilles dont se rendaient coupables les plus dignes de nos concitoyens — comment, par exemple, le bon M. Hobhouse avec ses quatorze beaux enfants à Nethercoats en possédait une demi-douzaine d'autres, tout aussi bien constitués, disséminés un peu partout aux environs ; ou comment le respectable M. Oldroyd, de Fieldhead, entretenait lui-même une actrice dans un non moins respectable — Blaise disait sinistre — quartier de Leeds dès avant son veuvage.

— M. Oldroyd ? Je croyais qu'il voulait se remarier avec ma mère ! ai-je dit en riant.

— Bien sûr, mais cela n'a rien à voir avec son actrice. Et puisque nous sommes sur ce chapitre, ma chère Julia, il est de mon devoir de t'ouvrir les yeux sur la triste réalité : une bonne moitié des clientes de ton mari sont éperdument amoureuses de lui.

— Je n'en suis pas le moins du monde étonnée, Blaise. Je me demande simplement ce qui ne va pas avec l'autre moitié. Sont-elles aveugles ou folles ?

— Tout bonnement sensées, je crois, dit Giles en me prenant la main.

Le plus simple contact me poussait vers lui, contre lui, me donnait le vertige et, plus encore, l'envie irrésistible de m'offrir tout entière, de lui demander de prendre toujours davantage, de se montrer plus exigeant de sorte que je puisse être plus généreuse.

Ma nouvelle maison de Millergate ne trouva grâce aux yeux d'aucun des membres de ma famille. C'était une des dernières maisons de la rue, là où cette artère pavée, étroite et en pente raide devient Blenheim Lane. Dès le début, tante Hannah décréta qu'il était indigne de moi de demeurer si près du centre.

— Millergate est une rue commerçante, pas du tout résidentielle, me dit-elle sévèrement. Tu ne connais aucun de tes voisins et tu ne souhaites pas faire leur connaissance, j'espère.

Elle savait pourtant Millergate assez proche de Simon Street pour qu'on vienne, même au milieu de la nuit, demander à Giles de donner ses soins à un enfant malade ou intervenir dans un accouchement difficile. De même, l'entrée était assez simple, la servante qui ouvrait la porte assez accueillante et la chaise du vestibule assez solide pour qu'une femme, épuisée d'être venue du canal avec un enfant sur le dos et deux autres à bout de bras, osât sonner et s'accorder un peu de repos.

Nous disposions d'une vaste pièce que je n'osais glorifier du nom de salon, garnie d'un canapé et de deux profonds fauteuils de velours rouge placés devant la cheminée, un tapis aux couleurs vives, une abondance de plantes vertes dans des pots de faïence dont mon père se serait détourné avec mépris. Nous avions aussi une chatte recueillie un soir par Giles, et une portée de chatons à la naissance desquels j'avais participé le lendemain même. Les plus précieux de mes cadeaux de mariage étaient disposés dans des vitrines trop petites et mal assorties. La salle à manger servait aussi de cabinet de travail à Giles et, au premier étage, nous avions quatre chambres à coucher, une grande sur le devant et trois plus petites. A l'arrière de la maison, on trouvait enfin une sorte de cagibi plein de fioles et de tubes et une pièce plus grande où Giles recevait ses malades. Quant à la cuisine, je préférais l'ignorer car son usage quotidien n'avait pas fait partie de mon éducation. Sous le toit, enfin, un grenier.

— Votre tante Hannah a raison, me dit Giles, cette maison est lugubre — je me demande pourquoi je ne m'en étais pas aperçu. Cherchez, ma chérie, et dites-moi si vous trouvez quelque chose à votre goût. Je ne suis pas assez barbare pour vous imposer de vivre ici.

Mais je me sentais, en fin de compte, aussi à l'aise dans mes gros fauteuils rouges que les chatons dans leur panier ; je répugnais peut-être aussi à me mettre si vite sur les bras un trop grand train de maison et je ne ressentais guère d'intérêt pour les problèmes domestiques, mes goûts me portant plutôt vers le décoratif et l'inutile. Poussée par Celia, je me suis cependant forcée à visiter une élégante villa neuve dans Albert Place, j'ai envisagé sans conviction l'achat d'un terrain et même consulté un architecte et un entrepreneur. Mais Giles, je le savais, ne voulait déménager que pour m'être agréable, aussi ai-je préféré rester à Millergate pour lui plaire.

Je n'avais pas davantage envie de tout bouleverser sans raison. La vieille servante qui, jusqu'à présent, s'était occupée de Giles était toute disposée à en faire autant pour moi. Son gâteau au chocolat était le plus léger et le plus savoureux que j'eusse jamais goûté et sa bonne humeur paraissait inépuisable.

— Restez donc tranquille et laissez-moi faire, m'affirma-t-elle. Je sais ce que le docteur aime pour son dîner et si vous voulez faire quelque chose pour lui, forcez-le à s'asseoir pour le manger. Les clients peuvent bien attendre un peu, ils ne s'en iront pas, croyez-moi. Alors, ne vous faites pas de souci et accueillez-le simplement avec un grand sourire, c'est cela dont il a besoin.

J'ai suivi avec empressement d'aussi sages conseils. Au bruit de son cabriolet sur les pavés, je dévalais l'escalier pour lui ouvrir moi-même la porte et je faisais, je crois, preuve de la même obsession à l'entourer d'amour et de soins que Celia à rechercher la perfection ménagère.

L'on s'attendait à ce que Celia et moi nous fréquentions beaucoup. Nous n'étions pas seulement des femmes mariées, pouvant désormais partager nos connaissances des mystères de la vie, mais nous avions toutes deux des maris exerçant une profession libérale, elle un avocat, moi un médecin, donc censés partager des intérêts communs. Mais s'ils se montraient courtois l'un envers l'autre, il ne pouvait exister entre eux aucun rapport d'amitié. Jonas ne parvenait pas à oublier la fortune personnelle et les revenus grâce auxquels Giles n'avait jamais eu à lutter pour son éducation, encore moins se marier contre son gré pour se faire une clientèle. De son côté, Giles supportait mal la regrettable habitude — encouragée, à n'en pas douter, par tante Hannah — qu'avait Jonas de ne se montrer aimable qu'avec les gens susceptibles de lui être utiles. Cullingford n'avait pas d'homme de loi plus habile que Jonas Agbrigg, beaucoup en dehors de tante Hannah étaient prêts à en témoigner. C'était un esprit pénétrant, plein de ruse, retors même, un praticien sur qui l'on pouvait compter pour détecter instantanément dans un contrat la faille la plus mince ou, s'il rédigeait un acte lui-même, pour concevoir un document à l'abri des surprises ; nul ne l'égalait pour dénicher une position de repli inexpugnable, repérer une faiblesse chez l'adversaire, en profiter sans délai ni scrupule et en tirer le meilleur parti au meilleur moment.

Giles aimait la compagnie des êtres humains, Jonas celle des gens utiles. Il cultivait exclusivement les faveurs de ceux riches et influents qui pouvaient le soutenir, riches prêts à s'en remettre à lui, riches malhonnêtes ayant besoin d'un homme aussi précieux que lui. Ses obligations mondaines plongeaient ma sœur dans une telle panique que j'étais souvent forcée d'accourir pour décorer la table d'un grand dîner auquel je n'étais pas assez intéressante pour être conviée ; si Celia devait sortir, je devais la coiffer, lui choisir sa toilette et tenter de la convaincre qu'un peu de coquetterie n'était pas condamnable chez une dame imposante à peine âgée de dix-huit ans.

Le plus souvent, elle détruisait aussitôt la savante architecture de bouclettes que je m'étais donné tant de mal à échafauder, refusait énergiquement de me laisser la vaporiser du parfum que je commandais toujours à Paris, rue Saint-Honoré, et me faisait la leçon en m'assurant qu'une femme ne doit pas risquer de gêner son mari par trop d'ostentation, et qu'un mari — selon les principes appris de son propre père — exigeait de son épouse qu'elle soit discrète en public, efficace au foyer et un modèle de bienséance à toute heure du jour — et vraisemblablement de la nuit.

— Toi-même, tu devrais faire attention ! me dit-elle sur le ton de l'admonestation. A force de porter des couleurs aussi claires et de pareils décolletés, on finira par te croire légère. Je n'arrive pas non plus à comprendre où tu trouves le temps de te coiffer aussi souvent et de toutes ces manières ! Moi, je n'ai jamais une minute pour ce genre de futilités. Et puis, Julia, je m'étonne aussi que tu laisses tes chats grimper partout comme ils le font. J'en serais malade de les voir sur *mes* meubles — et tu sais bien, d'ailleurs, que notre père n'a jamais permis qu'on fasse entrer un chat à la maison, même pas à la cuisine.

Elle avait cependant beau condamner mon indolence et mon manque de soin, elle ne m'en adressait pas moins des signaux de détresse dès qu'il fallait recevoir quelque personnage important, quelque homme politique accompagné d'une épouse au regard critique. Une fois de plus, j'allais passer mon après-midi à Albert Place pour mettre mon imagination à rude épreuve et concevoir une décoration originale tandis que Celia, neuf fois sur dix, avait les nerfs si à vif qu'elle devait se retirer dans sa chambre pour y être malade à son aise.

— Pourquoi te mettre dans des états pareils ? lui répétais-je. Ce sont des gens comme les autres. M. Fielding vient dîner ce soir ? La belle affaire ! Nous le connaissons depuis des années. Il est député, soit, mais notre père l'a été plus longtemps que lui.

Mais rien ne soulageait sa torture. Elle savait pourtant qu'on ne pouvait trouver un seul grain de poussière chez elle, puisqu'elle suivait sa bonne tous les matins de pièce en pièce pour surveiller son travail ; elle savait que le plus indiscret des hôtes ne pouvait découvrir, dans les recoins les plus écartés, rien que l'ordre le plus rigoureux. Elle se tracassait malgré tout jusqu'à s'en donner d'effroyables migraines, si bien qu'elle était incapable de recevoir ses invités avec autre chose qu'un vague « Bonsoir » et négligeait la conversation pour se tourmenter à propos du rôti, trop cuit ou pas assez, ou de la sauce française dont je lui avais donné la recette et qui ne pourrait manquer de tourner entre les mains inexpertes de la cuisinière.

— Oh ! tu peux parler, Julia, tu n'a jamais daigné te soucier de ce genre de choses ! Toi, tu vis au jour le jour, tu te moques de tout — et ton mari n'a pas l'air de s'en inquiéter plus que toi. Pour moi, il faut une place pour chaque chose et chaque chose à sa place, voilà ce que mon père m'a appris et il a eu raison. Le désordre m'est insupportable. C'est dans ma nature, je ne me changerai pas et tu seras toujours incapable de le comprendre.

Et pourtant, malgré mon tapis élimé, ma salle à manger en désordre et mes menus fantaisistes, je recevais bien plus souvent que Celia et, sans me vanter, de manière infiniment plus agréable.

Située sur un chemin passant, ma maison était vite devenue une étape commode. M. Agbrigg — conseiller municipal maintenant que son mandat de maire avait expiré — s'y arrêtait presque tous les jours pour déguster le thé fort et parfumé de Mme Guthrie, ma fidèle cuisinière. Les amis de Giles, célibataires pour la plupart, ne voyaient pas pourquoi se priver de l'agrément de son coin de feu une fois qu'ils eurent compris que je les y accueillais avec plaisir.

Blaise venait souvent lui aussi, parfois à des heures indues. Ses chevaux fringants barraient généralement le passage et, plus d'une fois, l'on entrevoyait l'ourlet d'une robe ou la plume d'un chapeau dépasser de la voiture, ce qui indiquait la présence d'une compagne à laquelle je ne pouvais décemment être présentée. Il me rendait même, de temps à autre, complice de ses fredaines, comme il le faisait volontiers du temps de notre enfance. Mais maintenant que j'étais mariée, donc en mesure de faire face sans rougir à la réalité, il ne se contentait plus de me dire : « Si par hasard tu rencontrais mon père et qu'il te demande où je suis, dis-lui que tu ne m'a pas vu », mais plutôt : « Ma très chère Julia, toi qui m'as toujours si bien compris, si tu vas ce soir au bal de la salle des fêtes et que tu tombes sur Mme Woodley — oui, ma chérie, *Mme* Woodley — arrange-toi, s'il te plaît, pour lui faire comprendre que j'ai été appelé d'urgence à Manchester. »

— Et combien de temps comptes-tu être absent ? lui ai-je demandé ce jour-là.

— Le plus longtemps possible, trois jours au moins... Non,

disons plutôt que je suis à Londres, cela me donnera cinq jours. Si cela te gêne, dis-lui simplement que tu me *crois* parti pour Londres — qui le saura, après tout ?

— Pourquoi en serais-je gênée ? Il y a une raison ?

— Oui, et excellente. Mais tu le lui diras quand même ?

— Peut-être...

— Sûrement. Tu as toujours été bonne fille, Julia.

— C'est le moins qu'on puisse dire... Mais, Blaise, toi et Mme Woodley ? C'est une véritable antiquité !

— A peine trente-cinq ans, dit-il en souriant. Et un... enthousiasme, un allant ! Un jour, tu comprendras ce que je veux dire.

Le plus souvent, toutefois, il venait seul passer nonchalamment la soirée au coin du feu. Nous prenions du café et des *muffins* grillés sur les braises vers minuit. Prudence, à qui il arrivait fréquemment de venir à l'heure du thé et de prolonger sa visite jusqu'au dîner, l'engageait dans des joutes oratoires et réfutait les thèses hédonistes qu'il s'amusait à inventer exprès pour la faire sortir de ses gonds. S'il était trop tard pour rentrer, elle faisait porter à Blenheim Lane un billet dans lequel, sous prétexte de prévenir, elle affirmait agressivement son droit à la liberté de ses mouvements, voire de sa pensée et de ses paroles, d'une manière qui faisait immanquablement éclater de rire Blaise.

— Voyons, Prudence, ta pauvre mère ! Elle tremble de peur devant toi, si je ne me trompe.

— Pas le moins du monde. Elle ne remarque même plus mon existence depuis que M. Oldroyd passe son temps à venir la voir.

— Ah ! ah ! L'habile homme... Compte-t-elle l'épouser ?

— Elle aurait bien tort. Pour ma part, je refuserais tout net de vivre avec eux.

— Envisagerais-tu donc de convoler toi-même en justes noces ?

— Pourquoi diable irais-je me marier ?

— Allons, ma très chère cousine. c'est évident ! Si tu ne vis pas avec ta mère, il faut alors que ce soit avec un mari — et sa mère à lui, du même coup. C'est là le sort réservé aux jeunes filles convenables, n'est-ce pas ?

— Dieu merci, je ne serai pas toujours une *jeune* fille ! J'ai déjà presque vingt-deux ans, bientôt j'en aurai trente, puis quarante — tout comme toi, d'ailleurs, mon cher Blaise — et je serai parfaitement capable de mener mes propres affaires à ma guise.

— Pourquoi, au nom du ciel, souhaiterais-tu une chose pareille ? dit-il avec un éclair malicieux dans ses yeux gris. Pourquoi encombrer ta jolie tête des détails sordides de la vie quotidienne quand tu peux avoir un mari qui s'en charge à ta place ? Je ne comprends vraiment pas ce qui te pousse à avoir une si piètre opinion du mariage. Julia, j'en suis sûr, ne la partage pas. Quant à moi, eh bien... j'avoue être tenté d'envier le sort de Giles.

— Qu'attends-tu, dans ces conditions, pour te passer cette envie ? Tu pourrais te marier demain, si tu voulais — sauf que tu t'arrangerais probablement pour tomber amoureux d'une des demoiselles d'honneur de ta femme le jour même de tes noces.

— Tiens, tiens ! dit Blaise comme s'il faisait la découverte d'une idée particulièrement séduisante. Et pourquoi pas, après tout ? Tu as eu tort, je crois, de me mettre cela en tête car je ne serais sans doute pas capable de résister si l'occasion se présentait.

— Ne crains rien, elle ne se présentera pas. Tu chercheras la lune toute ta vie, il te faudra toujours cette créature exceptionnelle dont tu rêves et qui n'existe pas — ou alors, tu te marieras à quatre-vingt-treize ans avec une gamine de quinze ans.

Je n'ai pu m'empêcher de rire, malgré la forte part de vérité contenue dans cette boutade et je lui ai dit :

— Prudence, tu n'es pas gentille !

— Bah ! je n'en suis pas si sûr... murmura Blaise.

Peu après, ce même soir, Giles fut appelé au chevet d'un malade et Blaise déclara, d'un ton désinvolte, qu'il ferait aussi bien de l'accompagner pour lui tenir son cheval dans Simon Street plutôt que de rentrer chez lui et de fournir à son père des explications embarrassées sur son absence de l'usine toute la journée. Restée seule avec Prudence, je lui ai demandé :

— Crois-tu pouvoir éprouver un sentiment pour Blaise ?

— Etre amoureuse de lui, veux-tu dire ? Non, c'est impossible. D'ailleurs, il ne m'en saurait aucun gré si cela m'arrivait. Un homme tel que Blaise préfère éviter les émotions, elles représentent un fardeau.

— Il y a pourtant en lui plus de profondeur qu'il ne veut bien en montrer.

— Tu ne m'apprends rien. Sais-tu, par exemple, ce qu'il a fait ce matin ? Il a accompagné Giles jusqu'à Sunbury Dale et risqué de démolir son phaéton sur les sentiers de la lande pour l'y amener à temps... Tu n'en savais rien ? Ils auraient pu se rompre le cou. Je ne sais pas exactement ce qui s'était passé, une cheminée écroulée sur un atelier, je crois. En tout cas, quand Giles a été prévenu, il était déjà presque trop tard. Blaise lui a proposé de l'emmener, car le cheval de Giles n'aurait jamais pu se sortir des fondrières. Blaise s'est également rendu très utile une fois là-bas, c'est notre oncle Agbrigg qui m'a tout raconté. Mais tu vois qu'ils sont tous deux revenus sains et saufs, ce n'est donc pas la peine de prendre cette mine affolée. Voilà pourquoi Blaise n'était pas à l'usine aujourd'hui et recule l'échéance d'une nouvelle remontrance de son père. Bien sûr, il n'avouera certainement pas la vérité à oncle Joel et cela devait l'amuser de mener son cheval au grand galop à travers la lande, sinon il n'y serait pas allé. Mais ce qui compte, c'est qu'il l'ait fait et se soit rendu utile, à l'inverse de son frère

Nicolas. Si, Julia, c'est vrai et tu le sais comme moi. Dans les mêmes circonstances, Nicolas aurait, à la rigueur, prêté sa voiture, payé quelqu'un pour la conduire, mais il ne se serait jamais dérangé lui-même. Il ne consentira pour rien au monde — encore moins pour les ouvriers de Sunbury Dale — à perdre une journée de travail. Il est comme cela, nous n'y pouvons rien... Dis-moi, tu vas sans doute bientôt porter ton cadeau de mariage à Tarn Edge, ils sont rentrés depuis plusieurs semaines. Nous pourrions nous y rendre ensemble.

Nous n'attendions pas le retour de Caroline avant le Nouvel An. Dans le monde qui était devenu le sien, un voyage de noces peut durer un an ou davantage, et il n'était pas rare de voir un jeune ménage reparaître accompagné de son premier enfant. Mais, contrairement aux métairies de Listonby, les usines Barforth ne pouvaient pas tourner toutes seules et la nouvelle Mme Barforth s'était installée à Tarn Edge depuis si longtemps, maintenant, que ma négligence à lui rendre visite provoquerait des commentaires si je n'y remédiais pas rapidement. Tante Virginie était déjà venue me voir, peu après mon retour, pour m'offrir une magnifique paire de vases de Sèvres, véritable fortune donnée avec désinvolture et exhibée avec la même insouciance sur mon indigne cheminée. De mon côté, j'avais depuis longtemps acheté le cadeau destiné à Nicolas, un ravissant service à dessert décoré de fleurs, objet coûteux mais parfaitement impersonnel qui, depuis des semaines, trônait sur la console du vestibule dans son emballage et me rappelait constamment mon devoir de le remettre à son destinataire. Aussi, lorsque j'ai rencontré Blaise un ou deux jours plus tard devant la Halle au Drap et qu'il m'a dit, comme s'il devinait mon hésitation et l'urgence d'y mettre fin : « Au fait, Julia, si tu as un instant ces jours-ci, passe donc voir ma belle-sœur, ce serait d'autant plus gentil de ta part qu'elle est vraiment très seule », j'ai emprunté le cabriolet de Giles l'après-midi et me suis rendue à Tarn Edge.

Il n'avait jamais été question pour Nicolas et Georgiana d'un logement séparé. Tarn Edge était assez vaste pour abriter deux familles et Nicolas ne pouvait s'éloigner des usines. Pour sa part, Georgiana n'aurait sans doute pas voulu d'une de ces villas modernes chères au cœur de la bourgeoisie et son éducation l'avait amenée à ne voir dans le mariage que le transfert d'une demeure ancestrale à une autre. Elle s'était donc installée chez les Barforth comme elle l'aurait fait chez les Chard ou les Flood et laissait sa belle-mère s'occuper de tout, comme si tante Virginie avait été une duchesse avec trois siècles de traditions domestiques derrière elle.

— Elle a, sur tout, les idées les plus surprenantes du monde, m'avait dit ma mère. Je l'ai trouvée extrêmement distrayante.

Georgiana avait pourtant l'air plutôt triste quand elle me reçut dans le petit salon de tante Virginie. Mais bien qu'elle fût d'abord incapable de se rappeler la nature exacte de notre parenté, elle n'en fit pas moins preuve d'un certain soulagement de voir enfin quelqu'un de son âge et de son sexe. Quant à mon service à dessert, elle l'accepta avec des remerciements polis mais étonnés, car l'utilité de mes assiettes dans une maison aux placards regorgeant de porcelaines précieuses ne lui sautait pas aux yeux.

— Ah oui ! me dit-elle ensuite. Je me rappelle, maintenant. Vous êtes une Aycliffe, n'est-ce pas ? Votre mère est la sœur de mon beau-père.

— C'est exact, sauf que je ne m'appelle plus Aycliffe mais Ashburn. Je me suis mariée en octobre, pendant votre absence.

— Mon dieu, vous êtes donc plus novice encore que je ne le suis ! Votre mari a une usine, lui aussi, ou quelque établissement de ce genre ?

En souriant de sa naïveté, je lui ai répondu que Giles était médecin, ce qui la plongea dans un renouveau de stupeur car l'idée même d'épouser un docteur n'était sans doute jamais venue à une Clevedon. Elle entreprit alors, pour s'excuser de son ignorance, de me dire n'avoir jamais vu un médecin de sa vie, même quand une sévère chute de cheval lui avait démis la clavicule.

— Mon grand-père l'a remise en place et m'a dit que, si je tenais absolument à être malade, je n'avais qu'à rentrer me coucher. Ce que je n'arrive pas à comprendre, c'est que toutes les dames que j'entends parler ici se plaignent toujours de leur santé. L'autre jour, notamment, il y avait une Mme Agbrigg, pourtant plus jeune que moi, qui me faisait l'effet d'être littéralement impotente.

— Je sais, c'est ma jeune sœur. Elle a toujours été délicate de tempérament.

— Oh ! je ne savais pas ! je vous demande sincèrement pardon, mais j'ai un mal fou à m'y retrouver dans tous ces noms et ces liens de parenté. A la maison, c'était infiniment plus simple...

Elle se lança de nouveau dans une explication fort embrouillée, d'où je conclus que sa connaissance intime de l'armorial n'avait d'égale que mon incompréhension. Je l'écoutais avec un sourire indulgent, car j'avais beau être un peu plus jeune, je me sentais tout à coup son aînée par la sagesse et l'expérience. La tâche que je m'étais assignée me paraissait du même coup moins ardue, tandis que je la laissais discourir en s'animant. J'étais venue la voir pour satisfaire aux conventions, certes, mais aussi pour mettre mes bonnes résolutions à l'épreuve et, plus encore, à cause de Giles. J'ignorais s'il était au courant de mes rapports avec Nicolas, mais le meilleur moyen de dissiper ses doutes, s'il en avait, était précisément de nouer des liens d'amitié avec la femme de celui qu'il aurait été tenté de considérer comme un rival.

La naïveté de Georgiana me touchait. Galton n'était qu'à quelques kilomètres de Tarn Edge, mais elle vivait désormais dans un autre monde, une autre planète et souffrait visiblement de son dépaysement. Et puis. elle ne m'avait pas consciemment blessée — elle ne devait même pas savoir que je l'avais été — et mieux valait la maintenir dans son ignorance.

— Vous vous habituerez vite à nous, Georgiana, lui ai-je dit en souriant.

— Croyez-vous ?

— J'en suis sûre. Les amis de tante Virginie vous semblent gauches et empruntés, mais c'est parce qu'ils surveillent leurs manières devant vous et cela ne durera pas. Et si vous vous ennuyez à périr pendant les dîners où vous les entendez discourir interminablement de chaîne et de trame, de lustre ou d'apprêt, sachez que j'ai entendu les mêmes choses toute ma vie sans mieux les comprendre ni m'y intéresser davantage.

Son visage s'illumina d'un sourire qui lui redonna la vitalité et la gaieté qui semblaient l'avoir quittée.

— Serait-ce possible ? Non, vous devez sûrement connaître tout cela par cœur et vous ne m'avez dit le contraire que pour me mettre à mon aise. Mais vous l'avez fait avec tant de gentillesse que je vous en sais un gré infini, ma chère cousine — puis-je vous appeler Julia ? — et je crois que c'est le Ciel qui vous envoie ! N'est-il pas l'heure du thé ? Je vais sonner. A la maison, il fallait se lever pour crier dans un couloir, car aucune sonnette ne fonctionnait plus depuis longtemps et notre vieux valet est sourd comme un pot. Nous faisions même des paris — en jouant gros, quand Perry s'en mêlait — pour deviner si le thé allait ou non être servi.

A Tarn Edge, bien évidemment, ce genre de choses ne pouvait arriver. Aussi, quelques minutes plus tard, avons-nous vu une file de servantes disposer un assortiment de plateaux d'argent chargés d'une profusion de friandises que Georgiana contempla avec une moue de surprise et de réprobation, tant cette abondance devait lui paraître vulgaire.

Quand nous fûmes seules de nouveau, elle me demanda :

— Dites-moi, cousine Julia, que faites-vous de vos journées ?

— Je ne sais pas... Des tas de choses.

— Alors, apprenez-les-moi, car votre mari doit s'absenter souvent, j'imagine, et je ne vois pour ainsi dire jamais Nick. Je ne me rendais pas compte jusqu'à quel point ces usines pouvaient l'absorber. Je l'entendais parler de ses directeurs, de ses chefs d'atelier et je croyais qu'ils s'occupaient de ses affaires comme notre régisseur se chargeait de celles de Galton. Mais ce n'est pas cela du tout ! Nick doit être à l'usine tous les jours, toute la journée et même la moitié de la nuit. M. Barforth lui-même y passe le plus clair de son temps, et ma belle-mère a l'air de trouver cela tout naturel. Moi, je ne le comprends pas... Mon grand-père est toujours occupé, bien entendu, mais il ne vit pas avec un œil sur la pendule, comme ils le font tous ici. Comment supporter de rester enfermé dans ces horribles endroits par un temps aussi beau que celui-ci ? Vous ne montez pas à cheval par hasard, Julia ?

J'ai secoué la tête négativement.

— Non, bien entendu. Personne ne monte, ici. On va à l'usine, à la gare, quand il pleut on fait atteler... Si vous saviez ! Nick m'a donné une jument alezane, une perfection, et je ne peux rien en faire ! Il ne me permet pas de monter seule, sous prétexte que ce serait mal vu. Mal vu !... Alors, la malheureuse bête passe ses journées à l'écurie. Je peux à peine lui faire faire un temps de galop le matin, dans le parc... Il faut pourtant que Nick m'emmène à Galton pour Noël. Si je ne peux pas aller à la chasse du 26, j'en mourrais — surtout maintenant que Matthew a pris la succession de son grand-oncle comme maître d'équipage. Le vieux Sir Richard était plein de qualités, mais il nous faisait toujours partir beaucoup trop tôt pour lever des renards en état de courir...

J'ai pris congé peu après sur la promesse de revenir et de l'emmener aux rares distractions offertes par Cullingford. Le même soir, Blaise vint nous rendre une brève visite et me remercia de la peine que, selon lui, j'avais prise.

Giles était sorti voir un malade. Seule avec Blaise dans la maison silencieuse, je me suis sentie piquée de sa remarque et du ton dont il l'avait dite :

— Quelle peine, Blaise ? ai-je dit sèchement.

— Tu le sais très bien. Je regrette sincèrement que tu en souffres encore.

— Je ne souffre de rien du tout !

— Tant mieux, je suis ravi de m'être trompé. Ton mari est l'homme le plus remarquable du monde, tu sais...

— Je n'ai pas besoin que tu me le dises pour m'en être aperçue, Blaise.

— Non, bien entendu. Bonsoir, Julia.

— Bonsoir. Euh... Blaise ?

— Oui ?

— Sont-ils heureux ?

— Probablement. Elle compte énormément sur lui, tant elle se croit détestée des autres, et lui est toujours aussi aveuglément amoureux d'elle, je crois. Elle l'apprécie — aucune femme ne mépriserait cela — comme en d'autres domaines, si bien qu'elle a pour lui des sentiments de reconnaissance — sentiments que tu es en mesure de comprendre, n'est-ce pas ?

— Bonsoir, Blaise.

— Tu me l'as déjà dit, et si cela signifie que tu me fermes ta porte, sache que je n'en tiendrai pas compte. D'abord parce que tu me pardonneras comme tu l'as toujours fait. Ensuite, et surtout, parce que tu auras plus que jamais besoin de mon esprit léger dans ce monde pesant. Rassure-toi, Giles ne verra aucun inconvénient à ce que tu lui manifestes de la reconnaissance — à sa place, j'en serais enchanté. Sans le moindre effort d'imagination, je saurais t'énumérer plus de cent façons dont une femme pourrait faire preuve de gratitude de la manière la plus plaisante. D'ailleurs, tu as toute la vie pour tomber vraiment amoureuse de lui, tu sais. Laisse-toi tout simplement faire, c'est très facile, tu verras. Et cela ne manquera pas de t'arriver.

Il me sourit, déposa un baiser sur ma joue, inclina son chapeau d'une chiquenaude et s'en fut d'un pas nonchalant.

14

S'ouvrit alors une année de contentement paisible, sur laquelle je voulais modeler toutes les suivantes, une année au cours lent et assuré d'un fleuve, sans cascades ni méandres brusques, mais sans non plus de mares stagnantes ni bancs rocailleux ou desséchés — rien qu'une eau claire et profonde.

Absente depuis plus de huit mois, Caroline revint à la fin de janvier et exigea ma présence immédiate à Listonby. Elle débordait de tant de projets d'embellissement pour la maison et de noms prestigieux à y inviter que, à ma demande polie de saluer son mari, elle s'interrompit à peine pour me dire distraitement :

— Matthew ? Oh ! il est sans doute à la chasse...

Elle reprit immédiatement le fil de son discours, m'expliqua comment elle entendait mener la domesticité, restaurer la grande galerie, aménager une salle de bal, décorer les chambres d'amis, qui inviter, quand et à quelles occasions. Elle me relata en détail son séjour dans la famille de Matthew, me brossa avec irrévérence le portrait des oncles, tantes, cousins et relations, me fit part avec indignation de la liberté de leurs mœurs et de leur prodigalité, que l'état de leurs fortunes respectives ne permettait évidemment pas de soutenir. Elle m'apprit, comme en passant, qu'elle était enceinte et me fit généralement l'impression d'être pleinement heureuse de son sort. Je m'attendais un peu à observer chez elle les symptômes de malaise et de dépaysement qui affligeaient Georgiana : loin de souffrir d'un changement de vie tout aussi considérable, elle avait fermement l'intention, semblait-il, de plier son entourage à ses vues et non de s'en accommoder.

— Dans l'ensemble, conclut-elle, je n'ai pas lieu de me plaindre. Mais il faut d'abord avoir cet enfant, ensuite nous pourrons recommencer à parler chiffons, toi et moi. Ce n'est pas ton cas, à ce que je vois, tu es toujours aussi mince et élégante ? Au fait, sais-tu que Georgiana attend elle aussi un bébé ? Ma mère est folle d'inquiétude, cette idiote prend son cheval tous les vendredis et file ventre à terre jusqu'à Galton en sautant tous les obstacles qu'elle rencontre. C'est de l'inconscience ! Demande à ton mari qu'il lui parle quand il la verra.

Mais Georgiana était trop occupée par ses fuites hebdomadaires vers son cher Prieuré pour se montrer à Cullingford, et je m'absorbais moi-même tant dans mes soins envers Giles que nous n'avions guère l'occasion de nous voir. Une ou deux fois, je m'étais retrouvée assise non loin d'elle aux grands dîners de tante Virginie. Elle n'y ouvrait pour ainsi dire pas la bouche, car on avait sans doute dû la prévenir que ses histoires de chasse ou le récit des exploits de son frère n'intéressaient personne. Aussi se tenait-elle bien droite sur sa chaise, comme une petite fille empruntée, vêtue d'atours trop riches pour qu'elle s'y sentît à l'aise. Elle se contentait d'écouter, les yeux mornes d'ennui, ce langage incompréhensible de coûts de production et autres marges bénéficiaires ; de temps à autre, elle se tournait timidement vers Nicolas et lui lançait un regard implorant pour quêter un réconfort qu'il paraissait lui accorder volontiers. Cet hiver-là, cependant, tante Virginie prit froid et mon oncle Joel, anxieux jusqu'à l'obsession, s'empressa de l'emmener vers les climats moins rudes de la côte méridionale pour y attendre le retour du beau temps. Il ne fit lui-même que de brèves apparitions destinées, disait-il, à réparer les bourdes de ses fils et les empêcher de s'entre-tuer, Nicolas à coups de poing, Blaise à coups de sa langue venimeuse.

Au printemps, Blaise fit un voyage en Amérique. Il en rapporta tant de satisfactions personnelles et, plus important encore, de commandes hautement rémunératrices qu'une nouvelle expédition parut s'imposer. Ces voyages, on le sentait déjà, feraient désormais partie de son emploi du temps.

— Je pensais au moins te voir ramener une riche héritière dans tes bagages, lui dit Prudence.

— La prochaine fois, je te le promets. A vrai dire, certaines de ces jeunes filles sont tout à fait extraordinaires et pleines de charme. A moins que je ne trouve une princesse Peau-Rouge. Hein, ma cousine, qu'en penserais-tu ? Cela devrait satisfaire mes goûts pour l'originalité à tout prix.

— Si cela ne tue pas ton père... Mais tu ne devrais pas t'absenter si longtemps, reprit-elle. Ton frère en profite pour te damer le pion, si je ne me trompe.

— Tu veux sans doute parler de sa nouvelle entreprise de peignage ? Rien ne t'échappe, ma chère Prudence ! Rassure-toi, je ne vois rien de sinistre là-dedans, bien au contraire. Il en parle depuis longtemps et je suis ravi qu'il ait réussi à convaincre notre père de lui avancer l'argent. C'est un métier peu ragoûtant pour lequel je ne me sens aucune disposition. Pauvre Nicolas, va-t-il être débordé ! Une femme, une affaire à lancer, les autres usines à diriger pendant que je ne suis pas là — ce qui va m'arriver de plus en plus souvent, je ne te le cache pas. Mais rassure-toi, ma cousine, Nicolas n'essaie pas de me jeter dehors. D'abord, parce que je n'ai nullement l'intention de me laisser faire, ensuite parce que je n'aime guère plonger les mains dans le cambouis des machines. Et surtout parce qu'en se tuant au travail pour arrondir sa fortune ce cher Nicolas m'enrichit du même coup. Pourquoi le lui reprocherais-je ? N'oublie pas non plus que plus vite nous peignerons la laine, plus vite nous la filerons et la tisserons, donc plus je pourrai en vendre. Je ne verrai plus les chefs d'atelier faire la grimace quand je leur imposerai des délais de livraison ou des charges de fabrication qu'ils prétendent impossibles à tenir. Ne t'inquiète donc pas sur mon compte, Prudence. Cela me touche, mais c'est bien inutile.

Le grand projet de Nicolas, celui dont il m'avait parlé avec tant d'enthousiasme, se matérialisa bientôt sous forme d'un long bâtiment d'aspect rébarbatif édifié non loin de Lawcroft Fold ; une immense pancarte proclamait qu'il s'agissait des « Peignages de la Law ». De même que celles qui l'avaient précédée, cette entreprise allait apporter la prospérité à certains et la misère aux peigneurs à main, dont le travail lent, laborieux et insalubre ne tarderait pas à disparaître. Quelques-uns, très peu, retrouveraient peut-être un emploi chez Nicolas, certains ailleurs — n'importe lequel. Mais les autres, tous les autres iraient à la dérive, inutiles et inutilisables. Et l'on vit en effet apparaître à chaque coin de rue des groupes de plus en plus menaçants, de plus en plus importants, de sorte qu'il devînt bientôt impossible de ne pas les voir et indispensable, on le sentait, de faire rapidement quelque chose.

« Ils ont faim », répéta M. Agbrigg qui savait trop bien, par les souvenirs de son propre passé, qu'avec ou sans travail il fallait trouver de quoi payer le loyer et entretenir un souffle de vie dans des corps maigres.

« Ils sont insolents ! » répliqua tante Hannah, qui avait été gratifiée de nombreuses injures et de gestes obscènes.

« Ils deviennent empoisonnants », s'impatientaient les bourgeois.

C'est ainsi que, seuls et sans aide, ma sœur Prudence et M. Agbrigg fondèrent l'Association pour le secours aux peigneurs dans le but de rechercher des emplois pour ces infortunés ou, quand c'était impossible, de les aider à émigrer. M. Agbrigg parvint à persuader ses collègues du conseil municipal de puiser quinze cents livres dans les fonds publics pour subventionner l'association ; ma sœur Prudence fit une collecte et se dépensa elle-même sans compter. Des années plus tard, elle recevait toujours des lettres provenant d'Australie ou du Canada qui lui donnaient, dans une déplorable orthographe, des nouvelles des familles reconnaissantes sur lesquelles elle avait veillé.

— Je serais curieuse de savoir le montant de ta contribution, dit-elle à Blaise dès le début de la souscription.

— Eh bien .. compte sur moi pour donner le double de ce

qu'aura promis mon frère, lui répondit-il, sachant fort bien qu'il n'offrirait pas un sou.

Mais ces rivalités entre les Barforth ne m'intéressaient pas plus qu'elles ne me concernaient. Ils étaient riches, s'enrichissaient chaque jour davantage ; mais j'avais, moi aussi, une fortune : un homme qui avait besoin de moi, de me voir, de me toucher, qui s'arrêtait au seuil du vestibule, hésitant, assombri, quand il me croyait sortie et dont je voyais le visage s'éclairer de bonheur quand il se rendait compte de ma présence. Ma seule véritable inquiétude était de ne pas lui donner assez de tout, assez de moi-même et, plus encore, de me trouver affligée d'un corps apparemment incapable, malgré l'intensité de mon désir pour ses caresses, de trouver, d'accéder à cet apogée du plaisir qu'il m'avait décrit et que je souhaitais avec tant de ferveur partager avec lui.

— Giles, mon chéri, serais-je anormale ?

— Non, mon amour, non, n'y pense plus. Tu as le temps...

Chaque nuit, tournée vers lui avec impatience, je sentais mon corps rayonner de plaisir et d'espoir sous ses mains, j'attendais cette communion parfaite, je surveillais le cœur battant cette sensation qui s'éveillait au tréfonds de mon être et battait des ailes comme un oiseau en cage aspire à la liberté, je luttais contre ce qui semblait le retenir encore, moins pour mon propre plaisir que pour le sien. Et à chaque fois, quand je sentais le moment enfin venu, quand je m'apprêtais à célébrer ce triomphe tant attendu, tant désiré, le battement d'ailes ralentissait pour s'évanouir, se replier dans sa cage impitoyablement close et me laisser inassouvie, désespérée face à cette nouvelle déception qui me paraissait cruelle et injuste.

— Oh ! Giles ! Je voudrais tant te donner tout ce que tu veux. Je veux te rendre heureux et...

— Tu me rends le plus heureux des hommes. Il ne faut pas avoir de peine, mon amour, c'est la seule chose capable de me rendre malheureux.

Peu à peu, cet inaccessible plaisir physique devint dans mon esprit le symbole de notre différence. J'aimais Giles ; je n'en étais pas amoureuse de la manière poignante, dévorante dont je l'avais été de Nicolas. Aussi, dans mon désir obsessionnel de transférer de l'un à l'autre la plénitude de mon amour, j'en vins à considérer le plaisir comme non seulement souhaitable mais véritablement essentiel. En l'éprouvant, je ferais plus que d'appartenir à Giles tout entière, je lui ferais comprendre qu'il me possédait enfin. Je devais lui donner l'ultime satisfaction de me voir totalement transportée, consumée de désir pour lui, réduite à un esclavage joyeusement consenti. Je le devais, absolument. Mais l'intensité même de ma détermination et de ma crainte de l'échec provoquait en moi une tension telle que, chaque nuit, j'échouais en effet et que mon corps se faisait l'instrument de sa propre défaite.

— Je te désire pourtant, Giles !

— Je sais, mon amour. C'est de ma faute, je te demande trop et trop vite.

— Non ! Tu n'exigeras jamais assez. Pourquoi être toujours aussi bon quand je ne le mérite pas ?

A certains moments, les dents serrées, vibrante de rage et de frustration, j'aurais voulu qu'il me batte, qu'il me force d'une manière ou d'une autre à extraire de moi la réaction que je désirais si désespérément lui offrir. Mais sa douceur ne se démentait jamais et je savais qu'à tous autres égards nous étions heureux.

Caroline accoucha au mois de juin, un an presque jour pour jour après son mariage. Avec son sens habituel du spectaculaire, elle ne se contenta pas de donner le jour à un seul enfant mais à deux gros garçons pleins de santé, qui naquirent sans causer plus de problèmes qu'on ne leur permît d'en soulever par la suite. Ils étaient couchés paisiblement et silencieusement dans leurs berceaux jumeaux le long du lit de leur heureuse mère, déjà plongée dans les listes de travaux, de meubles, de menus et d'invitations à effectuer, acquérir ou consommer selon les cas. Dominique Chard, qui serait plus tard Sir Dominique et seul maître de Listonby, n'offrait pour le moment aux regards qu'une touffe de cheveux noirs posée sur un oreiller de dentelle, un petit poing dressé vers les rayons du soleil et fort capable, comme sa mère, de se les approprier. Quant à son frère, son cadet de dix brèves mais décisives minutes, il n'était destiné qu'à rester M. Noël Chard, sans titres ni terres et contraint de regarder au-delà du domaine ancestral pour trouver les moyens de gagner sa vie.

— On en fera un militaire, me dit Caroline après avoir accepté mes félicitations et mes cadeaux. Colonel de hussards, par exemple — je ne sais pas exactement à quoi cela correspond mais le titre sonne bien. Le baptême a déjà fait toute une histoire. Matthew a deux cousins évêques et a très mal pris ma suggestion d'en faire baptiser un par chacun. Ils se disputent tous les deux, paraît-il, l'honneur de baptiser l'aîné ! S'ils continuent, je réglerai la question en chargeant le curé de Cullingford d'officier, cela fera un beau scandale... En tout cas, j'ai pris de l'avance sur Georgiana et je doute fort qu'elle me rattrape. Elle est si plate qu'on se demande même si sa grossesse n'est pas le fruit de son imagination. Le pauvre petit va naître dans un fossé avec la jument en guise de sage-femme, si elle ne prend pas plus de précautions ! Quoi qu'il en soit, Julia, je compte absolument sur toi et ton brillant mari pour le déjeuner de baptême.

Les malveillantes prédictions de Caroline ne se réalisèrent pas et Georgiana accoucha un mois plus tard luxueusement, sinon facilement, dans sa chambre de Tarn Edge. En dépit de ses habitudes athlétiques et de son esprit stoïque, elle subit trente-six heures d'un travail épuisant qui nécessita la présence simultanée du conservateur Dr Overdale et du progressiste Dr Ashburn.

Quand je suis allée la voir, elle était très affaiblie et encore au lit, malgré trois semaines de convalescence. Son visage sur l'oreiller semblait si las, son corps si frêle et vulnérable, et j'ai vu dans ses yeux verts et la masse indisciplinée de ses cheveux roux répandus sur les draps quelque chose de si émouvant que mes craintes de voir Nicolas — ne s'agissait-il pas, après tout, de *son* lit, de *son* enfant et de *sa* femme ? — se dissipèrent pour laisser place à de la compassion.

— Etait-ce vraiment insupportable, Georgiana ?

— Oh oui ! répondit-elle en souriant. Merci de me le demander, car je puis maintenant en parler. C'était épouvantable ! Tout le monde m'a répété que j'ai bonne mine, alors que je sais avoir une tête à faire peur, et combien j'ai été brave, alors que je hurlais si fort que Nicolas a dû m'entendre dans le vacarme de ses machines. Oui, épouvantable est le mot... j'étais furieuse, en plus, de me montrer si lâche et cela me faisait crier encore plus fort. Votre mari a été absolument parfait. Le Dr Overdale me disait tout le temps : « Chut ! Taisez-vous, ma petite », mais votre mari m'a conseillé de crier et même de jurer si j'en avais envie, et je ne m'en suis pas privée, croyez-moi ! Enfin, le voilà, le responsable de toutes ces perturbations : Gervais Clevedon Barforth. Regardez-le donc, il est minuscule — on pourrait presque le perdre dans le monceau de mousseline et de dentelle où il est enfoui — mais je crois qu'il ressemblera à mon frère quand il aura un peu forci. Il n'a pas encore beaucoup de cheveux, mais la petite mèche qu'on voit là est décidément auburn, comme Perry. Cela vous amuserait-il de le prendre dans vos bras ? Tous les gens qui viennent ont l'air de trouver cette formalité obligatoire, mais si vous n'y tenez pas je n'en serais pas le moins du monde offusquée.

Je n'avais aucune expérience des nouveau-nés et je l'ai soulevé avec maladresse, en palpant sous les replis compliqués des couches et des langes une petite chose pas plus lourde qu'un chaton. Je l'ai aussitôt reposé sur le lit, près de sa mère, en espérant ne pas lui avoir fait du mal.

— J'aurais préféré qu'il naisse au Prieuré, reprit-elle avec mélancolie. J'avoue d'ailleurs avoir fait exprès d'y aller le plus souvent possible, vers la fin, dans l'espoir que les douleurs me prendraient là-bas et que je serais obligée d'y rester. J'ai tout fait, d'interminables marches à pied, du cheval — Perry m'a même emmenée jusqu'à Patterswick en carriole pour mieux me secouer, en vain.

J'aurais tant voulu, pourtant, qu'il naisse à Galton ! Je voulais d'abord l'appeler Perry mais Nicolas s'y est opposé en disant qu'un seul suffisait dans la famille. Il n'a quand même pas pu refuser que je lui donne le nom de mon grand-père, Gervais, et que j'y ajoute notre nom de famille. C'est la moindre des choses, d'ailleurs, car si Perry ne se mariait pas, ce serait le petit Gervais qui hériterait du Prieuré.

— Notre cousin Nicolas n'apprécie sûrement pas, commenta Prudence peu après, quand je lui eus rendu compte de ma visite. Je le vois mal se démener pour se bâtir un empire dans le seul but de le voir ensuite dilapidé par les Clevedon. Dans la famille, c'est Caroline qui rêvait d'un titre et d'un domaine. Nicolas, lui, ne voulait que se trouver une femme et Georgiana ferait mieux de se résigner dès maintenant à l'idée que son fils est avant tout un Barforth et destiné à vivre par et pour les usines.

Les Clevedon n'étaient pas, eux non plus, démunis de parents haut placés dans la hiérarchie ecclésiastique. Le baptême du petit Gervais fut cependant une cérémonie fort simple, qui prit place dans la chapelle du Prieuré sans rien des fastes de Listonby, plus proches d'une présentation à la Cour du futur baron et de son frère le colonel de hussards que de leur admission au sein de la chrétienté. La maison, malgré les travaux qui battaient leur plein, était bondée de toutes sortes de Chard, nobles, religieux, sportifs et militaires qui, après avoir prononcé les propos indispensables au sujet des jeunes héritiers, s'assirent à la table du banquet dans la grande salle à manger de l'aile XVIIIe siècle. Ils dégustèrent perdrix truffées et volailles en aspic, homards grillés et aloyaux en croûte pendant que, sur la pelouse, rôtissait un bœuf entier que se partageaient les métayers et serviteurs du domaine, installés à de longues tables dressées sous les ormes et les sycomores.

La nouvelle salle de bal aménagée par Caroline au premier étage était encore aux mains des plâtriers, peintres et menuisiers. Il y eut pourtant, ce soir-là, deux bals à Listonby, l'un pour la famille et les amis dans le grand vestibule et l'autre sous une tente à l'usage des fermiers et villageois, du garde-chasse et de son épouse, du premier valet de chiens et de sa ravissante fille — qui ne semblait pas s'offusquer outre mesure des attentions que lui prodiguait Perry Clevedon.

Car, tandis que le champagne au château et la bière sous la tente coulaient à flots, les invités et la famille allèrent à minuit rejoindre les roturiers pour boire à la santé du nouveau-né. L'on vit alors filles de fermes et filles de gentilshommes, vaillants officiers et robustes laboureurs lever leurs verres côte à côte, comme les circonstances l'exigeaient. Il faut noter en outre que les populations rurales étaient très désireuses de faire la connaissance de leur nouvelle châtelaine ; par ailleurs la naissance d'héritiers garantissait la prorogation de leurs baux et la pérennité du domaine.

Ces festivités triomphales donnaient un avant-goût de celles que Caroline envisageait pour l'avenir.

— Bravo ! lui ai-je dit. C'était une réussite parfaite.

— Je le crois, en effet. Mais je ne compte pas m'endormir sur mes lauriers. « Qui ne progresse pas recule », m'a souvent dit mon père. Alors, attends de voir ce que je prépare pour mon grand bal de la Noël.

La première pierre de la salle de concerts si chère à tante Hannah fut enfin posée cette année-là, aux joyeux accents de l'orphéon de Cullingford, à l'emplacement qu'elle avait elle-même choisi tout près de la place du Marché. Pour le cérémonial, elle avait fait appel à un noble comte des environs, gentilhomme fort âgé qui nous fit l'effet de ne pas très bien savoir l'objet exact de sa présence. Il fit cependant preuve d'une grande amabilité au cours de la réception qui suivit dans les salons de la salle des fêtes où ma tante, bien qu'elle ne fût plus mairesse, affectait toujours la même autorité et reléguait à l'arrière-plan la plantureuse Mme Hobhouse, qui lui avait succédé. De fait, monsieur le maire Hobhouse — l'allure aussi joviale et le sourire aussi suffisant qu'à l'accoutumée en dépit des rumeurs persistantes sur le mauvais état de ses affaires à Nethercoats — ne faisait pas mystère de sa dépendance envers M. Agbrigg, son premier adjoint, tant il préférait lui-même les agréments d'un verre de punch au Vieux Cygne et la conversation de ses pairs aux tractations orageuses avec les administrateurs de la Compagnie des Eaux.

« Agbrigg est mon bras droit ! répétait-il, exaspérant tante Hannah et oncle Joel. Voyez comme il s'y est pris pour acculer ces gaillards de la Compagnie des Eaux ! Félicitations, mon vieux, c'est du bel ouvrage. Vous en aurez d'ailleurs toute la gloire puisque l'affaire se conclura quand vous redeviendrez maire aux prochaines élections — mais si, mais si, j'en réponds ! »

« C'est bien le moins qu'il en ait la gloire, il a fait tout le travail », commenta Prudence en chuchotant de manière à être clairement entendue. Nul n'ignorait, en effet, que seuls les efforts de M. Agbrigg avaient amené les dirigeants de la Compagnie à se dessaisir de leur monstre pour la somme considérable de 165 000 livres ; non content de ce succès, il était également parvenu à apaiser les craintes du conseil municipal, dont les membres s'affolaient à l'idée d'aliéner une portion aussi importante des finances publiques, mais aussi à obliger ses collègues à obtenir du Parlement l'autorisation d'émettre un emprunt de 400 000 livres destiné à la construction de réservoirs et d'un réseau de canalisations.

« Que d'énergie gaspillée ! avait déclaré Mme Hobhouse avec dépit. Pensez donc, Hannah, s'il en avait fait le dixième pour ses affaires, vous ne seriez pas simplement mairesse, aujourd'hui, mais au moins millionnaire ! »

Son insinuation malveillante tomba à plat. Tante Hannah était sur le point de voir ses propres projets se concrétiser et la réputation de son mari, en passe de devenir un héros populaire, compensait largement son manque de raffinement en société ; aussi, pour toute réplique, se contenta-t-elle d'un sourire et d'une inclination de tête méprisante, digne de la meilleure tradition Barforth.

Ma mère était venue, elle aussi, à cette mémorable cérémonie. Elle ne repoussait pas les avances dont l'entourait le respectable M. Oldroyd — dont les mœurs secrètement dissolues m'avaient été dévoilées par Blaise — et paraissait toujours aussi prête à flirter et séduire tous les hommes. Je la savais pourtant accablée d'ennui et impatiente de reprendre le cours de ses voyages, sans cependant parvenir à décider de l'endroit où elle irait.

— Vous rajeunissez tous les jours, maman, lui ai-je dit quand nous sommes rentrées à la maison. Aujourd'hui, vous semblez avoir dix-neuf ans.

— C'est possible, ma chérie, et tu es un amour de me le dire. Mais à quoi cela me sert-il de paraître jeune quand tous ceux de ma génération ont l'air de vieillards ? Où sont donc passés les hommes séduisants, le sais-tu ? Je me posais encore la question ce matin, car naguère le monde en était plein et ils semblent avoir complètement disparu ! Eh bien, je crois avoir trouvé la réponse. Ils ne se sont pas évanouis, non, ils sont toujours ici — mais ils ont pris de l'âge. Matthew Oldroyd, par exemple, était fort joli garçon avant de devenir gris et desséché comme il l'est. Quant à Bradley Hobhouse, mais oui, ma chérie, il méritait que l'on le regarde avant qu'il n'ait cette allure d'hippopotame et ses quatre-vingts kilos. J'avoue même l'avoir parfois regardé avec un certain intérêt — simplement regardé, rassure-toi. Maintenant, à l'exception de mon frère Joel — et Joel lui-même, à vrai dire, commence à s'empâter — on ne voit plus que des outres apoplectiques ou de petits vieux décharnés. Aussi, Julia chérie, j'ai beau paraître dix-neuf ans quand je me surveille, il y a bien des jours, crois-moi, où je sens peser mon âge. Je devrais peut-être me mettre au satin mauve, comme Hannah ou Emma-Jane Hobhouse, et me préparer avec résignation à la décrépitude. J'en arrive à me demander s'il n'aurait pas mieux valu, en fin de compte, naître avec une mentalité de douairière comme Celia.

Celia n'avait pas assisté à la cérémonie publique de la place du Marché. Elle craignait devoir rester debout trop longtemps, redoutait plus encore d'être bousculée par la foule et que le vacarme des cuivres de l'orphéon ne lui donnât la migraine. Aussi Jonas l'avait-il aidée à gravir l'escalier de la salle des fêtes, installée dans un fauteuil auprès d'une fenêtre ouverte pour lui permettre de mieux voir ; puis, il l'avait refermée de peur que Celia n'attrapât froid. Les soins qu'il lui prodiguait étaient, certes, dépourvus de chaleur ; mais nul ne pouvait l'accuser de ne pas se plier docilement aux moindres caprices de cette frêle jeune femme qui avait toujours éprouvé le besoin d'exagérer sa fragilité pour se faire remarquer. Prudence et moi en eûmes une nouvelle fois la preuve au cours de la réception.

— Jonas ! La citronnade que vous m'avez apportée est tiède.

— Je vais chercher de la glace.

— Vous savez bien que la glace me fait mal à la gorge.

— Je vous demande pardon. Que voudriez-vous alors ?

— Je ne sais pas... Ne pouvez-vous pas avoir une idée, pour une fois ? Il semble n'y avoir rien d'autre au buffet que du champagne, et le champagne me rend malade. Bien entendu, ce serait sans doute trop demander que d'avoir une tasse de thé.

— Je vais voir s'ils peuvent en faire.

— Merci. Ah ! Jonas ! Pas trop fort, je vous prie. La dernière fois que j'ai bu du thé ici, il était noir et amer comme de l'encre, une horreur ! Faites vite, Jonas, je meurs de soif.

Nous l'avons suivi des yeux tandis qu'il s'éloignait, toujours aussi froid et imperturbable, et Prudence se pencha pour me murmurer à l'oreille :

— Notre petite sœur semble tenir son Jonas au bout d'une laisse bien serrée. Qui aurait pu le prévoir ? Je m'attendais à ce que ce soit exactement l'inverse.

Pour ma part, j'étais loin d'en être convaincue. Il est vrai que Celia avait toujours pleurniché, gémi et s'était plainte de tout au point de se rendre insupportable ; mais Prudence savait comme moi que son comportement était dû à une absence de confiance en elle et à un sentiment d'isolement. Celia avait grandi dans la certitude d'être négligée, entre un père tyrannique qui ne lui manifestait ni intérêt ni affection et des sœurs qui, ouvertement, n'appréciaient guère sa compagnie. Cette certitude était donc fondée. Seule Miss Mayfield, aux cris répétés de « J'ai mal à la tête ! » ou « J'ai mal au dos ! » accourait pour s'occuper d'elle ; seules la convocation précipitée du Dr Overdale et la claustration dans une chambre obscure — « Taisez-vous, petites sottes, votre sœur est malade ! » — lui redonnaient de l'importance. Maintenant, une fois émoussé le succès spectaculaire de son mariage précoce, elle se rabattait sur les mêmes artifices, ses constants malaises et le drame de ses deux fausses couches, pour attirer l'attention sur elle, pour punir aussi celui qui paraissait déterminé à jouer le rôle du mari irréprochable — mais qui, pourtant, ne l'aimait pas.

— Au moins, ai-je dit à Prudence en exprimant à haute voix la conclusion de mes pensées, au moins il ne semble pas amoureux d'une autre.

— Jonas, amoureux ? Grand dieu, bien sûr que non ! Voyons, Julia, ne peux-tu penser à rien d'autre ? Je n'aurais jamais cru que le mariage te rendrait idiote. En un sens, je m'en réjouis, bien entendu. Mais avoue que cela limite singulièrement la portée de ta conversation.

Nous avons quitté de bonne heure la réception, car Giles avait reçu un appel pressant d'une de ses malades. Je l'ai accompagné à Simon Street et suis restée à l'attendre dans son cabriolet pendant qu'il s'engouffrait dans un étroit passage, à peine assez large pour une personne. Je le vis pénétrer, au fond d'une cour, dans l'une des masures construites par mon père.

L'air putride que je respirais m'amena à de sombres réflexions. Je savais que ce lacis de venelles sans soleil, cet amas de taudis suintants d'humidité témoignaient trop éloquemment du talent, dont se vantait mon père, de savoir entasser plus d'êtres humains au mètre carré que tous les constructeurs du Yorkshire, sinon du Royaume-Uni. Je savais que la femme qu'allait soigner mon mari était sale et puante car, pas plus que les autres, elle n'avait d'eau pour se laver. Je savais que son mari, ou son amant, serait ivre et chercherait noise au médecin dont il était hors d'état de payer la visite. Je savais que ces ruelles grouillaient de rats et de vermine, de prostituées et de voleurs, que la maladie et la mort y rôdaient en toutes saisons. Je savais le peu de valeur que ces malheureux accordaient à la vie, à leur vie, parce que nul au monde ne les avait jamais mieux traités que des bêtes de somme, aisément remplacées quand elles viennent à succomber à la tâche. Moi-même, qu'aurais-je alors valu si le hasard m'avait fait naître dans ce piège auquel on n'échappe pas — ou si rarement ?

Je vis Giles revenir vers moi en enjambant les tas d'immondices et je me sentis submergée par une vague de joie et de gratitude. Le destin m'avait donné une vie agréable, il m'avait accordé de la vivre avec cet homme bon, dévoué, merveilleux. Et ce bonheur était tel qu'une flamme s'alluma au plus profond de mon être et m'irradia.

Nous nous étions remis en route, arrivions déjà sur la hauteur, dans un air plus pur, et je me suis serrée contre lui.

— Tu es un homme extraordinaire, Giles.

— Très ordinaire, au contraire. Je ne vois en moi rien de particulièrement remarquable.

— Et moi, si, j'affirme que tu es extraordinaire, je n'aime pas être contredite !

Il me sourit calmement, paisiblement comme à son habitude :

— Dis-moi plutôt que j'ai de la chance, ce serait plus proche de la réalite. J'ai la chance d'avoir assez d'argent pour me montrer charitable, voilà tout. Il ne faut pas m'admirer, Julia, je n'ai encore rien fait pour le justifier et je crains bien de ne jamais rien faire de remarquable en ce monde. La misère qui m'entoure m'émeut, certes, mais je suis trop satisfait de ma vie pour sacrifier mon bonheur. Ainsi, je n'ai pas manifesté à Westminster avec les chartistes, comme ton frère Charles Aycliffe, bien que je sois convaincu de la justesse de leur cause. Ici, je fais de mon mieux pour répondre à tous les appels, mais je ne mène aucune croisade pour obtenir des réformes indispensables. Au fond, vois-tu, je ne suis qu'un individu très ordinaire, avant tout soucieux de ses propres affaires, de son foyer, de sa femme.

Quand nous sommes arrivés à Millergate, je l'ai attendu dans le vestibule tandis qu'il rentrait le cheval à l'écurie. Mes craintes diffuses s'étaient évanouies, mon corps tout entier rêvait de lui et l'attendait avec impatience.

— Giles ?

— Oui, ma chérie.

J'aurais alors voulu lui dire de me prendre sur-le-champ et de m'aimer — mais les principes inculqués par mon père m'en ont empêchée. Ces mots, pourtant, étaient là, entre nous. Et ils nous attiraient l'un vers l'autre comme des aimants.

15

Notre second Noël ensemble fut placé sous le signe du bonheur tranquille, d'autant que les obligations professionnelles de Giles m'avaient forcée de refuser l'invitation de Caroline à venir passer toute la période des fêtes à Listonby.

— Tu ne vas quand même pas manquer mon bal ! me dit-elle avec indignation. Si ton mari est retenu, viens sans lui — à moins qu'il ne fasse l'impossible pour se dégager, car on ne *peut* pas manquer un événement pareil ! Il faut, tu entends, il *faut* y assister. L'escalier est une pure merveille, et mon père lui-même n'a jamais réuni autant de lustres. Il y en a sept rien que dans la grande galerie, et je te laisse la surprise de découvrir la salle de bal. Si tu hésites encore, sache que j'ai *absolument* besoin de toi, Julia. Il y aura beaucoup de gens que je ne connais pas encore, tu m'aideras à recevoir. Pas de mauvaises excuses, je compte sur toi, c'est dit.

Lorsque nous nous sommes revues à Tarn Edge, quelques jours avant l'« événement », elle ne m'avait pas pardonné mon refus obstiné. C'était, semblait-il, la seule occasion que tante Virginie ait eue de rassembler toute sa famille sous son toit. Caroline n'avait que quelques heures à perdre et Georgiana, malgré les recommandations pressantes de son mari, était résolue à ne pas manquer une heure des chasses de Noël à Galton. A peine avions-nous reçu nos cadeaux amoncelés sous le somptueux arbre de Noël que les hommes nous quittèrent un à un, Giles pour un accouchement, Matthew pour quelque complication chevaline, Nicolas pour ses ateliers de peignage où un groupe de chômeurs s'en prenait aux machines, oncle Joel pour empêcher son fils de commettre quelque bévue et Blaise pour se régaler du spectacle. L'après-midi se termina donc avec, pour seule compagnie masculine, les jumeaux Chard, endormis dans l'ancienne chambre de Caroline, et le petit Gervais Barforth, que sa mère était allée chercher pour le tripoter et le faire sauter sur ses genoux comme un jeune chiot avant de l'abandonner distraitement sur le bord d'un canapé.

Pour le Jour de l'An, nous sommes restés plus modestement chez ma mère, toujours attristée par la décrépitude de ses admirateurs mais qui parlait de retourner en France, où l'ordre semblait revenir ; la toute jeune République paraissait vouloir se donner à un nouveau Bonaparte. C'était un personnage fort habile qui, après quelques années d'exil à Londres, était apparemment disposé à marcher sur les traces de l'illustre Napoléon, son oncle, et à se coiffer d'une couronne à la première occasion.

— J'en suis ravie ! nous déclara ma mère. Ces aventuriers de la politique apprécient généralement le faste et la gaieté.

Mais ce voyage, toujours à demi préparé, retardé une douzaine de fois, ne se fit pourtant pas, si bien que ma mère était chez moi en ce jour du mois de mai où Giles revint inopinément au milieu de l'après-midi et s'écria, en me voyant m'approcher :

— Ne me touchez pas !

— Mais, Giles... Que se passe-t-il ?

— Laissez-moi d'abord me laver les mains, je vous rejoins dans un instant.

Puis, tout en gravissant l'escalier, il me lança par-dessus son épaule :

— J'ai fait prévenir M. Agbrigg de venir me voir. Il devrait arriver d'une minute à l'autre.

— Il y a sûrement un problème grave, me dit ma mère, je le sens. Mieux vaut te quitter, Julia, je suis peu douée pour résoudre les problèmes et je ne ferais qu'encombrer en restant.

M. Agbrigg arriva presque aussitôt et s'enferma avec Giles pendant près d'une heure dans son cabinet.

— Ce n'est rien, me dit Giles. Il faut que je ressorte.

— Ce n'est rien, me répéta-t-il beaucoup plus tard en rentrant.

Mais quand il eut fini de se laver de la tête aux pieds et de changer de linge et de vêtements — qu'il avait dissimulés au fond de son laboratoire — je lui ai barré la route dans le vestibule :

— Giles, dites-moi ce dont il s'agit. Je ne suis plus une enfant, j'ai le droit de savoir.

— Il n'y a peut-être rien à savoir, me répondit-il en s'éloignant. Le Dr Overdale est convaincu que je me trompe et le Dr Blackstone m'a traité d'âne et de faiseur d'histoires. J'espère bien sincèrement qu'ils ont tous deux raison... Eh bien, soit. Je crois avoir détecté un cas de choléra dans Simon Street.

— Il y a toujours des fièvres et des maladies, dans ce quartier-là.

— Sans aucun doute. Typhus, typhoïde, scarlatine, le répertoire complet, sans parler de celles pour lesquelles la médecine n'a pas encore trouvé de nom. Mais j'ai parlé de choléra, Julia, pas de fièvres, même infectieuses.

— En êtes-vous certain, Giles ?

— J'ai vu des cas il y a une dizaine d'années, dans un hôpital de Londres, et cela y ressemble beaucoup. Si je n'en suis pas absolument certain, c'est peut-être parce que je souhaite faire erreur.

— Qu'en pense le Dr Overdale ?

— Il sait ce que c'est, lui aussi, il est assez âgé pour se souvenir de l'épidémie de 1831. Mais il a si fort envie que je me trompe qu'il ferme les yeux sur les symptômes les plus évidents. Quant au Dr Blackstone, qui devrait avoir encore plus d'expérience, il ne parle que de m'enfermer chez les fous. Son idée, celle que vous avez dite vous-même il y a un instant, c'est qu'il y a toujours quelque chose de malsain à Simon Street.

— Alors, Giles, que pouvez-vous faire ?

— Y retourner demain matin, voir si la maladie s'est répandue.

Plus tard, ce même soir, M. Agbrigg revint proposer son aide.

— Si c'est bien le choléra, je n'aurai pas besoin de secouer mes collègues, dit-il. Ils sont assez vieux, comme moi, pour se rappeler la dernière épidémie. Alors, que pouvons-nous faire ?

Giles haussa les épaules et versa dans leurs deux verres une rasade de cognac.

— Si nous savions seulement contre quoi nous nous battons exactement... Il faudrait déjà leur apprendre à ne plus boire l'eau croupie ramassée dans les flaques et leur fournir de l'eau potable.

— Cela, c'est à notre portée mais il y faudra du temps. Que faire dans l'immédiat, mon garçon, demain matin ?

— Du chlorure de chaux, répondit-il lentement, les sourcils froncés. Toutes les maisons dans la zone contaminée devraient être passées à la chaux. Faites déplacer ces tas d'ordures — je ne puis, hélas ! vous suggérer où les mettre. La dernière fois, je crois, on a fait brûler des barils de goudron et de vinaigre dans les rues. J'ignore si c'est utile, mais cela aurait au moins le mérite de faire croire aux gens qu'on fait quelque chose.

— Je m'en occupe, mon garçon, comptez sur moi.

Une fois M. Agbrigg parti, je me suis assise à côté de Giles, au coin du feu, et j'ai glissé mes mains entre les siennes.

— Giles... As-tu peur ?

— Bien entendu. Si demain j'avais le choix entre retourner à Simon Street ou prendre le train pour Londres avec toi, je n'hésiterais pas un instant... Malheureusement, ajouta-t-il avec un sourire triste, il n'y a pas de choix.

Le lendemain matin, par une splendide journée bleue et rose, Giles sortit de bonne heure pour ne revenir que tard le soir. La distance qu'il insistait à garder entre nous confirma mes craintes. Dans la même famille, un enfant était déjà mort, trois autres atteints par le mal, ainsi qu'une voisine et deux autres personnes de l'autre côté de la rue, plus six autres à quelques dizaines de mètres de là, toutes six couchées dans le même lit. Le Dr Blackstone luimême ne pouvait plus douter.

— Je retourne au dispensaire, dit-il. On a besoin de chaque lit, de sorte que je dois les examiner pour renvoyer chez eux tous ceux qui n'ont pas absolument besoin d'être hospitalisés.

Prudence, venue passer la soirée avec moi, s'avança :

— Je vous accompagne
— Il n'en est pas question !
— Si, Giles. Soyez raisonnable, voyons. Vos infirmières vont toutes vous lâcher quand elles sauront ce dont il s'agit, et les rares qui resteront seront trop ivres pour faire leur service. Votre galanterie vous honore, mais vous aurez le plus urgent besoin de toutes les mains disponibles, et je vous forcerai à vous servir des miennes.
— Des miennes aussi, ai-je aussitôt ajouté.
Je ne m'attendais pas à un refus auquel Giles ne m'avait encore jamais habitué. Aussi ai-je entendu avec stupéfaction sa voix tonner d'une manière totalement inconnue pour me dire :
— Je vous l'interdis formellement !
— Grand dieu ! ai-je répondu en riant à moitié. Il faudra donc vous désobéir.
— Non ! Vous ferez ce que je vous dis.
Pendant ce temps, Prudence nouait calmement les brides de son chapeau :
— Vous réglerez cela entre vous, dit-elle. Mais vous n'avez aucune autorité sur moi, mon cher Giles, et ne pouvez donc rien m'interdire ni m'ordonner. Seule ma mère possède encore ce droit et je m'en inquiète d'autant moins qu'elle va sans doute fuir comme l'éclair en France ou ailleurs, dès qu'elle aura entendu le mot de choléra.
— Je refuse pourtant de vous exposer inutilement au danger, Prudence.
— Vous ne pouvez pas davantage m'empêcher d'agir à ma guise. Tirez-en donc le meilleur parti.
Il ne voulut cependant pas se laisser fléchir en ce qui me concernait. Plus tard, cette nuit-là, après que j'eus en vain prié, supplié et développé les arguments les plus irréfutables, il me déclara :
— Tu es ma femme. La loi me confère une autorité absolue que j'entends pleinement exercer.
— Mon dieu, Giles, est-ce bien vous qui parlez ? Je ne vous avais encore jamais vu si pompeusement ridicule ! Mon père lui-même n'a jamais eu le mauvais goût de me tenir des propos pareils.
Puis, après que j'eus insisté, menacé, supplié à nouveau tant je trouvais impensable de ne pas avoir la permission de partager son fardeau, il me dit simplement :
— Aide-moi, Julia.
— Je ne veux rien faire d'autre, Giles.
— Alors, fais-le, mais pas de cette manière-là. Je ne suis pas un héros, vois-tu. Je doute, j'ai peur et je serai probablement de plus en plus incertain, de plus en plus effrayé au cours des prochains mois ou des prochaines semaines — qui sait combien de temps cela va durer ? Il me faut au moins le réconfort de savoir ma femme en

sûreté, autant que tu puisses l'être en de telles circonstances. Je ne pourrais pas résister autrement. Je ne t'ai encore jamais rien demandé. C'est une prière que je fais cette fois : aide-moi.

Je ne pouvais rien objecter à cette supplique.

En ce début d'été, j'ai passé mes journées au coin de la cheminée éteinte. Impatiente, énervée, angoissée, je me sentais affolée comme un oiseau dans une cage sans issue. Je cherchais désespérément quelque sacrifice, quelque acte d'héroïsme à accomplir pour lui prouver mon amour et mon dévouement, et cette réclusion dans la sécurité de mon salon m'était plus dure à supporter que la plus cruelle épreuve. Dix fois, cent fois je tentais de le fléchir :

— Il doit pourtant y avoir une chose, une toute petite chose que je puisse faire, Giles ! Cette inaction me rend folle.

Mais sa réponse était toujours la même :

— J'ai besoin de toi, Julia, telle que tu es, où tu es. Est-ce trop te demander ?

En quelques jours à peine, le dispensaire débordait de malades et de moribonds. Tous les soirs, par douzaines, les vagabonds et les prostituées, les enfants perdus de Simon Street étaient ramassés, inertes, hébétés par l'ivresse ou l'agonie, terrifiés de voir leur vie s'échapper dans leurs vomissements. Les venelles, les impasses, les cours froides et humides comme des puits, toute cette fourmilière sur quoi mon père avait édifié sa fortune, connaissaient les pires drames. Partout, l'air était empuanti de l'odeur du goudron et du vinaigre en train de brûler. De l'une seule de ces venelles, les volontaires de M. Agbrigg avaient retiré soixante-douze charretées de fumier, animal et humain, sans compter les carcasses pourrissantes des chiens et des chats repêchées dans les ruisseaux et les mares croupies où tout Simon Street allait puiser son eau. Tremblant d'effroi, le conseil municipal avait voté la distribution gratuite de chaux, car l'on avait enfin reconnu l'existence de la redoutable union entre la crasse et la maladie — trop tard, hélas ! pour les victimes.

Personne n'avait le temps ni le pouvoir de curer à fond ces abominables taudis aux fenêtres recouvertes de planches ou de carton, désormais transformés en pièges enfermant, comme des fours, les miasmes qui proliféraient dans les pièces surchauffées et surpeuplées. Personne non plus ne pouvait convaincre leurs occupants de faire enterrer leurs morts au plus vite, car tout Simon Street continuait d'observer la coutume de veiller longuement les défunts, couchés sur le seul lit disponible ou, pour les enfants, la table de la cuisine ; et, de toute façon, les fossoyeurs étaient incapables de creuser les tombes assez vite pour y enterrer tous leurs « clients ».

Comme Giles me l'avait décrit, la maladie frappait fort et vite et se concluait tout aussi soudainement. Un enfant pouvait être en train de jouer gaiement un matin dans les ruisseaux et avoir perdu la vie le soir même. Un homme pouvait partir à son travail en sifflotant dans l'aube de l'été et, à l'heure du déjeuner, s'écrouler dans la cour de l'usine, au milieu de la puanteur de son agonie. Et malgré tout, MM. Barforth, Hobhouse ou Oldroyd mettaient toujours aussi ponctuellement leurs machines en marche à cinq heures tous les matins, se tenaient à la grille, la montre à la main, pour refouler les retardataires et ils arpentaient leurs ateliers pour s'assurer que les rythmes de production étaient respectés. La Halle au Drap ouvrait toujours ses portes le jeudi, les dames de Cullingford se rencontraient toujours à l'heure du thé, certaines que cette « infection des entrailles » ne les concernait en rien jusqu'au jour où une femme de chambre des Battershaw s'écroula au beau milieu du salon dans le fracas des tasses brisées, un cocher des Hobhouse puis l'un des enfants de la maison se mirent à vomir et lâcher leurs excréments sans pouvoir se retenir. Alors, et alors seulement, Cullingford comprit et ferma ses portes.

Prudence vint s'installer chez moi. Si ma mère ne pouvait lui interdire de se rendre au dispensaire, elle refusait énergiquement de s'exposer aux miasmes que Prudence ramenait sans doute sur elle jusque dans la maison. Je reçus un mot de ma sœur Celia pour m'aviser avec fermeté qu'elle ne voulait pas me recevoir ni même avoir de réponse écrite à sa lettre jusqu'à ce que le danger de contagion fût totalement écarté. Caroline se claquemura à Listonby pour n'en plus sortir. Oncle Joel et tante Virginie, déjà à Bournemouth, s'abstinrent sagement d'en revenir. Mais tante Hannah, qui n'avait jusqu'alors exprimé que son dédain et sa méfiance envers le dispensaire, fut l'une des premières à y aller et, ayant dûment constaté — comme Prudence l'avait prévu — que les rares infirmières encore présentes usaient largement du gin en guise de remède préventif, retroussa ses manches, noua un tablier autour de sa taille et entreprit de faire bouillir le linge souillé, préparer des compresses, laver, nettoyer, ranger tout ce qui lui tombait sous la main et assister les moribonds dans leurs derniers instants.

Et moi, je restais à la maison pour obéir à mon mari, comme le doivent les femmes mariées. Dix fois par jour, je me révoltais ; n'étais-je pas une adulte, capable de prendre ses propres décisions ? Pourquoi me traiter comme une enfant qu'on protège des conséquences de son étourderie ?

— Fais donc ce qu'il te demande au lieu de l'assourdir de récriminations ! me dit Prudence sèchement. Le Dr Blackstone a craqué ce matin — pas le choléra, Dieu merci, simplement la vieillesse et le surmenage. Le Dr Overdale n'est pas un jeune homme lui non plus, de sorte que tout le monde compte sur Giles. N'alourdis pas davantage son fardeau, il est assez accablant — surtout quand il sait qu'il ne peut rien faire pour ces malheureux que les regarder mourir sans même leur donner de l'espoir. Cesse de le tourmenter et aide-le comme il te le demande, il a ses raisons.

Derrière l'expression dure de ma sœur, j'ai reconnu le reflet de l'horreur qu'elle avait dû éprouver ce jour-là et les précédents, une horreur qui la mettait à l'écart de tous ceux qui ne l'avaient pas vécue d'aussi près qu'elle. Elle avait dans les narines l'odeur persistante et écœurante de la maladie et de la mort, dans le regard les convulsions terrifiées des victimes, au cœur les cicatrices inguérissables d'un désespoir inutile et d'efforts vains. Que faire, alors, sinon m'incliner, leur préparer leurs repas quand ils étaient en état de les avaler, du linge propre, des lits frais, où ils consentaient parfois à prendre du repos. Je me mis à prier — un peu — et à attendre — interminablement.

De sa retraite de Bournemouth, mon oncle Joel donna l'ordre de distribuer à tout son personnel autant de bière qu'il pouvait en boire, geste philanthropique autant que raisonnable si, comme Giles le pensait avec une conviction accrue, la maladie se transmettait par l'absorption d'eau polluée. Les ouvriers des usines Barforth témoignèrent de la reconnaissance à leur maître et affichèrent une humeur notablement moins lugubre que la plupart de leurs collègues, mais ils n'en continuèrent pas moins à périr avec la même régularité ; et tandis qu'un mois de juin bleu et or laissait place à juillet étouffant et jaunâtre, le nombre des victimes du fléau dépassa le chiffre de sept cents.

Jamais je n'avais été aussi seule. J'échangeais quelques mots avec Mme Guthrie, affairée dans sa cuisine. De ma fenêtre, je ne voyais qu'une rue déserte et écrasée de soleil voilé là où naguère se bousculaient piétons et voitures. De loin en loin, le pas d'un cheval brisait le silence, une berline passait, vitres fermées et rideaux tirés en dépit de la chaleur. Plus rarement encore, une silhouette de femme se hâtait, courbée, un mouchoir sur le visage, visiblement terrifiée d'affronter le poison qui suintait des pavés et des murs. Mes journées étaient longues et pénibles, mes nuits plus interminables, plus atroces encore quand je voyais Giles se relever, après avoir somnolé une heure ou deux dans son fauteuil, et s'enfoncer en silence dans l'obscurité pour retourner près de ses malades. Chacune de ces heures m'asphyxiait ; j'étais murée dans une solitude sans rémission, je marchais sans fin dans le labyrinthe sinistre d'un cauchemar. Aussi fus-je stupéfaite, un après-midi, de voir ma porte s'ouvrir et livrer passage à Georgiana.

— On m'avait bien dit que vous seriez triste et solitaire, me déclara-t-elle sans préambule. Je suis venue vous changer les idées, puisque je suis apparemment la seule à ne pas être terrorisée à l'idée de mettre le pied chez vous. Nos maris prennent décidément un malin plaisir à vouloir nous enfermer à la maison ! Aujourd'hui, figurez-vous, j'ai réussi à échapper au mien pour aller au dispensaire voir si je pouvais me rendre utile. Si vous aviez vu la manière dont le vôtre m'en a chassée ! « Ce n'est pas un endroit pour une dame », a-t-il prétendu — ce qui était parfaitement injustifié car j'y ai vu Prudence et votre tante Hannah. Fallait-il que j'obtienne la permission écrite de mon seigneur et maître ? Jamais mon grand-père ne m'aurait interdit de soigner les malades si cette épidémie était survenue à Galton. Au contraire, il se serait attendu à ce que je fasse l'impossible. C'est notre devoir de veiller sur nos gens, ne croyez-vous pas ? Nous devons donner l'exemple — je veux dire, il est bon d'accepter les privilèges, mais avec les responsabilités correspondantes, c'est la moindre des choses. Nick n'a pas l'air de cet avis. Il va à l'usine tous les jours, bien entendu, mais cela ne me regarde pas de soigner les ouvriers, paraît-il. A Galton, quand il y avait des fièvres, j'ai toujours été dans les métairies, comme ma mère et ma grand-mère avant moi. Ce sont *nos* gens, nous les connaissons depuis toujours, ils sont nés sur nos terres. Tenez, l'autre jour, j'ai entendu Nick héler un ouvrier dans la cour de l'usine : « Vous, là-bas, à la casquette à carreaux ! » Eh bien, cet homme y était employé depuis vingt ans. Je n'arriverai jamais à comprendre cette mentalité.

Elle accepta avec empressement la tasse de thé que je lui tendais et s'installa sur le canapé comme pour y passer le restant de la journée.

— Nicolas vous a-t-il défendu de venir en ville ?

— Naturellement ! Mais il est déjà si mécontent de moi que cela n'aggravera guère les choses. Il me reproche d'être trop dépensière. Tant que j'achète des robes, des éventails et autres babioles inutiles, il ne trouve rien à y redire. Mais je n'ai, paraît-il, pas le droit de « gaspiller » mon argent sans contrepartie — et comme je suis toujours sans le sou et que je lui en redemande, il exige de savoir pourquoi. Or, je n'ai rien à lui montrer si je m'en suis servi pour acheter des tabliers pour les petites écolières de Galton ou si j'ai prêté trois sous à mon frère. Cela met Nick en fureur, il me demande quand Perry compte me rembourser — ce qui est absurde, car il sait très bien que mon frère ne me rendra jamais les sommes que je lui prête. Votre mari est-il aussi contrariant dans ce domaine ?

— Non. Mais je n'ai pas de frère — ou plutôt je ne le vois jamais et il ne me demande rien.

Elle se resservit, aussi à l'aise que chez elle. Son visage pointu au sourire de chat s'animait, se détendait à mesure qu'elle prenait apparemment plaisir à me « changer les idées ».

Pendant près d'une heure, nous avons bavardé des frasques de son frère — elle s'efforçait de les dissimuler à son grand-père qui en souffrait beaucoup —, de ses chevaux, de son fils, de son incapacité, malgré deux ans de vie « bourgeoise », à s'occuper utilement. Puis, au moment de prendre congé, sur le pas de la porte, elle se ravisa, hésita et revint au salon.

— Dites-moi, Julia, vous qui avez l'habitude de ce genre de choses... Peut-être pourriez-vous me conseiller utilement.

Sourcils froncés, elle se rassit.

— Voilà, reprit-elle. Il y a quelques jours, Perry m'a demandé de lui rendre service. Oh ! pas grand-chose, une centaine de livres. Malheureusement, ce n'était pas pour régler un fournisseur, ces gens-là peuvent toujours attendre, mais il les devait à Julian Flood qui a lui-même des dettes et ne pouvait donc pas se montrer patient. Je n'ai pas osé en parler à Nick, il m'avait reproché mes extravagances la veille encore. Julian se faisait pressant — il en avait le droit, c'était une dette de jeu, donc une dette d'honneur. Bref, j'en ai parlé à Blaise. Il a été assez gentil pour me tirer d'affaire en me disant de le rembourser quand je voudrais mais... Ce que je voulais vous demander, Julia, c'est ceci : si Nick venait à l'apprendre, en serait-il réellement furieux ?

Mon sang de bourgeoise prudente et économe se figea devant une audace aussi insensée.

— Georgiana ! Nicolas, furieux ? Non seulement furieux mais horrifié ! Il ne faut jamais, entendez-vous, jamais faire de dettes !

Elle éclata de rire sans dissimuler sa nervosité :

— Mon dieu, vous avez l'air plus choquée que si je m'étais accusée d'adultère !

— A Cullingford, Georgiana, apprenez que les dettes sont encore plus mal vues que la débauche.

— Je m'en doutais un peu... Mais il ne s'agit que de cent livres, Julia, et je les ai empruntées à mon beau-frère, qui a largement les moyens de me les prêter. D'ailleurs, Nick n'en saura jamais rien. Je vous fais assez confiance pour ne pas lui en parler et ce n'est sûrement pas Perry qui ira le lui dire.

— Non, en effet. Mais Blaise risque de vendre la mèche un jour ou l'autre.

Elle sursauta, plus choquée que je ne l'avais été quelques instants auparavant :

— Quoi ? Que dites-vous, Julia ? Blaise ne trahira jamais un secret de cet ordre. Aucun *gentleman* digne de ce nom ne ferait une chose pareille !

— Blaise en est pourtant capable. Je ne prétends pas qu'il le fera sûrement, ni même qu'il en avait l'intention quand il vous a avancé cet argent. Mais si cela lui convenait ou lui rendait service demain ou dans dix ans, il n'hésiterait pas, croyez-moi.

— Mais pourquoi ? Il n'a aucune raison de me vouloir du mal.

— Non. En fait, je crois qu'il vous aime beaucoup. Mais Blaise n'est pas un *gentleman* au sens où vous l'entendez, Georgiana. Il en a toutes les apparences, il a énormément de charme et il est capable de bonté et de désintéressement, c'est vrai. Mais ses valeurs ne sont pas celles de votre grand-père. C'est un Barforth avant tout. S'il voit un jour ou l'autre le moyen de tirer profit de son investissement, il le fera, ne vous y trompez pas.

— Voulez-vous dire qu'il... déteste Nicolas, son propre frère ?

— Non, je ne crois pas qu'il le déteste. Certes, il n'a probablement pas pris avec autant de détachement qu'il l'affectait l'affaire de l'usine de peignage, car Nicolas va ainsi gagner plus d'argent que lui, et Blaise supporte mal une telle idée. Mais cela ne suffit pas à provoquer de la haine entre eux. Ecoutez, Georgiana, nous avons été élevés ensemble, je les connais comme s'ils étaient mes frères. Quand Blaise avait quelque chose, un jouet, un livre, Nicolas voulait aussitôt le même et à n'importe quel prix. Si Nicolas avait la moindre bagatelle, Blaise mettait tout en œuvre pour se l'approprier, ou l'abîmer, ou obtenir autre chose de plus gros ou de plus beau. Leur père les a élevés dans un esprit compétitif et ils ont gardé cette agressivité. La seule différence entre eux, c'est que Blaise la dissimule tandis que Nicolas l'affiche, mais ils sont exactement semblables. Si Blaise a un jour besoin d'une arme contre son frère, il prendra tout ce qui lui tombera sous la main. Alors, pour l'amour du Ciel, réfléchissez ! Aujourd'hui, il ne s'agit peut-être que de cent livres, mais que se passera-t-il la prochaine fois que vous aurez besoin d'argent et que vous n'oserez pas en parler à Nicolas ? Vous retournerez en demander à Blaise, n'est-ce pas, et tout cela finira peut-être par représenter plusieurs milliers de livres ? Que ferez-vous, alors, si Nicolas était mis au courant ?

— Je me pendrais, répondit-elle avec un haussement d'épaules.

— Je ne crois pas... Avez-vous déjà donné cet argent à votre frère ?

— Non, il est toujours dans mon sac. Je dois le rencontrer dans une demi-heure pour le lui remettre.

— Alors, rendez-le à Blaise, Georgiana. Je ne crois d'ailleurs pas qu'il continuerait à vous en prêter, à moins que vous ne soyez dans une situation véritablement désespérée. Mais peu importe. Cent livres, dix livres, quel que soit le montant, cela suffirait à mettre Nicolas en rage et je ne peux pas vous dire jusqu'à quel point pourrait aller sa colère. Pis encore, si l'on apprenait que sa femme était forcée d'emprunter de l'argent, il en perdrait son crédit à Cullingford. Blaise y a certainement pensé.

— Grand dieu, quelle histoire !...

Elle garda les yeux baissés vers son réticule de velours vert, comme pour le soupeser et deviner les conséquences de ce qui y était enfermé. Puis, d'un geste brusque d'oiseau, elle releva la tête et me sourit avec une gaieté déconcertante :

— Je vois ce que vous voulez dire, Julia. Merci du conseil. Remerciez-moi aussi, je vous ai au moins donné l'occasion, pendant quelques minutes, de penser à autre chose qu'au choléra. Allons, il faut que je m'en aille, Perry m'attend. Mais je reviendrai vous changer les idées ; si vous ne me revoyez pas d'ici quelques jours, vous saurez que je suis enfermée dans la prison pour dettes.

Ma vie reprit son cours, juillet fit place à un mois d'août brûlant. Mes terreurs continuelles n'étaient temporairement soulagées que par les exigences de Prudence, l'heure que Giles m'accordait parcimonieusement, de rares visites éclairs de Georgiana dont le bavardage parvenait à me distraire.

— C'est bientôt la fin, me dit Prudence. Tu verras, avant la fin septembre ils recommenceront à chipoter sur le coût des travaux d'adduction d'eau. La semaine dernière, déjà, il y avait beaucoup moins de cas et les malades, pour la plupart, guériront. L'épidémie se calme.

Et les jours s'ajoutaient aux jours, en une chaîne sans fin de chaleur, de peur ; dans une atmosphère d'apathie provoquée par des nerfs à si rude épreuve qu'ils refusaient de réagir ; dans une inaction forcée qui, tour à tour, me rendait folle et m'engloutissait sous une vague de torpeur ; dans l'épuisement de ne rien faire, qui me rendait en effet incapable d'entreprendre quoi que ce fût.

Et les jours continuèrent à couler ainsi jusqu'au soir où Prudence revint à la maison sans Giles.

16

Suivie de M. Agbrigg, ma sœur alla se poster devant la cheminée vide. Je distinguais à peine leurs traits, car je ne m'étais pas donné la peine d'allumer la lampe, mais je crois avoir aussitôt deviné ce qu'ils avaient à me dire.

Nous nous sommes regardés en silence. Puis Prudence a pris la parole de son ton habituel — peut-être était-ce pour elle la seule manière de se forcer à parler.

— Giles est tombé malade au cours de ses visites. Il s'est rendu par ses propres moyens au dispensaire et désire y rester.

Je ne me rappelle plus ce que j'ai répondu, ni même si j'ai proféré une réponse quelconque. Je me souviens simplement m'être dirigée vers la porte, sûre qu'ils allaient me suivre. La voiture Agbrigg attendait devant la maison, on pourrait donc me conduire jusqu'à Sheepgate.

— Tu ne peux pas aller le rejoindre ! me dit Prudence.

J'eus un bref éclat de rire nerveux, incrédule, suivi d'une bouffée de rage quand je sentis sa main m'emprisonner le bras, quand je vis son corps mince et droit se dresser devant moi.

— N'y va pas, Julia ! Il nous a suppliés de te garder à l'écart. Le dispensaire est encore trop dangereux, il ne veut pas que tu y ailles.

Je ne sais plus ce que j'ai dit mais je me vois encore tenter de forcer le passage, me battre avec Prudence, la traîner derrière moi, car j'étais plus grande, plus lourde qu'elle et la folie qui m'aveuglait décuplait mes forces. Je l'aurais frappée, je crois, si M. Agbrigg ne m'avait alors empoignée aux épaules, enfoncé ses doigts dans la chair comme pour percer l'inconscience où je m'enfermais, secouée durement pour me faire taire, car je hurlais paraît-il. Et pourtant, malgré la stupeur née de cette première rencontre avec la brutalité masculine, j'ai refusé de plier, je me suis débattue à coups de pied, en lui faisant mal, je crois. Mais il ne me lâchait toujours pas.

— Je vais le rejoindre ! ai-je réussi à dire de manière intelligible. Si vous vous y opposez, je vous préviens...

— Du calme, ma petite fille ! Calmez-vous, comprenez que c'est une simple question de bon sens.

— Il n'y a pas de bon sens là-dedans. C'est mon mari ! Ni vous ni personne ne pourra m'empêcher d'être auprès de lui.

— Ne comprends-tu pas qu'il ne veut pas de toi ! cria Prudence.

Incapable de se contenir davantage, elle éclata en douloureux sanglots. Je me suis tournée vers elle, la main levée, et M. Agbrigg me secoua de nouveau.

— Reprenez vos esprits ! m'ordonna-t-il. Vous savez ce qu'est le choléra, c'est atroce. Il ne veut pas que vous le voyiez dans cet état, est-ce clair ? Vous ne pouvez rien faire pour lui. Laissez-le se battre seul et restez ici pour l'accueillir chez lui quand il y reviendra.

— Non, je ne peux pas... Comprenez-moi, enfin ! Je sais que vous croyez bien faire, mais je ne peux pas rester ici. Il a besoin de moi — il *faut* qu'il ait besoin de moi. A quoi suis-je bonne, si je ne peux rien faire pour lui ?

— C'est ici qu'il veut que vous soyez. Vous ne feriez que le tourmenter et l'affaiblir en allant là-bas, quand il a précisément le plus besoin de toutes ses forces.

— Ecris-lui quelque chose, intervint Prudence.

Ils posèrent une plume et du papier sur une table, me firent asseoir devant. Je me mis docilement à écrire des mots sans suite, des mots absurdes jusqu'à ce qu'ils se brouillent en d'incompréhensibles hiéroglyphes. Alors, n'en pouvant plus, j'ai serré les poings et j'ai violemment frappé la table.

— Non ! Assez ! Allez au diable, tous les deux. Je ne veux plus qu'on me traite comme une enfant, ni vous ni personne — pas même Giles, comprenez-vous ? Je vais le rejoindre et rester avec lui. Quand il sera assez rétabli pour se déplacer, c'est moi qui le ramènerai ici et le soignerai chez lui, dans son lit, là où il doit être, et non dans ce bouge empesté où vous voulez le garder ! Vous ne m'en empêcherez pas.

— Je le ferai pourtant, me dit M. Agbrigg en plantant de nouveau ses doigts dans mes épaules. Ecoutez-moi, maintenant. Ce garçon-là, je l'aime comme s'il était mon propre fils — si seulement il l'avait été... Il m'a demandé, il m'a supplié de vous tenir à l'écart. Je le lui ai promis, et je tiendrai ma promesse même s'il me fallait vous assommer ou vous attacher. Vous souffrez peut-être, ma petite fille, mais, si j'avais le choix, je préférerais cent fois être à votre place plutôt qu'à la sienne. Pensez-y donc un instant, voulez-vous ?

Brisée, vaincue, je me suis tue, j'ai griffonné : “ Giles, je t'aime ”. Ils m'ont pris ma pitoyable missive et sont partis.

Giles est mort le lendemain à l'aube, Prudence et M. Agbrigg étaient à son chevet. Quand ils sont venus me l'apprendre, je me suis assise parce que je n'avais plus de raison de rester debout ni de me relever. Ils m'ont dit qu'ils lui avaient donné ma lettre, qu'il l'avait lue et comprise, mais je ne les ai pas crus. Souvent, je lui avais dit : “ Aime-moi, Giles. J'ai besoin de toi. J'ai besoin de ton amour." Mais jamais encore je ne lui avais dit que la reconnaissance qu'il m'inspirait, mon besoin d'être entourée, rassurée, tous ces sentiments insignifiants et secondaires dont il se contentait avaient commencé à évoluer, à se transformer en ce don total de tout mon être que je désirais passionnément lui offrir. Mes pauvres petits mots n'avaient pas pu le lui faire comprendre, et il était mort sans le savoir.

Il m'avait aimé, lui ; et moi, je l'avais non seulement perdu mais aussi trahi. Je ne m'étais pas donnée sans réserve, sans arrière-pensée. Un excès de franchise m'avait interdit de feindre pour lui l'amour total jusqu'à ce qu'il survienne vraiment, tant je craignais de l'insulter par le plus léger mensonge, la plus innocente des tromperies. Je le savais, maintenant : j'aurais dû lui mentir, puisque ce n'était déjà plus un mensonge, puisque depuis des semaines, des mois, j'aurais dit la vérité. Aussi n'éprouvais-je plus désormais qu'une sorte de colère froide, un amer dégoût de moi-même. Je ne valais rien. Rien. C'était lui qui comptait, lui seul — et il était mort. N'y avait-il donc pas de justice, rien en quoi mettre sa foi ? Non. Je ne voyais partout que la marche ivre du hasard, je n'entendais que ses ricanements imbéciles — et je ne voulais rien avoir à faire avec cette monstruosité.

Un jour passa, du moins me le sembla-t-il, et M. Agbrigg revint planter ses doigts crochus dans mes épaules.

— Il y a bien longtemps, me dit-il, j'avais une femme. Nous nous étions mariés jeunes, nous étions pauvres, ignorants et heureux d'être ensemble. Jamais je n'avais regardé une autre créature qu'elle et je ne pouvais même pas imaginer de vivre un jour, une heure sans elle. Jeunes et ignorants comme nous l'étions, nous avons eu onze enfants — et en avons perdu dix, dont trois en même temps. Ce genre de choses n'est pas rare, dans Simon Street. C'en était pourtant plus que ce que ma chère Anne pouvait supporter. Elle s'est repliée sur elle-même et elle est morte — le cœur brisé, je crois — en me laissant seul avec Jonas et une fille, Maria. Elle ressemblait à Anne et elle est morte, elle aussi — vous vous en souvenez peut-être — un an ou deux ans après mon remariage avec votre tante Hannah.

— Cela m'est égal, monsieur le maire. Je sais que je devrais être touchée, mais je ne le suis pas. Je sais que vous essayez de me consoler, mais vous ne me consolez pas.

— Peut-être. Mais cela me console, moi, d'en parler. J'ai plus d'expérience que vous de la mort de ceux que l'on aime, ma petite, et j'ai pourtant toujours aussi mal. Quand Anne est morte, je fulminais contre le ciel et la terre, comme vous le faites en ce moment. Je ne vivais que pour elle, voyez-vous, et elle n'avait jamais fait de tort à personne. Le jour de son enterrement, je haïssais le monde entier. Mais cela passe, Julia, tout s'oublie petit à petit.

— Quelle importance ?

Je n'ai pas assisté à son enterrement. Je ne l'avais pas vu mourir, je refusais de les regarder mettre une boîte anonyme dans la terre sèche et dure, je me révoltais à l'idée d'évoquer ce qu'elle contenait. Quand ils sont revenus du cimetière et m'ont raconté le déroulement de la cérémonie, énuméré les noms de ceux qui étaient venus et de ceux qui s'étaient abstenus, je n'ai pas même voulu les écouter.

Je passais mes journées assise dans le noir, à ne rien faire. J'avais mis la robe de deuil que Mme Guthrie avait sortie d'une armoire et je l'aurais portée jusqu'à ce qu'elle tombât en lambeaux, si elle ne me l'avait pas arrachée pour m'en remettre une autre. J'avais laissé dans notre lit les draps de Giles. Incapable de dormir avec son fantôme — je ne l'avais pas vu mourir, était-il réellement mort ? me répétaient mes cauchemars — je m'étais installée dans la petite chambre froide en haut de l'escalier, étroite comme une cellule monastique, un lieu où faire pénitence. Quand Mme Guthrie voulut y allumer du feu, y mettre des fleurs, ajouter un couvre-pieds, je l'en ai chassée.

Le choléra mourut à son tour. Pendant un jour, une semaine, six semaines enfin, il n'y eut plus de nouveaux cas. Trois mois passèrent sans que personne ne mourût. Cela aussi m'était égal.

Ma mère partit pour la France et Blaise vendit du drap Barforth en Allemagne. Georgiana fit une fausse couche, à laquelle personne apparemment ne s'attendait, et dut garder le lit. Caroline recommença à lancer des invitations. M. Agbrigg conclut, au nom de la municipalité, l'achat de la Compagnie des Eaux. Il vint me montrer ses plans, m'exposer ses projets, et son visage buriné, fendu en un large sourire, exprimait plus de joie que jamais n'en refléterait celui de son fils Jonas.

— Quarante kilomètres de canalisations, onze réservoirs et châteaux d'eau, une capacité totale de quarante-cinq millions de litres, hein, qu'en dites-vous ? Mes collègues me traitent de fou, mais on ne manquera plus jamais d'eau à Cullingford, si j'obtiens tout ce que je veux. Chaque maison de Simon Street aura son robinet. Le malheur, voyez-vous, c'est que ces messieurs du conseil ne comprennent toujours pas pourquoi mettre tant d'argent dans une eau dont ils n'ont eux-mêmes jamais manqué. Mais je l'aurai, mon adduction d'eau ! J'ai passé les quarante premières années de ma vie à me sortir du ruisseau, les dix suivantes à me faire une place à la Halle au Drap. Maintenant, ma petite fille, je voudrais quelque chose qui en vaille la peine — quelque chose dont j'ai vraiment envie, je crois bien.

Mais cela aussi m'indifférait.

Quand Celia fut assurée que ma maison ne grouillait plus de microbes mortels, Jonas vint me présenter ses condoléances en tant que beau-frère et m'informer, en tant qu'avocat de Giles, que je n'avais pas de soucis à me faire pour l'avenir. Cela ne m'intéressait pas plus que le reste.

Charles Aycliffe, mon demi-frère, m'écrivit de Londres pour m'exprimer ses profonds regrets et me proposer soit de venir lui-même me voir, soit de me recevoir chez lui pour aussi longtemps qu'il me plairait. Je ne lui ai même pas répondu.

Tante Virginie, restée à Bournemouth sur l'insistance d'oncle Joel qui refusait de prendre le moindre risque en ce qui la concernait, m'envoya une longue lettre très affectueuse pour m'inviter à passer quelque temps avec elle. Je n'ai pas non plus pris la peine de lui répondre.

Je ne faisais que rester assise dans le noir et j'y serais sans doute restée jusqu'à ce qu'il fût trop tard pour réagir, oser rouvrir ma porte et m'aventurer au-dehors si Prudence, un beau jour, n'avait fait irruption dans la pièce, tiré les rideaux d'une main ferme et déclaré d'un ton sans réplique :

— Maintenant, Julia, c'en est assez. Il est mort. Il lui importait par-dessus tout de te garder vivante — mais je me demande s'il n'en aurait pas douté en te voyant comme tu es. Regarde-toi, je te prie ! T'es-tu même brossé une seule fois les cheveux cette semaine ?

— Laisse-moi tranquille, Prudence. Va-t'en.

— Je n'en ai pas la moindre attention, apprends-le une fois pour toutes. Tu vas monter avec moi. Tu vas te décrasser et te rendre présentable, après quoi tu vas venir avec moi chez tante Hannah.

— Pourquoi diable chez tante Hannah ?

— Parce qu'elle nous a invitées et qu'il faut bien commencer par aller quelque part. Autant chez elle qu'ailleurs.

Je me suis levée et j'ai obéi, parce que je connaissais trop la nature obstinée de Prudence et qu'il m'était moins pénible de me plier à ses caprices que de lui résister.

A peine m'étais-je assise à ma coiffeuse qu'elle saisit une brosse et s'attaqua à mes cheveux emmêlés avec une brusquerie délibérée, espérant sans doute me faire mal pour me sortir de ma torpeur. En vain.

Le soleil d'octobre étincelait au-dehors, sans l'écran des feuilles pour l'adoucir, et me frappa douloureusement. Eblouie, j'ai baissé les yeux et ne les ai pas relevés tandis que nous passions le long de Millergate puis de Blenheim Lane, devant la maison de ma mère. Nous sommes enfin arrivées au bas de la côte abrupte qui mène de Lawcroft Fold à Maison Haute.

La cour de l'usine gardait son aspect habituel. La maison de ma tante, sur sa terrasse à flanc de coteau, n'avait pas changé elle non plus. Le soleil se reflétait sur la vitre d'où j'avais regardé — avec Giles — les chartistes tenter de faire signer leur pétition. Ils avaient disparu, depuis, vaincus, écrasés comme je l'étais moi-même. Mais cela ne m'intéressait plus.

Tante Hannah nous accueillit dans le vestibule, l'allure toujours royale dans sa robe pourpre, une vraie Barforth qui s'était dépensée sans une plainte, sans un moment de répit pendant toute la durée de l'épidémie et qui devait me juger comme une misérable créature sans volonté, une inutile, une gêne en somme. Elle avait très probablement raison.

— Assieds-toi, me dit-elle.

Et je me suis assise.

— Veux-tu du thé ? reprit-elle.

Et j'ai accepté la tasse, le lait, le sucre que je n'aime pas mais que je ne pouvais refuser, puisqu'elle avait les pinces à la main et qu'il me paraissait inutile de discuter.

— Vas-tu bien, Julia ?

— Très bien, ma tante, merci.

— Tant mieux. Je te trouve trop pâle, mais un peu de grand air te remettra d'aplomb.

— C'est bien possible.

— Tu sais sans doute que les projets de M. Agbrigg sont en bonne voie.

— Oui. Ils m'ont paru tout à fait remarquables.

— Ton mari aurait pensé de même.

— Je le crois, en effet.

— J'en suis certaine. Puisque nous avons abordé ce chapitre encore délicat, laisse-moi te dire que M. Agbrigg et moi avons pensé que, compte tenu du dévouement de M. Ashburn — bref, voilà en deux mots ce dont il s'agit. La vieille demoiselle Corey-Manning va s'installer avec son frère au bord de la mer et met sa propriété en vente. La maison elle-même est vétuste, petite et en fort mauvais état, mais les jardins, si tu te souviens bien, sont très vastes et particulièrement beaux. Mon mari pourra sans doute faire accepter par le conseil l'idée d'en faire l'acquisition et il sera ensuite facile de les transformer en jardin public, que l'on pourrait baptiser du nom de ton mari. Le parc Giles Ashburn. Y vois-tu une objection ?

— Pas le moins du monde.

— Tu es bien obligeante, Julia.

Elle reposa sa tasse sur la soucoupe dans un cliquetis réprobateur ; sans doute voulait-elle me faire mesurer son agacement et son mépris envers les écervelées qui choisissaient de se vautrer dans la mélancolie alors que le monde s'ouvrait tout grand devant elles et qu'il y avait tant à entreprendre.

— Oui, bien obligeante, reprit-elle. Je déplore que Celia ne le soit pas autant. Je l'avais invitée à se joindre à nous aujourd'hui, en vain. Tu as sans doute appris qu'elle se trouve de nouveau dans une situation intéressante. Or, elle persiste à s'enfermer chez elle, ce qui ne peut lui faire aucun bien. Je lui ai maintes fois répété que nous sommes toutes au courant des mystères de la vie, qu'il est normal de voir les femmes changer de forme en de telles circonstances, et elle ne se débarrasse pas de ses craintes absurdes de paraître ridicule ! Cela lui ferait du bien de s'intéresser un peu plus à l'opinion des autres plutôt que de vivre repliée sur elle-même. Jonas a les devoirs que sa situation lui impose, après tout, et elle a de son côté l'obligation de le soutenir... Tu savais qu'elle était enceinte, n'est-ce pas ?

Je le savais, en effet, mais je ne voyais pas en quoi cela me concernait. Je n'avais pas d'enfant et je m'étais trop absorbée dans la question de savoir si j'aimais ou non Giles pour m'inquiéter de mon apparente incapacité à concevoir. Il était maintenant trop tard pour y remédier.

Prudence se leva à ce moment-là et pria tante Hannah de l'excuser : elle avait une autre visite à rendre et reviendrait me chercher dans une heure. J'ai hoché distraitement la tête, repris du thé en me rendant compte que tante Hannah, qui ne m'avait jamais beaucoup aimée, faisait des efforts pour m'être agréable. J'eus à peine la présence d'esprit de me demander pourquoi, tant cela m'intéressait peu.

— Comment va ta mère, Julia ?

— Très bien, je crois. Dans sa dernière lettre, elle me dit que Paris a retrouvé toute sa gaieté. Elle compte revenir aux environs de Noël.

— Je suis soulagée de l'apprendre, car sa présence sera indispensable — la tienne aussi, d'ailleurs — l'année prochaine. L'inauguration de la salle de concerts est prévue pour avril, elle portera le nom de ton père, je te le rappelle, et c'est bien le moins que sa veuve et ses filles soient présentes à la cérémonie.

Elle se lança ensuite dans une longue tirade où il était question des délais de construction, retardés par l'épidémie, et des merveilles de l'architecture moderne : le Prince Albert ne faisait-il pas édifier à Londres un gigantesque palais de verre, le Crystal Palace, pour y abriter l'Exposition universelle prévue pour 1851 ?

— Te rends-tu compte, Julia ? Cette sorte d'immense serre où se presseront des gens venus des quatre coins du monde ?

Je me rendis simplement compte que cela n'excitait en rien ma curiosité.

— Mon frère exposera probablement quelque chose, reprit-elle, ignorant mon sourire d'indifférence polie. Il a commencé par en rire, mais s'il y a des prix à gagner je ne le vois pas les abandonner à quelqu'un d'autre. Nous irons donc très vraisemblablement à

Londres l'été prochain pour le féliciter de ses succès. Voilà d'ores et déjà de quoi nous réjouir, n'est-ce pas ?

— Oui, ma tante, sans aucun doute.

Elle se versa une nouvelle tasse de thé, y remua le sucre en la contemplant longuement, comme pour apaiser ses nerfs que mon apathie semblait mettre à rude épreuve. Elle me fit ensuite un long exposé où elle revenait sur le sujet de la salle de concerts : de mauvais esprits voulaient dénier à Morgan Aycliffe l'honneur d'avoir son nom gravé au fronton, sous l'exécrable prétexte que la déplorable qualité de ses constructions était responsable de l'épidémie de choléra et, par conséquent, que sa mémoire portait le poids des centaines de victimes. Elle n'en croyait rien, bien sûr, et saurait se montrer ferme.

— Je compte donc sur le soutien de ta mère dans cette affaire. Sur le tien aussi, bien entendu.

— Bien entendu, ma tante.

Mon approbation ne la convainquit pas ; elle savait que je me moquais tout autant du Morgan Aycliffe Hall que du Giles Ashburn Memorial Park. Mon esprit était visiblement ailleurs.

— Fort bien, dit-elle en se redressant.

Elle me lança le sourire que je lui avais si souvent vu décocher à une Mme Hobhouse ou une Mme Mandelbaum juste avant de porter l'estocade, sans que cela m'émût en rien.

— Et maintenant, Julia, si nous parlions un peu de toi ? repritelle. Comptes-tu attendre le printemps pour mettre ta maison en vente ?

— Plaît-il, ma tante ?

— Je t'ai demandé si tu comptais attendre le printemps. C'est le meilleur moment pour vendre, en effet, et cette maison n'est guère attrayante. Je t'ai toujours dit que Millergate n'était pas une rue résidentielle. Tu auras de la chance d'en tirer un prix convenable, mieux vaut donc mettre tous les atouts de ton côté.

— Qui a bien pu vous faire croire que je voulais vendre ma maison ?

— Personne, ma petite, me dit-elle avec un sourire glacial. Personne ne m'a non plus appris que nous étions mardi aujourd'hui, il n'empêche que je le sais. Je m'étonne simplement que tu n'aies pas déjà déménagé pour retourner à Blenheim Lane en laissant ta servante surveiller les lieux jusqu'à ce que tu t'en sois débarrassée.

— Mais, ma tante, je n'ai nullement l'intention de retourner vivre chez ma mère !

— Ne dis pas de bêtises, mon enfant, répondit-elle avec douceur. Tu *veux* retourner vivre chez toi, c'est évident. Quand bien même tu t'égarerais au point de le refuser, tu n'as de toute façon pas d'autre choix. J'ai déjà demandé à Jonas de rechercher un acheteur éventuel et il n'y a aucune raison valable pour que tu veuilles continuer à t'enterrer dans ce taudis et te donner la peine d'y recevoir n'importe qui. Tu peux d'ailleurs te reposer entièrement sur Jonas pour gérer ta fortune, il saura la placer avec autant de prudence que d'habileté. Mais tu *dois* remettre la direction de ta vie privée à ta mère. Il n'y a pas d'autre solution.

J'ai soigneusement reposé ma tasse, car j'avais tout à coup besoin de me sentir les mains libres ; et sous l'épaisseur du brouillard glacé qui avait anesthésié mon esprit, je sentis poindre une minuscule étincelle salvatrice qui, en un instant, pouvait si je n'y prenais garde déclencher une explosion de colère.

— Je suis très touchée du souci que vous vous faites pour moi, tante Hannah, mais il est sans objet. Je compte rester chez *moi*.

— C'est une grossière erreur de jugement.

— J'ai le regret de vous dire que c'est vous qui en commettez une.

— Bien au contraire, ma petite. Tu as toujours été une écervelée, Julia, mais pas au point d'envisager sérieusement de vivre seule. Tu es beaucoup trop jeune pour te le permettre et tu ne connais rien de la vie, ou presque. Certes, tu as été mariée. Mais ta situation actuelle n'est guère différente de celle de ta sœur Prudence, sauf que tu as un peu plus d'argent qu'elle. Crois-moi, il faut retourner à Blenheim Lane. Sur-le-champ. Tu ne peux aller nulle part ailleurs, à moins bien entendu que ta mère envisage de se remarier. Je crois savoir que M. Oldroyd s'est montré fort pressant et si elle décidait de l'accepter — ce qui semble fort probable et conviendrait à bien des égards —, tu aurais alors le devoir de les suivre à Fieldhead. C'est une maison agréable où tu pourrais t'installer le plus commodément du monde jusqu'au moment où il te serait loisible d'envisager toi-même un remariage.

Sans m'en rendre pleinement compte, j'ai serré les poings et la chape de glace qui m'enserrait la tête se brisa soudain, en un craquement douloureux, sous l'effet de la flamme de colère que je sentais couver depuis un moment.

— Ma tante, dis-je en me contenant, comment osez-vous me parler ainsi ?

— J'ose te parler comme il me plaît et te dire ce qui me convient, petite sotte, répondit-elle sans se départir de son calme. Jeune fille, tu étais déjà un excellent parti. Maintenant que tu es à la tête de revenus supplémentaires et que ton physique est toujours agréable, tu ne manqueras pas de prétendants. Emma-Jane Hobhouse m'a déjà sondée pour son Freddy, puisque Prudence semble peu pressée de se décider. Je n'irai pas jusqu'à le recommander, car les affaires de Nethercoats sont en bien triste état depuis quelque temps. Mais il n'en manquera pas d'autres et nous n'aurons aucun mal à te caser, rassure-toi.

— Non ! me suis-je écriée en tremblant d'une rage inhabituelle.

Vous aurez au contraire le plus grand mal, car je refuse absolument d'être *casée*.

— Vraiment ? As-tu donc l'intention de défier tes aînés et de te montrer impertinente envers eux ?

— Oui, s'il le faut — et je le regrette, croyez-moi.

— Veux-tu me dire, alors, ce que tu as l'intention de faire. Car j'ai le devoir de te prévenir que si tu persistes à rester assise dans le noir à ruminer tes malheurs, il y en aura d'autres que moi qui exigeront de te replacer sous la tutelle maternelle. Je puis t'annoncer que le Dr Overdale et le Dr Blackstone sont d'ores et déjà disposés à le requérir. Professionnellement, si tu vois ce que je veux dire.

— Ils perdraient leur temps.

— Je me le demande et je m'en inquiète.

— Eh bien, cessez donc de vous en inquiéter ! J'ai vingt et un ans, ma tante. Je ne suis plus une gamine dont on puisse disposer comme d'un colis encombrant. Je suis une femme adulte, j'ai été mariée et j'entends décider seule de mon sort. Je resterai chez moi ou j'irai ailleurs, mais je ferai ce que *je* voudrai. J'avais promis d'obéir à mon mari et je l'ai fait. Mais je n'ai jamais juré obéissance à quiconque d'autre qu'à lui. Je connais mal l'étendue de mes droits, je sais cependant qu'ils existent. Si Jonas refuse de m'en éclairer, je saurai trouver d'autres hommes de loi pour m'en instruire. Ni vous ni personne au monde n'avez plus le pouvoir de vous mêler de mes affaires. Me suis-je fait comprendre ?

— Fort bien, dit-elle avec le même calme. Naturellement, je ne puis être d'accord avec tout ce que tu viens de me jeter à la figure. Tu es peut-être en âge d'agir comme bon te semble, tu n'en es pas moins incapable de gérer ta fortune et de mener ta vie. Une veuve de vingt et un ans, ma petite, est la proie idéale des calomnies les plus malveillantes et des aventuriers sans scrupules, dont le monde regorge. Je ne parle même pas des innombrables tentations auxquelles je ne te crois pas assez de force de caractère pour résister. Tu entends vivre à ta guise, mais ce sera d'une manière aussi peu satisfaisante que possible, et je compte fermement continuer à me mêler de tes affaires, quoi que tu en dises. Si tu t'obstines dans ce que je considère comme une pure folie, mon devoir m'impose de te surveiller de très près, et j'exigerai de Jonas qu'il fasse de même. Je te pardonne cependant ton impolitesse à mon égard, car je préfère cent fois l'étalage de ton mauvais caractère et de tes raisonnements faux au spectacle affligeant de la pauvre petite souillon arrivée en rampant il y a une heure prendre le thé avec moi.

Là-dessus, elle me refit un sourire qui n'avait plus rien de glacial.

— Merci, ai-je répondu un moment plus tard.

J'ai regardé autour de moi, car j'avais cru entendre Prudence revenir. Mais je ne vis que le soleil inonder la pièce à travers la vitre, et la vue de cette fenêtre me rappela non seulement le souvenir de Giles, debout à côté de moi pour m'expliquer calmement les divers points de la Charte du peuple, mais celui de tante Hannah elle-même en train de descendre vers le bas du jardin, tandis que j'entendais de nouveau la voix de ma mère : " Pauvre Hannah... Elle fait un pèlerinage... Elle a préféré descendre au jardin pour nous cacher ses larmes." Alors, profitant de l'éclair de sympathie qu'elle venait de me manifester et dont je savais qu'il ne durerait guère, je lui ai demandé :

— Dites-moi, tante Hannah. Ma mère m'a dit une fois que vous deviez épouser le frère de tante Virginie...

— Edwin Barforth, répondit-elle aussitôt, comme si elle comprenait pourquoi j'éprouvais le besoin de le lui demander. C'est exact. Il a été assassiné en bas, dans la cour de l'usine, pendant que j'étais dans la maison du directeur en train de préparer nos noces. La maison a été démolie, depuis. Nous l'avons fait raser, M. Agbrigg et moi, il y a des années de cela, quand nous avons voulu agrandir le jardin pour y tracer une allée carrossable. Regarde par la fenêtre, elle était là, près de la grille. Une petite maison, en fin de compte. Elle me semblait pourtant bien assez vaste à l'époque. M. Agbrigg y a d'ailleurs habité avec Jonas, quand ton oncle l'a nommé directeur de Lawcroft, et j'y ai moi-même vécu la première année de mon mariage avec lui. La vie tourne parfois bizarrement... J'aurais dû m'installer dans cette maison comme Mme Edwin Barforth, j'y suis quand même entrée sous le nom de Mme Ira Agbrigg. Et maintenant, la maison a disparu. On s'en est servi pour y mettre des bureaux, jusqu'à ce qu'on la démolisse.

— Et... cela vous a fait de la peine ?

— De la voir démolir ? Non, je ne pense pas. Ta tante Virginie en était bien plus émue que moi, mais il est vrai qu'Edwin et elle y étaient nés. Elle avait seize ans, le soir de la mort de son frère. J'en avais vingt-trois, Edwin vingt-quatre. Lui et moi nous aimions depuis l'enfance, n'ayons pas peur de le dire, et j'ai grandi sans imaginer vivre sans lui. Cela s'est passé peu après le dîner. Virginie était sortie dans le jardin et s'était aventurée jusqu'à l'usine. Elle était encore sous le choc d'avoir vu son père assassiné la veille au soir par les luddistes, comme les émeutiers s'appelaient alors. Edwin et moi étions restés à la maison, nous parlions de notre mariage prochain. Bientôt, cependant, je me suis inquiétée de ne pas voir Virginie rentrer et je l'ai envoyé à sa recherche. Il n'y avait plus de danger, pensions-nous. Les luddistes avaient tous été arrêtés, les meneurs prêts à être pendus à York. L'un d'eux, sans doute, avait réussi à s'échapper et était revenu mettre le feu à l'usine pour se venger. L'imbécile ! Il s'était muni d'un couteau, un vulgaire couteau de cuisine, et il s'en est servi pour se défendre quand Edwin a essayé de le capturer. C'est mon frère Joel qui les a trouvés quelques minutes plus tard. Virginie sanglotait, Edwin était mourant...

— Est-ce pour cela que vous êtes descendue jusqu'à la grille, le jour où les chartistes sont venus, jusqu'à l'emplacement de la vieille maison ?

— C'est bien possible, maintenant que tu me le dis. Si c'est vraiment le cas, j'ai été bien bête et d'ailleurs, ces histoires ne te regardent absolument pas. Y a-t-il néanmoins autre chose que tu voudrais savoir ?

— Vous arrive-t-il de penser encore à lui ?

Elle me fit un nouveau sourire, ma tante Hannah qui demain, dans une heure peut-être, s'arrogerait certainement le droit de se mêler de ma vie, ferait tout pour m'espionner et tenter de me manipuler sans la moindre vergogne, comme elle m'en avait prévenue, mais qui en cet instant se tenait encore prête, par je ne sais quel accès de faiblesse ou d'humanité, à m'aider à surmonter ma peine.

— J'ai pensé à lui chaque jour, chaque heure de ma vie — pendant un an ou deux — et je croyais qu'il en serait éternellement ainsi. C'était dur, très dur. Puis je me suis rendu compte, pas d'un seul coup mais peu à peu, que je ne me rappelais même plus les traits de son visage, qu'il m'échappait. Ce fut encore plus dur. Je me suis efforcée alors de faire resurgir son image, mais j'étais assez lucide pour admettre que je l'avais bel et bien perdu sans retour. Ce ne fut guère plus aisé à supporter. Et puis, vois-tu, d'autres événements sont survenus — un mari, un beau-fils à l'intelligence particulièrement brillante. Maintenant, je ne pense à Edwin que rarement. C'était un jeune homme de vingt-quatre ans, je suis devenue une femme d'un certain âge. Que pourrions-nous bien nous dire, aujourd'hui ? Je le reconnaîtrais peut-être, mais lui ne me reconnaîtrait sans doute pas. Allons, viens ma chère petite, je crois que Prudence est de retour. Tu n'oublieras pas ce que je t'ai dit au sujet de la salle de concerts, n'est-ce pas ?

J'ai secoué la tête, je me suis redressée. Je n'avais pas encore retrouvé toutes mes forces, mais je me sentais au moins revivre un peu, je discernais une lueur devant moi.

— Ah ! te voilà ! dit tante Hannah à Prudence qui entrait. Comme tu disposes des chevaux de ta mère, j'aimerais que tu déposes un mot chez Celia. Et puisque tu passeras presque devant chez les Mandelbaum, pourrais-tu t'y arrêter un instant et leur dire...

Je n'écoutais déjà plus. Mais je savais, désormais, que je ne retournerais pas me terrer dans mon illusoire refuge.

17

Sous le nom pompeux de Morgan Aycliffe Hall, la salle de concerts fut inaugurée comme prévu en avril par un festival de musique qui, selon tante Hannah, devait désormais s'y dérouler tous les ans. C'était un superbe et solide édifice en pierre du Yorkshire — le beige tendre ne tarderait pas à noircir sous la bonne suie de Cullingford — dont la façade s'ornait de colonnes ioniennes ; du vaste hall d'entrée partait un grandiose escalier à double révolution qui menait aux stalles et galeries où trois mille personnes, certaines plus confortablement assises que d'autres, pouvaient prendre place. C'est là que, durant toute une semaine, j'ai dû passer mes soirées, veuve du très regretté Dr Ashburn et orpheline de l'oublié Morgan Aycliffe, pour écouter les grands maîtres sélectionnés principalement par les Mandelbaum. Tante Hannah, qui n'avait pas la moindre oreille, acceptait les applaudissements comme s'ils lui étaient personnellement destinés et saisissait toutes les occasions de nous faire remarquer, à défaut des beautés musicales auxquelles elle était résolument insensible, les majestueuses proportions du buffet d'orgue, les quatre-vingts instrumentistes que comptait l'orchestre et les quelque cent choristes.

Ma mère, qui ne portait plus le deuil, arborait tous les soirs une robe différente dans les tons pastel les plus suaves. Le dernier soir, elle se vit remettre un gros bouquet de fleurs printanières et versa fort obligeamment quelques pleurs. Celia avait encore fait une fausse couche et put donc se montrer publiquement à ces touchantes cérémonies ; aussi s'empressa-t-elle de fondre en larmes à son tour — sans, je crois, ressentir de vifs regrets pour notre défunt père. Prudence, en demi-deuil gris perle avec un jabot et des poignets de dentelle d'une élégante simplicité, garda l'œil sec ; et moi, tout en noir et couverte de jais, je ne trouvais non plus prétexte à tant de larmes. Je préférais, au contraire, entendre à nouveau tinter le rire de ma mère quand M. Oldroyd l'entraîna au buffet et lui fit boire force champagne.

— Ce soir, nous déclara-t-il à la sortie, vous dînez toutes avec moi à Fieldhead !

Ces simples mots constituaient presque une déclaration, car nul n'avait mis les pieds à Fieldhead depuis le jour où sa maigre épouse souffreteuse en avait franchi le seuil pour être emmenée au cimetière. Pourtant, une fois assise à sa table, j'en arrivai vite à la conclusion qui, si ma mère décidait de se rendre maîtresse de cette confortable mais sombre demeure — et de la splendide usine qui se dressait en face —, cela la regardait sans doute, Prudence à la rigueur, mais moi en aucune façon.

— Si elle l'épouse, ai-je dit plus tard à ma sœur, nous pourrons, je crois, obtenir que tu viennes vivre avec moi.

— Si elle l'épouse, me répondit Prudence, elle le regrettera, car il est aussi lugubre et tyrannique que notre père. Je ne me verrais pas seulement forcée de lui demander sa permission pour traverser la rue, mais notre mère sera logée à la même enseigne. C'est lui qui tiendra les cordons de sa bourse à elle, et je doute que cela lui plaise.

Mais pour tante Hannah, qui ne faisait aucune confiance au caractère frivole de sa sœur et avait hâte de la " caser " avant qu'elle ne jetât la honte sur la famille, l'état des finances de M. Oldroyd comptait davantage que l'éclat de sa personnalité.

— Ce serait un arrangement idéal, nous expliquait-elle avec décision. Matthew Oldroyd n'a pas d'enfant, pas d'héritier direct. Les Hobhouse ont beau faire comme s'il était de la famille, Bradley Hobhouse n'était jamais que le frère de sa première femme, et cela ne comptera pas le jour où il se remariera. Si votre mère se décidait à entendre raison, mes petites, elle hériterait d'une nouvelle fortune, croyez-moi. Tenez, je n'en ai pas encore parlé à Jonas, mais si Elinor se retrouvait seule avec Fieldhead sur les bras, il serait parfaitement capable de diriger l'usine pour elle. Comme, par ailleurs, Celia en aurait à son tour un tiers, ce serait une bénédiction pour lui — pour eux deux, veux-je dire. Oui, plus j'y pense, plus il faut que j'en parle sérieusement à Jonas. Si le mariage devait vraiment se faire, il faudrait dès à présent préparer le contrat avec le plus grand soin.

A de tels propos, Prudence se hérissait et lançait des reparties cinglantes, sans aucun effet à vrai dire. Pour ma part, je savais trop ce que je devais à ma tante et à son mari et j'étais surtout devenue parfaitement insensible à ces insignifiantes escarmouches.

Car j'avais retrouvé mon calme. Je me brossais les cheveux matin et soir, et ils avaient repris tout leur lustre. Je nouais, pour dîner, un ruban de velours noir autour du cou, mettais des perles de jais aux oreilles. Je recommençais à me parfumer. Je souriais en écoutant ceux qui voulaient bien me parler. Mais ce n'était plus pour ma famille, ni pour un homme : désormais, je ne faisais tout cela que pour mon seul plaisir. Ma maison était redevenue chaleureuse et astiquée. Mon chat ronronnait amicalement dans son panier, au coin du feu. J'offrais à mes invités du bon vin et une agréable conversation. Quand il faisait beau, j'ouvrais mes fenêtres pour faire entrer un air que certains considéraient comme malsain, une lumière que l'on jugeait dommageable pour mes tapis et périlleuse pour la fraîcheur de mon teint. J'allais, je venais à mon gré, sans cependant m'aventurer bien loin : une visite occasionnelle à Listonby et à Tarn Edge ; un pèlerinage hebdomadaire sur la tombe de Giles, où je ne trouvais rien de lui ; une courte promenade dans les allées du Parc Ashburn, que j'avais moi-même inauguré en dévoilant une statue censée représenter mon mari mais qui aurait aussi bien convenu à l'effigie du premier venu en redingote et chapeau haut de forme. Discrètement, presque imperceptiblement, j'étais libre. Je n'étais pas heureuse, je ne pensais même plus au bonheur. J'étais calme, apaisée. Et cela me suffisait.

Trop attachée à Giles, Mme Guthrie me quitta et me confia à une Mme Marworth, uniquement attachée aux gages que je lui versais. En juin, deux ans précisément après la naissance des jumeaux, Caroline mit au monde un troisième garçon, George, personnage encore plus gros et basané que ses frères, si bruyant et autoritaire que, dès les premiers jours, sa nurse reçut l'ordre de le tenir à l'écart.

Déjà, aux yeux de Caroline, son avenir était tout tracé. Il était promis à l'Eglise et, après ses débuts à la cure de Listonby, gravirait rapidement les degrés de la hiérarchie pour finir évêque. A la réflexion, elle ne s'opposerait pas non plus à ce que l'aîné, Dominique, s'intéressât plus tard à la politique et y fît une brillante carrière — héritier des terres, il n'avait en effet pas de soucis à se faire pour gagner sa vie comme ses frères. Cette idée avait, paraît-il, scandalisé Georgiana.

— Tu auras donc un Premier ministre, un général et un évêque, lui ai-je dit en riant.

Nous savions pourtant toutes deux que, si Caroline voulait s'en donner la peine, ce n'était pas une simple boutade.

— Je ne te vois plus, Julia ! poursuivit-elle. Dès que tu quitteras le deuil, tu viendras ici faire un long séjour, j'y tiens. De septembre à mars, la maison sera pleine et j'aurai absolument besoin de toi pour m'aider à recevoir tout ce monde. Au fait, comptes-tu aller à l'exposition universelle, cet été ? Je n'irai pas, Matthew et ses amis sont tous contre le libre-échange et méprisent cet étalage de " mauvais goût bourgeois ", comme ils disent. Je ne les comprends pas, c'est le Prince Albert qui a tout organisé et la Reine Victoria y va presque tous les jours. Matthew et moi avons eu notre première querelle à ce sujet. Nous nous sommes réconciliés, bien entendu, mais je préfère ne pas jeter de l'huile sur le feu. Alors, je compte sur toi pour me raconter ce que tu auras vu et me dire comment mon père gagne tous les prix.

Au début, à vrai dire, Cullingford avait accueilli fraîchement l'annonce de cette lubie du Prince Consort. A quoi bon, disait-on, exposer des produits manufacturés et les machines qui les fabriquent dans cette invraisemblable structure de verre érigée au beau milieu de Hyde Park ? Pourquoi, surtout, laisser pénétrer dans le Royaume-Uni tous ces concurrents étrangers, quand notre seul intérêt consiste à vendre nos bonnes marchandises au meilleur prix à des barbares qui ne songent qu'à nous copier ? Puis, ainsi que tante Hannah l'avait prévu, la perspective de gagner des prix et des distinctions avait entraîné un revirement dans l'opinion et nos bons industriels de la vallée de la Law se dirent que mieux valait, tout compte fait, qu'ils en soient les bénéficiaires. On ne pouvait non plus douter que, dans la section réservée aux textiles, les productions des usines Barforth occuperaient une place de choix.

Le Crystal Palace — cette " folie " du Prince Albert — était maintenant terminé. Ses parois transparentes recouvraient près de quatre hectares dans Hyde Park, y compris un orme séculaire que l'on n'avait pas voulu abattre. Cet incroyable édifice suscitait l'admiration inconditionnelle des uns, les plus nombreux, mais les virulentes critiques des autres : il ne résisterait pas au vent et s'écroulerait à la première occasion en faisant des milliers de victimes ; la chaleur torride qui régnerait dans cette serre y ferait proliférer les microbes et les maladies ; pis encore, cette foule d'étrangers suspects qu'il abriterait introduirait les vices et la corruption dont le Royaume avait été jusqu'à présent préservé. Aussi attendait-on avec des sentiments mêlés le jour de l'inauguration.

Elle eut lieu le premier jour de mai — saluée d'une bordée de coups de canon qui, contrairement aux attentes de ses détracteurs, ne provoqua pas l'écroulement des milliers de vitres. L'exposition devait durer jusqu'en octobre ; la Reine et sa famille y firent des visites régulières qui attirèrent, en fait, plus de curiosité que les hectares de machines agricoles et industrielles, de chefs-d'œuvre d'architecture et d'ingénierie grâce auxquels son règne connaissait une prospérité sans précédent dans l'histoire.

Tante Virginie et oncle Joel étaient partis dès le mois d'avril pour leur belle maison de Bournemouth, mon oncle ayant consenti en cette occasion exceptionnelle à laisser aux mains de ses fils les rênes de son empire. Et comme, par ailleurs, les chemins de fer offraient des tarifs de faveur pour la durée de l'exposition et qu'il existait à Londres de nombreux hôtels et pensions où un travailleur respectable trouvait à se loger et se nourrir pour une somme aussi modique que trois *pence* par jour, beaucoup de nos mécaniciens, contremaîtres et artisans prirent, pour la première fois de leur vie, le chemin de la capitale.

« Les ouvriers pullulent dans Londres, m'écrivit ma mère de chez un vieil ami politique de mon père. Ils sont sages comme des images, dans leur costume du dimanche ; ils ne boivent pas, ne se battent pas comme ils le font si volontiers dans les rues de Cullingford. C'est inimaginable ! Et les étrangers !... Si tu les voyais. Certains ont l'air sinistres, des révolutionnaires, sans doute, venus chercher refuge ici. Il faut venir, ma chérie. L'exposition elle-même n'est qu'une sorte d'immense bazar, c'est parfaitement harassant et j'avoue avoir une indigestion de machines. Quant au reste, je n'y ai rien vu que l'on ne puisse trouver dans nos boutiques de Millergate. Mais il y a un monde fou, des relations intéressantes à se faire. On dit aussi qu'il y aura, pour les exposants, des titres nobiliaires à gagner : la Reine entend se montrer très aimable envers tous ceux qui auront soutenu son mari dans cette grande entreprise et veut ainsi faire pièce aux aristocrates protectionnistes, dont certains auraient été jusqu'à émettre des prières publiques pour que la grêle fracasse le Crystal Palace ! Je compte sur toi, ma chérie, tu ne peux pas manquer cela. »

Ma sœur Celia, dans son horreur des foules, de la chaleur, du froid, du bruit, bref de tout ce qui pourrait l'arracher à son salon douillet, n'avait aucune envie d'être du voyage. Mais tante Hannah, après s'être arrangée pour nous faire héberger une quinzaine de jours dans la résidence londonienne de M. Fielding, notre député, fit savoir qu'elle entendait au moins nous emmener, Prudence et moi. « Jonas vous expliquera tout, vous fera tout visiter et s'occupera de vous à merveille », déclara-t-elle. Nous l'avons crue d'autant plus volontiers que, faute d'avoir pu nous faire toutes trois épouser son cher beau-fils, elle était plus que jamais désireuse de nous soumettre à son autorité, du moins en tout ce qui concernait l'état de nos fortunes respectives.

Si nous devions, en effet, rester seules dans la vie, nous léguerions très vraisemblablement nos possessions aux enfants de Jonas — à condition que Celia parvienne à en mettre un au monde —, sinon à Celia elle-même. Les vertus mondaines dont Celia était si cruellement dépourvue, Jonas les trouverait chez nous et pourrait, sans manquer aux convenances, les mettre en œuvre à son profit. Faute d'une épouse à la hauteur de sa situation et de ses ambitions, nul ne lui reprocherait de faire appel à ses gracieuses et vertueuses belles-sœurs pour recevoir ses invités, défendre sa cause, élever ses enfants et constituer le plus bel ornement de son foyer. Aussi, sans avoir l'impression de nous faire violence ni de nous causer le moindre tort (elle était persuadée que nous serions infiniment mieux traitées et plus en sécurité dans la compagnie de Jonas), tante Hannah montait-elle une garde vigilante pour écarter Freddy Hobhouse, quand il lui arrivait encore de s'égarer près de Prudence ; elle repoussa également les ouvertures de Mme Hobhouse et de Mme Mandelbaum quand celles-ci proposèrent à leur tour de nous accompagner à Londres.

« Mes nièces iront avec moi », leur dit-elle d'un ton sans réplique. A la fin, cependant, Prudence fit seule le voyage. A son retour, elle me raconta que, si Jonas l'avait traitée en écolière un peu demeurée, il s'était néanmoins montré intéressant à plusieurs reprises et notablement plus humain lorsque les splendeurs écrasantes du Hall des Machines ou la bousculade des galeries rebutaient tante Hannah au point de la faire rentrer chez elle.

— Malgré tout, Julia, c'est un événement à ne pas manquer, car il ne se reproduira pas de sitôt. Tu devrais y aller, conclut-elle. Tu ne le regretteras pas.

J'hésitais encore quand la panique me saisit à l'approche de l'anniversaire de la mort de Giles. C'est alors que je me suis laissé persuader par tante Virginie d'aller visiter l'exposition avec elle avant de passer une semaine ou deux à Bournemouth.

Je suis arrivée à Londres au plus chaud du mois d'août, dans l'éclat des couleurs, l'intensité des odeurs, la luxuriance des gazons et des fleurs chargées de pollen. Le parc grouillait d'une foule en liesse mais disciplinée et le palais de cristal, dont les mille facettes reflétaient le soleil comme un gigantesque diamant, me parut miraculeux.

Tante Virginie et moi nous étions attardées à table dans la fraîche et confortable maison qu'elle avait louée pour la saison :

— Nous en ferons le tour par étapes, ma chérie. C'est trop grand et l'on est vite épuisé. On y voit des choses merveilleuses et des choses hideuses, d'autres encore qui n'ont ni rime ni raison. Il te faudra une bonne paire de chaussures et un flacon de sels.

C'était en effet prodigieux. D'entrée, je me sentis vibrer de l'excitation qui animait cette cohue cosmopolite d'où fusaient des bribes de paroles incompréhensibles, où je glanais des œillades me rappelant mes insouciants vagabondages avec ma mère. Pourtant, comme elle me l'avait laissé prévoir dans ses lettres, une fois que j'eus contemplé le bloc de charbon de vingt-quatre tonnes trônant à l'entrée, que je me fus émerveillée au spectacle de la fontaine de cristal qui rafraîchissait la grande nef, que j'eus examiné les quelque trois cents mètres carrés consacrés aux productions de Cullingford — que dominaient, il faut bien le dire, les draperies et autres tissus de la firme Barforth ; une fois observé avec amusement la machine à estamper les médailles et avec stupeur celle à fabriquer les enveloppes, admiré les tapisseries d'Aubusson, les soieries de Turquie, les perles des Indes et les tomahawks — fabriqués spécialement à Sheffield — brandis par une troupe de guerriers Sioux ; une fois manifesté mon saisissement à la vue de la maquette des docks de Liverpool, où flottaient plus de mille vaisseaux tout gréés, parcouru les stands où meubles, décorations domestiques et autres ornements s'étalaient sous les yeux du public, et passé enfin quelques bons moments avec ma tante à tenter de deviner l'usage d'innombrables objets, je me suis rendu compte que les machines finissaient toutes par se ressembler quand on en avait passé en revue plusieurs centaines ; et je ne fus pas fâchée de gagner la sortie.

Blaise nous accompagna pourtant au grand Hall des Machines le lendemain. Il revenait de l'étranger, bronzé, élégant et fort à l'aise dans ce milieu international où il s'était fait autant de relations qu'à Londres. Je l'avais peu vu depuis la mort de Giles, sans doute parce que sa légèreté de caractère lui faisait éviter les tristesses de la vie, et il ne s'attarda guère avec nous, tant il avait, disait-il, de clients à rencontrer. Ce fut donc oncle Joel lui-même qui s'occupa de nous chercher des rafraîchissements, de nous faire asseoir à l'ombre et de nous offrir un long et somptueux déjeuner avant de nous convoyer jusqu'à Bournemouth — il refusait, en effet, de confier sa femme aux soins de simples subalternes.

“ Rosemont ”, leur propriété que l'on m'avait décrite comme une “ maisonnette de vacances ”, tenait naturellement plutôt du château que de la chaumière. C'était une vaste villa blanche dans un parc d'un hectare dominant la plaisante bourgade côtière. Les pièces, encore neuves et impersonnelles, étaient cependant spacieuses et gaies, décorées de couleurs fraîches où se mêlaient les verts, les lilas et les roses. Des fenêtres on découvrait un panorama de coteaux verdoyants sous un ciel d'un bleu léger avec, en toile de fond, l'immensité de la mer pailletée d'or par les rayons du soleil.

— Enfin, nous allons être tranquilles pour quelques jours ! me dit tante Virginie.

Mais on ne restait jamais tranquille bien longtemps chez les Barforth. Dès le lendemain matin, un landau éblouissant s'arrêta devant la porte. Il transportait une petite femme à l'élégance parfaite mais un peu tapageuse, aux fossettes juvéniles et au sourire plein de malice dans laquelle je reconnus ma mère, qui nous regardait à l'ombre d'une immense capeline et d'une ombrelle toute ruchée perchée sur un manche d'ivoire. Elle était accompagnée d'un monsieur que je n'avais encore jamais vu, un Irlandais bouclé, entre deux âges mais visiblement bien loin de la décrépitude dont ma mère se plaignait amèrement chez ses admirateurs. Il me parut bien en chair, trapu, avec des yeux noirs constamment en mouvement, un sourire perpétuel aux coins d'une bouche volontiers insolente mais irréprochablement dessinée.

— Bonté divine ! s'exclama tante Virginie en lâchant les roses qu'elle était en train de cueillir. Mais... c'est M. Adair !

— Lui-même, chère madame, répondit ce dernier. Et toujours votre dévoué serviteur. Vous me pardonnerez cette intrusion, je l'espère, car je ne pouvais résister au plaisir de faire la connaissance de la fille d'Elinor.

M. Adair n'était pas homme, ai-je aussitôt compris, à éviter les plaisirs ni résister aux tentations — quand il ne les suscitait pas ; je lui ai néanmoins tendu la main qu'il saisit d'une poigne chaude, ferme, et insistante.

— Chère madame, me dit-il en s'inclinant.

Son regard m'enveloppait avec concentration, m'incitant à croire qu'aussi longtemps que ma main resterait dans la sienne aucune autre femme n'existerait à ses yeux.

— Monsieur, lui ai-je répondu.

— Elle est tout simplement ravissante, dit-il à ma mère en homme conscient de son propre charme.

— Naturellement ! répondit ma mère. Comment pourrait-il en être autrement, puisque c'est ma fille. Julia, ma chérie, je te présente M. Daniel Adair. Il y a bien longtemps, M. Adair était un collaborateur de ton père... Offre-nous donc des rafraîchissements, Virginie. Je ne vais malheureusement pas pouvoir rester, mais j'ai pensé que cela te ferait plaisir de renouer connaissance avec Daniel et d'apprendre que nous nous étions retrouvés. Nous repartons pour Londres tout à l'heure. Daniel, prenez-moi donc le bras pour traverser la pelouse. Le soleil me fait positivement flageoler — à moins que ce ne soit autre chose, mais peu importe.

Au pétillement de son rire, aux regards mi-langoureux, mi-malicieux mais pleins de joie qu'elle lui décochait, je n'eus aucun mal à me rendre compte que ma mère s'était trouvé un nouvel amant. J'en fus ravie pour elle — et la pensée que l'austère mais secrètement dissolu M. Oldroyd ne serait pas son mari m'amusa fortement.

Georgiana arriva le vendredi suivant accompagnée de sa femme de chambre. Son séjour à Londres, nous apprit-elle, l'avait épuisée et ennuyée à périr ; ses opinions sur les halls d'exposition en verre, le cosmopolitisme et la manière dont la famille royale flattait les bourgeois nouveaux riches rejoignaient celles de Matthew Chard, telles que Caroline me les avait résumées. Puis, refusant le thé et les gâteaux que lui offrait ma tante, elle saisit une bouteille de vin et sortit au jardin où elle s'installa sur la pelouse. Vautrée comme une bohémienne, elle nouait distraitement des guirlandes de pâquerettes tout en buvant des rasades au goulot ; lorsque Nicolas et son père apparurent à leur tour, elle était suffisamment détendue pour se jeter au cou de son mari et lui mordiller l'oreille.

— Tu as de l'herbe plein les cheveux, lui dit-il.

— Oui, je sais. Je me suis même endormie au soleil et je vais être noire comme une moricaude. Mais j'ai bu un ou deux verres de vin, mon chéri, ce qui me rend si heureuse de te voir enfin !...

Ils allèrent peu après dans leur chambre se changer pour le dîner, mon oncle et ma tante montèrent dans la leur ; je suis restée un moment au jardin, puisque ma toilette n'exigeait pas de préparatifs aussi longs — ou que je répugnais à me retrouver seule J'ai découvert ma robe et mes jupons préparés sur mon lit, une jeune soubrette avenante et empressée, comme il n'y en avait que chez tante Virginie, prête à m'assister. Et tandis que je me brossais consciencieusement les cheveux devant le miroir, je me disais qu'il m'importait peu de savoir si Nicolas, dans la chambre voisine, était en train de faire l'amour avec sa femme. Nous n'avions pas échangé vingt mots depuis trois ans, en dehors des formules de politesse indispensables. J'en étais arrivée à connaître mieux que je ne le connaissais lui-même la créature étrange, exaspérante mais tellement attachante qu'il avait épousée. Cependant, j'étais bien obligée d'admettre que, depuis peu, mon corps avait un besoin croissant des caresses masculines dont il avait pris l'habitude. Il se révélait infiniment moins docile que je ne l'aurais souhaité à mes efforts pour le réduire au silence.

Il ne s'agissait pas de sentiments. Dans ce domaine, j'étais calme, sereine, en pleine possession de moi-même. Je me permettais, comme je l'avais toujours fait, un peu d'humour, un peu de vanité. Mes vêtements de deuil ne m'empêchaient pas, au contraire, de mettre en valeur la blondeur de mes cheveux à l'aide d'un ruban noir, la pâleur de mon teint par des boucles d'oreille de jais ; et je savais, dans cette symphonie de noir et blanc, quel effet produisaient mes yeux bleus rendus plus vagues et, je l'espère, plus mystérieux par la myopie.

Le jour, j'étais posée, plaisante. Je ne l'étais plus quand mon corps rebelle me réveillait la nuit ou, plus désagréablement encore, m'entraînait dans mon sommeil jusqu'au bord d'une sensation prête à s'assouvir et m'abandonnait là, pantelante et endolorie. Or, je savais trop bien que le soulagement que je recherchais ne me serait accordé que dans un nouveau mariage. Aussi, cette solution m'étant encore interdite, je ne pouvais que supporter mon épreuve stoïquement et, comme mon père me l'avait inculqué, avec dignité.

Ce soir-là, je fus la première à rejoindre mon oncle et ma tante au salon. Nicolas et Georgiana s'attardaient là-haut et Blaise n'était pas encore arrivé, au vif déplaisir de son père.

— Enfin, gronda-t-il, il a quitté Londres il y a deux jours, et en toute hâte, encore ! Où diable cet animal est-il passé ?

Blaise aimait soigner ses entrées et c'est ce moment-là qu'il choisit pour se faire annoncer par un fracas de sabots et de roues dérapant sur le gravier. On le vit jeter négligemment sa canne et son chapeau à un valet et pénétrer au salon déjà en tenue de soirée.

— Je me suis changé en route, expliqua-t-il — bien que la perfection de sa tenue excluât que ce fût en voiture. Vous me pardonnerez sûrement de vous avoir fait attendre, ma chère maman, puisque je suis votre fils préféré. Au fait, où est donc fourré l'autre ?

— Ici, fit la voix de Nicolas.

Il franchissait le seuil de la pièce, Georgiana deux pas derrière lui. Elle portait une robe de soie verte visiblement coûteuse, aux garnitures de dentelle d'un goût exquis, mais elle l'avait enfilée n'importe comment, à la dernière minute, dans les rires et les chuchotements étouffés. Son corps était encore alangui de plaisir, ses cheveux roux relevés en un échafaudage précaire, prêt à crouler au premier geste brusque.

Oncle Joel gronda qu'il était temps de passer à table, ce que nous fîmes pour déguster l'un des succulents dîners de tante Virginie. Nicolas mangeait pour assouvir sa faim, Blaise faisait montre de plus de discernement. Georgiana picorait une bouchée çà et là mais buvait d'abondance, « pour noyer mes souvenirs de Londres », dit-elle d'abord en levant son verre, puis « en souvenir des prés et des bois ».

— Pourquoi pas les champs labourés et les fossés bourbeux ? répondit Blaise en lui remplissant son verre.

Penché par-dessus la table, il lui redressa une mèche folle et, par la force de l'habitude, laissa son regard s'attarder sur son décolleté.

Quand ils eurent échangé quelques toasts du même goût, Georgiana se tourna vers moi :

— N'avez-vous pas trouvé Londres abominable, Julia ?

— Non, j'ai beaucoup aimé. J'adore la ville, de toute façon.

— Cela ne m'étonne pas, me dit-elle en tendant son verre de nouveau vide. Vous êtes si, comment dire ?... raffinée, si urbaine. Je ne vous imagine même pas perdant votre sang-froid. Oh ! Julia, pourquoi faut-il toujours que vous fassiez tout bien, tandis que moi... Ce n'est pas juste ! Vous avez l'allure majestueuse d'un cygne, et je ne suis qu'un pauvre petit canard à moitié déplumé. N'est-ce pas, Nick, qu'elle a l'air d'un cygne ? Et vous, Blaise, qu'en dites-vous ?

Blaise leva son verre dans ma direction :

— C'est juste, dit-il en souriant. Je ne connais pas cygne plus gracieux ni plus intelligent que ma Julia.

— *Ta* Julia ? riposta aussitôt Nicolas avec un froncement de sourcils redoutable.

Georgiana pouffa de rire, le visage illuminé de gaieté malicieuse :

— Bonté divine, voilà Blaise qui prend ses désirs pour des réalités, si je ne me trompe ! Vous aurez de la concurrence, j'en suis sûre. Mon frère Perry en est lui-même tombé éperdument amoureux, le saviez-vous ? Il a remarqué Julia à ces ennuyeux concerts et en a fait une véritable crise. Qui est-ce ? demandait-il partout. Comment est-elle ? Peut-on espérer avoir une chance ? Amène-la sans faute à Galton, ma petite sœur, que je puisse...

— Suffit, Georgiana ! l'interrompit Nicolas en serrant les dents. Je vous préviens que...

— Allons, le voici encore furieux contre moi ! s'écria Georgiana en redoublant de sourires.

Puis, d'un seul coup, sa témérité affectée se mua en une touchante expression de repentir :

— Oh ! pardon, Julia ! Je vous demande sincèrement pardon. Je vous aime trop pour vouloir vous faire de la peine.

— Vous ne m'avez nullement peinée, Georgiana. Vos compliments me flattent, au contraire. Je ne suis cependant pas d'accord quand vous vous comparez à un vilain petit canard.

— Disons plutôt un oiseau rare, dit Blaise en m'adressant un sourire complice.

Peu après, nous nous sommes levés de table. En passant au salon, Blaise et Nicolas se lancèrent dans l'une de leurs altercations habituelles au sujet d'un client, rencontré à Londres par Nicolas, à qui Blaise avait promis des délais de livraison impossibles à tenir. Oncle Joel s'en mêla aussitôt, Nicolas se buta, Blaise lui lança des piques blessantes sur son incapacité à s'occuper à la fois des usines et de ses chers ateliers de peignage. La querelle allait dégénérer, une fois de plus, en pugilat quand tante Virginie intervint et proposa une promenade au clair de lune. Mi-amusé, mi-grommelant, oncle Joel lui prit aussitôt le bras et ouvrit la marche. La bonne humeur semblait revenue quand nous arrivâmes au jardin.

La nuit était superbe et chaude, le ciel de velours bleu sombre. L'air embaumait, la mer au loin ronronnait doucement. L'instant invitait au calme, au silence, à la respiration profonde et apaisante. Mais au bout de quelques pas, Georgiana quitta de nouveau sa conduite affectée de petite fille repentante pour redevenir le jeune poulain rétif, impatient de se libérer de ses entraves :

— Nick, descendons sur la plage ! s'écria-t-elle.

— Nous avons parlé de promenade au clair de lune. C'est ce que nous faisons, ce me semble.

— C'est peut-être bon pour Cullingford. Mais penser qu'il y a là, tout près, du sable, des rochers, la mer, comment supporter de rester bêtement sur l'herbe ?

— Je le supporte fort bien.

— Eh bien, moi pas !

Là-dessus, elle empoigna ses jupes et partit en courant comme je le lui avais vu faire au Prieuré, sur le gué. Cette fois, pourtant, personne ne releva son défi ni se lança à sa poursuite. Un instant plus tard, nous avons entendu ses appels, des exclamations joyeuses apportées par la brise où je distinguais des invites non déguisées à faire quelque chose qui, pour une fois, “ sorte de l'ordinaire ”.

Nicolas se borna à hausser les épaules avec indifférence et se détourna pour mieux allumer son cigare à l'abri du vent. Nous

nous sommes arrêtés, tandis que Georgiana disparaissait derrière un épaulement rocheux ; Blaise jeta un coup d'œil à son frère :

— Tu n'as donc pas l'intention d'aller la chercher, lui dit-il.

— Non.

— Bien entendu, cela ne me regarde pas mais... Elle a bu quelques verres de trop au dîner et elle pourrait faire une chute.

— J'en doute.

— Elle pourrait aussi s'éloigner un peu trop et se perdre dans l'obscurité.

— Cela m'étonnerait.

— Remarque, je n'ai pas plus que toi envie de me mouiller les pieds mais quand même, Nicolas... Si je comprends bien, tu veux dire que, si je m'en inquiète, c'est à moi d'aller la chercher.

— Si cela t'amuse. Je crois cependant que tu ne la trouveras pas et qu'elle sera revenue avant toi. Tu abîmeras tes chaussures pour rien mais, comme tu dis, si son sort t'inquiète...

Blaise haussa les épaules et se dirigea précautionneusement vers la plage. Visiblement, la tâche qu'il s'était imposée lui déplaisait, car il accordait du prix à ses coûteux escarpins et répugnait à les plonger inutilement dans le sable mouillé. Nicolas et moi sommes alors restés seuls. Le silence dura longtemps.

— Elle n'a rien à craindre, tu sais, me dit-il enfin.

— Je n'ai pas d'inquiétude sur ce chapitre.

— As-tu froid ?

— Non, je me sens très bien.

— Julia ?...

— Oui, Nicolas.

— Je suis désolé, au sujet de ton mari, je veux dire. Je ne l'ai pas beaucoup connu, mais c'était un homme remarquable, d'après ce que j'en sais. Comment vas-tu, depuis sa mort ?

— Je m'en sors, Nicolas. Georgiana a été très bonne pour moi pendant l'épidémie.

— Cela ne m'étonne pas. Elle a de grandes qualités, quand elle veut.

Le silence retomba. Nous attendions, nous écoutions les bruits étouffés de la nuit. Je souhaitais le retour rapide de Blaise, non parce que j'éprouvais un malaise à être seule avec Nicolas, non parce que j'étais émue, mais plutôt à cause d'une sorte de peine, de regret que même maintenant, après tant de temps écoulé, tant de joies et de souffrances accumulées entre nous, je ne parvinsse pas à faire ma paix avec lui.

— C'est vrai, me dit-il soudain, tu es un cygne.

Il avait proféré ces mots comme une accusation. Prise au dépourvu, je ne sus que réagir comme l'aurait fait ma mère ; je me mis à rire, un rire superficiel, inconsistant, qui coupe court aux dialogues.

— Veux-tu dire que j'ai un long nez et de grands pieds ? Merci du compliment, Nicolas.

— Je n'ai jamais regardé tes pieds de près. Quant à ton nez, il me paraît tout à fait normal.

De nouveau, le silence, plus pesant cette fois. Il ne m'était plus loisible de rire, d'inventer l'une de ces excuses insignifiantes qui l'auraient obligé, par bienséance, à me raccompagner à la maison, auprès de sa mère — qui n'aurait pas manqué de s'apercevoir, comme moi, qu'il était profondément mécontent de lui et de tout, au bord d'une colère en apparence inexplicable et prête à éclater au moindre prétexte.

Avec un geste d'irritation, il alluma un cigare sans m'en demander la permission, aspira longuement la fumée comme le faisait son père et contempla la mer d'un air réprobateur.

— Julia, me dit-il brusquement, j'espère ne pas avoir besoin de te mettre en garde contre Perry Clevedon.

— Grand dieu, c'est en effet parfaitement inutile !

— Tant mieux. Je ne connais pas d'individu plus méprisable. Restes-en soigneusement à l'écart.

Georgiana apparut soudain derrière nous ; l'ourlet de sa robe était trempé d'eau de mer, ses cheveux défaits tombaient sur ses épaules et leur grâce naturelle lui convenait mieux que tous ses efforts d'élégance.

— Que se passe-t-il ? s'écria-t-elle gaiement. Nicolas, étais-tu en train de te quereller avec Julia, cette fois-ci ? Je t'entendais gronder depuis le chemin ! Qu'a-t-elle pu bien faire ou dire pour te mettre en colère contre elle ?

— Rien, répondit-il sèchement.

Il jeta son cigare au loin avant d'ajouter à mi-voix :

— Julia comprend ce que je veux dire.

18

Le nouvel an nous apporta coup sur coup deux événements considérables. En reconnaissance de ses services pour la cause de l'industrie nationale, de ses contributions aux bonnes œuvres et, plus encore peut-être, de sa complaisance envers l'exposition du Prince Albert — si chère au cœur de notre reine —, mon oncle fut élevé à la baronnie et devint de ce fait Sir Joel Barforth de Tarn Edge. Pendant ce temps, pour profiter sans doute de l'atmosphère de liesse et de bienveillance régnant dans la famille, ma mère annonça son prochain mariage, non point avec le décrépit et fortuné M. Oldroyd, mais avec l'inconnu fort bien conservé qu'était M. Adair.

Il n'était cependant pas un inconnu pour tout le monde.

A cette nouvelle, en effet, tante Hannah fit irruption un beau matin dans la maison de Blenheim Lane comme si elle voulait la réduire en cendres. Enragée par la perte de la fortune Oldroyd, accablée de devoir faire son deuil de voir un jour Jonas seul maître de Fieldhead, elle semblait pourtant obéir à des motifs personnels encore plus puissants.

— Aurais-tu perdu le sens commun, Elinor ? s'écria-t-elle en écumant. De ma vie je n'ai été aussi scandalisée ! Je te préviens que, si tu as l'audace de persévérer dans cette conduite indigne, je te renierai.

— J'en serais désolée, Hannah.

— Mais tu n'en feras qu'à ta tête, c'est bien cela ? Je m'en doutais, hélas ! J'espère alors que Joel saura trouver le moyen de te retenir avant que tu ne commettes l'irréparable. C'est une injure à la mémoire de ton mari et à la réputation de ses filles ! Quoi ! Tu vas encore une fois laisser cet homme te gruger, te traîner dans la boue ? Pis encore, tu vas te ruiner pour un aventurier ? Je te préviens, ma petite, si tu refuses d'entendre la voix de la décence et de la raison, je ferai en sorte que Joel, tes enfants et moi nous unissions pour te faire déclarer juridiquement incapable. Folle, si tu préfères. Adieu, Elinor.

Après le départ fracassant de tante Hannah, ma mère se tourna vers moi et eut un sourire un peu embrumé :

— Dieu tout-puissant, quelle histoire ! Je ne m'attendais sans doute pas à ce qu'ils en soient tous ravis, et Hannah avait fondé de grands espoirs sur M. Oldroyd, c'est vrai. Mais ils ne peuvent rien faire pour m'empêcher de me marier, tu sais, et Hannah ne me reniera pas, quoi qu'elle en dise aujourd'hui. D'abord parce qu'elle m'aime trop et aussi parce que j'aurai beau faire, il restera quand même de l'argent après ma mort. Oh ! je sais, Daniel me coûtera cher ! Ton père aimait prendre ses précautions et son testament m'interdit de tout dilapider, il n'y a donc rien à craindre pour l'avenir. Ecoute, Julia, autant t'en parler maintenant, tu es ma fille préférée et tes sœurs ne daignent même plus m'adresser la parole... Oui, comme tu l'avais compris, j'ai très bien connu M. Adair, il y a de cela longtemps, dix ans avant la mort de ton père. A l'époque, il était fort absorbé par la politique et avait engagé Daniel pour diriger ses affaires. Pendant que ton père était à Londres, vois-tu, moi je restais ici, dans cette maison. J'étais jeune encore et il était imprudent de sa part — de celle de tous les hommes, à vrai dire — de négliger ainsi une jeune femme de mon tempérament — du tien aussi, ma chérie, si je ne me trompe pas. Eh bien, l'inévitable s'est produit et je suis tombée amoureuse de Daniel, assez follement amoureuse pour vouloir fuir avec lui. Je me suis enfuie, je l'avoue, et lui aussi — mais chacun de notre côté. Ton oncle Joel l'avait rattrapé et persuadé, à l'aide de billets de banque, de ne plus s'occuper de moi. Quant à moi, qui n'avais pas été bien loin, il a fini par me convaincre de retourner chez ton père, qui ne voulait pas de moi mais redoutait qu'un scandale lui fît perdre des voix à la prochaine élection. C'est une bien triste et bien sordide histoire, vois-tu. Peut-être, pendant tout ce temps, m'est-il arrivé de rêver que Daniel aurait pu se montrer plus courageux, disposé à vivre dans la misère plutôt que de m'abandonner. Il ne l'a pourtant pas été, et je n'aurais sans doute pas bien accepté la pauvreté. En m'obligeant à retourner chez mon mari et à “ purger ma peine ”, comme il le disait, ton oncle signifiait en fait que j'avais déjà mérité ma part de sa fortune et aurais eu grand tort d'y renoncer pour un caprice. Avec le recul du temps, il avait cent fois raison. J'ai supporté mon épreuve dix ans de plus et personne ne peut m'accuser de n'avoir pas été la plus soumise, la plus irréprochable des épouses.

— Etes-vous restée amoureuse de M. Adair tout ce temps ?

— Oh ! grand dieu, non ! s'écria-t-elle en riant. Les choses ne se passent pas ainsi, dans la vie. A la mort de ton père, j'étais trop ivre de liberté pour aimer quiconque d'autre que moi. Mais je savais que cela ne durerait guère, comme je crois te l'avoir dit. Sache en tout cas que, si je n'avais pas retrouvé Daniel par hasard, j'aurais probablement épousé Matthew Oldroyd et je serais devenue presque aussi riche que Virginie. Je l'ai pourtant retrouvé, et ce n'était pas tellement l'effet du hasard puisque j'ai appris que, depuis le début, il était en affaires avec ton oncle Joel. Il s'était tenu au courant de ma situation, de mes allées et venues et savait donc que j'irais à Londres pour l'exposition. Il est virtuellement sans le sou, bien entendu, il débarque des Antilles où ses affaires n'étaient pas brillantes. Pauvre Daniel ! Comprends-tu, maintenant, pourquoi il a tant besoin de moi ?

— Bien sûr. Mais ce n'est quand même pas une raison suffisante pour l'épouser.

— J'en conviens. Alors, je vais t'en donner une autre. Il m'a abandonnée et je devrais sans doute le haïr à cause de cela. Mais je ne l'ai jamais haï. Je savais qu'il avait connu la misère de trop près pour prendre de gaieté de cœur le risque d'y retomber. Et puis, les quelques mois où j'ai été sa maîtresse ont été les plus merveilleux de ma vie ! J'étais alors une pauvre petite femme affligée d'un vieux mari gris et triste, et Daniel m'a transformée. Il est fort capable de se conduire comme un vaurien, je le sais, mais cela n'a rien de repoussant, au contraire — Joel a fait bien pire, en son temps — et Daniel semble posséder une inépuisable réserve de gaieté. Tu m'as dit, ma chérie, que je portais parfois mes dix-neuf ans. Eh bien, quand Daniel pose la main sur moi, je les ai véritablement ! Autre chose encore : maintenant, j'ai les moyens de m'offrir cette fantaisie. Quant aux conséquences, que craindre ? Ce n'est plus un jeune homme à la tête brûlée et il arrive un temps, dans la vie de l'aventurier le plus débridé, où l'on aspire au confort et à la paix d'un foyer. Enfin, ma chérie, dis-moi s'il existe au monde une seule bonne raison pour qu'un homme ne soit pas en adoration devant moi ?

Je n'en connaissais naturellement aucune. Puis, quand j'eus dîné avec eux quelques jours plus tard — Celia s'était abstenue et Prudence, qui n'avait pas le choix, resta assise tout le long du repas dans un silence hostile —, je fus bien forcée de reconnaître que, s'il avait des défauts, innombrables à n'en pas douter, Daniel Adair possédait un charme et une bonne humeur indéniables qui rendaient sa compagnie extrêmement plaisante. Voilà un homme, me disais-je, capable de tromper ou de voler de la manière la plus honnête qui soit et avec le consentement ravi de ses victimes ; un homme dont le sourire provocant, les œillades polissonnes et la virilité prometteuse suffisent à une femme comme ma mère — comme moi aussi, peut-être — pour fermer les yeux sur tous ses mensonges.

Prudence était cependant trop affectée par cette situation pour l'accepter d'aussi bon gré que moi. Elle se refusait absolument à partager le même toit que M. Adair et, plus inadmissible encore jugeait-elle, que son fils, dont l'existence avait été soigneusement gardée secrète jusqu'à la dernière minute. C'était un garçonnet de six ou sept ans dont les yeux charbonneux et le teint ambré dénotaient, dans son sang, un lignage notablement plus exotique que les Celtes d'Irlande.

— Si ma mère, me déclara Prudence, s'imagine que je vais accepter sans broncher de me frotter tous les jours à ce manœuvre endimanché et à son moricaud de bâtard, elle se trompe lourdement ! Je vais immédiatement exiger ma part et j'irai m'installer chez toi. Si tu ne veux pas de moi, qu'à cela ne tienne, je saurai me débrouiller pour aller ailleurs. J'ai toujours voulu fonder une école et gagner ma vie sans être entravée de tous côtés. Eh bien, l'occasion est bonne de mettre mes projets à exécution. Dès aujourd'hui je vais voir Jonas Agbrigg et lui demander quels sont mes droits. Tu ferais d'ailleurs bien de m'accompagner, ce doit être instructif.

Une fois consulté, cependant, Jonas fit comprendre à Prudence qu'elle ne jouissait d'aucun droit. Il admettait volontiers être tout aussi scandalisé qu'elle par la conduite de notre mère et laissait même entendre qu'il avait, en fait, plus à perdre que nous autres, car la seule gestion du patrimoine Oldroyd lui aurait rapporté une petite fortune en commissions et honoraires. Mais il avait examiné et étudié sous tous les angles le testament de notre père sans y déceler la plus petite faille. La moitié de sa fortune, consignée en dépôt, se trouvait certes à l'abri des attaques les plus résolues du plus habile capteur d'héritage, mais nous ne pouvions rien en toucher du vivant de notre mère. L'autre moitié, en revanche, était bien à elle — et à M. Adair — sans aucune réserve, alors que la dot de Prudence ne devait lui être versée qu'à l'occasion de son maraige ou, à défaut, sur avis favorable et conjoint de sa mère et d'oncle Joel, son tuteur légal. Nous ne pouvions bien évidemment imaginer M. Daniel Adair donnant son consentement à son épouse pour dilapider une telle portion du patrimoine.

— S'il y avait eu moyen de tourner ces dispositions, nous dit Jonas du même ton froid et objectif, soyez certaines que j'aurais su le découvrir. S'il avait existé une interprétation discutable, voire frauduleuse, des textes de loi en cause, je n'aurais pas hésité à l'appliquer de manière à nous satisfaire. N'oubliez pas, en effet, qu'il s'agit aussi de l'argent de Celia et que je m'y intéresse donc au premier chef, car je me permets de vous faire observer, ma chère Prudence, que mes frais sont sensiblement plus importants que les vôtres.

— J'ai mes porcelaines, répondit-elle. Je les vendrai donc avant que ce petit monstre de Liam Adair ne s'amuse à les casser — je n'ai jamais rencontré garnement plus insupportable. Auriez-vous, mon cher Jonas, l'obligeance de vous en occuper ?

Malheureusement, mon père faisait trop peu confiance à la raison des femmes pour n'avoir pas, là encore, imposé des conditions draconiennes. Les porcelaines ne pouvaient être vendues, en bloc ou séparément, qu'avec le consentement mutuel et simultané de

Prudence et de son mari. S'aviserait-elle de vouloir s'en séparer avant son mariage ou, crime plus inexpiable encore, sans l'indispensable autorisation maritale, la collection entière devait revenir à une autre déplorable écervelée, sa mère.

— Je ne le lui pardonnerai jamais, dit-elle haineusement.

Jonas referma soigneusement le dossier et le glissa dans un tiroir de son imposant bureau.

— Je doute qu'il en éprouve de la contrariété là où il est, dit-il calmement. Votre père, Prudence, n'a jamais voulu assurer votre indépendance, ne vous y trompez pas. Il entendait vous voir mariée et vous ne me semblez guère avoir d'autre choix — à moins, bien entendu, que vous ne décidiez d'attendre la mort de votre mère, ce qui ne se produira vraisemblablement pas de sitôt. Tout compte fait, vous feriez mieux d'accepter Freddy Hobhouse. Il n'élèvera aucune objection à ce que vous vendiez jusqu'à votre chemise tant il a besoin d'argent pour Nethercoats.

— Ainsi, Jonas, malgré toute votre habileté, vous n'avez rien de mieux à me conseiller ?

Il se leva pour nous indiquer que son temps était trop précieux pour être plus longtemps gaspillé en une consultation gratuite.

— Dans l'état actuel des choses, Prudence, rien, répondit-il froidement. J'en suis navré.

Ils se dévisagèrent avec hostilité, prêts à se haïr, car il n'était pas dans leur nature, à l'un et à l'autre, d'admettre que Prudence aurait été une meilleure épouse que Celia, ni que l'intelligence et la persévérance de Jonas convenaient finalement mieux à Prudence que la bonhomie falote d'un Freddy Hobhouse.

Cet après-midi-là, Blaise passa me rendre visite à son retour de Londres.

— Il n'est pires ennemis que ceux ayant été presque amis, me fit-il observer. Si tante Hannah n'avait pas rendu Jonas si arriviste, si Prudence n'avait pas hérité de la gaucherie de son père, qui sait... En tout cas, cette pauvre Prudence vit ses derniers jours de liberté. Daniel Adair va sans doute la garder sous clef.

— Pourquoi s'encombrerait-il d'une belle-fille qui ne l'aime pas ?

— Tu ignores décidément tout des aventuriers, Julia. Adair a été, je crois, une sorte de vaurien toute sa vie. Mais maintenant qu'il a décidé d'être respectable, il le sera à fond, crois-moi. Ce sera le règne de la prière en famille tous les matins, je n'en serais pas surpris, et interdiction formelle à une pure jeune fille de courir les rues sans chaperon. Oui, pauvre Prudence...

— Eh bien, délivre-la, Blaise, épouse-la ! Il faudra bien que tu te maries un jour ou l'autre.

— Un jour ou l'autre, peut-être. Mais pas tout de suite. Au fait, pendant que j'y pense, que dirais-tu d'un dîner chez moi, la semaine prochaine par exemple ? Je me suis installé un petit appartement à Leeds, rien de bien extraordinaire mais très agréable quand même, et je fais monter des dîners très convenables du restaurant d'en face.

— Quelle idée, Blaise !

Secrètement ravie, je savais qu'il n'était pas sérieusement prêt à me séduire dans sa garçonnière ; il en avait pourtant été assez tenté pour me poser la question.

— Nous ferions mieux de nous abstenir, ai-je repris en faisant mine d'hésiter.

— Je m'attendais à cette réponse, mais tu ne me reprocheras pas d'avoir au moins essayé. Sais-tu que tu es de plus en plus ravissante, Julia ? Tu ressembles... tiens, à un camée.

— Aujourd'hui un camée, l'autre jour un cygne. Que vas-tu trouver, après cela ?

— Pourquoi pas ma meilleure amie ? Cela te déplairait-il ?

Il se rapprocha avec l'intention si manifeste de m'embrasser que je l'en aurais aisément détourné si je n'en avais pas moi-même eu envie. Je n'ai pas fait un geste quand ses lèvres, légères comme des papillons, se sont posées au coin de ma bouche dont elles prirent peu à peu possession en un baiser désinvolte, trop parfait, qui n'éveilla en moi aucune autre émotion qu'une appréciation amusée de sa compétence, un plaisir affectueux mais dépourvu d'élan.

— Pourquoi diable l'as-tu fait, Blaise ?

— Il faut toujours savoir saisir la balle au bond. Recommencer n'aurait d'ailleurs rien de désagréable, au contraire.

— C'est vrai, mais imagine un peu les problèmes que cela te poserait. Tante Hannah me surveille de son regard d'aigle...

— En effet. Merci de me l'avoir rappelé.

Blaise n'était pourtant pas du genre à oublier de tels risques. A quoi rimait donc cette scène ? me suis-je demandé après son départ. Il savait sûrement aussi que, depuis mon retour de l'exposition, Nicolas était passé à deux ou trois reprises chez moi. Personne, au demeurant, ne pouvait s'offusquer de voir mes cousins, lorsqu'ils passaient dans le quartier, s'arrêter pour tenir compagnie à une veuve dont le deuil excessif avait été la fable de toute la ville.

Nicolas arrivait toujours sans prévenir, toujours pressé — du moins le paraissait-il — et laissait ouvertement son cheval attaché à un anneau de ma grille.

— Julia, me disait-il, je me suis enroué à brailler toute la journée à la Halle au Drap et le Vieux Cygne est si bondé qu'on y cuit comme dans un four. Veux-tu me donner du thé ?

Je lui donnais du thé, je m'asseyais en face de lui, à plus d'un mètre, je l'écoutais en souriant, en “ comprenant ce qu'il voulait dire », même quand je n'y entendais rien ; je partageais ses soucis, je faisais de mon mieux pour les alléger — mais sans me rapprocher de lui, au physique comme au moral, sans oser me dire qu'il pourrait un jour chercher à se rapprocher de moi. Je me répétais que ses visites étaient innocentes. Il ne parlait jamais de Georgiana, je ne faisais aucune allusion à Giles. Nous bavardions de nous-mêmes, comme si nous étions seuls au monde, sans liens avec d'autres ni, surtout, entre nous. J'évoquais ma vie terne, mes crises domestiques, un livre lu. Il m'apprenait qu'il avait acheté de nouveaux métiers, considéré l'acquisition d'une usine en déconfiture. Je le laissais parler longuement, à cœur ouvert, tout en ayant conscience de recréer ainsi une ambiance qui le séduisait naguère et que je ne faisais que rendre plus attrayante en satisfaisant son besoin de s'épancher.

Sachant qu'il devait ses médailles d'or de l'exposition, son anoblissement et, plus généralement, son prodigieux succès à ses ouvriers, oncle Joel leur offrit cet été-là un banquet, qui se déroula sous des tentes dressées sur les pelouses de Tarn Edge. Il avait réduit leurs pères à la mendicité vingt ans auparavant en introduisant ses métiers mécaniques, mais ceux-ci avaient depuis lors donné naissance à une nouvelle génération de mécaniciens et de spécialistes que leur qualification faisait sortir des ruisseaux de Simon Street. Ce n'étaient plus des manœuvres illettrés et soumis, mais des hommes capables de redresser la tête, de s'instruire et de regarder l'avenir en face. Joel Barforth avait toujours été considéré comme un maître exigeant, mais il n'existait dans ses usines aucune tâche, si dangereuse ou rebutante fût-elle, qu'il ne soit capable d'accomplir ou n'ait déjà exécutée. Il imposait ponctualité et discipline, mais les pratiquait avec autant de rigueur. Il avait toujours payé plus généreusement que ses confrères une honnête journée de travail et, le premier de la vallée de la Law, avait mis en pratique la journée de dix heures, longtemps avant que la loi ne lui en fasse obligation.

Ayant ainsi abondamment prouvé aux Hobhouse et autres Oldroyd que, sans dépasser la durée légale du travail, il savait dégager des bénéfices supérieurs aux leurs, il lui restait à couronner sa gloire en y associant son personnel, pour qui il prépara un festin pantagruélique. Tante Hannah nous fit savoir que celui-ci ne comprenait pas moins de cinq demi-bœufs, cent cinquante gigots, quarante jambons, autant de langues, d'innombrables poulets, canards et autres pigeons, trois cent vingt *plum-puddings*, des montagnes de fruits, frais et secs, des pâtisseries de toutes formes et de toutes natures, le tout arrosé d'autant de vin et de bière qu'un homme — et une femme — soit décemment capable d'avaler.

Il se produisit, naturellement, une certaine ségrégation entre les divers groupes, la famille et les amis d'un côté, les chefs d'ateliers, ingénieurs, modélistes et autres spécialistes se rassemblant d'eux-mêmes avec leurs familles légèrement à l'écart des échelons inférieurs, mais tous, dans leurs atours des dimanches, un peu gênés de prime abord, empruntés, le plus souvent intimidés. Toute la journée, cependant, Sir Joel Barforth circula de l'un à l'autre groupe, serrant les mains tendues, ayant pour tous un mot ou un sourire, un cigare pour les messieurs, une babiole souvent coûteuse pour les dames ; il partageait une plaisanterie avec l'un, un souvenir avec l'autre, s'offrait complaisamment à la curiosité de celui-ci qui en prenait prétexte pour nourrir son ambition, de celui-là qui jugeait son opulence condamnable. Mais tous, ambitieux et jaloux, étaient d'accord pour lever leurs verres et boire à la santé de Sir Joel.

L'occasion m'avait fourni le prétexte de quitter le deuil. A vingt-trois ans, j'étais restée en noir deux ans pleins, et cela suffisait. Je m'étais choisi un ensemble gris tourterelle à la jupe ample ornée de volants bordés de dentelle, des manches fendues sur des ruches brodées, un chapeau de satin gris surmonté d'une plume blanche ; ma mise était complétée par un collier orné d'un pendentif à camée, une ombrelle festonnée, des gants blancs et des bottes de chevreau blanc aux talons hauts très audacieux.

Cernée d'un véritable buisson de plantes fleuries et chargée de fleurs exotiques disposées dans des jardinières de cuivre, la table familiale était à elle seule un spectacle. Tante Virginie, Lady Barforth désormais, y était assise entre Lady Chard, sa fille, et Sir Matthew, son gendre. Comme à son habitude, ma mère attirait tous les regards par sa beauté juvénile. Tante Hannah était imposante et M. Agbrigg rayonnait de sa propre gloire, chèrement acquise, celle de l'homme ayant enfin réussi à amener l'eau à toute la ville ou presque. A côté de lui, Prudence, toujours aussi discrètement élégante, refusait encore d'adresser la parole à M. Adair mais faisait au moins l'effort de l'éviter sans ostentation. Celia elle-même, d'une allure à la faire prendre pour notre aînée, semblait prête à se laisser gagner par la liesse générale et n'imposait qu'un minimum de corvées inutiles à l'irréprochable Jonas.

Blaise avait reçu pour mission de se rendre aimable et s'en acquittait avec beaucoup de bonne grâce, cent fois mieux en tout cas que Nicolas qui avait l'air maussade et préoccupé. Georgiana, affublée d'une somptueuse toilette de soie couleur miel, portait des boucles d'oreilles de topaze serties d'or, trop lourdes pour ses petites oreilles pointues ; elle gardait un silence obstiné, non par mauvaise humeur mais simplement, je crois, parce qu'elle ne trouvait rien à dire.

— Nicolas et Georgiana ont eu une terrible dispute tout à l'heure, me chuchota Caroline. Surveille-la discrètement, Julia, tu nous rendrais grand service. Tu remarqueras que ni son grand-père ni son frère ne sont venus, ce qui a probablement quelque chose à voir avec la querelle. Perry doit encore être endetté jusqu'au cou... Enfin, ils s'arrangeront plus tard entre eux, je l'espère. Rien ne doit venir troubler la joie de mon père en jour comme aujourd'hui. Matthew lui-même n'a pas pu faire semblant de ne rien remarquer, si bien qu'il ne s'opposera certainement pas à ce que nous allions à la prochaine exposition universelle, s'il devait y en avoir une.

Entre-temps, Sir Joel avait terminé sa tournée, le repas commença. Il se termina longtemps après dans la bonne humeur de tous et mon oncle, qui avait reçu au dessert l'hommage des toasts et des allocutions flatteuses, se leva à son tour et se tourna vers sa femme avant de commencer, dans le silence revenu :

— Puisque c'est à moi de conclure, écoutez tous ! Sans Virginie, ma très chère épouse ici présente, je ne posséderais rien au monde, je ne serais rien. Si j'avais à choisir entre elle et tout ce que je possède, je renoncerais sans hésiter à tout. Mes paroles sont sans doute embarrassantes pour sa modestie, mais je tiens à le proclamer bien haut : mon seul trésor en ce monde, c'est elle. Certains d'entre vous, en voyant aujourd'hui cette maison, ces usines, ma fortune, sont tentés de se dire : " Il a eu de la chance." Eh bien, ils ont tort. Les usines, l'argent, je les dois à mon travail. J'étais capable de me sortir du lit tous les matins à l'heure où les autres préféraient y rester, à travailler jusque tard dans la nuit quand les autres étaient déjà rentrés chez eux. Voilà le secret, avec en plus, je l'avoue, de l'audace, un certain sens — appelons-le de l'instinct — de ce dont le marché a envie et de ce qu'il faut faire pour le lui livrer. La chance n'a rien à voir dans tout cela. Mais si l'on regarde ma femme et que l'on dit : " Il a eu de la chance ", alors là, on a absolument raison ! L'on pourrait même aller plus loin et me reprocher d'en avoir eu plus que je n'en méritais. C'est pourquoi je vous propose maintenant de lever tous nos verres à la santé de Lady Barforth, ma très chère femme !

Il reposa son verre, lui prit les mains et les baisa, non en les levant à ses lèvres mais en courbant la tête en un hommage plein de respect et de galanterie. Nicolas et Blaise repoussèrent leurs chaises et vinrent, d'un mouvement spontané, entourer leur mère qu'ils étreignirent ensemble avant de tomber dans les bras l'un de l'autre en une rare manifestation d'amour fraternel. Caroline oublia qu'elle était Lady Chard et se jeta au cou de son père tout en saisissant les mains de sa mère derrière son dos. Les frères embrassèrent leur sœur, Sir Joel et Lady Virginie en refirent autant. " Viens, Hannah !" dit mon oncle en tendant une main vers elle pour inclure dans cette embrassade cette sœur trop souvent incommode, invivable, dont nous avions tous eu à nous plaindre par moments mais qui avait soutenu son frère à bout de bras dans ses années difficiles. Ma mère les rejoignit et, un long moment, ils restèrent tous étroitement embrassés.

Ce fut un instant d'intense émotion que le spectacle de cette famille unie, ou réunie, par la légitime fierté de la réussite. Les yeux pleins de larmes, je me rendis compte que je les aimais tous beaucoup ; mon oncle dans sa magnificence, sa femme si pleine de grâce et de bonté, mon insupportable tante, ma mère et sa frivolité, Blaise le trop parfait, Caroline l'ambitieuse — et Nicolas. Ils formaient tous *ma* famille et je leur appartenais. Mais jamais, semblait-il, il n'en serait de même pour Georgiana. Assise seule, à l'écart, elle tambourinait nerveusement sur la table avec son couteau ; elle n'était pas seulement accablée d'ennui, comme Matthew s'efforçait sans succès de le dissimuler, elle paraissait inexplicablement oppressée, au point que l'éclat de sa chevelure semblait terni par la profondeur même de sa détresse. En une journée comme celle-ci, où les dames de la famille Barforth étaient en quelque sorte offertes à la curiosité générale, où chacune des femmes présentes, épouses d'ingénieurs ou simples fileuses, s'estimait en droit de les observer, de compter leurs diamants, de jauger les volants de leurs robes et en attendait une parole aimable et un sourire, l'attitude de Georgiana — quelle qu'en fût la cause — pouvait à juste titre être considérée comme offensante. J'en étais moi-même stupéfaite car, si je l'avais vue capricieuse et désinvolte, jamais encore je n'avais remarqué en elle cette dureté méprisante qui lui plissait la bouche tandis qu'elle se penchait à l'oreille de Matthew Chard pour lui chuchoter des mots probablement insignifiants mais qu'elle estimait indignes des oreilles roturières.

« On espérait que le titre de son beau-père lui ferait plaisir », me glissa ma mère en remarquant la direction de mon regard. Je comprenais, cependant, que la baronnie de mon oncle ne représentait pour elle rien de plus qu'un appendice à cette exposition détestée, un simulacre de noblesse souillé par le commerce et une injure à la ' vraie '' noblesse gagnée sur les champs de bataille et au service du Roi par des sacrifices librement consentis, non par des succès achetés ou vendus.

A la réflexion, je ne m'en étonnais pourtant pas. Je m'étais plus ou moins attendue à ce que Georgiana réagisse ainsi ; ce qui me troublait, c'est qu'elle le fasse voir avec tant d'ostentation, quand je la savais par ailleurs capable de bonté et pleine de bonne volonté. Elle avait donc dû essuyer un affront fait à sa famille et, sommée de prendre parti, avait délibérément choisi son camp.

— Venez, mes enfants, nous dit tante Virginie. Circulons un peu et faisons-nous connaître. Julia, ma chérie, bien des gens ont gardé un souvenir ému de ton mari et seront heureux de te parler. Georgiana, Nicolas désire, je crois, vous présenter ses employés.

Nous nous sommes levées, mais Georgiana resta assise à la table, vide, dans une solitude rendue plus choquante par son indifférence à tout ce qui l'entourait.

Tante Hannah se pencha vers elle :

— Seriez-vous souffrante ? lui dit-elle d'un ton menaçant.

— Georgiana ! dit Caroline en prenant le bras de son père. Venez donc avec moi.

— Laisse-la, m'ordonna Blaise en voyant mon geste pour la faire lever de sa chaise.

— Georgiana ! gronda Nicolas. Levez-vous. Debout, vous dis-je !

Elle le dévisagea un instant d'un air de défi puis se leva d'un bond en jetant la fourchette avec laquelle elle jouait depuis quelques minutes et qui tomba bruyamment sur une assiette.

— Grand dieu, que de chichis ! s'écria-t-elle. Vous n'en feriez pas davantage, tous tant que vous êtes, au couronnement de la Reine.

Elle repoussa brusquement sa chaise, empoigna ses jupes comme une traîne d'amazone et se lança au pas de charge à travers la foule, la main tendue agrippant des mains au hasard, saluant indistinctement tout le monde d'une bordée de " Bonjour ! " tonitruants et quasi hystériques qui laissaient derrière elle un sillage de stupeur et de gêne.

Nicolas la suivit des yeux en étouffant un juron, sans plus de colère mais avec une tristesse inattendue, une lassitude qui, pour la première fois, évoquait la défaite. Jamais encore je ne l'avais vu se voûter, se tasser ainsi ; et c'est peut-être en cet instant que je pris inconsciemment une décision si longtemps refoulée.

J'ai quitté Tarn Edge tard dans la soirée avant de m'attarder encore à Blenheim Lane jusqu'à une heure si avancée que Prudence, au lieu de m'accompagner pour passer la nuit chez moi comme elle en avait eu l'intention, préféra coucher dans son lit. Peu après mon retour, ma femme de chambre s'étant déjà retirée, j'étais encore avec Mme Marworth, ma cuisinière, quand j'eus la surprise d'entendre frapper à la porte. Au son de la voix de Nicolas, elle s'éclipsa avec une discrétion excessive et me laissa seule.

— Est-ce bien toi, Nicolas ? ai-je dit à travers la porte. Je n'ai pas entendu ton cheval.

— Je l'ai laissé au Vieux Cygne. J'aime mieux te prévenir, j'ai bu un verre de trop, tu n'es pas obligée de m'ouvrir.

Sans répondre, je l'ai précédé au salon, j'ai consacré un long moment à allumer la lampe, à moucher les chandelles sur la cheminée. Quand je me suis enfin retournée, il était affalé sur le canapé — et me laissait, de ce fait, la faculté de prendre un siège à l'écart.

— Veux-tu boire quelque chose ? Il me reste du cognac, je crois.

Il me gratifia d'un sourire qui sembla dissiper le nuage sombre dans lequel il était encore enveloppé.

— Non, vraiment pas, merci... Comment se fait-il que tu me simplifies toujours la vie, Julia ? Me voilà chez toi à une heure absolument indue et tu ne me demandes même pas pourquoi. Si je partais maintenant sans rien te dire, tu n'insisterais sans doute pas davantage. Je pourrais même revenir demain en étant assuré d'être bien reçu.

— Oui, mais je m'en inquiéterais, Nicolas. Je ne te demande peut-être pas ce qui te trouble à ce point, car si tu ne me le dis pas de toi-même c'est que tu ne veux pas en parler. Il n'empêche que je me poserais des questions.

Il avala sa salive avec peine, le dos de nouveau voûté par un sentiment de défaite, les mains jointes, le regard flou. Dépouillé de son armure de colère, son visage ne m'était jamais apparu aussi vulnérable.

— Il faut que je te parle, Julia. Que je te parle vraiment. Pas de métiers à peigner ni de comptes d'exploitation... Le puis-je réellement, librement ? Je m'en irai dès que tu me le diras.

— Je t'écoute, Nicolas.

— Par quoi commencer... Je ne sais plus. Ce soir, je suis au bout du rouleau.

— Je m'en suis rendu compte.

— Je suis d'un égoïsme inexcusable de venir ainsi t'empoisonner avec mes histoires — mais cela ne m'a pas empêché de venir, tu le constates. J'étais allé au Cygne pour m'enivrer. Cela te semble sans doute inutile, mais l'ivresse m'aurait retenu de venir te voir. Nouvel échec, puisque je ne suis pas ivre. Chasse-moi quand tu le voudras, d'accord ?

— Si tu vas trop loin, je n'hésiterai pas. En attendant, parle.

— C'est Georgiana...

— Je m'en doutais, figure-toi. Que s'est-il passé entre vous, aujourd'hui ?

— Rien, hélas ! qui ne se soit déjà produit. Rien de particulièrement important ou grave. Rien à quoi je n'aurais dû m'attendre dès le début.

Il se laissa soudain aller contre le dossier, s'étira avec un geste de lassitude infinie.

— Il ne s'agit que d'argent, Julia. Oui, d'argent. De factures, factures de couturières, de modistes, qu'elle m'avait juré avoir payées et pour lesquelles je lui avais donné l'argent nécessaire. Des femmes rougissantes, gênées, viennent me voir en s'excusant, en me disant qu'elles comprennent, qu'on a sans doute oublié, qu'elles sont désolées de m'ennuyer avec leurs histoires mais que cela fait maintenant six mois, huit mois qu'elles attendent... Oh ! je sais ! Je devrais admettre qu'elle donne tout son argent, jusqu'au dernier sou, à son vaurien de frère, qu'elle ne comprenne pas pourquoi je m'en formalise, puisque les fournisseurs ne sont jamais que des artisans et qu'elle fait partie de la noblesse. Personne, à sa connaissance, n'a encore osé se plaindre qu'un Flood, un Winterton, un Clevedon ou un Chard *oublie* de payer ses factures... Je ne devrais pas davantage me soucier que l'argent gagné par mon travail serve à payer la place de son frère à la table de whist des Flood, puisqu'un gentilhomme est tenu par l'honneur, paraît-il, de payer ses dettes de jeu. J'ai largement de quoi payer, j'étais prêt à le faire — et je l'ai fait — tant que cela en valait la peine à mes yeux. Je n'ai donc de reproches à faire à personne qu'à moi, je le sais. Veux-tu que je m'en aille ?

— Le veux-tu toi-même ?

— Non. Je ne m'en irai pas jusqu'à ce que tu me l'ordonnes.

— En fait, Nicolas, tu veux que je prenne seule cette décision-là, n'est-ce pas ? Tu veux bien accepter la responsabilité de ta situation avec Georgiana, mais pas celle de... de ce qui peut éventuellement se produire ce soir entre nous. Je me trompe ?

— Tu me fais paraître plutôt ignoble, Julia.

— C'est exact.

Il se leva et alla s'accouder à la cheminée en tapotant du pied le garde-feu, moins en signe de colère ou d'énervement que pour dépenser un peu de l'énergie dont il débordait. Si je m'étais écoutée, j'aurais été près de lui — tout en le sachant coupable de son propre malheur —, et je l'aurais serré dans mes bras, je lui aurais encore une fois " simplifié la vie " en lui disant qu'il n'avait pas besoin de m'amadouer ni de me supplier puisque j'étais là, prête et consentante.

— Laisse-moi simplement ajouter ceci, et puis je m'en irai. Crois-moi si tu veux, mais je suis sincère en disant que je suis le seul à blâmer. Georgiana est aujourd'hui ce qu'elle a toujours été. Elle ne m'a pas trompé en prétendant être différente, elle ne m'a jamais non plus promis de changer. C'est moi qui ai changé. Elle m'avait... ensorcelé, au point de me rendre aveugle à tout ce qui n'était pas elle. La seule différence avec l'amour, je crois, c'est que ce genre de sentiment ne dure pas. Quand il disparaît, il ne laisse derrière lui que l'étonnement qu'il ait pu survenir. J'ai donc gâché ma vie et la sienne, parce qu'elle sait désormais que je ne puis plus la supporter. Et comment lui demander d'en comprendre les raisons ? Elle a le droit de se croire lésée, après tout, puisque je lui avais affirmé que rien de tout cela n'importait entre nous, alors que tout m'est devenu intolérable. Elle a le droit de se croire maltraitée quand tout le monde la critique sans que je la défende et que je la critique moi-même. Quoi qu'elle me fasse subir, je la rends parfois si malheureuse, si désespérée qu'elle en change littéralement de couleur — et parce que cela me bouleverse, je m'acharne, je deviens encore plus cruel. Aujourd'hui seulement, j'ai compris qu'il n'y avait pas de remède, qu'il en sera toujours ainsi. Mon père, tu le sais, ne m'a jamais impressionné ni inspiré beaucoup d'affection. Aujourd'hui, pourtant, j'étais fier de lui. je me suis, je crois, en partie reconnu en lui et j'ai enfin compris ce qu'il ressent pour ma mère. Voilà ce que j'aurais pu, ce que j'aurais dû avoir moi aussi — n'est-ce pas, Julia ? Alors, je me suis réfugié au Cygne pour ne plus y penser. J'étais incapable de m'avouer pris dans un piège fabriqué de mes propres mains, un piège dont je ne peux m'échapper ni par la force, ni par la ruse — ni même par l'argent ! Dieu, quel...

Il s'interrompit brusquement, comme hésitant à s'accabler lui-même.

— Que veux-tu exactement, Nicolas ? ai-je demandé avec précaution. Qu'es-tu venu chercher ici ?

Il se rassit lourdement, en homme élevé dans la certitude de pouvoir tout obtenir par l'effort et la volonté, en homme sûr de lui et de son bon droit mais qui, ainsi mis au pied du mur, refusait la réalité du piège où il se jetait, même s'il en comprenait la cause et le fonctionnement. Et moi, quelles que fussent mes craintes, mes timides tentatives de tendre l'oreille aux avertissements de la décence et aux objurgations du bon sens le plus élémentaire, je savais au plus profond de moi-même — je l'avais su dès l'instant où Nicolas avait franchi mon seuil — qu'il lui aurait suffi de m'effleurer, de me tendre la main pour que je fusse sienne.

J'avais tort, complètement, profondément tort. Nicolas était venu à moi dans un moment de faiblesse, il savait — autant que moi — qu'il avait beau me désirer intensément, qu'il aurait beau ensuite en arriver à m'aimer sincèrement, il ne réussirait finalement qu'à me faire mal. Et parce qu'il n'était pas d'un naturel plus cruel que la plupart des autres hommes — et des autres femmes —, il savait aussi qu'il se blesserait lui-même en me faisant mal. Il savait qu'il n'aurait pas dû venir, je savais que je n'aurais pas dû le laisser entrer. Nous n'étions pourtant, l'un et l'autre, ni beaucoup plus égoïstes, ni beaucoup plus enclins au sacrifice que la moyenne des êtres humains. Nous étions comme tout le monde, avec nos imperfections et nos faiblesses et j'étais, pour ma part, restée trop longtemps à l'écart du monde et de ses réalités. J'étais surtout assez jeune, je crois, pour m'imaginer être à l'abri de ce que j'aurais sans hésiter traité de folie chez une autre femme ; je me croyais plus forte, capable d'aimer plus totalement — car je ne doutais plus de l'aimer.

— Ce que je veux " exactement " ? dit-il enfin. Beaucoup de choses, trop sans doute, que je sais impossibles. Je voudrais surtout remonter le temps, je crois, reculer la pendule. Revenir des années en arrière. Des années... Mais c'est impossible, n'est-ce pas ? Pardonne-moi, Julia. Je m'en vais.

Je l'avais trop souvent laissé partir ainsi, lors de ces lents jours paisibles où je croyais avoir raison d'attendre qu'il m'aimât, où j'avais ainsi fini par le perdre. Peut-être aurais-je dû, alors, tendre la main, lui donner du bout des doigts l'infime poussée qui l'aurait fait basculer de l'amitié à l'amour, de l'hésitation au désir. Peut-être aussi allions-nous, demain, retourner aux cendres, au néant éternel...

— Je m'en vais, répéta-t-il.

Il ne bougea cependant pas. Puis, comme je ne répondais pas, il ajouta avec une sorte de colère :

— Il faut que je m'en aille, sinon... Je t'ai déjà fait mal une fois, Julia. Je ne peux pas, je ne dois pas recommencer.

— C'est ridicule, Nicolas.

— Quoi ? Qu'est-ce qui est ridicule ?

— Nous distinguons tous deux le vrai du faux, le bien du mal. Pourquoi ne pas dire ce que tu penses ? Tu n'as pas l'intention de partir et tu sais que je ne t'y forcerai pas. Alors, dis-le, Nicolas. Sois franc. Soyons au moins honnêtes avec nous-mêmes.

Pour la première fois de sa vie, peut-être, il fut désarçonné et presque intimidé. Il se ressaisit, pourtant, se passa les doigts dans les cheveux d'un geste brusque, comme pour exécuter quelque action simple et se suffisant à elle-même. Puis il se pencha en avant et dit à mi-voix :

— Viens t'asseoir près de moi, Julia.

— Tout à l'heure, Nicolas.

— Non, tout de suite. Je t'en prie.

J'ai traversé la pièce pour m'asseoir au bord du canapé, en étalant soigneusement mon ample jupe de manière à ne pas même l'effleurer ; je sentais pourtant son haleine m'envelopper, m'imposer la présence troublante, sous le plastron ruché de sa chemise, du sang chaud, impétueux de ce beau corps viril et puissant qui, en cet instant même, brûlait de désir pour moi.

— Tu veux que je sois franc ? Je le serai donc, et cela me convient tout à fait, finalement. Oui, Julia, j'aurais pu être heureux avec toi. Je le sais. Avec toi, j'aurais pu, j'aurais dû vivre ma vraie vie. Je m'en suis privé par ma propre faute. Mais ce n'est pas tout. J'aurais pu supporter mon erreur sans rien dire, je l'ai d'ailleurs fait jusqu'à cette soirée à Bournemouth, l'été dernier. Ce soir-là, je te désirais. Je croyais que cela passerait, ce n'a pas été le cas. J'ai besoin de toi, Julia, je te désire de toutes les manières et avec passion. Et puis, je n'ai qu'une vie, une seule, et toi aussi.

— Es-tu donc si sûr de m'avoir ?

Son regard fut traversé par un soudain éclair de triomphe :

— Oui. Je le crois, du moins. Qu'as-tu, Julia, tu trembles ?

— Le délire, sans doute... Serre-moi contre toi.

J'avais parlé presque malgré moi et il obéit aussitôt. Il m'enserra de ses bras, sa bouche et ses mains prirent possession de moi autant que mes encombrants vêtements le permettaient.

— Pas ici, Nicolas...

— Là-haut, dans ta chambre ? Non, il faut au contraire te prendre sur-le-champ, avant que tu ne changes d'avis.

— Ce n'est guère romanesque...

— Peut-être. Mais ce qui est fait est fait et on ne pourra pas revenir en arrière. Je pourrai, alors, me permettre d'être aussi romanesque et sentimental que tu le souhaites.

Il me souleva et me porta jusqu'en haut de l'escalier étroit, non pour faire preuve de tendresse ou de galanterie mais parce que c'était plus rapide, plus expéditif. J'étais aussi consciente que lui de la nécessité de nous hâter. Il ne m'accordait aucun égard et je n'en voulais d'ailleurs pas car, en ces premiers instants, seul un besoin impérieux nous clouait l'un à l'autre, le besoin de la possession, celui presque de nous punir l'un l'autre ; moi aussi, je brûlais tout entière de désir pour lui, d'un désir si pressant que le moindre obstacle m'exaspérait, mes jupons que j'arrachais, sa chemise que je l'aidais à jeter au loin. Il me semblait juste et normal que son corps dur et pesant m'écrase et me fasse gémir ; qu'il soit trop obsédé par l'assouvissement de son désir, par l'accomplissement de l'acte élémentaire de la possession — ne désirions-nous finalement rien d'autre ? — pour penser à me donner du plaisir. Tels des adversaires s'entre-dévorant, nous frappions, nous griffions, nous mordions en un combat brutal où je rendais coup pour coup jusqu'au moment où ce qui, au plus profond de moi-même, me cachait encore mon ravissement se désintègre tout à coup. Je me sentis submergée sous les vagues successives, obstinées, d'un plaisir si prodigieux qu'il me terrifia avant de m'exalter et me laissa à la fois soumise, et irrévocablement possédée.

Nous sommes restés un moment étendus côte à côte, en silence, à nous déprendre comme à regret. Puis, quand sa respiration s'apaisa et que son rythme régulier m'apprit la venue du sommeil, je me suis levée et me suis rendue près de la fenêtre ; j'avais besoin, je crois, de m'éloigner un peu pour tenter de ressentir ma honte — en vain. Je n'éprouvais rien que je ne me sente capable de dominer.

J'avais la tête assez froide pour reconnaître l'énormité du crime social et moral que je venais de commettre et pour lequel, en tant que femme, j'aurais à payer un prix infiniment plus lourd que Nicolas. S'il était démasqué, cela n'aurait guère d'autre conséquence qu'une explication gênée avec sa femme et son père, quelques ricanements et clins d'œil complices pendant quelques jours à la Halle au Drap et au Vieux Cygne, car chacun sait qu'un homme a le droit de prendre son plaisir où et quand il le trouve tandis qu'une femme qui se donne ne vaut généralement pas beaucoup plus qu'une prostituée.

Pour moi, en revanche, le châtiment serait terrible et total : un bannissement plus rigoureux que si j'étais pestiférée qui forcerait mes proches, jusqu'à ma mère et Prudence, à me traiter en étrangère pour ne pas compromettre leur propre réputation. Certes, je ne souhaitais pas les perdre, je ne savais pas comment je pourrais vivre sans elles ; je n'avais cependant rien fait que je puisse, en mon âme et conscience, juger condamnable ni regretter, rien en tout cas que je ne sois d'ores et déjà prête à recommencer. Aussi, parvenue à cette conclusion, je me suis dit qu'il était inutile de me tourmenter davantage.

Je ne sais plus, à vrai dire, si j'ai ou non pensé à Giles pendant ce quart d'heure solitaire de mon examen de conscience. Je crois l'avoir fait, car je n'aurais pas su me dominer alors avec tant de calme sans m'être rendu compte que mes sentiments pour lui étaient assez différents, en nature et en intensité, pour coexister parallèlement à mon amour pour Nicolas, qui ne s'était jamais éteint. Je ne cherchais pas à m'inventer des excuses ou des justifications. S'il y avait un prix à payer, eh bien, en digne fille de la vallée de la Law, avertie de tout ce qui concerne le règlement des dettes, je saurais le payer le moment venu.

— Dors-tu encore ? ai-je murmuré.

En deux enjambées, il traversa la pièce et se serra contre moi.

— Non, je ne dors plus et je t'observe. Tu pensais à ton mari, n'est-ce pas, et à ma femme ? Alors, laisse-moi te dire ceci, Julia. Tu m'aimes assez fort, je le vois, pour m'avoir accepté comme tu viens de le faire. Aussi, quoi qu'il m'en coûte, quoi qu'il t'en coûte, je ne veux plus te lâcher. N'essaie pas de pleurnicher et de me dire que tu ne voulais pas aller aussi loin, je n'admets pas ce genre d'excuses. Ce que nous avons fait, nous ne pouvons plus l'oublier. Je t'ai, je te garde — d'une manière ou d'une autre. Voilà quelque chose sur quoi tu peux compter.

— Dis-moi, Nicolas, quand tu m'as déjà vue pleurnicher ou chercher des excuses ?

Il leva la main, me caressa doucement la nuque, redescendit jusqu'à la joue où il s'attarda.

— Jamais, c'est vrai.

— Et toi, je ne t'ai jamais vu ni tendre ni romanesque.

Il posa ses lèvres sur mon front, où je les sentis dessiner l'un de ses lents sourires.

— Je te l'avais promis, c'est vrai. Alors, reviens au lit, Julia. Nous n'avons encore fait qu'assouvir notre faim. Maintenant nous avons le temps de découvrir l'amour et de le réinventer.

19

Les premiers temps, il suffisait — à Nicolas du moins — de savoir qu'il me possédait sans réserve, qu'il dominait souverainement les appétits qu'il avait su éveiller en moi. S'il ne souhaitait pas précisément me réduire en esclavage — et encore, je n'en suis pas tout à fait certaine — il faisait assurément tout pour accroître mes désirs et les rendre insatiables à tel point que mon corps, sans que mon cœur s'en mêlât, était continuellement affamé du sien et souffrait d'en être séparé.

Je vécus ainsi des jours enfiévrés qui auraient dû me terrifier, des jours où je me satisfaisais de tous les instants que je pouvais grappiller çà et là comme si je me tenais au seuil d'un néant et qu'avant d'y sombrer il me fallût vivre chaque seconde de ma vie avec une intensité décuplée et franchir continuellement mes propres limites.

J'ignorais tout, bien entendu, des mises en scène qu'impliquait l'adultère et j'étais étonnée de constater combien nous pouvions être souvent ensemble.

La présence de son cheval dans la cour du Vieux Cygne ne surprenait personne ; si, par hasard, on le cherchait au bar sans l'y trouver, on avait le choix entre la Halle au Drap, de l'autre côté de la place, la banque de M. Rawnsley ou même les bureaux de Jonas Agbrigg, l'homme de loi attitré des Barforth, sans que rien fît soupçonner que Nicolas ait parcouru les quelques centaines de mètres le menant à la porte de ma cuisine, commodément dissimulée derrière un haut mur et sans voisins indiscrets pour l'épier. Il était vu dans Millergate, en train d'aller chez moi ou d'en revenir ? La belle affaire ! Il s'agissait de la rue commerçante la plus animée de Cullingford où se trouvaient peut-être les boutiques de la mercière et du boulanger, dont Nicolas n'avait que faire, mais aussi les bureaux de M. Outhwaite, l'architecte chargé des travaux d'entretien et d'agrandissement de Lawcroft et de Tarn Edge, la sellerie, le bottier, les marchands de cigares et de vins fins où sa présence ne pouvait surprendre personne.

Je ne pouvais cependant être assurée de notre sécurité. Mais en cette fin d'été et tout au long d'un début d'automne encore tiède, mes yeux étaient trop éblouis pour rester vigilants, mon esprit totalement engourdi non par l'insouciance mais par la périlleuse langueur qui paralyse le fumeur d'opium encore conscient du risque mortel qu'il encourt mais qui ne cherche pas à résister aux mirages de sa drogue.

Au début, Nicolas ne venait que le soir. Il avait acheté la discrétion de Mme Marworth, trop effrayée pour oser le trahir, trop ravie de tout ce mystère galant pour y songer ; elle le faisait entrer par la cuisine avant de monter la garde à la porte d'entrée, prête à répondre effrontément que " madame était sortie ". Cela ne lui suffisait pourtant pas. Il fallait à Nicolas un engagement plus irrévocable de ma part, quelque folie comparable à la sienne à quoi il me poussa bientôt de façon pressante.

— Nous avons une maison à Scarborough, tu sais. Mes parents n'y vont pratiquement plus et je t'avoue que Blaise et moi nous en sommes maintes fois servi — tu vois, je suis franc. Rien, pourtant, n'a encore compté à mes yeux, depuis que nous sommes amants. Rends-toi compte, Julia, nous pourrions y passer des nuits entières ensemble ! Jamais encore nous n'avons fait l'amour le matin, au réveil. Mais si, tu peux très bien t'absenter quelques jours ! Si, j'insiste, tu le peux si tu le veux. Tu as traversé dix fois l'Europe avec ta mère, Scarborough est la porte à côté. Fais-le, Julia ! Pour moi. Le ménage de gardiens ne se rappellera même pas les traits de ton visage — je les paie pour cela. Nous sommes en octobre, personne de nos connaissances ne va à Scarborough à cette époque de l'année. Trouve une excuse, une amie à qui rendre visite aux environs. Viens.

Je me suis rendue à Scarborough où j'arrivai dans un état d'épuisement nerveux indescriptible. Chacun des arbres croisés pendant le trajet dissimulait des yeux perçants et malintentionnés. Le maigre et taciturne M. Collins, envoyé à ma rencontre à la gare, conduisant une berline soigneusement close, et son aimable épouse qui me servit du thé à mon arrivée étaient des espions à la solde de Georgiana ou de tante Hannah. La maison était pleine de charme, perchée au sommet d'une falaise dans un jardin plein d'arbres au feuillage doré par l'automne ; on y découvrait un panorama de la petite ville aux toits gris nichée au fond de sa baie, surmontée d'un vieux château fort à demi ruiné montant la garde comme une sentinelle contre des pirates depuis longtemps disparus ; les rues, semblait-il, n'étaient fréquentées que par une bise déjà froide, des tourbillons de feuilles mortes rendues craquantes par l'air salin et les embruns.

— C'était la première maison achetée par mon père en dehors de Cullingford, me dit Nicolas. Sa première tentative de s'isoler avec ma mère.

A notre tour, nous fûmes seuls pour trois jours miraculeux, trois jours délavés de pluie, trois matins gris qui nous trouvaient dans le même lit, sans plus de hâte furtive, de départ précipité aux petites heures ; trois jours où nous avions enfin le loisir de nous découvrir au gré de notre caprice, au fil de notre lent réveil à la réalité de notre amour ; trois jours baignés d'une lumière d'aquarium où nous faisions l'amour avec une luxueuse lenteur, où nous nous attardions à la découverte de nos corps, de nos cœurs et d'une tendresse dont les limites paraissaient chaque fois reculer plus loin. Trois jours d'une perfection douce-amère, d'autant plus amère à la fin qu'elle nous avait révélé de quoi nos jours auraient pu être faits, avant de nous replonger dans un présent désormais incapable de nous satisfaire.

Peu après notre retour, il me fit sursauter en faisant irruption chez moi au beau milieu de l'après-midi, à la sacro-sainte heure du thé, me souleva de terre et m'entraîna dans ma chambre en dépit de mes protestations. J'étais, je m'en souviens, autant excitée que choquée à la pensée de faire l'amour en plein jour et j'en tirais de nouveaux plaisirs, des sensations inconnues. Il revint ainsi à plusieurs reprises et je ne protestais plus. Je le regardais s'habiller, je détaillais toutes mes raisons de l'aimer, je contemplais avec la fierté du propriétaire ce corps ferme et bien proportionné, viril, à la peau lisse et sombre qui me semblait si beau, avec ses larges et puissantes épaules, sa taille fine et son ventre dur et plat.

Un de ces jours-là, prêt à repartir, il vint s'asseoir au bord du lit et glissa une main sous les draps.

— Pourquoi ne restes-tu pas ainsi jusqu'à ce que je revienne ce soir ?

— Te prendrais-tu pour un sultan ? ai-je répondu en riant. Cela te plairait, n'est-ce pas, de me savoir couchée toute la journée dans l'attente de ton retour ?

Ses mains surent me caresser, réveiller l'ardeur radieuse qui ne me quittait presque plus désormais.

— Eh bien, franchement, oui. Oui, Julia, cela me plairait infiniment.

J'eus tort de prendre cela pour une simple boutade car, quelques jours plus tard, ayant accompagné ma mère faire des achats à Leeds, à mon retour Mme Marworth m'apprit que "monsieur" était venu dans le courant de l'après-midi. Si j'en fus déçue sur le moment, je ne m'en repentis que plus tard, quand je le vis arriver après le dîner, les dents serrées, environné d'un halo de colère que tout le personnel de Lawcroft avait appris à redouter.

— C'est toi, mon chéri ? ai-je commencé.

Il m'interrompit d'un geste, jeta son chapeau sur une chaise.

— N'invente pas d'excuses ! gronda-t-il. Tu pourrais au moins faire l'effort d'être là quand je viens ! C'est tout ce que je te demande. Serait-ce au-dessus de tes moyens ? Je n'exige pas que tu viennes chez moi, je ne t'impose pas de grimper cette sinistre ruelle aux pavés infernaux, comme je le fais tous les soirs. Je ne te chasse pas d'un bon lit bien chaud au milieu de la nuit pour faire huit kilomètres sous la pluie, dans le froid. Je ne te fais pas venir à ma porte pour me la claquer au nez si quelque femelle importune, ta sœur ou je ne sais qui, occupe la place avant moi. Non, tout cela, c'est bon pour moi ! Je ne te demande qu'une chose, c'est d'être là. Ne peux-tu au moins m'accorder cela ? Je ne vaux donc même pas cela à tes yeux ? Et d'ailleurs, où diable étais-tu fourrée toute la sainte journée ? A Leeds, avec ta mère ? C'est le bouquet ! Eh bien, puisqu'il en est ainsi, je ne viendrai plus t'importuner pendant la journée. J'ai compris, je prendrai rendez-vous ou je m'épargnerai la peine de venir.

Depuis cet instant, j'ai passé mes journées dans une angoisse continuelle ; je renvoyais les visiteurs importuns, je tendais l'oreille vers la fenêtre, la porte, je sursautais au moindre bruit de la rue. Je refusais même de sortir de chez moi jusqu'à ce que j'aie pu prévenir Nicolas de mes absences.

Les prétextes étaient de plus en plus difficiles à imaginer, aussi en suis-je bientôt arrivée à ne presque plus voir personne. Heureusement, Blaise — le plus dangereux — était en voyage à l'étranger cet automne-là. Tante Virginie était partie pour Bournemouth où oncle Joel allait la rejoindre dès qu'il avait une semaine à lui. Caroline était plongée dans la construction des nouveaux communs de Listonby. Georgiana, à laquelle je m'efforçais de ne plus penser, se montrait rarement à Cullingford pendant la saison de la chasse. Prudence, Dieu merci, suivait activement le programme de construction du réseau d'adduction d'eau et secondait M. Agbrigg. Ma mère se préparait fiévreusement à sa nouvelle vie en tant que Mme Daniel Adair, tante Hannah consacrait toute son énergie à prévenir la catastrophe ou, faute d'y parvenir, à faire dévier le cours de la fortune Oldroyd — ou de n'importe quelle autre — vers les mains de Jonas.

Il n'en existait pas moins d'autres périls que celui d'être découverts, le moindre n'étant pas l'incapacité de Nicolas à accepter la moindre frustration. Sa nature impétueuse, entêtée, qui faisait de lui dans l'industrie textile une puissance à ménager le rendait, en revanche, furieux comme un taureau lorsqu'un obstacle qu'il ne pouvait surmonter survenait dans sa vie personnelle. Dans le monde des affaires, Nicolas ne contournait pas les obstacles, il les écrasait, les annihilait, s'en débarrassait par tous les moyens ; s'il lui arrivait de se meurtrir le poing, il l'avait prévu, en avait tenu compte. Il était loin d'en être de même dans l'univers fragile des rapports personnels ; le réseau complexe et délicat des sentiments et des exigences mutuelles, les conventions sociales et personnelles auxquelles nous devions obéir, tout l'exaspérait et le poussait, trop souvent, à abuser de sa force, à céder sans retenue à sa propre impatience.

Plus que jamais, je redoutais d'évoquer l'image de sa femme et de son fils, de faire face à l'inéluctable minute de vérité, aux questions que je devrais lui poser et aux réponses qu'il serait forcé de me faire. Mais je parvenais toujours à l'apaiser, à le distraire de l'avenir, à ne laisser son cœur, son esprit et son corps que pleins de moi et de l'instant irremplaçable que nous vivions ensemble.

Cela ne m'empêchait cependant pas de me trouver, de plus en plus souvent, confrontée avec l'accablante éventualité de concevoir un enfant dont je ne pourrais expliquer l'apparition à personne. La première fois, pourtant, que je dus faire observer à Nicolas que je n'étais pas enceinte mais risquais de le devenir, sa réaction me stupéfia. Je l'aurais cru avant tout soulagé et prêt à se montrer prudent à l'avenir. C'était oublier le principe solidement ancré dans la vallée de la Law, selon lequel une femme enceinte est une femme soumise, prête à rester à tout prix sous la protection du père de son enfant — aussi longtemps, du moins, qu'il plairait au père en question. Aussi ai-je sursauté quand Nicolas, une main posée sur mon ventre plat, me répondit :

— Si cela devait se produire, ce ne serait pas la fin du monde.

— Ce serait la fin du mien, Nicolas !

— Merci, Julia. Tu es trop aimable.

— Que veux-tu dire ?

— Je te remercie de me signifier que tu ne veux pas d'un enfant de moi.

Soudain furieuse et blessée, j'ai repoussé sa main et je me suis levée. Je m'efforçais de chasser de ma mémoire la vision du visage épuisé de Georgiana, de son corps torturé par la naissance de son fils — du fils de Nicolas — et de ma propre répugnance à prendre le petit Gervais dans mes bras.

— Je déplore ce que tu viens de me dire, Nicolas.

— Je regrette aussi de te l'avoir dit.

Il se leva à son tour, et m'entourant de ses bras, poursuivit en me parlant à l'oreille :

— Oui, je le regrette et je te prie de me pardonner. Tu as raison, bien sûr. Je suis injuste, odieux, tout ce que tu voudras. Mais je t'aime, vois-tu, je t'aime tout entière et je veux tout de toi, aussi je me laisse parfois aller à... Ecoute, il faut me supporter tel que je suis. Et si cela arrivait un jour, je me rends parfaitement compte que ce serait un désastre, du moins pour toi. Mais ne crains rien, Julia. Fais-moi confiance, je ne t'abandonnerais pas. Me crois-tu ?

— Oui.

— Je te ferais quitter cette ville, reprit-il avec détermination, Il faudrait mettre ta mère au courant, mais je m'en charge. Tu pourrais aller à l'étranger avec elle jusqu'à la naissance, non que je me soucie de l'opinion d'autrui mais pour t'éviter un scandale auquel je ne veux pas t'exposer. Je t'achèterais une maison, aux environs de Londres peut-être, je t'installerais confortablement. Tu as de l'argent, je le sais, mais je ne voudrais pas que tu y touches. Pour être tout à fait franc, je préférerais même que tu n'aies rien et que tu dépendes de moi... Mais sois tranquille, ma chérie, je veillerai toujours sur toi.

Ce qu'il disait signifiait, en fait : « Dans ce cas, tu m'appartiendrais vraiment, tu serais à moi pieds et poings liés car personne ne voudrait plus de toi. » Une partie de moi-même, la plus féminine, était prête à accepter une telle dépendance. Mais l'autre la rejetait avec force. Je ne doutais certes pas de la réalité de ses promesses : oui, il m'achèterait une maison, somptueuse à n'en pas douter, il m'entretiendrait avec faste et générosité loin des regards hostiles et soupçonneux de Cullingford. Mais où, comment, dans quelles conditions ? Allais-je être condamnée à vivre dans le secret en élevant un enfant lui aussi secret, seule dans ma luxueuse prison où je me nourrirais de ses seules visites, sans rien faire que l'attendre et trembler, à mesure que je vieillirais, qu'il ne revienne pas ? Je l'aimais peut-être assez pour admettre ce genre de vie — que je menais, d'ailleurs, en partie — mais j'exerçais encore un certain libre arbitre, j'étais encore libre d'infléchir le cours de ma destinée. Si je ne l'exerçais guère, je disposais encore de la faculté de choisir et de changer.

— Suis-je égoïste, Julia ?

— Oui, Nicolas, foncièrement. Mais je le suis aussi, je crois. Si je le pouvais, je t'emprisonnerais.

— Crois-tu donc que je veuille t'enfermer, faire de toi une prisonnière ?

— C'est assez évident, Nicolas.

— Il faut que tu me pardonnes, mais c'est vrai. Je te promets cependant de ne pas te torturer inutilement.

Cette promesse, nous savions tous deux qu'elle était vaine. Il était affligé d'une jalousie si aveugle, si envahissante qu'elle outrepassait de plus en plus les limites de la raison, au point que seule une véritable incarcération l'aurait véritablement rassuré.

— Tu n'as donc aucune confiance en moi, Nicolas ?

— Non... Si... Je ne sais pas. Je n'y peux rien et c'est insoutenable. Cela me prend n'importe quand, le jour, la nuit, j'en souffre à un point que tu ne peux imaginer. Alors, il faut, tu entends, il faut que je te voie sur-le-champ, que je me rassure. Je te fais souffrir, je le sais. Et j'en souffre d'autant plus que je suis conscient de te faire mal et que je me demande jusqu'où et jusqu'à quand tu le supporteras...

Dans ces moments-là, je savais ce que je devais lui répondre et je le disais aussitôt, de manière persuasive.

— Je t'aime, Nicolas. Je t'aime et je te comprends. Rien d'autre ne compte.

Nous sommes retournés à Scarborough en novembre et y avons passé quatre jours, écourtés par les exigences de ses usines.

— Je gagne de l'argent, comprends-tu ? m'expliqua-t-il la veille de notre départ, devant le feu qui flambait gaiement, ma tête sur son épaule. Je gagne *mon* argent, et je ne peux pas te dire le bien que cela me fait. Oh ! je sais, je pourrais largement vivre toute ma vie sur ma part des usines de mon père. Il a tout si bien organisé que je pourrais me contenter d'y aller faire un tour deux ou trois fois par semaine après qu'il aura pris sa retraite, et donner des ordres aux directeurs. C'est ce que compte faire Blaise, et nous pourrions continuer sur la lancée de notre père. Mais ce genre de vie ne me convient pas. J'ai besoin d'entreprendre, de réussir. Je sais ce qu'il faudrait faire pour accroître la production dans les usines. Si seulement mon père pouvait s'installer une bonne fois à Bournemouth et me laisser tranquille...

— N'y est-il pas la plus grande partie de l'année ?

— Oui, mais il en revient. Un beau matin, j'entre dans un atelier ou à la comptabilité et je le trouve en train de vérifier les livres, de me surveiller. Il me pose des questions qui, j'en conviens, sont précisément celles auxquelles je préférerais ne pas répondre... On jurerait qu'il a des yeux derrière la tête — à moins qu'il n'ait discuté avec Blaise la veille au soir.

— Blaise est-il réellement au courant de ce qui se passe ?

— Oh oui ! répondit-il en riant. Blaise est au courant de tout. C'est son argent dont il s'agit, autant que du mien. Quand il est question de le compter, il n'a plus peur de se salir les mains, crois-moi.

Nous n'avons pourtant guère parlé d'argent et de machines, durant ces quatre jours. Ils étaient trop précieux pour de tels sujets, trop précieux aussi pour envisager l'avenir et ses sombres perspectives. Puis, dès mon retour, je me suis aussitôt trouvée mêlée aux âpres querelles qui faisaient rage autour du mariage de ma mère prévu au moment des fêtes de Noël.

Celia m'invita à dîner avec Prudence pour tenir une sorte de conseil de guerre, rendu plus pénible encore par l'atmosphère tendue qui régnait toujours à sa table. A la fin d'un repas peu copieux mais impeccablement servi — ses angoisses de maîtresse de maison se portaient davantage sur l'éclat de l'argenterie et la disposition des assiettes que sur la qualité des mets qu'on y dégustait —, nous nous sommes retirés au salon pour mettre en place nos batteries.

Sorti fumer un cigare au jardin, comme il y était contraint, Jonas nous rejoignit peu après et avala son café tiède. Sommé d'exprimer son opinion et ses conseils, il se récusa.

— Eh bien, moi, j'ai quelque chose à dire ! déclara Celia. Je suis péniblement frappée de voir avec quel calme vous prenez tous la chose, de sorte que ma mère n'a pas même idée de la réprobation que sa conduite suscite ou *devrait* susciter. Depuis la mort de mon père, elle s'affiche de manière indigne. Quant à ce mariage... Je ne lui vois, hélas, qu'une seule raison et je préfère ne pas la préciser. A son âge, c'est parfaitement révoltant.

— Veux-tu dire, Celia, qu'elle serait amoureuse ?

— Si c'est ainsi que tu décris son comportement. Prudence, à ton aise. Il existe cependant un autre mot, plus approprié.

— Le mot " passion ", peut-être ?

Prudence avait répliqué sèchement, exaspérée comme toujours du fait que Celia s'obstinât à la croire, à vingt-cinq ans et parce qu'elle était célibataire, aussi innocente et ignorante des réalités de la vie qu'elle l'avait elle-même été à seize ans.

— Voyons, Prudence !

— Oui, voyons, Celia ! Je ne suis pas mariée, mais ne me prends pas pour une imbécile. J'ai vu d'assez près ce qui se passe dans nos rues, j'ai assez lu d'ouvrages, assez conversé avec le Dr Ashburn et autres personnes dignes de foi pour savoir ce dont je parle.

— Je ne souhaite pas les entendre, répliqua Celia avec la même expression digne et figée que j'avais vue à notre père quand il voulait effacer l'existence même de ce qui ne lui convenait pas. Si de telles choses se produisent, elles ne me concernent pas et tu n'as aucune raison de t'y intéresser. Nous sommes ici pour parler d'un problème bien réel, celui-là, et qui nous touche de près. Jonas, que pouvons-nous faire au sujet de notre mère ?

Ainsi interpellé, Jonas eut un sourire presque imperceptible.

— Ainsi que je vous l'ai dit tout à l'heure, Celia, pas grand-chose. Votre mère est largement adulte et jouit indiscutablement du droit de disposer de sa fortune à sa guise. Il n'existe aucune disposition légale interdisant à une veuve de se remarier ni mettant des conditions au choix de son conjoint, à l'exception de la consanguinité. Nous ne pouvons donc rien faire de ce côté-là. Quant à la passion que vous désapprouvez, elle n'est pas encore considérée comme un crime dans notre société ni même comme une folie. Certains estiment cette carence peut-être regrettable, mais c'est ainsi. Nous n'avons donc aucun moyen d'interdire à votre mère de poursuivre son projet. Nous pouvons toutefois faire en sorte de l'en dissuader en lui fournissant les preuves tangibles que M. Adair est indigne de sa confiance.

— Il l'est, c'est évident !

— A vos yeux, Celia, et aux miens. Mais l'enquête à laquelle je me suis livré n'a cependant rien révélé qui soit susceptible d'inquiéter votre mère au point de la faire renoncer à ce mariage. Certes, ses origines sont fort humbles, mais ce n'est pas un crime en soi et sa vulgarité même l'a probablement sauvé de certaines situations délicates, délié de certaines obligations qui l'auraient mis à notre merci. Il a été une première fois marié en Irlande, mais c'était je crois plus un concubinage qu'une union régulière. La femme est décédée, les enfants sont majeurs et se sont dispersés. Il a quelques dettes çà et là, mais ses créanciers, fort sagement, se sont déclarés disposés à attendre son mariage pour être payés, si bien que nul ne le poursuit. Il n'a subi aucune condamnation pénale pour vol ou escroquerie, ce qui veut sans doute dire qu'il a été assez habile pour ne jamais se faire prendre. Il y aurait aussi une autre femme, épouse légitime ou concubine, quelque part aux Antilles, comme en témoigne la présence du jeune Liam, mais elle est trop loin pour se manifester et exiger quoi que ce soit. Qu'ils aient été mariés ou non, il a fait preuve d'une galanterie inattendue de sa part en la soulageant des frais d'éducation de cet enfant. J'ai découvert enfin une histoire assez embrouillée survenue ici même, je crois, où était impliquée une femme mariée. Mais le scandale a été aussitôt étouffé, et je crois par ailleurs que votre mère est au courant de cette histoire.

Je l'étais aussi, je n'avais pas oublié le visage rayonnant de ma mère quand elle m'avait fait sa confession et je fus incapable de soutenir le regard froid de Jonas. Comment, me suis-je demandé avec une soudaine angoisse, comment avait-il découvert ce secret ? S'il avait exhumé cela, rien ne pourrait donc longtemps lui échapper...

— Vous avez fait preuve d'une activité débordante, Jonas, lui fit observer Prudence aigrement.

Son sourire énigmatique reparut fugitivement, pimenté d'une ombre de malveillance amusée :

— Oui, je l'avoue. Quand il est question d'argent, voyez-vous, je n'épargne pas mes efforts.

— Je n'en ai jamais douté.

— Tant mieux. Permettez-moi toutefois de préciser que, dans ce cas, je m'occupais autant de vos intérêts que des miens. Je suis aussi déçu que vous de n'avoir pas découvert quelque scandale exploitable, quelque arme secrète pour nous débarrasser de cet individu. La seule autre méthode envisageable consisterait à le payer pour lui faire renoncer au mariage. Compte tenu de l'état de la fortune de votre mère, j'ai peur que cette méthode soit inopérante. L'on risque aussi de le voir accepter l'argent et de l'épouser ensuite.

— Que faire, dans ces conditions ? demanda Celia.

— Rien, comme je vous l'ai déjà dit. Qu'en pensez-vous, Julia ?

Avec une grande imprudence, l'esprit trop occupé de Nicolas pour surveiller mes paroles, j'ai répondu :

— Eh bien, puisqu'elle semble y tenir et que nous ne pouvons rien faire, laissons-la en paix !

— Naturellement ! s'exclama Celia. Je m'attendais à ce que tu nous sortes une telle énormité, tu n'as jamais eu les pieds sur terre, ma pauvre Julia ! Cela te va, à toi, de parler ainsi. Tu as une maison, des revenus, pas d'enfant à qui penser pour l'avenir. Je n'en ai pas moi non plus, pas encore du moins. Et puisque Prudence prétend tout savoir sur ce sujet, autant vous annoncer que j'en attends un autre et que, selon le Dr Blackstone, j'ai cette fois-ci toutes les chances de le mener à terme, ce qui ne fait qu'accroître ma répugnance à la pensée de voir cet individu s'installer en maître à Blenheim Lane ! Il va exploiter la générosité aveugle de notre mère, n'en doutez pas. Il va lui prendre jusqu'à son dernier sou, pour lui et pour cet insupportable garnement — sans parler des autres qu'il cache encore peut-être et nous fera surgir un beau jour en nous mettant devant le fait accompli. Eh bien, Julia, si tu t'en moques, si tu te retranches derrière ta vie facile en prétendant que cela ne te concerne pas, pense au moins à Prudence ! C'est elle qui va être forcée de vivre avec cet homme.

— Pas une seconde de plus que l'indispensable, répliqua Prudence sèchement.

Jonas lui coula un regard appuyé de sous ses paupières mi-closes et fit un nouveau sourire, lourdement ironique cette fois.

— Vraiment ? Dois-je en déduire que nous pourrons bientôt vous féliciter de votre prochain mariage ?

— Je n'en vois pas la raison.

— J'en vois d'excellentes, au contraire.

— Eh bien, moi pas ! intervint Celia que la fatigue et l'heure tardive rendaient irritable. Si tu songes sérieusement à épouser Freddy Hobhouse par commodité, Prudence, laisse-moi te dire que tu t'en mordras les doigts. Hier et avant-hier, tante Hannah m'a demandé de te mettre en garde. Ta dot serait engloutie en un clin d'œil. Si Freddy t'a fait miroiter la succession de son oncle Oldroyd, n'oublie pas ses neuf frères et ses quatre sœurs. S'il héritait un jour, ce qui est douteux, sa part serait plutôt maigre. Et quand je pense que notre mère aurait pu tout avoir, si elle avait voulu...

— Tu fais erreur, Celia, répondit Prudence froidement. Je n'ai jamais eu l'intention d'épouser Freddy Hobhouse, pas plus pour ma " commodité ", comme tu dis, que pour la sienne. Jamais je ne ferais à aucun homme une telle injure.

— Résignez-vous, alors, à ne jamais échapper à Blenheim Lane, dit Jonas, visiblement attristé par la perte de Fieldhead et fort peu disposé à pardonner à ma mère de l'en avoir privé.

— Et pourquoi donc, je vous prie ?

— Vous êtes financièrement captive, ma chère amie, et c'est la forme de captivité la plus sévère qui soit. Ma femme a évoqué les besoins d'argent de M. Adair et je suis d'accord avec elle pour prévoir qu'ils seront lourds. Il est donc vraisemblable, hélas ! que votre mère ne vous accordera pas un sou au-delà de l'indispensable pour vos rubans et vos colifichets. Et sans argent, ma chère Prudence, croyez-moi — oui, croyez-moi ! — il ne peut y avoir de liberté, encore moins de dignité.

J'ai retenu un cri d'alarme tant je craignais que ces paroles pussent blesser Celia. Mais elle semblait plongée dans la contemplation de ses mains et n'écoutait même plus. Jonas se leva et traversa nerveusement la pièce pour aller s'accouder à la cheminée, les yeux fixés sur le maigre feu qui se mourait.

— Votre indépendance, Prudence ! reprit-il. C'est bien beau d'en parler, mais vous êtes-vous seulement demandé comment l'exercer ? Possédez-vous en ce moment, dans votre sac, le prix d'un billet de chemin de fer pour Leeds ? Si vous l'aviez, qu'iriez-vous y faire ? Vous ne trouveriez pas d'emploi, car il n'en existe aucun pour une jeune femme dans votre position. Supposons, malgré tout, que vous en obteniez un. Avez-vous un métier ? Non, et vous ne seriez pas davantage capable d'en apprendre car il n'y a pas d'établissements pour l'instruction des femmes, ni même d'écoles d'apprentissage. Ni à Leeds, ni ailleurs. C'est vous-même, ma chère Prudence, qui me l'avez dit et répété maintes fois. Vous n'avez, dans la vie, qu'un seul choix, celui-ci : ou bien vous vous mariez avec un homme jeune, comme Freddy Hobhouse, qu'une femme intelligente et résolue telle que vous n'aura aucun mal à mener à sa guise ; ou bien vous épousez un riche vieillard comme M. Oldroyd, son oncle, en espérant vous retrouver bientôt veuve et certainement fortunée.

— Est-ce mon seul choix ? répondit-elle, les dents serrées. Dois-je vraiment me résoudre à ce que vous venez de dire ?

Trop distraite pour avoir remarqué le ton amer et agressif de Jonas, Celia intervint alors dans cette discussion menaçant de devenir par trop révélatrice.

— Je suis peut-être une sotte, comme on se plaît à m'en accuser, mais j'ai trouvé une autre solution, moi ! Tu peux vivre ici, Prudence, avec nous. Si je suis sur le point de fonder une famille, ma mère et M. Adair seront bien forcés de convenir que tu me rendrais les plus grands services. Comme, par ailleurs, tu sembles t'intéresser si fort à l'éducation des enfants, sujet sur lequel ni Jonas ni moi n'avons aucune idée, rien ne t'empêcherait de t'occuper des miens.

Nous nous sommes séparés peu après sans avoir rien résolu ni décidé, et je suis rentrée chez moi en compagnie de Prudence, car Nicolas était parti cet après-midi-là pour Liverpool. Une fois installées devant mon feu qui flambait joyeusement — je ne partageais pas les idées de Celia sur l'économie domestique —, Prudence se tourna vers moi, le regard aussi morne que celui de Jonas.

— Je ne peux pas te dire combien la maison et la vie de Celia me paraissent oppressantes.

— Je ne la crois pourtant pas malheureuse. Jonas est profondément insatisfait, c'est évident pour nous, mais Celia ne s'en rend pas compte. Elle a de son mariage tout ce qu'elle en espérait, il me semble.

— Tout simplement parce qu'elle n'a aucune notion de ce que devrait être le mariage, lui non plus d'ailleurs. Mais si son cas à elle est désespéré, je crois que Jonas aurait été différent si tante Hannah l'avait laissé tranquille.

— Dis-moi, Prudence, as-tu idée, toi, de ce que le mariage devrait être ?

— Tu vas sans doute me dire que je n'y connais rien, réponditelle en souriant, et tu auras raison. Je me fonde simplement sur ce que j'observe autour de moi et aucun de ces ménages, je puis te l'assurer, ne me donne envie d'essayer. Peut-être ai-je vécu trop longtemps seule. Si notre père vivait encore, je serais déjà mariée depuis des années avec un parti " convenable ", qu'il m'aurait lui-même choisi, et dont il faudrait bien que je m'accommode. Mais j'ai trop longtemps vécu libre, Julia, j'y ai pris goût et rien ne me tente suffisamment pour me donner l'envie de changer.

— Personne ne te tente, veux-tu dire. Il existe pourtant des mariages heureux, tu sais.

— Où cela ? Montre-m'en un ! Je connais des gens heureux, c'est vrai, et certains sont mariés. Ce qui me frappe pourtant dans le mariage, c'est qu'il faut toujours que l'un des deux domine et que l'autre se soumette, et je n'aime pas davantage l'une ou l'autre de ces positions. Ce n'est ni indispensable ni juste. Nos parents ont vécu en paix parce que notre mère se soumettait à tout ce que père disait. M. Agbrigg vit en paix avec tante Hannah par la ruse — si, je sais ce que je dis. Il la laisse faire tout ce qu'elle veut, si bien qu'elle ne remarque rien quand il en fait autant de son côté. Dans le ménage, c'est elle qui domine, qui le mène à sa guise, qui le méprise. Jonas tolère Celia et la méprise, lui aussi. Jamais je ne veux m'exposer à courir l'un ou l'autre de ces risques.

— Tes exemples sont mal choisis ou tu les considères incomplètement. M. Agbrigg et Jonas ne se sont mariés que pour l'argent, Celia parce qu'elle mourait d'envie d'épouser le premier venu, tante Hannah — je ne sais pas. Sans doute parce qu'elle espérait faire quelque chose de M. Agbrigg et savait pouvoir compter sur Jonas pour satisfaire ses ambitions.

— C'est exact. Tante Hannah voulait faire quelque chose de *sa* vie, mais c'est une femme, elle ne pouvait donc réussir qu'à travers un homme. Voilà à quoi elle a dû se résigner, une gloire par procuration, une ambition par personnes interposées. Je ne l'accepterai jamais. Je ne me contenterai jamais de pousser un homme à se bâtir un empire Je ne me satisferai jamais d'avoir un fils doué et de me repaître de ses succès. Je veux bien faire des efforts et en accepter les responsabilités, comme le fait tante Hannah, mais je tiens aussi à en être récompensée. Je refuse de rester dans l'ombre d'un homme pour la seule raison qu'il s'agit d'un homme et qu'une femme doit savoir " rester à sa place ".

— Même pas si tu l'aimais ?

— De quoi parlons-nous, Julia, d'amour ou de mariage ? L'amour, à vrai dire, je ne sais trop qu'en penser. Oncle Joel et tante Virginie s'aiment, je crois. Il exige d'elle chaque seconde, chaque minute de sa vie et elle les lui donne volontiers, comme toi avec Giles. Cela paraît la rendre heureuse — tu ne semblais pas malheureuse non plus — mais je ne sais si je serais capable de faire preuve d'un dévouement si exclusif. Cela me ferait peut-être l'effet d'une autre espèce de captivité. Giles t'aimait. Il n'a cependant jamais partagé avec toi les réalités de sa vie.

D'un coup, je revis l'image de ce cercueil que j'avais refusé de regarder mettre en terre, de cette tombe que j'avais si soigneusement entretenue tout en la sachant vide et je me suis écriée :

— Il a même refusé de partager sa mort avec moi !

— Pardonne-moi, ma chérie, je n'aurais pas dû... Je ne voulais pas...

— Je ne t'en veux pas, Prudence, je sais ce que tu voulais dire. Il me protégeait des réalités de la vie comme si j'étais une enfant. C'est cela, ce qu'il voulait vraiment — et je le lui aurais volontiers accordé s'il me l'avait clairement demandé.

Elle se détourna, pensive :

— Oui, je sais... Je me demandais même combien de temps tu résisterais. Cette sollicitude m'aurait bien vite étouffée, je crois.

— Pas moi, Prudence. J'en avais besoin, en un sens. Avec Giles, je me sentais protégée.

— Tant mieux pour toi, me dit-elle d'un ton bourru. En ce qui me concerne, en tout cas, je ne suis manifestement pas faite pour la sécurité. Peut-être devrais-je me trouver un missionnaire, ils n'ont généralement aucun scrupule à tuer leur épouse à la tâche. Peut-être serais-je plus heureuse, après tout, à faire de la broderie dans le salon de Nethercoats, à écouter Freddy me dire de ne pas m'inquiéter de la faillite de l'usine parce qu'il veillera toujours sur moi. Ou peut-être devrais-je m'installer à Fieldhead à attendre patiemment la mort du vieux M. Oldroyd. Qui sait ?...

Alors, gagnée par l'intimité de ces confidences — poussée par le besoin qui, depuis des semaines, me portait à partager mon secret avec Prudence, qui partageait tout avec moi, et parce que ce secret devenait trop lourd pour le supporter seule — j'ai tourné mon regard vers les flammes et dit à voix presque basse :

— Prudence... Depuis six mois, je suis la maîtresse de Nicolas.

— Tiens ? Vraiment ? dit-elle d'une voix naturelle qui s'harmonisait au crépitement des bûches et au tic-tac de la pendule.

Décontenancée, j'ai relevé les yeux. Elle secouait la tête en souriant et me regardait, amusée de ma mine stupéfaite.

— Eh bien, que voulais-tu que je te réponde ? Je ne vais certainement pas te féliciter, mais tu n'as pas davantage besoin de t'entendre dire que tu es la plus grande idiote de la création.

— Non, je ne le sais que trop bien, crois-moi.

— Tu ne t'attends pas non plus à ce que je te serve d'alibi, tu ne comptes pas me demander d'être complice ?

— Non, je ne compte pas te le demander.

— Alors, faut-il déployer mon éloquence pour te convaincre de rompre ?

— Pas davantage.

— Tu finiras par y être obligée, mais nous n'en sommes encore pas là. Te sentirais-tu coupable à cause de Giles et de Georgiana, et souhaiterais-tu que je réveille ta conscience ?

— Non, cela non plus. Je me rends ce service-là fort bien toute seule.

— Cela ne m'étonne pas. Que veux-tu de moi, dans ces conditions ? Tu sais déjà, je pense, que tu seras totalement déshonorée et forcée de quitter la ville si tu es découverte, et pas lui. Tu sais aussi, je l'espère, que si vous ne vous faites pas prendre, eh bien... Je n'aimerais pas, pour ma part, vieillir en restant à cette fenêtre à attendre qu'il daigne distraire un instant de ses machines ou de sa femme. Alors, pourquoi me l'avoir dit, Julia ? Tu connais suffisamment mon caractère pour savoir que je ne vais pas me contenter de t'écouter chanter ses louanges, ni calmer ta conscience à bon compte en faisant semblant de te repentir. Que veux-tu, Julia, qu'espères-tu ?

— Rien, ai-je répondu avec sincérité. Je l'aime, un point c'est tout. Je suis une femme amoureuse de Nicolas, voilà ce que je suis et rien d'autre.

— C'est un bien grand sujet de satisfaction — pour lui, tout au moins. Pauvre Nicolas, quelle douleur de continuer à mener sa vie conjugale ! Car il n'a rien changé à ses habitudes, tu t'en doutes, je pense. S'il ne partageait plus le lit de Georgiana, les femmes de chambre de Tarn Edge se seraient déjà empressées de répandre la nouvelle dans toute la ville.

Ce coup m'arracha un gémissement, mais Prudence n'en perdit pas son sourire et poursuivit impitoyablement, comme tante Hannah l'avait fait une fois, l'administration du douloureux remède grâce auquel elle espérait ma guérison.

— Bien entendu, je ne t'apprends rien et tu y as toi-même pensé, tout au long des nuits où il ne vient pas te rejoindre. Si j'étais à ta place, en tout cas, je sais que cela me rongerait. Mais ne te tracasse pas trop, ma chérie. Tout est sans doute pour le mieux, car Georgiana concevra peut-être ainsi un autre enfant et, vu les difficultés qu'elle a eues pour mettre le premier au monde, il se pourrait qu'elle meure en couches et laisse Nicolas veuf et libre.

J'ai laissé échapper un cri d'horreur. La seule pensée de pouvoir souhaiter un jour la mort de ma rivale m'épouvantait, mais Prudence affecta de n'y prendre garde, tapa dans ses mains comme une maîtresse d'école rappelant à l'ordre une classe turbulente :

— Regardons les choses comme elles sont, veux-tu ? reprit-elle. Ils se sont mariés. Personne ne s'attendait à ce que le mariage se fasse puis à ce que le ménage tienne. Il était pourtant assez amoureux d'elle, il n'y a pas si longtemps encore, pour te briser le cœur sans la moindre hésitation. Je ne vois pas pourquoi il ne recommencerait pas. Même s'il ne t'abandonnait pas, pour quelque raison que ce soit, que diable te restera-t-il à espérer, sinon la mort de sa femme ?

Terrassée, cette fois, je me suis sentie tomber en avant, à demi évanouie, pliée en deux, le front sur les genoux. Un instant plus tard, Prudence vint s'asseoir auprès de moi et glissa sa main fraîche entre les miennes.

— Pauvre Julia ! Tu es bien la dernière personne au monde à qui j'aurais voulu faire mal.

— Je sais, Prudence. Ne t'inquiète pas pour moi, je ne suis ni tout à fait stupide, ni incapable de réagir. C'est moi qui ai choisi de bâtir ma vie autour de Nicolas, aussi longtemps que cela pourra durer. Il ne faut donc pas le lui reprocher. Pour le moment, du moins, je ne puis aimer personne d'autre. C'est dans ma nature, semble-t-il, et il faut bien que je m'en accommode. Si l'on dit du mal de moi plus tard, je ne te demanderai pas de prendre ma défense.

Elle me saisit la main, la serra plus fort.

— Ce n'est pas à toi d'en décider. Que je te défende ou non, cela me regarde — comme tu as toi-même choisi de te mettre aujourd'hui dans une situation susceptible de te compromettre. Ecoute, Julia. Toute notre vie, nous avons eu quelqu'un pour nous dire que faire, que dire, que penser. Même si cela partait d'un bon sentiment et d'un désir sincère de nous protéger, je n'ai jamais pu le tolérer. Je me suis souvent demandé, d'ailleurs, le mérite que l'on a à faire le bien quand on ignore le mal au point de n'avoir pas une seule occasion de résister à la tentation. Je suis lasse de ce genre de tyrannie, Julia. Je veux être libre, libre de commettre mes erreurs et d'en payer le prix, libre de déclarer que ce qui est bon pour autrui ne l'est pas nécessairement pour moi. Comment, dans ces conditions, aurais-je l'audace de te dénier la même liberté ? Personnellement, je n'ai jamais eu de sympathie pour Nicolas. Ai-je pour autant le droit de te dire que tu as tort de l'aimer ? Je serais incapable de vivre comme tu le fais, d'éprouver les mêmes sentiments que toi, mais de quel droit te l'interdirais-je ? Je crois sincèrement que tu as tort, que tu te prépares à en souffrir et à faire mal à d'autres personnes du même coup, mais cela me donne-t-il le droit de t'en empêcher ? Si tu en as décidé ainsi, si tu es prête à en subir les conséquences, alors fais-le. Ma désapprobation ne te retire pas mon affection. Je souhaite simplement, et du fond du cœur, que tu t'en sortes sans trop de mal et que tu aies une nouvelle chance de prendre une meilleure décision un jour ou l'autre.

Y aurait-il jamais une prochaine fois ? Je ne pouvais rien voir, rien prévoir au-delà de Nicolas et de l'instant présent. Je ne m'y efforçais même pas : j'étais tout entière sa chose et je ne voulais rien lui reprendre de moi-même. Cette nuit-là, pourtant, gênée par les hurlements de la bise froide de décembre, je fus incapable de trouver le sommeil. Au lever du jour, je tirai les conclusions de mes longues réflexions. Il fallait sauvegarder une portion de mon indépendance, préserver, en dépit de mes inclinations, un territoire, si étroit soit-il, qui n'appartienne qu'à moi, une fondation sur laquelle bâtir ou rebâtir une vie. En un mot, je devais dès à présent préparer ma survie.

20

Le mariage de ma mère eut lieu par un beau matin d'hiver, sous un ciel duveteux rayé de rose ; la neige fraîche craquait sous nos pas, l'église paroissiale était froide, sombre et poussiéreuse. L'assistance était fort réduite : du côté de la mariée, l'on ne voyait que Prudence, Jonas et moi, tandis qu'un quatuor d'Adair venus spécialement d'Irlande pour l'occasion occupait les bancs opposés.

Ma mère était vêtue de velours bleu, les mains dans un gros manchon d'hermine ; une plume blanche se dressait sur son chapeau, le bonheur illuminait ses yeux bleus embrumés par l'émotion. Ce jour-là, elle épousait l'homme dont elle n'était peut-être plus passionnément amoureuse mais pour qui elle éprouvait le même désir ardent. Quant à lui, je ne voyais pas pourquoi il n'éprouverait pas pour elle un désir aussi intense.

— Je vais être follement heureuse ! nous déclara-t-elle en sortant de l'église. Regardez, quelle belle journée ! A partir de maintenant, elles seront toutes aussi merveilleuses. Je te dirai même, Julia, qu'elles seront faites de champagne et de fraises — oui, tu ne comprends peut-être pas, mais j'en rêvais quand j'étais une jeune fille romanesque. C'est pour moi le symbole de la joie de vivre.

Seule notre vieille gouvernante Miss Mayfield — qui, le jeune Liam Adair pendu à sa main, voyait surgir la chance inespérée d'un nouvel emploi — parut pleinement apprécier les propos de sa maîtresse.

Les « jeunes mariés » devaient partir pour Londres, d'où ils ne reviendraient pas avant le Nouvel An, et nous sommes allés les accompagner à la gare. Plus que jamais, je crois, je prenais conscience de bouleversements prochains, de l'impression que ces fêtes de Noël — ce temps de l'amour universel, de la bonne volonté entre les hommes et des réjouissances familiales — ne réserveraient que des problèmes.

De retour de Bournemouth, tante Virginie vint prendre le thé et nous demander des nouvelles du mariage. Son sourire était aussi bienveillant que d'habitude ; elle ne percevait aucune traîtrise, aucune perspective de drame en embrassant la maîtresse de son fils bien-aimé.

— Nous comptons sur toi le jour de Noël, ma chérie, me dit-elle. Caroline m'a promis de venir passer une heure et Georgiana ne sera à Galton que le lendemain. Nous n'irons pas à Listonby avant le Jour de l'An, car ton oncle a des ennuis de santé en ce moment et doit rester au calme. Nous nous réjouissons de te revoir, Julia, tu nous manquais beaucoup.

Je ne pouvais plus me cacher d'eux éternellement, je savais qu'il me faudrait tôt ou tard embrasser Georgiana en souriant sous le regard de Nicolas — seule, en effet, l'absence de tante Virginie m'avait permis de retarder cette échéance — et je jugeais donc inopportun de me prétendre malade le jour de Noël, comme j'en avais eu l'intention. J'ai envoyé un mot à Prudence pour lui annoncer que je partagerais sa voiture.

Nous sommes arrivées à Tarn Edge au milieu de l'après-midi. Le grand vestibule était orné d'un immense sapin, aussi magnifique qu'autrefois ; les lampes étaient déjà allumées au salon, des montagnes de bûches flambaient et crépitaient dans les cheminées, leur fumée odorante se mêlant aux effluves des cigares Barforth dont tous les noëls de mon enfance avaient été parfumés. J'ai fait halte un instant sur le seuil pour observer le tableau qu'ils formaient : mon oncle confortablement assis au coin du feu, les jambes allongées vers le foyer ; en face de lui, Caroline dans un fauteuil à l'allure de trône, comme il convenait à sa dignité ; Georgiana, vautrée sur le grand canapé, les yeux tournés vers la fenêtre comme pour se projeter déjà vers son cher Prieuré. Je me suis demandé, avec une brève angoisse, lequel d'entre eux me soupçonnait de turpitude, pour me rassurer aussitôt : nul ne savait rien. C'est alors que deux yeux gris se fixèrent sur moi et Blaise traversa la pièce pour venir à ma rencontre et me baiser la main.

— Blaise, quelle bonne surprise ! Caroline, il y a une éternité que je ne t'avais vue ! Georgiana, que devenez-vous ?

D'instinct, je m'enfonçais dans l'adultère, je déployais les artifices de ma poignée de main traîtresse, de mon sourire factice à celle qui, pour moi, secouait un instant sa léthargie et se levait pour me rendre mon salut ; je ne m'étonnais même pas de l'aisance coupable avec laquelle je faisais un signe de tête impersonnel à son mari — mon amant — en disant : « Bonjour, Nicolas. Comment vas-tu ? », comme si j'avais oublié la présence, à peine quelques heures auparavant, de ses boucles brunes sur mon oreiller. Mais il y eut en moi un sentiment plus répréhensible encore, lorsque je remarquai que Georgiana était loin d'être en beauté. L'ennui, la solitude lui faisaient comme toujours perdre sa couleur et sa vivacité sans lesquelles son petit visage pointu devenait sinon laid, du moins quelconque. Il me fallut livrer avec moi-même un combat héroïque pour étouffer ce plaisir qui pointait, ce sentiment de triomphe.

Cette année-là, le cercle de famille s'était agrandi : le jeune Dominique Chard et son jumeau Noël, ainsi que leur frère George, à peine plus petit et considérablement plus encombrant, étaient parmi nous. Je vis aussi un petit diable remuant et agile, Gervais Barforth, en train d'escalader les meubles à grand bruit ; son père l'empoigna par la peau du cou et alla le déposer sans douceur sur les genoux de sa mère.

— C'est insupportable, Georgiana ! dit-il en grondant. Faites quelque chose de cet enfant, à la fin !

— Que voulez-vous que j'en fasse ? répondit-elle en entrouvrant ses yeux verts. Voulez-vous que je le noie ? Ce serait du gaspillage, compte tenu du mal que j'ai eu à le mettre au monde.

— Il suffirait sans doute de sonner sa nurse, intervint Blaise aussitôt.

— Julia ! cria Caroline de l'autre bout de la pièce en frémissant aux hurlements de son neveu qu'on emmenait de force. Viens t'asseoir près de moi. As-tu décidé de vivre en ermite ? Je commençais à m'en étonner. Y aurait-il, par hasard, quelque admirateur inconnu qui te prenne tout ton temps ?

— Bien sûr que non, voyons ! Quelle idée.

— C'est ce que j'ai dit à Matthew quand tante Hannah est venue se renseigner auprès de nous : Julia nous aurait prévenus. Peu importe, je compte sur toi en février pour trois semaines. Les communs sont terminés et tu me diras ce que tu en penses.

Fermement ancrée auprès de Caroline et plongée dans le détail de ses affaires, je n'eus plus à penser aux miennes ni à me donner la peine de parler à quiconque. J'appris ainsi qu'elle avait passé le mois de novembre à Londres, où elle avait assisté aux funérailles du Duc de Wellington qui ne l'avaient guère impressionnée. Elle y avait, en revanche, fait la connaissance d'une certaine Lady Henrietta Stone, qui se donnait pour une arbitre des élégances et allait faire partie de sa fournée d'invités à Listonby.

— J'ai rapporté des robes de Londres et je compte absolument sur toi pour y jeter un coup d'œil et me dire si tu y vois quelque chose de critiquable. Avec Hetty Stone sous mon toit, je vais être obligée de me surveiller.

Le thé fut bientôt servi, avec la magnificence habituelle. Nous avons bu, mangé, souri, échangé des promesses de nous revoir plus souvent, d'être moins négligents les uns envers les autres. Puis, quand tante Hannah et Caroline commencèrent à s'agiter et à lancer des regards significatifs à leur mari pour leur rappeler qu'elles avaient cent autres choses à faire et qu'il était grand temps de prendre congé, je crus mon épreuve terminée.

— Bon, eh bien, meilleurs vœux à tous ! déclara tante Hannah en se levant avec une impatience marquée.

— Merci, Hannah, lui répondit Sir Joel. Mais prenons donc un verre avant que tu t'en ailles. Buvons à ce que nous avons, buvons surtout à l'avenir. Tout le monde est servi ? Bien. A nous tous ici présents, je souhaite santé, bonheur et prospérité. A tous nos amis, à tous les absents qui nous sont chers et à toutes les promesses de la vie — sans oublier notre chère petite Elinor.

Nous levions encore nos verres avec l'émotion de rigueur quand Georgiana, qui avait déjà absorbé deux ou trois verres de vin, se leva de son canapé et se dirigea en titubant vers Nicolas contre qui elle trébucha en prenant sa traîne dans le garde-feu.

— C'est bien vrai ! dit-elle dans un silence embarrassé. Buvons à l'avenir. Buvons aussi au pardon de nos offenses, n'est-ce pas, Nick chéri ? Tu me pardonnes mes offenses, même si je recommence ? Autant te l'avouer tout de suite, je crois que je recommencerai, conclut-elle en se pendant au cou de son mari.

Incapable de regarder Nicolas, j'ai détourné les yeux pour rencontrer le regard pénétrant de Blaise qui m'observait attentivement.

Ma mère revint à la maison en février et les rancœurs que son absence avait dissipées se remirent à bouillonner quand on s'aperçut que M. Adair, imbu de sa dignité nouvelle, avait la ferme intention de jouer le rôle du mari dévoué ainsi, hélas ! que celui du beau-père affectueux et zélé.

Nous étions rassemblés un soir autour de la table de ma mère, la sienne aussi désormais, quand il nous déclara avec un sourire de contentement :

— Ah ! la vie de famille ! Je ne me rendais pas compte de ce que je perdais, Elinor, quand je n'étais qu'un vagabond. Mais maintenant, voilà tout ce que je désire, mon cher petit garçon, vos adorables filles, vous et moi, tous ensemble... Quoi de meilleur au monde, hein ? Restons unis, et personne ne pourra jamais rien contre nous.

Prise malgré elle dans ce besoin de respectabilité, Prudence se trouva forcée de jouer un rôle actif. Finis les jours heureux où elle pouvait prendre son petit déjeuner seule dans sa chambre, à l'heure qui lui plaisait, tout en lisant son courrier et ses journaux. Dorénavant, le nouveau maître des lieux exigeait qu'elle se joigne aux agapes familiales. Elle devait partager ses nouvelles et sa correspondance avec un beau-père toujours jovial mais intraitable, que sa transformation d'aventurier en patriarche rendait terriblement pointilleux. Chargé de veiller sur ses femmes, il lui fallait savoir à chaque instant ce qu'elles faisaient, voire ce qu'elles avaient l'intention de faire, où elles allaient et avec qui. Il n'était plus question pour Prudence de faire atteler à sa guise, car les chevaux appartenaient dorénavant à M. Adair qui ne se montrait guère généreux quant à leur usage.

— Et où allez-vous donc de si bon matin, ma chère enfant ? demandait-il en levant un sourcil inquisiteur.

— J'ai des visites à rendre, répliquait sèchement Prudence.

Mais une jeune fille ne pouvait, aux yeux désormais vertueux de M. Adair, « rendre des visites » sans la protection d'un chaperon ; il n'était pas davantage concevable qu'elle s'intéressât à des problèmes tels que la construction de châteaux d'eau ou le reclassement des peigneurs de laine en chômage. Les jeunes filles étaient faites pour être paisibles et pures comme des lys ; leur présence constante aux côtés de leur mère devait apporter la preuve éclatante qu'elles étaient le produit d'un foyer heureux.

Le principe du « restons unis » servait également les intérêts de M. Adair, au point que je vis bientôt ma liberté menacée d'une manière à laquelle je ne m'étais pas attendue. Peu à peu, mon temps se trouva pris par des « thés en famille », des « dîners en famille » et des « dimanches en famille » auxquels, sur les demandes pressantes de ma mère, j'étais régulièrement forcée de participer.

— Fais-le pour moi, ma chérie, me disait-elle d'un ton implorant. Laisse-moi le temps de m'installer en paix dans ma nouvelle vie, je suis si heureuse.

Son bonheur était, en effet, visible comme si une inépuisable fontaine de champagne lui faisait pétiller le regard ; son rire, l'épanouissement de toute sa personne, le regain de jeunesse qui l'animait et la rendait vulnérable à la fois me touchaient trop pour que je refuse, aussi me suis-je soumise bon gré, mal gré à ce renouveau de captivité dans le salon de mon père. Ses urnes de basalte noir étaient toujours disposées symétriquement sur la cheminée, ses fragiles statuettes de porcelaine dans leurs vitrines ; mais la maison était désormais imprégnée de l'odeur des cigares que M. Adair allumait continuellement, retentissait des bruyants éclats de voix d'une présence virile et dominatrice. Elle était surtout encombrée, d'une manière que nous n'aurions jamais osé imaginer de notre temps, par les jouets et les camarades d'un garçonnet de six ans turbulent et désordonné. Le jour où Prudence découvrit des éraflures sur les boiseries et, légitimement inquiète pour ses porcelaines, demanda à sa mère si elle comptait supporter sans réagir les méfaits du jeune Liam Adair, elle n'eut pour toute réponse qu'un sourire béat et chargé de langueur, avec ces mots : « Que veux-tu, ma chérie, il me rappelle tellement son père ! »

M. Adair ne voulait sans doute pas nous causer intentionnellement du tort ; il aimait trop les femmes pour les tourmenter et aurait bien préféré, je crois, que nous lui rendions son affection. Mais le souci de ses intérêts était depuis trop longtemps ancré en lui, par nécessité plus que par inclination, pour qu'il se résolve, tel un étalon vieillissant mais encore sûr de sa force, à laisser deux pouliches richement dotées abandonner son troupeau pour lier leur sort — et livrer leurs richesses — au premier venu. De même que Jonas en son temps, il ne pouvait nous épouser toutes — ma mère suffisait amplement, d'ailleurs, à l'assouvissement de ses appétits dans ce domaine — mais cela ne réduisait en rien son attirance pour nos biens. Confronté avec un défi, il ne lui fallut pas longtemps pour imaginer la parade et la mer d'Irlande fut bientôt sillonnée de jeunes Adair mâles pleins d'espoir, se rendant à la convocation de leur chef de clan pour s'exhiber sur le marché matrimonial.

Ces visites importunes, dont le but intéressé s'étalait sans pudeur, provoquaient chez Prudence une hostilité si peu déguisée que je devais, presque journellement, intercéder à la demande de ma mère — « Je suis si heureuse, ma chérie, parle-lui. Elle me rend la vie impossible ! » — pour ramener un semblant de paix. Aux visites du cousin de Kildare ou du neveu de Cork s'ajoutaient les conflits provoqués par le jeune Liam et le péril qu'il faisait courir aux porcelaines — « Elle l'a encore giflé ce matin, le pauvre ange ! Il n'avait pourtant rien cassé » — au point que Prudence menaça d'emballer les précieux objets et de les mettre à l'abri au grenier. Soumise moi-même à des incursions impromptues pour me présenter tel ou tel parent et me vanter ses mérites, je tremblais et devais négocier avec Mme Marworth afin qu'elle ne congédiât Nicolas qu'avec les plus grands ménagements.

Il me fut impossible d'éluder l'invitation de Caroline et je dus passer à Listonby trois épuisantes semaines de février. Nicolas m'avait tour à tour ordonné de me décommander, obligée de m'y rendre puis soumise à une épouvantable scène de jalousie qui m'avait laissée pantelante et bouleversée. Après une telle série d'explosions, l'activité frénétique de Listonby me parut un havre de paix.

Caroline me fit, à peine débarquée, les honneurs détaillés de ses communs dont la rigoureuse organisation était digne des ateliers de son père. Je fus ensuite entraînée dans un tourbillon incessant de dîners de chasse, de soupers habillés, de bals, de réceptions et de sorties chez les voisins de campagne, si bien que je regagnai Millergate à bout de nerfs. Plus que jamais, j'étais consumée du désir, du besoin de revoir Nicolas. Il n'était pas venu à Listonby, comme il me l'avait promis. Je n'y avais vu que Georgiana, venue de Galton à plusieurs reprises, de nouveau radieuse dans son élément retrouvé et qui s'était attiré l'admiration générale par ses prouesses équestres. Aussi, le jour de mon retour chez moi, j'avais le cœur battant en entendant quelqu'un à la porte. Ce n'était que M. Adair, venu réaffirmer ses droits sur moi, m'engager à quitter une maison indigne de moi pour regagner le « nid familial » et me signifier que l'on comptait sur moi pour dîner — ce jour-là et les jours suivants. Ma vie reprenait son cours chaotique.

Je suis retournée à Scarborough en mai retrouver Nicolas. Cette fois, pourtant, j'avais eu à subir l'inquisition de M. Adair, étonné de l'existence de cette « amie » que j'étais censée aller voir à York, si bien que j'étais au comble de l'énervement pendant tout le trajet, épuisée à l'arrivée et presque malade quand Nicolas, qui aurait dû m'accueillir à la gare, ne fit son apparition qu'avec un retard considérable. Au lieu de la magie de l'évasion sur laquelle nous comptions, nous avons passé notre temps à nous dire que nous ne pouvions échapper à notre vie et qu'il faudrait que l'un de nous, sinon les deux, consentît à un sacrifice.

Il avait une femme et un enfant, dont il ne se souciait guère, mais des affaires aussi exigeantes que prospères qui l'enchaînaient à Cullingford. Comment les sacrifier, comment renoncer à sa part de la fortune Barforth pour mes beaux yeux et recommencer ailleurs en partant de zéro ? De mon côté, j'avais une famille qui ne me lâcherait pas. J'aimais ma sœur aînée, je me sentais de plus en plus responsable de ma mère et de Celia. J'avais une réputation, à laquelle je ne m'intéressais qu'épisodiquement, mais dont la ruine causerait un tort certain à mes proches. Pouvais-je, moi aussi, abandonner tout cela pour ramper dans l'obscurité d'une existence cloîtrée de femme entretenue, de recluse — même adorée ? Oui, m'affirma Nicolas. Je le pouvais si je le voulais. Si je l'aimais vraiment. Je n'avais même pas le droit d'hésiter.

Comment, ai-je alors objecté, comment oublier Georgiana, la manière dont elle s'était maladroitement jetée à son cou le jour de Noël en lui offrant une réconciliation ? Comment ne plus évoquer sa tristesse, son dépérissement alors que son mari la délaissait et la traitait avec rudesse ? Facile, me répondit-il. Il ne fallait plus y penser. Cela le regardait, lui seul. Pas moi. C'était lui qui commettait l'adultère. La culpabilité, le blâme, il s'en chargeait. Il avait le dos assez large pour cela.

Mais pouvais-je feindre d'ignorer cette vérité toute simple : tant que nous serions ensemble, il ne pouvait y avoir de paix ni pour l'un ni pour l'autre ? Je connaissais assez Nicolas pour éviter d'exprimer cette pensée à haute voix. La décision était dure à prendre, le printemps un moment particulièrement mal choisi pour l'envisager. Et puis, dans tous les cas, Nicolas ne laissait jamais rien se mettre en travers de sa route.

— Si Dan Adair te soupçonne, eh bien, laisse-le te soupçonner ! me déclara-t-il. S'il se montre à Lawcroft pour me vendre son silence ou à Millergate pour te faire chanter et te forcer à retourner chez ta mère, je l'écraserai et il le sait. Il n'aurait rien à gagner en allant me dénoncer à ma femme ou à mon père, mais, même s'il le faisait, je m'en moquerais éperdument. Mon père, bien entendu, pourrait me mettre à la porte de ses usines et me rayer de son testament, ce qui ferait bien plaisir à Blaise ; mais il me reste les Peignages de la Law. Et si Perry Clevedon s'avisait de me brûler la cervelle, je m'en débarrasserais avec des billets de banque. Tu vois qu'il n'y a rien à craindre.

Une partie de sa nature, je le savais, se serait enorgueillie de m'afficher, ou plutôt de proclamer qu'il me possédait. Mais je savais avec une certitude encore plus grande que, s'il lui arrivait de devoir laisser sa part de la fortune paternelle à Blaise, il ne s'en consolerait jamais. Autant, sinon plus que jamais, j'avais tout à craindre.

L'été me vida de mes forces, me brisa les nerfs et me fit perdre ce qui me restait de confiance. Outre le poids de mes propres angoisses, j'avais à supporter les constantes intrusions de tous ceux qui, à un titre quelconque, estimaient devoir se plaindre de ma mère. Tante Hannah m'assiégeait pour savoir quand ma mère allait mettre ses bijoux en vente, sinon ses robes et ses jupons ; Prudence était trop obnubilée par ses problèmes pour prêter attention aux miens ; les cousins irlandais se succédaient à un rythme accéléré ; Dan Adair me harcelait sans trêve, car ses projets matrimoniaux me concernaient autant que ma sœur ; Celia, enfin, estimait avec acrimonie que sa grossesse ne lui valait pas l'attention qu'elle méritait. A peine avais-je volé à la rescousse d'un de ses grands dîners qu'il me fallait recommencer, si bien que je finissais par passer presque plus de temps chez elle que chez moi.

Un soir où Jonas avait invité M. Fielding, notre député, et deux autres messieurs susceptibles de lui rendre service dans la carrière politique où il envisageait toujours de se lancer, Celia se retira la dernière bouchée avalée, épuisée par « son état ». Je suis restée tard à Albert Place, à bavarder fort agréablement avec ces messieurs sur qui je ne souhaitais faire aucune impression — que je charmais donc d'autant mieux — et Jonas, qui retrouvait une certaine chaleur humaine hors de la présence de sa femme et de sa mère adoptive.

Par une courtoisie fort naturelle, il me raccompagna ensuite chez moi et entra un instant dans le vestibule, me remercia du mal que je m'étais donné pour la réussite de sa réception. La maison était plongée dans le silence, le sourire de Mme Marworth était parfaitement inexpressif et j'avais prévenu Nicolas de mes projets pour ce soir-là. On ne pouvait pourtant se méprendre sur l'odeur de tabac qui filtrait sous la porte du salon et trahissait une présence masculine.

En proie à la panique, je me suis tournée vers Mme Marworth, mais elle me refusa son secours et s'éclipsa aussitôt, me laissant seule avec ma terreur coupable — et mon redoutable beau-frère.

— Jonas... ai-je commencé en balbutiant.

Je ne pus aller plus loin et j'ai courbé la tête, comme si je m'offrais au bourreau. Il avait en effet le droit de connaître l'identité de mon visiteur tardif. Mais quand j'ai relevé les yeux, je n'ai rien déchiffré sur son impassible visage d'homme de loi, je me suis surtout demandé ce que signifiait son sourire froid.

— Il ne me reste, ma chère Julia, qu'à vous remercier encore une fois de votre aide précieuse, me dit-il. Maintenant que je vous sais en sécurité chez vous, je puis vous quitter. Bonne nuit.

— Jonas, je ne sais que dire... Mon dieu...

A ma surprise, il haussa légèrement ses épaules étroites et m'effleura la joue du bout du doigt.

— Bonne nuit, Julia. Ne vous inquiétez de rien — sauf que vous avez une cheminée qui fume, si je ne me trompe. Vous devriez la faire réparer au plus tôt. Celia sera ravie de vous voir, si vous avez le temps de venir demain.

Quand je le revis par la suite, il ne me trahit pas, il ne fit sur moi aucune pression, ne se mêla en rien de mes activités, ne se permit pas la plus lointaine allusion. Mais le seul fait de le savoir au courant pesait sur moi en un fardeau de plus en plus lourd.

Ce fut un été long, étouffant sous un ciel jaune et bas, une succession de journées lourdes à peine agitées par les nouvelles provenant de terres lointaines dont j'ignorais presque l'existence. Comment, par quel mystère, le fait que le tsar de Russie ait envahi le territoire du sultan de Turquie nous concernait si peu que ce fût ? Nous ne pouvions, disaient certains, tolérer la présence des Russes si près des Indes. La vérité, ai-je peu à peu deviné, était plus simple : nous, la première puissance militaire du monde, les vainqueurs de Napoléon, étions en paix depuis près de quarante ans. Partout, et jusqu'à Cullingford, on attendait avec une impatience croissante d'entendre à nouveau le roulement belliqueux des tambours, de montrer au géant russe, au géant autrichien, à tous les géants de la terre, que nous n'avions rien perdu de notre vigueur. Aussi ai-je trouvé plus commode, à l'heure du thé ou à la salle des fêtes, de me pencher sur le sort de lieux tels Constantinople ou la Crimée plutôt que sur mon propre destin.

— Il faut aller les battre, je ne vois pas d'autre solution, déclarait Sir Matthew Chard, aussi ignorant que moi de l'endroit exact où se trouvait la Crimée.

— Absolument, lui répondait Sir Joel Barforth. Allez leur donner une bonne correction, je vous vendrai les étoffes pour fabriquer les uniformes.

Je ne voyais cependant pas en quoi ces événements me touchaient et je le regrettais presque.

Je suis retournée très imprudemment à Scarborough en juin et en août, sans oser sortir du jardin à cause de la foule des estivants, puis deux fois en septembre. A l'aller comme au retour, je me sentais comme une bête traquée que n'apaisaient pas les quelques jours fiévreux passés avec Nicolas, et je rentrais chez moi en proie à une immense lassitude, accablée de frayeur jusqu'à ce que ma première rencontre avec Daniel Adair, tante Hannah ou Jonas me donnât l'assurance de n'avoir pas été découverte. Je devenais de plus en plus dangereusement émotive, sujette à de soudaines crises de larmes ou à des fous rires inexplicables. Je sursautais aux bruits, je voyais partout des ombres se déformant en formes menaçantes qui me nouaient l'estomac et me faisaient battre le cœur en des palpitations auxquelles ma robuste santé ne m'avait pas habituée. En juillet, ma sœur Celia donna enfin naissance à une fille, petit être à la peau soyeuse, à la tête ornée de deux boucles de cheveux très noirs au-dessus d'immenses yeux étonnés, à qui elle donna le nom de Grace Cecilia. En la voyant pour la première fois, je fondis en larmes ; j'éclatai en sanglots quand on me demanda d'en être la marraine et je passai tout le temps de la cérémonie du baptême à tremper de pleurs ma collerette, car j'étais incapable de sécher mes yeux.

Je vivais d'interminables nuits d'insomnie, d'autres ponctuées de quelques accès d'un sommeil troublé, peuplé de cauchemars où je me voyais fuyant dans des rues sinistres, où j'apercevais Giles Ashburn debout devant une porte ouvrant sur une pièce vide quand je m'y précipitais, où sa silhouette se dissolvait en fumée dès que je tendais la main vers lui. Je me sentais prisonnière d'errances dans une obscurité sans fin, j'y échappais par de brusques réveils avant de sombrer de nouveau dans cet épuisant état de semi-conscience dont je n'émergeais finalement au matin que pour constater la réalité et la profondeur de mon amour pour Nicolas, mais assorties de la conviction croissante que cette situation ne pouvait durer et qu'il fallait que quelque chose changeât.

Oui, il fallait que tout cela change. Je le savais, je le sentais, je me persuadais de son urgence, de son caractère indispensable, inévitable ; je m'en répétais les raisons, je les renforçais jusqu'à ce qu'elles s'impriment dans mon esprit et ne me laissent plus de repos. Mais la nature même de ce changement et la manière dont il allait survenir me prirent totalement au dépourvu.

Le second soir d'octobre, Nicolas arriva très tard. Il était énervé, de mauvaise humeur, taciturne et peu enclin à m'écouter. Au bout de quelques instants, avec sa brusquerie habituelle quand il était ému, il lâcha :

— Je ferais mieux de te le dire tout de suite, avant que tu ne l'apprennes de quelqu'un d'autre. Georgiana est enceinte.

— Ah... Je vois.

Il me saisit aux épaules et serra très fort :

— Non ! Tu ne *vois* pas !

Je me suis dégagée pour mettre entre nous toute la distance que me permettait mon salon exigu :

— Tu n'as pas à t'excuser d'avoir... d'avoir fait l'amour avec ta femme.

— Enfin, tu devrais savoir ! Tu as été mariée, tu aurais bien été obligée de... Je ne pouvais pas faire autrement.

— Non, Nicolas, je n'en sais rien. Et maintenant, sois franc, c'est tout ce qui nous reste. Tu n'étais contraint et forcé en rien. Si tu l'as fait, c'est parce que tu le voulais bien. Ne me prends pas pour une imbécile, n'insulte pas à notre intelligence à tous deux en prétendant le contraire. Tu n'as pas non plus à me donner des raisons, des justifications, elles ne me regardent pas. Je ne te reproche rien, Nicolas, je ne suis nullement fâchée — je n'en ai d'ailleurs pas le droit. Accorde-moi simplement une minute pour admettre ce que tu viens de dire.

Je me suis détournée pour ne plus le voir, en souhaitant qu'il me laisse seule et ne se rapproche pas pour me forcer à lui céder encore. Je comprenais, en cet instant — en dépit de mes sentiments réels, de ma résistance à ce nouveau coup, de mon désir même de ne pas y succomber — qu'il me fallait prétendre ne pas l'accepter et m'en servir comme d'un levier pour nous séparer et nous arracher l'un à l'autre. Etourdie comme je l'étais sous ce choc, j'entendais néanmoins les paroles de Prudence : « Georgiana pourrait mourir en couches... et laisser Nicolas veuf et libre. » Cela seul suffisait à justifier notre rupture. Je ne souhaitais pas la mort de Georgiana, je ne voulais pas être amenée à la désirer un jour. Si elle devait malgré tout survenir, si j'avais la moindre raison de m'en estimer responsable, je ne pourrais absolument plus vivre en paix avec moi-même — encore moins avec Nicolas.

— Nicolas...

Il traversa la pièce et me prit aux épaules, d'un geste précautionneux comme s'il craignait de briser le fil ténu qui nous reliait encore mais se dissolvait très vite.

— Non, Julia, ne dis rien. Je sais, tu ne veux pas lui faire de mal. Moi non plus. Dieu m'est témoin que je ne la hais pas. Cet enfant est à moi, j'en prendrai soin, comme de l'autre, comme d'elle-même. Jusqu'à mon dernier jour, je l'entretiendrai généreusement — pour qu'elle puisse continuer à entretenir son frère. Je ferai retaper son Prieuré, je paierai tout ce qu'il faudra pour maintenir ses terres en état et son frère en dehors d'un cachot. Mais je ne veux pas te perdre, Julia, comprends-tu ? Avec elle, je me montrerai patient, je maîtriserai mon tempérament coléreux, je lui passerai ses caprices. Mais je ne veux pas renoncer à toi, pas pour des gens comme les Clevedon, non.

Tout était quand même fini entre nous. Cette nuit-là, les yeux secs et le corps douloureux, j'ai pris le deuil de notre amour. J'ai pleuré Nicolas au plus profond de mon cœur, avec un désespoir d'autant plus total qu'il restait caché sous l'armure de mon sang-froid Aycliffe. C'est cette coquille vide qui servait le thé en souriant à tante Hannah et Prudence, qui écoutait en souriant encore ma mère m'annoncer l'arrivée d'un nouveau contingent de cousins irlandais et me répéter combien elle était heureuse avec son Daniel. Le lendemain soir, le jour d'après, et le suivant encore, j'ai continué à pleurer Nicolas, à verser sur notre amour mort des larmes d'autant plus amères qu'elles étaient intérieures. Je me levais avant l'aube, j'errais de pièce en pièce, accablée sous le fardeau d'un désespoir dont je ne pouvais me décharger.

Oui, tout était fini. Et quand, le cinquième soir, Nicolas revint heurter d'une main obstinée à mes volets, ce qui était mort ne retrouva pas la vie. Je lui ai ouvert la porte, par habitude ; il est entré au salon, comme d'habitude ; avec sollicitude, je me suis enquis de son état, lui ai offert un grog, l'ai installé devant la cheminée pour se sécher, car il était venu à pied du Cygne sous une pluie battante. Mais tout était fini quand même.

— Dis-moi de partir si tu veux, je ne m'en irai pas plus que la première fois.

— Si, Nicolas, tu vas t'en aller.

— Tu voudrais sérieusement me chasser sous cette pluie ?

— Oui, Nicolas, dis-je avec conviction.

— Eh bien, fais-le tout de suite ! Je n'ai rien à t'offrir que des problèmes, je le sais. Je sais exactement tout ce qu'il faudrait faire. Je sais ce que je dirais à quelqu'un dans mon cas : ressaisis-toi et termines-en au plus vite. Le malheur, vois-tu, c'est que j'en suis incapable.

Il est resté dans mon lit jusqu'au matin, risque que nous n'avions encore jamais pris. Quand je l'ai fait sortir par la cuisine avant le réveil de Mme Marworth, il m'a embrassé les mains, les oreilles, le menton, la nuque ; il a défait le ruban de ma chemise pour embrasser mes épaules nues. Il m'a serrée contre lui avec une sorte de fougue désespérée, m'a repoussée sans me lâcher contre le mur au carrelage froid et a pesé contre moi de tout son poids.

— Je t'aime, Julia. Me crois-tu ?

Je le croyais.

— Tout ira bien, désormais, Tu verras.

Cela, en revanche, je ne pouvais pas le croire.

21

Je ne voulais plus retourner à Scarborough, aussi longtemps du moins que la situation de Georgiana ne trouverait pas une solution. Elle avait déjà fait une fausse couche, il pourrait s'en produire une autre, et je tenais, assez hypocritement, à ce que Nicolas soit avec elle si cela devait survenir.

En novembre, cependant, il s'était querellé avec Blaise et avec son père, avait évité de justesse une grève à Lawcroft, dont son intolérance et son caractère tyrannique étaient seuls responsables, m'avait affirmé Blaise. Nerveux, malheureux, il appréhendait autant que moi les prochaines fêtes de Noël et les réunions familiales qu'elles entraîneraient. Il fallait que nous nous parlions sérieusement, car nous avions déjà deux fois tenté de rompre et nous sentions au bord d'une troisième rupture. Nos réconciliations avaient beau être assez sincères pour nous faire surmonter ces crises et nous permettre d'attendre la suivante, nous avions tous deux conscience d'atteindre le point de non-retour.

C'est pourquoi j'entrepris une fois de plus ce voyage solitaire. La joyeuse excitation des premiers temps avait fait place à une résolution morose : ce voyage-ci était, non, *devait,* être le dernier.

L'après-midi était gris et venteux, la mer couverte d'écume, les rues étroites de la petite ville désertes sur mon passage ; la maison était vide, elle aussi, à l'exception de la gardienne sur le seuil qui m'annonça, comme à l'accoutumée, que les feux étaient allumés et que des *muffins* bien chauds m'attendaient au salon avec le thé. De la présence de M. Barforth lui-même, elle ne me dit rien ; elle n'était payée, après tout, que pour prendre soin de sa maîtresse, non pour informer cette dernière des allées et venues du maître des lieux.

Je me suis débarrassée de mes gants, de mon manteau au capuchon fourré ; j'ai grignoté distraitement un *muffin,* une tranche de pain d'épice insipide ; je me suis versé une autre tasse de thé pour m'occuper et l'ai laissée refroidir sur le plateau.

— Le dîner sera servi dans une heure, si cela convient à Madame, vint-elle me dire peu après.

Cela lui convenait à elle, aussi suis-je docilement montée dans la chambre où mes plus bouleversants souvenirs étaient enfermés. La fille de pêcheur qui faisait office de femme de chambre défit mon léger bagage, en sortit la robe neuve dont je me munissais à chaque visite — cette fois, j'avais pris une soie turquoise assez décolletée pour laisser apparaître la chaîne d'or que Nicolas m'avait offerte et que je ne pouvais porter ailleurs qu'ici sans devoir inventer d'explications sur sa provenance. Je me suis brossé les cheveux, j'ai longuement arrangé ma coiffure, disposé à mes oreilles les pendentifs de perle et de diamant qui me venaient de lui, glissé à mon poignet un lourd bracelet d'or en forme de serpent lové à l'œil de topaze. Je me suis parfumée, j'ai jeté sur mes épaules un châle de cachemire bordé de dentelle et suis enfin descendue dîner. Pendant tout ce temps, le moment était passé où il aurait encore pu me rejoindre.

— Nous avons du crabe, Madame, tout frais pêché de ce matin, m'apprit la gardienne avec indifférence.

Peut-être me signifiait-elle : « Voyez, il vous a plaquée, c'est toujours ainsi que cela se termine. » Elle était depuis assez longtemps au service des Barforth pour avoir vu les femmes se succéder sous ce toit. Peut-être existait-il une raison simple, vingt raisons, pour expliquer l'absence de Nicolas : il y avait eu le feu à Lawcroft, la grève avait éclaté, que sais-je ? Je préférais ne pas penser à Georgiana. Il était trop tard, en tout cas, pour qu'il pût me prévenir. Il faudrait attendre le lendemain.

Je me suis couchée seule, j'ai eu froid toute la nuit, j'ai écouté siffler le vent, espéré entendre Nicolas. J'ai pris seule encore mon petit déjeuner devant une chaude flambée, j'ai mangé avec appétit le poisson fumé et les œufs brouillés que me servait la gardienne, curieuse de déceler en moi tristesse ou gaieté. Ensuite, je suis sortie dans le vent aigre de novembre et j'ai marché aussi loin que j'ai osé, de peur de rencontrer quelqu'un, jusqu'à ce que je me sente aussi grise et maussade que le temps et prête à gémir comme la bise qui soulevait l'écume de la mer.

Cette morosité était un présage. Jusqu'à présent, rien ne l'avait empêché de me rejoindre. Une fois de plus, j'avais laissé mes émotions l'emporter sur ma raison, j'étais venue sans même avoir pris de décision, choisi de ligne de conduite alors que, depuis longtemps, je me croyais capable de reprendre ma vie en main. Une fois de plus, je laissais les autres, les événements extérieurs agir à ma place. Même maintenant alors que j'étais sûre qu'il ne viendrait plus, que je devais immédiatement rentrer chez moi pour en connaître la cause, je ne parvenais pas à prendre sur moi. Une fois encore, j'allais céder à la facilité, rester, l'attendre comme je l'avais fait depuis dix-huit mois, tendre l'oreille au moindre bruit en me répétant : « Une heure encore, je ne risque rien en attendant un peu plus. »

Au moment où je repris le chemin de la maison, cependant, un pressentiment me fit presser le pas et des signes d'activité, à l'entrée, balayèrent ma mélancolie. Il flottait dans le vestibule une odeur de cigare.

— M. Barforth est arrivé ? ai-je crié à la cantonade.

— Oui, Madame, au salon, répondit la voix de la gardienne.

Je m'y suis aussitôt précipitée, et ce n'est qu'au milieu de la pièce que je me suis arrêtée net, frappée de stupeur en m'apercevant qu'il s'agissait de Blaise.

— Moi aussi, je suis M. Barforth, tu ne peux pas le nier... Je t'en prie, Julia, s'il faut que tu t'évanouisses, arrange-toi au moins pour tomber sur le canapé. J'ai fait un voyage épouvantable et je ne me sens guère d'humeur à te soutenir.

— Mais, Blaise... Blaise... Que fais-tu ici ?

— Nous en parlerons dans un instant. Oui, je savais que tu étais là. Je suis venu m'occuper des affaires de mon frère, pas des miennes. Il n'est ni mort ni mourant, il n'est affligé que d'une humeur abominable parce que tout semble s'être ligué pour l'empêcher de venir. Ne reste pas plantée là, Julia, assieds-toi, cela vaut mieux.

Je me suis assise, j'ai repris mes esprits et une apparence de dignité avant de lui demander :

— Est-ce lui qui... qui t'envoie ?

Ses yeux gris se mirent à pétiller et son visage, jusqu'alors impassible, s'éclaira d'un sourire malicieux :

— Nicolas se prend au sérieux, mais pas au point de m'*envoyer* quelque part. Il était tellement fou de rage quand il s'est rendu compte qu'il était incapable de partir que je me suis dit... Bref, ce n'était pas sorcier de deviner qu'il avait un engagement de la plus haute importance et je savais qu'il ne pouvait s'agir que de toi.

— Tu es au courant depuis longtemps ?

— Pour Nicolas et toi ? Oui, bien sûr. Mais ne t'inquiète pas, personne que moi n'a accès à mes sources d'information. Vois-tu, il m'arrive de me servir de cette maison, moi aussi, et il faut bien que je vérifie les dates avec Nicolas. Je t'en présente toutes mes excuses, Julia, ces détails te semblent probablement sordides mais il est difficile d'y échapper. Quoi qu'il en soit, je savais qu'il venait ici retrouver quelqu'un, pas nécessairement la même personne à chaque fois, mais comme j'aime bien savoir ce qui se passe autour de moi... Eh bien, il m'est arrivé de surprendre des regards en deux ou trois occasions — dont une, ajouterais-je, où tu me paraissais fort malheureuse.

— Tu joues aux devinettes, Blaise. Tu ne sais rien avec certitude.

— Voilà pourquoi j'ai pris contact avec cette bonne Mme Collins, la gardienne, à qui j'ai demandé de te décrire. Elle n'aurait pas dû le faire, j'en conviens, puisque Nicolas la paie pour tenir sa langue. Disons simplement que je m'y prends mieux que lui avec les femmes d'un certain âge.

— Nicolas sait-il que tu es ici ?

— Je ne lui ai pas formellement proposé de venir. Il n'a donc pu ni accepter ni refuser, mais sois sûre qu'il est au courant de ma présence.

— Il n'a aucune chance de réussir à se dégager ?

— Aucune, j'en ai peur. Il y a d'abord eu je ne sais quel problème aux peignages et, au beau milieu de tout cela, mon père lui est tombé dessus avec sa discrétion coutumière — tu sais, comme un coup de tonnerre dans un ciel serein — en disant avoir fait le voyage de Bournemouth exprès pour le voir et lui mettre le nez dans une liste de plaintes et d'instructions longue comme mes deux bras. Il compte rester trois jours, et pour que Nick lui échappe il lui faudrait un alibi en or massif. Heureusement pour moi, j'étais à Bournemouth la semaine dernière où j'ai subi ma propre séance de torture, et ma présence à Cullingford n'était pas indispensable. De fait, il vaut sans doute mieux que je me sois éclipsé, je n'aurais fait que me rendre importun.

J'ai gardé le silence un moment à contempler le feu, puis j'ai levé les yeux vers la fenêtre. Le jardin semblait se recroqueviller frileusement à l'approche de l'hiver et j'ai remarqué, je ne sais pourquoi, qu'une pluie fine et tenace, apportée par la marée montante, commençait à tomber.

— Tu es bien bon d'être venu de si loin, Blaise, ai-je dit enfin.

— C'est aussi mon avis. Imagine quand même qu'en le voyant jeter une clef à molette sur l'une de ses propres machines sous les yeux de son père, j'avais de quoi m'alarmer sérieusement. Je me serais également fait du souci, je crois, de te savoir seule ici jusqu'à lundi à tressaillir à tous les bruits de voiture.

— Le déjeuner sera servi dans une demi-heure, Monsieur, vint annoncer la gardienne.

Elle eut un sourire épanoui quand Blaise répondit :

— Il y aura du crabe, au moins ? Je ne viens que pour cela, vous le savez.

Et c'est ainsi que, pour la seconde fois en moins de vingt-quatre heures, je me suis attablée pour manger du crabe et boire un excellent vin blanc frappé à la perfection ; en digne fille de Morgan Aycliffe, je souriais et faisais des grâces tandis que Blaise parlait de choses et d'autres, plutôt de rien du tout, pour combler le vide qui nous séparait encore jusqu'à ce qu'il lui plût de m'avouer au moins une partie de la vérité. Je ne pouvais, en effet, croire qu'il avait fait ce trajet incommode dans le seul but de me transmettre un message de la part de Nicolas, et il le savait certainement ; je connaissais trop, par ailleurs, les détours subtils de son caractère pour prévoir que sa véritable mission était assez complexe, assez menaçante peut-être, pour que je me tienne sur mes gardes.

Nous avons pris le café et le cognac au salon, poursuivi nos aimables bavardages et les potins sur nos amis et relations ; puis, quand ces sujets furent définitivement épuisés et qu'un coup d'œil à la pendule me confirma qu'il était trop tard pour que je m'en aille, même si je le voulais, il aborda le fond du problème :

— Pardonne-moi, Julia, je ne veux surtout pas avoir l'air d'être indiscret, mais enfin, puisque nous sommes ici et que nous pensons, je crois, plus ou moins à la même chose, dis-moi... Entre Nicolas et toi, cela fait bientôt un an, n'est-ce pas ?

— Un an et demi, ou presque.

Loin de me sentir gênée, j'étais comme soulagée de savoir Blaise au courant. Certes, je ne lui faisais pas une confiance aveugle en tout, mais il était intelligent, au fait du monde, doué d'une perception des êtres et des choses dégagée des préjugés et des conventions : ses idées, ses suggestions seraient sûrement plus habiles et mieux fondées que celles de ma sœur, sinon dans les affaires du cœur, au moins dans celles du bon sens.

— Cela me paraît bien long, répondit-il en chauffant son verre au creux de sa main. Trois mois, c'est merveilleux. Mais dix-huit mois, c'est de l'acharnement ! Ou bien cela devient une habitude, ou bien il faut s'aimer à la folie. Compte tenu de l'humeur de Nicolas hier matin et te connaissant comme je te connais, il doit donc s'agir d'amour.

— Naturellement. Grand dieu, Blaise, que crois-tu donc ? Me serais-je mise dans une situation comme celle-ci si je ne l'aimais pas ? Je me conduis peut-être en femme légère, mais je te prie de croire que je ne le suis pas le moins du monde.

Il leva son verre en souriant :

— Je le sais, ma chère Julia. C'est même une des raisons pour lesquelles je suis venu.

— Et quelles sont les autres ?

— Dans un instant. Explique-moi les tiennes d'abord. Par exemple, qu'espères-tu tirer de tout cela ?

— Rien, tu le sais fort bien.

— Dans ces conditions — cela ne me regarde pas, et je te prie d'excuser ma question — ne serait-il pas grand temps de rompre ?

— Naturellement. Il est plus que temps.

— Tu comptes le faire, par conséquent ?

— Oui, bien sûr. Nous avons même rompu deux fois déjà, et j'étais venue dans l'intention de mettre définitivement fin à notre liaison. Je n'y serais sans doute pas arrivée, j'aurais ouvert la bouche pour lui parler et il en serait sorti autre chose, comme cela s'est déjà produit...

— Quand bien même tu sais que c'est pour son bien ?

— Le sais-je vraiment ? Ce n'est pas son avis, en tout cas.

— Je n'en suis pas étonné. Il veut te garder et ne voit pas plus loin. Tu lui suffis — tu aurais sans doute suffi à mon père, au temps de sa jeunesse. Tu sais également que l'honneur interdit à un homme de prendre l'initiative de la rupture, même dans des conditions telles que celles-ci. J'avoue bien volontiers ne pas m'en soucier outre mesure, mais Nicolas est plus attaché à l'honneur qu'il n'en veut bien laisser paraître. C'est donc à toi d'y mettre fin, Julia.

— Je sais, Blaise. Je connais toutes les raisons, toutes. Il se trouve seulement qu'une fois au pied du mur je n'en trouve aucune d'assez puissante.

— Je vois... Il nous faut donc en découvrir une autre, une que tu ne seras pas capable d'ignorer ou de sous-estimer.

Il se leva pour se verser du café, du cognac, tisonner le feu, aussi soucieux de ses aises et de son confort qu'un chat. Dans ce jeu cruel où j'étais entraînée, je me demandais s'il pouvait, s'il était réellement disposé à m'aider, tant il me paraissait plus occupé du jeu lui-même et de la maîtrise des règles que de l'issue de la partie.

— Cette raison, Blaise, peux-tu me l'indiquer ?

— Je puis au moins m'y efforcer. Je puis te décrire ce que je vois de mon poste d'observation à l'extérieur, ce qui est souvent le meilleur endroit pour mieux voir et comprendre. Je connais bien mon frère, Julia, et il n'est pas doué pour l'adultère. Sans en avoir la conscience troublée, cela l'agace. L'adultère, pour valoir la peine, doit être une chose plaisante, et il existe des hommes qui prennent plus de plaisir aux périls des rendez-vous clandestins qu'à la femme qu'ils y retrouvent. Il y en a d'autres pour apprécier davantage le côté temporaire, irresponsable de ce genre d'aventures — tu en as un exemple non loin de toi. Nicolas n'appartient à aucun de ces types. Moi, par exemple, je trouverais peut-être amusant de me glisser la nuit par la porte de ta cuisine, mais Nicolas ne l'apprécie pas du tout. C'est pourquoi, Julia, si tu n'y mets pas un point final, le jour viendra où Nicolas enverra les conventions au diable et n'entrera plus chez toi que par la grande porte. Dans ce cas, je crains que vous ne soyez pas les seuls à en souffrir.

Je n'avais rien à répondre à cet argument. Aussi, m'ayant laissé y réfléchir un instant, il reprit :

— Nicolas aurait dû t'épouser, nous sommes tous d'accord là-dessus. Il ne l'a cependant pas fait. Il s'est marié avec cette étrange créature dont les caprices ne l'enchantent plus — ou fort rarement, car on ne peut douter qu'il soit le père de ce nouvel enfant. Elle est difficile à vivre, je te l'accorde, parfois même insupportable. Mais elle a un immense besoin d'attention, d'affection — tu le comprends certainement — et ne supporte pas d'en être privée. Nicolas éprouve pour toi plus que du désir, Julia, j'en suis parfaitement conscient. Rien cependant ne pourra me convaincre qu'il ne puisse trouver une certaine forme de bonheur avec Georgiana s'il s'en donnait la peine — ou si rien ne l'en dissuadait. Oui, je sais, tu vas me dire qu'il ne l'aime pas, qu'elle ne l'aime pas et tu auras sans doute raison. Mais ne suffirait-il pas que Nicolas fasse comme s'il l'aimait pour que Georgiana réagisse et le lui rende au centuple ? Par moments, elle est pitoyable comme un chien perdu et pour les mêmes raisons. S'il lui tendait une fois la main, elle viendrait avec joie la lui lécher. Il ne faudrait pas longtemps pour la revoir pleine de joie de vivre, et rien que cela encouragerait Nicolas à persévérer car il n'est rien de plus communicatif que le bonheur. Heureuse, Georgiana est parfaitement digne d'inspirer l'amour — et Nicolas trouverait peut-être alors en lui le courage de lui pardonner ses « offenses », comme il en était question à Noël dernier.

Depuis un moment déjà, j'avais du mal à avaler ma salive. Une sorte de froid me cinglait les épaules et me faisait frissonner.

— C'est vraiment de Georgiana que tu prends le parti, n'est-ce pas, Blaise ?

— En effet, et je me suis d'ailleurs rendu compte que tu en as douté. Elle m'a raconté, il y a longtemps de cela, que tu l'avais mise en garde contre le fait de m'emprunter de l'argent. C'était bien inutile, tu sais. En aucun cas, je ne l'aurais mise en difficulté ni n'aurais exigé le remboursement de ses dettes. Pour une fois dans ma vie, mes intentions étaient pures. Je croyais pouvoir ainsi l'aider sinon à vivre en paix avec Nicolas, car elle n'est pas d'un naturel plus paisible que lui, du moins dans une certaine harmonie qui leur aurait finalement rendu service à tous les deux. Je regrette d'avoir à te le dire, Julia, mais il y a eu bien des moments, y compris au cours de ces derniers mois, où ils auraient pu se réconcilier. Ils en ont même été à deux doigts. A Noël dernier, encore, elle lui offrait — maladroitement, j'en conviens, mais sincèrement — une réconciliation publique. Es-tu sûre que Nicolas ne l'aurait pas acceptée, sans toi à deux pas de là ? Pour ma part, je me refuse à être catégorique. Voilà, longuement exprimée, la raison impérieuse que je te propose. Te suffit-elle ?

Je me suis levée et j'ai arpenté la pièce d'un pas nerveux, soudain pleine d'amertume et de l'envie de le blesser — parce qu'il avait absolument raison : j'ignorais, cependant, comment m'attaquer à un adversaire aussi insaisissable et sûr de lui.

— Elle me suffirait peut-être, Blaise, si tu n'avais pas commis une grave erreur. Une femme peut accepter de se sacrifier pour le bonheur de l'homme qu'elle aime, jamais pour celui d'une autre femme. Tu m'as convaincue que Georgiana a besoin de Nicolas, soit. Peux-tu, avec autant de persuasion, me convaincre qu'il a besoin d'elle ?

— Oh ! alors là !... répondit-il en s'accoudant négligemment à la cheminée. Nicolas peut trouver bien d'autres satisfactions dans la vie. Le fond de son caractère, tu le sais, c'est l'ambition. Il va passer son temps à se bâtir un nouvel empire Barforth et cela suffira vraisemblablement à son bonheur. Il a envie de toi, sans aucun doute, mais comme de bien d'autres choses. Il dispose d'options aussi nombreuses que variées, tandis que Georgiana n'en a aucune, à part celle d'être sa femme.

— A tes yeux, Blaise, elle n'a donc aucun tort ?

— Bien sûr que si, ma chérie ! Tout Cullingford la juge fort sévèrement. Et s'il m'arrive de trouver certains de ses défauts tout à fait charmants, j'admets bien volontiers qu'elle peut, trop souvent, se montrer contrariante jusqu'à la perversité, nourrir des idées parfaitement fausses et son manque de jugement — particulièrement en ce qui concerne sa famille — lui causera les plus graves ennuis. Mais si tu l'avais vue hier matin, absolument terrorisée par la colère de Nick qui ne lui était pourtant pas destinée, l'air si fragile, si vulnérable, totalement sans défense...

A son insu, peut-être, il venait de me donner la plus puissante des raisons.

Après cela, nous avons fait quelques pas dans le jardin, puis nous avons pris le thé avec des *muffins* et de la confiture d'abricots dont Blaise prétendait qu'elle était la spécialité de Mme Collins, mais à laquelle je n'avais jamais trouvé un goût bien extraordinaire. Je me suis calmement habillée pour le dîner, j'ai remis ma robe turquoise, mes colliers, mon parfum ; j'ai éprouvé une franche gaieté à la vue de la table parsemée de fleurs, ornée de bougies odorantes ; j'ai été surprise par l'apparition de sauces dont la gardienne ne nous avait jamais régalés quand je venais avec Nicolas, et j'eus un réel déplaisir en retrouvant du crabe dans mon assiette.

— J'avoue, mon cher Blaise, que tu dois avoir un grand succès avec les femmes d'un certain âge et les cuisinières en particulier. Jamais Mme Collins ne m'avait habituée à de telles prouesses culinaires.

— Elle m'aime bien, c'est vrai. J'aurais cependant mieux fait de ne pas tant la complimenter sur son crabe, nous risquons fort de le voir reparaître demain matin au petit déjeuner et je n'aurais pas le cœur de lui en faire le reproche. Le champagne, en revanche, est frappé à point. Reprenons-en donc.

J'aurais aisément pu me laisser ensorceler — comme je l'affectais — par le charme facile de sa conversation et les attentions qu'il me prodiguait, car il faisait preuve d'une qualité rarement trouvée chez les hommes, celle de savoir qu'une femme au cœur brisé n'en conserve pas moins sa vanité et prend un plaisir extrême à parler d'elle-même.

Le salon était plongé dans une pénombre chaude où se répondaient en dansant les flammes de la cheminée et celles d'un candélabre posé sur une table basse. Contrairement à toutes les règles de la bienséance, j'ai accepté un verre de cognac que Blaise réchauffa dans ses mains avant de me le tendre.

— Sais-tu, Julia, me dit-il, que tu es incroyablement belle ?

— Non, Blaise, je ne le sais pas. Je prends soin de mon apparence, rien de plus.

— Voilà précisément ce que j'admire chez toi. Tu as su t'accepter telle que tu étais et en tirer le meilleur parti...

Sur le ton du badinage, il me fit longuement des compliments sans doute sincères mais que je me refusais à prendre au sérieux. Dans la chaude lumière des bougies et de la cheminée, dans la gaieté provoquée par le vin, nous bavardions en nous lançant des sophismes habiles, complices comme deux esprits finement accordés. Aussi, lorsqu'il vint se poser près de moi sur le canapé — tenu à distance respectueuse par l'ampleur de ma jupe — je ne ressentis nulle alarme. Il m'avait déjà embrassée, il recommencerait sans doute. De même que la dernière fois, il ne s'agirait que d'un déploiement de virtuosité où je saurais lui donner la réplique.

Ses yeux gris me caressèrent, s'attardèrent de ma coiffure élaborée à mon décolleté, y revinrent sans vergogne tandis qu'un sourire lui soulevait le coin des lèvres.

— Oui, tu possèdes l'art de te connaître toi-même, de faire montre de tes atouts sans fausse pudeur. En ce moment, tu sais que je te déshabille du regard et tu me laisses faire. Tu le savais d'ailleurs à l'avance et tu n'aurais pas si complaisamment découvert tes épaules si tu n'estimais pas qu'elles le méritaient. J'aime ton attitude, Julia, et je l'apprécie à sa juste valeur, qui est grande. Je regrette simplement que tu ignores encore un aspect de ta personnalité qui, pourtant, me saute aux yeux. Que ferais-tu si je portais la main sur toi ?

— Je n'appellerais sûrement pas Mme Collins à mon secours, elle n'en aurait de toute façon pas la moindre envie. Mais quel est donc ce côté de ma nature dont, selon toi, j'ignore tout ?

Une lueur amusée anima son regard :

— Je n'y suis pas encore. Dis-moi d'abord comment tu te vois, comment tu te juges toi-même, Julia.

— Je ne me vois ni ne me juge, Blaise. Je suis bien incapable d'un tel effort. Je flotte, je me laisse pousser au gré des vents, au gré des eaux comme le cygne auquel on m'a comparée. Quand le soleil brille, je lisse mes plumes et je me mets à l'abri quand la tempête se lève. Voilà tout.

— Tu serais donc étonnée si je t'apprenais que, à mes yeux du moins, tu pourrais être extrêmement sensuelle — ce qui ferait de toi un cas unique à Cullingford.

— Que veux-tu dire par là, Blaise ? Je ne comprends même pas de quoi tu parles. Me traiterais-tu de dévergondée ?

— Bien au contraire. J'en ai connu beaucoup, elles sont très différentes. Une véritable femme légère se donne pour cent raisons, jamais ou presque pour le seul plaisir de donner ou d'accepter.

Toi, Julia, tu possèdes cette faculté de donner et de prendre pour rien, de manière désintéressée. C'est si rare, chez une femme, que je ne l'ai pour ainsi dire jamais rencontré. Mais ce n'est pas tout — et je te le dis avec un sourire de regret : tu n'es pas simplement une femme, tu es une *dame*. Chez celles de ton espèce, on confond généralement sensualité et sentiments. Pour te donner et te livrer sans arrière-pensée à ta sensualité, il faut que tu aimes passionnément ou, du moins, que tu le croies. Cela ne te rapporte rien, Julia, strictement rien. Tu en arrives ainsi à refuser d'admettre l'existence, dans ta nature, de ce qui pourrait t'apporter les plus grandes satisfactions.

— Blaise, je t'en prie !...

— Mais si, Julia. Tu aimes Nicolas, donc tu te donnes à lui. Tu perds Nicolas, donc tu dois mettre fin à ta vraie vie de femme. Personne, crois-tu, ne sera jamais capable après lui d'exciter ta passion ni de te donner du plaisir, parce que tu n'aimeras plus jamais personne d'autre comme lui. Les cygnes, paraît-il, se laissent dépérir de tristesse sur le rivage s'ils viennent à perdre leur compagnon. Je serais sincèrement navré qu'il t'arrive la même chose, Julia.

Pour la première fois, je me suis sentie mal à l'aise en sa compagnie et je me suis redressée avec raideur.

— La tournure que prend cette conversation me déplaît, Blaise. Je préfère ne pas la poursuivre.

— Tu as raison, elle est parfaitement inconvenante. Mais le fait que nous soyons seuls à cette heure et en cet endroit n'est pas plus convenable. Allons, Julia, calme-toi. Tu sais fort bien que je ne suis pas venu ici dans l'intention de te séduire — non que cela ne m'enchante, je tiens à le dire. Je préférerais, cependant, t'enlever, t'entraîner vers le Midi, vers quelque jardin secret, en Italie par exemple, où tu pourrais vraiment dénuder ces sublimes épaules sous le soleil pour les offrir à mon admiration. Après nous resterions bons amis...

— Blaise !...

— Si, Julia, meilleurs que jamais. Malheureusement, je doute de pouvoir t'émouvoir à ce point car je ne suis pas Nicolas. Et quand bien même j'y parviendrais, tu résisterais de toutes tes forces parce que tu serais horrifiée de t'apercevoir que, tout compte fait, tu ne l'aimais peut-être pas aussi intensément que tu te l'imaginais.

— Blaise, je vais me fâcher !...

— Tu ferais bien mieux de venir au lit avec moi. Tiens, voilà probablement la meilleure de toutes les raisons ! Après cela, tu ne pourrais même plus regarder Nicolas en face. Je me trompe ?

C'était si vrai, si humiliant aussi que je me suis laissée aller contre le dossier en riant, mais d'un rire mouillé de larmes. J'étais plus encore étonnée, presque choquée, de m'être si facilement adaptée à cette atmosphère trouble, d'avoir si bien compris ses sophismes, de m'être laissé dominer, en fait, par cette « partie de ma nature » dont Blaise avait reconnu l'existence. Qu'était donc devenu cet autre aspect de moi-même, celui qui aurait dû me faire tomber en pâmoison, demander des sels et exiger d'être raccompagnée chez moi sur-le-champ ?

— Si j'acceptais, Blaise, tu serais le premier à le regretter. Je serais bien trop scandalisée de mon propre comportement pour être une compagne agréable.

— Je m'en doute et c'est grand dommage.

Alors, il se pencha vers moi et m'effleura la tempe du même geste qu'il avait eu pour redresser une mèche folle de Georgiana.

— Oui, reprit-il, je le regrette sincèrement, Julia. Tu te croirais obligée de te haïr ensuite, et moi du même coup. Aussi ne te taquinerai-je pas plus longtemps, ma chérie. Tu me considères frivole, je le sais, mais crois-tu que les grandes passions flambent éternellement avec la même ardeur ? Il faut les entretenir, les alimenter — t'en sens-tu capable ? Je te parlais de prendre un autre amant. Alors, si l'on guérit d'une grande passion, était-elle si admirable ? On se pose des questions : peut-être aurait-on pu, aurait-on dû y résister ? Ou bien ne serait-ce pas plus commode de prétendre ne jamais en guérir ? Crois-moi, je comprends bien mieux que tu ne le crois pourquoi une femme se sent forcée de s'accrocher à ses illusions... Et maintenant, je te sens prête à me détester cordialement et tes épaules commencent à m'obséder de manière un peu trop indiscrète. Nous ferions donc mieux d'aller nous coucher.

Je me suis levée, calme en apparence, mais avec l'impression de me déplacer dans l'eau, pesamment, en luttant contre des courants charriant un enchevêtrement d'algues et d'herbes qui représentaient l'écheveau de mes sentiments emmêlés et d'émotions contradictoires où j'aurais le plus grand mal à remettre un peu d'ordre. Blaise m'attendait à la porte. Il me tendit un bougeoir et s'inclina légèrement, avec un sourire dépourvu de malice et d'ironie.

— Tu vois, ma très chère Julia, ta journée n'a pas été aussi abominable que tu le craignais, tout compte fait. Tu aurais même pu, au prix d'un très léger effort, profiter agréablement de ma compagnie. Que cela t'encourage, car je ne suis pas plus unique et irremplaçable que ne l'est Nicolas. Je vais même t'avouer quelque chose que je ne dirais à personne : il y a sur terre des milliers d'hommes tout comme moi — et comme lui. Bonne nuit, Julia.

22

Je suis repartie pour Cullingford le lendemain matin, craignant que mon retour hâtif provoque des questions. Au lieu de regards accusateurs, je ne trouvai cependant chez moi qu'un billet de Nicolas m'expliquant qu'il avait été dépêché à Londres par son père pour une affaire urgente et qu'il serait sans doute absent une huitaine de jours. Je me suis assise, la lettre entre les mains ; je l'ai longuement relue, caressée car c'était la première qu'il m'eût jamais adressée ; puis je suis allée la jeter dans le feu, non pour des raisons de sécurité mais, plutôt, pour mettre mon courage à l'épreuve.

Je disposais donc d'une semaine pour me permettre le luxe de rester sa maîtresse — par la pensée, du moins. Une semaine avant qu'il ne se tienne ici, devant moi, et que je lui signifie notre séparation définitive. Cette fois, je ne pourrais pas prétendre : « Je t'aime et c'est pour ton bien », je le lui avais déjà dit et nous n'y avions pas cru, ni l'un ni l'autre. Je devrais au contraire lui dire : « Séparons-nous pour *mon* bien. Je suis lasse de notre liaison, je ne veux plus continuer. » Je n'y croyais peut-être pas davantage, mais il faudrait faire l'effort de l'en convaincre, lui.

Il n'était plus temps de tergiverser. Je ne souhaitais plus qu'accomplir cet acte irrévocable, me libérer l'esprit pour le fortifier contre la torture qui allait suivre. C'en était fini de flotter au gré des courants ; et si je me retrouvais en perdition dans quelque désert spirituel, j'avais le devoir de me soustraire, moi et ma douleur, à sa vue et à ses remords, pour qu'il puisse, lui au moins, reprendre le cours de sa vie. J'étais prête à partir pour l'étranger, en emmenant peut-être Prudence, sans me soucier des objections et du qu'en-dira-t-on. Car si j'avais la force de m'arracher, de mon plein gré, à l'homme que j'aimais et dont le tempérament autoritaire et possessif refuserait de me comprendre et de me pardonner, une douzaine de Daniel Adair ne pèseraient pas lourd devant moi.

Comme toujours, cependant, j'avais déjà trop attendu et quand, le surlendemain de mon retour, je vis tante Hannah passer ma porte, je savais de quoi il s'agissait avant même qu'elle ne dénouât les brides de son chapeau.

— Inutile de m'offrir du thé, ma fille. Ce que j'ai à te dire s'accommode mal de petits fours et de ronds-de-jambe. Cela te coupera d'ailleurs probablement l'appétit. Pour ma part, je t'avoue n'en avoir aucun.

— Mais enfin, ma tante, que veut dire tout ceci ?

— Cela te va bien de jouer l'étonnée.

Elle s'était assise raide, comme si elle avait glissé un bâton dans son corset, et son expression me déconcertait. Car sous la vertueuse indignation à laquelle elle m'avait accoutumée, je distinguais autre chose, une sorte de satisfaction, de suffisance malveillante, comme si elle triomphait d'avoir deviné juste et d'obtenir un succès inespéré.

— S'agit-il de ma mère ? ai-je demandé innocemment.

Elle arrangea ses jupes et me décocha le sourire froid réservé aux séances de comités rebelles à ses volontés, le même dont elle usait avant d'assener le coup de grâce à ses victimes.

— Non, ma petite. Ta mère se porte aussi bien qu'on puisse s'y attendre de sa part. Elle est amoureuse, vois-tu, ce qui me fait l'effet d'être contagieux. Tu es sa fille, tu devrais donc comprendre ce dont je parle. Je t'ai d'ailleurs vue si épanouie à certains moments et si profondément abattue à d'autres, sans raison apparente, qu'amoureuse il se pourrait fort bien que tu le sois toi-même. Me serais-je trompée, par hasard ?

Confrontée sans plus d'erreur possible avec le désastre, je n'en fus ni choquée, ni désespérée. Avec la résignation des agonisants, j'ai accepté mon sort et répondu calmement :

— Que voulez-vous de moi, tante Hannah ?

— Rien, ma petite, rien. Je ne sais d'ailleurs pas si j'ai tellement envie de continuer à te fréquenter. Tu as toujours eu une tête de linotte, Julia. Ton caractère a trop hérité de celui de ta mère et pas assez de celui de ton père, malheureusement, et je me demande pourquoi je m'étonne de te trouver plongée dans une situation aussi épouvantable. Tu sais peut-être que ta mère a tout fait, elle aussi, pour se perdre dans une liaison criminelle de ce genre. Dieu merci, j'ai pu intervenir. Je vais m'efforcer, encore une fois, de prévenir de la même manière ta propre disgrâce. Et maintenant, je t'écoute.

Naturellement, je n'avais rien à dire. Alors, sans perdre son sourire tant mon silence lui semblait aller de soi, tant mon attitude lui paraissait dénoter l'accablement coupable auquel elle s'était attendue, elle reprit la parole mais dans une direction et sur un ton totalement inattendus :

— Reconnais au moins, ma petite, la justesse de mon jugement. Il y a quelque temps, je t'ai dit que tu étais incapable de vivre seule. Les faits m'ont donné raison. C'est pourquoi, ta propre mère étant dépourvue de l'autorité nécessaire pour te faire regagner le foyer familial et trop occupée, par ailleurs, de ses propres affaires, je me suis estimée en droit de suppléer à sa carence. Mes occupations sont nombreuses et absorbantes, aussi n'ai-je pas déployé toute la vigilance que mon devoir m'imposait. Mais il ne fallait pas être grand clerc pour comprendre. A Noël dernier, ta cousine Caroline s'étonnait de te voir mener une vie d'ermite et t'a demandé s'il n'y avait pas quelque admirateur secret pour t'occuper autant. Tu as nié, elle t'a cru. Pas moi. Toutes mes observations ont confirmé mes soupçons — c'était même trop facile ! Quand je venais à l'improviste, sous prétexte de te parler de ta mère, j'entendais ton cœur battre, je voyais tes oreilles se dresser, se tendre vers la porte de la cuisine où risquait de se présenter le visiteur tant attendu et qu'il faudrait congédier discrètement. Et ces voyages que tu faisais à York, à cette « amie » qui ne te rendait jamais tes visites. Grand dieu, ma pauvre petite, nous prenais-tu pour des imbéciles ? Ta mère elle-même ne s'y serait pas laissé prendre, si elle avait daigné s'en inquiéter, et je suis certaine que son mari se doute déjà de quelque chose. Et maintenant, dis-moi : quel temps faisait-il à Scarborough, de vendredi jusqu'à dimanche dernier ?

— Froid, ai-je répondu, et plutôt venteux.

— Je suis heureuse de voir que tu n'éprouves pas le besoin de pleurnicher ni d'implorer mon pardon. Car je ne te pardonnerai pas. Je ne me donnerai pas non plus la peine de te dire combien ta conduite me révolte, car tu ne regrettes sans doute que d'avoir été prise sur le fait. Je préfère consacrer mes efforts à tenter de remédier à cette situation, comme je l'avais fait pour ta mère. Non pas, je te le précise, par affection ni par considération pour toi, mais uniquement parce que le scandale risque de nous éclabousser tous. Mets-toi bien dans la tête, Julia, que tu n'es pas n'importe qui. Tu appartiens à une famille respectée, tu es la nièce de Sir Joel Barforth et de monsieur le maire Agbrigg, qui jouissent tous deux, et à juste titre, de la considération générale. Tu es la fille de Morgan Aycliffe, dont le plus beau monument de cette ville porte le nom. Tu es la veuve du Dr Ashburn, dont la mémoire est vénérée de tous. Tu es aussi la belle-sœur de Me Jonas Agbrigg, qui s'apprête à siéger au conseil municipal et dont la réputation d'homme de loi ne peut souffrir la moindre tache. Jonas sera profondément choqué quand je lui apprendrai ton inconduite. Il avait infiniment apprécié l'assistance que tu accordais à Celia et espérait y faire encore appel, ce dont il n'est bien entendu plus question désormais. Aussi, ma fille, je refuse catégoriquement que ta légèreté et ton inconscience portent préjudice, si peu que ce soit, à ces hommes de valeur. Je ne prendrai donc de repos que le jour où tu auras réparé ta faute en te mariant.

J'eus des visions des cousins d'Irlande, de M. Oldroyd, du premier venu susceptible d'accepter — moyennant finances — une épouse « souillée ». Un cri de protestation m'est monté à la gorge, que tante Hannah stoppa net d'un geste capable d'imposer le silence à une réunion publique du conseil municipal.

— Oui, Julia, le mariage. Il n'y a pas d'autre solution. Mes sources d'information sont discrètes et sûres, mais je ne suis pas la seule à pouvoir mener ce genre d'enquête. Nous n'avons donc pas de temps à perdre. Je n'ai attendu si longtemps que pour m'assurer de l'identité de ton... complice. Certes, j'aurais pu te le faire avouer de force, mais je savais que ce n'était pas indispensable. Quand tu te seras calmée, ma petite, tu me remercieras du service que je te rends, car j'ai déjà beaucoup fait pour résoudre le problème. Je viens tout juste de passer une heure particulièrement pénible avec mon voyou de neveu — pénible pour lui, je tiens à te le préciser — et il faudra bien qu'il répare, que cela lui plaise ou non.

A la vue de mon désarroi — Nicolas était à Londres et je ne pouvais, de toute façon, compter sur lui pour rétablir la vérité —, elle me fit un sourire empreint, cette fois, d'une satisfaction plus éclatante que je n'en avais jamais vu. Elle déployait sa supériorité et son habileté avec autant d'humilité, je crois, qu'un chat pourrait le faire devant une souris.

— Il y a de quoi t'étonner, Julia. Je ne m'attendais pas, moi non plus, à ce que ce vaurien finisse par tout m'avouer. Il ne pouvait pourtant pas nier être parti pour Scarborough vendredi soir pour n'en revenir que dimanche. Il ne pouvait pas non plus prétendre que tu n'y étais pas en même temps, j'avais recueilli des témoignages formels — une de tes anciennes domestiques, figure-toi, qui est en quelque sorte mon obligée — et les gardiens n'auraient pas hésité à le confirmer si leur véritable employeur, mon frère Joel, les avait interrogés. Tu vois, je n'ai pas perdu mon temps, tu peux même m'en remercier avec reconnaissance, ma petite. Elles ont été nombreuses, avant toi, celles qui se sont efforcées par tous les moyens de prendre Blaise au piège. Dans le cas présent, il n'avait oublié qu'une chose, c'est de compter avec moi ! Me diras-tu, quand même, ce qui t'est passé par la tête ? Je n'irai certes pas jusqu'à approuver l'immoralité de ta conduite, mais tant que cela reste entre nous trois, nous y donnerons une solution rapide, discrète et, n'ayons pas peur des mots, extrêmement profitable. Malgré tous ses défauts, Blaise est un Barforth. J'ai toujours eu pour principe de garder la fortune dans la famille et j'avoue avoir longtemps redouté qu'il épouse une aventurière, ou même qu'il nous impose quelque étrangère ramassée au cours de l'un de ses voyages. Enfin, tout s'arrange pour le mieux. N'oublie pas non plus qu'un jour il deviendra Sir Blaise puisque l'aîné hérite du titre. Joel et Virginie n'en seront probablement guère enchantés, il aurait pu faire beaucoup mieux — je ne dis pas que tu sois un mauvais parti mais quand même... Devant la menace du scandale, on ne peut rien faire d'autre, n'est-ce pas ? A qui la faute, après tout ? Personne ne vous y forçait, que je sache.

Je n'avais encore jamais perdu conscience, je n'étais pas sur le point de m'évanouir : j'étais simplement, mais totalement, incapable de proférer un son. Habituée à réduire ses interlocuteurs au mutisme, tante Hannah n'en éprouva pas de surprise. Elle s'attarda plus d'un quart d'heure à me faire des recommandations innombrables et inutiles et quand, par un réflexe de politesse, j'ai voulu me lever pour la raccompagner, elle me conseilla de rester assise et même d'aller me coucher et de rester au lit tant je devais avoir l'air malade.

— J'ai prévenu Blaise qu'il avait à me donner sa réponse demain matin au plus tard, me dit-elle en remettant ses gants. Virginie sera sans doute de retour elle aussi, puisque mon frère doit, paraît-il, rester quelques jours de plus à Cullingford et qu'il semble incapable de vivre sans elle. Si Blaise refuse de plier, je devrai mettre ses parents au courant et Joel saura trouver le moyen de lui faire accomplir son devoir. S'il vient te voir aujourd'hui, tu ne le recevras sous aucun prétexte, car il cherche déjà sans doute une échappatoire et pourrait te persuader de commettre quelque nouvelle folie, tant tu te laisses impressionner facilement. A demain, Julia.

Malgré cet avertissement, j'avais si hâte de voir Blaise que j'aurais sans doute expédié un message à Tarn Edge s'il n'avait lui-même fait son apparition une demi-heure plus tard, ayant sans doute jugé avec raison que tante Hannah, débordante d'activité, ne se remontrerait pas aussi vite.

— Eh bien, me voilà pris ! s'écria-t-il en jetant sa canne et son chapeau sur une chaise d'un geste nonchalant. Voilà précisément ce que j'essayais d'éviter depuis des années, et maintenant...

En voyant mon expression, il traversa la pièce d'un pas vif et m'aurait prise dans ses bras si je ne m'étais reculée.

— Julia, pour l'amour du Ciel, tu n'en mourras quand même pas, voyons !

— Peux-tu l'empêcher, par n'importe quel moyen, d'en parler à ton père ?

— Non, vois-tu, tout simplement parce qu'elle a décidé que je t'épouserais. Cela fait longtemps qu'elle s'inquiète à mon sujet et redoute que je n'aille dilapider ma part d'héritage ou la léguer à quelque gourgandine. Comme Prudence, elle s'imagine peut-être que je me trouverais un fruit vert de quinze ans quand je serai nonagénaire et alors adieu la fortune Barforth, ma part du moins, en ce qui concerne son cher Jonas. Elle a beau réprouver ce que nous sommes censés avoir fait, Julia, c'est pour elle une véritable manne céleste. Je pourrais même faire de toi une veuve encore plus riche que tu ne l'es ; et qui, tout compte fait, récolterait tout le trésor ? Jonas, bien entendu.

— Il n'y a donc aucun espoir ?

— Aucun. Elle parlera à mon père, n'en doute pas. Dans ces conditions, tu n'imagines pas Nicolas sans réaction. Mme Collins ne pourra pas, elle non plus, garder le silence. De la manière dont les choses se présentent, ce sera le plus beau scandale que Cullingford ait jamais connu

— Eh bien, dans ce cas, il ne me reste qu'à mourir. Je ne fais pas de mélodrame, Blaise. Je ne vois simplement aucune autre solution, voilà tout.

Il me prit par la main en souriant et me fit asseoir près de lui, sur le canapé.

— Je m'attendais à ce que tu dises ce genre de bêtises. Au fait, quelle arme comptes-tu choisir ? Tu n'as pas le gaz chez toi, l'effet du poison est difficile à prévoir. Bien sûr, tu pourrais sauter d'une fenêtre, mais ce n'est guère plus sûr, nous n'avons pas de grands immeubles à Cullingford. Si tu voulais te précipiter sous les roues d'une voiture, réfléchis ; tu pourrais entraîner dans la mort le cocher ou même un enfant passant sur le trottoir.

— Tu oublies le train.

Il sursauta si violemment que je pris peur.

— Es-tu folle ? s'écria-t-il. Je t'ordonne de ne plus y penser, Julia ! Ta mort n'arrangerait rien, sauf pour toi peut-être. Mais pense aux autres, grand dieu ! Tante Hannah a des défauts, mais elle est honnête. Elle se croirait, à juste titre d'ailleurs, responsable de ton suicide. Cela ne l'empêcherait pourtant pas de m'accuser d'avoir eu des torts envers toi et de refuser de les réparer. Là-dessus, Nicolas me rouera de coups et traînera ensuite une existence misérable en se disant qu'il t'a tuée. Veux-tu déclencher ces catastrophes en chaîne ? Non, vois-tu, tu ferais encore bien mieux de m'épouser.

— Mais je ne peux pas rester ici, Blaise ! Il faut que je m'en aille, le plus loin et le plus vite possible. Ce soir même ! Ta mère revient demain matin, comment oserais-je la regarder en face ? Aide-moi, Blaise ! Le peux-tu ?

— Oui, je peux toujours t'accompagner à la gare et t'acheter un billet pour Londres. Et après ? Comment vais-je expliquer ta disparition à tante Hannah, à ta mère ? Toute l'histoire ressortira quand même et Nicolas, en l'apprenant, se lancera à ta poursuite. Il n'acceptera jamais de te laisser supporter seule cette épreuve. Moi-même, je l'avoue, répugnerais à exiger d'une femme un tel sacrifice.

J'étais dans un état second et je me vis serrer les poings et m'en marteler les cuisses. J'avais perdu le contrôle de mon corps qui se balançait d'avant en arrière, j'entendais des gémissements, les miens, une voix répéter : « Dieu tout-puissant, que vais-je devenir ? Que faire, mon dieu, que faire ? » Blaise m'avait pris les mains, me desserrait mes doigts crispés et les tenait fermement.

— Te rends-tu compte, Julia, dit-il en souriant, du coup que tu viens de me porter ? Je te demande en mariage, ce dont aucune femme ne peut encore se vanter, et tu ne trouves à me répondre que : « Il faut que je m'en aille sur-le-champ. » Avoue que ce n'est guère flatteur !

— Je t'en prie, Blaise, le moment est mal choisi pour faire de l'esprit ! Tu peux, toi, te sortir de ce guêpier quand tu veux. Moi, je n'ai aucune issue, aucune solution, entends-tu ? Alors, épargne-moi, de grâce, tes petits jeux de société. J'essaie de réfléchir sérieusement.

— Ma très chère Julia, il s'agit pourtant d'une solution sérieuse et raisonnable, crois-moi.

Il me lâcha la main, s'adossa commodément, l'allure aussi désinvolte que d'habitude. Son regard dénotait cependant plus de sympathie que de moquerie.

— Finalement, Julia, la solution dépend de toi, reprit-il. Il ne te reste pas beaucoup de temps pour prendre une décision. Tante Hannah a commis une erreur somme toute compréhensible, sinon excusable. Elle savait que tu rencontrais secrètement quelqu'un à Scarborough et y a dépêché un de ses sbires — et c'est sur moi que la personne en question est tombée par hasard. Tu sais avec quel soin j'ai évité ce genre de pièges depuis des années et, une fois le premier choc passé, j'y vois pourtant une justice immanente qui ne manque pas d'humour. Quoi qu'il en soit, ce n'est pas de moi dont il importe de discuter, mais de toi. Tu as le choix entre plusieurs solutions, Julia. Tu peux rester ici à attendre que l'orage éclate, ou tu peux partir pour Londres et prévenir Nicolas. J'ai sur moi l'adresse où l'on peut le joindre — je pourrais même t'y accompagner. Dans un cas comme dans l'autre, mon père l'attendra de pied ferme à son retour. Je ne peux, de mon côté, rigoureusement rien faire pour empêcher tante Hannah de parler, à moins de lui dire la vérité qu'elle ne croira probablement pas. Elle y verra une ruse de ma part pour me disculper et faire accuser Nicolas à ma place — tu sais combien j'ai été coutumier du fait dans le passé. Si elle demandait à Nick de confirmer mes dires, nous ne pouvons ni l'un ni l'autre prévoir comment il réagirait. Dans tous les cas, le véritable pot aux roses finirait malgré tout par être découvert. Mme Collins est au courant de ce qui s'est passé entre Nick et toi, elle ne pourra pas se taire éternellement et nous en reviendrons donc à notre point de départ, le scandale. Nicolas est en ce moment à couteaux tirés avec notre père, et tu peux imaginer les résultats d'une confrontation. Mon père ne porte pas précisément Georgiana dans son cœur, mais elle est sa belle-fille, la mère de son petit-fils et elle attend un autre enfant. Ce qui n'arrange rien, c'est qu'elle n'est pas actuellement en bonne santé, mon père non plus et, dans son cas, cela ne lui adoucit pas le caractère. Il n'a peut-être pas envie de chasser Nicolas, Nicolas n'a pas davantage l'intention de se laisser jeter dehors, mais c'est pourtant ce qui se passera selon toute vraisemblance. Essaie simplement d'imaginer le chagrin, le mot n'est pas assez fort, la douleur que cela leur causera à tous deux et les conséquences désastreuses pour ma mère.

— Je sais, Blaise, je sais ! Tu n'as pas besoin de retourner le fer dans la plaie, je l'ai assez souvent fait moi-même.

— J'ai bien peur qu'il ne me faille pourtant le faire encore une fois. Il faut que tu voies les choses clairement, même si cela te fait mal. Sache, Julia, que Nicolas et moi n'avons légalement aucun droit sur les usines. Elles appartiennent en toute propriété à mon père qui est libre d'en disposer à sa guise. Il existe un acte d'association prêt à être signé, c'est vrai. Je sais qu'il se trouve, depuis un certain temps déjà, au fond d'un tiroir de Jonas Agbrigg en attendant le bon plaisir de mon père. Pour lui, c'est une carotte en or massif qu'il nous agite sous le nez, mais nous ne sommes toujours que ses employés. Il a légalement le droit de déshériter qui bon lui semble. Si tu provoquais une rupture entre Nicolas et lui, tu me rendrais un fier service, je l'avoue. Mais c'est Nicolas, d'ici un an ou deux, qui pourra t'en vouloir d'avoir été la cause de sa ruine. Bien sûr, il lui restera les peignages, mais il est encore à court de capital et la banque risque fort de lui couper les vivres en apprenant sa brouille avec son père.

— Je sais, Blaise, je sais...

— Pense aussi à Georgiana, au petit Gervais et à cet enfant qui va naître. Tu avais, je suppose, l'intention de te montrer discrète jusqu'à l'accouchement, car tu connais mieux que moi les risques d'un tel choc émotionnel sur une femme dans cet état. Imagine alors l'effet d'un scandale sur Georgiana en ce moment, surtout si Nick et toi vous enfuyez ensemble. Il continuera évidemment à lui fournir de quoi vivre et si, faute de soutien financier, les peignages devaient faire faillite, mon père prendrait le relai, de sorte que Georgiana serait à l'abri du besoin. Elle retournerait d'ailleurs vraisemblablement vivre à Galton, mais personne ne sait si elle demanderait ou non le divorce, c'est une procédure coûteuse et longue. Dans tous les cas, cela ne changerait strictement rien en ce qui te concerne. Plus personne ne t'adressera la parole et, si vous aviez un enfant, tu sais comme les bâtards sont traités, en véritables parias — injuste ou non, c'est ainsi et nous n'y pouvons rien. Il n'est pas non plus absurde d'imaginer qu'un jour Nicolas se repente et veuille revenir à sa femme. Je ne t'apprendrai pas, Julia, combien le monde est rude envers les femmes, surtout celles qu'il juge « coupables ». Dans cette dernière éventualité, il suffirait que Georgiana lui pardonne et tout le monde emboîtera le pas. Nicolas reprendra sa place à Tarn Edge et dans les usines. La famille tuera probablement le veau gras pour célébrer son retour au bercail. Mais personne, entends-tu, jamais personne ne te pardonnera ta faute.

— Fais-tu de ton mieux pour me faire perdre la raison, Blaise ?

— J'aimerais autant te l'éviter. Alors, veux-tu que je t'emmène à Londres retrouver Nicolas ?

— Que puis-je faire d'autre ?

— Te sens-tu vraiment capable de survivre à ce scandale, Julia, et de vivre avec jusqu'à la fin de tes jours ?

— Que puis-je faire d'autre, je te le répète ?

— Pourras-tu supporter la tension nerveuse, l'effort constant de lui plaire, ce qui n'est pas la même chose que de l'aimer puisque tu n'auras rigoureusement plus que lui seul au monde ? Sais-tu combien il est exigeant, combien il est difficile de lui plaire ? Tu le supportes maintenant. Mais ne sentiras-tu pas souffler un vent de panique quand, à chacun de ses grognements, à chacune de ses crises de colère, tu craindras de le perdre ?

— Mais que faire d'autre, grand dieu ?...

— Et supposons que tu finisses par le perdre. Cela n'a rien d'impossible, Julia, admets-le. Il a eu de l'argent toute sa vie, beaucoup d'argent, et toi aussi. Supporteras-tu de vivre dans la pauvreté ? Les peignages peuvent fort bien dévorer ta fortune plus vite que tu ne le crois, car Nicolas voit toujours tout en grand. S'il perdait cet argent, crois-tu qu'il ne serait pas tenté de revenir au bercail pour en trouver davantage ? Que ferais-tu, alors, que deviendrais-tu ? Tu ne rencontrerais pas un seul homme qui ne soit au courant de ton aventure — cela se sait et se répète toujours, crois-moi. As-tu idée de la grossièreté des hommes vis-à-vis d'une femme qui a perdu sa réputation ?

— Tais-toi, Blaise, par pitié ! Je te l'ai dit tout à l'heure, tu peux te sortir de ce guêpier quand tu veux. Pas moi, ni lui non plus !

— Mais si, tu le peux. En m'épousant.

Je me suis laissée tomber sur une chaise, la tête sur les genoux, et j'ai éclaté en sanglots, des sanglots qui me secouaient, me dépouillaient de mes derniers lambeaux d'amour-propre et de dignité. Je me sentais malade, vidée, enragée surtout contre cette hystérie incontrôlable qui n'avait fait que m'affaiblir sans rien résoudre.

— Excuse-moi, Blaise. C'est fini.

Il ne me répondit pas et son silence m'obligea à admettre en moi-même que j'avais besoin de lui, à me rendre pleinement et définitivement compte combien j'étais seule et combien davantage je le serais sans lui.

— Bon, dit-il enfin. Puisque ta crise est passée, nous pouvons peut-être aborder des sujets plus constructifs que les larmes. Ma proposition te surprend, je crois, parce que tu n'en comprends pas la raison. Comment te l'expliquer ? On se marie, tu le sais, pour bien des motifs et, dans le monde étriqué où nous vivons, il s'agit rarement d'amour ou de passion. Je vais bientôt avoir trente ans, Julia, et j'ai eu ma part d'aventures amoureuses. C'est distrayant, bien sûr, et la vie de vagabondage que je mène actuellement m'offre d'innombrables occasions. Mais on finit par se lasser du vagabondage — le mari de ta mère en sait quelque chose — et je me sens de plus en plus mal à l'aise à Tarn Edge quand je reviens de voyage. La maison est assez grande pour s'y sentir au large, certes, et le service y est de premier ordre. Mais mon cher neveu me casse les oreilles et l'arrivée du prochain n'arrangera certainement pas l'ambiance que j'aimerais y trouver. En outre, je crois qu'il serait bon de laisser Nicolas et Georgiana seuls ensemble. Ma mère est du même avis. Aussi, quand elle n'est pas là, je me sens nettement de trop. Je pourrais m'installer chez moi, c'est vrai, mais je ne me sens pas de taille à m'occuper des détails d'une vie domestique et, par-dessus le marché, j'éprouve une grande lassitude à être un « beau parti ». Il n'y a pas une mère de famille à vingt lieues à la ronde qui ne me coure après pour me fourrer sa fille sous le nez, et mes goûts, je l'avoue, ne me portent guère vers les jeunes vierges innocentes qui rêvent de devenir un jour Lady Barforth. Comment, d'ailleurs, pourrais-je avoir confiance en ces petites oies blanches pour diriger ma maison pendant mes absences ou, pis encore, quand j'y serais ? Je serais sous la coupe d'une belle-mère et cela ne me sourit pas le moins du monde. Chercher femme en dehors du cercle enchanté de notre bonne bourgeoisie, comme l'a fait Nick, ne me tente pas davantage. Je connais ses problèmes et j'ai peur de ne pas faire beaucoup mieux. Parmi mes relations à Londres ou ailleurs, il existe une douzaine de femmes tout à fait charmantes et prêtes à m'épouser au moindre signe, mais j'hésite à leur imposer la douteuse hospitalité que Cullingford réserve aux étrangers. Voilà pourquoi, Julia, je préfère t'épouser toi. Nous sommes bien ensemble. Tu es intelligente et naturellement bonne. Tu as en tout un goût parfait. Tu es aussi capable d'être une irréprochable maîtresse de maison qu'une excellente amie. Tu es extrêmement désirable et infiniment plus raffinée que toute la gent féminine de la vallée de la Law — et pourtant, tu en fais partie. Tu comprends la manière dont je fais mes affaires, tu connais la mentalité de ceux avec qui je traite. Et puis, je te l'avoue, il m'est souvent arrivé de jeter dans ta direction plus qu'un simple coup d'œil, et ce que je voyais ne me laissait pas indifférent. Toutes ces raisons me semblent amplement suffisantes pour justifier un mariage, ne crois-tu pas ? Quant à cette mystérieuse et fascinante créature dont j'ai tant parlé, tu sais, celle qui se trouve toujours dans la pièce d'à côté ou au prochain coin de rue, eh bien ! je serais fort content de l'y laisser. Si j'ouvrais la porte, si je tournais le coin, il y a de fortes chances pour que je sois tristement déçu en découvrant une sotte ou un laideron.

J'étais debout, immobile, silencieuse, ne sachant plus ni l'heure qu'il était, ni quel jour de la semaine. Je me demandais pourquoi ce qu'il me disait semblait si simple et si logique jusqu'au moment où je n'entendis plus le bruit de sa voix.

— Tu voudrais bien de moi, Blaise, en sachant que je ne cherche qu'à échapper à Nicolas ?

— Voyons, ma chérie, n'as-tu pas épousé mon excellent ami, Giles Ashburn, précisément pour la même raison ? Il n'a pas eu à se plaindre de toi, que je sache. Si tu voulais bien te consacrer à moi de la même manière, je ne m'en plaindrais pas davantage.

Je me suis de nouveau assise près de lui, non par intention mais parce que mes jambes se refusaient à me porter plus longtemps. Il a glissé sa main entre les miennes, avec une discrétion légère où s'exprimaient des sentiments divers. Il me laissait seule juge de la décision, mais ne me retirait pas son amitié. Il me prévenait de ne pas compter sur lui comme sur un roc où s'appuyer, me mettait en garde contre la tentation de vouloir le posséder, comme il s'interdirait de me dominer. Plus que son amour, mieux peut-être, il m'offrait d'être toujours amis.

— Non, Blaise, c'est impossible, ai-je dit enfin. Tu sais que j'aime Nicolas et il est ton frère. Vous vous ressemblez...

— Pas tant que cela, dit-il en souriant. Il y a surtout une grande différence entre nous, vois-tu. Depuis ma naissance, j'ai toujours su que tout le monde doit, tôt ou tard, m'aimer plus que lui. As-tu d'autres objections ?

— Si j'acceptais, Nicolas s'y opposera.

— C'est pourquoi, ma chérie, je n'ai nullement l'intention de lui demander la permission. Mes valises sont bouclées. Je devais partir faire la tournée de mes clients avant que n'éclate cette malheureuse guerre contre la Russie et que les voyages deviennent impossibles. Rien ne m'empêche d'avancer mon départ de quelques jours — ce soir même, pourquoi pas ? Partons ensemble, Julia. Nous allons faire un petit scandale pour en couvrir un énorme. Nous passerons quelques semaines en France, en Allemagne pendant que Cullingford tempêtera, et nous nous marierons en cours de route. Tu me sais capable d'organiser ce genre de choses, j'espère ? A notre retour, bien entendu, il y aura quelques moments un peu désagréables, mais tu peux compter sur ma mère pour nous épauler. Après tout, si Lady Barforth de Tarn Edge et madame la mairesse Agbrigg nous ouvrent leurs salons, les autres suivront vite. Alors, qu'en dis-tu ? Ai-je réussi à te faire admettre que ma solution n'est pas si absurde, tout compte fait ? Qu'est-ce qui te chiffonne encore ?

— Nicolas...

— Je m'en doutais, figure-toi. Mais c'est précisément lui qui nous oblige à cela. S'il revient de Londres pour apprendre que nous comptons nous marier, il voudra savoir pourquoi et je me vois mal en train de le lui expliquer. Il n'est pas homme, tu le connais, à te laisser à moi simplement pour éviter un scandale auquel il se croit supérieur et retourner dans les bras d'une épouse dont il ne veut plus. Et si, par quelque miracle, il acceptait d'entendre raison, aurais-tu la force de subir sans craquer l'épreuve d'un grand mariage avec toute la famille ? Et lui, le pourrait-il ? Il serait bien capable, au contraire, de m'abattre à coups de pistolet à la sortie de l'église.

— Si nous partons tous les deux, Blaise, il croira que nous avons couché ensemble à Scarborough. Il croira que je l'ai délaissé et que je ne l'aime plus.

— C'est exactement ce qu'il faut lui faire croire. Tante Hannah ne parlera plus une fois que nous serons partis, elle n'aurait rien à y gagner et mon père l'accuserait de nous y avoir poussés. Comme tu le dis, Nicolas s'imaginera que tu l'as plaqué et d'une manière particulièrement inélégante. Il en sera profondément vexé, j'irai même jusqu'à dire qu'il en souffrira — un temps. Il piquera des crises de rage, donnera des coups de pied à ses machines et à ses ouvriers jusqu'à ce que ses nerfs se calment, et les choses en resteront là, crois-moi. Et puis, admettons même qu'il en souffre comme un damné, vers qui sera-t-il forcé de se tourner, sinon vers Georgiana ? Ils seront tous les deux malheureux. Quoi de plus naturel, alors, d'être attirés l'un vers l'autre ? Les rapprocher est précisément l'un de nos buts, n'est-ce pas ? Ton objection ne tient pas. A la suivante.

Je me débattais dans le courant de ses arguments, de sa logique qui me ramenait irrésistiblement vers lui. Sa voix chaude et douce m'emplissait la tête, calmait mes craintes, me détendait les nerfs en dépit de mes efforts pour y résister. Il parvenait à me convaincre que ce mariage invraisemblable, monstrueux, constituait la solution non seulement la plus évidente mais la plus souhaitable — la seule ; que c'était juste et que ce pourrait être délectable, tout simplement parce qu'il en avait décidé ainsi.

— Blaise, tu m'embrouilles les idées, tu me noies sous les paroles comme si j'étais un client à qui tu cherches à vendre mille mètres de tissu Barforth.

— Pas du tout, ma chérie. Pour t'en vendre dix fois plus, il ne m'aurait pas fallu dix minutes et l'affaire serait déjà conclue.

— Tout a l'air si simple que j'en arrive presque à te croire. Pourtant, Blaise...

— Qu'y a-t-il encore ? Nicolas, bien entendu ?

— Evidemment. C'est ton frère, un jour ou l'autre vous serez associés en affaires. Si je peux l'éviter, tu ne le pourras pas. Vous serez obligés de vous voir tous les jours, de travailler ensemble.

Mes objections se faisaient plus hésitantes. Sur la mienne, la main de Blaise pesait avec plus de fermeté.

— J'y ai pensé, figure-toi. Mais ce problème-là ne regarde que moi, Julia. De toute façon, Nicolas et moi n'avons jamais été follement amoureux l'un de l'autre, comme tu le sais. D'ailleurs, nous ne travaillons pas véritablement ensemble. Nous nous occupons tous deux des mêmes affaires, chacun dans notre sphère, et nous nous supportons. Personne ne s'étonnera donc de voir nos rapports se détériorer. On croira que nous nous disputons pour des questions d'argent, ce qui est vrai la plupart du temps. Et puis, il n'en sera peut-être pas toujours ainsi. Les gens s'adoucissent avec l'âge. Nicolas redécouvrira peut-être Georgiana et, avec des raisons d'être heureux, le moyen de me supporter plus facilement. Sinon... Eh bien, on peut toujours défaire une association. Non, vois-tu, si le seul sacrifice à envisager porte sur mes rapports avec Nick, nous n'avons rien à regretter.

J'ai gardé le silence un long moment, la tête posée sur le dossier, les yeux mi-clos. Je sentais ma volonté se dissoudre dans la sienne, mon corps dériver vers l'abri qu'il lui offrait, se plier à une soumission qu'il me présentait comme inévitable.

— Alors, Julia, veux-tu m'épouser ?

— Oui, Blaise.

— Bon. Je dois simplement te demander de me faire une promesse, une seule.

— Tu aurais le droit de m'en demander davantage.

— Bah ! je sais déjà que tu me donneras de toi-même tout ce que je pourrais penser à te demander. Cette seule promesse suffira donc : Nicolas ne devra jamais connaître les véritables circonstances de notre mariage. Jamais. Ce ne sera ni tante Hannah ni moi qui irons le lui dire, il faut donc que tu en prennes l'engagement à ton tour. Il faut le laisser croire que tu l'as volontairement abandonné, soit parce que tu m'aimais plus que lui — ce ne serait pas la première fois que cela lui arriverait —, soit pour des mobiles intéressés, parce que je pouvais t'offrir la fortune, par exemple. Si nous voulons qu'il revienne à Georgiana, il faut d'abord qu'il t'oublie, qu'il te déteste. En outre, je me sentirais plus tranquille s'il en était ainsi. Me le promets-tu ?

— Bien entendu, Blaise. Je comptais le faire de toute façon.

— Je t'en remercie. Et maintenant, pensons à toi — et à moi aussi, pourquoi pas ? Je t'ai dit tout à l'heure que mes valises étaient bouclées, j'ai négligé d'ajouter qu'elles sont déjà à la gare. Nous n'avons donc qu'à nous occuper des tiennes, ma chérie, et je suis à ton entière disposition jusqu'à l'heure du train. Il va falloir écrire un mot à ta mère, quelques lignes à tante Hannah, les faire déposer demain matin. Il suffit de leur dire que nous sommes partis ensemble et serons mariés à notre retour. Va vite faire tes bagages. Pendant ce temps, je vais dire deux mots à ta domestique et m'assurer, avec des arguments convaincants, de sa bonne volonté à notre égard. Tout cela nous laisse quand même un instant de tranquillité. Je suis accusé de t'avoir séduite, autant justifier ma réputation.

Ses lèvres prirent possession des miennes, ses mains se mirent à explorer minutieusement mes épaules, la courbe de ma poitrine, ma taille. Son parfum frais et discret m'emplissait les narines et une nouvelle vague de panique me submergea.

— Non, Blaise ! Je ne peux pas aller ainsi d'un homme à un autre. Pas aussi vite, en tout cas...

— Mais si, tu le peux. Pas ici, bien sûr, pas tout de suite. Mais ce soir, ma chérie, où que nous soyons. Je nous trouverai un bon dîner, du champagne, un bon lit. Et je ne suis pas assez galant homme, crois-moi, pour t'y laisser dormir seule. Ne te méprends pas : je suis né ici, dans la vallée de la Law où les hommes d'affaires comme moi attendent de leurs investissements des dividendes copieux et rapides. Me comprends-tu ?

J'étais née, moi aussi, dans la vallée de la Law. Je l'avais compris et je ne pouvais rien objecter à cela.

23

Engagés sous d'aussi déplorables auspices, nos rapports auraient dû très vite tourner à la catastrophe. Il n'en fut rien. En toute logique, notre première nuit ensemble se devait d'être marquée par mes pleurs et d'amers reproches de son côté, une gêne mutuelle impossible à surmonter. Elle se déroula, au contraire, dans les rires partiellement provoqués, je l'avoue, par les flots de champagne dans lequel Blaise voyait un élément essentiel de toute séduction, mais, plus encore, grâce à un dédoublement de ma propre personnalité. Mon côté terre à terre, mon atavisme me permettaient de comprendre le bien-fondé d'un engagement rapide et total sur lequel on ne revient pas, dont la voix raisonnable me disait : « Comme tu as fait ton lit, tu te couches. Mieux vaut que ce soit d'une manière plaisante et confortable. » L'autre moitié de moi-même, la plus secrète, se laissait éveiller par les mains expertes de Blaise ; ma féminité y prenait plaisir et se laissait emporter, sans trop de remords.

Parfaite maîtresse de maison, compagne fidèle et sûre, m'avait-il dit. Je savais cependant que la « compagne », l'amie, devait aussi faire preuve d'imagination et d'initiative, d'une bonne humeur constante, de sensualité sans fausse pudeur et d'une patience à toute épreuve. Si je mis tout cela en pratique dès le début, c'était en partie parce que ma vie avec Blaise représentait peut-être ma dernière chance de faire quelque chose de mon existence, que je ne pouvais plus me permettre de gâcher ; c'était aussi parce que Blaise, qui exigeait une attention continuelle, méritait de tels efforts. Aucune femme ne pouvait, de bonne foi, laisser passer ce défi sans le relever.

Je n'aurais pas dû éprouver de plaisir dans ses bras, pas aussi tôt en tout cas ; j'aurais au moins dû en ressentir de la honte et m'estimer trahie par les exigences de mon propre corps. Si Blaise avait fait preuve de compassion, s'il m'avait permis d'être platement sentimentale, j'aurais probablement réagi de la sorte. Mais la sexualité, chez lui, était moins un besoin qu'une œuvre d'art à exécuter avec habileté, à créer ou interpréter à loisir, à déguster en accord avec le cadre ou l'humeur du moment. Des jardins ensoleillés de l'Italie aux clairs de lune romantiques des bords de la Seine, il sut déployer pour moi la gamme infinie du jeu de la séduction. Comment ne pas se laisser emporter par tant de virtuosité ?

Dès les premiers jours, les plus difficiles, où seule la discipline acquise grâce aux enseignements de mon père me permettait de dissimuler l'intensité de mon désespoir, Blaise sut éveiller et assouvir mes sens, combler mes nuits de plaisirs, souvent d'émerveillement, mes journées d'occupations où l'ennui ne se glissait jamais. Il y avait toujours de nouvelles connaissances à faire, des dîners en joyeuse compagnie ou d'amoureux tête-à-tête ; nous allions aux courses, au théâtre, au concert, nous volions de terrasses de cafés en boutiques, de gares en palaces. Avec lui, je n'avais jamais un moment d'oisiveté. Il riait avec moi, parfois se moquait de moi, me dorlotait, m'abandonnait ensuite plusieurs jours d'affilée dans des endroits inconnus tandis qu'il faisait quelque voyage éclair où il se rendait seul. Il me passait mes caprices, m'amusait, me distrayait, puis me faisait interminablement attendre au restaurant sans m'offrir la moindre excuse, m'entraînait sans préavis dans un train, une diligence, me faisait faire et défaire les bagages, comptait me voir aussi fraîche à l'arrivée qu'au départ ; il exigeait surtout, puisque j'étais une adulte comme je le lui avais déclaré, que je sache, seule, faire face à toutes les situations et garder les pieds fermement sur terre. Du début à la fin, ce fut épuisant, parfois exaspérant, le plus souvent excitant, et ce constant tourbillon ne me laissait jamais un instant pour souffler, encore moins pour réfléchir ou me lamenter sur mon sort. Ce n'était pas pour me déplaire.

Nous avons fini par nous marier à Bournemouth. Quiconque possédait les notions les plus élémentaires de l'arithmétique comprenait pourtant que nous avions passé ensemble de longs mois à travers l'Europe avant qu'il ne me conduisît chez sa mère, à Rosemont.

— Ne t'inquiète pas, m'avait-il dit, elle arrangera tout.

Ce ne fut pourtant pas tante Virginie qui vola à notre secours, mais l'irascible et redoutable Sir Joel en personne.

— Je ne comprends rien à cette histoire, déclara tante Virginie après m'avoir tendu la main avec une froideur marquée. Si vous teniez tant à vous marier, il suffisait de le demander. Il se cache manifestement quelque chose là-dessous. Me diras-tu de quoi il s'agit, Blaise ?

— Non, maman, je ne crois pas, répondit-il avec un sourire épanoui.

Je craignais que cette réplique ne provoquât chez mon oncle une explosion de fureur ; des profondeurs de son fauteuil, s'éleva, au contraire, un éclat de rire. Oncle Joel apparut à son tour, le visage encore marqué des suites de l'affection pulmonaire dont il avait souffert cet hiver, mais le regard aussi perçant que d'habitude.

— Cette réponse devra vous contenter, Virginie, dit-il. Nous allons les marier, que cela plaise ou non à certains — pour ma part, l'idée ne me déplaît pas tant que cela. Je suis fatigué des grands mariages et si votre fils aîné s'y prend tout de travers, avouez, mon amie, qu'il s'est toujours conduit de la sorte. Notre Blaise n'a pas besoin d'une femme avec de grands airs, il en a bien assez lui-même. Oui, Julia, nous allons te marier, et le plus tôt possible. Quand le temps s'adoucira et que je me sentirai prêt à respirer l'air empoisonné de Cullingford, compte sur moi pour te conduire à la maison et t'installer où tu dois, avec les égards que tu mérites.

Une petite délégation, composée de ma mère, Prudence, tante Hannah et Jonas, vint assister à notre mariage. Ma mère m'accorda son pardon avec des larmes d'émotion ; le regard de tante Hannah, aussi pénétrant que celui de son frère, me signifia qu'elle m'accueillait de nouveau dans le giron familial, mais contrainte et forcée par l'esprit de famille et la charité chrétienne.

— Vous avez fait preuve d'un extraordinaire esprit de décision, me dit Jonas. Le temps a manqué pour la rédaction d'un contrat de mariage, mais votre mari ne verra pas d'inconvénient, je pense, à ce que la gestion de vos affaires me reste confiée.

Je lui ai souri, parce qu'il ne m'avait pas trahie et parce que, s'il avait voulu se donner la peine de découvrir la véritable identité de mon amant, je le savais capable, contrairement à tante Hannah, de ne pas commettre d'erreur.

J'ai entraîné Prudence pour une rapide promenade le long de la falaise et, avant qu'elle n'eût le temps de me poser une question, je lui ai déclaré :

— Je ne peux pas te dire pourquoi, j'ai promis de me taire.

— Ah bon ! Tu avais donc des raisons. J'avais d'abord cru à quelque caprice... Ne me dis rien, c'est inutile. Tout le monde à Cullingford te traite d'intrigante et Celia en a profité pour tomber malade. Moi aussi, si tu veux savoir, mais pas pour les mêmes raisons. Ils t'ont exploitée, Nicolas ou Blaise, ou même les deux, je préfère ne pas le savoir. Tu t'es laissé manipuler, ils t'ont fait croire que tu n'avais pas le choix, n'est-ce pas ? Non, ne me dis rien. Je ne connais pas les détails de cette histoire et j'aime mieux rester dans l'ignorance.

— Prudence, dis-moi, je t'en prie... As-tu vu Nicolas ?

— Oui.

Et elle refusa de m'en dire davantage.

Caroline, de passage à Londres chez Lady Henrietta Stone, aurait facilement pu venir à Bournemouth ; elle déclina cependant l'invitation, car elle désapprouvait la manière dont j'avais « séduit » son frère préféré. Elle m'aimait beaucoup, certes, mais une marquise aurait été plus digne de Blaise et elle ne le lui cacha pas lorsqu'ils dînèrent ensemble quelques jours plus tard.

Georgiana était trop près d'accoucher pour se déplacer et m'écrivit un billet hâtivement griffonné pour m'exprimer ses affectueuses félicitations, en concluant : « Quel merveilleux tour vous leur avez joué ! On peut toujours compter sur Blaise pour bien faire les choses. »

Pendant ce temps, j'insistais auprès de Prudence, sans succès. Elle ne me dit rien de plus au sujet de Nicolas.

Le matin de la cérémonie, le ciel bleu était voilé de hauts nuages blancs qu'une brise fraîche déchira juste à temps pour laisser briller le soleil au moment de mon arrivée à l'église. Une robe blanche aurait été déplacée en une telle occasion, même si je n'avais pas été veuve. Mais Blaise, comme le disait Georgiana, ne faisait jamais rien à moitié ; aussi avais-je commandé ma robe à Paris chez M. Albertini. C'était sans doute la plus élégante toilette que j'eusse jamais possédée, une symphonie de tons crème où se mêlaient la soie et la dentelle. Devant l'autel, Blaise me baisa la main aussi tendrement que s'il avait été toute sa vie amoureux de moi, je lui souris avec une émotion tout aussi convaincante. Puis, comme nous avions déjà fait notre voyage de noces, tante Virginie déménagea nos affaires des deux petites chambres d'amis où nous étions chastement installés depuis notre arrivée à Rosemont pour nous loger dans une plus grande pièce, pourvue d'un lit double. Désormais, nous étions mariés.

— Tout est donc différent à partir de ce soir ? dit Blaise en s'étirant.

— Sans aucun doute. Tu as fait de moi une honnête femme, je dois donc me conduire en conséquence. A partir de maintenant, je garderai ma chemise et nous éteindrons les lumières.

— Tiens, ce serait nouveau ! Sache cependant, ma chère petite femme honnête, que tu feras très exactement ce que je te dirai. Je suis ton mari et j'ai sur toi toute autorité.

— Je sais. Cela te fait plaisir ?

— A vrai dire, je n'y ai jamais pensé, répondit-il avec un haussement d'épaules. Si j'avais eu besoin de l'autorité de la loi pour te ravir, je me considérerais plutôt comme un imbécile. Et puis, la loi aura beau faire, tu ne m'accorderas jamais que ce que tu veux ou ce que tu peux, et je ferai de même. Nous devrions par conséquent nous entendre assez bien.

Il partit pour Cullingford quelques jours plus tard et me laissa seule avec ma tante — ma belle-mère, désormais. Elle avait retrouvé sa gentillesse coutumière à mon égard, mais j'étais fort inquiète des questions qu'elle semblait éviter de me poser. Blaise revint peu après ; il avait vendu ma maison de Millergate et me montra les plans d'une autre demeure ; il me demanda fort courtoisement mon avis, mais je le soupçonnais de l'avoir déjà achetée. Elle etait située à Elderleigh Hill, sur la route de Listonby, à quelques kilomètres de Cullingford. L'endroit n'était pas précisément rural, car les collines ne constituaient pas un obstacle suffisant contre les fumées poussées par la brise, mais il verdoyait encore par endroits et l'on y respirait des senteurs printanières. La maison avait été construite quelque cinquante ans auparavant, du temps du Prince Régent ; c'était un long bâtiment, simple mais aux proportions élégantes, une sorte de temple grec comparé à la magnificence gothique de Tarn Edge.

— Elle te plaira certainement, me dit Blaise. Bon, je vais envoyer un mot à Jonas Agbrigg pour conclure la transaction. Je voudrais que tu sois installée, ma chérie, avant mon départ pour New York.

— Tu ne m'avais pas dit que tu allais en Amérique.

— Justement, je viens de te l'apprendre.

— Je ne peux pas t'y accompagner, bien entendu ?

— Non, ma chérie. Ces voyages d'affaires ne sont pas pour les femmes, crois-moi, et je serais forcé de te laisser seule dans des endroits où tu n'aimerais pas toi-même mettre les pieds. Nicolas a beau prétendre que je m'amuse, je travaille très dur et tu n'éprouverais aucun plaisir si tu m'accompagnais.

— Ah... Tu as vu Nicolas à Cullingford ?

— Quand j'y suis, il m'est difficile de faire autrement. Je l'ai trouvé à peu près tel que je m'y attendais. Que disions-nous ? Ah oui ! je vais donc acheter cette maison. Il y a des aménagements, tu verras, les papiers peints, la décoration, largement de quoi t'occuper. Avant de partir, je t'accompagnerai à Listonby. C'est tout près et ce sera très commode.

— A Listonby ? me suis-je écriée, horrifiée. Caroline a juré de ne plus me revoir !

— Bien au contraire. Nous en avons parlé, elle a reconnu son erreur. Elle te battra froid pendant dix minutes, à la rigueur, mais elle ne résistera pas au plaisir de se mêler de tout, tu la connais. Et puis, malgré ses incessantes mondanités, elle est assez seule, tu sais. Tu lui tiendras compagnie.

J'ai voulu protester, mais son expression ironique, le souvenir de notre pacte m'ont fait taire. J'ai respiré profondément et j'ai souri :

— Tu as raison. Tout sera prêt pour ton retour, j'espère.

— Te connaissant, ma chérie, ce sera certainement parfait. Ne m'en veuille pas de t'abandonner ainsi, mais ce genre de voyage se prépare des mois à l'avance, les clients m'attendent et je ne veux pas prendre le risque de les voir aller chez mes concurrents. Je ne te demande pas non plus d'affronter seule Cullingford, je serai revenu à temps pour notre rentrée officielle. A Listonby, tu ne feras pas de rencontres désagréables et tu n'auras pas besoin d'aller en ville. D'ailleurs, tu auras tant à faire que je ne te manquerai pas, tu verras.

Ce fut la seule allusion qu'il voulut bien faire à Nicolas.

Je me suis alors plongée dans une période de frénésie où, durant plusieurs mois, je me suis constamment trouvée confrontée avec l'impossible. A ma surprise, je l'accomplissais. Listonby m'était, en effet, une résidence commode. Caroline me battit froid un jour ou deux, comme Blaise l'avait prédit, mais j'eus d'emblée le privilège de m'attirer les attentions de Lady Henrietta Stone qui semblait avoir pris pension à Listonby. C'était une femme du monde à la désinvolture blasée, mi-amusée, mi-agacée par les principes déplorablement bourgeois de Lady Chard et volontiers disposée à accorder son amitié à n'importe quelle femme dotée d'un mari aussi débordant de charme que le mien.

« Hetty Stone te plaira beaucoup », m'avait ordonné Caroline plus qu'elle ne me l'avait prédit. A vrai dire, sa langueur affectée, ses mines et ses grâces minaudières m'exaspéraient ; mais elle possédait une intelligence pénétrante et son pedigree, qui ne m'impressionnait guère, constituait pour Caroline un vif sujet de satisfaction. Lady Stone, en effet, n'était pas le rejeton de quelque obscure lignée de gentilshommes campagnards mais la fille unique, mal mariée et prématurément veuve, du duc de South-Erin, grand personnage chargé d'honneurs, dont la fréquentation ouvrirait à Caroline des horizons à la mesure de ses ambitions. Quant à Lady Henrietta, elle avait ses entrées dans les meilleures maisons de Mayfair, elle avait été présentée à la Cour et glissait dans la conversation tant de noms illustres que son hébergement à Listonby s'en trouvait amplement justifié.

Le tourbillon continuel des dîners, des réceptions et des bals ne se ralentit pas pendant mon séjour chez Caroline. Elle n'invita cependant jamais personne dont la rencontre aurait pu me causer la moindre gêne, à commencer par son frère Nicolas. Je redoutais de me trouver nez à nez avec lui dans l'embrasure d'une porte ou au détour d'un couloir, j'avais cru impossible de vivre sans compromettre mon calme affecté en le sachant à quelques kilomètres à peine de l'endroit où j'étais. Je ne le vis pas et je sus résister à la tentation d'aller le voir et de lui dire la vérité.

Il m'était impossible, croyais-je, de ne plus penser à lui. Mais j'attendais l'enfant de Blaise — c'était là l'engagement le plus total que j'eusse jamais pris envers un homme — et je fus comme soulagée de me replier sur moi-même ou, plutôt, sur le petit être qui commençait à vivre en moi.

Il m'était impossible, croyais-je, de me rendre tous les jours à Elderleigh dans le landau de Caroline, le plus souvent en compagnie de Hetty Stone qui s'accrochait à moi. Impossible, également, de jeter un regard objectif sur ces pièces délabrées et d'en imaginer la restauration de manière qu'elle plût à Blaise. Impossible de faire comprendre intelligiblement mes désirs et mes ordres à l'armée des fournisseurs et artisans venus étudier les lieux, de relancer les diverses maisons de commerce de Londres où nous avions commandé meubles, vaisselle, cristaux. Impossible, plus encore, de veiller à l'installation des fourneaux et des chaudières, d'ordonner le ramonage et la remise en état des cheminées, de penser aux mille détails indispensables afin que, à son retour, mon mari se trouvât convenablement chauffé, nourri et logé chez lui.

Peu à peu, cependant, les plafonds retrouvèrent leurs délicates moulures, les parquets cirés furent revêtus de tapis d'Aubusson. Les murs du salon furent dépouillés de leur horrible papier à grosses fleurs marron pour être recouverts d'une soie couleur de miel, la salle à manger de tissu vieux rose. Comme par miracle, me sembla-t-il, les fenêtres retrouvèrent leur transparence et s'ornèrent de mousseline et de velours, le marbre des cheminées se mit à resplendir pour accueillir les plus beaux de mes cadeaux de mariage et des objets d'art acquis au cours de notre voyage en Europe. Les meubles prirent leur place, tapissés de soies, de brocarts et de velours clairs.

— Ce n'est pas pratique ! décréta Caroline.

— C'est ravissant, rétorqua Lady Stone.

Peu de temps après, je fus presque étonnée de voir une cuisinière installée à la cuisine, une femme de chambre qui me servait le thé, des bonnes à tout faire pour cirer les parquets et porter les bouilloires d'eau chaude. J'avais un maître d'hôtel pour astiquer l'argenterie et recevoir les visiteurs, veiller à la cave et diriger le service de la table. J'avais un valet de pied qui cirait les bottes, livrait mes messages aux quatre coins de la ville et montait sur le strapontin de ma voiture, allumait les feux et les lampes. J'étais bien logée, bien servie, bien nourrie, trop affairée pour m'accorder le luxe de penser à moi. J'avais surtout prouvé ma capacité à remplir mes obligations, si bien qu'à son retour Blaise n'eut rien d'autre à faire qu'à vérifier les écuries.

Je ne savais si je lui avais manqué ni s'il était heureux de me revoir, car il s'abstint de m'en informer ; mais il fut généreux dans ses compliments sur mon organisation domestique et marqua son retour par des flots de champagne et une pluie de cadeaux coûteux mais impersonnels, d'objets luxueux que tout homme fortuné aurait pu offrir à la première venue.

Plus tard, pourtant, il me jeta négligemment sur les genoux un écrin contenant un camée à la lourde monture d'or représentant un cygne, objet unique qu'il avait sans doute dû faire exécuter spécialement pour moi.

— Je me disais, en effet, que cette petite chose te plairait. Alors, ma chérie, ne résiste pas et laisse la reconnaissance te jeter dans mes bras. Je me donne parfois des airs blasés, mais c'est parce que je sais mal extérioriser mes sentiments. Je suis heureux d'être de retour, je le suis davantage de te retrouver.

Ce premier voyage, ce premier retour constituèrent le modèle de notre vie conjugale faite de départs subits, imprévisibles, suivis de retrouvailles tendres mais brèves.

— Voyons, Blaise, tu ne m'avais pas dit que tu partais pour Londres — que tu allais en Allemagne — à New York — en Chine...

— Justement, ma chérie, je te le dis en ce moment.

Et j'avais toujours, en son absence, quelque tâche impossible à accomplir.

A son retour, je retrouvais immanquablement le champagne et les soupers fins, la coûteuse bimbeloterie dont il m'inondait d'où émergeait, parfois, l'objet rare, unique, qui me touchait ou m'émerveillait, du premier bouquet de perce-neige acheté un sou au bord de la route au chef-d'œuvre d'orfèvrerie commandé à quelque artisan italien.

Ce premier retour de Blaise marquait aussi, pour moi, la fin d'un sursis. Il me faudrait désormais m'adapter à la réalité de la vie conjugale, avec lui, chez lui, réalité bien différente de l'existence nomade menée jusqu'alors. Il me faudrait surtout reprendre ma place à Cullingford. De toutes mes tâches, c'était la plus insupportable.

J'étais incapable, croyais-je, d'entrer dans le Morgan Aycliffe Hall au bras de Sir Joel Barforth et d'écouter calmement, assise entre Blaise et lui, un récital d'orgue donné par le jeune artiste autrichien dont Rebecca Mandelbaum rêvait de faire son mari. J'en étais incapable — et, pourtant, je le fis.

Oncle Joel m'avait rassurée :

— S'ils veulent me parler, il faudra bien qu'ils te saluent, Julia. Et il n'y en aura pas beaucoup, ce soir, qui puissent se permettre de ne pas m'adresser la parole, crois-moi.

Une fois de plus, mon oncle avait raison.

Certes, mon entrée fut saluée d'un silence malveillant et de regards curieux. Mais cela ne dura guère :

— Bonsoir, ma chère Julia, me dit Mme Mandelbaum qui, elle-même affligée d'une fille rebelle, hésitait à jeter la première pierre.

— Bonsoir, Julia, fit Mme Hobhouse d'un air pincé, redoutant de voir l'une de ses propres filles suivre mon exemple mais trop consciente des problèmes financiers de Nethercoats pour se permettre de négliger un membre du clan Barforth.

— Ravi de vous revoir, chère madame, me susurra M. Fiedling, notre député qui, à l'approche des élections, savait trop bien d'où provenait une partie des fonds de sa campagne.

— Ah ! voici ma nièce ! claironna tante Hannah. Julia, tu n'as pas encore fait la connaissance de Mme Birkett, je crois ? Et ladite Mme Birkett, dont le mari récemment installé à Cullingford cherchait à développer la clientèle de son agence de douane et de transport, ne refusa pas de m'être présentée.

Ainsi, mes craintes avaient-elles été injustifiées. Comme à mon premier retour de France, je constatais que mes affaires n'intéressaient guère les autres, trop absorbés par les leurs.

Celia était de nouveau enceinte et décidée, cette fois, à avoir un garçon, tant son éducation lui avait inculqué le sentiment de la supériorité masculine. Quand je suis allée la voir, elle se souciait bien davantage des méfaits de ses domestiques que de mes fredaines. Ma mère avait ses propres secrets, ne me posa aucune question et, en tout cas, était trop accaparée par le bonheur de son Daniel, qui me fit un clin d'œil en murmurant : « Bien joué, fifille ! » Quant à tante Hannah, maintenant que son mari avait accepté un troisième mandat, elle avait l'esprit occupé de projets grandioses dont le moindre n'était pas un hôtel de ville qui, faute d'être terminé sous la magistrature de M. Agbrigg, serait néanmoins prêt pour accueillir dignement Jonas. Il avait depuis peu pris place au conseil municipal et briguerait, bien évidemment, la succession de son père.

D'autres sujets brûlants survinrent bientôt pour détourner les conversations de ma personne. Ainsi, l'on discutait fort de l'apparition dans notre bonne ville d'une certaine Mme Tessa Delaney qui, sans l'éclat de la jeunesse, attirait encore les regards par sa maturité somptueuse. Elle résidait dans une villa d'Albion Terrace et la rumeur publique, toujours prompte à démasquer l'imposture, l'accusait de n'être pas la dame comme-il-faut dont elle se donnait l'allure, mais une femme entretenue et la maîtresse en titre du riche M. Oldroyd, le veuf inconsolé et seul maître des filatures de Fieldhead.

La polémique fit rage : pouvait-on recevoir une Mme Delaney ? Non, résolument non, décréta tante Hannah. Et quand Prudence lui fit observer que les réceptions de cette dame jouissaient d'une réputation flatteuse, ajoutant perfidement qu'elle pouvait en demander confirmation à Jonas, elle s'attira cette réponse hautaine :

— Jonas a de nombreux clients qui font confiance à son jugement et à qui il est dévoué. Il ne s'agit pas toujours, Dieu merci, de personnes avec qui l'on souhaiterait prendre le thé.

Une fois apaisées les controverses sur Mme Delaney, elles reprirent de plus belle au sujet de la guerre avec la Russie. L'on apprenait avec horreur et incrédulité que nos soldats, exilés en Crimée, cette contrée barbare et lointaine, mouraient par milliers, non dans la gloire des champs de bataille mais dans les abominations du choléra, de la dysenterie et autres fléaux. Embarqués un an auparavant tels des anges exterminateurs partis châtier les coupables et rétablir le bon droit, ils commençaient à revenir par petits groupes, pitoyables éclopés sans autre avenir que la mendicité.

Je me suis enrôlée dans le comité fondé par tante Hannah pour venir en aide aux plus durement éprouvés de Simon Street. J'avais trop douloureusement présente à la mémoire l'horreur que m'avait inspirée la mort de Giles Ashburn pour ne pas éprouver, envers ces malheureux, une pitié devant laquelle s'évanouissaient mes états d'âme.

Le lendemain du récital d'orgue, mon oncle Joel, accompagné de ses deux fils, se rendit au bureau de Jonas Agbrigg pour y signer enfin le contrat d'association prêt, selon Blaise, depuis de longs mois. L'empire personnel de Sir Joel Barforth devenait ainsi la firme Barforth & Fils, événement méritant d'être célébré avec éclat par un grand dîner à Tarn Edge. Cette insoutenable épreuve me fut épargnée : mal remise de la naissance de sa fille, Georgiana ne pouvait y assister et les festivités durent être décommandées.

Je me suis néanmoins rendue à Tarn Edge, quelques jours plus tard, pour y faire connaissance de la jeune Venetia Barforth — prénom inhabituel venu probablement de quelque ancêtre des Clevedon. Nicolas n'y était pas et tante Virginie, pour des raisons obscures que je préférais ne pas examiner de trop près, m'apprit aussitôt qu'il ne rentrerait que fort tard et que Georgiana était encore trop abattue pour s'inquiéter du fait que je l'avais apparemment négligée. Perdu dans les flots de dentelle de son berceau, l'enfant était le plus minuscule petit être que j'aie jamais vu et éveilla en moi une telle pitié que je fus soulagée de m'entendre dire que je ne pouvais rester plus longtemps.

— Pauvre Georgiana, elle a failli y laisser la vie, me dit tante Virginie en redescendant l'escalier. Le Dr Blackstone nous a même dit, à un certain moment, qu'il n'y avait plus d'espoir.

— C'est terrible !

Elle marqua une pause en arrivant dans le vestibule et son regard, soudain, me rappela inconfortablement celui de Blaise.

— Oui, ce fut terrible, en effet. Je n'avais encore jamais vu Nicolas dans cet état. Je m'attendais, bien entendu, à ce qu'il soit ému, mais pas au point de perdre la raison — et j'ai bien cru qu'il en arriverait là. Je l'ai trouvé appuyé contre la porte, en train de gémir, de répéter qu'il ne voulait pas la faire mourir. Etrange, n'est-ce pas ? Jamais je ne l'avais vu souffrir autant — ni s'enivrer comme il l'a fait ensuite, quand nous avons été sûrs que Georgiana se remettrait. Mais pardonne-moi, ma chère petite, tu subis ton état avec tant de courage que je l'oubliais. J'ai moi-même eu trois enfants sans le moindre problème et ta mère s'en est, elle aussi, tirée le mieux du monde. Tu feras très certainement de même.

Il ne me restait plus, après cela, qu'une seule épreuve, la seule vraiment insurmontable : me retrouver face à face avec Nicolas. Mais tout Cullingford savait que la mésentente régnait entre les frères Barforth, personne ne s'attendait à les voir ensemble boire un punch au Vieux Cygne ni partager la même loge au théâtre en compagnie de leur femme respective. Je pouvais donc encore l'éviter.

A deux ou trois reprises, il m'était arrivé de l'apercevoir de loin et de prendre aussitôt la fuite. En pleine connaissance de cause, je crois, tante Virginie m'avait décrit ses souffrances au moment de l'accouchement de Georgiana, car elle y avait reconnu aussi clairement que moi l'expression d'un sentiment de culpabilité. S'il l'avait ressenti avec tant d'acuité, s'il avait lucidement compris qu'une telle culpabilité était trop lourde pour lui, plus encore pour moi, cela suffisait-il pour l'amener à me pardonner ? Pouvions-nous repartir à zéro et retrouver au moins quelque amitié ? Je le souhaitais ardemment, tant la paix de mon âme en dépendait. Par moments, je savais qu'il ne pouvait s'agir que d'un songe creux et que, dans la vie, rien ne se résout jamais aussi facilement ; à d'autres moments, je croyais que tout s'arrangerait selon mes désirs — et parce que Blaise me l'avait promis.

Quand nous nous sommes finalement retrouvés face à face, rien ne se passa comme je l'avais imaginé. A ce moment-là, ma grossesse était assez avancée pour m'alourdir l'esprit et le corps, engourdir mes émotions ; j'étais trop placide dans ma plénitude de mère pour susciter ou ressentir la passion. Mon état lui donnait en outre un excellent prétexte pour éviter de me regarder de trop près et de m'approcher.

Pour la première fois, j'étais allée voir Blaise à son bureau de Tarn Edge. J'étais si absorbée dans la découverte de ce lieu où il passait tant de son temps, si intriguée par cet aspect inconnu de sa personnalité d'homme d'affaires, si curieuse de détailler son imposant bureau, les classeurs, les meubles, la grande table où s'étalaient les échantillons d'étoffes que je ne sursautai même pas quand Nicolas fit irruption, les mains pleines de coupons.

— Tiens, c'est toi ? me dit-il. Comment vas-tu ?

— Très bien, Nicolas. Et toi ?

— Bien, merci. Dis donc, Blaise, est-ce bien cela que tu voulais pour Grassmann, à New York ?

Il tendit les tissus à Blaise et ils allèrent tous deux à la fenêtre pour les examiner au jour.

— Ce n'est pas ce que je voulais pour Grassmann, c'est ce que

Grassmann m'a demandé, répondit Blaise. Où en est la pièce pour Remburger ?

— Bon sang, tu sais bien qu'elle est encore sur les métiers !

— As-tu au moins de quoi lui montrer quelque chose ? Il arrive à Londres le vingt de ce mois.

— Descends avec moi, on va regarder.

Ils se dirigèrent vers la porte sans plus s'occuper de moi, à parler de trame et de chaîne, de prix de revient et de dates de livraison. Immobile, j'ai interpellé Nicolas :

— Nicolas, dis-moi... Georgiana va-t-elle mieux ?

— Oui, elle se remet. C'est gentil d'avoir pris de ses nouvelles. Au revoir.

Comme toutes les crises, celle-ci était terminée avant même que j'en eusse conscience. Nicolas ne m'avait pas pris la main, mais je n'avais pas pensé à la lui tendre. Il m'avait parlé, j'avais répondu. La prochaine fois, nous nous dirions sans doute la même chose, ou à peu près : « Comment vas-tu ? » « Très bien, merci, et toi ? » L'impensable s'était produit et j'étais toujours en vie. L'impossible, une fois de plus, était parfaitement réalisable.

En rentrant à la maison, je sentais cependant mon esprit en train de communiquer avec celui de Nicolas, par quelque phénomène de télépathie qu'il exprimait, naguère, par ces mots familiers : « Julia comprend ce que je veux dire. » Ce jour-là, en effet, je comprenais, j'avais la certitude que Nicolas aurait préféré me voir morte plutôt qu'épouse de Blaise, qu'il ne nous le pardonnerait ni à l'un ni à l'autre et ne ferait même pas l'effort de comprendre pourquoi. Quant à Blaise, qui savait et devinait tout ce qui se passait autour de lui, il le savait aussi depuis le premier jour et m'avait donc menti. En saurais-je jamais la raison ?

24

Avec son talent habituel pour se soustraire aux désagréments, Blaise était absent au moment de la naissance de notre fille. Il revint quelques jours plus tard, une fois calmés les cris les plus perçants du nouveau-né ; j'étais moi-même paisiblement, voire élégamment, installée dans mon lit fraîchement refait, coiffée, parfumée et d'humeur tolérante. Je n'avais pas beaucoup souffert, à vrai dire, et je ne l'aurais jamais imaginé en train de tenir mes mains enfiévrées et de partager mes douleurs.

— Pardonne-moi de t'avoir délaissée, me dit-il, mais avoue que tu étais en avance.

— C'est vrai, mais je pensais qu'il valait mieux me hâter un peu. Nous aurons bientôt le grand bal de Caroline pour l'ouverture de la chasse et tu sais qu'elle compte absolument sur nous. Au fait, ta fille est là, enfouie sous ce monceau de plumes et de dentelles.

— Ma fille... Grand dieu !

Son enthousiasme paternel, déjà fort tiède, avait été considérablement refroidi par l'envahissante progéniture de Georgiana à Tarn Edge. Quand il se pencha sur le berceau, cependant, je vis son regard s'allumer d'un éclair de surprise et d'intérêt et il se plongea dans une contemplation beaucoup plus longue que prévu.

— Mais ce n'est pas du tout l'abominable petite chose hurlante à laquelle les autres bébés m'avaient habitué ! dit-il avec un étonnement comique. En fait, je la trouve plutôt mignonne.

— Bien entendu, mon chéri. Tu fais toujours tout mieux que les autres, voyons !

— Je suis heureux d'en avoir une nouvelle confirmation, dit-il en revenant vers moi. Mais ne recommençons pas trop souvent, ma chérie, nous pourrions avoir des déconvenues... Te portes-tu vraiment aussi bien que tu le parais, Julia ? Je suis revenu aussi vite que j'ai pu, tu sais. Je croyais, en partant, avoir encore au moins une semaine devant moi.

— Dois-je en croire mes oreilles, Blaise ? Te sentirais-tu coupable de m'avoir lâchement abandonnée ?

— En un sens, peut-être...

— Tu aurais grand tort, mon chéri. Tout s'est fort bien passé sans toi, si bien même que je me demande pourquoi les femmes font tant d'histoires. Celia est furieuse contre moi, elle trouve ma bonne humeur inconvenante.

— C'est que, vois-tu, tu n'as pas besoin de faire comme elle des efforts désespérés pour attirer l'attention de ton mari.

Ma fille, sa naissance si facile mais si bouleversante sentimentalement formaient le premier amour total, inconditionnel de ma vie. Je savais que nous resterions indissolublement liées l'une à l'autre. Je n'aurais pas à l'approuver, ni même à la trouver sympathique, pour être certaine de l'aimer toujours. Cette certitude me donnait à la fois la paix de l'âme et un but, me transformait de la potiche décorative que j'étais en un être humain, d'une utilité réelle. J'avais enfin accompli quelque chose de valable, je m'étais donnée tout entière comme j'en avais toujours rêvé. Si sa nurse et sa nourrice lui rendaient, en ces premières semaines sur terre, des services plus pratiques et plus immédiats, je savais néanmoins que sa santé, son appétit, ses joues rebondies, la fibre même de sa chair et l'essence de son être ne lui venaient que de moi.

Nous l'avons appelée Blanche, en hommage peut-être à la fraîcheur de son teint, à la blondeur de ses cheveux, à la transparence de ses yeux bleus qui faisaient d'elle une précieuse statuette d'ivoire.

— Elle est ravissante, proclamaient tous ceux qui la voyaient.

— C'est le portrait de sa mère, répondait Blaise.

Elle était belle, en effet, et j'en éprouvais une joie profonde. De fait, j'aurais été fort heureuse de ne plus quitter mes déshabillés de dentelle, de rester entre les quatre murs de mon élégante demeure ou dans les allées de mon jardin fleuri de lilas et de rhododendrons. Mais j'étais mariée à un homme pour qui le monde n'avait pas de limites et qui m'avait surtout choisie pour que je sois une partenaire, une associée dans son mode de vie luxueux, une maîtresse, une amie ; aussi mon nouveau rôle de mère, bien loin de supplanter les autres, vint-il s'y ajouter.

— Faut-il vraiment te lever si vite ? me demanda ma mère trois semaines après la naissance de Blanche.

— Absolument. Blaise attend des clients allemands la semaine prochaine, des Américains quelques jours plus tard. Il faut bien les recevoir et les distraire.

En souvenir, en expiation plutôt, de mon enfance lugubre, j'ai aménagé pour Blanche une chambre de conte de fées, un monde enchanté de couleurs tendres et vives, de fleurs et de jouets. Je l'habillais comme une princesse, mieux même car je savais le peu de soin que la noblesse accorde à ses enfants. Je la dorlotais, je jouais avec elle des heures durant, je garnissais sa cheminée de fragiles et coûteux objets d'art pour qu'elle grandisse dans la familiarité des belles choses.

Caroline me reprochait de la gâter et de la rendre vaniteuse.

Mais je connaissais mieux le monde qu'elle et je savais que les femmes, toutes les femmes, ont le droit d'être vaines et que la vanité pouvait devenir leur arme la plus puissante.

Je fus la première dame de Cullingford à porter une crinoline. Je trouvais délectable la sensation de liberté que me donnait cette cage métallique, sous laquelle les jambes se meuvent sans contrainte — liberté qui, précisément, choquait la plupart des autres. Elles suivirent cependant mon exemple et, bientôt, mes toilettes firent autorité jusqu'à Leeds et à Bradford, où Blaise possédait de nombreuses relations. Cela n'était pas fait pour me déplaire. Je faisais parfois scandale avec mes décolletés, j'excitais l'envie grâce aux zibelines que Blaise m'avait rapportées de Russie. Je fus la première à porter une résille dans ma coiffure, des bottes de coupe presque militaire, des mantilles espagnoles.

Blaise m'offrit une victoria, bien préférable au traditionnel landau pour y déployer mes vastes jupes. Il abandonna lui-même son phaéton pour un cabriolet du dernier cri, qu'il menait à bride abattue, semant la terreur sur son passage. Bref, nous étions devenus un ménage « à la mode », comme Blaise l'avait souhaité ; nous donnions des dîners très courus quand il était à la maison, et j'étais toujours prête à l'accueillir lui et les visiteurs inattendus qu'il me ramenait souvent.

Quand nous étions ensemble, je vivais dans un état de joyeuse excitation, de surprise mêlée parfois d'agacement, parfois de plaisir sincère. Il me fallait sans cesse repousser les limites de mon intelligence et de mon imagination car, s'il n'était jamais maussade, jamais de mauvaise humeur, s'il ne m'infligeait pas les violentes scènes de jalousie auxquelles Nicolas m'avait accoutumée, s'il ne prenait pas un malin plaisir à me soumettre à des épreuves pour mesurer la profondeur de mon attachement, s'il ne me demandait pas de l'aimer plus qu'il ne prétendait lui-même être amoureux de moi, il exigeait cependant d'être servi et diverti.

Ce n'était certes pas un homme d'intérieur, au sens classique du terme. Il aimait son confort, appréciait le luxe, savait ce qu'il coûtait et ne rechignait jamais à en payer généreusement le prix ; mais il ne voulait pas en connaître le détail terre à terre, apprendre le comment de ses soupers aux chandelles. Il refusait aussi de me trouver lasse ou morose, car il ne l'était jamais lui-même ; et s'il n'exigeait pas de moi des démonstrations passionnées à l'occasion de ses retours, il ne voulait pas davantage de questions, de récriminations ou d'exigences. Tout ce qu'il me demandait, c'était la même compagnie agréable et affectueuse qu'il m'accordait si libéralement de son côté. Si Blaise était un ami sûr, plein de charme et d'esprit, il était aussi un amant attentionné et inventif.

Notre ménage n'était évidemment pas de ceux que l'on trouve communément dans la vallée de la Law, où les maris ont le plus souvent tendance à ronfler après avoir rempli leurs devoirs conjugaux, où les époux ne restent pas tendrement enlacés à la lumière des bougies en sablant le champagne et en se disant combien ils y ont pris plaisir. Si ceux et celles qui se croyaient nos semblables s'offusquaient de mes peignoirs transparents et de nos raffinements délicieusement pervers, j'avoue que je les appréciais et même m'en délectais.

En dehors de mes plaisirs, qu'il se plaisait à satisfaire, Blaise ne s'inquiétait pas de l'état de mes sentiments. Il voyait Nicolas journellement quand il allait à l'usine et m'en parlait sans réticence quand l'occasion se présentait ; il ne faisait preuve d'aucune curiosité pour le passé, ne me demanda jamais ce que j'avais éprouvé pour Giles Ashburn. Mais ce que j'avais d'abord pris pour une forme de discrétion de sa part se révéla, plus simplement, n'être qu'une profonde indifférence.

« Dis-moi, Blaise, lui ai-je demandé une fois — et une seule. Pourquoi les choses sont-elles toujours si faciles pour toi ? » Il a souri, car il avait parfaitement compris ce que ma question sous-entendait, et m'a répondu : « Parce que je suis superficiel, ma chérie, et profondément égoïste — ce que j'ai fermement l'intention de rester. » La vérité n'était, bien entendu, pas si simple. S'il ne ressentait aucune inquiétude envers mes rapports passés et futurs avec Nicolas, c'est parce qu'il n'avait jamais été vraiment amoureux et, par conséquent, ne croyait pas à l'amour. Il appréciait ce qu'il avait, possédait ce qu'il appréciait et croyait sincèrement à sa boutade selon laquelle, depuis l'enfance, le monde entier devait nécessairement le préférer à Nicolas. Les termes de notre traité nous convenaient, semblait-il, autant à l'un qu'à l'autre, nous l'avions scellé par la naissance de Blanche, notre fille. Il n'y avait donc nul besoin d'y ajouter quoi que ce soit.

Les hostilités cessèrent avec la Russie, plus par la lassitude des adversaires que grâce à la victoire décisive de l'un d'eux. Le retour de la paix fut célébré par un feu d'artifice dans le parc de Listonby où Blaise et moi étions fréquemment invités — surtout depuis que Caroline s'attachait aux bonnes grâces du duc de South-Erin et s'efforçait d'exhiber à sa sœur, à sa fille et à ses amis, des Barforth qui ne soient pas des rustres. Je faisais toujours partie du comité de tante Hannah pour porter secours aux invalides de Crimée et le souvenir de Giles revenait douloureusement me hanter à chacune de mes visites à Simon Street.

Prudence passait le plus possible de son temps chez moi, pour échapper au regard d'aigle et à l'affection envahissante de M. Adair. Elle avait vingt-huit ans, bientôt vingt-neuf, âge considéré comme désespéré pour une jeune fille encore célibataire ; si son état ne l'inquiétait pas outre mesure — Freddy Hobhouse paraissait toujours résolu à y mettre fin —, elle succombait de plus en plus souvent à l'abattement. Sa vie se perdait dans des marécages d'inutilité et les liens dont mon père continuait à l'enserrer depuis sa tombe la paralysaient toujours avec la même rigueur. Elle avait tenté de se rendre en Crimée pour rejoindre Florence Nightingale et ses volontaires, en vain bien entendu. Sa sujétion à l'autorité de son beau-père était plus étroite, plus pesante que jamais.

— Je suis riche, me répétait-elle avec amertume. Il y a dix hommes, vingt peut-être qui, aujourd'hui encore, rêvent de m'épouser pour ma dot. Je possède une petite fortune en porcelaines poussiéreuses. Et pourtant, je ne dispose pas d'un sou et je ne puis faire un pas sans devoir en rendre compte.

Blaise était présent ce jour-là et intervint :

— Vous n'avez pas le droit de vendre vos porcelaines, c'est vrai. Je me demande cependant si le testament de votre père vous interdit d'en faire cadeau.

— A quoi cela servirait-il ?

— A satisfaire votre générosité naturelle, ma chère Prudence. Ainsi, vous possédez une paire de vases en Wedgwood que j'ai souvent admirée et qui serait du meilleur effet sur la cheminée de ma bibliothèque, de même, je crois, qu'une nymphe — est-elle de Sèvres ou de Meissen ? — à qui je trouve une ressemblance frappante avec Julia. S'il vous prenait fantaisie de me l'offrir, ou d'en faire don à votre sœur, personne n'aurait sujet de se plaindre. Et si, par hasard, quelque mauvais esprit insinuait que je vous ai payé ces objets, Jonas Agbrigg lui-même ne s'aventurerait pas à plaider une telle affaire sur de simples on-dit, sans preuves formelles.

Prudence alla aussitôt vérifier le testament.

— Ton idée est habile, Blaise, lui ai-je dit.

— Je suis un habile homme.

— Généreux, aussi. Cette paire de vases coûte sûrement très cher.

— Je sais. Mais c'est que j'en ai vraiment envie, vois-tu, ce qui ôte beaucoup de désintéressement à mon geste. Quand tu reverras ta sœur, suggère-lui donc aussi que, pour échapper à l'empressement des cousins d'Irlande, rien ne vaut de vraies fiançailles. Ce n'est pas contraignant comme le mariage et cela procure une protection non négligeable. Je tiens de source sûre que tante Hannah, dans des circonstances comparables, n'a pas hésité à se fiancer à un pasteur qu'elle n'avait nullement l'intention d'épouser.

— Cela me semble inélégant...

— Peut-être, mais cela donnerait à ce brave Freddy Hobhouse le coup de pouce dont il a grand besoin. Je tiens, de source non moins sûre, que mon frère songe sérieusement à faire une offre pour l'acquisition de Nethercoats. Si le père Hobhouse accepte, Freddy n'aura plus rien, car l'offre de Nicolas n'est sûrement pas généreuse. Elle suffira peut-être à entretenir les parents dans une maisonnette au bord de la mer, mais les enfants vont devoir se débrouiller pour leur propre compte. Fiancé à Prudence, Freddy bénéficiera d'un sursis car la perspective de sa dot fera réfléchir M. Hobhouse. Tu vois comme j'ai bon cœur...

— Permets-moi d'en douter, Blaise. Ce que tu cherches, au fond, c'est empêcher Nicolas d'acheter Nethercoats ou le forcer à payer plus cher.

— Que de noirceur tu me prêtes ! Je ne cherche qu'à rendre service à Prudence et à Freddy. Nicolas trouvera toujours l'argent. Il est très bien vu à la Banque Rawnsley, d'après ce que l'on dit.

— Ce n'est pourtant pas un jeu, Blaise, pas pour eux, du moins. Si Freddy se retrouvait sur la paille, Prudence ne le lâcherait pas. Elle se considérerait moralement obligée d'honorer sa parole.

— Sans aucun doute, dit-il avec un sourire pétillant de malice. Tu oublies simplement que, malgré tous ses défauts, Freddy Hobhouse est un vrai *gentleman*. C'est lui qui se sentirait moralement obligé de délier Prudence de sa promesse.

Prudence ne m'avait pas fait part de ses réactions après la proposition de Blaise. Je vis cependant apparaître chez moi une série croissante d'objets à l'aspect familier : la paire de vases en Wedgwood fut bientôt suivie de la nymphe en biscuit de Sèvres, puis d'une paire de danseuses en porcelaine de Meissen, d'une Vénus aux épaules nues et d'une figurine de Vincennes sur un socle en bronze doré.

— Quelle générosité, Blaise ! lui fis-je observer. Prudence doit être en train de mettre beaucoup d'argent de côté.

Je me rappelais pourtant qu'il s'était également montré généreux envers Georgiana, qu'il manifestait volontiers un penchant pour les dames en détresse, et je me suis demandé — non sans un certain malaise — si j'avais, moi aussi, fait partie de ses « bonnes œuvres ».

Cet automne-là, je fis un long séjour à Listonby. Blaise était parti pour une de ses destinations lointaines, Caroline avait le plus urgent besoin de mon assistance. Depuis que ses jumeaux avaient atteint l'« âge de raison », l'ouverture de la chasse ne lui procurait plus les mêmes plaisirs et elle gémissait, discrètement mais résolument, sur les périls qu'ils encouraient à cheval et la boue dont ils étaient couverts en rentrant.

Georgiana avait mis son propre fils en selle avant même qu'il apprenne à marcher, comme le devait un Clevedon ; elle ne partageait pas les mêmes angoisses et supportait fort impatiemment les jérémiades de sa belle-sœur.

— Grand dieu, Caroline ! Et quand bien même ils se casseraient une jambe, elle se recollerait ! Inquiétons-nous plutôt de celles des chevaux pour ne pas avoir à les abattre s'ils font une mauvaise chute. J'aurai vos garnements à l'œil, rassurez-vous. Ils montent d'ailleurs à merveille et sont extrêmement prudents — pas du tout comme mon Gervais.

Caroline savait pourtant que Georgiana, une fois lancée, n'aurait plus l'œil sur personne et abandonnerait son Gervais au fond d'un fossé s'il venait à faire une chute. Elle ne comptait pas davantage sur Henrietta Stone, piètre cavalière elle-même et bien trop intéressée par les pères pour se soucier du sort des fils. Aussi, chaque journée de chasse lui devenait-elle un supplice. Elle élevait d'amères protestations contre le langage peu châtié de tous ces beaux gentilshommes, leurs mœurs dissolues et le déplorable exemple auquel ses rejetons étaient ainsi exposés.

— Caroline, sois honnête. Tes frères n'étaient pas des anges, eux non plus, dans leur jeunesse.

Cette innocente remarque m'attira une tirade virulente sur les vertus du travail et les devoirs des enfants envers leurs parents.

Les jumeaux, ce jour-là, devaient pourtant rentrer indemnes. Ce fut le jeune Gervais Barforth qui, vers la fin de la matinée, passa par-dessus la tête de son cheval et tomba brutalement sur un terrain rocheux où il demeura étendu immobile. Son oncle Perry, qui passait par hasard, le souleva par la peau du cou et le lança négligemment à sa mère, car c'était le traitement auquel ils avaient été acccoutumés l'un et l'autre depuis leur plus jeune âge. Georgiana retourna à Listonby au petit galop, son fils couché en travers de sa selle. Il avait le teint verdâtre et la démarche chancelante quand elle le laissa glisser à terre et lui enjoignit d'aller se mettre au lit.

Ainsi assurée qu'il survivrait, Georgiana piqua des deux et s'en alla. Malheureusement, sans doute, Caroline s'alarma peu après de l'inconscience persistante de son neveu et prit sur elle d'envoyer chercher Nicolas qui, circonstance plus regrettable encore, survint vers la fin de l'après-midi dans une colère noire, une demi-heure avant le retour de sa femme.

Je ne souhaitais certes pas être présente quand elle pénétra dans le vestibule, sa traîne d'amazone sur le bras, mouchetée de boue, rayonnante, aussi belle que je l'avais vue pour la première fois et les bottes toujours aussi indifférentes aux tapis de Caroline. Je retrouvais l'oiseau rare qui, trop brièvement, avait su charmer son dompteur et le soumettre à son charme, mais dont l'envol aujourd'hui fut brutalement coupé à la vue de son mari.

— Grand dieu ! s'écria-t-elle, s'efforçant vainement à l'ironie. Qu'est-ce qui vous amène ici, mon ami ? Les usines seraient-elles en feu ?

— Non, mais une raison tout aussi sérieuse. Votre fils. Il a fait une chute de cheval et pourrait être mort en ce moment même. Comme sa mère était introuvable, il était naturel qu'on me fasse prévenir.

Je la vis changer de couleur, ses yeux verts perdre leur éclat pour refléter la terreur. Elle vacilla, se reprit, avala sa salive avec peine.

— Il n'est pas mort, Nicolas. Il a simplement fait une chute, comme cela m'est souvent arrivé à son âge. Je l'ai immédiatement ramené à la maison...

— Touchante manifestation de l'amour maternel.

Elle se tut, baissa les yeux qu'elle garda longuement fixés sur sa cravache, dont elle se frappait nerveusement la jambe. Un long moment plus tard, elle releva la tête et je vis que ses longs cils retenaient mal ses larmes.

— Je t'en prie, Nick, ne sois pas si dur avec moi. Quand tu es ainsi, je ne peux pas te parler. Il ne s'est rien passé de si grave... J'aurais peut-être dû rester avec lui, c'est vrai.

— Mais non, voyons ! Il n'est pas question de vous priver de votre chasse, ce serait cruel.

Elle laissa échapper un gémissement si poignant que j'aurais voulu pouvoir me boucher les oreilles.

— Nick, par pitié... Ce n'est pas cela du tout. J'ai fait ce qui me semblait naturel. Gervais n'avait pas besoin de moi. Caroline était là, sa nurse aussi. Elles m'auraient chassée si j'avais voulu rester. Il m'est arrivé la même chose plus de cent fois, je n'en suis pas morte. Cela aguerrit le caractère, au contraire. Mon grand-père me l'a toujours dit.

— C'est bien possible. Mais vous êtes une Clevedon, pas lui.

— Il est mon fils !

— En effet. Vous avez également une fille, si mes souvenirs sont bons, qui est toute seule à Cullingford et ne reverra probablement pas sa mère d'ici Noël. Je me demande si vous daignerez vous en occuper avant qu'elle ne soit assez grande pour monter à cheval.

— Mon dieu, oh ! mon dieu !...

Tremblante, les mains crispées sur les coudes, Georgiana se mit à tourner en rond en marmonnant des paroles à peine audibles entrecoupées de sanglots étouffés.

— Assez, Nick, par pitié... J'aime les enfants, je ne les néglige pas. Ce n'est pas vrai. Je m'en occupe bien plus que vous, mais vous me refusez de le faire à ma manière. Pourquoi vouloir me changer, Nick, pourquoi ? Je ne peux pas, je suis ce que je suis. Et maintenant, vous m'accusez d'être une mère indigne... Assez, Nick, vous m'avez fait assez de mal. Arrêtez de m'en faire encore.

Nicolas poussa un juron et se retourna d'un bloc pour s'appuyer des deux mains à la cheminée. Je saisis cette occasion de fuir le plus loin possible, sans m'assurer si Caroline avait elle aussi l'heureuse idée de les laisser seuls. Je ressentais la colère de Nicolas comme si j'en avais été l'objet, la douleur de Georgiana comme si je l'avais moi-même éprouvée. Trop absorbée dans mes pensées, je courais presque sans savoir où j'allais, et j'ai soudain sursauté en entendant quelqu'un sangloter. En tournant le coin de la maison, j'ai alors vu Julian Flood affalé contre son cheval, les épaules, tout le corps secoués par les sanglots. Matthew Chard était debout près de lui, livide, vacillant.

Je n'ai pu retenir un cri :

— Matthew ! Au nom du ciel, que se passe-t-il ?

Parce qu'ils étaient des gentilshommes, parce qu'il était de mauvais goût d'exhiber sa douleur devant une femme et qu'on leur avait appris à coups de fouet, tout au long de leur jeunesse, à subir la souffrance en silence, ils se redressèrent immédiatement, Julian Flood cessa de pleurer et Matthew vint au-devant de moi.

— Pardonnez-nous, Julia, nous venons de recevoir un choc très dur. Perry Clevedon a fait une mauvaise chute. Cela s'est passé juste après que Georgiana fut retournée à la maison pour prendre des nouvelles du petit.

— Une mauvaise chute, dites-vous ?

— Très mauvaise. Le cheval a refusé devant une haie, s'est cabré, a perdu l'équilibre et... Il est retombé sur Perry.

— Il est mort ?

— Oui. Il l'était quand nous l'avons relevé. Il n'a pas eu le temps de souffrir. Je ne sais pas si cela consolera beaucoup Georgiana, mais il vaut mieux que je le lui apprenne...

— Non, Matthew. Nicolas est ici. Laissez-le s'en charger.

— Dieu soit loué ! Je ne sais pas ce qu'elle va faire sans Perry. Je doute même qu'elle s'en remette...

Il me serra la main avec soulagement et se hâta pour aller prévenir Caroline et Nicolas.

Par un miracle inattendu, Blaise revint à temps pour les obsèques de Perry Clevedon et fut étonné — je l'étais d'ailleurs moi-même — du soulagement que j'ai manifesté.

— J'aurais été incapable d'y aller sans toi !

— Tu me flattes, ma chérie. Mais que crains-tu ? C'est Georgiana, plus que toi, qui a besoin de soutien. Espérons qu'elle le trouvera.

Elle fut remarquablement maîtresse d'elle-même. Elle se tenait, très droite, à côté de son grand-père, les yeux secs, le visage rendu plus livide par le noir de son voile. Ils formaient un groupe émouvant, deux êtres frêles refusant de se laisser fléchir par le malheur, par la perspective désespérante d'enterrer, avec le dernier descendant mâle, le seul espoir de survie de leur lignée. L'atmosphère était digne, recueillie et Julian Flood lui-même, qui n'était, paraît-il, pas sorti de l'ivresse depuis le jour de l'accident, se tenait sobrement au bord de la tombe, le visage aussi inexpressif qu'un bloc de granit.

Les métayers, les vieux serviteurs à la retraite et ceux encore en activité, la maîtresse d'école du village de Galton, tous subissaient le choc de cette mort et les conséquences inéluctables qu'elle aurait sur leur propre vie. Le cercueil fut placé en silence dans la tombe, c'est en silence que nous avons regagné le Prieuré dans le léger craquement des feuilles mortes. Le vieux M. Clevedon, ses dernières espérances en cendres, nous serra pourtant la main, prononça les paroles que son devoir et ses traditions lui dictaient.

En silence, nous avons bu un verre de vin, nous regroupant comme à regret et au hasard, Nicolas avec sa mère et Caroline, Henrietta Stone ne me lâchant pas d'une semelle à cause de Blaise. Julian Flood se mit soudain à boire avec acharnement, Matthew et quelques autres voisins de campagne tentèrent d'entraîner M. Clevedon dans une conversation malaisée. Mais Georgiana avait purement et simplement disparu. Au bout d'une heure, alors que tout le monde souhaitait se retirer mais que personne n'osait en prendre l'initiative, Blaise se pencha vers moi et me chuchota à l'oreille :

— Où est-elle, à ton avis ?

— Je ne sais pas. Dans sa chambre, peut-être.

— Je ne l'ai pas vue rentrer dans la maison. Va donc voir dans le cloître, Julia.

J'ai levé un sourcil interrogateur.

— Si, Julia, vas-y. Il faut bien que quelqu'un se dévoue. Je ne peux pas le faire moi-même sans provoquer de commentaires et Nicolas n'a manifestement pas l'intention de bouger.

Je suis sortie, mécontente de moi et de ma répugnance à remplir cette mission, mécontente de Blaise qui me l'avait imposée ; j'étais prête à verser des larmes sur un homme que je connaissais à peine et que je n'aimais pas. J'appréhendais de trouver Georgiana, car je ne savais pas ce que Blaise voulait que je fasse pour elle et que je croyais, dans tous les cas, n'avoir rien à lui offrir.

Dès que je la vis, pourtant, tous ces sentiments furent balayés par la pitié.

Elle était dans le cloître, comme Blaise l'avait deviné, assise sur les dalles, adossée au mur, à peine plus grosse sous la voûte qu'une poupée de son. Jamais encore je n'avais vu tant de larmes couler de ses yeux, de tous les pores de sa peau, semblait-il, en une inépuisable fontaine de douleur d'autant plus bouleversante qu'elle était muette. Elle ne faisait pas un bruit, n'avait pas un frémissement. Elle était simplement, et atrocement, noyée sous ce déferlement de pleurs où paraissait couler son âme.

Je suis allée m'asseoir auprès d'elle, sur les dalles inégales. Je sentais que les mots seraient inutiles, que je ne pouvais lui offrir mieux que le réconfort de ma présence. Mais c'était avant tout une Clevedon de sorte que, un instant plus tard, elle parvint à tarir ses larmes, se redressa et me fit un simulacre de sourire.

— Je l'aimais tant, voyez-vous, me dit-elle.

— Je sais, Georgiana.

— C'est mon grand-père qui vous envoie ? Non ? Tant mieux. Je ne voudrais pas qu'il me voie pleurer. Je suis immédiatement venue à Galton après l'accident. Si j'avais pleuré à ce moment-là, ma présence ne lui aurait été d'aucun secours. Je ne peux pas décevoir mon grand-père... Je vais rejoindre les autres dans une minute.

Elle voulut s'essuyer le visage avec sa manche et je lui ai tendu mon mouchoir, l'observant avec respect tandis qu'elle retrouvait sa dignité.

— Voilà. Suis-je présentable, maintenant ?

— Tout à fait, Georgiana. Accordez-vous encore un moment, cela vous fera du bien.

— Merci, Julia. Pouvez-vous me comprendre ? Il y avait plus que de l'amour, entre Perry et moi. Pour la première fois de ma vie, je me sens seule au monde. Je l'ai toujours connu, toujours vu ici. Mon père et ma mère sont morts, je les ai oubliés. Mais j'ai toujours eu Perry, mon grand-père et le Prieuré...

Elle se leva soudain et se pressa contre les pierres froides du mur, en caressa la surface rugueuse comme pour se plonger dans le passé, y retrouver la trace des deux enfants heureux qui y avaient joué, rêvé, dont les âmes étaient en parfaite harmonie — et dont l'un n'était plus.

— Georgiana...

— Oui, ne vous inquiétez pas. Je ne suis pas folle, Julia, je sais qu'il ne reviendra plus. Ici, pourtant, je peux encore y croire. C'est cela, le Prieuré — tant qu'il s'y trouvera un Clevedon, peu importe lequel, l'esprit de la famille ne mourra pas. Mon grand-père croit que c'est fini, c'est pourquoi il a tant de peine. Mais le Prieuré sera à moi après lui, et je le transmettrai à mon Gervais. J'ai toujours craint que Perry ne se marie pas, aussi ai-je bien fait d'avoir un fils, n'est-ce pas ?

— Non, Georgiana...

Elle me dévisagea avec surprise, un sourire contraint encore aux lèvres.

— Que voulez-vous donc dire, Julia ?

Je savais que le moment était particulièrement mal choisi pour lui parler, mais je n'en retrouverais peut-être jamais d'aussi favorable et j'avais déjà laissé passer trop d'occasions dans ma vie. Je m'étais arrachée à Nicolas pour plusieurs raisons, l'une d'elles, et non la moindre était l'espoir qu'il se tournât vers elle. Il n'en avait manifestement rien fait. Maintenant, dans la douleur de Georgiana pour son frère, pour le seul homme ayant véritablement dominé ses sentiments et mérité sa fidélité, pouvais-je retrouver cet espoir ? N'y avait-il donc pas moyen de sauver quelque chose, dans ce naufrage conjugal, de réaliser si peu que ce fût le conte de fées avec lequel Blaise avait cru m'aveugler ?

— Qu'avez-vous, Julia ? Vous me regardez d'étrange façon...

— Vraiment ? Eh bien, c'est parce que... Parce que, Georgiana, il faut maintenant ouvrir les yeux. Ce monde qui était le vôtre ne l'est plus, ne pourra plus jamais l'être parce que ce n'est pas celui de votre mari. Ce ne pourra pas davantage être celui de Gervais. Il n'est encore qu'un petit garçon et il ressemblera sans doute à son oncle Perry, quand il grandira. Mais il ne pourra pas prendre la place de Perry, Georgiana, pour la simple raison qu'il s'appelle Barforth.

Elle se rassit d'un geste brusque et je l'imitai pour ne pas avoir l'air de la dominer. Plus que jamais, ce lieu sombre et renfermé me faisait l'effet d'un couloir menant au passé.

— Voulez-vous dire, Julia, que Nicolas exigera de Gervais qu'il aille à l'usine ?

— Vous savez bien qu'il le fera.

— Il ne m'en a encore jamais parlé.

— Cela lui semble si évident qu'il n'éprouve sans doute pas le besoin de le dire.

— Cela vous paraît évident, à vous aussi ?

— Oui, bien entendu.

— Pas à moi.

Elle resta un moment immobile, comme en communion avec ces pierres chargées de symboles et de significations qu'elle seule pouvait comprendre. Puis, d'un de ces mouvements brusques auxquels elle nous avait accoutumés, elle se tourna vers moi en souriant :

— Eh bien, non, voyez-vous ! Cela ne se passera pas ainsi. Même si Perry s'était marié, avait eu des héritiers, cela n'aurait pas pu se passer ainsi. Ces derniers temps, Julia, je me sentais très affaiblie. Je croyais que c'était à cause de la naissance de Venetia, mais je sais que ce n'est pas le cas. En fait, j'avais le sentiment d'un échec, d'un échec total dans tout ce que j'avais entrepris. C'était d'ailleurs vrai. Je n'avais rien à offrir à personne, et c'était assez pour désespérer. Maintenant, je puis offrir le plus merveilleux des dons, le Prieuré et tout ce qu'il comprend, tout ce qu'il implique. Je sais que Gervais ressent tout cela comme moi, qu'il sait que c'est de la terre que nous tenons notre nourriture. Comment, désormais, l'en priver, lui dénier ce droit imprescriptible ? Le reste ne compte pas, ce n'est que de l'argent — et il en a déjà tant...

Elle se leva, me tendit une main brûlante. Son visage avait retrouvé la vivacité, la beauté que je croyais perdue.

— Le cloître me fait du bien, voyez-vous, Julia ? Il y a une heure, j'y suis venue en croyant y mourir — sans que personne ne s'aperçoive de ma disparition. Maintenant, j'ai retrouvé ma force. Allons, venez. Il faut que je m'occupe de mon grand-père.

25

Cette année-là, Sir Joel et Lady Barforth ne revinrent pas à Cullingford pour les fêtes, mon oncle ayant souffert d'une rechute de son affection pulmonaire que l'air humide et malsain de la région n'aurait pu qu'aggraver. Aussi invitèrent-ils à Rosemont ma mère et M. Adair, tante Hannah et M. Agbrigg, ce qui, pour la première fois, eut l'avantage de séparer les générations.

J'ai passé la plus grande partie de la période des fêtes à Listonby, où je pus admirer l'organisation et la discipline de fer qu'y faisait régner Caroline. Il y eut un réveillon de soixante-dix couverts, couronné par une aubade et une chute de neige survenant si bien à point que je soupçonnais Caroline de l'avoir commandée tout exprès. Le lendemain, après que tout le monde se fut rendu à l'église en procession, l'on procéda à une distribution de victuailles aux pauvres de la paroisse. Au château, il y eut des jeux organisés pour les enfants tandis que les messieurs s'attardaient au fumoir et que les dames bavardaient au salon.

Liam Adair s'amusa à taquiner Gervais jusqu'à ce que Dominique réglât la question par quelques coups de poing bien appliqués. La petite Venetia fit ses premiers pas. Grace, les yeux plus immenses et plus étonnés que jamais, se laissait patiemment embrasser par les dames sentimentales et ébouriffer par les messieurs. Quant à ma petite Blanche, elle se rendait déjà compte qu'elle n'avait pas à faire un bruit ni un effort pour mériter l'attention générale. Les jours suivants virent se succéder dîners, bals, retours de chasse et autres festivités qui durèrent douze jours pleins. Julian Flood me fit une cour éhontée qui lui attira de sévères remontrances de la part de Caroline. Elle lui pardonna, néanmoins, compte tenu de ce que cinq membres de sa proche famille avaient combattu en Crimée et y avaient laissé leur vie.

Naturellement, tout se déroulait sans la moindre anicroche et aucun des invités ne pouvait mesurer la somme énorme de travail qu'imposait une si parfaite hospitalité. Mais cette perfection même finit par me lasser et je ne fus pas fâchée de rentrer enfin chez moi, plus soulagée encore lorsque ma mère, revenue de Bournemouth, reprit en charge le jeune Liam Adair dont la turbulente présence et les incessants bavardages mettaient les nerfs de Blaise et les miens à rude épreuve. La courte absence des Adair avait eu pour conséquence de redonner à Prudence le goût de la liberté, qu'elle refusait énergiquement de perdre à nouveau. Aussi, comme ma mère le redoutait depuis longtemps, cette situation provoqua bientôt un affrontement direct entre sa fille et son mari, et leurs joutes verbales culminèrent sur le sujet épineux des porcelaines. M. Adair en avait remarqué un trop grand nombre chez moi pour ne pas en éprouver un déplaisir certain ; Prudence contre-attaqua en déclarant avoir observé, de son côté, la disparition inexpliquée, sinon inexplicable, de plusieurs autres pièces. Ils décidèrent d'en faire un inventaire détaillé et, sur l'insistance de Prudence, tombèrent d'accord pour mettre la collection à l'abri dans le grenier.

« Cela me convient à merveille », lui dit M. Adair. Là-dessus, saisie de doutes, Prudence en refit le compte le lendemain matin, car elle comprenait un peu tard que ses statuettes, emballées dans des caisses, seraient plus difficiles à dénombrer qu'exposées sur les étagères. M. Adair l'attendait au pied de l'escalier quand elle redescendit de sa vérification, lui fit un clin d'œil pétillant de malice et, par la suite, sembla prendre un malin plaisir à se faire remarquer à plusieurs reprises sortant subrepticement de la maison, un paquet hâtivement enveloppé sous le bras.

— Je ne peux quand même pas coucher au grenier ! me dit Prudence au comble de l'énervement. Il pourrait voler toutes les pièces une par une et les vendre sans même que je m'en rende compte.

Elle était cependant moins atterrée par la perte éventuelle de son bien que par les pensées mesquines dont elle voyait son esprit envahi du fait de ces constantes escarmouches. Aussi, poussée à bout, s'apprêta-t-elle à prendre la décision la plus hardie et la plus positive de sa vie.

— Je me sens devenir hystérique. Ce diable d'homme est en train de me faire véritablement tourner à la vieille fille ! Si je ne réagis pas sur-le-champ, je ne serai bientôt plus bonne à rien.

Alors, après avoir dit à sa mère qu'elle venait passer quelques jours chez moi pour s'occuper de Blanche, elle prit le train pour Bournemouth avec l'intention de demander à oncle Joel d'intervenir pour la mettre en possession de sa dot.

Ce dernier, bien entendu, fut stupéfait de voir l'aînée de ses nièces surgir à sa porte sans préavis et sans chaperon ; il ne voulut d'abord rien entendre. Rien au monde, lui dit-il, ne pouvait le contraindre à remettre vingt mille livres de la succession de Morgan Aycliffe à sa fille célibataire, quand bien même il en aurait le pouvoir — ce qui, précisa-t-il, n'était pas le cas.

Prudence savait qu'elle jouait sa dernière carte et ne s'était pas embarquée dans cette aventure sans avoir soigneusement préparé ses arguments et répété ses objections.

Elle voulait, lui dit-elle, ouvrir une école pour les jeunes filles car il n'existait encore, à ce jour, aucun établissement d'enseignement féminin digne de ce nom. Elle avait elle-même reçu une éducation si insuffisante qu'elle était, en conséquence, incapable d'enseigner par ses propres moyens ; mais elle pourrait employer des professeurs qualifiés et superviser la qualité des études. Elle avait déjà étudié la taille du bâtiment nécessaire, calculé les coûts d'exploitation, la composition du personnel, le montant des salaires. Elle avait établi la liste des matières, évalué les prix de pension et d'externat à demander aux familles des élèves. Elle avait même prévu les grandes lignes du règlement à mettre en vigueur, les horaires des classes et des récréations, la qualité de la nourriture et la composition des repas qu'elle servirait.

— Songes creux ! grommela oncle Joel. Utopie. Tu divagues, ma pauvre petite. Va plutôt te coucher, tu te sentiras mieux demain matin. Après cela, je te renverrai chez ta mère. Ta place est au foyer familial.

Le lendemain, cependant, ce fut lui qui aborda la question :

— Explique-moi, je te prie, à quoi rime ton fameux programme d'éducation. Personnellement, je n'en vois pas l'utilité. Les filles sont faites pour se marier et, en ce qui me concerne, je n'aurais que faire d'une femme instruite et qui se piquerait d'intelligence.

— Vous avez pourtant une femme remarquablement intelligente, mon oncle.

— C'est vrai — sinon, je ne t'aurais pas écoutée si longtemps. Alors, dis-moi, où comptes-tu recruter tes élèves ? Je ne connais pas un seul père de famille à Cullingford prêt à te payer pour farcir la tête de ses filles de tes idées fumeuses. Et n'oublie pas que ce sont toujours les hommes qui paient.

Là encore, Prudence avait ses réponses toutes prêtes. Elle ne se contenterait pas d'instruire ses élèves, elle leur inculquerait tous les talents domestiques et de société, outre la littérature et les mathématiques, les sciences et la philosophie, elle leur apprendrait la danse et la musique, l'art de recevoir des invités, de dresser une table, de surveiller l'économie du ménage. Ainsi pourraient-elles mieux servir les générations futures d'industriels ambitieux dont l'horizon s'élargissait chaque jour pour embrasser le monde entier. Car le monde changeait, les mœurs évoluaient.

— Passe encore pour les externes, bougonna oncle Joel. Mais tu parlais de pensionnaires. Tu sais aussi bien que moi que nos bonnes gens de Cullingford aiment garder leurs filles chez eux.

Sans doute, lui répondit Prudence. Elle connaissait cependant assez le monde pour savoir qu'il existait bien des filles représentant, au contraire, une gêne pour leurs parents — d'autres dont les parents refusaient même de reconnaître l'existence.

— Tu veux parler des fredaines de la noblesse ?

— Précisément, mon oncle. Je crois d'ailleurs que Lady Stone, l'amie de Caroline, pourrait me rendre service dans ce domaine.

Son frère aîné, qui sera duc un jour, connaît une jeune fille dans ce cas et souhaiterait lui venir en aide.

— Par exemple ! répondit oncle Joel en riant. Mais crois-tu qu'une Mme Hobhouse ou une Mme Rawnsley accepterait de gaité de cœur que leurs filles coudoient la fille d'un duc, même illégitime ?

— Elles en seraient ravies, répondit-elle fermement. Une fois que je me serais fait connaître, j'ai même peur de devoir refuser des inscriptions.

— Crois-tu vraiment pouvoir gagner de l'argent avec ton école ? s'inquiéta oncle Joel.

Ils en discutèrent toute la journée du lendemain, firent une promenade d'une heure le long de la falaise, passèrent encore une heure en tête-à-tête dans le cabinet de travail où Prudence aligna des chiffres et démontra la rentabilité de son entreprise. Elle déclara même en être convaincue au point de vouloir y investir toutes ses économies, dont le chiffre, quand elle l'annonça, fit sursauter son oncle d'une surprise mêlée de doutes.

Quelques semaines après son retour, Prudence annonça ses fiançailles officielles avec Freddy Hobhouse, nouvelle qui plongea Mme Hobhouse dans la délectation et fut nettement moins bien accueillie par ma mère jusqu'à ce que M. Adair, assez joueur pour comprendre qu'il avait perdu et ferait mieux de se retirer de la partie, haussât les épaules avec bonne humeur et présentât à sa belle-fille ses sincères vœux de bonheur. Ce fut le moins étonné de tous lorsque, peu après, l'on apprit que Prudence avait signé le bail d'une vaste maison à Elderleigh Hill, distante de quelques centaines de mètres de la mienne, non point pour y préparer sa résidence familiale avec Freddy mais pour y installer une école.

— Mon dieu, mon dieu ! s'exclama ma mère un beau matin en faisant irruption chez moi. Parle-lui, Julia, je t'en conjure, je ne comprends rien à toute cette histoire. Sa dot est intacte, ses porcelaines sont toujours là — Daniel en a refait l'inventaire. Alors d'où tient-elle cet argent ? Les gens vont me poser des questions et je ne sais que leur répondre ! Je connais Emma-Jane Hobhouse depuis trop longtemps pour ne pas craindre qu'elle ne s'oppose formellement à ce que Prudence gaspille son argent en dehors de Nethercoats. Et elle a une telle langue de vipère... Parle-lui, Julia, je t'en supplie, ou demande à Blaise de la raisonner. Il saura quoi lui dire.

Prudence, cependant, resta muette ; Blaise, à l'exception d'une remarque négligente sur le fait que Nicolas serait déçu de ne pas rafler Nethercoats pour une bouchée de pain, n'en dit guère davantage. Aussi dus-je attendre quelques semaines de plus pour satisfaire ma curiosité, lorsque tante Virginie fit une visite surprise à Cullingford. Elle nous annonça que, souhaitant depuis longtemps contribuer de manière concrète à l'amélioration de sa ville natale, elle avait finalement pris sa décision :

— Oui, nous dit-elle, l'idée m'est venue soudainement, comme si j'avais entendu des voix. J'avais pourtant assez souffert de cette situation, je ne vous le cache pas. Pour les garçons, nous disposons d'une excellente école où Blaise et Nicolas ont appris tout ce qui leur était nécessaire pour entrer à l'université. Mais quand il m'a fallu éduquer Caroline, j'ai retrouvé la maison envahie de préceptrices de ceci et de professeurs de cela, dont je n'aurais souvent pas voulu infliger la présence à mon pire ennemi — sans que les résultats aient été particulièrement brillants, je n'hésite pas à le dire. Voilà pourquoi, ma chère Elinor, j'ai décidé de fonder une école de filles. Je compte sur M. Adair et sur toi pour me permettre de réaliser mon projet — oui, je le dis bien —, car je tiens essentiellement à ce que Prudence en prenne la direction. Si vous refusiez, je serais forcée de renoncer à fonder cet établissement et ce serait grand dommage, vous en conviendrez. Joel trouve l'idée excellente et, si je compte financer moi-même l'entreprise, nous pouvons certainement compter sur lui pour y participer généreusement.

Quand Lady Barforth présentait une requête et que Sir Joel laissait entendre sans ambiguïté qu'il entendait la voir satisfaite, nul à Cullingford — et moins encore un M. Adair — ne pouvait sérieusement s'y opposer.

— Elle a donc réussi à se faire prêter l'argent par mon père, me dit Blaise en souriant. Tant mieux pour elle — mais il lui fera gagner son pain à la sueur de son front, la pauvre ! J'ignore comment elle s'y est prise pour le décider. Il doit sans doute s'ennuyer ferme, dans son petit paradis... Cela leur fera du bien à tous les deux de s'intéresser à quelque chose de nouveau.

— Et Freddy, Blaise ? Est-ce toi qui l'y as poussée ? L'aurais-tu fait, par hasard, dans le but d'empoisonner Nicolas ?

— Moi ? Quelle idée ! répondit-il avec innocence. Pourquoi voudrais-je empoisonner Nicolas ? Tiens, il était dans mon bureau pas plus tard que ce matin et m'a dit en passant que l'argent de Prudence ferait l'effet d'une goutte d'eau dans l'océan, et que si les Hobhouse continuent à gérer leurs affaires comme ils le font, ils ne trouveront plus d'acheteurs et n'auront même bientôt plus rien à vendre. Tu vois combien cela le laisse froid.

— Passe pour Nicolas. Mais Freddy ? Tu ne m'as pas répondu.

— Bah ! Freddy rend service à Prudence en écartant les autres soupirants. Elle aura donc le temps de s'occuper de son école, puisque ce bon Freddy n'y trouve rien à redire. Si elle l'épousait, ce serait une autre histoire et ta pauvre sœur se retrouverait sur la paille en un clin d'œil. J'espère qu'elle aura la sagesse de ne pas le faire.

Toujours inquiète du sort de ce garçon, dont je connaissais trop l'honnêteté, les handicaps qu'il lui fallait surmonter et les sacrifices qu'il consentait pour soutenir à bout de bras une affaire ruinée par l'incurie de son père, je suis allée communiquer mes scrupules à Prudence. Maintenant qu'elle avait retrouvé sa combativité avec son indépendance tant chérie, elle ne fit qu'une bouchée de mes objections :

— Injuste, me dis-tu ? Bien sûr, si l'on t'écoute. Mais que sais-tu exactement de mes intentions vis-à-vis de Freddy ? A-t-il hésité, de son côté, à m'exploiter, en un sens ? Quant à sa noble patience, elle ne l'a pas empêché de se distraire avec ces dames du Théâtre Royal. S'il avait trouvé entre-temps une autre fille avec quelques milliers de livres, il m'aurait vite oubliée, crois-moi. Tes reproches ne me touchent pas, Julia.

— Tu t'endurcis, Prudence.

— Je l'espère bien ! Nous vivons dans un monde impitoyable.

Avec Freddy, cependant, elle savait parfois faire preuve de douceur, même si elle se montrait le plus souvent exigeante. Elle le mettait à contribution sans le moindre scrupule pour tout ce qui concernait les aménagements de son école, puis, comme il l'avait accepté de bon cœur et qu'elle le savait doté du tempérament exigeant de son père, elle lui abandonnait sa main sous la table, se laissait emmener sans réticence pour une promenade au clair de lune et je les voyais en revenir, longtemps après, avec la mine de deux amoureux qui viennent de s'embrasser en se serrant de près. Prudence ne semblait nullement y trouver lieu de se plaindre.

Cette année-là, elle allait avoir trente ans. Elle était grande, fine de taille et légère d'ossature ; sa personne symbolisait l'énergie et sa joie de vivre retrouvée ajoutait à sa séduction. A trente-cinq ans, Freddy Hobhouse était un homme déjà lourd et placide, comme son père, facile de caractère et qui, sans avoir mené une vie dissolue, avait l'expérience des femmes ; il était assez éveillé, je crois, pour comprendre que Prudence était plus intelligente que lui mais pas assez vaniteux pour en prendre ombrage. L'épouserait-elle, en fin de compte, ou se servirait-elle de lui comme tant d'hommes n'hésitaient pas à se servir des femmes ? Le rejeterait-elle quand il ne lui serait plus d'aucune utilité, ou accepterait-elle de l'épouser sous condition de se débarrasser de son encombrante famille ? Je n'aurais su le dire.

— Elle fait plaisir à voir, me dit Blaise. Aide-la de ton mieux, Julia, et n'épargne rien, je paierai avec joie.

Il n'avait pas besoin de m'y encourager.

L'aide venait d'ailleurs de tous les côtés. Georgiana promit de lui confier Venetia et confirma la venue prochaine de la « protégée » du marquis de South-Erin, comme le lui avait annoncé Lady Stone. A notre vive surprise, Jonas offrit de lui-même ses services. Il n'était évidemment pas question, pour lui, de planter des clous ni de faire les courses comme Freddy Hobhouse. Mais Prudence pouvait compter sur les ressources de sa brillante éducation universitaire ; son latin était au-dessus de tout reproche, son grec impeccable, ses connaissances du français, des mathématiques, de l'histoire, de la géographie et de la littérature étrangère atteignaient des proportions encyclopédiques. Il n'était pas homme à se laisser impressionner par les prétentions des postulants à la fonction professorale et pouvait donc en assurer la sélection. Il suggéra en outre des dispositions concernant les programmes d'études et l'emploi du temps avec tant de pertinence et de doigté que Prudence ne pouvait qu'approuver. Leur entente, en ce domaine, était si parfaite, le talent de Jonas pour l'enseignement si évident que je me suis demandé, non sans ressentiment envers tante Hannah, s'il n'aurait finalement pas été plus heureux en maître d'école — et marié à Prudence.

Mon oncle et ma tante revinrent de Bournemouth au début de la belle saison. Oncle Joel souffrait encore de ses malaises de l'hiver ; il ne s'abattit pas moins sur ses usines avec la soudaineté de la foudre et le regard de l'aigle. Pendant un jour ou deux, Blaise eut l'humeur légèrement assombrie ; il partait pour son bureau un peu plus tôt le matin, en revenait considérablement plus tard le soir. Quant à Nicolas, dont les affaires personnelles prospéraient, il ne se gênait pas pour faire savoir hautement qu'il n'en ferait de toute façon qu'à sa tête.

Caroline devait partir pour Londres au début de juillet. Elle comptait passer la « saison » chez Henrietta Stone et manifestait la ferme résolution d'y faire ample connaissance avec le sixième duc de South-Erin et de l'inscrire à son tableau de chasse. Elle eut cependant le temps d'organiser un dîner de famille suivi d'un bal en l'honneur de son père et nous convoqua — plutôt qu'elle ne nous invita — à participer à ces festivités. Pourtant, en dépit de tous ses efforts et de son savoir-faire, cette réunion fut dès le début malaisée et rien ne s'y déroula tout à fait correctement.

Pour une telle occasion, et sachant que j'avais ma réputation à soutenir, j'avais accordé la plus grande attention à ma toilette. Pourtant, lorsque je descendis l'escalier, au lieu des applaudissements de Blaise, je n'eus droit qu'à un : « Ravissant » fort distrait, et il ne desserra plus les dents pendant le trajet. J'eus du mal à lui faire admettre qu'il avait eu une nouvelle querelle avec Nicolas et que, en conséquence ai-je cru comprendre, il s'apprêtait à entreprendre un long voyage en Russie.

Georgiana et Nicolas n'arrivèrent pas ensemble à Listonby. Il venait de Tarn Edge, Georgiana de Galton où elle avait séjourné avec son grand-père et Gervais. Nicolas me dit bonsoir, adressa un signe de tête fort sec à son frère.

— Vous êtes éblouissante, Georgiana ! lui déclara Blaise.

En fait, elle ne l'était guère. Sa robe trop ostensiblement coûteuse et surchargée de broderies — comme il convenait, croyait-elle sans doute, à la femme d'un riche industriel —, l'échafaudage compliqué de bouclettes où elle avait emprisonné sa chevelure rousse et qui semblait l'écraser sous son poids lui donnaient une allure empruntée, une démarche raide. Elle avait des émeraudes aux oreilles, des bracelets aux deux bras, trop de colliers trop lourds et cet étalage de bijoux détonnait sur sa peau hâlée. On la sentait habillée contre son gré, contre son goût et assez mal à l'aise de donner d'elle-même une image aussi fausse.

Durant tout le dîner, Blaise et Nicolas ne se dirent pas un mot. Freddy Hobhouse se sentait dépaysé à Listonby et ne parlait qu'à Prudence. Celia, pour quelque raison inexpliquée, refusait d'adresser la parole à quiconque, ce qui déplaisait visiblement à Jonas et créait autour d'elle une atmosphère tendue. Cela nous laissait, pour seules distractions, le bavardage mondain de Hetty Stone, celui tout aussi futile de ma mère, les efforts bien intentionnés mais pesants de tante Hannah pour nous faire « sortir de notre réserve » et, plus discret que celui de Celia, le silence obstiné de M. Agbrigg. Sir Matthew jouait distraitement son rôle de maître de maison et quant à Sir Joel, en l'honneur de qui était donné ce festin, il faisait clairement comprendre par son comportement son déplaisir à être placé si loin de sa femme.

En sortant de table, Caroline m'attira dans une embrasure :

— Qu'ont-ils donc tous avalé, ce soir ? me chuchota-t-elle. Je me démène pour leur plaisir, ils pourraient au moins faire un effort ! C'est pour papa que je donne cette soirée, pas pour moi. Si Blaise et Nicolas se sont querellés, cela ne regarde personne. Et puis, Julia, franchement — que se passe-t-il encore avec Celia ? Elle a déjà failli faire scandale à Noël en partant avant tout le monde, mais ce soir, je t'assure, je la trouve plus bizarre que jamais. Si elle continue, je ne l'inviterai plus. Tu sais sans doute que beaucoup de gens commencent à plaindre Jonas. L'autre jour, justement, j'en parlais à M. Fielding et à quelques hommes politiques — dont l'un jouit d'une grande influence dans le parti — et sais-tu ce qu'ils m'ont dit ? Le seul défaut qu'ils trouvent à Jonas en tant que candidat aux prochaines élections, c'est sa femme ! Si on disait cela de moi, je ne sais pas ce que je ferais, je préférerais me tuer ! Parle-lui, Julia, je t'en prie, qu'elle se ressaisisse. Quelle soirée, mon dieu, quelle soirée ! Je sens qu'elle va être ratée.

Lorsqu'elle se retrouva un peu plus tard, à l'entrée de sa grande salle de bal pour y accueillir ses invités, elle retrouva heureusement un peu de son optimisme. La vue de ses lustres étincelants lui faisait, je crois, le même effet que la pierre dure du cloître de Galton sur Georgiana. En entendant annoncer les noms augustes ou obscurs de ses hôtes, elle pensait déjà à ses prochains triomphes londoniens et à la joie insigne qu'elle éprouverait en voyant le duc de South-Erin gravir son escalier et lui baiser la main.

Comme toujours à Listonby, j'ai beaucoup dansé. Je me suis laissé accompagner au souper par Julian Flood qui, dans l'escalier, posa quelques baisers brûlants sur mes épaules nues et me demanda, sans gêne apparente, si je voulais aller le rejoindre à Londres pour quelques jours enchantés. J'étais une femme « à la mode », l'épouse de Blaise Barforth, et je savais comment prendre ce genre de compliments sans m'en formaliser. Nous étions, Blaise et moi, trop au fait des usages raffinés pour danser ensemble, et je m'amusais en le croisant à lui faire un signe de mon éventail, comme pour lui souhaiter « Bonne chance » — notamment lorsque je le vis s'engager dans l'escalier, Hetty Stone à son bras.

Assise dans la grande galerie en compagnie de Freddy, Prudence n'avait rien de l'austère maîtresse d'école et je la surpris même à accorder à son fiancé des privautés assez osées. Celia, invitée avec nous tous à passer la nuit sur place, voulut néanmoins rentrer chez elle ; ce départ imprévu provoqua une brève querelle entre M. Agbrigg et Jonas qui, engagé dans une sérieuse conversation vraisemblablement profitable à sa carrière politique, refusait de se plier à ce caprice. Bientôt, dans le tourbillon des allées et venues de la foule, je ne vis plus personne et je n'avais certainement pas remarqué l'absence de Georgiana quand Caroline me prit par le coude pour me chuchoter :

— Viens vite, Julia, descends tout de suite. Essaie de la ramener à la raison, elle devient folle !

Mais il était trop tard. Quand j'arrivai à la porte, je ne vis que les chevaux, deux hommes en tenue de soirée déjà en selle, plusieurs autres en train d'attendre Georgiana qui dévalait les marches du perron, sa luxueuse robe de bal à la traîne chiffonnée qu'elle relevait d'une main. D'un bond, elle sauta en selle, les jambes nues, et je vis son profil délicat se détacher contre le ciel sombre, sa tête rejetée en arrière dans un éclat de rire qui résonna à mes oreilles comme un sanglot.

— Georgiana ! cria Caroline.

Mais Georgiana se contenta de jeter un regard méprisant vers sa belle-sœur, lui fit un salut moqueur et la troupe partit au galop — Julian Flood, Francis Winterton, tous ces jeunes gens téméraires, buveurs, casse-cou. Caroline se boucha les oreilles pour ne pas entendre le cri de guerre qu'ils poussèrent en piquant des deux et je les vis s'enfoncer dans la nuit.

— Elle avait les jambes nues ! s'écria Caroline avec horreur. L'as-tu vue ? Tout Listonby va se mettre aux fenêtres. Jamais de ma vie je n'aurai été humiliée par un tel scandale.

— Elle est partie à la recherche de son cher Perry, dit Blaise quand je l'eus retrouvé. Son ombre lui paraît sans doute plus réelle que la plupart des gens avec qui elle était ici ce soir.

— Votre belle-sœur est une originale, commenta Hetty Stone en souriant, la main toujours posée sur le bras de Blaise et son regard félin signifiant qu'avec lui elle avait découvert une autre sorte d'originalité.

— Elle va se tuer ! rugit Caroline en décochant à sa chère amie un regard meurtrier. Mais où est donc passé Nicolas ? Qui va le mettre au courant ?

Une superbe aurore estivale pointait lorsque les dernières voitures s'ébranlèrent. Caroline, plus soucieuse de sa réputation que de la sécurité de sa belle-sœur, proclama qu'elle n'irait pas se coucher tant que Georgiana ne serait pas revenue et Matthew dut user de toute son autorité pour l'entraîner à sa suite, ce qui nous permit de nous retirer à notre tour.

Je m'étais peut-être assoupie une heure lorsque j'entendis au loin les sabots d'un seul cheval ; il marchait au pas, d'une allure hésitante.

Soulevée sur un coude, je vis Blaise à la fenêtre :

— Est-ce Georgiana qui rentre ?

— Chut ! fit-il. Oui, c'est elle.

En allant le rejoindre, je me suis rendu compte qu'il ne s'était pas couché et veillait moins par curiosité que par inquiétude.

— La voilà, reprit-il. Nous allons sans doute assister à un massacre, j'en ai peur. Je savais que Nicolas l'attendrait. Ce brave Matthew s'en doutait lui aussi et a eu le bon goût d'éloigner Caroline.

Dressée sur la pointe des pieds, j'ai en effet reconnu, sous notre fenêtre, la large silhouette sombre de Nicolas ; j'ai vu dans l'aube naissante le point rouge de son cigare, sur lequel il tirait rageusement, et le geste de fureur qu'il eut pour le jeter au loin.

— Je préférerais ne pas assister à cela, Blaise.

— Tu ferais aussi bien. Moi, en tout cas, je reste.

Georgiana mit longtemps à remonter l'allée, comme si elle luttait contre une violente bourrasque. Lorsqu'elle dut s'arrêter devant Nicolas qui lui barrait le chemin, elle hésitait encore à mettre pied à terre.

Son savant chignon était défait, ses cheveux flottaient sur ses épaules et jusqu'à la taille, soulevés par la brise qui en ramenait des mèches folles sur son visage ; le soleil levant dorait ses épaules nues. L'on voyait qu'elle avait été intensément heureuse, d'un bonheur mélancolique, et que son exaltation jetait ses derniers feux.

Toujours perchée sur son cheval qui piétinait en encensant, elle fit un dernier effort pour sourire à Nicolas :

— Me croyais-tu donc enfuie ?

— Non.

— Alors, que dois-je faire, maintenant ?

— Emmener votre cheval à l'écurie, il me semble.

Elle amorça son tournant, stoppa le cheval, pressa un bras contre ses yeux :

— Non, Nick... Peu importe. Aide-moi à descendre.

Il fit quelques pas vers elle et se tint là, sans lever la main vers l'étrier. Elle se pencha, le prit aux épaules, dégagea ses jupes tant bien que mal et se laissa glisser à terre où elle eut du mal à reprendre son équilibre en se raccrochant à lui.

— Mon dieu, j'ai perdu mes chaussures...

— Eh bien, vous marcherez pieds nus.

— Nick... Tu ne me demandes pas pourquoi ?

— Non. Franchement, cela ne m'intéresse pas.

Je la vis frémir, empoigner ses cheveux qu'elle tira violemment pour les écarter de son visage en un geste où s'exprimait un monde de désespoir.

— Nick !... Je t'en supplie, ne t'en va pas ! Insulte-moi, frappe-moi si tu veux, fais n'importe quoi, mais ne me laisse pas seule ainsi.

Il ne l'entendait sans doute déjà plus. Un instant plus tard, son pas mesuré retentit dans le couloir, passa devant notre porte. Il y eut le cliquetis du pêne dans la serrure et le silence revint.

Blaise quitta son poste d'observation et se tourna vers la porte derrière laquelle Nicolas venait de passer :

— Diaboliquement habile, mon petit frère... J'avais prévu un massacre, de la violence. Il l'emmure, la prive de tout, la met en quarantaine. Je ne l'aurais pas cru capable d'une telle subtilité.

— N'importe qui se serait mis en colère.

— Justement, et n'importe qui l'aurait extériorisée. Tout mari normalement constitué aurait empoigné Georgiana, l'aurait secouée pour la ramener à la raison, aurait fait une scène — et tu sais comme moi que Nicolas est particulièrement doué dans ce domaine. C'est pourquoi je dis qu'il a fait preuve d'habileté. Georgiana, vois-tu, se nourrit d'émotions fortes. Qu'il l'aime ou la haïsse, peu importe, elle s'épanouirait. S'il l'a compris et la traite ainsi, c'est manifestement parce qu'il ne souhaite pas la voir s'épanouir.

— Les choses vont donc si mal entre eux ?

— Tu as pu le constater. Nicolas est têtu. Il en est arrivé à l'aveuglement.

— Mais pourquoi, grand dieu ? Réagit-il avec elle comme il l'avait fait avec toi, au moment de l'affaire du train par exemple ?

— C'est du même ordre. Ce train, il se serait fait couper un bras pour y monter, ce jour-là... Comme je te le disais, son entêtement l'aveugle.

Je suis retournée me coucher en frissonnant, bien qu'il ne fît pas froid. Je ne pouvais pas m'immiscer dans un conflit qui me dépassait, je ne voulais pas non plus voir Blaise s'en mêler.

— Tu dois être fatiguée, Julia. Dors vite, je te rejoindrai.

Je ne me sentais pourtant pas fatiguée. Plus que de sommeil, j'avais besoin de lui, pas pour m'aimer, sûrement pas me haïr, mais pour qu'il m'offrît enfin un rapprochement spontané, quelque chose de plus profond que son charme et son humour, sa virtuosité dans le plaisir ; pour que, plus encore, il exigeât de moi davantage que ce qu'il m'autorisait à lui donner. Mais Blaise n'était pas homme à souhaiter qu'on eût besoin de lui, je ne le savais que trop...

Il me fallut plus d'une demi-heure pour retrouver mon calme. Et pendant cette longue demi-heure, je n'ai pu m'empêcher de penser que j'étais, moi aussi, délibérément privée de tout et mise en quarantaine.

26

Cette année-là, une révolte éclata aux Indes. Des guerriers dont nous n'avions jamais entendu parler, les Cipayes, procédèrent à d'horribles massacres avant d'être décimés à leur tour par nos troupes. Il se produisit, dans les deux camps, des actes d'héroïsme et des atrocités et bon nombre de Chard, de Clevedon et de Flood y tombèrent au service de la Reine. Ces événements furent ressentis à Galton et à Listonby avec douleur et colère. Pour nous autres Barforth, ils restaient fort lointains et quelque peu irréels. A Cullingford, il est vrai, les affaires étaient florissantes. Les métiers Barforth tournaient à plein rendement, nos rues étaient plus paisibles que jamais et devenaient propres, grâce à l'eau que M. le maire Agbrigg y faisait couler à flots.

L'école de ma sœur Prudence fut inaugurée à l'automne par Lady Barforth, qui lui exprima sa satisfaction à la vue des salles claires et gaies destinées à l'étude, des dortoirs accueillants, du réfectoire vaste et commode.

Le premier mois, Jonas Agbrigg donna lui-même les cours de mathématiques aux élèves de la classe supérieure, car la dame engagée pour cet enseignement était malencontreusement tombée malade. Il me confiait fréquemment sa fille Grace, âgée de quatre ans, car Celia était encore une fois souffrante et son état, paraît-il, requérait le silence le plus complet.

Jusqu'à la naissance de Blanche, je n'avais guère eu d'affection pour les enfants. Mais je ne voyais pas pourquoi abandonner à quelque gouvernante les privilèges de la maternité et me satisfaire de jouer à la mère de famille dix minutes par jour, comme ma mère l'avait fait avec nous. Je n'étais certes pas malheureuse avec Blaise, j'éprouvais plutôt par moments une sensation de vide ; et c'est ce vide que je parvenais à combler avec Blanche.

Je ne souhaitais pas d'autre enfant. Dès le début, cependant, ma nièce Grace m'avait émue ; ses boucles brunes, son visage en forme de cœur, ses grands yeux étonnés et solennels contrastaient vivement avec la grâce langoureuse et la blondeur de ma fille. Elle réagissait à mes avances avec hésitation d'abord puis avec enthousiasme, car elle n'avait jamais connu que la froideur, l'impatience maladive de Celia, ses remontrances incessantes.

Aussi ai-je passé presque toute la belle saison à nouer des

rubans dans les cheveux noirs de ma nièce et blonds de ma fille, à les laisser se parer de mes bracelets et de mes boucles d'oreilles, courir sur les pelouses, jouer avec les chatons ou manger des mûres cueillies aux haies des chemins.

— Etes-vous sûre, Julia, que Grace ne vous encombre pas ? me demandait Jonas avec inquiétude.

— Bien au contraire. Amenez-la-moi souvent.

Celui dont je ne voulais pas, en revanche, c'était Liam Adair. Personne, à vrai dire, n'en voulait et moi moins que tout autre ; je le trouvais pourtant, de plus en plus fréquemment, abandonné sur le pas de ma porte d'où il me regardait avec l'insolence de ses douze ans, pendant que ma mère me criait, sans même descendre de voiture : « Une heure, ma chérie ! J'ai des milliers de courses à faire et de visites à rendre. Tu me rendrais si grand service... » Et j'étais bien obligée de le faire entrer.

Immanquablement, l'heure se prolongeait jusqu'au déjeuner, puis jusqu'au goûter ; la journée se terminait rarement sans quelque éclat, voire par des voies de fait. Un jour, Blaise, qui n'avait jamais levé la main sur âme qui vive, fut si bien poussé à bout par ce garnement qui s'était avisé de semer la panique aux écuries qu'il l'empoigna et lui assena quelques vigoureux coups de cravache, non sans mal, d'ailleurs, car Liam était grand pour ses douze ans et ne s'était pas laissé faire sans combattre.

— Julia, je ne veux plus le voir ! me dit-il, au comble de l'exaspération.

Mais Blaise était si rarement à la maison et Liam si souvent déposé à ma porte que je ne pouvais la lui fermer au nez. La correction de Blaise ne lui avait fait aucun effet et ses espiègleries poursuivaient leur cours de plus belle.

Il empoisonnait tout le monde, ma mère, son père, ses maîtres d'école qui le chassaient régulièrement deux fois par semaine, sinon davantage, pour s'être battu ou avoir semé la perturbation. C'était un grand garçon dégingandé mais à la carrure déjà imposante, le teint aussi hâlé qu'un bohémien, les traits sans finesse, la physionomie éclairée de l'irrésistible sourire et de l'humour impertinent de Daniel Adair.

— Je peux rester goûter ? me disait-il quand je le retrouvais à ma porte. Papa est à la maison et, s'il m'attrape, je suis bon pour le fouet. Comme j'en ai déjà reçu deux fois ma part aujourd'hui...

Je n'avais évidemment pas le cœur de l'exposer à être fouetté trois fois dans la même journée et je le faisais entrer, je raccommodais de mon mieux sa veste déchirée, je le débarbouillais, je le faisais manger et le renvoyais chez lui quand le danger semblait écarté.

— Je ne veux le voir chez moi à aucun prix ! m'avait déclaré

Celia. Ma mère le sait et j'espère qu'elle ne l'oubliera pas. Il y a des limites à ce que l'on peut supporter.

Mais il y avait, il y avait toujours eu, tant de choses que Celia ne pouvait supporter et qui la rendaient malade que je n'y prêtais aucune attention jusqu'à ce que ma mère me fît observer que son état ne faisait qu'empirer :

— Voyons, ma chérie, tu remarques pourtant qu'elle ne met littéralement plus le nez dehors ! Elle reste enfermée dans cette maison à surveiller ses domestiques qui passent leur temps à astiquer, et rien n'est jamais assez bien fait pour son goût. J'ai essayé de la sortir, elle trouve toujours une bonne raison pour refuser : elle ne se sent pas bien, ou Grace a un rhume, ou elle vient de renvoyer sa bonne. Sais-tu qu'elle en est à sa huitième femme de chambre depuis le début de l'année ? C'est moi qui en deviens malade ! Hannah est extrêmement mécontente, et je la comprends. Jonas en souffre — si l'on m'avait prédit qu'un jour j'en arriverais à le plaindre !... Va la voir, je t'en supplie, essaye de lui faire entendre raison. Hannah la braque et moi, elle ne m'écoute même pas.

J'ai passé de longs après-midi à écouter les plaintes de Celia, sans parvenir bien entendu à la raisonner, et je sortais de chez elle déprimée et morose. Je commençais néanmoins à comprendre l'injustice de son sort, dont elle devenait douloureusement consciente. Pourquoi avions-nous, nous, ses sœurs, contrevenu à toutes les règles édictées par son père et étions-nous heureuses ? Pourquoi étions-nous fortes, et elle sans défense devant la vie ? A quoi bon avoir gagné la course à l'autel pour ne trouver, dans le mariage, qu'épreuves et désillusions ?

Avec une remarquable égalité d'humeur, Jonas continuait à tenir son rôle de mari attentionné. Mais aucune de ses intentions, même les meilleures, aucune de ses initiatives, même les plus sensées, ne trouvait grâce aux yeux de Celia. Elle en était arrivée à lui reprocher de « jouer à l'école » avec Prudence pour mieux la délaisser.

— Elle est incapable de s'intéresser à quoi que ce soit, déclara Prudence avec agacement. Moins elle en fait, moins elle veut en faire. A quoi bon s'en inquiéter ? Nous en connaissons des douzaines comme elle.

De temps à autre, je me laissais entraîner à Galton par Georgiana, car elle ne voyait pas pourquoi nous ne serions pas bonnes amies et ne cherchait même pas à approfondir les causes de la tension de plus en plus pénible qui régnait entre Blaise et Nicolas.

— Ne nous occupons donc pas d'eux, Julia. Voyez comme il fait beau ! Ce serait un crime de ne pas en profiter. Allons voir mon grand-père.

Elle enfournait alors Venetia dans la voiture, où Blanche s'était déjà installée en occupant le maximum de place, et faisait prendre aux chevaux la seule allure qu'elle connût, le galop. Gervais nous accompagnait souvent, trop souvent, car sa mère saisissait toutes les occasions de ne pas l'envoyer en classe.

— Il a horreur de cette école et ne réussit en rien. Il profitera bien davantage d'une demi-heure de conversation avec mon grand-père, commentait Georgiana.

L'exemple du sire de Galton ne pouvait, en effet, qu'être profitable à la jeunesse. Une fois habituée à son abord un peu distant et à l'extrême courtoisie de ses manières, je trouvais sa compagnie tonifiante, apaisante. C'était un homme foncièrement bon, droit et juste, dont les volontés s'imposaient d'elles-mêmes ; il était toujours prêt à écouter l'opinion d'autrui, redresser un tort, encourager le bien et il se dévouait à ses gens avec une abnégation rendue plus émouvante par sa discrétion.

— Je l'aime tant ! me disait Georgiana. Mon Gervais sera comme lui quand il grandira, j'en suis sûre.

Le jeune Gervais avait cependant un autre grand-père, l'indestructible Sir Joel Barforth, dont les vues sur le monde et l'ordre qu'il convenait d'y faire régner différaient radicalement de celles du vieux gentilhomme.

— Il aura de belles manières, je vous l'accorde, disait-il à sa bru en la foudroyant du regard. Mais saura-t-il au moins compter ?

Et le petit Gervais, les yeux écarquillés par la terreur et les jambes flageolantes, courait chercher refuge dans les jupes de sa mère, qui ne savait pas mieux compter, et l'algarade se terminait le plus souvent par des fous rires étouffés.

Mon oncle Joel tomba malade cet hiver-là mais, comme pour démentir la gravité de son état, il surgit à l'improviste au début du printemps, plusieurs jours avant l'arrivée de tante Virginie, et entreprit immédiatement de faire sentir la présence du maître. Ses rugissements résonnèrent de Tarn Edge à Lawcroft et à Low Cross tandis qu'aux Peignages de la Law, dont il ne détenait qu'une part minoritaire, ses affrontements avec Nicolas menaçaient de faire crouler les bâtiments.

— Et veux-tu me dire pourquoi j'entends encore parler de tes visées sur Nethercoats, hein, veux-tu me le dire ? clamait-il d'une voix à faire trembler les verrières. Tu prends des risques financiers qui causeront ta perte, mon garçon ! On raconte même que tu fouinerais du côté des ateliers de teinture de Sam Barker. Je me moque de ce que tu as à me dire là-dessus, Nicolas, mais écoute bien ce que j'ai à déclarer, moi : cette teinturerie de malheur, je n'en veux pas, et toi, tu n'as pas les moyens de l'acheter. Est-ce clair ?

D'un seul « Non ! » sans réplique, il annula le voyage en Russie que Blaise préparait avec soin depuis plusieurs semaines et refusa d'écouter ses explications, selon lesquelles la guerre qui menaçait entre les Etats d'Amérique rendait impérative la prospection de nouveaux marchés.

— Foutaises ! La guerre a toujours été bonne pour nos affaires. Dis-moi plutôt que tu veux aller coucher avec une danseuse, je te croirais plus volontiers.

Blaise lui-même me rapporta cette remarque qu'il trouvait amusante — sans me préciser, toutefois, si elle était ou non fondée.

Dans le domaine domestique, son mécontentement était tout aussi virulent. Sa demeure de Tarn Edge, bâtie pour tante Virginie, allait à vau-l'eau entre les mains négligentes de Georgiana. Les serviteurs, que personne ne se souciait de surveiller, n'assuraient plus leur service. Oncle Joel avait trouvé sa chambre sans feu, ses repas tièdes et indigestes et les chevaux mieux traités que le maître de maison. Où diable son écervelée de belle-fille courait-elle toute la journée ? Pourquoi son garnement de fils dévisageait-il son grand-père comme s'il était un ogre ? Pourquoi cette empoisonneuse de gamine au nom à coucher dehors pleurnichait-elle à longueur de temps sans que personne ne la fît taire ?

— Vous allez me faire le plaisir d'expédier ce gamin à l'école, tonna-t-il un jour où il avait pu mettre la main sur Georgiana. Quant à vous, rendez-vous utile, pour changer. Faites marcher cette maison comme il faut et assurez-vous au moins que votre mari trouve quelque chose dans son assiette quand il revient de l'usine. Oui, parfaitement, de l'usine ! C'est elle qui paie vos robes et vos pur-sang arabes ! Et cessez de prendre cette mine impertinente quand je vous parle, m'entendez-vous ?

— Je ne suis pas une de vos ouvrières, répliqua Georgiana sèchement.

Le visage cramoisi, les dents serrées, son beau-père riposta aussitôt :

— Non, en effet, et c'est tant mieux pour vous. Si vous aviez été l'une de mes employées, il y a belle lurette que je vous aurais mise à la porte.

Nicolas partageait sans doute, en son for intérieur, une opinion similaire. Il ne pouvait cependant tolérer que quiconque, son père y compris, se permît de l'exprimer aussi crûment. Il vola au secours de sa femme et l'ambiance qui régna au dîner, ce soir-là, fut paraît-il indescriptible.

— Cela ne peut pas durer, observa Blaise — qui n'avait nullement abandonné son projet de voyage en Russie. Dieu sait que je ne veux pas de mal à mon père, mais j'ai hâte de le voir retourner à Bournemouth. Une fois là-bas, le temps qu'il apprenne mon départ pour Moscou, j'aurais déjà eu le temps d'en revenir. Au fait, ma chérie, ne m'attends pas ce soir, j'ai promis de passer au Vieux Cygne après le dîner.

Je le vis pourtant revenir au beau milieu de l'après-midi, en menant son cabriolet à une telle allure dans l'avenue que je descendis en hâte le rejoindre dans le vestibule. Son expression trahissait une détresse si profonde et si inhabituelle que j'en fus profondément alarmée.

— Vite, Julia, habille-toi et viens. C'est mon père. Il a eu une attaque ou quelque chose de ce genre dans la cour de l'usine il y a deux heures, les médecins sont encore à son chevet. Il est sans doute mourant, Julia, mais je n'arrive pas à y croire. Quand je pense que ce matin encore j'étais furieux contre lui, j'avais hâte de ne plus le voir, et maintenant...

Tante Virginie devait déjà être en route, mais nous avons quand même envoyé un télégramme et ordonné au cocher de l'attendre à la gare jusqu'à ce qu'elle débarquât d'un train. Caroline, quelque part aux environs de Londres avec les South-Erin, était impossible à joindre et ne pourrait sans doute être prévenue à temps. Nicolas et Georgiana étaient déjà à Tarn Edge quand nous y sommes arrivés, Georgiana encore en tenue d'amazone, Nicolas accoudé à la cheminée du salon, la mine sombre, bourrelé de remords d'avoir, lui aussi, souhaité ne plus revoir son père et visiblement rongé de regrets qu'il soit trop tard pour une réconciliation. L'après-midi s'écoula dans un silence pesant, entrecoupé de quelques phrases insignifiantes, pendant que nous attendions, les nerfs à vif, que le Dr Overdale nous invitât à monter.

Sir Joel Barforth était à demi assis dans son grand lit à baldaquin, le dos soutenu par des oreillers. L'on n'entendait dans la pièce que le halètement rauque de l'air se frayant un passage dans ses poumons délabrés. Il fit signe à Blaise et Nicolas de s'approcher, chacun d'un côté, et il se refusa — à l'exception d'un bref battement de paupières — le luxe de paraître ému. Il disposait de trop peu de temps et devait s'en montrer avare.

— Ecoutez, leur dit-il, et écoutez-moi bien. C'est la dernière fois que je vous parle.

Sa voix n'était qu'un chuchotement rauque. Ils se penchèrent vers lui, si bien qu'il put lever les mains, au prix d'un effort surhumain, et leur agripper le bras.

— Ecoutez. Restez unis, mes enfants. Vous avez besoin l'un de l'autre. Toi, Blaise, tu ne comprends rien aux machines, tu n'as jamais voulu faire l'effort. Ne sous-estime pas celui qui les maîtrise. Toi, Nicolas. Les choses ne sont plus comme avant. Tu aurais été capable de bâtir cette affaire de zéro, comme je l'ai fait. Tu me ressembles. De mon temps, tu aurais réussi comme moi. Maintenant, Nick, nous sommes plusieurs centaines à produire la même chose, à nous battre pour notre part du gâteau. Mais le gâteau ne grossit pas, il rapetisse. Il faut quelqu'un pour aller au loin, dans cette jungle, et vendre, vendre. Les clients ne viennent plus frapper à notre porte, comme avant. Maintenant, il faut quelqu'un pour leur dire que nous sommes les meilleurs...

Sa voix se brisa soudain et son visage refléta la panique de ne pouvoir reprendre la parole, de n'avoir pas tout dit.

— Je vous le répète, restez unis. Si vous en êtes incapables, rappelez-vous au moins ceci. Blaise, il te faudra un bon ingénieur dans tes ateliers. Nick, tu auras besoin d'un vendeur aussi bon que ton frère. Alors, trouvez-en chacun un *avant* de vous séparer. M'avez-vous bien compris ?

— Oui, papa, répondit Blaise. Nous avons compris.

— Nick ?

— Oui, papa, oui...

Je ne sais pourquoi j'étais étonnée de voir pleurer ces trois hommes qui, si longtemps et si fortement, s'étaient aimés, battus, réconciliés pour s'affronter encore.

— Occupez-vous bien de votre mère. Entre-tuez-vous si vous voulez, attaquez-vous à d'autres mais ne la mêlez pas à vos histoires, entendez-vous ? Vous, Georgiana, vous ne serez sans doute pas fâchée de ne plus me voir, mais faites de votre mieux. Allez, maintenant, laissez-moi. Julia, reste. Les autres, descendez. Je vous reverrai tout à l'heure.

Nicolas eut l'air surpris, Blaise hocha la tête et prit le bras de Georgiana. Nicolas leur emboîta le pas et ils me laissèrent seule avec mon oncle — mon beau-père.

— Viens ici, Julia.

Je suis allée à son chevet sans comprendre ce qu'il voulait de moi. Je me rendais cependant compte que sa force de caractère, son extraordinaire combativité mouraient moins vite que son corps et je savais que j'allais obéir sans discuter à tout ce qu'il me demanderait.

Il leva la main, mais ses forces le trahissaient, sa vue se brouillait et il manqua la mienne.

— Viens plus près. Non, rassure-toi, je ne cherche pas à t'arracher tes secrets. Donne-moi la main, c'est tout, et tiens-la bien serrée.

Je fus surprise de la puissance de son étreinte, de l'effort de volonté par lequel il se raccrochait à moi.

— Tiens bon, ma petite fille, et ne me lâche pas. Je ne peux pas partir avant l'arrivée de ma femme. Pour cela, il faut que j'y mette tout ce que j'ai, que je me concentre et, bon dieu, j'y arriverai, je te le promets ! Tu sais ce que c'est que l'amour, toi, n'est-ce pas ? Alors, ne me lâche pas, réveille-moi, secoue-moi si tu sens que je m'échappe. Il ne faut pas que je parte avant de l'avoir vue, tu entends ? Et puis, Julia, empêche ces fichus médecins de me tourmenter. Ils vont revenir, s'agiter pour gagner leurs honoraires, me donner encore une drogue pour dormir et c'est précisément ce que je ne veux pas, j'ai trop peur de ne pas me réveiller. Peux-tu me rendre ce service, Julia ?

— Oui, je peux.

C'est ce que je fis pendant les heures qui suivirent. Je le tenais, je le retenais au bord de la vie, comme on m'avait empêché de le faire pour Giles. Tandis que la mort s'emparait peu à peu de son corps, le dépouillait, je m'accrochais à son esprit intact, je ranimais sa volonté chancelante pour forcer ses poumons épuisés à prendre encore une bouffée d'air, son cœur à battre encore une fois.

— Vient-elle ?

— Bientôt.

— Je ne te sens plus la main, Julia. Me tiens-tu toujours ?

Je plongeais mes ongles dans sa chair, je le pinçais.

— Où est-elle ?

— A la gare, ils sont partis la chercher. Le train est là. J'entends la voiture qui revient.

Mais je n'entendais ni le train, ni la voiture. Vingt fois, le docteur s'était penché sur moi, la mine réprobatrice. Vingt fois, je l'avais congédié, je lui avais dit que je prenais la responsabilité de tout ; et ce fut finalement le spectre de Joel Barforth qui le chassa en se soulevant pour lui cracher un dernier juron.

— J'y arriverai, ma petite fille, bon dieu, oui, je tiendrai le coup ! Sinon, si le train avait du retard, tu lui diras...

— Je ne lui dirai rien du tout. Faites vos commissions vous-même, entendez-vous ?

Par deux fois, pourtant, je l'avais cru mort, je l'avais secoué, j'avais crié, hurlé pour le ramener à lui, à elle ; j'étais affolée par la peur d'échouer, de les priver tous deux de ce dernier instant ensemble ; j'étais épuisée, vidée, les muscles douloureux, les lèvres en sang quand, enfin, j'entendis les roues de la voiture. Ma tante traversa la chambre en courant, se jeta dans ses bras avec la passion d'une jeune fille. Mon rôle était terminé, je n'avais plus qu'à me retirer et fermer la porte sur eux et leur amour.

J'ai retrouvé les autres au petit salon. Georgiana était assise dans un fauteuil, Nicolas accoudé à un coin de la cheminée, Blaise à l'autre. Ils fumaient tous les deux, les tables étaient encombrées de tasses vides et de verres de cognac. J'eus l'impression de les avoir quittés depuis un siècle, de les avoir connus dans un autre monde où leurs vies agitées, désordonnées, n'avaient plus rien à voir avec la mienne parce qu'ils n'avaient pas partagé les souffrances dont je venais d'être témoin, parce qu'ils n'avaient pas eu le privilège de voir s'épanouir une passion si forte et si pure.

Nicolas jeta son cigare dans la cheminée et en ralluma aussitôt un autre, le visage assombri par l'expression de fureur derrière laquelle il avait pris l'habitude de dissimuler ses émotions profondes, la voix coupante, agressive. J'arrivais au milieu de leur conversation et, sans savoir ce qu'ils s'étaient dit auparavant, leurs propos ne m'en parurent que plus étranges.

— Te voilà donc Sir Blaise, second baron Barforth... Cela te plaît, j'imagine ?

— Je saurai m'en accommoder.

— Tu as pris connaissance du testament, bien entendu ?

— J'ai passé une petite demi-heure avec Jonas Agbrigg. Tu as bien entendu fait de même, n'est-ce pas ?

— Bien entendu. Tu en as compris les termes, au moins ? Moitié pour toi, moitié pour moi.

— Rien de plus simple ni de plus raisonnable, mon frère.

— Certes, à condition que nous soyons tous deux également décidés à mériter notre part.

Je suis passée devant eux, je me suis sentie suivie par leurs regards, leurs questions muettes : « Que t'a-t-il demandé — dit — donné ? Est-il mort ? » Sans leur accorder un regard, je suis allée à la fenêtre, à l'écart, les mains serrées, crispées, les jointures aussi blanches que celles d'oncle Joel quand il m'étreignait un instant auparavant.

— Blaise est l'aîné, disait Georgiana. En d'autres circonstances, il aurait eu droit à tout.

— A Cullingford, nous ne nous occupons pas de votre droit d'aînesse, répondit Nicolas. Ce n'est pas avec un titre qu'on paie ses fournisseurs.

— Tu n'en considères pas moins qu'il aurait dû te laisser quelque chose de plus, en guise de compensation, dit Blaise.

— Il l'a fait, figure-toi, en me faisant comprendre que nous devons tirer tous deux dans le même sens — surtout maintenant qu'il n'est plus là pour nous séparer. Sinon, nous perdrons de l'argent et ne parviendrons à rien.

— Dois-je comprendre qu'il s'agit de tirer dans *ton* sens ?

— C'est possible. Peut-être aussi faut-il te rappeler de ne pas me contrecarrer simplement parce que cela t'amuse.

— M'accuses-tu de mauvaise volonté systématique ?

Leurs paroles finirent par percer mon indifférence, par me faire soudain prendre conscience de leur mesquinerie qui salissait les paroles vraies, essentielles, que je venais d'entendre là-haut, le spectacle de ma tante courant vers lui, criant de tout son être : « Je t'aime, Joel ! » Ce sacrilège fut tout à coup plus que je ne pouvais supporter.

— Assez ! leur ai-je crié. Taisez-vous, immédiatement !

Je vis Nicolas froncer les sourcils, Blaise faire un geste étonné. J'ai tenté de reculer, de leur échapper, mais mes jambes me trahirent et je suis tombée sur un tabouret, moins stupéfaite par la violence de mes sanglots que par mon incapacité à les faire cesser.

J'étais pourtant une femme adulte, je savais que les chagrins ne sont pas éternels, et j'étais là, comme un enfant terrifié dans le noir, incapable de retrouver ma raison de grande personne, seule au monde. Puis Georgiana se jeta à genoux à côté de moi et m'étreignit de ses bras menus comme pour me protéger de leurs deux regards. Je continuais quand même à pleurer, à laisser s'écouler la peine accumulée au plus profond de moi-même, comme si quelque barrage secret avait enfin cédé.

— Pauvre, pauvre Julia, chuchota-t-elle à mon oreille. Oui, vous avez du mal, et ce n'est pas vraiment pour Sir Joel, non, mais aussi pour autre chose, pour quelqu'un d'autre, je le sens. Mon dieu, et moi qui ne comprenais pas... Je vous croyais si heureuse avec vos belles robes et votre vie élégante. Mais vous êtes aussi malheureuse que moi, pauvre Julia, aussi malheureuse...

La porte claqua derrière Nicolas, dont j'entendis les pas sur le gravier, sous la fenêtre. Il y eut d'autres bruits, d'autres voix qui me permirent de relever la tête. J'ai cherché Blaise des yeux, je le vis de dos. Il était à la porte, il se penchait pour embrasser sa mère, puis tante Hannah, avant de les escorter dans l'escalier, avec sa grâce et sa courtoisie habituelles, vers le palier où le docteur les attendait pour offrir ses condoléances.

Et moi, j'ai retrouvé mon calme, mon attitude pleine de grâce et de charme. Jamais je n'avais été aussi seule.

27

Tante Virginie ferma sa maison de Bournemouth et revint s'installer à Tarn Edge, sans doute parce que s'y trouvaient les plus précieux souvenirs de son mari, peut-être aussi parce que le ménage de son fils cadet lui inspirait de sérieuses inquiétudes. Georgiana avait jusqu'alors négligé ses obligations domestiques ; le retour de sa belle-mère fit qu'elle s'en désintéressa complètement.

Elle ne se montra pratiquement plus à Cullingford, cette triste année-là. Tôt le matin, avant qu'on ne puisse expédier Gervais à l'école, elle fuyait avec lui pour Galton ou, sinon, allait elle-même l'arracher à sa « prison », sous l'œil effaré du maître qui ne pouvait rien refuser à une Barforth.

Si le jeune garçon ne faisait guère preuve d'aptitudes pour les affaires, il ne semblait pas davantage partager l'enthousiasme de sa mère pour la vie rurale. Il savait, certes, monter le fougueux alezan qu'elle lui avait acheté et sur lequel, avec ses cheveux roux et son profil aigu, il ressemblait à s'y méprendre à son oncle Perry. En fait, Gervais Barforth était un enfant jamais tout à fait à sa place, jamais à son aise nulle part. Tiraillé entre le désir de plaire à sa mère parce qu'il l'aimait, et à son père dont il avait peur, il n'en satisfaisait aucun. A la chasse, sa pusillanimité lui valait le mépris condescendant de Liam Adair, casse-cou de quatorze ans qui se prenait pour un homme, l'indifférence hautaine de ses cousins Chard, élevés à la dure comme il sied à des gentilshommes, et les remontrances exaspérées de sa mère.

— Je ne suis pas dure avec lui, Julia, me dit Georgiana le jour d'un incident particulièrement pénible. Il faut pourtant qu'il s'habitue à la vie qui sera la sienne, qu'il choisisse clairement ce qu'il veut être, ce qu'il veut faire.

Caroline avait durement accusé le coup porté par la mort de son père. Partie chez les South-Erin en le croyant paisiblement à Bournemouth, elle avait appris à la table ducale qu'il était mort à Cullingford depuis plusieurs jours déjà. Prévenue trop tard pour se rendre aux obsèques, elle ne se remettait pas du choc et ne parvenait pas à reprendre pied dans la réalité. Elle ne songeait même plus à ses mondanités, à ses éblouissantes réceptions. A quoi bon, si son père n'était plus là pour participer à ces triomphes dont une large part lui revenait ? Les consolations d'Henrietta Stone, les prévenances du duc, rien ne dissipait sa mélancolie et, depuis son retour à Listonby, elle était dans une sorte d'état second.

Je n'avais jamais été très proche de tante Virginie. Dans mon enfance, elle s'était montrée bonne avec moi comme avec tous ses proches, mais sa vie, je crois, avait été trop comblée, trop heureuse pour lui laisser le temps ou l'envie de rechercher des attachements par ailleurs. Les circonstances de mon mariage avaient éveillé en elle des soupçons très précis et, tout naturellement, elle s'était plus inquiétée de son fils que de moi. Pourtant, je me sentis de plus en plus attirée vers elle au cours des premiers mois de son veuvage. Tout ce dont j'avais rêvé pour moi-même, je l'avais vu au cours des quelques heures passées au chevet de mon oncle ; j'y avais été témoin d'un amour dont je me croyais capable, de l'expression d'une passion intense, exclusive, déjà devinée pendant mon adolescence et ardemment désirée. Je n'avais pas été capable de l'offrir à Giles, Nicolas lui-même m'en avait frustrée et Blaise n'était pas homme à s'encombrer de passions. Cette année-là, je souffrais d'un grand vide moral que je supportais de plus en plus mal. En me regardant, je ne voyais tout compte fait qu'une ravissante et gracieuse coquille creuse.

Je possédais pourtant, aux yeux de Cullingford, tout ce que peut souhaiter une femme sensée : une place éminente dans la société et les moyens de m'y maintenir, un mari séduisant qui m'avait rendue Lady Barforth à la mort de son père. Mais que voulait dire ce titre dans lequel je ne me reconnaissais pas ? J'avais oublié qui était Julia Aycliffe, j'avais trahi les nobles espoirs de Julia Ashburn. Qui étais-je devenue ? L'épouse d'un homme qui ne partageait pas même la moitié de sa vie avec moi. La mère d'une petite fille qui, un jour, devrait mener sa propre vie où je n'aurais sûrement pas ma place. Alors, de plus en plus insatisfaite de la futilité où je m'enlisais, je me suis jetée dans la fausse solution de la facilité. Ecœurée de champagne, blasée de soie, je me mis à donner plus encore de dîners et de réceptions, à commander de nouvelles robes par douzaines. J'habillais Blanche à six ans dans des copies en réduction de mes propres toilettes, j'en faisais une adolescente précoce, une enfant vieillie avant l'âge avec le regard froid de son père et l'absurde vanité de sa mère. J'embellissais inutilement ma maison, mon jardin. Je m'enrôlais, pour tuer le temps, dans des comités et autres bonnes œuvres présidés par tante Hannah. Je m'occupais de Liam Adair, de Grace Agbrigg, de Gervais et Venetia Barforth quand personne d'autre ne voulait s'en encombrer. Je recueillais les confidences de femmes frustrées, je repoussais négligemment les avances des hommes entreprenants — peut-être parce que Blaise n'était pas jaloux. Je faisais ce que je pouvais pour aider Celia et l'invitais souvent avec Jonas pour que ce dernier pût rencontrer des relations que sa femme refusait de recevoir chez elle. Je rendais de fréquentes visites à l'école de Prudence où je tentais de me rendre utile. J'accompagnais parfois ma mère à Leeds, Blaise à Londres, à Paris, à Nice. J'aurais dû être heureuse, j'en donnais peut-être même l'impression.

En faisant un effort, j'aurais sans doute pu l'être. Le soir de la mort de son père, Blaise n'avait pas dormi de la nuit. Il était resté en bas à boire, à fumer, à ruminer ses pensées en refusant mon réconfort et ma compagnie. « Va donc te coucher, je n'ai vraiment besoin de rien, rassure-toi. » De son côté, Nicolas avait probablement dit la même chose à Georgiana, sans y mettre les formes : « Laissez-moi donc tranquille, je n'ai pas besoin de vous. »

Ils avaient assisté à l'enterrement de leur père avec une expression aussi impénétrable que celle qu'auraient eue des Chard ou des Flood. Le jour même, ils étaient tous deux allés à l'usine. Blaise en était revenu très tard, la mine exceptionnellement sombre et lasse, sans cependant dire un mot de ce qui l'avait réellement soucié, blessé ou mis en colère.

— Nicolas s'apprête à ne pas se montrer raisonnable, j'en ai peur, me dit-il simplement.

— Comptes-tu en faire autant ?

— C'est sans doute ce qu'il lui plaira de croire.

Je manifestais toujours une prudence extrême vis-à-vis de Nicolas. Nos rapports se limitaient aux banalités strictement indispensables : « Bonjour, comment vas-tu ? », sans que nous écoutions même la réponse de rigueur. J'avais encore la gorge sèche lorsqu'il m'arrivait d'être assise à quelques places de lui pendant un dîner, je refusais absolument de participer aux papotages féminins sur son compte — l'hostilité qui régnait entre Blaise et lui, la conduite prétendument scandaleuse de Georgiana avec Julian Flood faisaient les délices des dames à l'heure du thé — et ma réserve me valait la réputation d'avoir l'esprit de famille. Je ne pouvais cependant me boucher les oreilles et j'étais bien obligée d'entendre l'une ou l'autre rapporter que les Nicolas Barforth, loin de vivre en bonne intelligence, ne vivaient même plus ensemble.

« Ce n'est pas la peine de les inviter, proclamaient Mmes Hobhouse, Rawnsley ou Mandelbaum. Il ne sort jamais de ses usines, elle est continuellement fourrée à son Prieuré et, quand elle daigne se montrer, elle s'attife n'importe comment et ne desserre pas les dents. Il paraît qu'elle boit — ma femme de chambre l'a entendu dire par une servante de Tarn Edge. Pauvre Virginie ! Heureusement encore qu'elle s'occupe de ces malheureux enfants qui, sinon, seraient complètement livrés à eux-mêmes... »

C'est ainsi que me revenaient les nouvelles de cette soirée à Tarn Edge où mari et femme n'avaient pas échangé un mot ; de ce dîner où Georgiana avait jeté un verre à la tête de Nicolas en lui criant : « Parle-moi ! Dis quelque chose ! Injurie-moi, dis n'importe quoi mais dis quelque chose ! » A quoi Nicolas avait calmement répondu, en brossant du revers de la main les éclats de verre plantés dans sa manche : « Oui, je vais vous dire bonsoir. On m'attend au Cygne. » C'est ainsi que j'avais entendu raconter en détail les crises de rage hystérique auxquelles Georgiana se laissait de plus en plus fréquemment aller ; ou le récit de la nuit où Nicolas l'avait traînée jusque dans sa chambre dont il avait fermé la porte à clef de l'extérieur, non par manifestation de colère mais à titre de mesure préventive pour que, le lendemain matin, elle n'emmenât pas encore une fois Gervais à Galton pour lui faire manquer l'école.

Malgré moi, j'entendais tout, je recueillais tous les ragots et chacune de ces paroles malveillantes et de ce qu'elles laissaient sous-entendre me faisait mal. Nicolas avait toujours occupé une place dans ma vie, la première. Il avait incarné le héros de mon enfance, mes rêves de jeune fille romanesque et, devenue femme, je l'avais aimé. Certes, je m'étais engagée envers un autre homme et j'entendais respecter cet engagement à la lettre. Je ne me consumais plus pour Nicolas, je parvenais même à ne plus y penser par moments. Rien, cependant, ne pouvait totalement effacer mes souvenirs ni m'empêcher de souffrir de ce que je voyais, de ressentir une douloureuse culpabilité à la pensée d'en être partiellement responsable.

Il arrivait toutefois à Blaise de parler de son frère. Il semblait prendre plaisir à leur hostilité grandissante et à l'envenimer. Nicolas avait toujours été ambitieux ; mais sans personne désormais pour le brider, son ambition n'avait plus de limites, sa tyrannie plus de frein. Les fréquentes absences de Blaise faisaient de lui le seul Barforth connu à Cullingford et il agissait en maître indiscuté aussi bien à la Halle au Drap que dans ses usines et, maintenant, dans l'entreprise de teinture qu'il s'était empressé d'acquérir à peine son père avait-il rendu le dernier soupir. Bourreau de travail, il n'admettait pas qu'on ne puisse lui ressembler. Son père avait été exigeant, il était despotique, même s'il payait largement ses employés.

— Ce cher Nick était en grande forme, aujourd'hui. On l'entendait crier jusque dans la salle des machines. Il est plus jeune que moi et il porte dix ans de plus... Cela lui plaît, sans doute, de se tuer à la tâche. Ma pauvre mère, quel dîner va-t-elle subir ce soir ! Il va l'assourdir avec l'histoire de mon voyage en Russie.

— Tu as donc toujours l'intention d'y aller ?

— Plus que jamais, ma chérie — mardi en huit, je ne te l'avais pas dit ? Nicolas va être dans tous ses états jusqu'à mon retour. Si tu l'avais vu pendant qu'il essayait de m'en empêcher, un véritable feu d'artifice !

— Cela t'amuse donc tant de le provoquer, Blaise ?

— Bien sûr ! Plus je me rends insupportable, plus il a envie de se débarrasser de moi.

— Le pourrait-il, s'il le voulait ?

— J'en doute. Ma part vaudrait trop cher, ni lui ni personne ne serait capable de me la racheter — à condition que j'accepte, naturellement. Mais il est tenté de me proposer un partage. Cela lui fendra le cœur de se séparer d'une ou deux de ses chères usines, mais il peut toujours espérer que je m'y casserai les dents et les lui revendrai pour une bouchée de pain. Ce qui le retient, c'est qu'il a beau être connu ici, les clients de l'étranger n'ont jamais vu que moi et il craint que je ne garde mes clients si nous nous séparions.

— Un partage te compliquerait la vie, Blaise.

— Veux-tu dire que je serais obligé d'aller un peu plus souvent dans ces maudits ateliers ? C'est vrai, ma chérie. Mais ne partage pas, je t'en prie, l'erreur de mon frère en me mésestimant. Les machines m'ennuient mais j'aime le commerce, et je sais calculer mes bénéfices tout aussi vite et aussi bien que Nicolas, ne t'y trompe pas.

— Alors, pourquoi ne fais-tu pas un effort pour te réconcilier avec lui ?

— Voilà justement la grande question, ma chérie. Pourquoi ? Si tu as des réponses, communique-les-moi bien vite parce que je commence à en être à court.

Blaise partit pour la Russie plus tôt encore que prévu, sans m'indiquer à quelle date je pourrais espérer le revoir. A moins qu'il n'eût un service à me demander, ou qu'il lui prît la fantaisie de m'inviter à le rejoindre à Londres, à Paris, à Berlin ou à Rome — ou Dieu sait où —, je n'aurais vraisemblablement plus de ses nouvelles. Mais j'y étais trop accoutumée pour m'en formaliser. Le lendemain de son départ, je suis allée prendre le thé avec tante Virginie. Elle me donna l'impression d'avoir pleuré et je lui trouvai un air si vulnérable que je ne pus m'empêcher de lui demander si elle était souffrante.

— Non, ma chérie. Simplement très lasse. Aujourd'hui, vois-tu, j'ai relu les quelques lettres que ton oncle m'ait jamais écrites et je l'ai revu, tel que... Je n'arriverai jamais, je crois, à me faire à sa disparition. J'ai eu peur, un moment, de n'avoir pas la force de supporter cette idée. Heureusement, avant que je me sois laissée aller, Nicolas m'en a distraite et nous avons passé une heure ensemble.

— Va-t-il bien ?

— Non, répondit-elle pensivement. Non, il ne va pas bien. Oh ! sa santé est bonne, bien sûr. Mais je ne puis pas dire qu'il aille bien.

— Que voulez-vous dire ?

— J'ai très peur de le voir devenir un homme dur, très dur. Mon mari n'était certes pas tendre, du moins pour les autres, mais il y avait en lui tant de chaleur — comment te dire ? Il m'aimait, il adorait Caroline, les garçons. Il aurait tout sacrifié pour nous, je crois. Nicolas, lui, s'endurcit d'une tout autre manière. Il devient froid, indifférent à tout. Bientôt, j'en ai peur, plus rien ne comptera pour lui qu'accumuler de l'argent, non par avarice mais pour le pouvoir qu'il confère. Je puis le comprendre, en un sens, j'ai toujours été entourée d'hommes ambitieux, souvent dénués de scrupules et de pitié. Les circonstances exigent parfois qu'on se montre impitoyable. Mais Nicolas, depuis quelque temps, l'est sans raison, comme s'il y prenait plaisir. Il finira par se détruire, à la longue, s'il ne se reprend pas.

Elle marqua une pause, hésita, soupira avant de poursuivre :

— Autant te mettre au courant, Julia, tu vas l'entendre dire par l'un ou l'autre et cette nouvelle peut avoir de sérieuses conséquences pour Prudence. Nous connaissons tous les difficultés où les Hobhouse se débattent et tu sais que Nicolas a fait à plusieurs reprises l'offre de leur racheter Nethercoats — en diminuant son prix à chaque fois, d'ailleurs. Ce qu'il vient de faire va les couler définitivement, j'en ai peur. Je ne sais comment appeler sa manœuvre, sens des affaires ou extorsion pure et simple, mais je t'avoue que cela ne me plaît guère... Bref, il y a quelque temps, Bradley Hobhouse s'est une fois de plus trouvé à court d'argent. Son beau-frère Rawnsley, le banquier, ne voulait plus lui accorder de crédit et son autre beau-frère, Oldroyd, n'est pas réputé pour sa générosité, comme tu le sais. Or, Nicolas s'est proposé pour lui prêter cette somme, tout en sachant très bien qu'elle ne pourrait jamais être remboursée. Oui, je sais, Bradley espère encore le miracle, il a toujours été ainsi, et il compte sans doute trop sur la dot de ta sœur pour redresser la situation. Et puis, il a lui-même bon cœur et s'imagine que tout le monde est comme lui... Quoi qu'il en soit, Nicolas vient de lui demander le remboursement de son prêt. M. Hobhouse ne peut pas le payer. M. Oldroyd refuse de l'aider. Emma-Jane est venue me voir en larmes pour me supplier d'intervenir, mais Nicolas ne m'a même pas écoutée. Il a le droit de son côté, dit-il, et il veut s'approprier Nethercoats. Par ce moyen, non seulement il y parvient mais au moindre prix, m'a-t-il expliqué. Bien sûr, il ne m'a pas demandé de le féliciter pour son habileté, mais il refuse de se laisser fléchir. Emma-Jane Hobhouse l'accuse d'être rapace et sans cœur — mais que pouvais-je dire pour le défendre ? J'aurais moi-même largement de quoi prêter cet argent à Bradley Hobhouse, comme Emma-Jane ne s'est pas privée de me le faire remarquer. Mais si je le faisais, je romprais mes derniers liens avec Nicolas et, que cela lui indiffère ou non, c'est tout ce qui lui reste dans la vie...

— Tante Virginie ?... ai-je commencé.

— Oui, Julia, nous savons toi et moi qu'il n'a plus aucun rapport avec Georgiana, et ce n'est pas entièrement sa faute à elle. Je le lui ai dit et il l'a reconnu. Je lui ai dit aussi que, s'il faisait le premier pas, elle ferait volontiers le second, et il en est également convenu. Vois-tu, Julia, Nicolas a toujours été très proche de moi. Toute sa vie, il a agi par colère, par orgueil et l'a regretté ensuite — tu le sais mieux que personne, je crois. Mais son caractère même a changé. Avant, sa mauvaise humeur était spontanée, ses crises de rage correspondaient à de véritables émotions. Maintenant, il les déclenche à volonté, selon les circonstances, ce qui n'est plus du tout la même chose. Je l'ai senti peu à peu s'éloigner de moi, depuis un an. Avec lui, j'ai l'impression d'entrer dans une maison familière et d'en voir les portes se refermer une à une. J'en souffre, bien sûr, mais je suis bien plus bouleversée de le voir faire de même avec ses enfants. Oui, je sais, ils tiennent beaucoup de Georgiana, Venetia plus encore que Gervais. Ce sont ses enfants, malgré tout, mes petits-enfants, comme ta Blanche, comme les fils de Caroline. Aussi, ma chérie, je voudrais te faire comprendre que si je parais accorder à Venetia plus de temps et d'attention qu'à Blanche, c'est parce que — eh bien, parce que je suis peut-être la seule à m'occuper d'elle.

— Ne vous faites pas de souci pour Blanche, tante Virginie.

— Je ne m'en fais aucun, ma chérie. Elle a une excellente mère, et si Blaise n'est pas souvent avec elle il se rattrape sûrement lorsqu'il est à la maison. Et puis, Blanche a en elle assez du caractère de Blaise pour savoir très bien se débrouiller dans la vie le moment venu. Le cas de Venetia est très différent. Elle possède à la fois l'extravagance de Perry Clevedon et une candeur, une confiance bouleversantes. Elle attend tellement de la vie que mon cœur saigne en la voyant si souvent déçue dans ses espérances. Matériellement, Nicolas ne les laissera jamais dans le besoin, évidemment. Il refuse simplement de se mêler personnellement de la vie de Georgiana et des enfants, de s'y intéresser, de leur accorder une pensée. Il refuse d'en faire l'effort et ce sont des étrangers les uns pour les autres. Je suis plus qu'inquiète pour l'avenir, Julia, je suis bouleversée.

La nouvelle du remboursement de l'emprunt Hobhouse suscita dans Cullingford les réactions indignées que craignait tante Virginie. Si l'on n'y respectait pas M. Hobhouse pour n'avoir pas su préserver sa fortune, il était sympathique à beaucoup, populaire pour sa bonhomie et on avait l'habitude de le voir depuis toujours ; Nicolas Barforth, beaucoup plus jeune que sa victime, s'était trop souvent montré sournois et sans scrupules. Il n'était pas aimé à la Halle au Drap où l'on trouvait volontiers qu'il en avait déjà trop et l'avait eu trop tôt, sans se donner beaucoup de mal.

A l'exception de M. Rawnsley, le banquier, et du subtil M. Oldroyd, tout le monde à Cullingford était d'avis qu'il fallait accorder un délai de paiement à M. Hobhouse. Nicolas Barforth refusa pourtant ce délai. Les Hobhouse revinrent à la charge auprès de M. Oldroyd, et l'on apprit que M. et Mme Hobhouse accompagnés de Freddy, Adolphe et James avaient passé un long après-midi à Fieldhead, sans doute pour rappeler à leur oncle et beau-frère que son épouse regrettée, leur chère tante Lucie, était entrée chez lui jadis porteuse d'une dot considérable prélevée sur les finances alors prospères de Nethercoats.

Le lendemain, l'on vit M. Oldroyd dans la cour de Lawcroft en grande conversation avec Nicolas, et les deux hommes dînèrent ensemble le même soir au Vieux Cygne. Le matin suivant, M. Oldroyd fit savoir qu'il ne pouvait se permettre de placer son argent à fonds perdus et regrettait, en conséquence, de refuser à M. Hobhouse l'aide que celui-ci sollicitait. L'opinion unanime fit porter à Nicolas la responsabilité de cette décision cruelle, car le volume de ses achats à Fieldhead lui permettait trop aisément de faire pression sur M. Oldroyd, dont l'avarice n'expliquait pas tout.

J'ai préféré me soustraire à l'ouragan de rumeurs qui s'abattit sur la ville — et dans lequel Prudence se trouvait prise bien involontairement — et suis partie avec Blanche chercher refuge à Galton. Venue au Prieuré trouver la paix, j'y fus au contraire contaminée par l'agitation de Georgiana, je fus le témoin navré de ses caprices qui la poussaient à des chevauchées débridées à minuit, l'interrompaient au milieu d'une phrase pour l'envoyer patauger dans le ruisseau ou escalader les collines pierreuses dont les pentes abruptes la défiaient. Elle remuait constamment pour refuser le repos, criait pour ne rien entendre, courait sans but apparent — sauf quand il s'agissait de tomber dans les bras de Julian Flood.

Je ne pouvais cependant déterminer avec certitude la nature de ce qui les rapprochait. Leur intimité était trop ostentatoire pour être réelle, leurs rapports trop empreints de camaraderie pour suggérer la passion, encore moins le flirt. Je me rappelais avoir vu Georgiana se comporter de la même manière avec son frère Perry ; mais Julian Flood n'était pas son frère et la barrière de la simple amitié, assez fragile déjà entre Perry et elle, pouvait trop aisément être franchie avec Julian.

Et c'est ainsi que je me retrouvais continuellement chargée de m'occuper d'une fillette déconcertante qui n'éprouvait aucun intérêt pour mes contes de fées et mes jeux enfantins, une sorte de farfadet aux cheveux roux que n'amusaient pas mes boîtes à bijoux et mes babioles, qui courait partout au gré de sa fantaisie et que je n'arrivais jamais à rattraper. Un instant, elle était là, trop calme, passive comme l'était parfois sa mère ; l'instant suivant, elle était introuvable et je fouillais toute la propriété avec angoisse.

Gervais était là, lui aussi, et sa présence créait un lien supplémentaire entre Julian Flood et Georgiana car, faute de l'exemple de Perry, le futur sire de Cullingford constituait le tuteur idéal pour le futur seigneur de Galton. Julian lui apprenait à charger ses fusils, sauter les haies et les barrières et jurer comme un vrai gentilhomme.

Un matin, tandis qu'ils galopaient tous trois dans le ruisseau gonflé de pluie pour accoutumer le cheval de Gervais au courant rapide, je les regardais du haut du pont pour respirer une dernière fois l'air pur du Prieuré, car je devais rentrer chez moi le lendemain. En levant les yeux, j'ai vu la silhouette de Nicolas se diriger vers nous à grands pas. Un cri d'alarme involontaire m'échappa, Georgiana tourna la tête, le vit à son tour, poussa un juron et tourna bride pour disparaître au grand galop dans la pâture, Julian Flood à sa suite.

J'attendis que Gervais fît remonter à son cheval la rive escarpée et nous nous sommes dirigés ensemble vers le chemin où Nicolas s'était arrêté pour nous attendre. L'enfant jeta à son père un regard craintif, s'attendant à être une fois de plus morigéné. Nicolas se borna à lui faire un signe de tête en disant :

— Remets ton cheval à l'écurie et rentre te laver et te changer. Tu devrais être en classe, ce me semble.

— Oui, père.

Je l'ai suivi des yeux, pauvre silhouette tassée sur sa selle. Nicolas et moi étions seuls au milieu des collines dénudées et des champs déserts sous le pâle ciel d'automne. M. Clevedon siégeait au tribunal, les deux fillettes, Blanche et Venetia, sagement dans la maison sous la surveillance de quelque domestique. Six ans s'étaient écoulés depuis notre dernière rencontre, lorsqu'il m'avait persuadée d'aller l'attendre à Scarborough. Aujourd'hui, je ne le connaissais plus. Ce n'était plus l'amant possessif et jaloux qui jurait de ne jamais me laisser échapper à lui. C'était un étranger, un homme d'affaires impitoyable s'apprêtant à ruiner les Hobhouse et d'autres après eux, un fauve solitaire refermant sa tanière à sa propre mère, à ses propres enfants ; un homme prêt à provoquer, s'il le pouvait, la ruine de son frère — mon mari. Non, cet homme-là, je ne le connaissais pas.

— Bonjour, *Milady,* me dit-il au bout d'un long silence.

Je n'eus pas de mal à rire de son sarcasme.

— Grand dieu, Nicolas, inutile de m'appeler ainsi ! J'ai toujours envie de tourner la tête pour voir si cela ne s'adresse pas à ma belle-mère. Tu ramènes Gervais à Tarn Edge ? Je ne sais pas quand Georgiana sera rentrée...

— Ne cherche pas. Elle reviendra aussitôt que j'aurai le dos tourné. De toute façon, ce n'est pas pour la voir que je suis venu mais pour reprendre le petit. Elle sait qu'elle a tort de l'empêcher d'aller à l'école, comme elle sait qu'il est inutile d'engager avec moi un combat où elle est sûre de perdre. Je me demande pourquoi elle s'obstine...

Nous avons fait en silence quelques pas en direction du Prieuré.

— Comment vas-tu, Julia ?

— Très bien, merci, Nicolas.

— Tant mieux. Depuis combien de temps es-tu ici, cinq, six jours ? Et depuis quand Julian Flood vous a-t-il rejoints ?

— Nicolas ! N'imagine surtout pas...

— Imaginer quoi ? Est-ce que je te demande de trahir un secret ? Tu n'as pas besoin de me le dire, chérie. Il passe ses journées et ses nuits ici, je suppose. Pourquoi pas, après tout, il n'a rien d'autre à faire. Ce sont des choses qui arrivent.

J'ai pressé le pas pour me dissimuler à ses regards. J'étais blessée par sa familiarité volontaire, gênée par ses paroles sur Julian Flood, prononcées pour m'embarrasser. Son emploi du mot « chérie » était délibérément vulgaire, comme s'il l'avait adressé à quelque danseuse de cabaret. J'avais surtout conscience du silence qui nous entourait et que mes pas sur le gravier accentuaient plutôt que de le rompre.

— Allons, Julia, reprit-il, tu n'es plus une oie blanche. Tu es capable de comprendre ce genre de choses.

Je me suis retournée brusquement et j'ai eu l'impression de buter sur le mur de sa colère.

— Oui, je les comprends. Comme tu viens de le dire, Julian Flood a tout le temps été ici. Moi aussi, et je n'ai rien remarqué entre eux qui dépasse les bornes de la simple amitié.

— Dans ce cas, c'est un imbécile. Elle aussi, par le fait. En ce qui me concerne, je m'en moque et je t'autorise à le leur faire savoir.

— Je ne veux pas m'en mêler, Nicolas.

Il s'arrêta pour allumer un cigare et l'odeur de tabac, en cet endroit, me choqua comme un sacrilège — que Nicolas entendait probablement commettre.

— Cela ne m'étonne pas de toi, répondit-il. Mais je te le dis pour te mettre à l'aise, l'adultère étant souvent désagréable pour les témoins...

— Il n'est pas question d'adultère, Nicolas !

— Je veux bien te croire et, si c'est vraiment le cas, Flood est un imbécile comme je viens de te le dire. Je le croyais pourtant capable de profiter des circonstances.

Je me suis remise en marche et me suis arrêtée, quelques pas plus loin, devant les pierres effritées d'un vieux mur. Je sentais Nicolas derrière moi tel que ma mémoire se le rappelait, émergeant malgré lui de sa carapace de rudesse et de dureté.

Je ne le voyais ni ne l'entendais, je ne faisais que sentir sa présence. Une partie de moi-même se moquait de mon incapacité à me retourner, à le dévisager, à tendre la main pour le toucher. Un murmure s'élevait en moi, enflait, répétait avec autorité : « Attention ! Sois prudente », car je savais trop combien Nicolas avait su naguère m'imposer sa volonté et je n'étais, aujourd'hui, pas mieux armée qu'alors pour y résister.

— Ma chère belle-sœur paraît bien troublée, dit-il d'une voix moqueuse. Si j'en suis responsable, je t'en présente toutes mes excuses.

— Tu n'as pas à t'excuser.

— J'aime mieux cela. Il n'empêche que tu es troublée.

— Oui.

— Puis-je faire quelque chose pour te rasséréner ?

— Oui, en croyant ce que j'ai dit au sujet de Georgiana et de Julian Flood.

— Faut-il vraiment y croire ? Je n'en suis pas si sûr. Pour croire, vois-tu, il faut avoir confiance, et je ne pense pas que ce serait sage de ma part. Comprends-tu ce que je veux dire ?

— Oui, et tu te trompes du tout au tout.

— Vraiment ? Il faudrait m'en convaincre. En serais-tu capable ?

— Non, dis-je avec un soupir de lassitude. Il y a des choses que je ne peux pas te dire.

— T'ai-je posé des questions précises ?

— Non. Je le regrette, en un sens.

Il se rapprocha, m'imposa sa présence qui me parut plus pesante, plus dominatrice que dans mes souvenirs. Ma raison s'égarait au point qu'il me paraissait être à la fois le seul homme au monde que je connaisse vraiment et un inconnu.

— En fait, Julia, tu voudrais que je t'arrache la vérité. Tu voudrais pouvoir dire ensuite, pour calmer tes scrupules, que tu n'as pas parlé de ton plein gré, que je t'y ai forcée...

— Absolument pas !

— Je suis d'autant plus content de te l'entendre dire que je n'ai nullement l'intention de me prêter à ce petit jeu. Y a-t-il même tant de mystère, dans cette sordide histoire ? Tu as vu passer l'occasion de faire un bon mariage, tu l'as saisie au vol.

— Non !

— Veux-tu dire que ce n'est pas un bon mariage ?

— Ne me fais pas dire le contraire de ce que je dis, Nicolas ! Les choses ne se sont simplement pas du tout passées comme tu le crois. Il n'était pas question d'intérêt, en ce qui me concernait. Tu le sais. Tu *devrais* le savoir, du moins.

— Je n'en sais strictement rien, Julia. J'étais absent à ce moment-là, si tu daignes t'en souvenir et, quand j'ai appris la nouvelle, tes mobiles m'ont paru assez limpides pour ne pas me poser de questions inutiles. Si j'ai tort, alors explique-moi pourquoi. Mais je ne devrais sans doute pas même te le demander, n'est-ce pas ? Alors, oublions-le, comme je l'ai fait moi-même. Tu as certainement promis de garder le silence et tu ne peux pas te permettre de piétiner toutes les promesses que tu fais. N'en parlons plus.

Sa feinte indifférence cachait mal son désir de me faire parler. Chacune de ses paroles m'acculait contre le mur auquel j'avais dû m'adosser, m'enfermait dans un piège pour me contraindre à mettre à jour la source même de ma culpabilité envers lui. Je savais surtout que, s'il avait besoin d'apprendre la vérité, j'en avais un plus pressant encore de la lui avouer.

— N'en parlons plus... répéta-t-il distraitement.

Etourdie de soulagement, je me suis détachée du mur, j'ai fait deux pas. Je me croyais délivrée jusqu'à ce qu'un éclair de satisfaction dans son regard me fît comprendre qu'il n'avait fait que lâcher les rênes pour mieux les resserrer ensuite.

— Cette broche, dit-il avec une négligence affectée, tu la portes souvent, il me semble.

— Euh... Oui, en effet.

— Un cygne, à ce que je vois. Un cadeau de Blaise, sans doute ?

J'ai hoché la tête sans répondre, la gorge soudain sèche en me demandant avec angoisse ce qu'il trouverait dans cette broche pour en faire une arme contre moi, tant il était visiblement d'humeur à blesser pour le plaisir.

— Cela lui ressemble, en effet. Il a dû se donner du mal pour se la procurer, faire un détour de plusieurs centaines de kilomètres, trouver un bijoutier capable de l'exécuter sans regarder à la dépense. Oui, c'est du Blaise tout craché.

— Peut-être. Et alors ?

— Tandis que moi, vois-tu, je ne pense jamais à ce genre de choses. Ce n'est pas que je sois pingre, au contraire. Ma femme a des diamants, des émeraudes. Mais il n'y a rien de particulièrement attentionné dans tout cela. Le premier venu avec un compte en banque bien garni peut en faire autant.

— Je ne vois pas où tu veux en venir, Nicolas.

— A rien de particulier. Simplement, il s'avère que je ne suis pas fait pour réussir dans les rapports personnels. Quand on est jeune, on s'essaie à ceci, on veut tâter de cela. Mais un homme sensé finit généralement par découvrir ce pour quoi il est doué et s'y tient. Je ne suis pas doué pour les rapports humains, voilà tout. Ma mère s'en désole ; mais si je m'endurcis, comme elle dit, c'est sans doute ma nature qui le veut et je trouve cela tout naturel.

— Pas moi, Nicolas.

— C'est parce que tu m'a connu dans ma jeunesse, quand je m'essayais encore aux expériences sentimentales.

— Telles que le mariage, l'amour ?

— Le mariage, en tout cas. L'adultère aussi, dont il faut t'absoudre puisque tu n'étais pas mariée à l'époque et que tu ne trompais donc personne — pas un mari, du moins...

Voilà donc ce qu'il ressentait : de l'apitoiement sur son propre sort, de l'amour-propre blessé et, plus encore, cette incapacité des Barforth à tolérer que tout ne se passe pas exactement comme ils le veulent. J'ai tenté de me réfugier dans la colère. Son égoïsme aveugle ne fait qu'empirer, me disait une voix intérieure. Il souffre, répondait une autre. Elles avaient toutes deux raison. Ce qui comptait le plus, cependant, c'est qu'il souffrait.

— Ecoute, Nicolas... Crois-le ou non, mais je ne t'ai jamais trompé. Blaise ne t'a pas trahi, lui non plus. Il n'était venu à Scarborough ce jour-là que pour me prévenir de ce que tu ne pourrais pas me rejoindre. Il ne m'a pas touchée et je crois qu'il n'en avait même pas envie. Je n'en aurais certainement pas voulu, en tout cas.

Ces quelques mots m'avaient presque littéralement brûlé la langue et la gorge. Ma volonté vacillante eut un dernier sursaut pour ajouter cette supplication :

— Que cela te suffise, Nicolas. Ne me force pas à t'en dire davantage.

Mais il avait attendu trop longtemps cet aveu pour se montrer miséricordieux.

— Julia, ma très chère cousine, à quoi penses-tu ? J'ai quatre usines sur les bras, figure-toi. Combien de temps crois-tu que je puisse perdre à me demander précisément où, quand et comment tu as couché avec mon frère ?

Son ton sarcastique ne faisait pourtant pas illusion. Ces questions, il se les était posées, il s'en était torturé. Alors, le dos de nouveau au mur, la joue appuyée contre les pierres froides, je me voyais sur le point de lui donner les réponses. J'avais eu tort en tout, je me trompais sans doute encore maintenant ; mais j'avais trop contribué à alourdir son fardeau d'amertume et de cynisme pour lui refuser la vérité. C'était la seule promesse solennelle que Blaise ait exigée de moi. Je ne voulais pas la rompre, il était contraire à ma nature de trahir un serment. Je savais pourquoi il ne fallait pas le faire, mais cela n'y changeait rien.

Je me suis appuyée plus fort contre le mur, comme pour m'y enfoncer, j'ai fermé les yeux, j'ai forcé les mots à sortir de ma bouche au prix d'un effort que je n'étais pas sûre de soutenir :

— Ecoute, Nicolas... Blaise et moi avons été vus ensemble à Scarborough par un espion à la solde de tante Hannah. Elle en a conclu que c'était lui mon amant et a menacé de tout dévoiler à ton père. Tu étais à Londres, Georgiana attendait son second enfant. Je te savais aussi bouleversé que moi à la pensée qu'elle pourrait en mourir. J'ai eu peur, je l'avoue. J'ai encore peur aujourd'hui. C'est tout.

Il y eut un long, un très long silence pendant lequel je me sentis faire pénitence sur les pierres dures, comme les moines qui habitaient ce lieu des siècles auparavant. Nicolas s'était raidi, sa colère contenue irradiait des vibrations qui me faisaient trembler, m'empêchaient presque de respirer. Et puis, d'un seul coup, je le vis se redresser, rejeter la tête en arrière non pour lâcher un gémissement de douleur ou une bordée de jurons, comme je m'y serais attendue, mais un rire grinçant, brutal dont il savait que je souffrirais plus cruellement.

— C'est donc ainsi qu'il s'y est pris ! L'habile salaud... Il a réussi à te convaincre qu'en l'épousant c'est moi que tu protégeais, n'est-ce pas ? J'aurais dû m'en douter, tant cela lui ressemble — tant cela *te* ressemble aussi. C'est trop drôle...

Son rire résonna de nouveau en des éclats douloureux comme la lanière d'un fouet.

— Assez, Nicolas ! Tu m'as fait assez de mal, cela suffit !...

— Je m'arrêterai quand cela me plaira, tu comprends ?

Sa fausse gaieté disparut soudain, son expression redevint aussi dure, aussi impénétrable que du granit et il me prit brutalement aux épaules, approcha son visage tout près du mien :

— C'était bien monté, mais ça n'a pas marché, hein ? Pour une fois, il s'est fourré le doigt dans l'œil, mon cher frère, n'est-ce pas ? Te demandes-tu seulement pourquoi ? Oh ! je me doute qu'il a dû te noyer sous un flot d'excellentes raisons, il peut vendre n'importe quoi, j'en sais quelque chose. Mais t'es-tu posé la question de savoir ce qu'il cherchait vraiment, dans cette histoire, te l'es-tu demandé ? Tu peux être sûre, en tout cas, que ce n'était ni pour mon bien ni pour le tien. Mais je refuse de jouer à son petit jeu, il aurait au moins dû le prévoir...

Je ne pouvais en entendre davantage et je lui ai échappé, j'ai couru me réfugier dans la maison. Une demi-heure plus tard, il est parti à son tour en emmenant son fils et me laissa seule pour affronter Georgiana qui, comme si elle avait attendu le signal, reparut à l'instant où la voiture de Nicolas s'éloignait dans l'avenue.

Elle resta un moment à la fenêtre, trop absorbée dans ses propres pensées pour remarquer que j'avais pleuré et que j'étais encore au bord des larmes.

— Il croit sans doute que j'ai une aventure avec Julian, dit-elle à voix presque basse. Ce n'est pourtant pas vrai, je le jure. Il le comprendrait lui-même s'il voulait réfléchir un instant... Quant à lui, il a une maîtresse à Leeds, une autre à Londres — vous ne le saviez pas ? Non, bien sûr. Je ne devrais pas être au courant, moi non plus, ou du moins feindre de l'ignorer et subir mon épreuve avec courage et dignité, comme disent les bourgeoises de Cullingford. Il faudrait que je me borne à sourire, à dire : « Mais voyons, ma chère, les hommes seront toujours les hommes… » Eh bien, moi je ne peux pas.

Elle fixait l'avenue vide par où la voiture s'était éloignée, tenta de se détourner mais n'y parvint pas, comme si une force plus puissante que sa volonté la rivait à ce spectacle.

— S'il me fait mal, reprit-elle, vous me croyez peut-être capable de le lui dire, de le lui faire comprendre ? Non, je n'en suis pas capable. D'ailleurs, à quoi bon ? Il ne me répondrait même pas. Son silence me fait tellement souffrir que je refuse d'en prendre le risque. Alors, je continue à faire semblant de n'avoir rien à lui dire…

Elle se détourna enfin, fit de la main un petit geste.

— Enfin, peu importe, après tout… Il me reste le Prieuré, le cloître. Personne ne pourra jamais me les enlever.

28

A mon retour, l'emprunt Hobhouse alimentait toujours les controverses. A peine descendue de voiture, je vis arriver Prudence venue en voisine m'exposer son dilemme : épouser Freddy ou rompre les fiançailles ? La décision était infiniment plus difficile à prendre qu'elle ne l'aurait cru.

Freddy, non sans divertissements, me précisa-t-elle, l'avait attendue dix ans. Maintenant, face à la ruine imminente, il ne pouvait que remettre son sort entre les mains de Prudence. Dans tout Cullingford, où l'opinion publique sympathisait avec les victimes du chantage de Nicolas, l'on s'attendait à ce qu'elle fasse son devoir envers les Hobhouse, sous peine de passer pour une femme intéressée et au cœur sec.

Elle se moquait du qu'en-dira-t-on, certes, mais Freddy lui était devenu plus cher qu'elle ne l'avait souhaité. Elle s'était attachée malgré elle à son charme nonchalant, à sa bonne humeur dans l'adversité, au courage dont il faisait preuve pour tenter de sauver Nethercoats et à son absence d'amertume devant l'incurie de son père qui faisait échouer tous ses efforts. Elle ne pouvait pas nier, non plus, l'avoir elle-même exploité égoïstement.

— Pourquoi m'en serais-je privée, après tout ? Personne ne trouve à redire qu'une femme se laisse exploiter par un homme. Si j'étais ruinée, on trouverait normal qu'il prenne l'initiative de la rupture et on le traiterait d'imbécile sentimental s'il ne le faisait pas. Mais, parce que je suis une femme, je suis censée me sacrifier et me dépouiller de tout pour réparer les conséquences de l'incapacité de son père ! Si je m'y refuse, je risque d'y perdre à la fois ma réputation et mon école, car personne ne voudra plus faire éduquer ses filles par le monstre que je suis, avec le risque d'apprendre que les femmes ont les mêmes droits que les hommes. J'ai travaillé dur, Julia, j'ai encore honte d'avoir dû ruser et me cacher derrière oncle Joel pour parvenir à mes fins. Mais je suis en train de réussir. Je ne suis plus simplement la fille de Morgan Aycliffe, je suis enfin moi-même et cela, vois-tu, je ne veux le perdre à aucun prix. Je veux bien le partager, je refuse de m'en faire déposséder. Si Freddy veut de moi, qu'il rompe avec sa famille, qu'il fasse un choix entre ses affaires et les miennes, notre vie et celle de ses parents.

De telles vues étaient par trop révolutionnaires pour Cullingford, et Freddy trop attaché aux traditions. Il épouserait volontiers Prudence, certes, mais pour jeter ses derniers sous dans l'entreprise, se couvrir de dettes pour renflouer Nethercoats ; en cas d'échec, il n'hésiterait pas davantage à prendre le premier emploi à se présenter et à se tuer au travail pour faire vivre sa femme et ses enfants. Il donnerait sa dernière chemise, son dernier morceau de pain, mais rien au monde ne pourrait jamais lui faire admettre qu'un mari puisse, si peu que ce fût, être « entretenu » par sa femme.

Si je me suis alors donnée sans réticence à la tâche de seconder ma sœur et de défendre ses actes et sa réputation, c'est peut-être parce que j'avais l'impression de ne plus pouvoir en faire autant pour les miens.

Je m'étais confessée à Nicolas de bonne foi. Comme sa mère, j'avais vu se former la carapace dont il s'entourait et cru pouvoir y déceler le défaut par où atteindre ce qui restait de son ancienne personnalité, l'émouvoir, lui rouvrir les yeux sur les joies de la vie, sinon avec Georgiana — et sûrement plus avec moi —, du moins avec une autre ou de quelque manière que ce soit. Une fois de plus, j'avais commis une grossière erreur. Si je n'avais rien trouvé en lui, c'est peut-être parce qu'il ne restait rien ; je n'avais fait que m'offrir à sa malveillance et exposer Blaise à ses coups. J'avais, au prix d'un effort surhumain, épuisé mes dernières forces pour lui faire une révélation dont il n'avait su que rire. Garderait-il maintenant ce secret pour lui ou s'en servirait-il pour blesser Blaise à l'occasion de leur prochaine querelle ? Comment Blaise allait-il réagir ? Je l'avais rarement vu perdre son sang-froid, mais comment accepterait-il de vivre avec une femme, sa femme, assez inconsciente pour mettre une telle arme entre les mains de son frère, son ennemi juré ?

Je ne trouvais aucun argument pour me disculper. Avant qu'il ne revête son armure, j'avais blessé Nicolas et il le ressentait encore, non plus dans son cœur mais dans son orgueil. Il n'hésiterait donc pas à me blesser, par calcul, parce que je lui avais offert l'outil avec lequel chasser Blaise d'un domaine dont il se considérait le seul maître légitime. Il se servirait de mon aveu comme il l'avait fait de l'argent prêté aux Hobhouse pour s'approprier leurs biens. Ces pensées m'affolaient au point que, dans mes insomnies, je croyais n'avoir plus rien à perdre en allant me traîner à ses genoux et le supplier de se montrer magnanime. J'étais à sa merci, j'accepterais d'avance tout ce qu'il lui plairait de m'ordonner, je subirais toutes les humiliations qu'il voudrait m'infliger. Au matin, redevenue lucide, je comprenais qu'en me conduisant ainsi je ne ferais que m'enfoncer plus profondément dans le piège.

C'est alors que je suis arrivée à la conclusion qu'il ne fallait plus attendre et user mes dernières miettes de courage pour mettre moi-même Blaise au courant. Je lui permettrais de préparer sa défense, et j'étais prête à subir le châtiment qu'il voudrait bien m'infliger — il ne pourrait être pire que mes propres tourments. J'étais prête à le faire le soir de son retour de Russie, mais j'ai reculé au dernier moment. Il se montrait, ce soir-là, paré de tout son charme, et pourtant je ne savais toujours pas ce qu'il pensait, ce qu'il sentait, ce qu'il voulait ni même ce à quoi il s'intéressait. J'avais vécu agréablement, parfois j'avais été heureuse, avec un homme dont j'ignorais tout à l'intérieur, dont je ne connaissais que la surface scintillante. J'avais exhibé mes toilettes pour lui faire honneur, je lui avais donné mon corps pour son plaisir — et le mien. Avec lui, j'avais ri, profité des luxes de la vie, brillé en société, visité le monde, du moins en partie. Je n'avais jamais, cependant, eu tout à fait confiance en lui tout en croyant qu'il avait pleinement confiance en moi — et je souffrais de ne plus le mériter.

J'ai passé ainsi cinq jours à me torturer en silence. Tous les soirs, prête au pire, je tremblais en entendant sa voiture et ne retrouvais mon calme qu'en voyant son sourire m'annoncer que la foudre n'était pas encore tombée. Je suis allée voir tante Virginie, prête à tout lui avouer et à implorer son aide, et je suis restée muette. Je me suis décidée à mentir pour adoucir le coup quand il tomberait, à prétendre que tante Hannah ou Jonas avaient fait devant Nicolas une allusion grâce à laquelle il avait reconstitué la vérité. Je ne me sentais pas plus capable d'aller jusqu'au bout de cette comédie.

Le sixième soir, pendant que nous dînions seuls devant un bouquet de roses d'automne, les rideaux tirés contre les premiers froids de novembre, Blaise aborda de lui-même le sujet :

— Mon cher frère était particulièrement aimable, aujourd'hui, et je me demande bien pourquoi. Certes, les commandes que j'ai rapportées de Moscou avaient de quoi le mettre de bonne humeur, mais je ne saisis pas très bien pourquoi il en avait l'air aussi satisfait. Elles ne faisaient que lui prouver que j'avais raison d'y aller et me donnent un excellent prétexte pour y retourner.

Alors, les yeux fixés sur le candélabre, j'ai répondu :

— Je vais te dire pourquoi il est si content. Il est au courant au sujet de... tante Hannah et Scarborough.

Il y eut un long silence. En détournant les yeux des bougies, je vis la main de Blaise sortir la bouteille de vin du seau à glace et remplir nos deux verres avec un tel calme que je crus d'abord qu'il ne m'avait pas entendue.

— Blaise, as-tu compris ce que je viens de dire ?

— Mais oui, dit-il en portant son verre à ses lèvres. J'ai bien entendu. Merci, Julia. C'est un coup de maître.

Pour la première fois gênée par ma crinoline, je me suis levée, j'ai fait les cent pas de la fenêtre à la cheminée en ayant la sensation d'être seule dans la pièce. Blaise était resté à table et dégustait son vin sans manifester la moindre émotion.

— Dis quelque chose, Blaise, je t'en supplie ! ai-je gémi sur un ton qui lui rappela peut-être celui de Georgiana. N'as-tu pas même envie de savoir pourquoi, comment...

— A quoi bon, ma chérie ? Si Nicolas est au courant, c'est sans doute parce que tu le lui as dit.

— Oui, c'est exact. Je l'ai amèrement regretté depuis.

— Eh bien, voilà au moins une consolation !

— Il était venu à Galton reprendre Gervais, pendant que j'y séjournais et... Oh ! Blaise, j'ai manqué à la seule promesse que tu m'aies demandée...

Une fois de plus, j'entendis un Barforth rire de mes paroles, non plus certes avec la cruauté qu'avait eue Nicolas, mais avec une ironie froide paraissant presque autant dirigée vers lui-même que vers moi.

— Ah bah ! Les promesses sont toujours plus ou moins faites pour ne pas être tenues et je serais le dernier à pouvoir te le reprocher. Julia, je t'en prie, assieds-toi. Tu m'as poignardé dans le dos, n'ajoute pas à mes souffrances en me donnant le vertige avec tes allées et venues.

— Enfin, Blaise, cela ne te fait donc rien ?

— Si, justement, cela me fait beaucoup. C'est pourquoi, d'ailleurs, je crois que je vais sortir fumer mon cigare au jardin et réfléchir. Je te rejoindrai dans un instant pour le café.

J'ai fait servir le café au salon où je suis allée m'asseoir près du feu. J'en ai bu une tasse, puis deux, en contemplant la beauté qui m'entourait, la soie verte des murs, le tapis d'Aubusson, toute cette élégance discrète et raffinée à l'image de notre vie ensemble qui, comme Blaise, me suffisait presque. Je n'avais plus peur, j'étais triste, de la tristesse empreinte de mélancolie que ressent aux derniers beaux jours ou à l'apparition des premiers signes de l'âge une femme qui n'a vécu que pour sa beauté.

— Pardonne-moi, dit Blaise en franchissant la porte-fenêtre, je t'ai fait attendre le verdict plus longtemps que prévu.

Sachant ce qu'il admirait le plus chez les femmes, j'ai demandé avec calme :

— Veux-tu du café frais ?

On ôta le plateau qui fut remplacé par un autre. Je lui ai rempli sa tasse en y mettant le nombre de sucres à son goût. Il but, reposa sa tasse et, comme nous étions seuls, alluma un autre cigare.

— Je crois, dit-il, que nous avons su nous organiser une vie plutôt agréable et qui te plaît autant qu'à moi, n'est-ce pas ?

— En effet.

— Eh bien, que dire de mieux ? Tu sais combien j'ai horreur de compromettre ce qui me plaît, Julia. Il y a une demi-heure, j'avoue avoir été près de perdre mon sang-froid. Et puis, en y réfléchissant, j'ai bien dû admettre que si tu avais été ma maîtresse et t'étais enfuie avec Nicolas, j'aurais moi aussi trouvé le moyen de te faire avouer pourquoi. Il n'y a donc pas lieu de s'étonner si Nicolas a succombé à cette tentation.

— Tu n'es pas... déçu ?

— De toi ?

— Oui, de moi.

— Bah ! je m'en remettrai ! Maintenant, je vais au moins être en mesure de me défendre si Nick m'attaque — à condition d'ailleurs qu'il aille jusque-là. Non, vois-tu, ton indiscrétion n'a finalement pas beaucoup d'importance.

— Je suis heureuse que tu le prennes ainsi.

— Voyons, Julia, dit-il en se penchant vers moi, à quoi t'attendais-tu ? Me voyais-tu te jeter la soupière à la tête ou t'assommer avec un candélabre ? Ce n'est guère mon genre, tu le sais. De toute façon, ma chérie, ce n'est pas ainsi que nous nous conduisons l'un envers l'autre. Si tu insistes pour faire pénitence, eh bien, fais preuve d'une affection débordante à mon égard la prochaine fois que nous verrons mon frère ensemble. Cela ne lui fera pas de mal de constater, une fois de plus, que tu sembles m'aimer mieux que lui — et cela ne me fera pas de mal non plus.

Nous n'avons plus jamais abordé le sujet, même si je croyais parfois observer chez Blaise une certaine froideur, ou plutôt une sorte de méfiance.

M. Oldroyd mourut subitement en ce mois de novembre. Sa disparition provoqua une jubilation discrète mais compréhensible à Nethercoats, où l'on tenait pour acquis que Freddy, le préféré de ses neveux, recueillerait sinon la totalité, du moins une portion de la succession assez substantielle pour rembourser la créance Barforth.

Pendant les quelques jours précédant l'ouverture du testament, les commentaires allèrent bon train. Les Hobhouse voyaient déjà leur Freddy millionnaire et seul maître de Fieldhead. Mme Hobhouse assurait qu'il pourrait alors prétendre à mieux qu'une maîtresse d'école qui n'était plus de première jeunesse et dont les idées étaient pour le moins discutables. Prudence souhaita à Freddy d'être heureux dans l'opulence et d'épouser une de ses élèves si cela lui chantait.

— Pauvre M. Oldroyd, conclut-elle. Avare comme il l'était, il a dû avoir le cœur brisé en pensant à la manière dont les Hobhouse dilapideront sa fortune.

C'étaient là des paroles prophétiques. L'on apprit, en effet, que M. Oldroyd n'avait pu se résoudre à avoir le cœur brisé et son testament offrit à Cullingford l'un de ses plus admirables scandales : jeté comme une pierre dans une mare de boue, il allait créer des remous dont les ondes iraient loin et éclabousseraient de manière pénible certains d'entre nous.

La lecture du document commença de manière anodine par de menus legs aux serviteurs, ainsi qu'à une certaine dame Jamison, de Leeds, ce qui ne surprit personne. Plus mal reçue fut l'insulte que représentait la somme de cinq cents livres destinées à M. Hobhouse, beau-frère du défunt, et autant pour Emma-Jane son épouse. Le neveu préféré du testataire, M. Frederic Hobhouse, recevait pour sa part la somme de dix mille livres, assortie du conseil de l'utiliser pour fonder sa propre affaire. Mais le reste, tout le reste, les filatures de Fieldhead et la maison de maître, le portefeuille de titres, les comptes en banque bien garnis, tout allait à une légataire universelle, une certaine Mme Tessa Delaney qui, révélation stupéfiante, n'était même plus Mme Delaney mais, depuis un an environ, la seconde Mme Matthew Oldroyd, de Fieldhead.

— Mon dieu, mon dieu, commenta ma mère. Je sens des ennuis qui se préparent. Pauvre Celia...

Si je ne compris pas immédiatement le sens de cette allusion à ma sœur, je fus bientôt renseignée par la visite que me fit Mme Hobhouse. Elle était dans tous ses états et, n'ayant plus rien à perdre ni à espérer, semblait résolue à mettre Cullingford à feu et à sang.

La ruine de sa famille, me déclara-t-elle avec force, elle n'en était pas plus responsable que son mari. Qui en blâmer ? Une conspiration, rien de moins, une véritable association de malfaiteurs recrutés chez les immondes, les diaboliques Barforth, tous groupés comme un seul homme derrière le plus abject de tous, Nicolas, pour lui voler son toit et la jeter à la rue avec ses enfants. Elle n'était pas folle, non, elle savait reconnaître des manœuvres criminelles. Qui avait manigancé pour convaincre M. Oldroyd de changer son testament ? Nicolas Barforth. Qui avait rédigé le nouvel et immonde document ? Jonas Agbrigg qui, comme par hasard, est marié à une cousine du même Nicolas Barforth et dont le père, Ira Agbrigg, est au service des Barforth et marié à la tante de Nicolas Barforth. Et qui avait eu l'abjecte idée de faire épouser au pieux M. Oldroyd cette femme de rien, sinon le même Jonas Agbrigg, assez retors pour savoir que le testament aurait été contesté sans cette forfaiture. Qui avait assisté à ce mariage révoltant ? Jonas Agbrigg, toujours lui, affirma-t-elle en démontant le mécanisme de cette perfidie. Qui avait eu l'audace de venir s'asseoir à sa table, de lui faire des sourires tout en aiguisant le poignard qu'il s'apprêtait à lui plonger dans le dos ? Encore Jonas Agbrigg qui, en qualité d'homme de loi de la famille, avait constamment fait pression sur Bradley Hobhouse afin qu'il vende son patrimoine. Qui était le beau-frère de Prudence Aycliffe, qui l'avait dissuadée depuis des années d'épouser Freddy ? Et combien Jonas Agbrigg avait-il touché pour prix de sa trahison ? Combien de sacs d'or lui avaient offerts, en signe de leur reconnaissance, Nicolas Barforth et cette hétaïre, Tessa Delaney ? Qu'étaient d'ailleurs devenus les bijoux de la première Mme Oldroyd, née Hobhouse ? Allait-on voir apparaître ses diamants aux oreilles de la courtisane, ses perles au cou malingre de Mme Jonas Agbrigg qui, par le fait, n'était autre que Celia Aycliffe et cousine de Nicolas Barforth ?

— Oui, vous vous êtes tous mis d'accord pour nous dépecer, et j'espère maintenant que vous êtes satisfaits, charognards que vous êtes ! Mais j'ai toujours ma langue, *Lady* Barforth — que j'ai connue vulgaire petite Julia Aycliffe ! — et je proclamerai partout ce que vous avez tous osé nous faire subir. Et ne croyez pas que votre sournois d'avocat Agbrigg pourra acheter mon silence ! Je sais trop de choses sur vos tantes, vos cousins, votre petite bonne femme de mère qui ne vaut pas mieux qu'une gourgandine ! J'en sais, des choses, et je ne me gênerai pas pour les dire.

Ce qu'elle s'empressa de faire, en effet, autour des tables à thé où tout le monde l'invitait et buvait ses paroles. Ces dames offraient à l'infortunée Mme Hobhouse l'expression de leur profonde sympathie, lui serraient la main en réprimant leurs larmes et couraient aussitôt rapporter ses dernières révélations à ma mère ou à tante Hannah.

— Je saurai la faire taire, déclara cette dernière avec résolution. Je vais la traîner devant les tribunaux.

Mais Jonas, la tête toujours froide, l'en dissuadait. La malheureuse était manifestement hystérique — n'avait-il pas l'habitude des femmes dans cet état ? Certes, il connaissait assez bien Mme Delaney, qu'il conseillait dans ses placements d'argent et pour qui il avait négocié l'achat de sa résidence d'Albion Terrace. Sans doute, il était au courant du mariage secret, puisqu'il y avait assisté, et connaissait d'autant mieux les termes du testament Oldroyd qu'il les avait personnellement rédigés. Le secret professionnel lui interdisait d'en rien divulguer. Comment une personne sensée pourrait-elle le lui reprocher ? Aussi, compte tenu de sa détresse, ne pouvait-on accorder à Mme Hobhouse que l'indulgence réservée aux esprits dérangés.

Cependant, comme l'avait prévu ma mère, ces événements eurent sur les nerfs malades de Celia un effet désastreux. Au plus fort de sa démence, Mme Hobhouse n'avait pas osé prendre Georgiana à partie ; mais elle n'eut pas les mêmes scrupules — ou la même prudence — avec l'inoffensive Celia Aycliffe, épouse de l'abominable Jonas Agbrigg. Elle avait fait irruption dans la maison d'Albert Place où, pendant vingt minutes d'une crise de rage déchaînée, elle avait réduit Celia à un état de terreur tel que, effrayée à son tour, elle s'était enfuie à toutes jambes en oubliant son châle et ses gants. Il avait fallu coucher Celia en lui administrant de fortes doses de laudanum ; Jonas, contraint d'agir, avait écrit à M. Hobhouse pour le mettre en garde contre les conséquences des agissements de sa femme, si elle s'avisait de revenir agresser la sienne. A l'insu de Jonas, tante Hannah était allée le lendemain à Nethercoats pour y rapporter les gants et le châle mais n'avait pu y rencontrer Mme Hobhouse, elle-même au lit avec une crise de nerfs.

— Dites-lui que je compte revenir, avait-elle déclaré à la servante vivement intéressée qui, peu sûre du paiement de ses gages, ne manquerait pas de transmettre le message à sa maîtresse en décrivant la colère de la redoutable Mme Agbrigg.

Déjà peu disposée à sortir de chez elle, Celia s'y claquemura définitivement. Elle ne quittait plus son salon aux rideaux hermétiquement clos et se maintenait dans une sorte d'état de siège qui n'était pas sans me rappeler mon propre comportement après la mort de Giles. Mais ce que j'avais fait par douleur, Celia se l'imposait par peur, une peur panique de tout contact avec l'extérieur au point qu'elle sursautait en entendant sonner à sa porte, comme si une armée d'ennemis campait devant chez elle et n'attendait qu'un prétexte pour la massacrer. Tout Cullingford parlait d'elle, la calomniait, n'attendait que de la voir pour la couvrir de boue, croyait-elle. Et les servantes, qu'allaient-elles colporter audehors, quels ragots récoltaient-elles sur son compte ? La cuisinière la détestait sournoisement, telle femme de chambre était insolente. Que clabaudaient-elles à la cuisine ? Que son mari avait été payé par Nicolas Barforth pour dépouiller les Hobhouse ? Que Jonas entretenait des rapports coupables avec cette Mme Delaney ? Et Grace, la pauvre innocente, qui allait à l'école avec les deux dernières Hobhouse, n'allait-elle pas souffrir elle aussi des calomnies répandues sur son père ? Mieux valait la garder à la maison où il ne lui arriverait rien de mal.

— Non, Celia, lui dit Jonas. Grace ne peut pas vivre en recluse à son âge.

Cette déclaration, inspirée par le simple bon sens, provoqua un déluge de larmes. Voulait-il exposer leur fille à la malveillance universelle et lui empoisonner l'esprit contre ses propres parents ? C'était lui, après tout, le seul responsable de la honte où elles pataugeaient toutes deux.

En dépit de son apparence délicate, de l'étonnement un peu craintif reflété par ses immenses yeux noirs, j'avais découvert chez la petite Grace une étonnante faculté de récupération, une inclination à vouloir à tout prix déployer ses ailes dans l'air pur et le soleil que je reconnaissais comme une des réactions de mon enfance abusivement protégée. Aussi ai-je appuyé la détermination de Jonas à ne pas interrompre les classes de sa fille et me suis-je offerte pour l'accueillir à la sortie de l'école et la raccompagner moi-même, ou attendre le passage de Jonas.

Le venin si abondamment craché par Mme Hobhouse ne se répandit cependant pas jusqu'à Tarn Edge, en apparence du moins. Tante Virginie, Georgiana et Nicolas continuaient à y mener leurs existences séparées et Nicolas poursuivait, toujours imperturbable, ses pourparlers pour l'acquisition de Nethercoats — à un prix encore une fois réduit, maintenant que les Hobhouse avaient atteint la fin de leurs ressources. Peu avant Noël, l'affaire fut conclue et Nicolas prit possession de Nethercoats où il entendait poursuivre la fabrication des soies et des velours, les autres commandes en cours devant être exécutées à Lawcroft.

Les Hobhouse quittèrent les lieux avec un revenu suffisant, pouvait-on espérer, pour faire vivre leurs plus jeunes enfants dans une petite maison de Bridlington ; mais ils devaient laisser les aînés des garçons gagner leur vie comme ils pouvaient. L'on pardonne aisément aux riches et aux puissants, et Cullingford estima fort généreux de la part de Nicolas d'offrir un emploi à Freddy et Adolphe, et même de caser James à Low Cross. Je fus toutefois bien plus étonnée d'apprendre par Liam Adair — qui me rendait toujours des visites pour me montrer ses yeux pochés, me donner ses vêtements à raccommoder ou me narrer ses dernières prouesses pugilistiques à l'école — que Daniel Adair, l'époux tant chéri de ma mère, avait lui aussi pris du service chez Nicolas.

— Cela ne m'étonne pas le moins du monde, me dit Blaise, l'air amusé. Il lui faut bien quelqu'un pour vendre ses soies et ses velours, puisqu'il n'est pas capable de le faire lui-même et qu'il n'est pas question de m'en charger. Daniel Adair ne me vaut évidemment pas, mais il fera fort bien l'affaire quand même. D'ailleurs, Nick ne fait que suivre les derniers conseils de son père et se prépare pour le jour où il pourra me racheter ou me jeter dehors — ce qui est encore loin d'être fait. Quant à Daniel Adair, il n'a pas tort non plus. Il est plus jeune que ta mère, je crois, et, sans le lui souhaiter bien entendu, elle pourrait le laisser veuf et sans un sou, puisqu'il ne récupérerait rien de l'argent Aycliffe. Il a donc raison de préparer ses arrières. En tout cas, je tire mon chapeau à ce cher vieux Nick. Il a les peignages, la teinturerie, le voilà maintenant à la tête de Nethercoats. Pour peu qu'il continue à travailler dix-huit heures par jour comme il le fait, il sera bientôt en mesure de me payer ce que je lui demanderai.

— Songes-tu sérieusement à vendre ?

— Qui sait ? Gardons-le donc, lui aussi, dans l'incertitude.

J'avais compris, à l'éclair de cynisme dans ses yeux, qu'il me disait en réalité : « Pose-toi donc des questions, ma chérie, mais ne compte pas sur des réponses. Tant que tu ne sauras rien, tu ne pourras rien dire. »

29

Freddy Hobhouse avait eu beaucoup à faire pour consoler sa mère, aider au déménagement, partager ses dix mille livres entre ses quatre sœurs pour qu'elles puissent se marier décemment et tenter de sortir son père de l'ivresse où il sombrait : il n'avait pas eu le temps de s'occuper de ses propres affaires. Une fois Nethercoats évacué et ses parents installés dans leur nouvelle maison — où, selon Mme Hobhouse, ils n'avaient plus qu'à attendre la mort —, il alla voir ma sœur et la délia de ses engagements. Il n'avait, lui dit-il, plus rien à lui offrir. Il n'était plus qu'un chef d'atelier parmi d'autres au service de son cousin et nul à Cullingford ne reprocherait à une demoiselle Aycliffe de refuser une telle chute dans l'échelle sociale. L'opinion publique, à vrai dire, avait fait un revirement complet en faveur de Prudence et l'aurait mal jugée d'accepter ce mariage dans de telles conditions. Mais je la connaissais trop pour préjuger de la conclusion.

Elle vint me voir immédiatement après avoir reçu Freddy, les yeux rouges, me précisa-t-elle, par la seule faute du vent d'est.

— Me voilà punie de mon indépendance d'esprit, me dit-elle en reniflant comme si le vent lui avait également affecté le nez. J'ai demandé à un homme de m'épouser et je viens de me faire éconduire. Je suis probablement la seule femme de notre connaissance à qui pareille mésaventure soit arrivée.

— Quoi ? me suis-je écriée. Tu as demandé la main de Freddy ?

— Bien sûr. Pourquoi pas ? Nethercoats ne nous menace plus d'asphyxie. Mes affaires sont excellentes, surtout depuis que je traite avec tante Virginie et non avec oncle Joel. Avec ce que je gagne et le salaire de Freddy, nous aurions largement de quoi vivre. J'ai une grande maison où nous pourrions nous aménager un appartement et puis... mon mariage me permettrait enfin de toucher ma dot et de prendre possession de mes porcelaines. Je pourrais rembourser tante Virginie et agrandir mes locaux.

— Alors, qu'a dit Freddy ?

— Il ne veut rien entendre. C'est un homme, que veux-tu... Il mourait d'envie de pleurer sur mon épaule, et j'aurais été trop heureuse de le consoler. Mais non, un homme ne pleure pas. Alors, il m'a quittée pour retourner à ce taudis où il loge dorénavant et dont il croit que je ne sais rien. Tel que je le connais, il va envoyer tout ce qu'il gagne à sa mère. Sais-tu ce qui m'a fait le plus de peine ? Sa chemise n'était pas propre. C'est la première fois de sa vie qu'il lui faut s'inquiéter de ce genre de détails.

— Ne t'attendris pas à ce point, Prudence. Si tu n'y prends pas garde, c'est bientôt toi qui vas lui laver son linge.

— Et pourquoi pas ? dit-elle en se redressant. Si cela me plaît de demander à *ma* bonne de mettre du linge dans *mon* baquet qui est placé dans *ma* buanderie, chez *moi,* je voudrais bien voir qu'on vienne me le reprocher !

Nous savions pourtant l'une comme l'autre que Freddy serait le premier à l'en empêcher, et nous en sommes restées là.

Avec le départ des Hobhouse, l'intérêt pour l'« affaire de Nethercoats » se calma assez vite. Le plus pressant problème, cet hiver-là, fut bientôt de savoir si l'on pouvait ou non tenir compte de l'existence de la nouvelle Mme Oldroyd — désormais confortablement installée à Fieldhead — sinon aller jusqu'à la recevoir chez soi. L'on se rallia d'ailleurs à l'opinion la plus plausible, selon laquelle l'usine serait mise en vente et l'intruse, rassasiée de son bien mal acquis, irait se faire pendre ailleurs, ce qui résoudrait la question.

Il m'arrivait de la rencontrer çà et là, quand elle sortait dans son landau doublé de soie ou dans les allées du cimetière, où j'accomplissais mon pèlerinage hebdomadaire sur la tombe de Giles, pendant qu'elle rendait, j'imagine, les mêmes honneurs à la dépouille de M. Oldroyd. C'était une grande femme au profil de médaille observé chez certaines paysannes italiennes, la démarche aisée, l'allure imposante. Cependant, comme toutes celles ayant vécu le plus souvent dans l'ombre, elle était naturellement discrète et empruntait une autre allée pour ne pas me forcer à la saluer. Je le fis pourtant de mon plein gré, en une occasion : elle accepta mon inclination de tête avec beaucoup de naturel, me rendit mon « Bonjour, madame » sans humilité ni satisfaction. Elle ne fit rien, les premiers temps de son veuvage, pour s'imposer à nous, n'entreprit aucun changement à Fieldhead et limita son hospitalité aux rares personnes déjà admises à ses thés d'Albion Terrace.

— Femme intelligente et non dénuée de charme, me dit Blaise à qui j'en parlais. Elle n'a guère plus de quarante ans, je crois, et ce brave Freddy ne serait peut-être pas malavisé de se montrer aimable. Ce serait pour lui un excellent moyen de se retrouver maître de Fieldhead. Il lui donnerait la respectabilité qu'elle ne peut pas acquérir avec son argent... Nicolas s'est renseigné auprès de Jonas sur le prix qu'elle demanderait de l'usine et Jonas n'en sait rien, paraît-il, ni ne semble au courant de ses intentions. A moins, bien entendu, qu'il ne les garde pour lui, ce qui ne saurait nous étonner de sa part. Demande donc à ta sœur si elle a eu vent de quelque chose.

Mais Celia, au seul nom de Mme Oldroyd, se crispait et prenait la mine affolée d'un animal traqué. Elle jetait autour d'elle des regards apeurés, baissait la voix tant elle craignait d'être entendue et j'eus du mal à reconstituer ses balbutiements pour en faire quelque chose d'intelligible.

M. Oldroyd avait, naturellement, jugé bon de nommer une personne de confiance pour veiller aux intérêts de sa veuve. Celle-ci n'ayant aucun parent connu, ce fut Jonas à qui fut confiée cette mission, décision qui serait sans aucun doute passée inaperçue si Mme Hobhouse n'en avait fait le résultat d'une sombre conspiration. J'eus moi-même le plus grand mal à convaincre ma sœur du fait que les racontars ne couraient déjà plus et que les visites de Jonas à Fieldhead — l'on pouvait difficilement demander à une dame, même de mauvaise réputation, de se rendre constamment à ses bureaux — ne faisaient pas immédiatement l'objet de rapports malveillants, que ses propres dépenses ménagères n'étaient pas surveillées par les fournisseurs et les domestiques pour en dénoncer l'accroissement suspect prédit par Mme Hobhouse.

— Tu peux te permettre de prendre cette affaire à la légère, me dit-elle en réprimant un sanglot. Tu as toujours été indifférente à tout, et personne n'a jamais accusé ton mari de malversations.

En poussant un peu plus loin mon enquête, j'appris que l'héritière de Fieldhead avait manifesté l'intention de s'y établir : elle y aurait, selon le clerc de Jonas qui s'y était rendu pour faire signer des actes, procédé à des aménagements et fait poser de nouveaux rideaux. Celia redoutait par-dessus tout d'être un jour mise devant le fait accompli et de devoir soit recevoir Mme Oldroyd chez elle, soit, plus épouvantable encore, se rendre à Fieldhead et mériter par conséquent l'accusation de « puiser dans la poche de cette femme ».

— Voyons, Celia, lui ai-je dit d'un ton apaisant, Mme Hobhouse elle-même n'irait pas aussi loin.

— Tu ne sais pas combien les gens sont méchants, répondit-elle en jetant autour d'elle des regards effrayés. Et cette femme, cette grosse Mme Hobhouse, qui attend son heure à Bridlington comme une araignée dans sa toile pendant que l'autre, à Fieldhead, s'apprête à faire de nous une bouchée pour avancer ses affaires... On peut raconter sur notre compte n'importe quoi, tout le monde le croira.

La détresse de Celia me touchait en un sens, mais j'avais moi-même assez de problèmes à résoudre pour m'y attarder, trop de choses plus importantes à faire que passer des heures dans le noir à prêter l'oreille à ses divagations — opinion si bien partagée par nos relations et nos proches qu'elle était de plus en plus solitaire.

— Elle m'afflige, soupirait ma mère dont la vie avec son Daniel, maintenant qu'il avait retrouvé un but et des occupations lucratives, était plus facile et plus ensoleillée que jamais.

— Elle me donne de fortes envies de la secouer une bonne fois, déclarait tante Hannah. Je suis navrée d'avoir à te le redire, Elinor, mais elle n'a pas le droit de placer mon fils dans une situation aussi inconfortable. Il sera maire de cette ville avant peu — il aurait dû l'être déjà sans les problèmes familiaux qui l'accablent — et il est indigne d'une mairesse de se terrer dans son salon à longueur de journée. Je lui laisse jusqu'à Noël pour se ressaisir, sinon je lui dirai deux mots.

Cette année-là, nous avons encore passé les fêtes à Listonby. A notre retour, nous avons trouvé une lettre de Nicolas notifiant à Blaise que, compte tenu des problèmes soulevés par leur collaboration, il paraissait souhaitable de mettre fin à leur association. Il proposait de lui racheter sa part, évaluée à un chiffre respectable, moyennant un paiement comptant substantiel et le solde en des règlements échelonnés représentant un pourcentage de ses bénéfices, ce qui accordait à Blaise de quoi mener une vie luxueuse à l'abri de tout souci.

— Il est encore plus riche que je ne le pensais, ma parole ! s'écria Blaise en souriant.

Puis, sans répondre à cette proposition, il entreprit de préparer un nouveau voyage en Russie pour le printemps prochain.

— Il faut quand même lui donner une réponse, lui ai-je dit quelques jours plus tard.

— Oui, probablement. Du moins doit-il y compter...

Alors, assis un court instant à mon secrétaire, il griffonna un mot de remerciement pour la missive dont il se bornait à accuser réception.

Nicolas se présenta pour la première fois à Elderleigh quelques jours après. La masse sombre de sa carrure me fit, dans le salon aux teintes délicates où il m'attendait, l'effet d'une véritable invasion barbare. Il déclina mon invitation à s'asseoir et préféra se planter devant la cheminée, comme le faisait son père.

— Donne ceci à ton mari, dit-il en me tendant une longue enveloppe brune. Tu te doutes de ce qu'elle contient. C'est une offre concrète, généreusement calculée. Il n'en recevra pas de meilleure, si même il en reçoit une autre.

— Ne serait-ce pas plutôt à toi de le lui dire, Nicolas ?

— Non. Je ne veux pas lui parler et il refuse de m'adresser la parole. Jusqu'à présent, c'est ma mère qui servait d'intermédiaire mais cela ne peut pas durer — la pauvre nous aime tous les deux, figure-toi — et nous lui avons causé assez de soucis comme cela. Tu peux remplir le même rôle.

— Je vois... Y a-t-il un autre message ?

— Pas pour le moment. Parle-t-il de ses affaires avec toi ?

— En quoi cela te regarde-t-il, Nicolas ?

J'étais étonnée de la facilité avec laquelle je m'étais mise à son niveau, j'avais adopté sa froide hostilité ; avec laquelle je m'adressais à la carapace en oubliant l'être humain qu'elle avait jadis contenu.

— En rien, c'est exact, répondit-il. Mais si, par hasard, il te demandait ce que tu en penses, réfléchis soigneusement à ta propre position avant de lui donner ta réponse. Nous pouvons nous y prendre de deux façons : ou bien il me vend sa part, ou bien nous partageons l'affaire. Lawcroft et Low Cross représentent ensemble à peu près la même valeur que Tarn Edge, je lui laisse le choix de l'un ou de l'autre. Dans ce cas, il faudra bien qu'il s'occupe de l'usine, n'est-ce pas ? S'il se ruine, tu cours le risque de te retrouver l'année prochaine à Bridlington, à côté de chez les Hobhouse. Blaise n'aime pas travailler, Julia. Il n'a jamais été travailleur et ne le deviendra pas maintenant. Vous pourriez vivre comme Sir Blaise et Lady Barforth de la manière luxueuse et indolente à laquelle vous êtes habitués, à Londres par exemple. Ce que je lui propose suffirait amplement.

— Ah bon ? Nous devrions donc nous exiler à Londres ?

— Là ou ailleurs, la place ne manque pas. Si tu arrives à le convaincre de vendre et de filer d'ici, ce serait dans ton intérêt.

J'avais les nerfs tendus comme une corde de violon et, pour me dominer, j'ai feint de m'absorber dans un bibelot posé en face de moi, de le déplacer d'un millimètre, de souffler sur un grain de poussière avant de relever les yeux vers lui en souriant.

— Grand dieu, nous voilà en train de parler de *mon* intérêt ! Je te demande pardon d'être aussi obtuse, Nicolas, mais j'étais convaincue depuis le début de cette conversation qu'il ne s'agissait que du tien.

Je vis sa mâchoire se serrer, ses poings se crisper.

— Soit, c'est bien de mon intérêt qu'il s'agit en effet. Je ne serais d'ailleurs pas venu ici sans penser y gagner quelque chose. Je crois néanmoins que, dans le cas présent, les avantages sont partagés.

— A quoi joues-tu, Nicolas ? ai-je répondu sans perdre mon sourire. Te prends-tu pour le châtelain qui chasse de ses terres un métayer infidèle ? Comptes-tu lâcher tes chiens si je désobéis ?

Il y eut un bref silence, l'atmosphère s'alourdit sensiblement.

— Tu parais décidée à me chercher querelle ce soir, Julia. Je ne te le conseille pas.

— Tes conseils, Nicolas, ne me semblent pas particulièrement sensés. A vouloir jouer ainsi le grand seigneur, c'est toi qui risques la ruine.

— Tiens, Lady Barforth aurait-elle le sens des affaires ? Eh bien, oui, j'admets volontiers que si j'avais à payer Blaise mes finances en souffriraient. Aussi peux-tu considérer mon offre comme une mesure de ma détermination à y parvenir. Je n'ai déjà que trop de bouches inutiles à nourrir et Blaise en fait partie. Plus j'y pense, plus je suis convaincu qu'il sera mieux à sa place à Londres.

L'après-midi touchait à sa fin, le jardin s'emplissait d'ombres qui se glissaient dans la pièce et nous enveloppaient. Quelque part, un oiseau chanta dans l'air gris et triste. Je sentais un grand vide s'ouvrir en moi, une sensation de futilité devant quelque chose qui, demain ou l'année prochaine, n'aurait déjà plus aucune importance ; devant le regret d'avoir gâché, perdu tant de ce qu'il y avait eu en moi.

— Veux-tu m'expliquer, Nicolas, pourquoi tu ne peux pas travailler normalement avec Blaise ? Tu sais mieux que moi qu'il est le contraire d'une bouche inutile. Ton père t'a dit de ne pas le sous-estimer, et pourtant, tu as pris la précaution d'engager Daniel Adair pour prendre sa place. J'avais cru, un moment, être la cause de votre hostilité. Mais il n'en est rien, n'est-ce pas ? Il s'agit de tout autre chose.

Je savais d'avance ce qu'il allait me dire et j'ai fermé les yeux pour ne pas me trahir.

— En effet, Julia. Cela n'a rien à voir avec toi — ou si peu...

— Alors ?

Pendant le silence qui suivit, je suis allée à la fenêtre. Nicolas m'y rejoignit, le regard perdu dans la grisaille du crépuscule. Le vent se levait, dispersait les feuilles mortes sur la pelouse et jetait contre la vitre des poignées de pluie.

— Je crois t'avoir dit une fois que les gens ne m'intéressent pas, dit-il à voix presque basse. Depuis fort longtemps, plus personne n'existe pour moi. Un homme sensé ne perd pas son temps à jouer aux jeux où il ne peut pas gagner, il préfère ce qui convient à sa nature. Si je veux les usines Barforth, Julia, c'est tout simplement parce qu'il me les faut. J'en ai envie, j'en ai besoin et je ferai n'importe quoi pour les obtenir. Blaise n'est rien de plus qu'un obstacle sur ma route ou, si tu préfères, un handicap qui ajoute de l'intérêt au défi que je me suis moi-même lancé, rien de plus en tout cas. Le jour où j'aurai Tarn Edge, Lawcroft et Low Cross bien à moi, je sais d'avance que je ne m'en contenterai pas. Il me faudra tout de suite autre chose, un autre objectif à atteindre et à dépasser, un autre obstacle à éliminer en attendant les suivants, n'importe lesquels. Certains hommes ressentent la même chose vis-à-vis des femmes. Blaise en fait partie, et tu le sais. Franchement, je préfère mes plaisirs aux siens. Alors, Julia, emmène-le à Londres. Sois belle, pour lui et pour toi, comme tu l'es en ce moment et reste-le tant que tu pourras. S'il s'obstine à refuser, s'il s'incruste ici pour me forcer à un partage, la situation se dégradera, son caractère finira par s'aigrir et ta vie n'en sera pas simplifiée, au contraire.

— Pour le moment, ma vie n'a rien de pénible, Nicolas.

— Non, bien sûr, et nous n'avons tous qu'une envie, c'est de la voir se poursuivre toujours aussi agréablement, n'est-ce pas ? Essaie de lui faire comprendre que je me soucie de son mariage avec toi comme d'une guigne. Dis-lui, si tu veux, que je ne vois aucun inconvénient à ce qu'il continue à soutenir ma femme contre moi, comme il semble y prendre plaisir. Il s'est toujours mêlé des affaires des autres et j'en ai pris l'habitude. Georgiana ira le voir à Londres quand elle aura besoin de ses conseils, ou quand elle aura épuisé ses mensualités le 2 du mois, comme c'est généralement le cas. Ce sera évidemment moins commode que de le trouver à son bureau de Tarn Edge, mais je ne te cache pas que c'est le cadet de mes soucis. Fais quand même attention, Julia, Blaise pourrait finir par prendre goût à jouer le Bon Dieu avec elle.

Je lui ai tourné le dos, j'ai lentement traversé la pièce obscure jusqu'à la table où j'avais posé sa lettre. Je l'ai prise, j'ai affecté de la regarder attentivement, sans ressentir de colère mais plutôt une tristesse apaisée et profonde.

— Puis-je reprendre les points que tu viens de m'exposer ? ai-je dit posément.

— A ta guise.

— Tu m'as dit tout d'abord que Blaise est incapable de diriger une affaire et que, si je ne faisais rien pour l'en empêcher, je me retrouverais bientôt sur la paille, n'est-ce pas ?

— Il y a de fortes chances pour que cela se produise, en effet.

— Bien, je t'avais donc compris. Ensuite, pour le cas où tu ne m'aurais pas suffisamment effrayée, tu as fait allusion à la réputation de coureur de jupons que Blaise s'est faite dans le passé, en précisant pour plus de sûreté qu'elle était encore justifiée dans le présent et le serait probablement à l'avenir.

— Ai-je vraiment été jusque-là ?

— Oui, et même au-delà — mais je suis charitable. Dis-moi, Nicolas, est-ce illégal de détruire une correspondance adressée à une tierce personne ?

— Oui. je crois.

— Ah... Je ne vois cependant pas ce que tu gagnerais en portant plainte.

Alors, de deux doigts négligents, j'ai laissé délicatement tomber la lettre dans le feu en barrant le passage vers la cheminée jusqu'à ce que les flammes l'aient réduite en cendres.

Derrière mon dos, Nicolas ne faisait pas un geste, ne proférait pas une parole. Quand le sacrifice fut accompli, je me suis retournée lentement vers lui et j'étais assez calme et assez sûre de moi pour soutenir son regard.

— Ceci est une déclaration de guerre, n'est-ce pas, Julia ?

— Non, rien d'aussi spectaculaire, Nicolas. Ce que tu avais mis dans cette enveloppe, tu peux toujours l'écrire de nouveau. Si tu l'envoies par la poste, je veillerai à ce que Blaise la reçoive et en prenne connaissance. Il ne me demandera vraisemblablement pas davantage mon avis que tu ne solliciterais celui de Georgiana, mais s'il lui prenait fantaisie de le faire, je le lui donnerai franchement et aussi raisonnablement que j'en serais capable. Je ne peux encore te dire quoi ni comment, je n'ai pas pris de décision définitive à ce sujet. Le moment venu, en tout cas, sois assuré que je lui parlerai en fonction de mes raisons à moi, pas des tiennes.

Il se rapprocha, le visage dans l'ombre, l'expression indéchiffrable, assez près cependant pour que je discerne la crispation familière de ses mâchoires, moins de colère peut-être que de peine, le fin réseau de rides autour de ses yeux, les deux profonds sillons qui soulignaient le nez et la bouche, accusant ses désillusions, la lassitude d'un homme prématurément vieilli.

— A ton aise, dit-il enfin. Il la trouvera sur son bureau à son retour de Londres.

— Ah ? Il va à Londres ? ai-je laissé échapper malgré moi.

— Oui, par le train de ce soir.

Et il me décocha un sourire à peine ironique.

Un orage éclata au début de la nuit en déchaînant des trombes d'eau. En une demi-heure à peine, le jardin fut inondé, chaque allée transformée en un petit torrent dévalant vers le fleuve qu'était devenue la route menant à Cullingford. Je me suis couchée de bonne heure, transie, assiégée toute la nuit par les grondements du tonnerre, la lueur livide des éclairs derrière mes rideaux et je me suis réveillée peu après l'aube dans le déchirement soyeux de la pluie qui tombait, toujours à verse, d'un ciel bas et lourd.

A peine debout, j'ai été emportée par le tourbillon de mille menus drames domestiques qui, ce jour-là, étaient bienvenus. Les feux refusaient de prendre, le fourneau de la cuisine ne faisait que cracher de la fumée. Blanche, qui avait dormi à poings fermés toute la nuit, s'était réveillée affamée et exigeait son petit déjeuner qu'on était incapable de faire chauffer. Il n'y avait pas d'eau chaude pour la toilette, le laitier n'avait pas pu faire sa livraison quotidienne. Quand, finalement, nous avons pu convaincre un jeune palefrenier d'aller aux nouvelles à la ferme la plus proche, il revint porteur d'un message catastrophique. Pendant la nuit, la campagne environnante avait été transformée en marécage et Cullingford même était inondé. La fermière avait jugé inutile de traire ses vaches à l'approche imminente de la fin du monde et préférait passer ses dernières heures sur terre à implorer la clémence du Tout-Puissant et le pardon de ses péchés. Mes domestiques s'empressèrent d'imiter ce judicieux exemple et, abandonnant là le fourneau rebelle et les cheminées condamnées par la volonté de Dieu, tombèrent à genoux en invoquant la protection céleste.

J'eus beau faire, beau dire pour ramener un semblant de raison, ma voix fut vite noyée sous les Notre Père de la cuisinière protestante, les Ave Maria des femmes de chambre catholiques et les blasphèmes du jardinier, dont la profession de foi s'orientait vers l'athéisme. Ebranlée malgré moi, j'ai abandonné ma crinoline pour endosser une vieille robe de laine, réussi au prix d'un flot de larmes à allumer la cheminée du salon, puis, ne sachant trop si j'avais tort ou raison, je me suis pelotonnée au coin du maigre feu en lisant des contes à Blanche, indignée de ce bouleversement dans ses habitudes, jusqu'à l'arrivée de Prudence qui, je l'espérais, ne manquerait pas de se manifester.

Elle vint, en effet, et m'apprit qu'aucune de ses externes n'avait pu venir ce matin-là. Ses pensionnaires étaient plongées dans les divers stades de la détresse et de la panique. Prudence n'était venue que pour s'assurer de notre survie, au prix de risques non négligeables pour sa propre sécurité et, désormais rassurée, devait retrouver au plus vite son établissement et ses fillettes affolées. Nous n'avions aucun mal à imaginer que les minces ruisselets dévalant des collines et entourant Cullingford avaient dû se transformer en torrents et se déverser dans les rues des quartiers les plus bas, envahir les caves, ravager les entrepôts situés sur les rives de la Law ; que le niveau du canal, qui bordait la moitié de la ville, avait sans doute atteint une hauteur alarmante.

J'ai enfilé les bottes de cosaque ramenées de Moscou par Blaise pour raccompagner Prudence jusqu'au bout du jardin. Quelques minutes plus tard, trempée jusqu'aux os et couverte de boue, apeurée malgré moi par l'étendue du désastre, j'ai aperçu sur le pas de ma porte une silhouette dégouttante d'eau : c'était Liam Adair.

J'étais ahurie de le voir, mais il me fit un sourire signifiant que je devrais savoir que nulle tourmente au monde n'était capable de l'abattre.

— Je suis un peu votre frère, me déclara-t-il, et c'est la moindre des choses que je vienne à votre secours, surtout quand Blaise est bien au chaud et au sec à Londres.

Le fait de me trouver saine et sauve sans son assistance ne refroidit en rien son enthousiasme. Il s'était levé avant l'aube et, m'apprit-il, s'était amusé comme un fou. La panique régnait partout et le spectacle de tous ces gens pataugeant jusqu'à mi-jambe dans un fleuve bourbeux lui avait paru extrêmement réjouissant. La ville entière résonnait des jurons et des cris ; on plongeait pour sauver un tapis, un chat ou la grand-mère. La vision des balles de laine échappées aux entrepôts Mandelbaum et flottant comme des barques sous le pont de la Law l'avait moins distrait que les efforts du mercier de Sheepgate en train d'écoper l'eau de sa boutique comme d'un bateau, en rejetant à la mer un assortiment hétéroclite de formes à chapeaux, de plumes et de rubans en festons. Il avait personnellement assuré le sauvetage d'une portée de chiots abandonnée dans une cave et s'était presque noyé. Il avait essayé, en vain, de redresser un fardier renversé sur la place du Marché et réussi à rattraper une douzaine de chevaux échappés, ruant et hennissant de frayeur dans les rues. Il avait poussé une pointe jusqu'à Low Cross, la seule des usines Barforth située dans le bas de la ville, où son père et Nicolas s'efforçaient de sauver ce qu'ils pouvaient des ateliers inondés ; il s'était frayé un chemin au milieu des arbres abattus et des amoncellements de débris de toutes sortes ; il avait bravé cent dangers pour arriver enfin à Elderleigh.

— Votre mère m'avait dit d'aller chez Celia, conclut-il, mais j'ai préféré venir chez vous. Après tout, Celia a Jonas pour l'aider.

Il se trompait. Jonas, je le savais, était parti pour Manchester quelques jours auparavant et, à ma connaissance, n'en était pas encore rentré. Albert Place n'était pas à flanc de coteau mais dans un terrain marécageux où les eaux de ruissellement risquaient de se rassembler. Et puis, surtout, il y avait Grace.

Mon cocher refusa grossièrement de sortir les chevaux : il tenait à sa place, peut-être, mais pas au point de se suicider, car nul ne pouvait se vanter de maîtriser des chevaux par un temps pareil.

— Pouvons-nous y aller à pied ? ai-je demandé à Liam.

— Moi, j'y suis arrivé. Je ne sais pas ce dont vous êtes capable...

Nous sommes partis ensemble sous la pluie. Mes jupons m'entravaient et mon manteau était tant alourdi qu'il me gênait plus qu'il ne me protégeait. Je m'en suis débarrassée au bord du chemin en éprouvant une étrange exaltation à me trouver ainsi exposée aux éléments, aux rafales de pluie qui me fouettaient et me purifiaient le corps et l'esprit. Jamais encore je n'étais sortie nu-tête et si peu couverte, et j'avais le sentiment, en marchant à grands pas vers des problèmes et des dangers réels, que je me dépouillais d'une vie entière de contraintes et de conventions, aussi facilement quittées que mon manteau inutile. J'étais libre, ma vision était claire et ma volonté prête à bondir.

Nous avons marché jusqu'à ce que le vent, qui soufflait en tempête, et les rafales de pluie me coupent le souffle. Un instant, je fus en proie à la panique de ne plus pouvoir respirer. L'air glacial m'asphyxiait, je vis se profiler une mort sans gloire dans quelque lieu hostile. Assourdi par les bourrasques, Liam avait pris de l'avance sans entendre mes faibles appels à l'aide, et j'étais prête à capituler, à faire demi-tour pour me traîner tant bien que mal jusque chez moi, lorsque Georgiana apparut.

Aucun homme, avait dit le cocher, n'est capable de maîtriser des chevaux par un temps pareil. Il avait compté sans une femme. Je la vis surgir sur la route aux guides du landau Barforth, les cheveux trempés tombant sur ses épaules comme des algues, sa robe d'amazone noire de pluie. Trois enfants apeurés se blottissaient l'un contre l'autre sur la soie des coussins, trois autres accroupis sur le plancher comme une portée de chatons à demi noyés.

Surpris de ne plus me voir à ses côtés, Liam s'était retourné et revenait en courant.

— Oh ! Georgiana ! cria-t-il en agitant les bras. Bonne vieille Georgie, je savais bien qu'on pouvait compter sur vous !

Elle stoppa l'attelage à notre hauteur, fit descendre ses passagers en leur disant de courir chercher refuge dans la maison voisine et se pencha vers nous, arc-boutée contre les rênes, le visage éclatant d'une beauté sauvage.

— On ne pourra plus dire que Simon Street manque d'eau ! nous cria-t-elle du haut de son siège. Je viens de faire une douzaine de voyages. Pendant le dernier, une femme a presque accouché sur la banquette. Montez, Julia, mais attendez-vous à être secouée, les chevaux vont prendre le mors aux dents d'une minute à l'autre. Ils pourront faire encore un voyage, je crois, mais pas plus. Ils sont au bout de leurs forces.

— Pas vous, Georgiana ! dit Liam en grimpant à côté d'elle.

— Non, jamais ! répondit-elle en éclatant de rire.

Elle tenait fermement les rênes dans ses petites mains d'allure si fragile ; une mèche de cheveux soulevée par le vent lui barra le visage comme une cicatrice.

— Ils sont en train de sauver les balles de laine à Low Cross, me cria-t-elle par-dessus son épaule. Personnellement, je préfère sauver les moutons avant qu'ils ne soient tondus... Vous avez dit Celia ? Grand dieu, c'est vrai ! Allons nous occuper d'elle, ensuite nous plongerons dans de nouvelles aventures ! Si on s'y casse le cou, cela leur donnera au moins l'occasion de mettre une épitaphe originale sur nos tombes !

Nous avons sauvé Celia des eaux qui léchaient déjà le seuil de sa maison et l'avons raccompagnée avec Grace à Elderleigh pour les confier à Prudence. Nous sommes passés ensuite chez moi, où Georgiana échangea ses chevaux fourbus contre les miens, et nous sommes repartis en direction des bas quartiers de Cullingford, où les habitants accoutumés à vivre sans eau mouraient maintenant de son abondance. Souverainement méprisante du danger, Georgiana menait à grandes guides les chevaux ombrageux de Blaise, les retenait à grand-peine tandis que je m'enfonçais dans le dédale des clapiers pourrissants bâtis par mon père pour le logement d'êtres humains, et où Giles Ashburn avait rencontré la mort. J'en faisais sortir tous ceux encore trop jeunes ou déjà trop vieux pour fuir par leurs propres moyens. Si des grappes d'hommes et de jeunes gens, de femmes à demi hystériques tentaient de prendre la voiture d'assaut, Georgiana n'hésitait pas à lever son fouet pour les écarter.

Mes bras, mon dos, mon corps entier étaient comme anesthésiés par la douleur et l'épuisement. Je ne m'en rendais même plus compte et Georgiana ne me laissait pas le temps de succomber à la fatigue.

— Allons, Julia, nous avons encore de la place pour ce pauvre gamin, là-bas ! Allons jeter un coup d'œil dans cette rue-ci ! Julia, cette femme a l'air de vouloir se jeter de sa fenêtre, allez l'en empêcher ! Allons, Julia, plus vite, par ici, par là ! Noblesse oblige, vous devriez le savoir ! Je ne paie peut-être pas mes dettes, mais je sais ce que coûtent les privilèges — quand on en a.

C'est ainsi que je me débattis, moitié marchant, moitié nageant, dans des océans d'eaux fétides, solidifiées par la boue et les détritus, que je grimpais des escaliers branlants pour les dévaler, un enfant à califourchon sur les épaules, un autre sur chaque bras. Puis, enfin écroulée au milieu d'un amas d'humanité hébétée, j'entendais Georgiana faire claquer son fouet pour forcer les animaux tremblants de terreur et d'épuisement à faire un pas, puis un autre, à tirer de toutes leurs forces pour gagner les hauteurs et la sécurité de Blenheim Lane ou de Horton Court où les plus charitables de ces dames avaient ouvert leurs portes, déployé leurs couvertures et mis leurs marmites à chauffer.

— Allons, Julia, encore un voyage ! Une fois franchi le seuil de l'épuisement, on est capable de n'importe quoi, mon grand-père me l'a toujours dit.

Mais ce qui valait pour les êtres humains ne s'appliquait pas aux animaux. Dès que Georgiana vit les chevaux prêts à s'abattre, elle haussa les épaules en un geste fataliste.

— N'insistons pas. Ce ne sont pas des hommes, eux, nous n'avons pas le droit de leur demander un sacrifice.

Elle leur fit reprendre au petit pas le chemin de la maison. Et j'étais trop épuisée de fatigue, trop couverte de crotte et d'immondices, trop rayonnante de sympathie pour Georgiana, trop exaltée par ce que je venais de vivre pour accorder une seule pensée à Celia.

30

L'après-midi même, la pluie cessa, le ciel se dégagea et le niveau des eaux commença de baisser. Les dégâts matériels étaient considérables. Les vieux entrepôts des bords du canal s'étaient affaissés comme du papier buvard ; les bâtiments moins précaires, tels que ceux des Mandelbaum, avaient les murs et le toit intacts mais l'inondation avait ravagé les étages inférieurs, envahi les caves et irrémédiablement abîmé les marchandises qui s'y trouvaient entreposées.

Peu de gens pouvaient se vanter de n'avoir rien perdu, beaucoup ne possédaient plus rien au monde. Du jour au lendemain, l'hospice et le dispensaire se trouvèrent pleins à craquer et les églises débordaient de sans-abri. Tante Hannah se chargea aussitôt de coordonner la collecte et la distribution de vivres, de vêtements et de médicaments aux sinistrés, tandis que son mari, avec une efficacité au moins égale, s'attaquait au problème de leur relogement, secondé par Jonas qui préparait déjà sa campagne électorale. Nous autres, Prudence, moi-même et jusqu'à ma mère, étions chargées de tâches similaires. Nous étions très occupées — trop occupées pour accorder un simple coup d'œil à Celia.

Sa maison n'avait pas subi de dommages irréparables. Un centimètre d'eau, peut-être, s'était infiltré sous sa porte, endommageant le tapis du vestibule. S'il apparaissait souhaitable de refaire quelques peintures, ses meubles, sa vaisselle, son argenterie et ses bibelots n'avaient souffert en rien, les étages étaient restés intacts ; ni Grace, ni elle, ni aucun membre de sa maisonnée n'avaient subi la moindre égratignure ni contracté le plus bénin des rhumes de cerveau. Aussi, au cœur des destructions épouvantables et des détresses bouleversantes dont nous étions quotidiennement témoins, ne trouva-t-elle personne, moi-même y compris, doté d'assez de patience pour la plaindre, encore moins comprendre sa répugnance à retourner chez elle. Elle resta à Elderleigh longtemps après que ses peintures furent sèches, ses nouveaux papiers peints collés aux murs, un nouveau tapis à ramages posé à la place de l'ancien, car elle persistait à dire que les parquets gardaient l'horrible odeur de pourriture de l'inondation et que, dans sa cave, des choses bizarres et répugnantes apportées par le déluge continuaient à grouiller.

L'on fit balayer, laver et nettoyer la cave à plusieurs reprises avant de la badigeonner à la chaux. Elle refusa pourtant de s'y aventurer. Elle sentait quelque chose, affirmait-elle. En dépit du soin qu'il jurait y avoir porté, Jonas avait été négligent, quelque chose — mais quoi ? — lui avait échappé.

— Je suis navré, Julia, me dit-il. Pouvez-vous la garder encore une huitaine de jours ?

La cave fut, une fois de plus, passée à la chaux de fond en comble. Rien n'y fit.

— Cela sent, déclara-t-elle. Quant à ce tapis, il est couleur de vase. Je ne comprends vraiment pas ce qui vous est passé par la tête quand vous l'avez choisi, Jonas.

— Vous refusiez de le choisir vous-même, Celia. Mais peu importe, je vais le faire enlever et le remplacer par un autre.

— C'est cela ! Deux tapis neufs en un mois, pour que tout le monde se demande d'où nous tenons l'argent !

Pour la première fois, je vis Jonas se mettre dans un état qui, chez lui, devait être proche de la colère. Mais Celia était intraitable, il dut me prier de la garder encore, s'accusa de ne pas savoir la prendre et j'ai tenté de le rassurer. Il me faisait presque pitié.

Blaise, comme à l'accoutumée, faisait toujours preuve d'une politesse scrupuleuse ; mais il devenait de plus en plus difficile de supporter sans impatience la présence de Celia à table, ses conversations insipides et, surtout, l'impossibilité où Blaise et moi nous trouvions de parler sérieusement au moment précis où nous en aurions eu le plus besoin. Aussi ai-je accueilli sans déplaisir l'initiative de tante Hannah qui fit irruption un beau jour et tança sa nièce avec une indignation froide qui laissa Celia imperturbable.

— Il y a une odeur dans la cave, tante Hannah, se borna-t-elle à répéter obstinément.

Mars s'écoula, avril suivit et Celia était toujours au coin de mon feu comme une souris dans son trou, terrifiée de s'aventurer dans un monde peuplé de gros chats affamés et contente de rester seule à ruminer ses pensées morbides. Ce fut Blaise, en fin de compte, qui réussit à la déloger en annonçant tout bonnement qu'il s'apprêtait à m'emmener à Paris.

Le lendemain, je l'ai raccompagnée chez elle où Jonas, négligeant pour une fois ses clients et ses obligations, l'attendait. Il était manifeste que la maison venait d'être astiquée de la cave au grenier ; on n'y respirait nulle odeur de vase ou de pourriture mais, bien au contraire, des effluves d'encaustique qui nous sautèrent aux narines quand nous avons franchi le seuil. Un grand vase de marguerites ornait la console de l'entrée, le salon embaumait les hyacinthes, la table à thé était revêtue d'une nappe en damas immaculée où d'appétissantes pâtisseries étaient disposées sur des assiettes étincelantes. Le pare-feu luisait de tous ses cuivres, les ornements étaient disposés sur la cheminée avec une symétrie si parfaite que mon père lui-même n'aurait rien eu à redire. Le fauteuil préféré de Celia était disposé au coin du feu, prêt à l'accueillir, précédé d'une ottomane et flanqué de sa boîte à ouvrage et de son métier à broder à portée de la main.

— Tout est ravissant ! me suis-je écriée.

— Oui, répondit-elle.

— Etes-vous bien installée ? s'enquit Jonas.

— Oui, répéta-t-elle.

Nous avons pris le thé ensemble puis, arguant de mes bagages à préparer, je me suis retirée peu après. Jonas avait des rendez-vous importants et ne pouvait pas non plus s'attarder. Prudence, qui s'était chargée de Grace, n'aurait pas le temps de venir d'ici le soir. Ma mère avait, comme d'habitude, trop à faire pour satisfaire les exigences gastronomiques et amoureuses de son Daniel et ne ferait que passer. Quant à tante Hannah, elle se préoccupait trop du sort pitoyable des sans-abri, toujours privés de toit pour la plupart, pour accorder autre chose que son mépris à une jeune femme en pleine santé, tout juste capable de perdre son temps chez elle dans l'oisiveté la plus complète, bien au chaud devant sa cheminée.

Après notre départ, Celia passa quelques heures confortablement installée dans son fauteuil en faisant cependant l'effort de sonner la cuisinière pour lui donner ses ordres en ce qui concernait le dîner de Jonas. Elle s'informa auprès de la femme de chambre et de la lingère de l'état de ses armoires, formula des plaintes relatives à l'empesage des plastrons de Jonas et au repassage des jupons de Grace. Selon les domestiques, elle paraissait un peu fatiguée, un peu engourdie ; mais, comme c'était là son état normal, nul n'y prêta attention.

Lorsque Jonas rentra, ce soir-là, elle s'était évaporée. On ne l'avait ni vue ni entendue quitter la maison, monter à l'étage ni même bouger. Elle avait purement et simplement disparu. Ce ne fut qu'une fois tante Hannah et M. Agbrigg appelés à la rescousse et que les recherches eurent été entreprises fiévreusement qu'une femme de chambre, envoyée chercher du bois, remonta de la cave en disant qu'elle ne pouvait y pénétrer car la porte était bloquée, semblait-il, par la peinture fraîche. Jonas et son père descendirent, forcèrent la porte à coups d'épaule ; et c'est là qu'on la découvrit, pelotonnée au pied de l'escalier de pierre, tuée par une chute — ou morte de frayeur.

Je fus extrêmement secouée par la nouvelle. « Il y a une odeur dans la cave », me répétait sa voix fluette au cours d'interminables nuits d'insomnie. Elle y était descendue, le bougeoir à la main, non pour en rechercher la cause, j'en suis sûre, mais par une sorte de compulsion qui l'attirait vers ce qu'elle redoutait le plus. Et c'est là, dans la pénombre, qu'elle avait finalement regardé en face non pas les imaginaires débris de l'inondation, mais l'insoutenable réalité de ses propres effrois, de ses pensées inutiles en train de voleter autour d'elle comme des vampires. Peut-être avait-elle vu sa véritable effigie se dessiner sur la chaux éblouissante des murs et c'est en la fuyant qu'elle s'était trouvée enfermée avec sa propre image, celle d'une femme désabusée, égarée, n'ayant jamais pu remplacer les valeurs périmées de son enfance et refusant d'en chercher d'autres. Qu'avait-elle alors fait ? Il lui aurait sans doute suffi d'appeler pour qu'on l'entende et qu'on lui ouvre. En proie à la panique, avait-elle trébuché sur l'ourlet de sa robe, était-elle tombée en se cognant à la pierre ? Peut-être. Pourtant, me répétais-je, une femme affolée aurait fait du bruit, même sans crier. Ses efforts pour débloquer la porte collée par la peinture auraient dû être entendus. Une femme en proie à la panique n'aurait pas soigneusement posé sa bougie sur une étagère. Une femme hystérique ne serait pas morte sans hurler, sans taper des poings contre le bois, contre la pierre. Alors, alors ? Aurait-elle pu aborder la première marche de l'escalier obscur et se jeter délibérément vers cette ombre effrayante dont elle ne voulait plus émerger ? Et pendant ce temps, me disais-je, pendant cette longue, cette lente agonie, je remplissais mes valises de brocarts et de dentelles, mes cartons à chapeaux de plumes et de soie ; par les fenêtres ouvertes, j'aspirais l'air d'avril déjà chargé des senteurs du printemps, je préparais gaiement ce que je porterais à Paris, je pensais aux toilettes, aux bijoux que j'allais y acheter...

Ni Prudence ni moi ne pouvions nous consoler de notre indifférence envers Celia, échapper au remords glacé de ne l'avoir jamais prise au sérieux.

Je n'aurais pas cru ma mère capable d'assister à l'enterrement. Elle y vint, pourtant, dissimulée sous ses voiles de deuil et soutenue par Daniel Adair dont le chagrin était trop contenu pour ne pas être sincère. Tante Virginie me parut pour la première fois vieillie, ce jour-là, et plus lasse que jamais. Caroline, incrédule, étonnée d'une mort si peu conforme à la logique, avait amené ses fils et Lady Stone pour mieux démontrer aux esprits malveillants que la mort de sa cousine n'était pas le suicide dont les mauvaises langues se repaissaient déjà et qu'on ferait bien de s'en souvenir. Freddy Hobhouse arriva en retard, après avoir demandé à Nicolas la permission de s'absenter une heure, et ne quitta pas Prudence dont il tenait le bras avec un embarras attendri. Au moment même où le cercueil descendait dans la tombe, j'aperçus Nicolas à l'écart de la foule et je ressentis le malaise que ma sœur aurait éprouvé en sa présence dans de telles circonstances. « Partez, Nicolas ! l'entendis-je murmurer à mon oreille. Si vous manifestez de la sympathie à mon mari, les gens vont dire qu'il est votre complice. »

Livide, Jonas se tenait raide au bord de la tombe. En le regardant, je me suis demandé s'il n'entendait pas, lui aussi, ce mince filet de voix venu de l'au-delà lui poser cette macabre devinette : « Ma chute était-elle un accident, Jonas ? Etais-je en train de jouer mon rôle de parfaite maîtresse de maison en allant vérifier la propreté de ma cave ? Ou bien n'était-ce pas plutôt parce que ma vie — notre vie ensemble — m'était devenue un tel fardeau que je me suis jetée au bas des escaliers ? Est-ce vous, Jonas, qui m'avez tuée ? Serait-ce plutôt mon père, votre mère adoptive, Mme Delaney, tous les autres qui m'ont poussée à votre place ? Cherchez la réponse, Jonas, cherchez-la bien. Cherchez-la éternellement... »

Nous sommes allés en silence à Albert Place, nous nous sommes assis toujours en silence dans le salon immaculé. Malgré moi, mes yeux sont allés de la table à thé aux guéridons, à la recherche du grain de poussière inexistant, comme Celia l'aurait fait. J'avais le cœur si gros que je le sentais battre à l'intérieur de ma poitrine. La mort de mon oncle Joel m'avait émue ; mais il était un homme d'une autre génération et avait mené une vie pleine et bien remplie, même si elle avait été courte. La mort de Giles Ashburn m'avait causé une peine profonde, mais il était trop admirable, trop haut placé dans l'échelle des vertus humaines pour me toucher personnellement. Celia, ma petite sœur, était une femme comme moi, qui n'avait rien fait de plus ou de moins dans la vie que je n'aie accompli moi-même. Sous ma peine, je sentais frémir une impatience choquante, faite de besoins, d'espérances que je préférais ne pas reconnaître, d'une conscience de la fuite du temps que j'étais incapable de stopper. Mon âme s'efforçait de prendre son envol tandis que j'avais les pieds solidement plantés dans la boue.

Ma mère et M. Adair burent leur thé sans rien dire et s'en allèrent.

— Mon cher Jonas, dit tante Virginie avec une tristesse rendue plus profonde par le souvenir de son propre deuil, pourrez-vous vraiment rester ici, seul ?

— Mais oui, ma tante, je vous remercie.

Et tante Virginie partit à son tour.

— Si tu veux venir chez nous, tu es le bienvenu, mon garçon, lui dit M. Agbrigg d'un ton bourru. Nous garderons Grace quelques jours, autant vaut retrouver ta fille.

— Non merci, père. Je me sentirai mieux chez moi.

Je fus étonnée de constater que tante Hannah n'insistait pas.

— Je suis navrée que *Sir* Blaise n'ait pas trouvé le moyen d'être avec nous un jour comme aujourd'hui, me dit-elle d'un ton lourdement sarcastique en appuyant sur le titre.

— Je le regrette aussi, ai-je répondu sans éprouver le besoin d'expliquer qu'il était parti de bonne heure pour Leeds en promettant d'être de retour à temps et que je n'étais pas autrement surprise de son absence.

Une fois les Agbrigg partis, il ne resta plus que Prudence et moi dans une maison qui me paraissait si vide. Jonas était visiblement loin de nous par l'esprit et j'eus un instant l'impression morbide de ne voir que son ombre transparente devant la cheminée.

— Nous ferions mieux de partir nous aussi, dit Prudence.

Puis, sa peine se muant en une sorte de colère, elle poursuivit avant que je n'aie le temps d'intervenir :

— A quoi bon rester, en effet ? Que pouvons-nous dire de plus sur une pauvre vie, sans doute la plus totalement gâchée que nous ayons jamais vue.

— Je vous remercie, Prudence, dit Jonas sans faire un geste.

— Inutile de me remercier, Jonas. Je ne suis pas d'humeur à faire des mondanités.

— Vous sentiriez-vous coupable ? répondit-il en entrouvrant ses yeux pâles et en les refermant aussitôt, comme pour dissimuler l'être humain qu'ils auraient pu révéler.

— Oui, je me sens coupable. Pas vous ?

Elle alla chercher son chapeau dans le vestibule et se prépara au départ. Seule avec Jonas, j'ai levé la main vers son épaule, en un geste de sympathie, et je le vis se rétracter.

— Jonas... ai-je commencé en hésitant.

— Oui ?

— Je ne sais trop que dire. Je sais que vous souffrez, je ne vous en demande pas les raisons. En quoi pourrais-je vous aider ?

— En emmenant votre sœur.

— Elle ne vous reproche rien, Jonas. Si quelqu'un mérite un blâme, ce serait notre père plus encore que vous.

— Croyez-vous ? Serait-ce donc lui, ou son fantôme, qui a défait l'ourlet de la robe de Celia pour la faire trébucher et tomber au bas de l'escalier ? Vous me surprenez, Julia.

Il ouvrit les yeux, juste assez longtemps pour que je distingue la rage, l'horreur et la douleur de l'atroce devinette qui le hantait et je n'ai pu que fuir.

J'ai raccompagné Prudence à son école et je suis rentrée chez moi pour n'y trouver que les égards mercenaires de mon valet de chambre, la curiosité effrontée de ma femme de chambre, et la solitude.

Blaise arriva une heure plus tard, enveloppé d'air frais et printanier, un sourire d'excuses aux lèvres.

— Ma chérie, je suis navré...

— J'en suis sûre.

— Non, sincèrement, j'ai tout fait pour être à l'heure...

— Naturellement, Blaise.

— Sois raisonnable, Julia. Ce n'est quand même pas ma faute s'il y a eu un déraillement sur le viaduc de Hardenbriggs et si mon train a pris trois heures de retard.

— En effet, ce n'est pas de ta faute. Mais tu es trempé, va donc te changer.

Nous avons dîné seuls, sans invités puisque nous étions en deuil, sans visiteurs étrangers puisque nous devions partir pour la France. dans quelques jours. Nous n'avons échangé que les civilités strictement indispensables : « Encore un peu de vin ? Cette sauce est exquise. Tu n'as pas eu froid ? » J'étais persuadée de la réalité du déraillement, j'étais intimement convaincue que, pour une fois, Blaise n'avait pas fait exprès de se dérober à une ennuyeuse corvée. Pourtant, son absence à l'enterrement de ma sœur était pour moi un symbole du caractère factice de nos rapports, et je ne trouvais pas la force de le lui pardonner. Ma mère avait pu s'accrocher au bras musclé de Daniel Adair, tante Virginie au souvenir toujours présent de son Joel tant aimé, Prudence elle-même avait eu le réconfort de Freddy Hobhouse et de sa présence. Il n'y avait eu que moi, et Jonas, à rester seuls — pas seulement pendant la demi-heure de la cérémonie mais longtemps avant et, sans doute, pour très longtemps après. Cette solitude, Jonas la supportait car il en avait l'habitude, sa nature l'y poussait. Pas moi.

Notre conversation se poursuivait en cahotant, sans que j'y participe plus que du bout des lèvres. A plusieurs reprises, il fit un trait d'esprit, une boutade pour m'offrir la voie facile de la réconciliation. Je suis restée froide, indifférente. Je brûlais du désir de lui ouvrir mon cœur — vers qui d'autre me tourner ? —, de lui crier : « J'avais besoin de toi hier, Blaise, plus encore aujourd'hui. J'ai besoin de toi maintenant ! » mais les mots ne pouvaient franchir mes lèvres. Alors, stupéfaite de m'entendre parler ainsi, sourde à la petite voix qui s'élevait dans ma tête en me criant d'arrêter, j'ai dit :

— Me trompes-tu, Blaise ?

La surprise de mon coq-à-l'âne le fit sursauter.

— Plaît-il ?

— Je te demande si tu me trompes, Blaise.

— Je ne vois pas pourquoi tu me poses une pareille question et, pour parler franchement, je la regrette.

Il se leva, alla s'appuyer d'une main à la cheminée, l'expression soudain très prudente.

— Eh bien, disons que non.

— Je ne te crois pas.

— Tu le devrais.

Il remarqua mon air buté, soupira, étira les doigts comme un chat prêt à faire ses griffes.

— Dans ce cas, disons plutôt qu'il s'agit d'occasions fugitives et sans conséquences, qui ne se produisent jamais à Cullingford. Mais tout cela est absurde, Julia. Ne prétends pas n'en rien savoir.

— L'ai-je prétendu ? Je ne dis pas non plus que je m'en préoccupe.

— Non, en effet, cela ne te ressemblerait pas. Mais ce n'est pas moi qui ai lancé la conversation dans cette direction, Julia, et je n'ai aucune envie de la poursuivre. Tu as eu une journée pénible...

— Très, c'est vrai. Veux-tu que j'aille me coucher en invoquant une migraine, comme le faisait Celia, de manière à ne plus t'importuner avec mes humeurs ?

— Julia ! cria-t-il d'un ton menaçant que je lui entendais pour la première fois. C'en est plus qu'assez. A quoi rime tout cela, je te le demande ? Je n'ai jamais prétendu être différent de ce que je suis. Je t'ai acceptée telle que tu es. Cela ne t'aidera en rien — avec le risque d'outrepasser les limites de ma patience — de ressasser ces histoires. Je t'ai présenté mes excuses, Julia. Si tu as une crise de nerfs, je le comprends, je compatis mais ne me demande pas de la subir. En fait, cela nous fera à tous deux le plus grand bien si je vais passer la soirée au Cygne.

Il feignit de s'absorber dans le choix d'un cigare, referma la boîte et se redressa.

— Ecoute, Julia, reprit-il d'un ton adouci. Je ne veux pas te faire de peine, mais je refuse que tu m'en fasses. Jusqu'à présent, nous avons mené une vie agréable, peux-tu le nier ?

J'ai secoué la tête sans répondre, toujours entêtée, aveuglée par le malheur incompréhensible qui m'accablait, inconsciente du danger que mon attitude faisait peser sur moi-même et sur l'existence de cette vie enchantée, mais artificielle, que Blaise venait d'évoquer. J'étais prête, en cet instant, à subir des coups sans broncher, sans me plaindre, plutôt que de me heurter encore au mur impénétrable de sa logique, aux pointes de son ironie.

— Bien, dit-il. Je te laisse pour le moment. Bonsoir, Julia.

Parvenu à la porte, il marqua une pause, se tourna vers moi, toujours assise et les mains crispées sur mes genoux, et ajouta doucement :

— Vois-tu, Julia, je te donne tout ce dont je suis capable, tout ce qu'il est de ma nature d'offrir à quelqu'un. Et cela, Julia, représente beaucoup plus, infiniment plus que ce que tu me donnes, toi.

31

Nous sommes partis pour Paris dès que les convenances l'ont permis. Ce voyage fut comme une ronde pleine d'entrain et de gaieté où les rapports entre Blaise et moi semblaient, en surface tout au moins, inchangés. Blaise affectait cependant plus d'égards envers moi, un rien moins d'affection et disparut deux soirées et un après-midi entier sans me fournir l'ombre d'une explication. J'ai acheté des toilettes chez les couturiers, assisté à des pièces de théâtre, participé à d'amusants soupers, avalé des flots de champagne et poursuivi d'agréables flirts qui, dans ce Paris du Second Empire à ses débuts, constituaient un passe-temps parfaitement admissible, sinon recommandé, mais dont je me lassais vite. J'étais aimable, je parlais d'abondance, je me sentais les nerfs à vif et j'étais constamment mal à l'aise : une femme de tout juste trente ans qui, sous son brillant vernis, ne savait plus où elle allait dans la vie. Pendant tout ce temps, en dépit de ses traits d'esprit, de ses aimables taquineries et de son éblouissant bavardage, Blaise esquivait toute conversation sérieuse et ne me disait rien.

Pendant notre absence, la guerre entre les Etats d'Amérique s'envenima au point de justifier les avertissements de Blaise sur l'impérieuse nécessité de prospecter d'autres marchés. Il pensait déjà à préparer son départ pour la Russie quand, à notre retour à Cullingford, Nicolas le soumit sans attendre à des pressions accrues pour exiger une réponse immédiate quant à ses véritables intentions.

Des problèmes graves étaient en effet survenus à Low Cross, la plus vétuste des usines Barforth. M. Agbrigg avait remarqué l'apparition de lézardes dans les murs et Nicolas avait immédiatement fait évacuer les lieux, en reclassant la plus grande partie de la main-d'œuvre dans ses autres établissements et en versant de généreuses indemnités à ceux qu'on avait dû temporairement licencier. Il entreprit de faire consolider les murs et remplacer les vieilles poutres de bois par des traverses d'acier, mais la notion même de rafistolage était contraire à son tempérament. Il aurait préféré raser les bâtiments pour en construire d'autres, mieux adaptés ; or, cette décision aurait nécessité l'accord de Blaise, son associé alors absent, de sorte que l'incident — sans parler du coût de l'opération — remit au premier plan la question brûlante de leur séparation.

Un cocher de Tarn Edge vint déposer une longue enveloppe brune sur mon plateau de courrier, une autre apparut quelques jours plus tard. Blaise fit quelques commentaires ironiques, mais il fallut que Caroline m'en parle pour savoir que mon mari, s'il refusait de vendre sa part, envisagerait éventuellement un partage.

— Mon père a consacré sa vie à édifier cette affaire ! me dit-elle avec indignation. Il serait inadmissible que, par vanité et par entêtement stupide, ils aillent tout démanteler. Parle à Blaise, Julia, je t'en prie, et montre-toi ferme !

En réponse à mes prudentes allusions, Blaise se borna à hausser négligemment les épaules :

— Ah ! si Caroline exige que nous nous raccommodions... Je peux toujours changer d'avis d'ici demain, tu me connais.

Et j'eus du mal à me faire, une fois de plus, à l'idée que mon mari n'avait plus confiance en moi. Georgiana elle-même semblait mieux au courant de la situation que je ne l'étais.

Cet hiver-là, Caroline réussit son coup de maître en attirant à Listonby le duc de South-Erin. Je dus, naturellement, assister au grand bal qu'elle donna en son honneur et où je fus présentée au noble gentilhomme. Il me parut fort peu intimidant ; c'était une version à peine plus âgée et plus raffinée de Sir Matthew, un homme affable dont les goûts simples se satisfaisaient amplement d'une belle journée de chasse et de la compagnie de quelques jolies femmes sachant rire à propos de ses plaisanteries parfois risquées.

Sous le patronage de Lady Barforth, l'établissement de Prudence eut également droit à une inspection du duc. Il y vérifia discrètement les progrès accomplis par sa fille naturelle et retira de sa visite une impression d'admiration mêlée de crainte envers la personnalité de la directrice. L'admiration dut cependant l'emporter car, depuis lors, l'école bénéficia régulièrement des largesses du cher homme et reçut constamment des correspondances signées de gentilshommes fort titrés, ou de leurs représentants légaux, pour obtenir des renseignements sur les conditions d'inscription.

Ma fille Blanche y fit elle-même son entrée à l'âge de sept ans. Autant tout de suite avouer qu'elle n'allait retirer des enseignements de sa tante aucune distinction académique digne d'être notée, car elle avait déjà décidé de se fier à la persuasion de ses boucles blondes et de ses yeux bleus, pimentée du charme irrésistible hérité de son père, pour obtenir de la vie et des hommes ce dont elle entendait en retirer.

Prudence s'y résigna et accorda plus volontiers ses soins à son autre nièce, Grace Agbrigg, dont l'esprit dénotait déjà les dispositions les plus prometteuses.

— Blanche fera un beau mariage sans consentir aucun autre effort, m'informa-t-elle. Venetia est fantasque, imprévisible et indisciplinable. Elle pourra aussi bien épouser un prince que s'enfuir avec un ramoneur. Mais Grace... Je ne sais trop que te dire. Je l'aime énormément, cette enfant. Je lui prédirais volontiers une vie et des succès sortant de l'ordinaire, elle en est capable.

Jonas continuait de manifester pour l'école un intérêt actif, tout en réussissant admirablement à maîtriser sa vie domestique et ses rapports avec sa fille. Sans apparentes démonstrations d'affection, ils étaient étroitement liés par un respect mutuel, l'intérêt et la sympathie que pouvaient se porter un homme et une fillette aussi intelligents l'un que l'autre. Ma mère en était bouleversée.

Quant à tante Hannah, dont le deuil pour Celia avait été sincère, elle n'avait nullement l'intention de laisser son fils moisir dans la solitude. Son mariage avec Celia avait convenu à sa jeunesse impécunieuse, mais les circonstances avaient considérablement changé. Jonas était devenu un homme important, dont les opinions étaient écoutées avec respect aussi bien au conseil municipal que par les plus éminents rouages du parti whig. Il était propriétaire d'une maison d'allure fort respectable et si, depuis la mort de Celia, la succession Aycliffe lui échappait pour aller directement à Grace, c'était en quelque sorte un avantage car l'enfant de son premier mariage ne serait ainsi pas à la charge de son second ménage.

Le deuil officiel à peine terminé, tante Hannah se mit sérieusement en quête d'une épouse convenable pour son Jonas avec, cette fois, des exigences et des visées atteignant le summum de la magnificence. Elle semblait rajeunie, ses ambitions flambaient avec un éclat renouvelé tandis qu'elle voyait de nouveau le monde entier s'ouvrir à ses appétits de gloire.

Sur ses instances, j'invitais l'une ou l'autre des élues éventuelles pour subir leur examen de passage. Mlle Fielding, la fille de notre député, avait semblé présenter toutes les caractéristiques souhaitables, mais elle fut jugée trop peu gâtée par la nature. Angelica Battershaw, à la dot princière, était une écervelée. Rebecca Mandelbaum se lamentait trop fort sur la perte de son musicien autrichien. Tante Hannah, pendant ce temps, voyait d'un fort mauvais œil Jonas consacrer un temps considérable à l'établissement de Prudence, où officiaient nombre de demoiselles fort instruites, d'âge convenable mais dépourvues de fortune. Pour ma part, je l'avoue, aucune des postulantes ne me plaisait. J'aurais voulu pour Jonas un peu de bonheur pour compenser le désert de sa vie affective, un peu de chaleur humaine pour enflammer les braises que je voyais parfois rougeoyer en lui. Un soir où nous avions passé, Prudence et moi, la soirée à discuter avec animation de questions philosophiques où j'avais eu la révélation d'un esprit plus profond que je n'aurais cru, je m'enhardis jusqu'à le lui dire.

— Vous êtes trop bonne, Julia, répondit-il en souriant. Mais je crains d'avoir passé l'âge des amours spirituelles et des passions juvéniles.

Le printemps suivant marqua le terme du dernier mandat municipal de M. Agbrigg, occasion justifiant les manifestations de respectueuse reconnaissance que lui prodiguèrent ses administrés. Entre tante Hannah et lui, en effet, les Agbrigg avaient apporté à Cullingford une salle de concerts, l'eau courante, un jardin public et nombre de mesures et arrêtés portant sur l'éclairage et le pavage des rues, l'élargissement des principales artères, la démolition des bâtiments vétustes et dangereux ainsi que la promulgation d'un code de la construction dont les termes auraient fait frémir d'horreur mon père. Leurs efforts incessants avaient doté la ville d'améliorations considérables et, surtout, d'un esprit civique qui faisait cruellement défaut auparavant. Pleinement conscients de ce qu'ils leur devaient, nos concitoyens organisèrent donc un grand banquet où furent prononcés discours et allocutions et à l'issue duquel l'on présenta à monsieur le maire une coupe d'argent qui n'aurait pas déparé un château seigneurial, et une chaîne d'or massif, emblème officiel de sa magistrature, qu'il revêtit ce soir-là pour la première et la dernière fois.

Tout ce qui comptait à Cullingford avait tenu à être présent, notabilités venues de tous les horizons, industriels, commerçants, personnalités politiques. Jonas, qui espérait fermement passer la lourde chaîne d'or à son propre cou, était assis à côté de Rebecca Mandelbaum dont tout le monde chuchotait qu'elle ne pouvait manquer de devenir la prochaine Mme Agbrigg. Tante Hannah siégeait au seul banquet qu'elle n'ait pas elle-même organisé et affichait l'expression d'une femme dont la plupart, sinon la totalité des rêves se sont réalisés.

Certes, il restait beaucoup à faire, l'hôtel de ville où son mari n'officierait pas, où elle ne pourrait tenir sa cour ; le musée à aménager dans le jardin public, la bibliothèque dont le besoin se faisait de plus en plus sentir maintenant que les jeunes générations apprenaient à lire. Mais Jonas et Rebecca veilleraient à ce que ce soit accompli, elle n'en doutait pas. Jamais je n'avais vu le visage sévère de ma tante refléter autant de bonheur comblé que ce jour-là.

Plus tard dans la semaine, j'ai accompagné Blaise à la gare dans ma victoria. Je lui ai tendu la joue, il m'a souri, m'a fait ses adieux sans préciser quand il comptait revenir. Après le départ du train, j'ai frissonné malgré la douceur du temps et, une fois remontée en voiture, je n'ai pas eu envie de rentrer chez moi, où rien ni personne ne m'attendait. Sans savoir pourquoi, je me suis fait conduire à Maison Haute.

Quand j'y suis arrivée, M. Agbrigg était seul au salon. Debout devant la fenêtre, il regardait la cour de l'usine, le dos voûté, l'allure plus frêle, plus vulnérable que jamais. Il s'est tourné vers moi et j'ai remarqué ses rides, l'aspect grisâtre, presque poussiéreux, de son visage.

— Ah ! Julia... dit-il avec un geste las.

— Mon oncle, que se passe-t-il ?

En guise de réponse, il me désigna un fauteuil où je vis alors une vieille femme dont je ne pus croire qu'il s'agissait de ma tante. Elle avait, elle aussi, le visage d'un gris rendu plus maladif par les taches rouges de ses pommettes, les cheveux gris presque blancs comme je ne les avais encore jamais remarqués et qui s'échappaient de sa résille en mèches désordonnées, comme si elle les avait tirés à poignées sous l'effet de la rage ou du désespoir. Elle hochait la tête en haletant, elle suffoquait, agitait les lèvres et se mit tout à coup à crier :

— Jamais ! Jamais je n'accepterai de subir une honte pareille ! Jamais ! Jamais !

Il ne pouvait s'agir que de Jonas qui, d'une manière et pour des raisons que j'ignorais encore, lui infligeait sa première et sa plus douloureuse défaite.

— Qu'avez-vous, tante ·Hannah ? ai-je dit en m'agenouillant auprès d'elle. Laissez-moi vous aider, si je peux. Ou bien préférez-vous que je m'en aille ?...

Elle agita les lèvres, fit une grimace douloureuse :

— Non, répondit-elle en un murmure. Reste encore un peu. Tu auras bientôt trop de raisons de m'éviter, ma pauvre enfant. Vous, mon ami, poursuivit-elle en se tournant vers M. Agbrigg, dites-lui, expliquez-lui ce que je viens de me faire infliger.

— Non, Hannah. Je ne veux plus me mêler en rien de cette affaire.

— Il est votre fils !

Il se tourna vers elle avec une telle expression d'amertume et de honte que j'en fus saisie.

— Non, Hannah, il est votre fils à vous. C'est vous qui l'avez fait ce qu'il est, vous seule. Vous m'avez posé cette condition au moment de notre mariage et je l'ai acceptée. Ce n'est plus mon fils ni celui de sa mère, il est devenu le vôtre.

Elle se leva lentement, tordue par une douleur intense dont — je la connaissais — elle préférerait mourir plutôt qu'avouer l'existence.

— C'est exact, dit-elle en retrouvant sa sécheresse. Mais il est inutile d'importuner ma nièce avec nos sordides histoires. Je vous dispense donc d'en dire davantage.

Alors, elle se tourna vers moi en se forçant à arborer un masque de cordialité et poursuivit :

— Apprends, ma chère Julia, que Jonas a l'intention de se marier.

— Je n'en suis pas surprise… Je veux dire, nous nous y attendions, n'est-ce pas ? C'est pour ce printemps, je suppose ?

— Inutile de supposer plus longtemps. Il compte se marier à l'instant même où il quittera son brassard noir. Quel beau couple cela fera, un jeune marié quadragénaire, une jeune épousée timide et rougissante de quarante-cinq, cinquante, soixante ans, que sais-je ? Sous ses couches de peinture, nul ne peut le dire. Oui, Julia, Jonas se marie avec Mme Oldroyd, la séduisante ex-Mme Delaney, la pudique, l'irréprochable veuve de douze maris ou davantage, dont pas un n'avait jugé bon de lui glisser l'alliance au doigt ! Et je te préviens, Julia, que si jamais tu t'avises de franchir son seuil, il est inutile de vouloir te représenter à ma porte.

Elle se rassit lourdement, M. Agbrigg retourna à sa contemplation de la cour de l'usine. Et moi, debout entre eux deux, je ne savais quelle consolation leur offrir, ni même s'ils voudraient en accepter aucune. Je voyais, par les yeux de tante Hannah, le scandale ternir l'éclat de la chaîne d'or et de la coupe d'argent massif décernées à un maire aussi admiré que regretté ; je ressentais sa conviction de ne plus, dorénavant, rester dans les mémoires comme la mairesse infatigable, l'initiatrice d'innombrables œuvres charitables, mais comme la mère d'un homme assez dénué de scrupules pour se rendre maître de Fieldhead en épousant une prostituée.

— Ta pauvre sœur Celia n'était pas aussi bête que nous le pensions, reprit-elle d'une voix dure. Elle savait, elle redoutait ce qui arrive, et nous ne l'avions pas crue. Oui, les domestiques avaient raison de colporter leurs ragots !

— Non, tante Hannah, je me refuse à y croire.

— Vraiment ? Il était bien constamment fourré chez cette créature, n'est-ce pas ? Quoi de plus naturel entre un homme de loi et sa cliente, disait-il. Ah oui, la belle excuse ! Autant que tu saches tout de suite le pire, Julia, tu finiras par l'entendre raconter à gauche et à droite. Jonas la fréquentait avant même la mort de Matthew Oldroyd, sous prétexte de la conseiller sur ses placements d'argent. Qui nous prouve qu'ils n'étaient pas déjà amants à ce moment-là ? Ils auraient très bien pu se mettre d'accord pour entraîner Matthew Oldroyd dans ce mariage inqualifiable, que j'ai été la première à condamner. Emma-Jane Hobhouse a répété qu'il s'agissait d'un coup monté, et nous ne l'avons pas crue plus que Celia. J'ai bien envie de lui écrire pour lui annoncer la grande nouvelle. Si elle allait s'imaginer que Jonas a lui-même poussé sa femme du haut de ces escaliers, ce n'est pas moi qui le lui reprocherais.

— Je vous en prie, ma tante ! Je refuse de vous entendre dire des choses pareilles !

— Tu seras la seule, dans ces conditions, la seule à refuser l'évidence et à s'en repaître. Vraie ou pas, l'histoire est trop belle et nul ne s'inquiétera de la vérifier.

— Comment pouvez-vous croire vous-même à cette calomnie, tante Hannah, et en accuser Jonas ? C'est impossible !

Elle se releva, les poings serrés, les joues de nouveau enflammées de ces vilaines taches cramoisies. Elle me regarda alors dans les yeux et dit d'une voix sifflante :

— C'est possible, au contraire, et j'y crois.

— Non, ma tante, non !

— Oh si ! Julia ! Tu ne te doutes pas de ce dont il est capable. Il vendrait sa mère, sa fille, n'importe qui au plus offrant. Ne vient-il pas de se vendre à une tenancière de maison close ? Oui, il va maintenant vivre sur l'argent d'une putain — veux-tu me dire si ce n'est pas exactement la même chose ? Il épouse une femme au ban de la société, qu'aucune femme honnête ne peut recevoir chez elle sans s'abaisser. Et quand je l'ai prié, supplié, quand je lui ai rappelé tout ce que j'ai fait pour lui, tout ce que je peux encore faire, sais-tu ce qu'il m'a répondu ? Non, bien entendu, personne ne pourrait imaginer une telle bassesse ! Il m'a dit : « Pourquoi faire tant d'histoires, mère ? Tout bien considéré, je ne fais que me conformer à vos enseignements. » Voilà ce qu'il a osé me répondre !

Il y eut un silence angoissé. Sa poitrine se soulevait sous un bouillonnement d'émotions exacerbées. Puis, avant de se rasseoir, elle me dit d'une voix à peine audible :

— Je l'ai tant aimé. Je l'aimais il y a une heure encore.

Je ne pouvais rien répondre. Il était inutile de l'apaiser en disant qu'elle finirait par lui pardonner, je savais qu'elle ne le ferait jamais ; inutile de prétendre que les rumeurs et les calomnies s'oublieraient car, même à Cullingford où l'intérêt primait la morale, il existait encore une ligne de partage entre l'argent honnêtement gagné et les pratiques douteuses, et la réputation de Jonas ne se relèverait pas de ce coup. Certes, les hommes continueraient à traiter des affaires avec lui, à dîner en sa compagnie au Cygne ou dans les restaurants de Leeds. Mais il pouvait faire son deuil définitif de la superbe chaîne d'or du maire qu'il ne serait plus et de l'hôtel de ville que d'autres occuperaient à sa place. Et, dans tout ce gâchis, qu'allait devenir Grace ?

Une heure auparavant, ma tante avait encore une vie comblée, des projets clairement définis. Après la mairie, Jonas irait à Westminster et, qui sait ? dans un cabinet ministériel. Elle pouvait encore espérer des petits-enfants pour égayer sa vieillesse. Et maintenant, d'un seul mot, Jonas lui enlevait tout, son espoir, son avenir, sa réputation qu'il ternissait en ruinant la sienne ; il lui arrachait la présidence de ses comités, ses fonctions, sa place dans la société — et jusqu'à ses petits-enfants. D'un seul coup, il lui avait brisé le cœur d'une manière irréparable.

— Que faire ? gémit-elle. Que faire ?

Elle ne parlait pas de Jonas mais d'elle, cette fois. Que faire, en effet, de ses interminables journées désormais vides, rétrécies jour après jour aux dimensions mesquines de la « femme au foyer » dont plus personne ne veut, dont nul n'a plus besoin.

— Je ne me sens pas bien.

Elle porta les mains à son cœur, et c'était la première fois que je lui entendais prononcer de telles paroles, faire un tel geste de faiblesse féminine, le même geste, les mêmes paroles que ma mère. Elle se leva d'un bond et courut vers la porte et je vis avec une stupeur accablée la femme la plus forte, la plus digne, la plus impérieuse que j'aie jamais rencontrée se désintégrer sous mes yeux et chercher refuge dans sa chambre, comme Celia et ma mère le faisaient depuis toujours.

— Devrais-je monter la rejoindre, mon oncle ?

— Non, ma petite, ce n'est pas de toi qu'elle a besoin... Et Jonas ne montera plus cet escalier avant longtemps, si jamais...

— On ne peut pourtant pas la laisser seule.

— Je sais, j'y vais dans un instant. Après tout, je suis tout ce qui lui reste, que cela lui plaise ou non.

— Dites-moi, mon oncle... Vous ne comptez pas lui pardonner, vous non plus ?

— Non, Julia, répondit-il avec un bref sourire. Non, je ne crois pas. Cela t'étonne, n'est-ce pas, puisqu'il ne fait que se marier pour de l'argent, comme il l'avait déjà fait une fois et comme je l'ai fait avant lui. Ce n'est pas cela que je lui reproche ; au contraire, je l'admirerais presque. Quand un homme est assez lucide pour se juger avare et sans scrupules, c'est faire preuve de courage que de l'admettre ouvertement. Quant à elle, c'est peut-être une putain mais je n'ai pas le même point de vue là-dessus que ta tante Hannah. La pauvreté, vois-tu, peut pousser la plus honnête fille au trottoir — cela vaut mieux que de mourir de faim, et nous ne connaissons pas les débuts de cette Mme Delaney. Elle aurait pu être une de ces malheureuses gamines de Simon Street, où j'ai vécu, jetée à la rue par un père ivrogne et, dans ces cas-là, on n'a guère le choix. Non, ce n'est pas de penser à celle-là qui me chiffonne, mais à une autre pauvre gamine de Simon Street qui ne reconnaîtrait plus son Jonas, si elle revenait aujourd'hui. Et je crois bien qu'elle me reprocherait d'en avoir fait ce qu'il est.

Il alla s'asseoir lourdement, me demanda la permission de fumer un cigare.

— Tu sais comment et pourquoi j'ai épousé ta tante, reprit-il d'une voix lasse. Je l'ai laissée faire pour l'éducation de Jonas, et j'ai eu tort. Il a grandi, il est devenu un homme que je ne reconnaissais pas, que je n'aimais pas. Mais c'est quand même mon fils, celui de mon Anne. Si elle revenait, elle s'inquiéterait seulement de savoir si cette femme le rendra heureux...

— Cela vous inquiète-t-il, mon oncle ?

— Non, pas le moins du monde. Il est assez grand pour savoir ce qu'il fait, à quoi il s'expose. Il a fait le calcul et a sans doute trouvé que la honte pèse moins lourd que le gain. Si cette femme vaut cela à ses yeux, nous ne pouvons rien en dire de plus. C'est Hannah qui m'inquiète.

— Alors, mon oncle, qu'allez-vous faire ?

— Avec Hannah ? Eh bien, tout d'abord je vais monter lui faire comprendre que je ne veux plus redevenir maire, comme elle s'apprête sans doute à me le demander. Je prends de l'âge, Julia, elle ne rajeunit pas elle non plus. Jonas vient de lui porter un coup très dur, elle encaisse mal et je le comprends. Mais ce qui est fait est fait et cela, finalement, nous fera peut-être du bien à tous les deux. Il est grand temps, après tout — comment dirais-je ? Mon Anne est morte, celui dont Hannah était amoureuse en son temps a disparu depuis bien longtemps, lui aussi. S'il n'y a guère eu d'amour entre nous, au moins nous avons appris à nous habituer l'un à l'autre, à nous estimer. Je crois bien que nous avons même de l'amitié l'un pour l'autre... De l'affection, peut-être.

— Moi, je vous aime bien, mon oncle.

— Tu me flattes, Julia, et me fais plaisir. Alors, tu viendras nous voir à Scarborough, quand je lui aurai fait comprendre le bien que cela nous fera de vivre au bord de la mer. Une petite maison sur la falaise, loin des fumées qui m'ont rendu la poitrine malade, comme à tant d'autres.

— Bien sûr, j'irai vous voir, mon oncle.

— C'est bien, dit-il en se levant.

Il me tapota la joue d'un geste malhabile et poursuivit :

— Vois-tu, Julia, je n'étais rien quand elle m'a vu pour la première fois. Un manœuvre, pas même un ouvrier, qui n'avait envie que d'améliorer sa condition sans trop se soucier des moyens. Mais maintenant, eh bien, j'ai bâti tous ces châteaux d'eau, ces canalisations, les gens ne manquent plus d'eau, ils vivront peut-être un peu moins mal grâce à moi... Elle n'a pas de raison d'avoir honte de moi, maintenant. Et je crois même, vois-tu, que nous pourrions être heureux.

32

En quittant Maison Haute, je me sentais toujours incapable de rentrer chez moi et de m'y retrouver seule. Pendant une heure, le cocher me fit errer au hasard des rues, des chemins de la campagne environnante tandis que me pénétrait une indéfinissable tristesse. La décision finalement s'imposa à moi. Je me fis conduire à Albert Place et demandai Jonas.

Il était habillé pour sortir, prêt à rejoindre Mme Delaney, ai-je pensé malgré moi. Mais quand j'ai voulu lui présenter mes excuses pour mon intrusion et me retirer, il m'interrompit :

— Entrez vous asseoir, Julia. J'ai tout mon temps et votre visite ne me surprend pas. Arrivez-vous tout droit de Maison Haute ? Vous devez être scandalisée.

— En un sens, oui. Mais plus encore attristée, au point que je ne saurais vous l'expliquer. Jonas... Ce mariage vous rendra-t-il heureux ?

Il s'assit en face de moi et son visage, dans la pénombre, avait l'air las, non pas plissé et poussiéreux comme celui de son père mais vide de toute expression, de toute émotion.

— Merci d'y avoir pensé, Julia.

— Me remercier de quoi ? De m'inquiéter de votre bonheur ? Tante Hannah s'en soucie davantage, je crois, quoiqu'elle refusera toujours de l'admettre. Vous allez terriblement lui manquer, Jonas, et vous ne vous réconcilierez jamais.

— Je sais... S'était-elle calmée lorsque vous l'avez quittée ?

— Elle ne sait pas ce que c'est que se calmer, mais votre père l'y aidera. Il veut se retirer avec elle à Scarborough — ou, du moins, la convaincre d'y aller en l'emmenant, lui.

Il sourit, en dissimulant toujours son regard derrière ses paupières à demi baissées.

— Il n'en aurait pas eu l'occasion si je m'étais convenablement marié et avais pris sa succession à la mairie. En fin de compte, je lui aurai rendu service grâce à ma trahison...

— Je ne puis pas vous considérer comme un traître.

— Pourquoi pas ? Demandez plutôt à Mlle Mandelbaum ce qu'elle en pense. Celia ne m'aurait pas contredit non plus.

— Je préférerais ne pas parler de Celia.

— C'est pourtant un sujet difficile à éviter. Vous avez voulu me réconforter au moment de sa mort, comme je crois que vous tentez de me défendre maintenant. Il faut donc que vous sachiez la vérité, Julia. Ces derniers mois, vous avez peut-être surpris en moi un peu plus d'humanité que vous n'en attendiez, mais ne vous illusionnez pas sur mon compte. J'en suis capable, certes, j'ai même envisagé la possibilité d'être heureux. J'aimerais, moi aussi, aimer une femme qui m'aime. Mais l'occasion ne s'est jamais présentée et elle ne se présentera jamais.

— C'est faux, Jonas ! Vous n'avez pas même cherché...

— Ne mélangeons pas les problèmes, me dit-il du ton froid de l'avocat réfutant la thèse adverse. Nous ne parlons pas d'amour mais de mariage, c'est-à-dire d'un contrat d'où les notions vagues, comme l'amour et le bonheur, sont exclues par la loi.

— N'essayez pas de vous cacher derrière ce faux cynisme, Jonas.

— Je ne dis pourtant que la vérité, Julia. J'ai épousé votre sœur pour verser vingt mille livres à Corey-Manning, dont je voulais reprendre la clientèle. Le jour de son enterrement, je savais que Fieldhead serait à moi si je faisais le nécessaire, et ma décision était prise en revenant du cimetière. Vous voyez, Julia, je n'ai pas d'excuses et ne me cherchez pas de circonstances atténuantes. Je ne suis plus pauvre comme je l'étais, je pourrais vivre largement de mes revenus actuels dans une maison confortable et avec mon adorable fille. Nous avons beaucoup de points communs, Grace et moi, et nous pourrions lire ensemble, parler, faire des voyages. Je pourrais sans doute être très heureux dans une carrière universitaire et la seule pensée de tous ces bonheurs me donne parfois encore un tressaillement. Sinon, j'aurais pu épouser Rebecca Mandelbaum et, avec sa dot, m'acheter un siège à la Chambre des communes. La politique, le pouvoir m'attirent depuis longtemps et je les ai désirés des années. Voilà donc les choix qui s'offraient à moi : le bonheur, le pouvoir — ou l'argent. Il ne m'a pas fallu plus d'une minute pour choisir, Julia. Souhaitez-vous encore, après cet aveu, prendre ma défense ?

— Oui, Jonas.

— Même en sachant combien votre sœur a été malheureuse avec moi ?

— Oui, Jonas. Les malheurs de Celia étaient en elle, nul ne peut vous en faire le reproche. Ce n'est pas vous qui l'avez éteinte, écrasée, dominée, c'est mon père et les principes de son éducation. Prudence et moi avons eu la force, ou la chance, d'y échapper, pas Celia. Vous lui demandiez simplement plus qu'elle n'était capable de vous donner.

Il détourna brusquement la tête, en un réflexe pour dissimuler une bouffée d'émotion.

— C'est vrai, Julia, répondit-il. J'en aurais voulu davantage.

— Et maintenant, Fieldhead vous suffira-t-il ?

— Sans doute non. Mais je ne me serais jamais pardonné de l'avoir laissé échapper. Je vais devenir presque aussi riche que Nicolas Barforth, autant sinon davantage que Sir Blaise. Comment, Julia, comment voudriez-vous qu'un homme sorti d'où je viens tourne le dos à une occasion pareille ?

— Et... Mme Delaney ? Vous plaît-elle aussi ?

— Vous voulez dire, sans doute, ai-je du désir pour elle ? dit-il avec un sourire ironique. Pas particulièrement, non.

— Alors, Jonas, pourquoi vous engager dans une telle voie ? Pourquoi vous forcer à vivre ainsi, et pour toujours ?

— Les choses ne sont quand même pas aussi noires, rassurez-vous. Mme Delaney a une assez grande expérience des hommes pour savoir leur plaire et elle m'en a déjà apporté la preuve. En deux mots, elle satisfait pleinement mes appétits dans de nombreux domaines et de la manière la plus agréable qu'elle sache. Je lui en suis reconnaissant.

— La reconnaissance n'est pas l'amour.

— Non, certes. C'est pourquoi je ne me suis pas servi de ce mot-là.

— Et elle, qu'éprouve-t-elle ?

— Pas d'amour non plus, rassurez-vous. Mais elle a un faible pour les hommes intellectuels, sinon intelligents, et un besoin encore inassouvi d'être respectable, ou tout au moins — car elle se rend compte que c'est hors de sa portée — de trouver la stabilité. Elle me laisse diriger Fieldhead depuis la mort de M. Oldroyd et a observé attentivement mes méthodes pour s'assurer que j'étais digne de sa confiance. C'est une femme raisonnable, qui accepte et reconnaît ses limites et les miennes. Elle comprend que ma mère, la vôtre et la quasi-totalité des dames de la ville ne voudront jamais la fréquenter. Mais elle aura acquis, aux yeux de ses relations passées, le statut de femme mariée — et la fortune. Ma présence à ses côtés lui épargnera les assiduités des coureurs de dot, ce qui vous paraît peut-être bien mesquin mais vous n'avez jamais été exposée, comme elle, aux rudesses du monde.

— Et Grace ?

— Eh oui, parlons de Grace, dit-il avec un soupir. Elle aura, je le crains, des doutes ou des remords sur la place qu'elle m'accordait dans son estime. Mais elle va néanmoins devenir l'une des plus riches héritières de toute la région. Elle recueillera la fortune de Celia, celle de Matthew Oldroyd, l'argent de Tessa Delaney et le mien — sans compter tout ce que j'ai l'intention de gagner à partir de maintenant. Son domicile officiel sera Fieldhead, bien entendu, mais elle continuera d'être pensionnaire chez Prudence pendant la semaine. Je suis avocat, ne l'oubliez pas, et j'ai déjà pris toutes mes dispositions en ce qui la concerne. Mon testament est prêt et j'y ai prévu, si je devais mourir avant sa majorité, de vous confier sa tutelle, à Blaise et vous, si vous voulez bien en accepter la charge. Soyez assurée, Julia, que je n'ai rien laissé au hasard pour l'avenir de Grace.

La femme de chambre vint allumer les lampes, mais, malgré l'heure tardive, je n'étais pas encore prête à partir.

— Vous risquez de la perdre, Jonas.

— Je sais, mais cela se produira de toute façon lorsqu'elle se mariera. Pour le moment, je lui offre la liberté de déterminer le cours de sa vie, ce dont j'étais privé. Avec la fortune que je lui laisserai, elle pourra faire le mariage qui lui plaira ou même ne pas se marier du tout.

— Votre décision est donc irrévocable ?

— Irrévocable.

— Puis-je faire quelque chose pour vous, Jonas ?

Mon offre d'assistance le prit au dépourvu : il s'attendait à entendre ma condamnation, et il ne put retenir une expression de chagrin.

— Eh bien, si Grace devait... s'écarter de moi, offrez-lui le réconfort ou les consolations que vous jugerez appropriés. Vous pourriez aussi répandre chez ces dames de Cullingford l'opinion que la réputation de ma fille ne pouvait davantage souffrir la promiscuité d'une belle-mère indigne, ou quelque excuse de ce genre.

— Je l'aurais fait dans tous les cas, Jonas.

— J'en étais sûr. Je me suis simplement accordé le plaisir de vous le demander, puisqu'il n'existe je crois personne d'autre vers qui je souhaiterais me tourner.

— Mais Prudence ?...

— Prudence, bien sûr... Elle ne me pardonnera jamais, mais elle prendra malgré tout ma défense elle aussi. Néanmoins, Julia, c'est à vous que je préférais le demander, vous savez peut-être pourquoi. Vous occupez dans ma vie une place à part, il serait vain de le nier — de même qu'il serait incongru de le formuler, au stade où nous sommes tous deux.

Il se leva pour mettre entre nous le plus de distance possible et me permettre, je crois, de me rendre compte qu'il m'avait presque fait l'aveu de son amour. En d'autres circonstances — à un autre stade de notre vie, comme il venait de dire —, j'aurais peut-être accueilli cette déclaration avec joie.

— Ne vous faites pas de soucis pour moi, Julia, dit-il en se rasseyant, la mine grave. Pensez à vos propres affaires, qui ont sans doute besoin de réflexion.

— Pourquoi me dites-vous cela, Jonas ?

— Parce que je suis un homme tortueux, Julia, capable de déchiffrer bien des énigmes. Ce n'est cependant un mystère pour personne que la bombe Barforth ne saurait plus tarder à exploser. Je vous vois au beau milieu de problèmes graves et je ne puis m'empêcher d'en être inquiet. Dites-moi, Julia... Je n'ai aucun droit à vous poser une telle question et vous pouvez refuser d'y répondre, mais n'y aurait-il pas quelque chose, dans votre vie, quelque problème dont vous aimeriez me parler ? J'ai été heureux de solliciter votre aide, je le serais bien davantage d'être en mesure de vous aider à mon tour.

Depuis toujours, j'avais accepté sans discuter les jugements que tout le monde portait sur lui, je le croyais retors, calculateur et égoïste. Aussi est-ce réellement surprise que je me suis alors tournée vers lui, avec la confiance que je n'avais encore accordée qu'à Giles. Je n'avais vu Jonas qu'à travers les yeux des autres, l'hostilité de Prudence envers le beau-frère soupçonné de lui voler son héritage, l'ambition de tante Hannah et son désir, presque pitoyable tant il était intense, de s'accomplir à travers son fils adoptif, les jérémiades et les plaintes de Celia et le mépris hautain de Caroline envers le « fils Agbrigg ». Je l'avais cru froid, insensible — et il l'avait maintes fois été, en effet. Mais j'avais récemment découvert la face cachée de sa personnalité et compris que, élevé dans des conditions différentes, il aurait pu devenir tout autre. Et c'est en comprenant pleinement les implications de ces pensées jusqu'alors confuses que je me suis sentie émue devant la perte irrémédiable d'un être humain d'une telle valeur.

— Je ne sais pas, Jonas, si je suis tellement à plaindre. Je ressens un malaise, mais j'ai du mal à le définir.

— Blaise ?

— Je ne sais rien de lui, au fond. Je le croyais d'abord mon meilleur ami et j'ai l'impression de le perdre. Nous vivons chacun de notre côté, sans infidélité de ma part cependant. Je ne sais ce qui s'est passé. Quelque chose s'est mis entre nous, un obstacle lourd, pesant mais invisible. Rien contre quoi lutter. Si Blaise sait ce dont il s'agit, il refuse de me le dire.

— Le lui avez-vous demandé ?

— Non, je ne puis m'y résoudre.

— Disons plutôt que vous avez laissé le silence tomber entre vous et que vous ne trouvez plus le moyen de le traverser.

La femme de chambre revint, rappela timidement à son maître qu'il avait commandé la voiture plus d'une heure auparavant — pour se rendre chez une femme dont les droits sur lui et son temps étaient infiniment plus valides que les miens.

— Grand dieu, il est très tard ! me suis-je écriée en me levant.

Il se leva, hésita :

— Ecoutez, Julia... Je connais les charmes de la vie solitaire, je l'ai toujours pratiquée et je continuerai toujours ainsi, je crois. Pas vous, vous n'êtes pas faite pour vivre seule. Quand le conflit éclatera dans la famille et si les circonstances vous forcent à prendre une position, choisissez Blaise sans hésiter. Mais vous le savez sans doute déjà... Mon seul espoir est que vous ayez véritablement l'envie de faire ce choix.

Je ne pus trouver personne de ma famille pour m'accompagner au mariage de Jonas et de Tessa Delaney. Seule Georgiana s'offrit à venir avec moi : « Je me moque éperdument de Jonas Agbrigg ou de cette dame que je n'ai jamais vue, me dit-elle, mais si vous avez besoin de compagnie, eh bien, comptez sur moi, Julia. » Au même moment, cependant, l'état de son grand-père, déjà souffrant depuis plusieurs semaines, empira subitement et Georgiana plutôt qu'à un mariage dut se rendre au chevet d'un moribond. J'étais donc seule pour aller à l'église paroissiale ce jour-là.

C'était une matinée étouffante de la fin août, sous un ciel jaune et lourd et des bouffées de vent brûlant qui soulevait des tourbillons de poussière. L'église était presque vide, à l'exception des clercs de Jonas et des cadres de Fieldhead, qui ne pouvaient se permettre de snober leur nouveau patron. Nicolas Barforth était venu lui aussi, peut-être en signe de respect envers une nouvelle puissance de première grandeur dans la vallée de la Law.

Je me suis assise à côté de lui, dans une stalle, parce qu'il aurait été inconvenant que je m'assoie ailleurs, et l'entrée de la mariée nous dispensa de toute conversation. Pendant la cérémonie, je ne pouvais m'empêcher d'évoquer l'image de Celia, ici même, pleine de gaieté et d'espoir ; la mienne aussi au bras de Giles, puis de Blaise, tandis que je courais pour échapper en vain à l'emprise de Nicolas Barforth. Les paroles de Blaise revenaient me hanter : « Je te donne tout ce dont je suis capable, Julia... Et cela représente infiniment plus que ce que tu me donnes, toi. » Qu'avait-il voulu dire, comment étais-je censée le comprendre ? Fallait-il me contenter de ce qu'il m'offrait et ne rien attendre davantage ? Devais-je, au contraire, lui donner plus, tout, pour espérer la réciproque ? Etais-je même capable de trouver en moi d'autres ressources ? Oui, sans doute, car je me rendais compte combien Blaise me manquait depuis qu'il s'était éloigné de moi. Ce me fut une lueur d'espoir, qui s'éteignit presque aussitôt. Blaise était expert dans l'art de profiter de tout, de prendre à son gré ce que les uns et les autres avaient à lui offrir. S'il exigeait de moi quelque chose, il n'aurait pas hésité à me le demander et, depuis la mort de Celia, m'avait opposé une froideur indifférente quand je lui dévoilais mon désarroi.

Le soleil brillait quand nous sommes sortis de l'église. La seconde Mme Agbrigg prit le bras de son mari avec autorité et son maintien imposant démentait la relative modestie de sa tenue.

Elle accepta avec magnanimité mes félicitations hésitantes et insista pour m'inviter à boire le champagne à Fieldhead, en incluant Nicolas dans son hospitalité. Je ne fus pas capable de me dérober et nous sommes peu après entrés dans cette maison de Fieldhead où je n'étais pas revenue depuis les jours, déjà lointains, où M. Oldroyd voulait épouser ma mère.

Il s'y était fait peu de changements, à l'exception des rideaux qui avaient tant bouleversé Celia. La maîtresse des lieux insista pour que Lady Barforth goûte à ceci, prenne un verre de cela, que j'acceptais timidement. Peu après, la tête tournée de trop de champagne, je sortis un instant admirer les fleurs et je me suis, sans savoir comment, retrouvée seule avec Nicolas. Nous étions, certes, sous le regard des autres invités mais une haie basse et plusieurs massifs de roses nous en séparaient de manière si commode que je me suis demandé si notre hôtesse n'avait pas discrètement, mais habilement, ménagé le tête à tête.

Il se tenait devant moi, un verre dans une main, un cigare dans l'autre, plus sombre de peau et de poil, plus carré, plus lourd, et sa ressemblance avec Blaise n'était plus qu'à peine perceptible.

— Vous devez être contente de voir votre beau-frère heureux, me dit-il. Elle tient bien sa maison, garnit bien sa table et lui fait cadeau de la meilleure affaire de la vallée, après la mienne. J'espère qu'elle lui laissera le temps, malgré tout, de régler quelques dossiers, car j'en ai un ou deux en cours et il est toujours mon avocat.

Le seul fait qu'il mentionne ces affaires devant moi signifiait, sans doute, qu'elles me concernaient aussi. Je lui fis une réponse évasive.

— Je finis mon verre et je m'en vais, reprit-il, car je n'aurais même pas dû venir. On vient de me prévenir de Galton que M. Clevedon est mort cette nuit. Je devrais sans doute y aller. Avant de partir, je vais quand même en profiter pour demander à Jonas de faire une estimation de la propriété et de trouver un acheteur.

Peut-être était-ce la chaleur et le soleil, peut-être aussi le champagne, mais j'eus l'impression que les couleurs vivaces des fleurs qui nous entouraient viraient au gris et je dus m'appuyer à un muret pour ne pas vaciller. Je me repris vite, pourtant, car je savais que Nicolas ne m'avait suivie que pour m'apprendre cette nouvelle et que j'avais le devoir de rester lucide.

— Nicolas ! me suis-je écriée avec horreur. Vendre le Prieuré de Georgiana ? Non, c'est...

— Non, ce n'est pas le Prieuré de Georgiana, dit-il en me prenant mon verre pour le poser sur le muret. M. Clevedon, faute d'héritier mâle, l'a légué à sa petite-fille. Et comme tout ce qui appartient à une femme mariée appartient de plein droit à son mari, il se trouve que je suis seul propriétaire du Prieuré.

J'ai avalé ma salive avec peine et combattu la nausée qui me tordait l'estomac.

— Cherches-tu à la tuer, Nicolas ?

— Pas de mélodrame, Julia, je t'en prie. Je me débarrasse tout simplement de quelques centaines d'hectares de terres incultes et d'une masure qui me coûterait plusieurs milliers de livres — dont je ne dispose pas en ce moment — pour la remettre en état. Je me libère d'une pierre attachée à mon cou et d'un mauvais prétexte aux négligences de ma femme.

— Georgiana est-elle au courant de tes intentions ?

— Inutile de l'informer tant qu'il n'y a pas d'acheteur. Laissons-la au moins profiter de la saison de la chasse. Parles-en quand même à Blaise, veux-tu ? Il connaît tant de monde, il nous aidera ; ce sera difficile à vendre, je n'en tirerai qu'une bouchée de pain, je le crains.

Mais j'avais compris qu'il ne me parlait pas de valeur vénale ni de réparations, mais bien de la destruction délibérée de l'enfance heureuse de Georgiana, de l'étouffement de son être même, la mise à mort des derniers lambeaux de sentiment qui nous reliaient encore ; qu'il me montrait le dernier stade de sa déshumanisation dont j'étais, selon lui, responsable et dont je ne pouvais supporter le spectacle.

— Allons, au revoir, Julia. Je vais présenter mes hommages à la mariée, dire deux mots à Jonas et prendre la route.

— Nicolas !...

C'était ma dernière chance de lui parler et les mots ne pouvaient franchir mes lèvres. Je tremblais, je tendais vers lui une main dont je ne pouvais contrôler les mouvements spasmodiques. Il me dévisagea longuement, dut lire mes pensées dans mon regard, car il dit avec un haussement d'épaules :

— Endurcis-toi, Julia, apprends à me haïr. Si l'on te dit que je suis un salaud, on aura raison. Tu le constates toi-même.

— Oui, Nicolas. Je le vois, je le constate, j'en ai la preuve éclatante, et pourtant je n'arrive pas à y croire.

— J'en suis désolé, crois-le. Franchement, Julia, si je pouvais encore changer les choses... Mais je me connais trop bien. Je sais ce que nous avons ressenti l'un pour l'autre, et ce sentiment est mort. Je ne veux pas faire mourir Georgiana, du moins je ne le voulais pas... Quelque chose en moi s'est tordu, déformé, je ne sais, et ce quelque chose, tu n'as sûrement pas envie de le voir de trop près. Qu'importe, après tout ? Je suis comme je suis et je ne me changerai plus. A vrai dire, je ne me déplais pas tel que je suis. Cela me simplifie la vie, en un sens — tu comprends ce que je veux dire. Adieu, Julia. Ah ! N'oublie pas de demander à Blaise de me trouver un acheteur. Il comprendra, lui aussi, ce que je veux dire par là.

33

Blaise revint à temps pour l'enterrement de M. Clevedon. Il m'accompagna à Galton puis à Listonby, où nous avons passé quelques jours lugubres à évoquer la mémoire des morts et à nous étonner du calme apparent de Georgiana. Cent fois, peut-être, j'ai ouvert la bouche pour informer Blaise des projets de Nicolas ; mais chaque fois une main glacée paralysait ma langue, un fluide étrange semblait m'envahir le cerveau pour ne refluer qu'une fois l'occasion passée. S'agissait-il simplement de ma répugnance à parler de Nicolas à Blaise, ou à n'importe qui ? Etait-ce plutôt parce que je soupçonnais ses mobiles de quelque perfidie cachée ? Si tel était le cas, mieux valait sans doute garder Blaise dans l'ignorance. Quoi qu'il en soit, j'étais incapable de le mettre au courant et, tandis que nous abordions septembre et les premières journées de l'automne, j'avais le sentiment de trahir je ne sais qui, je ne sais quoi, l'impression d'être étouffée sous le poids d'une culpabilité qui n'était pas la mienne.

Je vis beaucoup Georgiana, au cours des semaines qui suivirent. J'étais à côté d'elle au cimetière, pendant que les fossoyeurs descendaient le cercueil de son grand-père dans sa tombe ; j'étais avec elle aussi le jour où elle fit son pèlerinage rituel dans le cloître en soutenant le regard de Nicolas quand nous sommes passées devant lui — sans reconnaître dans ses yeux satisfaction ou réprobation de ce que je gardais secrètes ses méprisables intentions.

Puis, émue de compassion pour Georgiana et d'angoisse pour son avenir, en souvenir aussi du réconfort qu'elle m'avait prodigué le soir de la mort de Sir Joel Barforth, de la triomphante amazone qui avait sauvé tant de vies humaines le jour de l'inondation, de la Georgiana si pleine de joie de vivre, de rires et d'amour qu'elle savait parfois être ou redevenir, j'ai une fois de plus tenté de parler à Blaise — et, une fois de plus, je me suis tue.

Le jours se succédèrent, m'apportant la crainte grandissante du désastre imminent. Je tremblais au bruit des pas de Georgiana, jusqu'à ce que l'expression de son visage m'apprenne qu'elle se croyait encore seule héritière de la terre de ses ancêtres ou, plutôt, sa dépositaire envers les générations à venir et qu'elle tenait son assurance de la certitude de pouvoir transmettre ce legs sacré à son fils.

A la fin d'une nuit d'insomnie traversée de cauchemars, nourrie de l'illusion que Nicolas avait peut-être été saisi par les remords et avait changé d'avis, je compris par quelque douloureuse intuition qu'il n'était plus temps pour moi de m'aveugler. Une seule pensée s'imposait à moi, obsédante : « Comment va-t-elle supporter le coup ? Comment survivra-t-elle ? »

L'aube se leva dans une brume légère annonciatrice des dernières chaleurs de septembre, la matinée débuta son cours normal. Blanche partit pour son école. Blaise, revenu de Londres tard la veille au soir, était quelque part dans la maison. Mes fenêtres étaient grandes ouvertes sur le parfum des roses, le silence planait de sorte que rien ne put me distraire du bruit d'une voiture s'engouffrant dans l'avenue au grand galop du cheval, non plus que du spectacle de Georgiana et de son expression ravagée lorsqu'elle sauta de son siège pour courir vers le perron.

Elle était exactement telle que je l'avais vue dans mes pires cauchemars, et je m'étais inconsciemment préparée. J'avais l'habitude de la douleur, je l'avais vue sur le visage d'une femme de Simon Street venant de perdre, en une heure, huit de ses dix enfants ; je l'avais vue sur mes propres traits lors de la mort de Giles ; je l'avais reconnue sur ceux de Mme Hobhouse quand elle tendit à un étranger les clefs de Nethercoats. Mais je n'avais encore jamais vu ce que peut faire à un être humain l'annonce qu'il vient de perdre tout ce qu'il possède au monde, tout ce en quoi il croit avec le plus de ferveur et jusqu'à l'immortalité de son âme. Et l'horreur, la finalité tragique de l'expression de Georgiana, sa vulnérabilité de condamnée me bouleversèrent comme jamais.

Elle se jeta dans le vestibule, cria le nom de Blaise tandis que je me précipitais à sa rencontre, que je soutenais dans mes bras ce pauvre pantin désarticulé, terrassé par une adversité qu'il ne pouvait comprendre. Blaise avait, lui aussi, entendu approcher la voiture, il avait reconnu dans son allure débridée l'annonce d'une catastrophe et apparut aussitôt.

— Georgiana, qu'y a-t-il ?

En phrases entrecoupées de sanglots étouffés, elle fit un récit à peine cohérent. Un métayer de Galton, rencontré par hasard, lui avait appris que le « nouveau maître » voulait vendre. Le village entier en parlait. Mais ce ne pouvait pas être vrai, n'est-ce pas ? insistait-elle. Ce ne pouvait pas être vrai...

— Venez vous asseoir, Georgiana. Si, venez. Avez-vous vu Nicolas ?

Elle se laissa mener, docile, s'abattit sur un siège.

— Non, je n'ai pas pu. Je suis allée à Lawcroft, j'ai tourné bride. Je ne peux pas... Aidez-moi, Blaise ! Il faut que je sache.

— Evidemment. Je vais tout de suite lui parler.

Elle s'était relevée, trépignait pour ne pas tomber. Puis, d'un mouvement instinctif, comme un soldat blessé se raccroche à un arbre, elle se laissa aller contre lui et je vis alors cet homme qui m'avait si souvent avertie de ne pas compter sur lui, de ne pas chercher en lui une force dont il était dépourvu, soutenir Georgiana avec la fermeté d'un roc. Il la fit étendre sur un canapé, la berça comme une enfant, lui murmura des paroles de réconfort en posant sa tête échevelée contre l'épaule rassurante qu'il lui offrait. Et d'un seul coup, des souvenirs douloureux vinrent par fragments s'imprimer devant mes yeux, ceux des innombrables occasions où j'avais vu Blaise aider Georgiana, la protéger, détourner la malveillance à laquelle elle était exposée aux premiers temps de son mariage. C'était lui qui, à Bournemouth, était allé la chercher sur le sable de la plage ; c'était Blaise qui, à Listonby, avait passé des heures la nuit à attendre son retour à la fenêtre ; c'était Blaise encore qui était venu à Scarborough pour me convaincre, me forcer par la crainte et la persuasion à l'épouser pour protéger Georgiana de l'angoisse. C'était Blaise, le premier jour, qui avait reconnu l'« oiseau rare » dont il était trop facile de tomber amoureux, et c'était lui, enfin, que je voyais penché sur elle pour la caresser, la consoler, lui offrir ses larges épaules pour y poser la tête — quand il ne me les avait jamais tendues, à moi. Alors, à travers l'épaisseur de ma sympathie, de ma pitié, des remords que j'avais vis-à-vis d'elle, une révolte sourde se fit jour, enfla et me submergea sous une vague de rage aveugle ne me laissant plus en tête qu'une seule pensée, comme un cri qui résonnait en m'assourdissant : « Ote tes mains de cette femme ! »

J'ai quitté le salon en hâte, donné des instructions aux domestiques pour écarter les visiteurs importuns. Mais quand je voulus rentrer, ma main refusa d'ouvrir la porte. Le temps s'écoula, sans que je puisse en mesurer le cours. J'étais paralysée, frappée d'inconscience, incapable de faire un geste jusqu'à ce que Blaise apparaisse et, d'un signe de tête, m'enjoigne de le rejoindre.

Nous sommes restés sur le pas de la porte, en haut du perron, tandis qu'il attendait que le cocher amène sa voiture. Autour de nous, l'air paisible embaumait.

— Tu ne m'as pas semblé étonnée de ce qui arrive, Julia.

— Non, dis-je avec le sourire résigné de la victime propitiatoire. J'étais au courant, en effet. Nicolas me l'a dit le jour du mariage de Jonas.

— Tu as sans doute une bonne raison, une excellente j'espère, pour ne pas m'en avoir informé.

— Non, Blaise, aucune raison.

— Tu n'as rien d'autre à me dire ?

J'ai secoué la tête sans répondre, il a descendu les marches en me laissant là, les bras ballants, inerte. Il ne voulait sans doute que me dissimuler le premier éclat de sa colère, car il est aussitôt revenu vers moi, l'expression méprisante.

— Nous n'avons pas le temps d'en discuter maintenant, Julia. Laisse-moi au moins te dire ceci. Si tu m'avais prévenu des intentions de Nicolas, comme toute femme normale l'aurait fait, tout ceci aurait pu être évité. J'ignore ce que Nicolas manigance et pourquoi il agit ainsi. Peut-être est-ce pour se débarrasser de sa femme, peut-être parce qu'il juge que le Prieuré a une mauvaise influence sur son fils, peu m'importe. Il ne compte certainement pas me vendre la propriété, mais, si j'avais été informé à temps, j'aurais pu faire agir un intermédiaire. Il est évidemment trop tard et il faudra que j'imagine une autre solution.

La voiture apparut au coin de l'allée des écuries et je l'ai accompagné quelques pas, tremblante d'un froid qui me saisissait de l'intérieur. Il se tourna vers moi, comme pour me donner une chance de me racheter.

— Ecoute, Julia. Tu sais combien ses racines sont profondément enfoncées dans cette terre. Si on les lui arrache, elle peut fort bien en mourir, comme une plante qui dépérit. Je ne sais si je peux empêcher cette sorte de crime, mais je vais faire de mon mieux. Comprends-tu cela, au moins ?

— Oui, Blaise.

— M'aideras-tu ? Veux-tu t'occuper d'elle jusqu'à mon retour ?

— Bien sûr.

Il me remercia, le regard attentif comme s'il hésitait à me faire confiance. Je l'ai rassuré du mieux que je pouvais, car je n'étais pas sûre de moi-même.

Quand sa voiture eut disparu dans l'avenue, je me suis imposé de l'aider comme je le lui avais promis, en démêlant les cent détails les plus urgents. J'ai écrit un mot à Prudence pour lui demander de garder Blanche et Venetia, un autre à tante Virginie pour lui dire, à mots couverts, que Georgiana était souffrante et resterait chez moi quelques heures de plus. J'ai donné les ordres pour le déjeuner que nous avions négligé de manger et le dîner que nous ne consommerions peut-être pas. Puis je suis rentrée au salon où Georgiana était toujours étendue, à demi consciente ; je me suis assise auprès d'elle et nous avons attendu en silence le fracas de l'explosion qui ne saurait manquer de se produire.

Longtemps, nous n'avons rien trouvé à nous dire. Georgiana n'était pas même présente dans la pièce, son esprit errait bien loin, dans ces landes, ces pâtures, au flanc de ces collines, le long des jours heureux de son enfance partagée avec son frère et la mémoire de ses ancêtres, au sein de cet univers toujours vivant tant que Galton survivait. Je faisais des efforts désespérés pour l'aimer, comme je l'avais pu, pour la plaindre, comme je l'aurais dû ; mais le souvenir de ce cri intérieur revenait me hanter : « Ote tes mains de cette femme ! »

Je savais pourtant qu'il ne l'avait jamais touchée vraiment. Il avait eu, avec bien d'autres, une intimité infiniment plus concrète mais qui me restait anonyme, inexistante, du fait de la distance, de sa propre indifférence. Ce que je ne pouvais me résoudre à accepter, c'était d'avoir découvert en lui amour, tendresse, inquiétude, qu'il déployait pour Georgiana. J'avais beau entendre protester la voix de ma raison, la douleur persistait en moi. Une jalousie absurde m'enlaidissait contre mon gré et me laissait haletante — et honteuse.

Georgiana ouvrit les yeux :

— Blaise a dû le trouver, j'espère, murmura-t-elle.

— Sans doute, ai-je répondu froidement.

Elle se leva, vacilla, fit quelques pas avant de se rasseoir, les mains serrées sur les genoux.

— Je ne savais pas qu'il me haïssait à ce point, dit-elle.

— Vraiment ? dis-je avec un ricanement.

Elle leva les yeux, étonnée.

— Pardon, Georgiana, ai-je repris en me dominant. J'ai dit cela parce que je ne peux pas y croire.

— Et pourquoi pas, Julia ? La haine ne me fait pas peur. Si j'avais trouvé Nick ce matin, je n'aurais eu aucun mal, je crois, à le tuer à coups de fouet, avant de retrouver mon sang-froid. La haine est un sentiment atroce, certes, mais c'est la vie. Ce n'est pas le silence, le froid, l'obscurité. Alors, s'il veut me punir comme il le fait, c'est parce qu'il me hait, n'est-ce pas ? Il n'a rien à gagner dans la vente du Prieuré. D'ailleurs, l'argent ne compte pas pour lui...

— Vous voudriez vraiment qu'il vous haïsse ?

— Oui, je crois, répondit-elle avec un soupir. Si seulement cela pouvait nous permettre de *parler,* comprenez-vous, Julia ? Nous parler ! C'est peu de chose, et pourtant c'est tout...

— Lui pardonneriez-vous, s'il vendait le Prieuré ?

— Non, jamais !

Elle se leva, fit nerveusement les cent pas. Son expression était si douloureusement marquée par la peur, si semblable à celle de mes cauchemars que je me suis jetée dans ses bras, comme une noyée se raccrocherait à une autre avant de périr ensemble.

Nous avons longuement pleuré en silence.

— Je ne veux même pas du Prieuré pour moi-même, murmura-t-elle enfin. Je ne désire que le transmettre à Gervais. Cela seul donnerait une direction, une justification à ma vie. J'espère que Blaise réussira à le lui faire comprendre.

Blaise revint vers le milieu de l'après-midi sans avoir rien accompli. Il avait commis l'erreur de se rendre d'abord à Lawcroft, si bien que, lorsqu'il avait enfin pu découvrir où joindre Nicolas, celui-ci avait eu le temps de prendre le train pour Leeds.

— J'ai laissé un message pour lui au chef de gare, nous dit-il. Nous ne pouvons qu'attendre, ce qui lui donne l'avantage et me déplaît profondément. S'il se montre ici ce soir, Julia, emmène immédiatement Georgiana là-haut et restes-y avec elle.

Blaise cependant me tint pour responsable lorsque, malgré mes instructions formelles, mon maître d'hôtel commit l'erreur de faire directement entrer Nicolas au salon, sans laisser à Georgiana le temps de fuir.

Nicolas ne lui accorda qu'un bref regard, le temps de constater son désarroi qui lui en apprenait assez, et se tourna vers Blaise :

— Tu veux me voir, paraît-il ?

— Oui, et tu sais sans doute pourquoi.

— Je m'en doute.

Ils étaient dressés l'un en face de l'autre, tels deux taureaux furieux prêts à charger, et le spectacle de leur hostilité me fit frissonner.

— Tu as pris ton temps, dit Nicolas. Si tu étais venu me voir plus tôt, nous aurions pu épargner bien des désagréments à nos femmes.

— Je ne suis pas venu plus tôt parce que je ne le savais pas.

— Quoi ? Elle ne t'a rien dit ?

— Non.

Nicolas éclata d'un rire sarcastique.

— Je n'en reviens pas ! Enfin, ce qui est fait est fait. J'aurais préféré que nous réglions nos comptes plus discrètement, mais nous n'y pouvons rien, n'est-ce pas ?

Il tira de sa poche une enveloppe brune dont l'aspect m'était devenu trop familier.

— Voici ma dernière proposition pour le rachat de ta part, reprit-il. J'ai dû la réduire, la conjoncture ne s'améliore pas, comme tu le sais. Mais je suis prêt à t'offrir une compensation. Je te fais cadeau du Prieuré par-dessus le marché. Cela te convient, j'espère ? Sinon, la propriété est mise en vente.

Ce que je voyais m'horrifiait. J'aurais espéré, chez Nicolas, de la haine, du ressentiment, n'importe quelle passion humaine, même la plus basse, d'où un dialogue aurait pu surgir, sur quoi une réconciliation aurait pu se négocier. Mais — et j'aurais dû le savoir — il n'en était rien. Il s'enfermait dans les frontières qu'il s'était lui-même imposées, celles de l'argent, de l'exercice du pouvoir. Il m'avait répété que rien d'autre n'existait pour lui désormais et j'avais refusé de le croire. Aujourd'hui, je ne pouvais plus douter.

— Salaud, murmura Blaise entre ses dents.

La révélation de ce qu'était devenu son frère l'assomma et il dut s'asseoir.

— Oui, salaud, reprit-il en élevant la voix peu à peu. Tu t'es servi de la putain d'Oldroyd pour rafler Nethercoats, et maintenant de Galton pour me posséder...

Un silence insoutenable s'abattit et je me mis à trembler d'une manière incontrôlable. Si Blaise acceptait cette proposition, il ne le ferait que pour Georgiana et l'avenir de notre mariage était condamné. S'il refusait et abandonnait Georgiana à son sort, que pouvions-nous trouver à nous dire de plus ? Dans un cas comme dans l'autre, nous étions les victimes de Nicolas. Un désir irraisonné me prit de retarder la pendule, de revenir à cette soirée où Blaise m'avait offert mon camée, à cette vie heureuse, insouciante que je n'avais pas su apprécier et dont je pleurais la fin.

— Tu peux me répondre tout de suite, dit Nicolas. Nous sommes en famille.

Georgiana se leva d'un bond et se planta devant son mari :

— C'est inutile. Blaise n'a rien à dire.

Il s'apprêtait à répondre quand elle lui imposa le silence d'un geste hérité, sans doute, des anciens sires de Galton. Sa silhouette menue, fragile, irradiait une autorité à laquelle Nicolas lui-même fut obligé de se soumettre.

— Ne dites rien, Blaise, reprit-elle. Si même vous vouliez consentir à cette abomination, je m'y opposerais.

Elle le fit taire à son tour et nous étions tous envoûtés par sa présence qui emplissait la pièce.

— Comme tout ceci est sordide et vous ressemble, Nicolas ! J'ai passé ma journée à me demander pourquoi vous me haïssiez si fort, si vous cherchiez à me tuer pour vous remarier ou à me rendre folle pour me faire enfermer et vous débarrasser de moi. Je m'imaginais qu'il existait peut-être encore quelque chose entre nous, quelque vestige d'une passion folle dont la haine serait un signe. Mais non — Dieu, que j'étais bête ! —, il n'est question de rien de tout cela. Il ne s'agit que d'argent, n'est-ce pas, de vos affaires ! Mais cela ne me satisfait pas, Nicolas. Si vous avez un compte à régler, c'est avec moi. Nous avons suffisamment perturbé votre frère et votre belle-sœur avec nos bêtises, pour finalement ne rien accomplir. Laissons-les en paix, partons.

— Attention, Georgiana... gronda Nicolas.

Il y avait cependant de la prudence dans son avertissement.

— Oui, Georgiana, intervint Blaise, faites attention. Ce n'est pas une plaisanterie.

— Bien au contraire, je trouve tout ceci du dernier comique ! Le chantage de Nicolas aurait pu être efficace si je m'étais prêtée à son jeu. Seulement, voilà : je refuse. Eh oui, mon pauvre Nick, vous avez perdu ! Il suffisait que je vous déclare renoncer à Galton pour que votre beau château de cartes s'écroule.

— Dans ce cas, Georgiana, dites-le sans ambiguïté.

Il la dévisageait avec un sourire ironique, sûr de soi, comme s'il la savait incapable, une fois au pied du mur, de faire un tel sacrifice.

— Je... Je renonce au Prieuré, sous les conditions que vous prétendez imposer.

— Des conditions, maintenant ? Vous refusez mes conditions ? Allons, Georgiana, vous reculez. Vous n'osez pas...

— Si !

— Non. Vous croyez encore que je reculerai à la dernière minute. Vous avez tort, Georgiana. Je vendrai Galton. Demandez donc à Blaise ce qu'il en pense.

Blaise hocha la tête.

— Je le sais, répondit-elle. Il vous faut cela pour sauver la face, assouvir votre orgueil. Eh bien, soit, Nick. J'accepte, sans conditions.

Ils se regardèrent, face à face, les yeux dans les yeux, se défiant l'un contre l'autre jusqu'à ce que Nicolas, le premier, se détourne.

— Ne vous avisez pas de mettre des obstacles sur ma route, Georgiana, dit-il d'un ton menaçant qui me surprit.

Admettait-il sa défaite ? me suis-je demandé avec un sursaut d'espoir ? Non, je ne distinguais pas même une étincelle de colère dans son regard, rien que de l'indifférence.

— Inutile de me mettre en garde, Nicolas, je sais que vous me le feriez regretter. Seulement voyez-vous, Nicolas, il y a quelque chose de changé. J'ai longtemps eu peur de vous, très peur je l'avoue, et je ne vois vraiment plus pourquoi. Que pouvez-vous réellement faire de moi ? La loi vous donne déjà tout pouvoir, nous le savons. Tout ce que j'ai besoin de faire, pour vous stopper, c'est de dire non. Le premier pas est le plus difficile à franchir. Maintenant qu'il l'est, je ne crains plus rien. Le Prieuré constituait le seul véritable lien avec lequel vous puissiez m'entraver, et ce lien n'existe plus. Que pouvez-vous me prendre d'autre ?

— Je me le demande en effet, dit Nicolas avec une fausse nonchalance. Les enfants...

— Oui, les enfants. Une fois encore, la loi vous accorde sur eux tous les pouvoirs et je ne suis rien. Mais ce ne sont plus des bébés que l'on puisse enfermer sous la garde d'une nurse. Vous ne pouvez pas les empêcher de demeurer à Tarn Edge ni leur causer du tort, Nicolas, votre mère y veillerait. S'ils m'aiment et préfèrent vivre avec moi, personne au monde ne pourra les arrêter. Votre menace ne me fait pas peur.

— Vous envisagez donc de me quitter ?

— Oui, j'y pense même depuis longtemps.

Je fis un geste pour signifier à Blaise que nous ferions mieux de les laisser seuls, mais il m'imposa le silence.

— Cela ne m'étonne guère, répondit-il. Vous envisagiez, naturellement, de vous installer au Prieuré ?

— Je comptais surtout agir avec la plus grande discrétion. En m'y établissant pour des périodes de quelques mois au début, puis de plus en plus longues, personne ne pourrait rien dire sur notre compte.

Nicolas ne répondit pas. Il avait admis sa défaite, le Prieuré n'était plus une arme entre ses mains. Qu'il le vende ou non, Georgiana lui avait démontré qu'elle ne le craignait plus et pouvait vivre sans lui. Déjà, je devinais que son esprit s'en était détourné et envisageait d'autres possibilités de pression sur Blaise — son véritable objectif — et d'autres armes pour reprendre l'attaque. Il avait perdu une escarmouche, la bataille n'avait pas encore commencé.

— Rentrons, dit-il simplement. Il faut que nous parlions de tout ceci.

Georgiana leva les yeux, étonnée. Lentement, un sourire se dessina sur ses lèvres :

— Oui, Nicolas, allons parler. Le ciel exauce parfois nos prières de la plus étrange façon ! Tout ce que je demandais, hier, ce matin encore, c'était que nous nous parlions. Et maintenant... Allons, Nicolas, je ne suis plus une esclave. Je veux bien que nous nous raccommodions, j'accepte avec joie que nous nous parlions mais je ne pourrais pas, je crois, recommencer à vivre avec vous. Vous n'êtes pas trop mécontent, j'espère ? Au fond, vous ne demandiez que cela, vous aussi. J'ai un peu bouleversé vos beaux projets, en ce qui concerne Blaise, mais je vous connais assez pour savoir que vous en inventerez vite un autre. Alors, allons parler, Nicolas, pendant qu'il est temps et que nous en avons tous deux envie. Bientôt, j'en ai peur, le silence retombera — et mieux vaudra vivre séparément que d'apprendre à nous parler, n'est-ce pas ? Julia, puis-je me servir un instant de votre miroir ?

Je ne fis pas un geste pour l'accompagner. Je n'avais pas eu besoin du regard de Blaise pour comprendre qu'elle voulait être seule.

34

Après cela, je ne croyais pas qu'il puisse se dire autre chose et, pour ma part du moins, je restais muette. Un moment plus tard, cependant, Blaise se leva, sourit et se tourna vers Nicolas. Leurs visages las reflétaient l'épuisement de cette journée peu commune.

— Eh bien, dit Blaise, j'ai l'impression que ma chère belle-sœur vient de reconquérir son Prieuré de haute lutte, qu'en dis-tu ?

— Peut-être, répondit Nicolas.

Il se pencha, prit l'enveloppe qu'il avait lui-même déposée sur la table, la contempla un instant et la déchira en deux.

— Revenons-en à nos affaires, Blaise. Tu admets que nous ne pouvons plus travailler ensemble. Tiens-tu toujours à partager ?

— Je n'en sais rien, mais c'est probablement la meilleure solution, en effet.

— Bien. Nous convoquerons Agbrigg demain matin pour vérifier les chiffres. Si je puis me permettre de te donner un conseil, tu ferais bien de trouver quelqu'un capable de s'occuper de tes ateliers.

— Je sais. T'inquiéterais-tu de moi, Nicolas ? C'est touchant. Au fait, je pourrais peut-être te débarrasser de Freddy Hobhouse. C'est un garçon solide, à qui il ne manque qu'un peu d'expérience et qui préférerait sans doute prendre mon argent plutôt que le tien.

— Je n'y vois aucun inconvénient. D'ailleurs, si tu voulais me revendre l'usine d'ici un an ou deux, je serais rassuré de savoir qu'elle aura été convenablement dirigée.

Blaise hocha la tête en souriant.

— Je lui en parlerai donc demain matin. Et puis, qui sait ? Cela lui remontera peut-être assez le moral pour qu'il se décide à épouser Prudence. Puisque nous en sommes à échanger de bons conseils, Nick, ne te repose pas trop exclusivement sur Daniel Adair. C'est un bon vendeur, mais il prend de l'âge et c'est dur d'être tout le temps sur la route, bien plus dur qu'avant.

— Je sais, Blaise, je commence à regarder autour de moi. J'ai vu un ou deux jeunes qui me font bonne impression. Mais ne t'inquiète pas pour moi, je t'assure que c'est inutile.

— Tu espères plutôt te faire du souci sur mon compte et te sacrifier pour me racheter l'usine ?

Ce fut au tour de Nicolas de sourire :

— Tu sais bien que je n'ai jamais eu le goût du sacrifice.

Ils se donnèrent rendez-vous le lendemain matin chez Jonas pour signer les actes. Georgiana attendait avec impatience dans le vestibule. Blaise les raccompagna sur le perron, je suis restée derrière la fenêtre pour les regarder partir.

Georgiana remonta dans son cabriolet, se pencha pour saluer Blaise et s'en fut au grand trot, comme à son habitude. Nicolas se hissa en selle, sa puissante silhouette découpée contre le crépuscule, symbole de son assurance, de sa confiance en l'avenir et ses propres succès, dont je ne doutais pas moi-même. En le regardant s'éloigner, je sentis un soulagement presque physique, comprenant enfin qu'il n'avait plus besoin de moi, de mes angoisses et de mes remords. J'avais été témoin de sa métamorphose et je m'en étais crue responsable. Je me rendais compte maintenant qu'il n'avait pas réellement changé mais, plus simplement, évolué, progressé selon le chemin tracé par sa nature et son hérédité, et qu'il n'était devenu que ce qu'elles avaient exigé qu'il soit.

Sans Georgiana, il m'aurait épousée et je ne l'aurais pas mieux contenté. Il lui aurait quand même fallu spolier les Hobhouse de Nethercoats, Blaise de Tarn Edge ou de Lawcroft. Il lui aurait fallu prendre tout ce qui s'offrait à sa convoitise, machines, hommes, femmes et surtout ceux ou celles qui, telle la veuve désorientée que j'avais été, lui disaient : « Non » tout en lui cédant. Je savais tout ceci, plus ou moins confusément, depuis longtemps, depuis toujours, sans que cela m'ait détourné de lui.

Un jour, j'avais dit à Prudence : « Je suis une femme amoureuse de Nicolas et je ne suis rien d'autre. » J'étais sincère, alors. Mais cette femme-là, et je l'ignorais, n'était que la chrysalide d'où en émergerait une autre. Il n'était plus dans ma nature d'aimer avec autant d'intensité, de me fondre dans la personnalité d'un homme, et je n'en avais plus ni l'envie ni le besoin. Oui, j'avais aimé Nicolas — mais je n'étais plus la même aujourd'hui. Je ne voulais plus d'un amour aveugle, étouffant. Je voulais aimer les yeux ouverts un homme capable de me regarder avec la même lucidité, de me donner de l'air pour respirer, de l'espace pour me mouvoir ; un homme qui n'aurait pas constamment besoin de prouver sa virilité en me réduisant à un semi-esclavage, qui exigerait de moi une adoration, une dépendance puériles ; un homme, en un mot, assez fort et sûr de lui pour m'accepter telle que j'étais. Et je ne connaissais au monde qu'un seul homme de qui je tienne le don inestimable de ma liberté.

Une fumée de cigare, une odeur d'eau de toilette me firent prendre conscience de sa présence derrière moi.

— Julia, j'ai été fort désagréable avec toi, tout à l'heure. Je t'en demande pardon.

Nous nous sommes assis et, durant quelques instants, notre

conversation évita avec soin d'aborder le sujet de nous-mêmes. Nous avons parlé de Freddy Hobhouse, de Daniel Adair.

— Et Georgiana ? ai-je demandé en hésitant.

J'ai aussitôt senti une contraction douloureuse en le voyant imperceptiblement se raidir, en me rappelant le bras réconfortant dont il l'entourait. Ma peine se mua en espoir quand je compris qu'il l'avait remarquée. Alors, je sus que je pouvais lui parler, de tout, de nous, avec la plus entière liberté. C'était bien lui l'homme qui me connaissait le mieux, mon meilleur, mon plus cher ami, mon amant plein de tendresse qui n'exigeait rien de moi que d'être moi-même, ni meilleure, ni pire. C'était lui l'homme désireux de rester lui-même tout en me permettant d'être ce qu'il me plairait. Avec lui, et lui seul, j'étais à l'aise, au chaud. Il me protégeait, me stimulait. Avec lui, j'étais adulte — et libre.

— Georgiana ? répondit-il. Que puis-je t'en dire, Julia ?

Il pouvait m'en dire ce qu'il voudrait. Je n'étais pas une enfant à protéger des réalités, mais une femme capable de supporter la douleur, d'apprécier les joies.

— N'était-elle pas, pour toi, l'oiseau rare qui t'attend dans la pièce à côté ou au prochain coin de rue ? Tu m'as dit un jour, souviens-t'en, que tu ne cherchais plus. Bien entendu, parce que tu l'avais trouvée et c'était elle, n'est-ce pas ?

— Oui, dit-il avec simplicité. C'était elle. Tu comprends sûrement qu'elle ne restait rare et précieuse que parce qu'elle se trouvait toujours dans la pièce à côté ou après le prochain coin de rue.

— C'est vrai, Blaise, cependant... aurais-tu abandonné ta part aussi facilement s'il s'était agi de moi ?

Il leva les yeux, me regarda avec sérieux :

— Je ne te crois pas capable de me mettre jamais dans une telle position, Julia.

— Non, en effet. Est-ce un compliment ?

— C'en est un.

— Merci, Blaise — mais je dois être bien terre à terre, si c'est le cas. Pis encore : ennuyeuse.

Nous étions tout près de ces sourires, de ces pouffements de rire joyeux dont notre vie avait été jalonnée. Alors, il se pencha et me prit la main en me disant, avec une ardeur inconnue chez lui :

— Jamais, Julia, jamais je ne t'ai trouvée le moins du monde ennuyeuse.

Il s'est levé pour prendre sa place habituelle devant la cheminée et contempla pensivement le bouquet de roses de soie disposé dans l'âtre vide.

— Une dernière chose, si tu veux bien. Pourquoi ne m'as-tu pas immédiatement prévenu de l'intention de Nicolas de vendre le Prieuré ?

L'aveu m'était difficile, mais je ne pouvais le lui refuser.

— Franchement, Blaise, c'est simplement parce qu'il voulait que je te le dise. J'en ai déduit, à tort je le vois maintenant, que c'était pour te nuire et qu'il valait mieux te le cacher.

— Tu ne lui as donc pas fait confiance ?

— Non, Blaise. Je ne lui ai peut-être jamais fait pleinement confiance, si je regarde en arrière. Je ne le dis pas méchamment, je ne prétends pas n'avoir pas fait confiance à sa personne, mais plutôt à son jugement. Ce n'est pas la même chose.

— Non, en effet. Tu le savais donc déjà incapable d'impartialité et prêt à toujours tirer la couverture à lui ?

— Oui, je crois.

Son sourire, plus étincelant et amusé que jamais, m'étonna presque.

— Je suis exactement pareil, je te préviens !

— Je le sais aussi, Blaise. Dans le cas présent, il se trouve que ce qui t'avantage me profite aussi.

— Merci du compliment...

Il vint s'asseoir près de moi et me prit la main.

— Maintenant, Julia, dit-il, laisse-moi répondre à tes questions muettes, lorsque tu me demandais si j'avais aimé Georgiana. Je l'ai aimée, je ne l'aime plus, j'ai toujours de l'admiration et de l'affection pour elle. Mais nous avons vécu ensemble de longues et belles années, Julia. Nous avons réussi à nous bâtir une vie heureuse, une vie à laquelle je tiens trop pour laisser quoi que ce soit la troubler. Je t'avouerai aussi avoir eu récemment l'occasion de me demander ce que je ressentirais si tu venais à me quitter. J'ai été absolument incapable de l'envisager.

— Mais, Blaise, je n'ai jamais songé à te quitter !

— Non, je le sais. Je me suis néanmoins demandé si tes raisons pour rester avec moi étaient aussi puissantes que je les souhaitais, et cela m'a donné l'envie de les renforcer. Grand dieu, Julia, ne comprends-tu pas ? Vas-tu me forcer à tomber à genoux et à te faire une déclaration en règle ? Tu sais très bien de quoi je veux parler...

Dans un grand déploiement de trouble, que je savais parfaitement factice mais qui me faisait un plaisir un peu pervers, il se leva et alla à la fenêtre.

— Ecoute, Julia, la journée a été particulièrement pénible, tu en conviendras. Je n'ai pratiquement pas fermé l'œil la nuit dernière. Ce matin, ma belle-sœur s'évanouit dans mes bras sous le regard courroucé de ma femme jalouse. Après quoi je cours dans toute la ville à la recherche de mon frère qui veut me dévaliser, et en rentrant, sans rien avoir avalé de la journée, je ne puis même pas soigner ma migraine ! Demain, ce sera encore pire ! Je vais devoir me lever à l'aube pour apposer ma signature sur ma condamnation à la ruine et à la servitude. Et pendant ce temps, je n'arrive pas à faire comprendre à mon entêtée de femme qu'il est de son devoir d'aimer son mari qui, de son côté, n'attend que cela pour le lui rendre au centuple ! Quelle vie...

La gorge serrée, les larmes aux yeux, je suis allée le rejoindre, j'ai posé mon bras sur son épaule en tournant son visage vers la lumière.

— Quelle déclaration, Blaise...

— Oui, et c'est la première. La seule sincère, je veux dire.

Il se laissa aller contre moi, et je le trouvais plus dense, plus pesant que d'habitude.

— Tu es vraiment fatigué, mon chéri ?

— Mort de fatigue et la migraine me tue. Je ne te mentirais pas pour des choses aussi simples. Il est grand temps que tu m'envoies me coucher.

Quand il est monté, je me suis attardée un moment, j'ai donné les ordres pour son petit déjeuner matinal, l'heure à laquelle il voudrait sa voiture, puis je suis montée à mon tour, lentement, voluptueusement, comme si mon corps m'entraînait dans la direction qu'il choisissait lui-même — où mes désirs m'entraînaient.

Sur le palier, mes pas étouffés par le tapis, je me suis rappelé sans regrets mes désirs passés, mes rêves inexaucés. J'aurais voulu qu'on m'adore, et Blaise ne m'adorerait jamais — car l'adoration est réservée aux idoles inertes, aux objets passifs de l'imagination des hommes. J'aurais voulu qu'on ait besoin de moi, mais Blaise était trop indépendant, trop sûr de ses propres ressources et de sa force dissimulée sous la nonchalance pour avoir besoin de quiconque ; il refusait de nous affaiblir l'un l'autre par un rapport de dépendance menant à la servitude. J'aurais voulu un roc de fermeté où reposer mes faiblesses, mais Blaise m'avait fait le plus grand compliment qu'un homme puisse faire à une femme, celui de me laisser me soutenir seule en un moment difficile, en me faisant comprendre que nous pourrions nous soutenir l'un l'autre — et non l'un *sur* l'autre — si les circonstances l'exigeaient. J'aurais voulu lui donner ma confiance ; il l'avait méritée. J'avais cherché un foyer, un abri, un royaume : sa porte était devant moi.

Il m'attendait dans la pénombre. Je ne voyais de lui qu'une partie de son visage.

— Aurais-tu par hasard autre chose à me dire, demanda-t-il avec une émotion mal voilée.

— Oui, Blaise. Je t'aime.

Son sourire ne me dissimula pas son frémissement, l'éclair de soulagement et de joie qui passa dans ses yeux tandis qu'il me serrait dans ses bras avec l'assurance, la fermeté dont j'avais si longtemps rêvé. En un instant, je ressentis toute la gamme de l'amour et de l'adoration dont j'avais trop légèrement fait mon deuil une minute auparavant, l'intensité d'un sentiment que je n'avais encore jamais partagé avec lui — ni avec un autre ; une impression de renaître dans un monde inconnu, prometteur, plein de merveilles offertes et qu'il me fallait découvrir peu à peu.

— Dieu soit loué ! l'ai-je entendu murmurer.

Il avait parlé si bas que j'aurais presque manqué ces paroles inouïes, si précieuses que je les ai gravées en moi pour ne plus les oublier, car je savais Blaise avare d'émotions. Comme pour me donner raison, il reprit aussitôt, de son ton ironique habituel :

— Comme il est agréable de ne jamais se tromper, n'est-ce pas ?

— Oui, mon chéri.

— Je savais que tu serais d'accord. Toute ma vie, vois-tu, je n'ai cessé de répéter cette vérité première : tôt ou tard, celui des frères Barforth que l'on préfère, c'est moi. Il m'en aura fallu du temps et des efforts pour te faire admettre cette évidence ! T'ai-je finalement convaincue ?

— Oui, Blaise. Tu m'en as définitivement convaincue.

Et c'était là tout ce que j'avais jamais eu besoin de lui dire.

Cet ouvrage a été composé par SIMA
et imprimé par la S.E.P.C. à Saint-Amand-Montrond (Cher)
pour le compte des éditions Belfond

Achevé d'imprimer le 5 mars 1982

Dépôt légal : mars 1982.
Nº d'Édition : 474. Nº d'Impression : 388.
Imprimé en France